鸟在歌唱

王怀宇
著

时代文艺出版社

图书在版编目（CIP）数据

小鸟在歌唱 / 王怀宇著. —长春：时代文艺出版社，2017.10（2021.5重印）
ISBN 978-7-5387-5557-2

Ⅰ．①小… Ⅱ．①王… Ⅲ．①中篇小说－小说集－中国－当代
②短篇小说－小说集－中国－当代 Ⅳ．①I247.7

中国版本图书馆CIP数据核字（2017）第237590号

出 品 人　陈　琛
责任编辑　余嘉莹
装帧设计　孙　利
排版制作　隋淑凤

小鸟在歌唱

王怀宇　著

出版发行 / 时代文艺出版社
地址 / 长春市福祉大路5788号　龙腾国际大厦A座15层　邮编 / 130118
总编办 / 0431-81629751　发行部 / 0431-81629755
官方微博 / weibo.com / tlapress　天猫旗舰店 / sdwycbsgf.tmall.com
印刷 / 保定市铭泰达印刷有限公司
开本 / 660mm×960mm　1 / 16　字数 / 406千字　印张 / 28.5
版次 / 2017年10月第1版　印次 / 2021年5月第2次印刷　定价 / 78.00元

目 录
CONTENTS

中篇小说

附：

王怀宇短篇小说浅说

李洁非

　　刻下中国小说创作，长篇斩获甚丰。中篇小说看起来声势不如八十年代烜赫，实则品质出乎其上。唯独短篇小说，自汪曾祺先生辞世以来，此道更显寂寞。当然从总体上说，短篇的乏善并非近时始然，放眼百年文学历程都可以看到逐渐泯坠的态势。现代文学早中期，短篇还有挺秀的表现，尤以鲁迅先生为高帜；随着鲁迅先生遗憾性地辍止创作，这文体的丰瞻已斫其半，虽有三五后起之秀支撑门面，较前终究已觉"人比黄花瘦"；降至后期，在战乱以及政治地图悄然嬗变的暗中影响下，短篇小说从面目到质地都物是人非，对此只须检索一下 1942 年以后短篇小说留诸史册的篇目即可知其大概。进入共和国亦即当代，短篇小说虽是深受重视、常抓不懈的文体，虽然也代有翘楚抑或"名篇"，但实绩究竟如何，真正堪于传世、江河不废的作品容有几许，答案将由时间老人从容揭晓。总之，短篇的羸困是漫长累积的结果，若欲重起其于衰索之中，恐怕也得从艺术方面正本清源，打根上找寻那积弱的苗芽。

　　可惜这样的工作乏人为之，至少在我来说观感曾如此。作为问题，短篇小说似乎已被文学界置之度外，听凭它与中长篇的茂盛益行益远、清冷日甚。直至最近，我因缘接触吉林作家王怀宇一组作品，才意外发现此人默默做着的事情，纵然并非出于明确的主观意识，却也客观上直指短篇小说的艺术认知，为我们反思这一文体的兴衰得失提供着有效通道。

天下万物，盖有其"道"。此字所表之物，摸不着、看不见，《老子》曰"吾不知其名"，"惟恍惟惚"，柏拉图所谓"理式"意或相类。事物都藏存着这样的"道"抑或"理式"，有相通的"大道"，又有独赋之"小道"。以小说创作论，即便一流小说家也少有长、中、短篇皆擅，每有长篇出色而短篇不高明或者短篇颇佳而窘于长篇的情形，甚而还有作家干脆只显才具于中篇小说，对长短篇却枘凿方圆、扞格难入。这都提示同为小说，长、短、中篇各有其径。但"道"之所在"惟恍惟惚"，人们体验着它的掣肘，想要形诸字面却谈何容易。例如短篇小说的理法，尽管十九世纪末以来从古典小说修辞学到俄苏形式主义批评，都试图明其内在规则，有的从字数或篇幅方面界定之，有的从情节结构来区分它与长中篇的不同。这些研究讨论，虽是对于短篇小说奥秘的可贵探索，然俱乃理论家言，与一般的创作实践较为隔膜。短篇小说的血脉究竟如何，迄今还悬在大家心头，不得着落。但当我读王怀宇若干作品，却欣喜发现短篇之所以是短篇的诸般道理，从抽象变得具体，从朦胧变得显明，好像突然间"要领"尽呈。欣喜之余，乃为此文，欲把王氏假其叙事所发启的短篇门腑试予点明。

他的演绎大致关乎四个字眼，第一个是"小"。

英人舒马赫有《小的是美好的》，论的是人类经济和技术文明，然而对于我们美学思考也形成启发。大与小，有时确实牵涉美善。这世上，人常以"大"为美，比如汉字的"美"字本身便上"羊"下"大"，所谓"羊大为美"，一般人情容易好大喜功，背后也有审美情绪的作用。大无疑可唤起无以替代的美感，比如雄壮之美、宏大之美、丰腴之美、崇高之美；但大之美既非唯一，亦不足涵盖一切，还有很多事物，宜小不宜大，大了反失其美。我以为短篇小说的美学秘密，在小不在大。但"小"字与短篇小说之间的关系，还没有引起深入认识。亚里斯多德最早提出叙事的长度问题，后来西方戏剧就非常注意从这个角度考虑情节安排。像古典主义戏剧三一律规定所涉情节的发生时间以不超一日夜（二十四小时）限度为宜，目为舞台上一出戏最佳的情节长度。他们何以会这么想，姑不细说，总之是认为长度与叙事的合理性有关。小说的短、长、中篇三类别，之所以获其分野表面看也是长度问题——中篇较短篇篇幅更长，长篇的字数又超过中篇。确实，三类别最直观的差别就在篇幅。但如果以为这就是本质差别，显然会出问题。时下颇有创作者，只写了简单的情节和少量人物，却撑持至数十万字篇幅，而自命为长篇小说。这样的创作便透出徒以篇幅区分小说文体的误解。所以小说断非有长有短那么简单，篇幅长短只是不同类属在体量上的外部表征，从内在来论，长短之别的美学实质应是"大""小"所迥。一部长篇小说，当在"大"字上做文章，力求大构思、大主题、大视野、大局面，艺术上愈给人宏大、阔大之感愈显成功。但若以同样标准索诸短篇小说，我却不知其为成功抑或失败。好的能够击中人心的短篇小说，与其说在格局之大，不如说在格局之精，尺幅天地而玲珑有致的面貌，对短篇小说来说远超硕伟之态。其次，短篇小说宜乎于小还在于另一个道理，就是小说这事物的最早起源，如《汉书·艺文志》所言，出乎"街谈巷语，道听途说"，是"闾里小知者之所及"，孔子谓之"小道"，贴近日常社会人性人情，是其直接反映；虽然发展到以后，有了长篇、中篇体式，可以述载较为广阔重大的社会历史画面，但那初始的功用和韵味，还是借助短篇小说保留了下来。不妨说短篇小说独特的艺术价值就在于贴近日常生活形态、传递"闾里小知者"的喜愁欢忧、保持其"小道"的观感，而不是状庙堂之高、隆社稷之盛。我不知道外国有无类似《汉书·艺文志》的理论，但对短篇小说的艺术实践，中外格外一致，都一样侧重凡庸生活、细民琐事，欧美短篇名家名篇举如契诃夫、莫泊桑、欧亨利、海明威等，概莫能外。中国从唐传奇、宋明话本到蒲松龄，短篇艺术从来未逾此轨；现代直到鲁迅为止，短篇家数也都是谨守一个"小"字，斤斤乎小处着眼，于貌不惊人、平易简朴的视角点触人生。然而后来，随着革命意识形态介入文学且取得绝对权威，短篇小说渐渐脱离了"小"，而益愈拔向于"大"，也被要求去承载大义大道，写沉遂厚重的主题。文学与革命意识形态相结合，本身无何，只需要依据艺术规律区别对待，对中长篇要求多一点，对短篇不至苛求即可。岂知不然，施诸短篇小说的负担毫不稍逊，建国初一个著名案例便是《我们夫妇之间》，因从柴米油盐、夫妇之伦入手叙事，而被上纲上线一通猛批，使作家从此不敢着眼凡人小事，短篇创作一概被英雄主义、重大斗争、高尚理想所淹没。及至于"文革"，执短篇小说之牛耳的《朝霞》诸作，更为"你死我活"的高格雄伟贯穿。至此短篇艺术之坠地，盖不可收拾矣。"文革"终了，政治上的绳索虽多解去，但长久以来的格调已铸成，思路实际上很难从中摆脱，除了汪曾祺那样少数艺术天性与短篇真昧自然相通者，绝大多数作家之于短篇创作，实际上仍舍小趋大——只不过政治、意识形态的"大"，换成了哲学的、文化的抑或审美、技巧的而已，总之是唯恐不高深，唯恐不奥远。七八十年下来，短篇小说终于被"高大上"思维折磨得奄奄一息，那种"小道"之美，那种"闾里小知者之所及"的价值、意义及捧读快感，不复可得；若此，则其颓然不振，不亦宜乎？

　　邂逅王怀宇短篇小说，我突然间有久违重逢抑或恍若隔世的感觉。这感觉初时并不鲜明，因为偶然于小处着眼的短篇，从别的作家那儿也能见到。然而等到《生活艺术》《冬天不会再有坏消息》二集毕收眼底，我终于知道谨守一个"小"字的短篇创作意识，对于王怀宇非出偶然，竟是有意为之。略去其重复者，两集共近二十个短篇，而庶几无一舍小求大，"小"的尺度与追求贯穿全体。作者坚持不将短篇小说做成"大文章"，反拨着七八十年以来对该文体贴胸毛、秀肌肉、穿厚底靴等伟岸其体魄的做法。所呈现的人物皆系极普通、与万千读者全无轩轾的草民，所注目的情节皆系碌碌寻常的世之常态，所揭启的情怀皆系生活流动之中真实而又微小的涟漪——最关键的是，所申发的意蕴或主题亦尽属庶众社会最熟悉最亲切的日常伦理。这些小悲小怡、小罢小怨、小愁小悔、小黠小智……纷至沓来，不绝如缕，如《我们到底能做什么》（又题《二叔的水稻》）中，有恩于"我"与大哥的叔叔，因癌症从乡下来城里投靠，却被无奈地支吾回家；如《群众艺术》中，某基层文化单位围绕评职称事，上下展开一番智力游戏；如《羊在吃草》

中，农夫赵平安只因命运突然闪现的一个小小缝隙，错里就错成了杀人犯；如《平安县的长跑冠军》中，"文革"期间的长跑天才程海生，毁于一种以军帽构成的时尚和爱情冲动……作者笔下所摹述的人与事，都小到不能再小。旁人以抱得西瓜为美，王怀宇则只顾撷拾一粒粒芝麻，呫味品哑，兴趣盎然。他对小的独钟，似乎较汪曾祺先生且有过之，因为像《受戒》《异秉》等名篇，在当时短篇小说的普遍格调下虽以宁小勿大显得琵琶别抱，但在小人物叙事背后仍隐约有一点微言大义，王氏作品则连这种微言大义也不索取，知其小而守其小，从小事入手亦以小义之辨为餍足。在我看来，这种态度使他激活了短篇小说的纯正属性，那种唯短篇小说可以予人的魅惑被重新付诸读者，使短篇阅读真正成为一种独特、不与它物相混淆亦不能为它物所置换的享乐。

由此引出另一字眼"微"。微与小意相连但不尽同，微必小，而小未必能微。微除了小，有不显、难察的含意，以及精粹、幽妙的情状，古人云："道心惟微"、"精妙微纤"。王怀宇短篇小说，如果我们用"小"字状其外观，那末对其妙谛之解，或许就应落于"微"字。王氏选材，非仅着眼于体积，要不然人间小事无数，岂不皆可以入小说？将其短篇读下来，我以为作者奉持两个原则，一是人或事虽小而自有微义存焉，一是通过精心揣摩、借助深细表现使其叙事能够发微烛幽。凡此"见微"笔触，乃作者最孜孜以求者。往往短篇小说由于依存凡人小事，作家为调寄效果、避免平淡，不得不运用戏剧化构思来使它起伏有致，这就是最经典的"谜面"技巧，有如谜语设计，借叙事过程暗埋各种惊奇的伏线，而在结尾引爆，收其余音绕梁之效；莫泊桑、欧亨利均擅此道，后者甚至赢得"欧亨利式结尾"专称。王怀宇不走此径，他的路径是将事物捕捉到微、刻划也到微，他显然认为，叙事一旦抵于精微，即便无事巧构，同样可以刻骨铭心而免于平淡。这一取向大抵得之于东方文化，是儒禅思维的馈赠。自古以来，东方人就凭藉这样的思维在美学上独造一境，无论诗、画和造型艺术都以善抉"微观"妙韵动人以深，王怀宇则把这思维转而移诸短篇小说。《二叔的水稻》兄弟二人对昔有大恩现在因重病前来投靠的二叔，助之无力，却之不义，作者对这样一种普通人的无奈生活况味，极尽微芒之叙，最终既写出人物的微介之态又没有将这种微介写成卑微，恰到好处地把握住本来颇难把握的分寸，让人回味不已，广大读者将因这种看似微小的差异感到自己作为普通人的道德处境被深刻击中。《爱喝小酒儿的老周》写的是常见的"为酒所误"情节，本篇中这一"误"之所以误得我们满心温馨，完全在于一个最微隐的细节——旅游鞋上一个小标记，它微隐到酒多之老赵未曾注意到完全正常，同时，事后老赵以及作为读者的我们一旦知道那是男青年女友深情所绣上的，这微隐得令人极易忽视的标志，瞬时彰然其大，令宁愿赤脚下车也不对老赵说破的男青年内心那样阳光灿烂。而在《女孩》中，一个年方十一的女童，奉母命独出办事，迷路、遇狼、历险，最终总算平安回到家中，然而母亲对于女孩的脱险的讲述竟似未闻：

> "对了，布票带回来了吗？"母亲突然想起她最关心的事。
> 女孩默默地把带回的布票交到母亲手里。

这不动声色的两行，令先前所有紧张、揪心的情节黯然失色。"布票带回来了吗？"母亲随口一问不能再寻常，在无数岁月流淌中可以想象早已淹没得无影无踪，作者却轻轻将它拈起，以此最微不足道之细节，凸显那个时代生活与生命所难承受之重。女孩所历险境，在母亲心里竟不抵几张轻如鸿毛的布票，作者莫非欲责母亲以无情么？凡从那个时代过来的人，答案都将是"否"。一个大的时代的肌理，就这样凝固在微末之处，作者微文喻世的工夫确是了得。

第三个字眼曰"暖"。我或许有些固执地认为，短篇小说必须与这字眼为伍，不离不弃。当然它非短篇小说所独属，中、长篇亦可采用，但后者因为体量宽大，容得下更加复杂的情形，故有余力覆盖生活的驳杂乃至异样异态，而短篇小说以其短小，去简单就复杂非明智之取，如果说文学归根结底是以情动人，那末对短篇小说来说，纯洁透彻的情感总是比晦暗虬结的情感来得适宜，而这当中"暖"字当是其主色调。次者，这是短篇小说的人道情怀所决定。如先前所论，短篇小说文体留存着小说的初始义理，"街谈巷语，道听途说"，"闾里小知者之所及"，切近细民琐事，它的角度既不能比生活高亦不能比生活低，而应平视，与生活同声求气、嘤鸣相友，体现无微不至的包容性。如果说艺术也有伦理，则此即短篇小说之伦理。在我眼中，短篇小说将其艺术伦理发挥最好的时期，是十九世纪后半叶的欧美创作，当时之作家，怀抱人道主义精神，体察世俗众生，录其情状、传其心曲，且总是能于平凡黯淡之中发掘良善，而令作品有慰藉人心的作用。二十多年前，有感于现代以来小说变异，我曾撰《传统小说与传统风格》一文追怀十九世纪小说之美，谈到十余篇欧美短篇，其中一段写道：

> 也许，还应该谈谈传统小说家喜欢表现的生活小景就像法国作家菲伯立在《还家》中描写的那种生活小景：一个抛弃了妻子的酒鬼，4年后回家，却见妻子已和他的一个老友一起过日子了；起先是尴尬，然后，他克制着自己要主动离开，妻子和老友却恳求他无论如何要住一夜；两个男人打酒买肉，一起抽着烟，他们仍然是朋友；第二天，他心平气和地告辞了，临别时，他吻了吻妻子，末了又对老友说道："来，老伙计，让我们也接一个吻。"只要读到这样的故事，我无不感到如沐春风；其间，那素朴、平淡而醇厚的人情，那哀而不伤、怨而不怒的生活感慨，永远散发着令人沉醉的馨香。

中国小说变异途径虽与欧美不同，然殊途同归，都表现为疏离人道主义——在欧美是哲学价值观所致，在中国则最初是政治所致。我们现代文学中期以前，短篇由于从纳人道主义、以平视角度待人生，动人风致犹足，而晚近七八十年来，立足它处，凌世驭众，色厉内荏，短篇之道日益隳坏，至今不能修复。许多作家执笔短篇，都没意识到此一文体有特定的伦理和章法之限，意念杂芜，格调纷乱，以为它无所不能、无所不至，而不知守其纯；

晦涩者有之，审丑者有之，变形者有之，抽象者亦有之……各逞所欲。凡此，皆以求变为短篇出路。然而看遍沧桑之后，我个人对短篇艺术却愈益取保守主义态度，认为守其初义与本分方为复兴之道，这毕竟是由实践验明了的事实。目下，对短篇小说伦理奉持最忠的作者，我视线所及允推王怀宇氏。一个置身于二十一世纪的作家，能勇于采取十九世纪的古典眼光从事短篇创作，是他过人之处，以及鉴别力和信念所在。"怀抱人道主义精神，体察世俗众生，录其情状、传其心曲，且总是能于平凡黯淡之中发掘良善，而令作品有慰藉人心的作用"，这几句话可以丝毫不爽落实在王氏所有创作中。结合作品来看，他最擅长两样题材，一是乡镇背景下的芸芸众生以及这一背景向城市延伸出来的故事，二是中国最基层的文化单位——县市群众艺术馆里的人事百态，前者如《我们到底能做些什么》《羊在吃草》《平安县的长跑冠军》《女孩》《狼群早已溃散》《月亮作证》，后者有《群众艺术》《制造威信》《站长老谁》《爱喝小酒儿的老周》诸篇。而不论系何题材，也不论叙事上如何变化，王怀宇都努力为之灌注暖意。这首先取决于鲜明的意识，其次还取决于思考、品咂与发现的功力。作者坚定地相信：平凡的世界及人生不仅潜藏暖意，且正是靠暖意维系维持，作为其文学代言体的短篇小说，应为人间照耀和提供这种暖意；以此为自觉意识，他的创作便凝聚了顽强而细敏的注意力，从任何可能的地方抉显暖意。这样的情怀，先前所曾提到的作品均已见之，兹再以《站长老谁》为例。本篇开头醍醐之甚，写省群艺馆美术部主任张山水"恩赏"某乡村文化站长获奖，以此接受请吃。那奖项张山水只是随手一扔扔给对方，甚至不屑于记住他姓谁名甚，心思只在于喝人家的"事前明白酒"和"事后感谢酒"。感谢者出场时也是极其委琐，对于张山水的作威作福，低声下气、逆来顺受。故事似乎就将以这卑陋的格调进行下去。直到张山水因事离席，只剩下感谢者"老谁"（姓秦，一个并不难记的姓氏）和被拉来陪喝的张山水同事王一文，故事格调才开始翻转——王一文接连目睹两样东西，一张"老谁"的身份证，上面显示他年仅三十八岁、远不是看上去的那样苍老，另外是一份晚期肝癌诊断书。更令王一文震惊的，是"老谁"知道他获奖纯出"侥幸"并不真实，但"不管这奖有多么侥幸"，他取出"家里的全部积蓄五百三十八块钱"前来致谢，只为这并不真实的获奖，是对乡村文化站的认可！结尾，王一文找到张山水讨要"老谁"的地址："我要把酒钱寄给他。""老谁"以卑微的形象登场，而以尊严的形象谢幕，从一个连姓氏都不屑于被人记住的可怜虫，变成深深刻在脑海里、感动与敬重并存的难忘形象。作者在描绘这样的情节时，保持着对于弱者们艰辛然而始终不堕的人生的巨大敬意，启人以众生平等之心，绝不侮慢任何看上去渺小的人。

谨守于"小"、精细于"微"、传情于"暖"，守此三者，而辅以作家优良之技巧、佳粹之语言，短篇小说的创作当可立于正位矣。然若要锦上添花、更上一层，还有待另一因素，我称之为"趣"。"趣"字语意甚多，当其指涉精神层面时，曰兴味，曰风致，曰韵味。"趣"无关事之好坏，而颇关乎高下；一件事情，无以言趣，并不妨碍它的方正，但倘能有趣，则平添神妙。古云："仰慕同趣，其馨若兰。"可见事情凡是达至"趣"的层面，才沁人心脾、解颐通窍。短篇小说不事铺张，成于精巧，但一味精炼也不免枯索紧绷，故优秀短篇时涉闲笔，来调剂阅读情态，使之滋味别出；但闲笔又不宜多，多则喧宾夺主，流为赘疣或玩溺。总而言之，好的短篇作家知道对故事和人物要有一定的把玩意识，却又关于节制得恰如其份。王怀宇就颇解此味，他有时是在构思上（如《月亮作证》里的监狱失火），有时是在细节上（如《群众艺术》里的饭局），有时是在话语上（如《制造威信》里老木对老翟画作的定位），使叙事收意趣横生之效。而将他短篇创作知趣、有趣风貌体现得淋漓尽致的，则为《公鸡大红》。这是一篇拟人式的准童话作品，将群鸡之世界敷以小说家言。我在作品后面所附评论者赏析中，看见"游戏性"字眼，深以为然。此一"游戏性"，非轻谑油滑之谓，而是脱纵想象、以顽童般真心率性将生活与世界重新看过，故而通篇童趣盎然，从场景、形象到遣词择字，每令人霁颜。如描绘"男主人公"公鸡大红脸上长着"已经有些皱纹的眼睛"；如述说鸡们所深爱的"主人家房后那片神秘的青草地""蕴藏着无穷无尽的宝贝"时，称蟑螂、蚂蚁、花大姐为"常见食物"，蚂蚱、蜻蜓、扁担钩为"稀有美味"，蜘蛛、蚯蚓、甲虫为"上好佳肴"，蟋蟀、蝼蛄、蜈蚣则为"难得珍品"；如形容昆虫相对于鸡的口之于味是"汁液饱满、口味新鲜"；如自鸡眼看去，那只讨厌的大黑狗"长着一双邪恶的眼睛，一张臭哄哄的大嘴巴"；如大红作为情人眼里所见的母鸡芦花："身体虽然丰腴，但走路的样子却很轻盈，日渐风情万种起来"；如为鸡群世界江湖道上彼此争雄的几只公鸡所起浑名：大老白、杂毛儿、金脖子、大胡嘴……此题材设非有一副多趣的笔墨，后果想必一定是写得"呆若木鸡"了，而《公鸡大红》却神完气足、纸上欲活，足见作者心胸趣兴之饶。

从王怀宇作品所引起的对于短篇小说艺术的四点感悟，有的过去有所意识，有的则完全拜其所赐，包括曾经有所意识的，也是这次变得轮廓相对清楚。我在此不揣浅陋，尽着自己的理解为之引申为论述，除了彰显作者在短篇创作上的孜孜所求，也冀希对此一文体拾其要旨有所裨益。当然，谁也不能说靠这四点就可以穷尽短篇的妙门，但至少在我看来，王怀宇所提供的是这种文体较为纯净的美感。与此同时我还有一个感受，就是王怀宇在写作短篇小说时，有一种如鱼得水、两相亲和、两相愉悦的状态，好像那是最贴近他才华、品性的事情。

原载于《作家》2016 年第 4 期

李洁非，1961 年出生，笔名若水，山东宁津人。1982 年毕业于复旦大学中文系。历任新华社《瞭望》杂志编辑、记者，中国艺术研究院《文艺研究》编辑，中国社科院文学所研究员。2000 年加入中国作家协会。著有文学理论及文学批评集《告别古典主义》《小说学引论》《城市像框》，散文随笔集《袖手清谈》《看得见风景的"房间"》《翻了一半的书》《不入流者说》《豆腐滋味》《李洁非散文》、《书内与书外》、《书窗如梦》，中篇小说集《循环游戏》。曾获第八届华东田汉戏剧奖二等奖，第五届北京杂文奖二等奖，《上海文学》奖，冯牧文学奖，全国报纸副刊优秀作品奖，报告文学《胡风案中人与事》获第五届鲁迅文学奖。

短篇小说

小鸟在歌唱

1

我所居住的解困小区叫同泰家园，位于城西平安街66号。也许因为小区和街巷的名字都很吉利，多年来，每每出入小区，我似乎都能嗅到空气中那股与众不同的祥和味道。一年前，我还意外地发现了一个新邻居。我想，小区越来越浓郁的祥和氛围肯定还和我这个近在咫尺的新邻居多多少少有点关系。

那是个冬日的上午，由于我打工的快递公司暂时滞货，我才没去上班。难得空闲，我就百无聊赖地趴在卧室朝北的窗台上看风景。无意间，我好像瞄到点儿什么东西。我发现对面楼拐把处的空调管道孔里隐隐约约探出一个小头儿来，又迅速地消失了。开始我以为是自己的眼睛看花了，但接着那个小头儿又探出来一次，这回可让我逮了个正着。真真切切，确实有个活物寄生在那个空调管道孔里。那么到底会是什么东西能在那个黑洞里钻来钻去呢？这勾起了我自童年起就很强大的好奇心。我第一时间想到了两种动物：老鼠和蝙蝠。但前者马上就被我否定了，不会是老鼠，老鼠不会把洞口建得那么高。还是蝙蝠的面儿更大一些，到底会是个啥呢？好奇的我就趴在窗户上一直盯着那个洞口看。半个多小时后，我眼睛都累酸了，才终于发现有一只麻雀飞了过来。麻雀先是落在不远不近的树枝上随意小憩一会儿，然后又不慌不忙地绕了老半天才突然快速钻进了洞孔里……过了一会儿，两只麻雀又一先一后双双飞出……我这才真正揭开了谜底。那竟然会是一个鸟窝！噢，原来那个被房主人弃用的空调管道孔已经神不知、鬼不觉地变成两只麻雀伴侣温馨的"家"啦！

麻雀的"家"虽然看上去有点儿寄人篱下的感觉，但那毕竟是它们在这个钢筋水泥城市里最为理想的"家"了。那借助人类电钻钻出的圆洞不仅精制考究，而且要比任何峭壁上的天然洞穴还要安全可靠。只要坚固的楼房不倒，鸟窝就永远不会在风雨中倾覆。城市里几乎没有四处游猎的鹰隼，也很少能见到自由攀爬的蛇蝎，更不用担心日渐肥胖的家猫和家狗们会攀上光滑、陡峭的高壁。鸟窝不仅远离了天敌，而且还避开了天灾，更不会意外遭受顽童制造的人祸。这样看来，麻雀一家真的是万无一失了。记得当时我还在心里羡慕地说：恋爱中的人类都很愚蠢，恋爱中的麻雀却很精明。这两个聪明的家伙，可真会找地方啊！连我每个月还要支付一千多块钱的房贷呢，而它们两个却能住上免费的小区楼房。

确切一点儿说，我住在小区的C栋。当初图便宜，就买了把西山的小户型。而那个鸟窝则位于对面D栋向南的拐把处，也在三楼，就在最把边儿那扇窗户的上方。鸟窝离我卧室并不遥远，直线距离肯定不会超过十米。可以说，那个鸟窝相当于西厢房，只有上午才能见到阳光。从采暖角度上看，鸟窝还远不如我的把山房呢。

整个冬天，两只麻雀白天很少待在窝里，更多的时候是在窝外边的阳光下依偎着。每当我看见瑟瑟寒风中电话线上的它们，心中都会滋生出一股同病相怜的亲切感来。

春暖花开之后，两只麻雀不再停滞在窝边的电话线上了，而是活跃在鸟窝附近的广阔天地里。它们在方圆几十米的范围内翩翩起舞，尤其喜欢嬉戏于小区绿化带高低错落的树梢上。那绝对是两只热恋中的壮年麻雀，整个春天，两只麻雀一直都处在高度兴奋状态之中，仿佛一直在谈情说爱……那可真是一场声势浩大、旷日持久的爱情秀啊。

我的许多早觉都是被这个邻居叽叽喳喳的叫声吵醒的。我毕竟还是个三十多岁的大龄单身汉，成家渺茫，立业无望。为了生计每天必须得骑着电动车穿梭于城市的大街小巷，驴子一样楼上楼下地搬送货物。心情不顺时，我就觉得它们是在故意向我炫耀着什么，就常常由羡慕转化为嫉妒和恨；心情更不好时，我甚至还能想起儿时的弹弓……我儿时才不管那么多呢，如此不设防的麻雀早就成为我瞄准的目标了。那时，我才不管麻雀们是否寒冷，是否恋爱，是否有家……

当然，那只是我心情极其不好时的闪念。事实上，我的心情并不总是那样糟糕。更多的时候，我还是个相对友善的好心人。当我心情稍稍有点儿多云转晴迹象时，我就又能从它们身影中嗅出祥和味道来了。待我心中的怨气彻底烟消云散之后，两只欢快的麻雀看上去就更加可爱了。连它们那平凡而单调的叽叽喳喳叫声，也渐渐变得悦耳起来……

夏初时节，两只麻雀好像有了自己的孩子。为了照料孩子，两只麻雀叽叽喳喳的鸣叫声明显少了，但比先前急促、沙哑了许多。它们显得更加忙碌了，每天不断地从洞口飞进飞出。

为了能让孩子们及时吃饱肚子，两只麻雀只好不停地奔波。为了能多飞几趟，它们甚至无奈地放弃了一贯掩饰行踪的天性。我经常能看见它们嘴里叼着昆虫之类的食物匆匆忙忙地从外面赶回来，不及避开人们的视线，就直接钻进了鸟窝。有时，我仔细倾听，好像还能听到小鸟们见到父母后争食时发出的无限喜悦的嘤嘤叫声。那天籁样的嘤嘤叫声隐隐约约，微微弱弱，就来自那圆圆的洞孔悠远的深处……

2

卧室对面这个温馨的鸟窝时常勾起我童年的记忆。我的童年是在乡村度过的。那时候，老家的语言环境中还没有"麻雀"这个学名，我只知道"家雀儿"。来到城市谋生二十多年了，父亲和长辈们至今仍然习惯地叫它们"家雀儿"。

由于"家雀儿"一年四季都和人们生活在一起，就比那些随季节而来的"山雀儿"（候鸟）机灵多了，"家雀儿"虽然总是近在眼前，但孩子们要想抓到它们并不容易。实在抓不到手，有的孩子就急眼了，就恶狠狠地称呼它们"老家贼"。"家雀儿"虽然和人类朝夕共处，但它们决不接受人类的豢养。不幸被活捉的成年"家雀儿"拒绝进食，最后的结局基本都是气绝身亡（从小被人工养大的"家雀儿"例外）。由于非常崇敬它们这种倔强的骨气，我对"家雀儿"的印象一直不坏。

但不论是"家雀儿"，还是"山雀儿"，都一直充当着乡村孩子们野蛮娱乐的理想对象。世世代代，"家雀儿"和"山雀儿"一直陪伴着每个乡村孩子，打"雀儿"几乎是每个乡村孩子成长过程中无法抹去的生命标记。

春天里，各种"山雀儿"进入恋爱季节，"山雀儿"本来就相对单纯，恋爱中的它们就更显愚钝，所以容易得手的"山雀儿"就立刻成了孩子们的首选猎物……"山雀儿"们一来，孩子们手中的弹弓和腰间的夹子就都能派上用场了，接下来便是一场以"诱惑"为核心的杀戮游戏。

每年"谷雨"过后，乡间就开始飞舞着各种"山雀儿"了。它们不仅种类繁多，而且数量庞大。孩子们白天战斗在田野，夜晚的睡梦中都是飞翔的鸟儿。"小满"前后是杀戮游戏的最高峰，大人们忙着耕地时，孩子们就一边跟着父亲的铁犁杖，一边下着半公开的夹子，一边就能把五颜六色的"山雀儿"尸体战利品一样拿到手里了……偶尔得到一只活的，孩子们就要像过大年似的在原野里奔跑、挥舞着一阵子……

到了炎热的中午，孩子们还会集合起所有的夹子把一个稀缺而独立的小水坑团团包围起来……同样可以捕获到因口渴而前来饮水的"山雀儿"们。

可是，孩子们这样的好日子并不长久。短暂的春夏之交很快就会过去。进入"夏至"以后，"山雀儿"们就不再成群结队集体觅食了。它们相继成家，分散到山林里过各自的小日子去了。孩子们好像每年都是突然间再也寻不到"山雀儿"踪影的，这时，他们才又重新想起老伙伴"家雀儿"来的。才又一次深深认识到这个总是习惯性遗忘的事实：一年四季与人为邻的"家雀儿"们，才是随时奉陪孩子们把玩生死游戏的终极角色。

只要一提到打"家雀儿"，孩子们会顿时兴奋起来。他们起早贪黑，东奔西走，全神贯注，乐此不疲。

待我来到城镇上小学以后，没有了乡村广阔的田野，淘气的孩子们就经常爬到学校教学楼的天棚上去掏"家雀儿"窝。有时，孩子们竟然把小"家雀儿"连窝端下来玩耍。孩子们明知道小"家雀儿"人工养活几乎不可能，但还要坚持饲养上几天，期待着奇迹发生。直至小"家雀儿"最终凌乱不堪地死去，孩子们才肯面对无奈的现实，去寻求下一个鲜活的目标……那时孩子们还没有学会顾及"家雀儿"的感受，只希望"家雀儿"能活在他们的手中，任由他们拥有和把玩。孩子们从来不去设想，如果没有他们的"关心"和"爱护"，"家雀儿"们会活得很好……

有一次，我在学校的天棚上掏出了一窝还没长出毛的小"家雀儿"，嫌太小又放了回去，十几天之后我再去掏时，小"家雀儿"们却都飞走了。虽然我因失去了一窝"家雀儿"而恼火了好几天，但我也从中获得了重要知识。从那以后，我知道了"家雀儿"从出壳到初飞到底需要多少天了——仅仅需要半个月的时间。

有时，孩子们还恶作剧地把刚刚到手的小"家雀儿"拴上尺余长的线绳钉在地上，周围支上一圈夹子，就能打到前来探望孩子的"家雀儿"妈妈和"家雀儿"爸爸。小"家雀儿"稚嫩的声声呼唤，能让平时聪明的大"家雀儿"智商急剧下降，面对可怜饥饿的孩子，大"家雀儿"们只能看到夹子上肥硕的虫子，竟然无视巨大的阴谋和致命的危险了……

往事不堪回首。现在想来，无论在乡村还是在城市，孩子们的娱乐方式都实在是太残酷了。而对于那些可怜的小"家雀儿"来说，真是显得过分血腥了。而孩子们是无比快乐的，却浑然不知"家雀儿"的苦难和疼痛。

这些年，城市里的"家雀儿"比乡村都多了，原因是"家雀儿"们在乡村已经无法生存下去了。农药和化肥的大量使用是一个方面，有些农民为了防范鸟类偷食种子，种地时，很多种子都是带毒的。长时间没食儿吃，"家雀儿"就不得不逃离乡村，无奈迁徙到拥挤不堪的城市里来求生。"家雀儿"们很难在城市里找到昆虫和谷类，更多的是捡拾城市人的残羹冷炙，与城市人呼吸着同样污浊的空气，饮用着同样可疑的水源……

"家雀儿"的羽毛本来是褐色的，但我经常能在城市里看见各种颜色的"家雀儿"，有黑色的，有白色的，还有红色的，甚至还有黄色的和粉色的……工业污染日益严重的城市正在把"家雀儿"打扮成五颜六色。

人类的无节制开发使"家雀儿"们的生存空间越来越小了，但"家雀儿"们还在顽强地活着。眼下的它们正在尽最大努力适应着本不适应的城市生活。可以说，更多的时候，"家雀儿"在城市里的生活并不好受……

"家雀儿"们真的太不容易了，以后真得善待它们才是。

夜深了，想到窗外的小鸟邻居，我再次调低了电视机的音量……

3

为了提升北方城市居民冬日的舒适度，同时又能相应地美化市容，这些年我所居住的北方城市正在大规模分期分批地进行着一种居民楼保暖改造工程，俗称暖房子工程。据说，施工过的房子到冬天时室内温度平均能提高3至5度呢。对于取暖一直不太理想的小区居民来说，真是相当于天上掉下了一个大馅饼。盼了好几年，这回终于轮到同泰家园了，常年饱受寒冷困扰的小区居民们个个喜形于色、奔走相告……

我当然也是这群期盼者中的一员，而且还是个需要尽快解决问题的"重灾户"。早在几年前我就开始热切盼望了，希望这一天能够早点到来。因为我家把着西山墙，就是人们常说的那种不折不扣的"把山房"。本来小区供暖就不好，我家室内温度就更要偏低一些。害得我每年冬天不停地打喷嚏、流鼻涕不说，更让我烦恼的是，一冬天整个西山墙都在反潮。由于空间有限，我的衣柜和书柜只能安排在我整个居室的西侧。冷山让衣柜和书柜的背面一直在上霜，强大的反潮水气还让整个西山墙都长满了丑陋的黑斑。在我家，追求美观是不现实的，那已逐渐演化成一种奢望了。衣柜里的衣服潮不潮我并不太在意，我最大的担心是我书柜里那些心爱的小人书会不会受到污损。我没啥别的爱好，唯一的爱好就是收藏小人书，所以每年冬天和春天我都要细心而伤感地倒腾好几回书柜。

一楼邻居张大爷祖籍是山东的，常操着浓重的山东口音说，"厦（啥）都莫学（说），做完暖房子工程以后，把山房这些又潮又冷的问题就厦（啥）都解决了。"张大爷还说，"怪事不？好些个小区从前不好卖的把山房现在都成抢手货咧。反倒人们印象中上下左右都居中的好房子现在却不好卖咧。"

记得我的一个同事也说过，说居中的房子有时上厕所味大，有时油烟子也不好往外抽……把山的房子往往都拥有开放式的卫生间和通透性的厨房。

有那么一段时期，我对与城市暖房子工程有关的事就特别上心。据我观察，城市的暖房子工程往往是从春天开始的。工人们把自己悬挂在城市的半空中，升降于高矮不一、新旧不齐的楼体上，给原本灰色的楼体穿上了严严实实的白色外衣……城建部门一个街道一个街道地规划，工人们一个小区一个小区地施工，日复一日，月复一月，年复一年，他们每年都要忙到上冻前的深秋时节。虽然工人们很辛苦、很危险，但我还是期待着他们的身体能尽早地也悬到我们小区的楼体上去。有时利用送货空隙，我就长时间地盯住他们中的某一位，经常能看见他们用沉重的双臂在高空中轻轻挥去额头上污黑的汗水。有时，我还能看见他们在高处的风沙中吃着卷饼或干豆腐卷大葱之类的简陋午餐……因为他们从令人眩晕的高处下来一次太难，需要太多的时间。我不知道他们要想上厕所时可怎么办呢？对于这件事，我还一直善意地心存好奇。

4

父亲的小区在城东，暖房子工程早在一个月前就完工了。"父亲节"那天，我抽空去看望父亲，也想捎带看看施工后的小区变成了啥样。

整个小区焕然一新，我都认不出来了。原本凌乱不堪的旧楼，经过工人们的装裱和粉刷之后，已变得和新楼一般。各种野广告、脱落的墙皮、人为的伤疤以及一切不堪入目的东西一下子都不见了，真是太漂亮啦！

据父亲说，好多出远门回来的人，也都不认识自己的家了，就是因为前前后后的变化太大了。

因身患风湿一向怕冷的父亲高兴地跟我讲述了暖房子工程即将带来的诸多好处。父亲还拿出一张报纸说，报上都介绍了，做完暖房子工程，房子不仅保暖，而且隔音，甚至还能防火，这可是事先万万没有想到的……

父亲兴致勃勃地罗列完暖房子工程的好处后，又讲了春天里的另外一些见闻。父亲还说起了唯一让他不舒服的一件事。

父亲说："暖房子工程好是好，人是暖和了，但家雀儿可遭罪了。工人们施工时，屋檐下的家雀儿窝就只好拆除了。家雀儿哪见过这阵势呀？就没好声地乱飞乱叫。有一天，整整叫唤了一白天，连午觉都睡不了。现在都过去一个多月了，一些家雀儿还在无家可归地到处乱飞呢……看着可真怪可怜的。"

一开始，我并没太往心里去，只是礼节性地跟着父亲唏嘘几声。但后来，我突然间莫名其妙地忧虑和担心起来了。对呀，我家对面楼那个鸟窝到时候可怎么办呢？也得拆除？我的心情变得越来越沉重……本以为这回鸟窝也能跟着我们保暖呢，怎么能拆除呢？难道最安全的地方会一下子变成最危险的地方？

我们小区暖房子工程的时间安排也实在太不理想了。如果在早春施工，小麻雀还没孵化出壳，大麻雀弃卵而走就是；如果在晚秋时节动工，小麻雀就已经初飞了；不早不晚，偏偏安排在仲夏，这个时间点的小麻雀正在成长……麻雀不同于一些哺乳动物，面对危险时，成年麻雀并不具备随时转移小麻雀的能力。

担心导致我重新搜寻起童年记忆来：大麻雀何时建窝、何时下蛋、何时抱蛋？小麻雀多少天出壳、多少天丰羽、多少天初飞……我一丝不苟地计算了一遍又一遍。到时小鸟来不及初飞可怎么办呢？暖房子工程也不会中途停下来呀。

我当初为聪明的麻雀选择弃用的空调管道孔叫好过，也曾为人们留下了弃用的空调孔道叫好过。但我现在开始发自内心地抱怨麻雀、谴责人类了：麻雀呀麻雀，你们也太大意了，怎么能轻信越来越不靠谱的人类呢！人类啊人类，你们也太不负责任了！为什么不及时将废弃的空调管道孔堵死呢？为了更好地生活，你们装上空调也无可厚非，但你们不用了就该把那个废弃的孔道堵上啊！那样的话，麻雀就不会选择在这里安家，也就不会面临这种让人担忧的结果了……

这些天，我就是在这种担心和忧虑中度过的。我每天下班都尽量早点儿回家，拒绝一切外事活动，时刻关注着暖房子工程的具体进展，俨然一个与工程有着密切关联的工程监理人员。

也许到时候工人们会想出好的解决办法吧？工人们不会无视那些可怜的小生命吧？多日来，我每天只有这么想着，才能在午夜后勉强入睡。

5

我本以为我家所在的C栋完工之后，我就能一心一意地去忙工作了。可是，对面楼D栋何时施工、怎么施工，却成了我更加密切关注的焦点问题。

C栋居民楼已经完工，正常情况下，用不上几天就该轮到D栋了。每天早晨上班时，我都担心有可能要动工了，所以我每天干活时都是心神不宁的样子。

接下来的几天里，我一直都处于这个状态。我总是行色匆匆，晚走早归。只要快递公司的活不打紧，我抽空儿就往家里跑。生怕我不在现场的时候，D栋墙壁上的洞孔鸟窝被工人们给堵上。

因为我手上的几个邮件没能及时送达，客户就把投诉电话打到公司总部去了。一向温和的主管经理"眼镜"都跟我发火了，连问了我三遍"能不能干了"。后来，"眼镜"还在总结会上含沙射影地点了我好几句。

每个周五快递公司的活都多，我不敢再有半点差错。急三火四地送完所有邮件已经是五点多了，我才迫不及待地往家赶。路上高峰期堵车，我到家时已是傍晚时分，工人们果然正在给D栋居民楼施工。工人们正从下至上往墙上贴泡沫砖，我进小区院门时，工人们已经干到二楼了。

本来应该做晚饭了，可我的目光一直透过玻璃窗注视着对面的D栋，我要等着看工人们如何处理那个洞孔鸟窝和窝里的那些小鸟。这时，我很容易就发现了那两只焦急的麻雀父母，它们口衔着汁液饱满的虫子正焦急不安地在工人们的头上飞来飞去……

同泰家园绿化做得很好，居民楼下是一丛丛的丁香树，枝头上正怒放着粉红色的花朵。麻雀父母实在飞累了，就落在丁香树的顶端枝头上。但休息片刻马上又飞向它们最揪心的那个方位……

悬在半空的工人们并没有停下来处理洞孔鸟窝的迹象，继续熟练地把一块块泡沫砖快速拍在墙面上……工人们头上的红色安全帽已经顶到那个洞口了，手里的泡沫砖也正比向那个地方，只是还没来得及抹上粘和的胶泥……这时，那两只成年麻雀开始声嘶力竭地尖叫起来，它们尽着最大的努力、冒着最大的风险不断地向洞口冲击着。哪怕是在洞口处一秒钟的停留，都显得弥足珍贵了……

暮色中，我远远地望去，那已不是两只鸟在心急如焚地飞翔，而更像是两块石头在不断地砸向那个黑色的洞口……

我迫不及待地推开窗户，对着工人们喊了起来："喂！你们想想办法呀，别堵死那个洞孔啊！没看出来吗？那可是个鸟窝呀！那里面还有好几只小鸟呢！"

可工人们好像并没听懂我在喊什么，只是表情麻木地顺着我的喊声望了我一眼，仍然没有停下手里的活儿。

在我正想奔下楼去阻止工人时，工人们突然收工了。

我听见一个工人正在远处高喊着："要下雨了，咱们收工喝酒去吧……"

看来酒的力度比我的喊声大多了，我心有余悸地伏在窗户上喘着粗气。

工人们刚一下来，两只成年麻雀就迫不及待地先后钻进窝里去了。天已经暗下来了，就算两只成年麻雀知道这是和孩子们在一起最后的晚上，它们也没有能力让孩子们吃饱上路了。因为雀蒙眼的缘故，暗下来的天色已经不允许它们外出寻找食物了。一天没怎么正常进食的小鸟们注定要饥肠辘辘地挨过这个怪异的夜晚了，只是它们还不知道，这也许是它们与父母在一起的最后时光。

但无论如何，麻雀父母总算得以和窝里的孩子们团聚了。聪明的麻雀父母也许知道这是它们和孩子在一起的最后一个晚上？它们安静极了，不再发出任何声音。动荡了一个白天的鸟窝终于在夜色中安静下来，黑洞洞的圆孔仿佛在颤抖中逃避着下一个可怕的黎明……

一阵滚雷过后，瓢泼大雨就下了起来。天顿时变得更加阴暗，借助闪电，我隐隐约约能看见风雨中那个湿漉漉的求生洞口。

没有人会想到，人类的幸福安居工程竟要给同一屋檐下的麻雀们带来万劫不复的灾难。对于麻雀一家来说，从这年的仲夏时节开始，平安街66号的同泰家园真的就不再那么祥和了。

一夜无眠，回想起童年时代孩子们对鸟儿的种种迫害场景，我一度沉浸在对鸟儿的同情和忏悔之中……

6

第二天是周六，我是下午的班。一夜没合眼的我也不想睡早觉，我早早地趴到窗前向外张望……可是整个小区却静得出奇。好在我不用去上班，一直等到上午九点多，仍然没有工人出来干活儿。

我觉得很奇怪。仰望天空，我很快就搜索到了那马上就要被白色泡沫砖掩盖的洞口和穿梭于白色泡沫砖上面的两只成年麻雀，两只麻雀似乎对突然停工也很意外，但只能似梦非梦、不知所措地不断飞入飞出，本能而机械地为时日不多的孩子们做着最后的奉献……

后来我才发现，附近其他小区的工人们好像也突然都停了手上的活儿，集体静静地坐下来了，像是在开会，而又没有一个主持人或者召集人。

我想，一定是又有人拖欠了工人们的辛苦钱，报上说很多工人都以这种方式讨要工钱。

两个小时后，我才从张大爷那里知道了事情的真相。原来是昨天突发的雷雨导致另一个小区的两个农民工从作业架上意外滑落，造成了一死一伤的揪心惨剧。我的心情也随之一下子沉重起来了，都是上有老、下有小的，他们的家人以后可怎么活呀？为了城里人冬天能过得更温暖一些，两个农民工却付出了宝贵的身体和生命。他们远在家乡的老人、女人和孩子没有得到温暖，又失去了一家人赖以生存的顶梁柱……

家属们终于从各自遥远的家乡赶来了，突然失去亲人的家属们当然要死去活来、肝肠寸断地哭闹一阵子的。但哭闹过了也就哭闹过了，死者不会复生，生者还得继续。无非是活着的人向另外一些活着的人多讨要一点儿赔偿，最终以伤亡者亲人的名义向无亲无故的人尽可能多地要点儿钱财。

从那以后，我觉得小区的空气中总是弥漫着一种不祥的征兆似的。过去好几天了，仍然没有复工的迹象，进行半道儿的工程就一直那么被撂着……据张大爷说，工人们正集体帮着死者和伤者的家属向承包商讨要说法呢。

张大爷还说，暖房子工程虽然是政府行为，但具体实施则由承包商负责。工人也都是由承包商直接招募的，有了人员伤亡当然是承包商最头疼的事，这里就涉及巨额赔偿的问题，弄不好这一年就要白干的。所以这里就牵扯到工人是否违规作业、是否上了人身意外保险、是否持有城镇户口等等一系列复杂问题，需要核实，需要谈判……

我倒是希望暖房子工程长久停滞在这里，一直等到洞孔鸟窝中的小鸟初飞。但那一定是不可能的，暖房子工程会随时复工的，只是暂时不能确定具体复工的时间而已。用不了几天，平安街66号泰来家园的暖房子工程肯定还得继续进行的。

工人们高空作业确实危险，可千万别再出什么事故了，安安全全、顺顺利利地施工吧。工人安全，麻雀一家也安全……我在心里默默地祈祷着。

因为我每天必须要外出工作，所以我根本无法做到时刻在家守望。后来，我就找到了楼下的张大爷。把我的担心说给了他，并让他时刻帮我盯着点儿鸟窝，必要时一定要给我打个电话。

张大爷好像一直没太领会好我的意思，老人家一直在以同一个句式询问我："你介是厦（啥）意思呢？你介到底是个厦（啥）意思呢？"

最后，张大爷总算很给面子似的答应了我的请求，记下了我的电话。但末了，他还是倔倔地补了一句："莫用，依我看哪，莫用。"

7

两天后，我正在快递公司食堂吃午饭呢，张大爷的电话突然打进来了。张大爷越着急，山东口音就越浓重。他在电话里喊着说："介个学（说）都莫用，工人们马上要复工咧，抓紧回吧！"

我没顾得上吃完碗里的饭菜，拎包、下楼、骑车，向着平安街66号，一路狂奔……

当我赶到家时，工人们已经干上了。还是那几个工人，正在按部就班地接着那天留下的活茬在干着……他们干得有条不紊、一丝不苟。一个黑瘦工人已经把那天比量好的那块泡沫砖抹满了胶泥，正准备按到那个洞孔上……

而此时，那两只成年麻雀就盘旋在他们头上。两只麻雀比前些天那个黄昏叫得更加急切、更加悲惨……

黑瘦工人机械的行动固然可怕,他那麻木的表情更让我心寒。他们就像没有了正常情感,竟对一直绕在头上揪心惊叫着的麻雀们视而不见、充耳不闻。我想,难道是生存的压力太大,让他们无暇顾及本来应该顾及的一些生活细节了吗?

我飞快地向前又跑了几步,几乎喊着说:"难道你没听到鸟在叫吗?求求你了,就费点儿事,在泡沫砖上割个圆孔,给鸟留个出口不行吗?"

无论我怎么说,黑瘦工人都是没有反应似的。过了好久,黑瘦工人操着憨厚的东北口音和我说话了:"大哥,不成。怎么可能呢?城市楼体上的鸟窝多了去了,都留着,整个墙面不成筛子了吗?"

"咱们破破例不行吗?就留这一个?"我继续恳求他。

"大哥,真不成。怎么可能呢?"黑瘦工人再次举起那块泡沫砖。

我急得都要说粗话了:"我去……为什么不可能啊?"

黑瘦工人还是一脸憨厚地说:"大哥,就是不可能。"

我终于控制不住了,高声喊起来:"靠!你没长良心哪?实在不行,你帮我把小鸟掏出来行吧?"

黑瘦工人并没和我对喊,仍不紧不慢地说:"大哥,那你也养不活,麻雀崽儿气性老大了。俺是农村出来的,还是相当了解麻雀的。"

"难道就只能这样闷死它们吗?"我强忍住火气。

"大哥,嗯哪,那啥……这是最好的结果了。说实话,俺也不忍心让小鸟们闷死啊,俺都不忍心细看哪!这不也是实在帮不上忙嘛。但俺也只能敲一敲,尽量让能飞的都飞出来。"

"扯淡!这有啥用啊?那小鸟刚开始长毛,哪会飞呀!"我怒吼起来。

黑瘦工人并没有还嘴,又讲出另外的道理:"大哥,再说,墙上留洞,工程验收时也通不过呀,那样的话工钱就没了,我们就白干了,我们还得养家糊口呢,大哥。"

"咱就留这一个孔,就这么定了,我给你加点儿工钱行了吧?"我气哄哄地在做着最后的努力。

"大哥,那也不成,真的没有用啊。就算破例留了这个孔,天性多疑的麻雀也不会轻易再回窝的。大哥,俺只能这样了……" 说着,黑瘦工人就把手中的泡沫砖向洞口按下去了。

我的心剧烈地抖了一下,没想到匆匆赶回的我仅仅充当了一回看客,还是眼睁睁地看着那块巨大的白色泡沫砖终于严严实实地盖在那洞口上了。

那可是个里面有着好几个嗷嗷待哺小生命的洞口啊!洞口内那几只小鸟的最后时刻会是什么样子呢?小鸟们肯定不能像以往那样等着父母来送食了,再也等不来父母了,哪怕是一缕阳光,一点儿新鲜空气也没有了,小鸟们只能在黑暗中慢慢死去了……我心如刀绞。

不一会儿,整面墙都变成白色的了,我从没想到一面墙会白得如此恐怖!两只成年麻雀无所适从地在白色泡沫覆盖的楼房墙体上疯狂地上下翻飞着,持续发出刺耳的嘶鸣……像是在恶毒地咒骂这个世界。麻雀父母极度的哀鸣声引来了另外一些同病相怜的麻雀,越来越多的麻雀加入到这个嘶鸣的队伍……我相信它们的眼里都记录下了真正的白色恐怖!

8

接下来的几天,那窝黑暗中的小鸟总是萦绕在我的睡梦中,总让我联想起电视新闻看到的汶川地震中映秀中学废墟下的孩子们……当年,我一直不忍心去细想孩子们生命的最后时间。而眼下,我同样不忍心去细想小鸟们接下来会如何结束它们幼小的生命……

我开始讨厌起城市所有的空调管道。一看见裸露于城市楼体上形态各异的鸡肠子一样的空调管子,我就能联想到城市人一贯的苟且甚至虚伪。金玉其外、败絮其中的假象岂止是这些,在其他的领域里更是比比皆是。我尤其看不得城市楼群里弃用的空调管道孔,一看到那些赫然黑洞,我就情不自禁地毛骨悚然,心惊肉跳……

半个月过去了,每个清晨也渐渐变得宁静起来,不再有鸟鸣声打扰我的早觉。可我的生活倒显得无聊起来。窗外的树梢上不再有叽叽喳喳的鸟儿停落，丁香树们似乎也变得平庸无为，每天还要漫无目的地寂寞空长……

三个月过去了，我一直没再见到那两只成年麻雀。它们是找到新的藏身之处了，还是已经气绝身亡了？我无从得知。

冬天如期而至了，整个小区果然变得暖和起来。我家比从前温暖多了，我不再打喷嚏，也不再流鼻涕，洁白如雪的西山墙上也不再上霜、反潮、长斑……我还拥有了自己的小公司和可爱的女朋友，但我没事的时候还是经常从窗口向对面楼的拐把处张望。我好像越来越淡化了对面楼小区居民的真实存在，总是觉得，同泰家园C栋的对面不是D栋，而是小鸟们的幽幽墓园。

又一个春天来了，窗外偶尔传来遥远的鸟鸣声。我还是习惯性地从窗口向D栋的拐把处深情凝望，那可真是一大片平整而又结实的墙壁啊。日子久了，我好像染上了一种幻听的毛病，尤其在夜深人静之时，总能听见小鸟们在"嘤嘤嘤嘤"地低声歌唱……

司令的枪

1

小时候，我是平安县东南片有名的孩子王，也就是人们常说的"小孩头头儿"。左邻右舍、房前屋后、街头巷尾、校里校外，方圆几百米之内的同龄孩子们不叫我程杰，都"司令"、"司令"地叫着我。最多的时候我有三十几个手下呢，整天前呼后拥的，那时的我走起路来好像都呼呼啦啦地带动着响声，很是威风。

别以为在孩子中当个"司令"很容易，那可不是一件轻松的事儿。你一没靠山，二没资金，人家凭啥听你的？要想让人家服你，你总得有点儿过人之处吧？用今天的话说，你起码得有点儿绝活儿吧？不当不知道，跟没当过"司令"的人说了也是白说。

在我的团队里，最不好管理的就要数邻居毕胜利了。毕胜利不仅有着一身野蛮的力量，同时还是个一肚子鬼点子的好战分子。别说他在学校里不怕任何老师，就连身居县刑警大队副大队长要职的老爸他都不怕，他还能怕谁呢？老爸虽然是他心中的偶像，但他也从来没有服过软。毕胜利著名的口头禅就是："谁也不好使！我就不信邪！"

但毕胜利却是我的死党。公开场合，他一丝不苟地称我"司令"；人群背后，他则情同手足地喊我"老大"。毕胜利之所以能死心塌地地给我当"副司令"，之所以能心悦诚服地为我出谋划策，是因为我除了有极好的人缘、极高的威信之外，还有一手漂亮的绝活儿——我不仅弹弓做得好，而且还会做烟火枪。尤其是以火柴杆为"子弹"的烟火枪，我做得最拿手。

出自我手的弹弓和烟火枪不仅好使，而且好看。毕胜利天生就酷爱弹弓和烟火枪这两种东西，我却偏偏都会做。我一连给他做了好几个好看的弹弓把儿，还答应优先考虑为他装备烟火枪。因为我总给他希望，所以他对我才总是言听计从。我那时好像就知道，只要让毕胜利对我服服帖帖，我的"司令"宝座就能牢牢坐稳，我的威风团队就能江山永固……

那些年，平安县普遍穿着蓝色和灰色衣服的成年人们，还远没活出四十几年后这些成年人的精神和花样。他们整天因被各种运动裹携而显得忙忙碌碌……相比之下，平安县的孩子们却有着无穷的乐事。他们随便眯上一只眼睛，高高举起手中的各式弹弓，打鸟、打人、打玻璃、打路灯……打他们高兴打的一切。平安县的男孩子兜里至少要有两把弹弓，甚至一些淘气的女孩子兜里也经常藏有弹弓。最辉煌的时候，我身边的弟兄们除了有弹弓之外，几乎人人手上还有一把烟火枪，基本上都是我亲手给他们武装起来的。

毫无疑问，在那个大人们都忙于各种运动的多事时代，平安县的孩子们也一刻都没闲着。

2

"司令"的威风更表现在具体装备上。在那一大群孩子当中，只有我这个"司令"同时拥有两支烟火枪，而且是两支超大超长的十二节车链子的烟火枪。没想到，孩子的游戏中竟然也是枪杆子里面出政权。那时的孩子们最喜欢看的电影就是《平原游击队》，尤其喜欢电影里使用双枪的传奇战斗英雄李向阳。我那十二节车链子的"双枪"一定能让孩子们时刻联想到智勇双全的李向阳，也一定能让孩子们时刻羡慕着神圣无比的大"司令"。

　　在那个物质极度匮乏的年代，整个平安县城都很少能看见自行车。谁家会有二十四节车链子呢？就算有，谁又肯把它们都用于做车链子枪呢？现在想想，那都是个非常独特的奢侈现象。

　　我家并没有自行车，而我为什么会拥有两只十二节车链子的烟火枪呢？唯一的原因就是：我会制造最好的烟火枪。我除了免费给毕胜利做，给别人做我是一定要收手工费的。我的手工费不是现金，而是实物。不多不少，永远是一节车链子。孩子们都知道，这一直是我不成文的老规矩。

　　一般情况下，做一支烟火枪至少需要五节车链子。孩子们手上终于攒足了五节车链子还是做不成，因为还要交出一节作为我的手工费。这样，他们就得攒足六节车链子才能来找我。否则，他们就只能尝试着自己去做了。孩子们当中也确实有实在等不及了自己动手的，李大平和二宝子等都曾经这样尝试过。对于这些，我并不反对，也不反感，我心里太有底了。

　　自己动手做枪的孩子们好像没有谁因此而高兴起来过。费了九牛二虎之力，最后看上去总算完成了。但总是存在着两个致命问题：一是不好看，二是不好使。由于车链子少，枪栓必然就要短一些。加上选择的皮筋弹性稍稍弱一点儿，各个部件细节稍稍粗一点儿，总体安装技术再稍稍差一点儿……尤其是撞针的制作问题，就更得细心一点儿，不能磨得太尖，又不能磨得太钝，关键是弧度和角度的把握必须得极其精确，不到位一点儿都不行。这些"一点儿"凑到一起，枪肯定就要出大问题了。有时，自认为大功告成的孩子兴奋地把枪举过头顶，一连勾了好几下，枪却一直勾不响。该响时不响，哪还配得上叫枪呢？气性大的孩子立马就会把自己辛辛苦苦做成的枪狠狠地摔在地上。

　　而我用五节车链子做成的烟火枪却总能一勾就响，这就是孩子们宁愿送给我一节车链子也来找我做枪的根本原因。五节车链子的烟火枪响是响了，但它不可能响得那么透亮、那么潇洒。就算我做得再精致，它也终究没法和我那十二节车链子的烟火枪相提并论。十二节车链子的烟火枪毕竟枪栓足够长、冲击力足够大，每次扣动扳机都会随之发出一声震耳欲聋的脆响。

在孩子们的眼中，"司令"那十二节车链子的烟火枪才是真正意义上的烟火枪啊！

我记忆最深的要数给李大平做的那支烟火枪了。因为李大平只有六节车链子，如果自己做，就能做个六节车链子的枪；要是找我做，就只能做个五节车链子的枪了。李大平无非是渴望自己的枪能稍大一点儿、稍长一些，所以才选择自己来动手做。李大平虽然能把枪形做得很好看，但好看的枪就是打不响。他也是在实在没办法的情况下才不得不来求我的……

在我做枪的整个过程中，细皮嫩肉的李大平除了认真观察每个细节，就是羡慕地盯着我那两支大枪仔细看。我让他拿到手里看，他却连碰都没敢碰一下。李大平虽然比我小两个年级，但凭着他的聪明劲儿却显得相对成熟。他不仅学习好，而且手脚也比一般孩子灵巧。也许是因为这些，感觉李大平总是与其他孩子有所不同。

六节车链子的烟火枪就要做完了，也没见李大平把一节车链子的手工费交给我。我以为他兜里还揣着一节车链子呢，并没急着要。眼看他就要走人了，我才主动向他要。我半开玩笑地说："行啊！小伙子，攒七节车链子了才来找我？"

"司令，我能不能先欠着？等以后有了再给你不行吗？"我没想到李大平会提出这种无理要求。

"咱们不能坏了规矩。"我当然不会同意，还是从他那恋恋不舍的手里把枪拽了过来。我很生气，心里抱怨：表面看挺文静个孩子，心眼儿咋这么小呢？叫什么李大平？干脆叫李小抠吧。

"司令，你都有两支那么大的枪了，还……"李大平好像要哭的样子，他只说了一半，就没再出声。他静静地站在桌角处，只是不胖不瘦的小脸红一阵、白一阵的。

就在李大平心疼目光静悄悄的注视下，我给那支已经做成的枪拆卸下了一节车链子。我又费了挺大的劲，对枪栓和撞针等重要环节做了重新修改和调试……

那天，李大平是喜忧参半的表情离开我家的，我一直记得非常真切。

直到李大平走后，我把那节车链子掂在手上，心情才慢慢好了起来。那是一节崭新崭新的车链子，我稀罕地拿在手里摆弄了一个下午，才十分爱惜地把它收进我那专门装"宝贝"的小木盒子里。其实，我也在全力积攒着车链子，还一直梦想着拥有第一把十六节车链子的烟火枪呢。

那时就是这样，没有烟火枪的孩子想有最初级的烟火枪，有了最初级烟火枪的孩子就想有更大一些的烟火枪。印象中，平安县的孩子们一直都在竭力搜寻着更多的车链子，一直都在梦想着手里的烟火枪越来越大、越来越多、越来越响……

3

后来，孩子们手中的烟火枪又发展、升级成了更具威力的车闸管儿枪，也有些孩子夸张地把它称作火药枪。所谓的车闸管儿枪，现在来看肯定就非常简陋了。无非是将"车条帽"由原来的合钉在两节车链子上，改成现在的单钉在一节车链子上，然后在枪头套上一个车闸管儿，再将其焊牢。车闸管儿枪可以装上黑火药和铁砂子，不再是从前那"摆设有余，威力不足"的烟火枪了，车闸管儿枪喷射出的铁砂子多且密，比弹弓的威力还要大。车闸管儿枪才更有枪的味道，不仅能让人听到响声，还拥有着巨大的杀伤力。一把这样的"枪"拿在手上，该是多么的有威慑力、多么的风光啊！那一度就是整个平安县所有男孩子们对"枪"的终极梦想。

因为那个时代的钢铁物件实在太少了，自行车就成了孩子们取材做枪的唯一源泉。没办法，只能想方设法利用自行车上现有零部件了。当然这里还有前车闸管儿和后车闸管儿之分，后车闸管儿相对要长一些，看上去也就更显得威武一些。

铁砂子并不难弄，平安县生产资料仓库就在我家房后。每次我们用吸铁石都能从地上的沙土里弄到一些，最多时我已攒到三罐头瓶子了；最难弄的是黑火药，自己不会做，商店里又买不到。只有偶然的非正常渠道才能从朋友那儿淘来一点儿，但又总是太少。所以，很多孩子都长期受困于"光有机枪没子弹"的无奈窘境当中。

每次放枪前必须得小心翼翼地往车闸管儿里填充上金贵的黑火药才行，日久天长，平安县的孩子们好像都作下了一个贪婪的毛病——见到黑火药就抢，他们绝不会放过任何一次得到黑火药的机会。

难怪每逢年节有头有脸的大单位燃放鞭炮，平安县的小孩子们一定会一哄而上了。尤其是二宝子、三尿子等人，胆子更大，他们会不顾一切地冲进硝烟火海之中，奋力抢夺那些正在燃爆中的鞭炮，那可真是一双双忙乱而勇敢的小手和小脚啊……

平安县的孩子们如此冒险的目的只有一个：就是要让花炮在爆响之前泯灭，好拿回家去扒出里面的黑火药，用于自己的车闸管儿枪。那时，孩子们能弄到黑火药就不错了，哪里顾得上这里还有"横药"和"顺药"之分？直到后来孩子们意外地领教到了那个致命伤害：在一次新枪试验中，因为超量使用了"横药"而导致了严重事故。一声爆响之后，一向胆大的试枪人二宝子应声"啊啊啊"地惨叫了起来。接着，满脸是血的他就抱着脑袋在地上极度痛苦地打起滚儿来……赶到医院抢救完才知道，还好，更重的伤在鼻梁骨上，鼻梁骨粉碎性骨折。不幸中的万幸啊！二宝子差点儿被炸开的枪管儿崩瞎了一只眼睛。

原来，从鞭炮中扒出来的黑火药绝大多数是"横药"，只有二踢脚第一响里装的黑火药才是"顺药"。二宝子出事之后，我和伙伴们才突然间对从鞭炮中扒出来的"横药"忌惮起来。

半年以后，我偶然中从工具书里发现了黑火药的民间制作方法。说木炭、硫黄、硝石以3：2：15的比例配伍，就可制造出黑火药来……

木炭、硝石还好说，最难弄的是硫黄。听人说电线杆子上的瓷瓶里用来做绝缘体的物质就含有硫黄成分，孩子们就用弹弓打碎瓷瓶，以索取硫黄……但总是太少，难以成事。人多力量就是大，没有克服不了的困难。后来，又有人从其他的渠道找来了更纯正的硫黄。

我们终于把这些东西弄齐全了，可是意外又发生了。

"报告司令！发现了阶级斗争新动向。"毕胜利早晨起来发现孩子们昨晚晾在仓房顶上的自制火药竟然都湿透了。

"是谁浇的水？还是给尿的尿呢？"这是孩子们在现场发出的相同疑问。

"这不是阶级敌人在存心搞破坏吗？必须揪出来！"这是孩子们在现场发出的相同怒吼。

自制火药屡屡受挫，孩子们有些不知所措。有些人怀疑是三尿子干的，还有些人怀疑是二宝子他姐干的。最后，怀疑二宝子他姐的人越来越多了，三尿子只是爱搞恶作剧，二宝子毕竟因为黑火药受过重伤……

几天后，孩子们终于弄清了真相——那并不是什么阶级斗争新动向，而是露水惹的祸。就一起骂这露水真不是东西，比二宝子他姐还不是东西。

孩子们并不反思，反正事情随时都会有新的变化和新的说法。孩子们该咋想还咋想，该咋玩还咋玩，该咋淘还咋淘，二宝子他姐该不是东西还不是东西……

别的都是小事，孩子们自己能制造出安全的黑火药才是天大的喜事。很快，车闸管儿枪就在平安县的孩子们中疯狂地流行起来了。

自从发明能利用自行车的车闸管儿制造一种新式武器——车闸管儿枪，平安县为数不多的自行车车闸管儿几乎一夜之间就被孩子们偷光了。大人们防不胜防，新买的自行车五天之内就会残缺不全，所以平安县的自行车普遍没闸。

街上时常发生自行车撞车事件，就是与大量车闸管儿被孩子们用于做车闸管儿枪有着直接关系。如果两个骑自行车的人相撞了，没有人会指责对方为啥不刹车，都是说，"你为啥不往那边拐呢？"接下来，就会听到这样的争吵声："你他妈没长眼睛啊，咋不往右拐呀？你得儿了呵的！"另一个则骂道："你他妈才没长眼睛呢，咋不往左拐哪？你傻了吧唧的！"

曾有那么一段时期，平安县总的感觉就是：刹不住闸。

4

"司令"家的地势低洼，一下雨就积满一院子水，这成何体统？有一天，无所事事的弟兄们就发现了这个严重问题，并自发地帮我家垫起了院子。

大家用手推车从郊外的后岗子往我家运土，干得热火朝天。我也觉得脸上好像有种光芒在时隐时现地闪烁，就连我那一向严厉的父亲都一脸红润的笑容。午休时，父亲竟然主动要求为我们炒菜做饭，还破天荒地一次性地为我们买回了一箱汽水和二十块钱的香肠。面对着一整箱汽水和一大堆香肠，我和伙伴们要多高兴有多高兴，下午的干劲儿就更足了……

但那天下午收工后，伙伴们却看到了极其不和谐的一幕：我放在自家窗台上那两支十二节车链子的车闸管儿枪竟然不翼而飞了！那么扎眼的两支大枪同时都不见了，这在当时无异于一件惊天大案！

全力破案！毕胜利施展才能的机会来了。毕胜利边说"谁也不好使！我就不信邪"边招呼大家："马上给我全体集合！"

毕胜利指挥大家掘地三尺地找枪……孩子们无望地把整个院子翻了一遍又一遍……一个个累得汗流满面，精疲力竭，也没见到那两把大枪。

无果之后，毕胜利怀疑是不是丢在了运土的路上，就又带着所有的人去后岗子的路上撒大网式地反复寻找……仍然无果。

傍晚时分，在确信两支大枪绝对不是意外遗失之后，毕胜利开始训话了：光天化日之下，众目睽睽之下，司令的车闸管儿枪都能丢！如果这种事都能发生，那么平安县还有什么事不能发生呢？你们可以无视国法，甚至你们也可以无视司令，但你们绝对不可以无视我毕胜利这个副司令！我就不信我揪不出你这个内鬼来！谁也不好使！我就不信邪！"

毕胜利都要气疯了。虽然他一直在说着全世界最狠的"狠话"，可是司令的枪却一直没有任何线索，也一直没有任何能找到的迹象……

"国不可一日无君，司令不可一日无枪。司令怎么能没有枪呢？"在毕胜利的倡议下，七节车链子以上的每个孩子捐出一节车链子。很快，我就又重新拥有了一支十节车链子的车闸管儿枪。

虽然我手上重新有了枪，但我觉得那根本就不是什么枪。我的枪似乎永远是那两支又长又大的十二节车链子的车闸管儿枪。

最后，毕胜利不得不用上了排除法。一个一个过筛子……他很快确定了最可疑的三个人。分别是二宝子、李大平和胡小波。

在给"司令"重新置办枪的过程中，毕胜利又解除了对以前的重点怀疑对象——胡小波的怀疑。

毕胜利说："胡小波只是长得像个坏人，其实他是个好人。而且胡小波对弹弓和枪并不太感兴趣，他更喜欢的是写字和画画。"

毕胜利说："本来只有六节车链子的胡小波不必捐，但他也拆下了一节车链子，更难能可贵的是，他还为司令贡献出了自己枪上的车闸管儿。"

毕胜利还说："我透过表面看到了一个人的本质，这是我深入调查研究后得出的正确结论。"

这样一来，剩下的两个重点怀疑对象就只有二宝子和李大平了。虽然缩小了范围，但是毕胜利一时仍然难以断定谁会是那个最终的小偷。

何止是毕胜利，连我这司令也看不出谁更像一个小偷。我一会儿看谁都像，一会儿又看谁都不像。二宝子一直不太好管理，还经常和毕胜利顶嘴。毕胜利对二宝子印象一直不太好，他是因此被列为一号怀疑对象的吗？

我对找枪这件事越来越不抱希望了。我只是时常怀念起我那两支十二节车链子的车闸管儿枪，尤其是枪头上那闪闪发光的车闸管儿，那是两支多么威力十足的大枪啊……

5

没有如想象中那样迅速地找到司令的枪，毕胜利一度非常郁闷。入冬以后，北风吹起，别人在屋里都冻得直哆嗦，毕胜利却成天长在大街上放"八挂"（平安县的人都管放风筝叫放"八挂"）。

那些年，平安县还盛行着各种学习材料。毕胜利则以放"八挂"的形式把他爸拿回来的那些学习材料挂到电线杆子和路边杨树上去。就在这个初冬季节，毕胜利放"八挂"几乎成了平安县更加忙碌的一大景观。

毕胜利是个十分敬业的人，不仅演啥像啥，做起游戏来也从不含糊。经常能看见毕胜利一边叨咕着"谁也不好使！我就不信邪"，一边从自家的仓房盖儿上扯着"八挂"跑过，他完全顾及不上自己的安危，只要"八挂"能飞起来比什么都重要。他经常以各种姿势从房盖儿上滚落到地上，有时磕撞得鼻青脸肿，他也全然不顾。

毕胜利任鼻涕淌过红赤赤的嘴唇，只是到了不抹不行的时候才胡乱地抹上一把。他跑在平安县随便哪条街巷上，对过往车辆行人从来都是忽略不计。他一直保持着向前的姿势，但向前跑的时候多数是回着头的，他只关心身后的"八挂"是否已经呼呼啦啦地飘起来了，就算幸好飘起来了，半空中的"八挂"还是忽上忽下、忽左忽右，难以控制。"八挂"总是不够稳定，是头重脚轻呢？还是脚重头轻呢？这也是毕胜利一直无法解决的问题，是和司令的枪一样让他头疼的大问题。

那时平安县汽车还很罕见，自行车也不多，结实的毕胜利有理由横冲直撞。他常常弄出人仰马翻的热闹场面，甚至他自己也常常跌进路边的水沟里或磕到台阶上，毕胜利从来没因为这些而中止放他的"八挂"，他不知道旁边发生了什么，包括自己的脸上什么时候又添了新的伤口，手指为什么肿了，牙花子为什么出血了……

只有我无意中观察到了一些真相。那些日子里，表面看上去活蹦乱跳的毕胜利实际上是忧心忡忡的。

6

直到第二年春天，毕胜利最终把偷枪嫌疑人锁定在了李大平身上，并在一个雷雨交加的傍晚向我做了一次非常详细的汇报。记得那是平安县春天里的第一场雨。

一见面我就问毕胜利："李大平一向是个品学兼优的好学生，还是班里的学习委员，你凭什么认定这件事就是李大平干的呢？"

毕胜利警惕性十足地向雨中的街口望了望，神秘地说："一开始，我的重点怀疑对象其实是二宝子。老大，不瞒你说，我也希望那个人是二宝子。原因也不怕你笑话了，是他一直不太听我的话，我确实有点儿烦他。但后来我不得不改变我的判断，因为有更多的证据让我认定这事就是李大平干的。虽然李大平平时给我的印象还不错，但咱不能感情用事，是不是老大？"

"说说看，有啥证据？"我有些期盼地说。

毕胜利接着胸有成竹地说："原因有三：首先，老大你还记不记得咱们上三年级那年夏天，有一次你带领大家偷着去后岗子洗野澡，还都说李大平最老实呢，没想到最后就是李大平供出了全体成员。你的少先队员还因此被学校取消了，还被老爸打了一记大耳光子。你没忘吧老大？李大平表面看着老实，其实他一点儿也不老实。"

"这个能说明啥呢？"我不以为然地摇了摇头。

"你听我说呀？还有其次呢。"毕胜利不紧不慢地擤了一把鼻涕。

"那你就接着往下说。"我多少有点儿失望。

"老大，我倡议给你捐车链子其实还有另外一个目的。常言道：关键时刻、利益面前才能看清一个人的本质。在这件事上，我又一次发现了蛛丝马迹，抓到了难得的佐证。一向视车链子如命根儿的李大平这次捐得非常痛快，而他自己手上的枪车链子数却没有任何减少。老大，这难道不可疑吗？他和胡小波的情况可是截然不同的。"毕胜利眯起眼睛，学着他老爸的警察神态。

"这倒是个有价值的线索，但还是有点儿牵强，还是不够充分。"我觉得毕胜利说的有些道理，但还不足以给李大平下定论。

"老大，还有第三呢，这也是最重要的依据。李大平在家里偷着玩枪时让我发现了！"毕胜利异常激动的样子。

"啥？"我认真起来。

"有一天，我正好从他家门口路过，竟然连续传出了两声枪响……两声枪响啊！老大，两声枪响说明什么？说明至少得有两支枪吧？他李大平什么时候有过两只以上的枪呢？我说老大呀，这回该明确了吧？不是他还能是谁呀？"毕胜利有些得意地盯住我的眼睛，像生怕我回避似的。

"这是真的？"我对李大平的印象也一直不错，可听了毕胜利的陈述，尤其是第三点陈述，我也越来越认同了毕胜利的判断。"是啊，从这些事情的细节上看，你的判断非常有道理。"

"老大，当时还不是我一个人听到的呢，这件事二宝子还可以作证。"毕胜利又信誓旦旦地补充说道。

我越发认定李大平偷枪这件事的确切性了。"这小子伪装得挺深啊，太可恨了！不过，我们还是要慎重，不放过一个坏人，但也不能轻易冤枉一个好人。最好还是让李大平亲自承认错误为好。"我还建议毕胜利，"必要时，你可以吓唬吓唬他，那小子胆小，肯定会招供的。"

"老大，这事你就放心地交给我来办吧，我毕胜利还是有两下子的，这回保证给你结案。"

第二天晚上，毕胜利就把李大平叫到了后岗子进行审讯。我和几个伙伴就躲在旁边的杨树林子里偷听着，孩子们的很多大事都是在这里解决的。

让毕胜利始料不及的是，无论毕胜利怎么高声恫吓，李大平就是一口咬定司令的枪与他无关。接下来，毕胜利不得不边叨咕"谁也不好使！我就不信邪"边动用了他爸对付罪犯的手段。毕胜利把李大平的手拧到了不能再拧的程度，竟对李大平进行了印象中的"严刑拷打"。毕胜利心目中的"王连举"变成了"刘胡兰"，软骨叛徒变成了钢铁战士。毕胜利万万没想到过去那个软柿子今天变成了眼前的硬石头，李大平一直"视死如归"，坚决不承认自己拿了司令的枪。

最后，毕胜利手中用来吓唬李大平的手术刀子竟然成了真正的刑讯工具。毕胜利边喊"信不信？我可真割了"边挥舞着手术刀子，直到毕胜利已经割破了李大平的后背，李大平还是喊："没拿，没拿，我就是没拿！"李大平始终没承认自己拿了司令的枪……

弄不好要出人命了，我不得不和伙伴们出来解围："算了算了，咋还动上手了呢？"

"我找你家去，你等着……"李大平给自己下了个底气不足的台阶，边哭边跑出了杨树林子。

毕胜利则气得直喘粗气。"熊样吧，有能耐你现在就找去！动不动就要找我家去，那算个啥能耐呢？"

"人家死不承认，谁也没有办法。"毕胜利除了冷笑还是冷笑。他决定不再找枪了，并向众位弟兄们宣布："司令丢枪一案已经正式告破。"毕胜利只是在宣布中流露出了一点儿遗憾，就是最终没能拿到李大平的口供。

李大平虽然死不承认，但我和毕胜利及孩子们还是认定枪就是李大平偷的。

从那以后，李大平就有了另一个响亮的名字——李小偷。李大平就像变成了另外一个人。原来爱说爱笑的李大平变得少言少语了，原本公开清澈的目光也变得隐瞒混浊了，眼神飘忽不定，总是躲躲闪闪的样子，原来挺胸昂首的他常常低着头走路，竟越来越像人们印象中的小偷了。李大平也由原来学习好的学生，逐渐变成了学习一般的学生……

"一个小偷会有什么大出息呢？这样也很正常。"最后解除嫌疑对象的二宝子对背了半年多的黑锅耿耿于怀，常常幸灾乐祸地这样评价着李大平。

两个月后，又发生了一件不大不小的怪事。

"报告司令！又发现了阶级斗争新动向。厕所里出现反标：程杰是小孩头头儿！"毕胜利还是经常能发现问题。

解决问题时，毕胜利没再拖泥带水。这次，毕胜利第一时间就用不容置疑的语气断定："李大平干的。"

"肯定是李大平，不会再有别人了。李小偷当然不敢明着报复，只好老鼠一样把司令的大名写在厕所墙上。"二宝子、三尿子等跟着起哄。

我觉得又不是什么大不了的事，也就没再去深究。

但在所有孩子的心目中，李大平就更不是人了。

"他不仅偷了司令的枪，还暗地里对司令进行着人身攻击，真不是个物儿啊！"孩子们议论纷纷……

由于孩子们都越来越排斥李大平，独来独往的他小学刚毕业就早早回家找零活儿干去了，据说到他爸所在的建筑工程队当上了临时搬运工。

8

上初中以后，孩子们就有些分散了，就很少有人叫我"司令"了。尤其是上高中以后，孩子们都长大了，我这"司令"也就彻底当到头了。后来，我阴差阳错地考上了外地的一所大学，就更加彻底地告别了儿时的伙伴们。

儿时那些小伙伴们高中毕业后几乎都没能考上大学，就先后找到了各自的岗位。毕胜利是通过他爸的关系去了县文工团，当上了一名很出色的演员；胡小波因为酷爱美术去了县文化馆，当上了一名美术辅导员；李大平也终于到县建筑工程队接他爸班，当上了一名正式建筑工人。其他孩子像二宝子、三尿子等也都找到了相应的工作，但大多都是临时工作。别人不太好说，只是当初学习很好的李大平有点可惜了。如果没有偷枪那件事，李大平也许会一直是个好学生，至少会像他爸所希望的那样读到高中毕业。到那时，他考上一个普通大专院校应该不会有任何问题。

9

二十多年以后，我终于有了个回家乡探亲的机会，就尽可能地把儿时的伙伴们都找到一起。都已经是四十多岁的成年人了，大家围坐在一张大大的酒桌上快乐地回忆起了当年的大事小情。说来也怪，在当年越是痛苦的记忆就越能成为我们此时的快乐谈资……

又有人提起了我小学三年级时偷着领大家去洗野澡那件糗事，我也陷入到深深的回忆之中：对呀，那可是事先发过毒誓不许往出说的，可当年班主任老师只是指桑骂槐地一吓唬，李大平就全都招了。可见，李大平的胆子也太小了。而后来，在毕胜利锋利的刀刃下，同样是李大平，竟然能视死如归地咬定自己与司令丢枪的事无关。从这个角度上看，司令的枪好像真不应该是李大平偷的呀，这也太不符合人物性格了呀……

多大个事儿，问问李大平不就知晓一切了吗？借着酒劲儿，我真想问问李大平儿时那枪到底是怎么回事儿。但当我望着已是一脸络腮胡子、憨厚而沧桑的建筑工人李大平时，我几次话到嘴边，几次又怯生生地把那话茬咽了回去……

难道李大平当年不承认，现在就会承认吗？我担心喝多了酒的李大平别一时觉得没面子，万一失态和我动起粗来可咋办？我现在可不是当年那个威风八面的司令啦，对方也不是当年那个细皮嫩肉的小偷啦。

后来，我好像真的喝多了，就扯着身旁毕胜利的耳朵问："胜利，我问你，你当年是根据啥认定我那枪就一定是李大平拿走的呢？"

毕胜利诡谲地一笑："我说老大呀，这都多少年前的事了？这么大点儿个小事儿你还没忘呢？我早都记不起来了。哈哈哈……怪不得老大你能考上大学呢，你的记忆力可真好啊！"

"我……我不是和你开玩笑。"我仍抓着毕胜利的耳朵不放手。

见我认真，同样喝多了酒的毕胜利才又边笑边说："那都是小孩子的事儿了，想想那时可真能闹哇，整天都是在混淘、扯淡啊！对了，那时我可是副司令啊，必须得破案哪，要不我可就没有威信啦。"

又喝了一会儿酒，在我的再三追问下，毕胜利终于很认真地和我说出了实情："当年李大平他妈长得确实是挺好看的，我爸多严肃啊，但他有一次跟李大平她妈微笑，我妈发现了就特烦李大平他妈。我不过是想借机给我妈报报仇……老大，我当时哪敢跟你说实话呀，你可是司令啊，你不得骂我公报私仇才怪呢！再说了，也是实在没招了，我就拉着二宝子编了那个故事，二宝子当然愿意了……老大，来来来，咱还是喝酒吧！别的都是瞎扯！"

"那我再问你，厕所里的反标又是咋回事呢？"我更加认真。

"那个就更简单了，是我自己写上去的，哈哈哈……"毕胜利不以为然地又大笑起来。

"那你咋还贼喊捉贼呢？"我松开毕胜利的耳朵，大声追问。

"哎呀，我说老大，你可真较真儿啊！我今天就全都给你招了得了：这一呢，是为了转移视线，前段案子破得不太理想，捎带着也给自己树立树立威信；这二呢，咋说呢？唉，也是为了没事整点儿事儿，没准儿还能借机再收拾收拾李大平呢……"毕胜利说着又哈哈大笑起来。"是不是呀李大平？你小子快过来，这都是缘分哪，咱哥俩真得再给老大好好敬上一杯酒！"

可我却一点儿也笑不出来。

这时，李大平循声笑呵呵地走过来敬酒，我们三个人就相互搂着肩膀又干了满满的一大杯白酒，我感到李大平那双满是老茧的粗糙大手很有力量。

那天，我把自己彻底给喝多了。

第二天一早，我就匆匆坐上了返程的火车。一路上，车窗外不断远去的树木似乎还想将我拉回家乡，我仿佛又看到了家乡后岗子那片神秘的杨树林子，仿佛又听见了李大平"我找你家去"那飘忽不定的苍白哭喊……

司令的枪到底哪里去了呢？也许是前一天酒喝得过多的缘故，我的思考头一次朝着另外一个方向发生了折转——愈发清晰呈现在我眼前的是父亲那天的笑容，是一向严厉的父亲那天过分慈祥的笑容……

爱喝小酒儿的老周

《群众文化》是省文化馆主办的内部刊物，发行量虽小，但并不影响全省各地文化馆、站的"论文"从四面八方寄送过来。《群众文化》的主编由省文化馆的领导兼任，领导大多数时间都是忙于各种行政事务，极少有时间字斟句酌地看稿子。这样一来，干具体活儿的编辑部主任——老周就既是三孙子，又是绝对的权威了。

中学语文教师出身的老周为人厚道，早在十几年前就当上《群众文化》编辑部的主任了。当上主任的老周也和当年做普通编辑时一个样儿，一点儿架子也没有。老周一直很清楚自己的平凡造化，虽说再往上走一步就能熬上省文化馆的副馆长，但那绝对不关老周的事了。老周深知，自己不具备那好高骛远的本事。在单位所有人的眼睛里也是这样，如果不出大的意外，老周会十分稳定地一直坐在省文化馆《群众文化》编辑部主任的位置上，直至有一天会从主任这个位置上安静退休的。

天生本分的老周除了认真工作之外，就是喜欢读外国作品。在全国范围的文化馆人里，常年自费订阅《译林》和《世界文学》的人也不会太多，但老周是其中的一个。老周唯一的毛病就是好喝点儿小酒儿，所以，下边人来送稿子时，就顺便找他喝点儿小酒儿。只要老周时间上能安排得开，他基本上都不会拒绝。"好事儿啊，喝酒不是好事儿吗？"老周欣然前往时也从不扭捏造作。

　　如果喝完酒回来发现稿子实在太差的话，老周也不后悔。那就不给发呗，也没啥大不了的，这个问题老周从来不怕；老周就怕那种情况发生——拿到手里的是有点玩意儿又没啥大意思的稿子。一碗鸡肋似的，没啥可吃的，又舍不得马上扔掉。遇到那种情况，好心的老周就得贪上两三个晚上来慢慢帮着修理。因为老周一向办事认真，又不会抄近道。有时，老周几乎就是为人家重新写了一篇，直到稿子四脚落地发表出来才算了事。

　　时间长了，下边人也摸透了老周的脾气，不管什么稿子他们都敢给老周拿上来。碰上老周心情好，就可能帮着他们改一改。等到哪一期实在缺稿子时，没准儿就能以打打补丁的方式给用上。万一呢？下边人也想开了，这样的稿子发了算拣着，不发也没啥损失。不就是请老周喝顿小酒儿吗？大老远来到省城了，就算不发稿子不也得借机喝点儿吗？再说了，自己不是也跟着喝了嘛，不也一起高兴了嘛？真的没啥。甚至还有人觉得占到了大便宜，让老周这么有意思的厚道人陪着喝点儿小酒儿，不给人家掏出场费就不错了。人家那可是省文化馆的大主任啊，你寻思啥呢？

　　省文化馆的同事有时就看不下去了，见老周汗巴流水地趴在办公桌上改那些破稿子时，有人还表现出了难得的同情："老周，你这是图个啥呀？有的酒啊，咱干脆就别喝了，这是何苦呢！"

　　老周就慢条斯理地边吧唧嘴边开玩笑地说："这酒得喝，这酒可不能不喝，这酒要是不喝了，那还哪有群众文化了？"他有意把"这"说成"zei"，并说成又长又重的去声。接下来，老周会停顿一下，再吧唧几下嘴，意犹未尽地接着说："但这酒呢？也不能白喝，这酒要是白喝了，不喝出点儿感情和感觉来，以后的群众文化工作还咋做了？再难，这酒咱们也得坚持喝下去……"老周把玩笑说得很认真，恨不得也要就此写出个论文似的。

　　大家听着是玩笑话，可仔细一琢磨，老周说的似乎又非常在理，甚至可以说很精辟。搞群众文化工作，整天苦巴苦业的，没啥油水不说，也不怎么风光，那还不行图个乐呵呀？大家不都是人吗？谁不想让平凡枯燥的生活多点儿乐趣呢?

也许是因为老周平时太老实的缘故,酒喝多的时候,本分的老周就常常有点儿走板儿。就多多少少表现出一些穷文化人的臭毛病来。比如,一本正经地和别人撒着小谎啦,把平时的文明词儿恰到好处演化成模棱两可的脏话啦,和单位那几个已经没啥姿色的中老年妇女开几句半荤半素的玩笑啦……但随着年龄的增长,老周已开始注意克服自己的毛病,尽量控制喝酒次数,也尽量控制自己不往多里喝。

那些年党风廉政建设抓得还不够严格,文化馆人的一些小酒儿就睁只眼闭只眼地喝了。就算实在的老周不想喝多,但盛情还是经常给他喝多的机会。喝多了酒从外面回来的老周,就神仙一样走在省文化馆并不宽敞的走廊里。由于脚底下发飘,远远望去,他就像在东一下西一下无比亲切地抚摸着文化馆长长的走廊……用老周自己的话说,他在画腾云的大龙呢。每当这时,省文化馆的整个走廊就都是老周的了。

有一次,老周喝酒后的开门最为经典:老周个头儿不高,钥匙用一条不太长但很油亮的枪网拴在裤带上。办公室的钥匙孔稍高一些,平时老周脚后跟一抬,钥匙准确入孔,没问题,开门绝对是件很轻松的事儿。这天老周小酒儿真的喝多了,想和平时一样去开门,可开了好半天,就是无法把钥匙插到锁孔里去。看着老周摇摇晃晃,后脚跟一抬一抬地开门,管收发的胖二姐腰都笑弯了,一身肥肉直颤,就把很多人都笑出来看热闹。有人就喊:"老周你干啥呢,开个门都赶配老牛费劲了?"老周则旁若无人的样子,脚后跟又从容不迫地抬了无数次,最后总算把门打开了。还一边往里走一边叨咕:"世上无难事,啥事你都急不得,你得坚持到底,这不就成了,群众文化工作不坚持哪行?"

玩笑归玩笑,但老周酒后开门还是给人们留下了深刻的印象。老周真的没啥太出众的地方,但老周总是有让人一想就笑的绝活儿。

牛大力是平安县文化馆的调研部主任,研究群众文化理论、写群众文化论文是他的本职工作。但他却酷爱写小说，业余时间基本都用在了小说上，挺倔的一个人。一般上边来人，牛大力不太当回事儿。但他唯独喜欢老周，说老周是省文化馆为数不多的几个人物之一。所以，牛大力每次和老周见面都要好好地喝上一顿小酒儿，酒桌上再唠上几句没大没小的闲嗑儿。

据说，牛大力写的群众文化稿子老周从来不用改。用老周的话说，"牛大力写群众文化稿子用半拉脑子就行，真就像玩似的。"在发稿这个问题上，一开始就不是牛大力求老周。如果老周哪期刊物想要点品位和文采，有时又不凑手，老周就得打电话求牛大力。他们之间不是常见的有求有应的上下级关系，而是难得一见的平起平坐的君子之交。业务上互相欣赏，交往上清清白白。牛大力来省城，由老周请顿小酒儿；老周去平安县，由牛大力简单安排。老周和牛大力的关系真就是这么个难得一见的平等关系。

这年夏天，全省群众文化工作会议破天荒地选在平安县召开。北京的相关领导和专家也被邀请来了，就把负责会务组的老周和干具体活儿的牛大力都累够呛。会议总算圆满结束了，各路大小领导都坐飞机的坐飞机、坐小车的坐小车地走了。省里来的人中只有老周是个大头兵，兵有兵的待遇，老周得等第二天晚上的火车才能回到省城去。

正赶上第二天是星期天，中午喝完酒就没事儿可干了，牛大力就陪着老周可平安县县城乱转悠。县城小，就那么几条小街，连个正经书亭也没有，就那么几个破商店，转了个六够，既没啥好买的，又没啥好看的。后来，牛大力就在一家打折的专卖商店买了一双相对看得上眼的旅游鞋，说给孩子穿。

从那家专卖商店出来后，牛大力就拎着那双旅游鞋和老周在平安县的暴土扬尘里又枯走了一会儿。虽然挺遭罪的，但老周还是心存感激，这离家在外的，又不能回宾馆干躺着去。好歹还有个牛大力陪着，要不就更惨了。

看着老周汗涔涔的样子，牛大力就感觉有些对不住老周似的。心想，平安县真的没啥好看的，要山没山，要水没水的。要说风景呢，也就是这几年不断增多的洗头房子了。可牛大力总不能带着老周去洗头房子吧？天可真热啊，一对这么要好的朋友都觉得活着没啥意思，就更不用说别人了。

老爷们儿天生不是一起逛街的料。两个人顶着大太阳又坚持走了半条小街，实在不想继续走了，牛大力终于想起了一开始就想着的事儿。

"我说老周啊，我看咱们还是找个小馆子喝点儿小酒儿去吧。"牛大力空着那只手扇子一样遮挡着火辣辣的大太阳说。

"还喝？不是刚喝完吗？"老周说。这几天老周没少喝酒，酒量不错的老周也有些扛不住了。

"不喝，这大热的天，那咱们还能干啥呀？"牛大力说。

"要不，我回宾馆看稿子去，你就回家吧。"老周说。

"大热的天，看什么稿子呀？能不能不扯犊子！"牛大力有些急了。

"可也真是没啥干的，那就喝吧。"听牛大力这么一说，老周也只好同意。

于是，两个人就来到路边一个叫"东来顺"的小酒馆儿。

"天太热，咱们就不喝白酒了，就喝点儿冰镇啤酒吧。"牛大力说。

"听你的，其实我是啥酒都不行了。"老周无可奈何的样子。

"来，服务员，先给我上'一提溜'冰镇啤酒，要拔拔凉的。"牛大力拿过菜单，简单地点了几个小菜。

"对，要拔拔凉的，越凉越好！"老周也跟着吆喝。"不过，酒是不是要多了，'一提溜'六瓶子呢！"

"什么多了少了的，咱俩就喝着看，能喝多少就喝多少，咱随意，还不行吗？"牛大力挥手示意服务员，意思是照他说的办。

"我是喝不了多少了，就以你为主吧。"老周有些告饶的样子。

牛大力是酒喝得越多越真诚那种人。老周嘴上说不能喝了，却架不住牛大力好言相劝，最后老周还是得一杯一杯地往下喝。

喝到了一定程度的时候，牛大力动情地说起了感谢话，"老周啊，这些年你没少帮忙，好几年以前我这副高职称就评上了，还当上了调研部主任，多亏你在《群众文化》上给发了那么多论文啊。下边的文化局、人事局就认这个，光发小说还真不行。就算有的小说被《小说选刊》选载了，评职称时还不如你这内部刊物的一等奖好使呢！"

老周就说："你牛大力文章写得确实好，在《群众文化》上发表是支持我工作。得一等奖呢，也是正常的，也是应该得的。那一等奖不给你给谁呀？有些"二五眼"都得了，何况是你这高手了？按理说，我该感谢你牛大力支持我工作才是。"

"不管咋说，我也得感谢你，老周！写得再好，你不给我发表也是白扯。"说着，牛大力又让服务员上了"一提溜"啤酒。

"写得好不给发表，那就不是我老周。"老周也喝得动情起来。

哥俩儿越说越近乎，越说越真诚。不咋吃菜，只是喝酒。

开始时，老周还是一口一口地喝。说："还要坐一宿火车呢，咱们就少喝点吧。"

一向爱憎分明、酒逢知己千杯少的牛大力怎么会同意就要离别的老周少喝呢？就说："喝多了也没事儿，上车一觉睡到天亮。一睁眼睛就到省城了，那样不是更好吗？少遭多少罪呀。来，喝吧，都是喝一杯少一杯了，你还以为啥呢？"

到后来，两个人就越喝越高兴，就你敬我一杯、我敬你一杯地杯杯见底……

两个人整整喝了一下午。菜没吃多少，却喝了"五提溜"啤酒。

"全省群众文化系统，咱……们俩是最好的哥们儿。"老周说。

"咱们俩不知道为啥？就对……对脾气，真……真就没说的。"牛大力说。

"咱们俩可是君子之交哇，男人和男人之间的感情，最他妈纯……洁……"老周说。

"现在像咱们俩这样的真朋友不多了，都他妈……互相利用。"牛大力说。

"别人都……都不行，咱哥俩之间的友谊那……那才叫地……地久……

天……天长……"这话谁说的就分不清了。

牛大力扶着老周往出走的时候天已经黑了，距火车开车还有三十分钟。

老周喝多了，一路上就没有想象的那样顺利……最后，牛大力是把老周背上火车的。

好在老周买的是下铺，湿透了衬衣的牛大力总算把老周弄到卧铺上去了。老周沉重的身子一挨上卧铺，就像受伤的游子突然找到了家乡，马上就呼噜呼噜大睡起来。

牛大力坐在老周旁边喘了几口粗气，一直不太放心的样子。后来，他就破例找来列车员为老周提前办好了换票手续，还再三请求关照。这样老周就不会被中途打扰，安安静静地睡到天亮。

办好了这一切，牛大力才在开车前的几秒钟跑下了火车，又有些不放心地在站台上看着火车徐徐启动，载着沉重的老周兄弟驶出了平安县火车站……

老周是睡到后半夜才醒来的。原因是口里发干，实在渴得受不了了。

醒来后，老周就发现床铺边的小桌上放着一双崭新的旅游鞋，还用一个白塑料袋包裹着。"这个牛大力哎？多少年的君子之交，还送一双旅游鞋干啥？当时他只是说给孩子穿，我还以为他是给自己儿子买的呢，没想到他是给我儿子买的呀？这个臭小子。"老周心里说着，拿起那双旅游鞋在手上掂了一下就扔到枕头边上去了。

"这么大，我儿子能穿吗？我的脚大点，也够呛。"老周一边喝水一边瞄那双不错的旅游鞋。心想，牛大力一直挺倔硬个人，怎么也会办这种柔和事儿了。这世道，这么直率厚道的人也变了。可这又是谁跟谁呀？这个牛大力呀……老周把水喝完就又躺下睡觉了。

再一觉醒来时，列车播音室就在播早间新闻了。

这时，中铺的一个青年人要下来，一只脚踩着老周的床边，一只脚悬在空中找鞋。

老周以为他马上就会下来，歪着身子等。

可青年人一直悬在半空中不下来，不好意思地笑着："对不起大叔，找不着鞋了。"

"啥样的鞋呀？"老周也帮着四下里瞧。

"就是一双运动鞋。不好意思，谢谢大叔。"青年人说。

"是不是过路的人给踢到床铺下面去了？"老周还撅着瘦屁股分别钻到两侧的床铺下面找了半天。"没有呢？难道说这车上还有偷鞋的损贼？"老周真心实意地为青年人着急。

"哎呀，真不好意思，大叔麻烦您了。"这时，青年人已经从中铺上下来了，跷着脚坐在老周的床铺上："大叔，我先借光坐一会儿。"

"出门在外的，年轻人客气个啥。鞋都没了还这么有涵养，坐吧坐吧。"老周一边从地上爬起来一边关切地说。

这时，青年人发现了老周枕头边上用白塑料袋装着的那双旅游鞋，就说："大叔，我那双和您这双真还差不多。"

"你看是不是这双？"老周此时也拿不准这双鞋到底是不是牛大力送的了，就心里不是十分有底气地问。

"不不不，大叔，我不是那个意思。我是说有点儿像，像不等于是。别说像，世上一模一样的东西还多得是呢。大叔，您可千万别多想……"青年人不好意思地解释着。

"我可真拿不准，要是你的，可就再好不过了。这种事可用不着客气。"老周很实在地说。

"那哪能呢？大叔，您是误会我了。您的就是您的，我的鞋一定是让人穿走了。我的意思是说我的鞋就是类似您这样的。您的鞋是新的，而我的鞋毕竟是穿过的，绝对是不一样的。它们像是有点儿像，但不可能是同一双啊。再说了，就凭大叔您这为人……我年轻是年轻，但好人坏人我还是能看出来的。"青年人很费劲地解释着。

"我没误会你，我说的也是真心话。"老周说。

"大叔，让我怎么说呢？请您也相信我的为人。自己的鞋丢了，就赖人家的，那我成啥人了。如果那样，我的鞋就更该丢！"青年人都要急哭了。

老周把那双旅游鞋拿起来，"生活中的蹊跷事多着呢，我是说……"

老周还没说完，青年人就一把抢过那双鞋扔回原处，面红耳赤地说："大叔，我求求您了，就当我什么也没说，行了吧？"青年人说着站起来，深深地给老周鞠了一躬。

老周直到这时才敢肯定这双旅游鞋确实是牛大力送的。心里就越来越踏实起来了，就安慰身边这个青年人："别着急，没准儿是谁穿错了呢？也许过一会儿就给送回来了。大热的天，谁还能故意偷一双旅游鞋呢？"

"我想也是呢，咱等等看。"青年人倒是个很乐观的人，还优雅地用口哨吹起了正流行的爱情歌曲《千年等一回》。

后来，没有什么迹象表明有人穿错了旅游鞋，青年人就试探着表达了另外一种意思。转弯抹角了半天，仍非常胆怯的样子："大叔，您、您这双旅游鞋多少钱买的？实在不行，您卖给我行不？"

老周一时真的感到无奈极了，"小伙子，说句到家话，这双旅游鞋还真不是我买的。要是我自己买的，别说卖给你，我早就给你了。还用你问？不就是一双旅游鞋吗？但这双旅游鞋是我的一个好朋友送给我、我儿子的。"

"啊啊，是这样，对不起，对不起。"青年人很不好意思地说。

"不过你别着急，我会帮你想办法。大家不会把你扔下不管的。"老周说。

底气越来越足的老周还实实在在地把自己和一个叫牛大力的男人之间十几年的深厚纯洁的情谊讲给了青年人听。老周说，"至于朋友之间送礼物这还是第一次，牛大力肯定是怕我不要才来这一手的。"老周还一五一十地把牛大力怎么买的旅游鞋，两个人怎么喝的酒都讲给了青年人听。青年人后来就听出一脸崇敬来，连说："这年头儿，不容易啊，这也太不容易啦。"还和老周互相留了联系电话。说："丢了一双旅游鞋，结识了一位好大叔。也值了！值了！"

又到一站了，有人上下车。老周就觉得每个下车的人都很可疑，就警犬一样留心地看着每一个从自己身边走过的人，老周真想出奇制胜般地帮着青年人把那个可恨的偷鞋贼给揪出来。

邻座的一位胶东口音的老大娘也为青年人鸣着不平："依恶（我）看哪，这鞋准是让人拿走咧。可真介煞（啥）人都有咧，这人咋介么缺德呀？"

"就是就是。""咋啥损贼都有呢！"旁边还有几个人也跟着附和。这时谁不说话谁就像个嫌疑人似的。

老周一度很想把牛大力送给自己的旅游鞋转送给这个青年人。可话几次到嘴边又几次被咽了回去。不论如何，这也是牛大力的一片心意呀。这哪里是一双简单的旅游鞋呀？这可是一身正气的牛大力难得一见的"表示"情谊呀！这可是两个清贫的群众文化工作者之间的深厚感情具体见证啊！要是给了这个青年人，以后我还拿什么做纪念呢？

再有一站就到本次列车的终点站省城了，青年人的旅游鞋已彻底没有了被送回来的可能。青年人就多多少少表现出一些焦虑来。

老周毕竟是老周。这时还是很大方地说话了，"虽然这是我最好的朋友送的礼物，但毕竟是一双鞋。我咋也不能让你光着脚下车呀。小伙子，你就穿去吧，谁穿不是穿呢？这一路下来，咱们也成好朋友了。"老周对这个青年人印象不错。

青年人说啥也不肯穿，说："这鞋我可不能穿。没事儿，我脚上还有棉线袜子呢。再说了，大热的天，地下也不凉。走出站台就有商店了，买双拖鞋就能回家。谢谢您了，大叔！"

老周仍一脸的真诚："这小伙子，可真犟啊……"

胶东口音的老大娘也不知如何是好，叨咕着："介个难咧，我也不知咋学（说）好咧……小伙子穿捏？还是不穿捏？"

列车终于到达终点站了。伴着一曲欢送乐，老周扶着青年人下了火车。背着一双新旅游鞋的老周挽着一个只穿一双白袜子的男青年。刚刚下过雨，地上湿漉漉的，青年人的白袜底已经是黑的了。这样的奇特景象让过往春城的旅客们叹为观止。

老周陪着青年人来到最近的一家小商店，真的买到了一双塑料拖鞋。两个人还高兴地相互击了一下掌，认真地记下了对方的电话号码，说以后一定要常联系。

穿上塑料拖鞋的青年人就跑到马路对面打出租车去了。老周一直站在原地目送着，直到青年人叫住了一辆出租车以后，老周才和他热情地挥手告别……

以后的几年里，虽然老周和牛大力见面的机会不少，但是老周也没好意思和他提那旅游鞋的事。

直到又一年春天，已经当上平安县文化馆副馆长的牛大力来省里开会，在饯行午宴上，借着酒劲儿，老周才第一次和牛大力提起了旅游鞋的事。

就在酒桌上，牛大力说自己长这么大从来没送过礼时，老周才半开玩笑地和他耳语道："我说牛大力啊，什么话可别说得太绝。那年你送给我那双旅游鞋也太大了，家里人谁也穿不了，到现在还好好地放着呢。不行你还是拿回去给你儿子穿吧？"

没想到牛大力却满脸疑惑地大声说："旅游鞋？什么旅游鞋？我才没送你什么旅游鞋呢。老周，哥们儿我还用给你送礼？真是的。当着真人面儿咱不说假话，咱从来没有那么多旅游鞋，要有，我还留着自己穿呢。"

牛大力从来不和老周开玩笑，越是这样，老周就越是有种五雷轰顶的感觉。酒没喝完，老周就说家里有事，得先走一步。

老周匆匆忙忙赶回家就到处翻几年前的电话簿，终于翻出了那个青年人几年前留下的电话号码。然后老周就打通了那个电话，老周在电话里表示了深深的歉意并执意要把旅游鞋还给青年人。

青年人则老朋友一样在电话的另一头说："是您呀大叔，旅游鞋？我都忘了。不用还了，就做个纪念吧。"像早有心理准备。

老周说："这么说你早就知道了？为啥不打电话冲我要啊？"

青年人笑笑说，"当时车厢里有些昏暗看不太清，其实那天你扶我走下火车不久我就在阳光下发现了旅游鞋上那个熟悉的爱心标志，那与众不同的小小标志是我女朋友细心绣上去的。那天我也因离别而喝多了酒，怕我弄脏了，是她为我把鞋脱下并装进塑料袋里的。"

"怎么会是这样子呢？"老周喃喃自语着。

"大叔，在我看出是自己的鞋后，我多么想要回来呀，那可是我女朋友的一片心啊！但我突然觉得那样做不太好，我并不认识你，但我不想伤害你，不知为什么。事后，我女朋友问我那双旅游鞋哪里去了？我就把这件事讲给了她听，她也说我做得很对。她现在已经是我媳妇啦！"青年人很幸福的口气。

电话这边的老周好半天没说出话来。过了好久，他竟孩子一样哭了……

很长一个阶段，老周就像做下了毛病，总是自言自语，说世上的事要多蹊跷就有多蹊跷……后来，老周还以自己年岁大了为借口，说得把位置让给青年人了，坚决辞去了《群众文化》编辑部主任的职务。

做上普通编辑半年后的老周才渐渐回到了从前的状态，有时他竟主动和大家提起自己当年那件糗事。不过最后总是一脸无辜地苦笑说："事情也不能完全怪我老周，那毕竟有可能是牛大力的情谊呀……"

表面上老周虽然还是喜欢喝小酒儿的老周，但实质上老周似乎又不再是从前那个爱喝小酒儿的老周了。虽然老周每天按时上班下班，认真编辑《群众文化》，还是汗涔涔地给下面的作者改稿子。但是老周很少到下边去开会了，总是躲躲闪闪的，就像害怕出门似的。老周只是偶尔和下边来的人喝上一顿小酒儿，但从来没人见他再喝多过……

喝过小酒儿后的老周还是说着从前的话："这酒得喝，这酒要是不喝了，还哪有群众文化了？但这酒呢，也不能白喝……"

叫唤雀儿没肉吃

1

乡村语文教师出身的父亲经常对我说，叫唤雀（qiǎo）儿没肉吃。刘闯你看，山燕子叫唤得欢吧？百灵子，瞎柳叶子，都挺能叫唤，但都是浑身上下没有二两肉的小雀儿；你再看看老鹰、大雁和老鹳，这些大雀儿身上都很有肉，而它们的叫声并不多。

父亲的意思是在告诉我，做人要能沉住气，别有点成绩就穷显摆，那样是不会有啥大出息的。

生在那个时刻庆祝伟大胜利的凯旋时代，显摆（也称炫耀）一直是我刘闯的老本行。再加上我天生就爱虚荣，不让我显摆几乎是不可能的。叫唤的雀儿真就没肉吃吗？父亲的论断害得我在少年时代经常久久地仰望天空，我就不信那个邪了，我一定要找到一只既有肉吃又会叫唤的大雀儿。

叛逆的我一向固执，我经常带着这个巨大疑问游走在平安县有雀儿出没的荒郊野外。天长日久，荒郊野外的那些林地、壕沟和水洼子里也都填满了我干燥而执着的搜索目光。

终于有一天，我发现了那只我要寻找的大雀儿。我一路狂奔，一路欢呼，一路凯旋：天鹅！天鹅天鹅天鹅……我找到了一只会叫唤的大雀儿！

那是发生在平安县城东郊外老苇塘边上的一个惨案：雌天鹅死于偷猎者的枪口之下，雄天鹅盘旋在雌天鹅雪白的尸体上空，久久不愿离去，一直不停地声嘶力竭地尖叫着……

父亲却武断地说，刘闯，那能算吗？

我说，那只巨大的天鹅叫声老大了，简直是震耳欲聋啊。

父亲仍不屑地说，那也不算。

我说，反正我听见了一只大雀儿在尖叫着，你的话并不总是正确的，不是所有的叫唤雀儿都没肉吃。

父亲又武断地说，刘闯，那只是个案。

我说，你说啥？什么个案、别案的？你嘴大，我犟不过你。

似乎从我记事起，我的文学青年父亲就一直是我的死对头。直到现在我还能想象出父亲当初做文学梦时的可怜样子。

在我的想象中，肯定是有那么一天，当时还在乡村当语文老师的父亲一觉醒来，睡眼蒙眬中突然就有了一个奇怪的念头：他要当鲁迅。那绝对不是什么好玩的念头，因为父亲一向是个做事认真的人。接着，父亲就行动起来了。通过坚韧不懈的努力，头悬梁，锥刺股，在他三十一岁那年，已经有了两个儿子的我亲爱的农民父亲竟然奇迹般地考上了北方一所大学的中文系。父亲当时肯定以为自己又向鲁迅迈近了一步，他一度会是非常兴奋的。我都能想象得出父亲是如何乐颠颠地跑去上大学中文系的。

也许是通过上大学见到更大的世面，父亲终于发现了自己的先天不足。班里那么多书香门第出身的名门望族的同学们，才华远远在他之上，也没有一个想当鲁迅的，更轮不到他这刚刚抖落掉一脑袋高粱花子的山野村夫了。咋办呢？梦已上身，是挥之不去的。大学毕业后的父亲才渐渐地进行了转移，才把梦想恋恋不舍地转移到他儿子刘闯身上来。

五岁的时候，我就自发地喜欢上唱歌和画画了。一来是真的喜欢唱歌和画画，二来是觉得当个歌手或者当个画家都很风光。唱歌和画画不仅可以立竿见影，而且还容易出名。有时，它们还可以用来现场表演，都太符合我的性格了，那是多么荣耀的两种行为啊！

但文学青年出身的父亲偏偏不喜欢我唱歌和画画，他一心想让我长大后从事文学创作。父亲并没有直接说不让我唱歌和画画，而是采取了另一种方式：我一唱歌，他就让我闭嘴，说我五音不全；我一画画，父亲就出现在身后严格要求，横加干涉，稍有不慎我就会被从后面踢上一脚，继而说我画画的天分不足。我一直认为是父亲的过分严厉最终导致我放弃了唱歌和画画。

父亲还是那个父亲，从来没有因为毁了我这天才歌手和画家而自责过。一个小孩子，唱不唱歌倒是没人关心，当外人问起我为啥不画画了，父亲只是轻描淡写地说，我不让刘闯画了，小兔崽子没常性，再说也不是那个虫鸟儿。父亲背地里还偷着跟母亲说，刘闯不画画了也是好事，以后就让他给我一心一意地好好学习吧，长大后也考大学中文系，毕业了就从事文学创作，争取当上个好作家。于是，父亲就恶狠狠地盯住了我的学习成绩。于是，我苦难的日子就接踵而来了。父亲对我的学习要求越来越严厉起来，写好每一篇作文就更不用说了。谁都知道，好作家是那么好当的吗？我这么能嘚瑟的人有当上好作家的可能性吗？父亲咋就不稍加认真地想一想啊。

那时我正上小学三年级，除了课堂上学的，父亲又给我附加了大量他认为有必要的课外读物。好像有唐诗、宋词和诗经，还有伊索寓言、格林童话和另外一些我根本记不住名字的世界名著，好像还有一本厚厚的《古文观止》，我记不清了，反正都是一些让我背诵我又不喜欢背诵的东西。

而我根本就没有父亲所要求的恒心与毅力。我真的不是用来努力学习的材料，我喜欢跟学习无关的任何事物。就像父亲是专门用来学习的，我是专门用来不学习的。在我所有的书本里面，我只喜欢看小人书。再就是那本快让我翻烂了的《动物寓言故事集》，它早已经不见封面了，靠前的十几页也在不断地卷起和丢失。

我还天性喜欢小动物，无论是小鸡小鸭，还是小猫小狗，只要是小动物，我都喜欢。我还参与母亲每年一度的孵小鸡儿和抱鸭崽儿，从挑选种蛋到小崽出壳，我每天晚上都要煞有介事地陪着母亲将那些种蛋在灯光下照上一遍又一遍。从一开始一根根朦胧的小血丝，到最后蹦出来一只只毛茸茸的小鸡崽或者小鸭崽，每个细节我都不会错过。接下来，我再一路关注着它们慢慢长大……此外，我还喜欢天文地理、尖端武器、外星人、UFO等更乱七八糟与学习无关的东西。

2

由于我爱好广泛，玩游戏的鬼点子多，再加上喜欢穷显摆，左邻右舍的孩子们就习惯于听从我的指挥，很快我就当上了我们家那一片的孩子王。玩游戏我可是行家里手，弹溜溜、扇烟盒就太小儿科了，各种棋类运动和球类运动更是家常便饭，我更多的时候是带领孩子们打冲锋仗、撞拐子、攻方城、藏猫猫、遛靴子、砸大步、射老头……除了这些常规游戏，还有各种随季节而来的非常规游戏，比如，打山雀儿、灌大眼贼儿、抓蛐蛐、挖鼠洞、逮蝈蝈、摔泥炮、滑冰车等等……我还有一个最大的绝活是做烟火枪，只是我一般情况下不给别人做。

在孩子们心目中，游戏还分为危险游戏和安全游戏。孩子们最喜欢玩的是危险游戏"撞拐子"。不仅好组织，而且对抗性极强。孩子们按大小个分成两伙儿，通常情况下是我和弟弟等几个主要心腹带着一伙儿，个头高大的大驴子、二驴子等为首的领着另外一伙儿。分完伙儿之后，横冲直撞的激烈战斗马上就开始了。每个孩子都像打上了鸡血，熟练地盘起一条腿，单腿跳跃进退，以膝盖为进攻武器冲入阵地。最终，将对方人马全部撞翻者为胜利一方。如果碰上双方主将都足够强壮，战斗就会非常激烈。玩撞拐子游戏的人都有心理准备，破点儿皮、流点儿血，哪怕是撞掉一两颗门牙，都是常见的小事，腿骨折、脑震荡的大事也时有发生。

另一个危险游戏就是"攻方城"了。孩子们同样是分成两伙儿，各自画地为城，死守城门。规则规定：踩线者自动"死亡"，在城内可双脚着地，一旦出城只能单腿跳跃。冲入对方城池并拿到对方城池里的"宝"安全返回，或将对方所有成员全部拉入己方城内即为获胜一方。单枪匹马地杀入对方重兵把守的城池拿到"宝"，再安然无恙杀回来，这几乎是每个人都不可能完成的任务。所以大家常常采取第二种获胜方式，就是全面夺人。"攻方城"虽然没有"撞拐子"横冲直撞的正面对抗，但两伙孩子势均力敌的拉锯人肉争夺战也堪称惨烈。有时为了争夺一个关键人物，双方都要拼尽全力去拼命拉扯。为了最终的胜利，两伙孩子会不顾一切地在地上滚作一团。扯胳膊、捞大腿是常规动作，情急之下，抱脑袋、掐脖子也是常有的事，有时还会揪耳朵、薅头发、拽小鸡鸡……很多场面都大有五马分尸的味道。

以破砖头子为主要工具的"砸大步"也被大人们视为危险游戏。其实它看似粗陋，实则细腻。游戏主要体现在"砸"的丰富性上。从一大步开始，到十大步结束，都是不同的砸法。手上抛、脚下踢、胳膊拐、大腿架、下巴点、裤裆夹、背大锅……每一个环节都要求孩子们付出高难度的技艺、耐心和胆量。而且每一次晋级之后，局面都有可能发生意想不到的陡转。我一直认为"砸大步"是孩子们发明的最好的游戏，绝对体现着孩子们的智力、耐力和勇气。

因为撞拐子、攻方城和砸大步等游戏危险性都很大，所以，以父亲为代表的家长们每次碰上都会严厉制止我们。

每当这时，一向喜欢玩危险游戏的我们只好改玩安全游戏。藏猫猫、遛靴子等游戏往往这时才能派上用场。对于这些安全游戏，孩子们玩一会儿就够。就算换着样儿玩，也坚持不了多长时间。没了兴致的孩子们很快就散开了，就有些人张罗到谁家搓泥球、做弹弓去了。

个别心眼儿多的孩子趁机转回来，掏出一块包装破旧的水果糖，央求我帮他做烟火枪。谁会不给水果糖面子呢？闲着也是闲着，嘴里含上水果糖的孩子没有几个是心情不好的，我一边"嘶溜"着坚硬的水果糖，一边就有了一个新营生。

我之所以轻易不给别人做烟火枪，更主要的不是因为其高难复杂的手工技艺，而是因为做烟火枪常常要付出血的代价。由于我手上的工具非常有限而且非常简陋，所以操作过程中把手弄出口子或眼子的流血事件是经常发生的。说每把烟火枪上都凝聚着我的血水和汗水，也一点儿都不为过。

父亲经常因为我手上或脸上挂了重彩而训斥我：我早就看出来了，刘闯你就是个属蝲蝲蛄的，样样通，样样松！有时间不去好好学习，尽扯那些没用的！扯犊子，你一个顶俩！

我要是蝲蝲蛄还好了呢，蝲蝲蛄多厉害呀。蝲蝲蛄会飞、会叫、会跑，还会游泳、会挖洞、会掐架……那可真是个全能战士。

我哥可比蝲蝲蛄厉害多了，他还会做烟火枪呢。弟弟在一旁为我帮腔。

父亲说，但蝲蝲蛄飞不高、叫不响、跑不快，也游不多远，洞也挖不多深，掐架也是窝里斗……总之，它哪方面都不咋样，都半斤八两，没多大能水……

我当然不会服气，蝲蝲蛄咋地蝲蝲蛄？我就蝲蝲蛄了……

你再跟我对付嘴儿一个，信不信我现在就可以捶你？父亲果然又急眼了。

又要窝里斗？这个我信，你不光嘴大，你还胳膊粗力气大呢。说这话时，嘴里含着半块水果糖的我已经飞快地跑出很远了。

我哥还比蝲蝲蛄机灵呢。弟弟也笑着向我跑来……

3

除了来自父亲的严厉训斥和皮肉伤害，我淘气本身也常常意外受伤。可以说，孩提时的我每天都是危机四伏，天灾人祸从来就没有间断过。

我十一岁那年春天，就接连经历了两次电击事件——

第一次是邻居小春子的恶作剧，十四岁的小春子仅仅是为了好玩儿，差点要了我的小命，那天正好是我十一岁生日，因为我记着早晨还吃了母亲煮的生日鸡蛋呢。小春子让我拿着两根长长的铜电线往里屋走……他在外屋偷偷地摇动了发电机的手柄……我只觉得脑袋"嗡"的一下子，眼前一黑就什么都不知道了。当我被小春子用凉水喷过来时，我已经躺在地上好半天了。他一边胡说110伏低电压打不死人，一边不停地窃笑着。那是我听到过的最无知的谎言，那是我看到过的最可憎的笑容。我可怜的小心脏呀，差点就彻底停止了跳动啊！

第二次是一个月后，我和弟弟玩抓人游戏时，意外发现了一根又直又长的铁丝从房子上垂下来，我就第一时间利令智昏地伸手去拉了一把，拉到的竟然是220伏的电线……可等我意识到是电线时已经太晚了。我一动不动地昏倒在地上足足有二十分钟，连从远处赶过来的弟弟都以为我真的被电死了。当我睁开眼睛时，悲伤的弟弟正蹲在我身边绝望地号啕大哭着……好在我的运气实在是太好了，在我被电流击倒时正好是横着身体着地的，由于重力加速度的关系，使得我的身体得以顺着护坡自然滚落，才意外地抽出了我手中那根长长的电线。侥幸脱离电线的我才九死一生地又活了过来，我那可怜的小心脏又经历了一次更加严峻的考验。

洗野澡被水淹也是常有的事。只是我每次都是侥幸地有惊无险，死里逃生了。小孩子们好像见着水都兴奋，大家每次在水里戏闹，都是毫无分寸地将对方往水里浸，平安县每年都有个把孩子以这样的方式离去。学校和家长都三令五申不准孩子们去洗野澡，但孩子们总能想出各种应对办法……

水火无情，平安县的孩子们虽然每天都会经历各种危险，但孩子们每天也有着无穷的乐事。无论什么事，孩子们都喜欢亲自动手尝试尝试。孩子们整天大呼小叫的，有时有意外的巨大损失，有时也有意外的重大收获。那时的我们就像一群四处乱飞的小山燕子，脆弱的个体生命力惊人地组合成了一个顽强的战斗集体。

愚蠢的敌人又被我们打得落花流水，我们又机智地发现了阶级斗争新动向，我们又从胜利走向了新的胜利，我们又一次死里逃生，逢凶化吉，创造了奇迹……这些已经是平安县的孩子们最习以为常的标准句式了。

四年级的一次期中考试，我意外地考了个全班第三名，可把我高兴坏了。我手下的弟兄们也为有我这老大而感到骄傲，说我不光会领头玩，学习上也是尖子。我也逢人就穷显摆：我刘闯的学习成绩已经是如何如何稳定优异了，考上重点初中已经是如何如何板上钉钉了，将来报考重点高中也会是如何如何手拿把掐了……

父亲听到我的豪言壮语后还是那句话：刘闯啊，叫唤雀儿没肉吃。学习贵在持之以恒，不能有了点儿小成绩就嘚瑟个没完没了。父亲还特意为我讲了一个关于小鸡下蛋的故事做比喻。

父亲说，小鸡下个蛋总是不停地嘎达，鸭子和大鹅下蛋后从来都是不声不响。而它们下的蛋可比鸡蛋大多了。

刚刚取得好成绩的我当然不会服气，我就反问父亲，小鸡还能飞上高高的墙头呢，蠢笨的鸭子和大鹅行吗？

4

上小学五年级以后，父亲对我的要求更严了。一丝不苟的父亲首次明确对我提出了奋斗目标：必须得考上重点初中，然后再考重点高中，最终目的是考上大学。

小学的学习内容毕竟有限，在父亲的严格监视之下，不爱学习的我总算有惊无险地越过了中考关，竟然还考出了一个相对不错的成绩。得以去上了人人都想去的重点初中——平安四中。

由于初考成绩不错，父亲才对我的学习要求略有放松，我才得以和孩子们继续打成了一片，也导致我在上了初中以后做了很多很多不靠谱的事，这些不靠谱的事都是在父亲睁一只眼闭一只眼状态下侥幸办成的。

其中，在自家院子里种葡萄树就是其中一个最为典型的例子。

也许是平安县建在碱土坨子上不长树木的缘故，我从小就非常喜欢各种树木。无论杨树、柳树，还是榆树，我都喜欢。我常常不现实地从遥远的野外将一棵小榆树或者小杨树挖回家来，精心地栽在自家的庭院里，梦想它长成印象中的参天大树……

有一天，我突发奇想，既然种树，为啥不种果树呢？我非要在自家庭院里种上葡萄不可。这对于生在碱土坨子上的平安县人来说，无异于天方夜谭。唯一的支持者好像只有我的死党——弟弟。

刘闯啊刘闯，说你啥好呢？你看看整个平安县城，谁家院子里长出树来了？别说是果树，连最普通的杨柳都没有一棵！说出大天来我都不会同意你去整。这么不合乎常理的事还想在父亲的眼皮底下发生？来自父亲的打击是注定的。

这个我知道，一开始整个地球上连一个人都没有呢。我早有心理准备。

于是，我和弟弟从策划偷葡萄苗开始，一步一步地与父亲周旋，与父亲斗智斗勇……主要是采取先斩后奏的形式。

父亲之所以没像从前那样严厉制止我，也许与树的静态存在也有关系。种树毕竟不像养猫养狗养鸡养鸭那么吵闹，喜欢安静的父亲还是相对容易接受。再说了，大不了就当我学工学农搞实验了呗。

我毕竟是当着孩子王的人，有空儿就动员弟兄们帮我在自家庭院里换土，从窗户底下开始，一尺一尺地向大门口推进……我把原有的碱土挖出来，成车成车地拉到郊外去，再从遥远的郊外把有机黑土拉回来。历时了大半年，我终于修成了梦想中的花池子，相当于在自家的庭院里制造了一个巨大的花盆儿。花盆儿里可是想种什么就能种活什么的，这回我的心里有底了。

第二年一开春，我就把早已规划到手的十几棵葡萄苗均匀地栽在了花池子里，周围再种上各种花草以作装饰。

有了花池子之后，我就天天长在庭院里看里面的葡萄苗和花草，一看就是一两个小时，有时还能看上小半天。

父亲见我耽误了太多学习时间，就骂我：刘闯，你不天天看，它们也会照长不误的！

而我却一直认为，我的目光对于葡萄苗和花草们非常重要。我一直觉得不是因为阳光，是因为有我的目光照耀，它们才苗壮成长的。

我的命咋这么苦呢？我咋摊上个这么严厉的父亲呢？邻居大驴子、二驴子他爸可是从来不管他们学习和游戏的，他们可是个爱干啥就干啥的自在少年啊。我有那么相当长一段时间，非常羡慕大驴子和二驴子的生存环境。

看来，我注定要受罪了，只好走一步看一步地和父亲打游击战了。

终于熬到了夏初，葡萄苗们慢慢长成了葡萄藤，我家院子里竟然突现出生机勃勃的一大片碧绿来。白花花的碱土坨子上冷不丁地长出了一大片活生生的碧绿，让过往的平安县人惊羡不已。连一向不苟言笑的父亲也含蓄地表达出了喜悦之情：一直以为他是扯淡，没想到这小兔崽子真把树给整活了。

由于"花池子战役"的初战告捷，我就越来越有了底气。在很多事情上我也敢和父亲据理力争了。我还时常拿葡萄成功种植的现实说事儿，我说，一般都是前人栽树，后人乘凉，没想到咱们家竟能倒过来。这年头儿，说不上谁能借上谁的光呢？等到哪一天我刘闯真的考出去了，葡萄藤会留下来了，到那时葡萄藤会爬得满院子都是，一串串的葡萄吃都吃不完，父亲吃葡萄的时候可别忘了想想当初阻拦时的样子呀，呵呵……

父亲则无奈地弄出一脸温和的苦笑，作不和我小子计较的憧憬状。

那段时间，我活得真像一个人了，在超级严厉的父亲面前，我可以有尊严地活着了。往通俗点儿说就是，我拥有了一段相对自由的幸福时光，那是我少年时代为数不多的一段幸福时光。

5

在非常规游戏中，我最喜欢打山雀儿，每年的小满都是我的快乐节日。

初二下学期这年的小满正赶上是个星期天，我已经瞄这个日子好久了。可是在我终于盼来了这个好日子时，父亲却让我待在家里背诵古文。整个一上午，我好像随时都能听到山雀儿在远方鸣叫着，那可真是身在曹营心在汉啊。我都急得像屁猴似的了，父亲还在让我背诵《古文观止》中的《学弈》："弈秋，通国之善弈也。使弈秋诲二人弈，其一人专心致志，惟弈秋之为听；一人虽听之，一心以为有鸿鹄将至，思援弓缴而射之。虽与之俱学，弗若之矣。为是其智弗若与？吾曰：非然也。"父亲说十分钟之后检查。

也许是要出去玩心切，一向不喜欢背诵古文的我竟然在五分钟之内就把这篇文章给背下来了，而且一字不差。父亲明显高兴了，说他故意选了这篇和意志力有关的文章，就是要考验考验我的定力。接下来，父亲还跟我讲起了他的小时候，说他小的时候也喜欢打山雀儿。那时候山雀儿很多，根本没人去搭理"瞎柳叶子"和"牛粪球子"这种小雀儿。有好看的"红马料"和"蓝靛颏"，但个头也不算大；个头大的有"烙铁背"和"胡巴喇"，但最好打的大雀儿还要数"游拉冠子"和"大麻榨子"……

那是不是叫唤的雀儿真的就没有肉吃呢？我咋不信呢。远处正叫着的山雀儿到底是大的呢还是小的呢？趁父亲高兴，心急如焚的我故作镇静地用激将法一遍遍询问着父亲。

如果你是认真的，我现在就可以带你去看一看，但你一定得听话。

我怎么会不听话呢？真的假的呀？我以为父亲在开玩笑。

那就抓紧带上你的装备，咱们这就走。

这不会是做梦吧？我狠狠地掐了自己一下，证明了是真的。我！我保证听话！

为了打山雀儿，我时刻准备着我的一切行头。怕父亲变卦，我飞快地把它们从箱子里取出来，拉起父亲的手就往外走。

真没想到啊！父亲竟然破天荒地领着我出去打了一次山雀儿。也许是认真的父亲为了证明叫唤雀儿到底有没有肉吃？也许是父亲也想重温一下自己那快乐的童年？总之，小满这天午后，父亲要为我做个示范，还要通过示范告诉我，打山雀儿也和做人做事是一样的，一定要静下心来，沉住气，才可能有收获……

那是我有生以来最快乐的一天，没有之一。父亲不仅没有阻止我出去，还亲自带着我来到了平安县城的东郊野外。

父亲一路上边认真地调试着我的装备，边一铺一节地讲起他童年时打山雀儿的趣事。父亲说，那时打山雀儿几乎是每个乡村孩子成长过程中无法抹去的生命标记。谷雨过后，乡间就开始飞舞着各种山雀儿了。大人们忙着耕地时，孩子们就一边跟着父亲的犁仗下夹子，一边就能把山雀儿拿到手里。偶尔得到一只活的，孩子们就要像过大年似的在原野里奔跑、挥舞着一阵子……到了炎热的中午，孩子们还会集合起所有的夹子把一个稀缺而独立的小水坑团团包围起来，这样可以捕获到因口渴而前来饮水的山雀儿……

父亲从容地选址，沉着地设伏，冷静地观察，耐心地等待……那天我们满载而归。

一般情况下，小满的下午是打不着几只山雀儿的，我不得不佩服起父亲来，父亲确实是打雀儿高手。我高兴得手舞足蹈，还一度情不自禁地唱起了《打靶归来》……

父亲则一脸的平静，还让我把嘴闭上。

取得胜利后习惯于凯旋的我还是在心里把《打靶归来》唱了一遍又一遍……

没想到自从那天以后，父亲就坚决不让我再去打山雀儿了。说只是为了让我知道一些道理，说现在山雀儿已经不像从前那么多了，要有环保意识。还让我专心学习，两年后一定要考上重点高中——平安一中。

已经上了瘾的我，怎么会停下来呢？这太不符合我刘闯的性格了，我就只好偷着干了。父亲每年都不让我去，可我几乎每年都去了。我不仅在夏天打山雀儿，在冬天我还要打雪雀儿，我会下三角形的马尾套，还会下圆圈形的泥坨套……

嗜好总是难以割舍的。因为这事儿我又没少挨父亲收拾，好在我已习惯于在战斗中成长了……

又一年的小满来了，最合手的弟弟出远门了，我只好带着大驴子、二驴子兄弟俩去打山雀儿。

我们幸运地在一片小树林的东头发现了一大群山雀儿，雀儿们正顶着风向西头边觅食边缓缓行进……我们兴奋极了，谁都希望抓住这个千载难逢的机会。我当即决定：马上后撤五十米，绕大圈儿快速向小树林的西头进发，我们民兵埋地雷一样很快就把三十几盘夹子星罗棋布地埋设在小树林重要结点。怕惊动山雀儿群，我们又绕了很大的圈儿回到小树林的东头，一点一点试探着搜索前进，终于又锁定了那群山雀儿。我们屏住呼吸，控制心跳，小心翼翼地把山雀儿们遛向已经布好夹子阵的小树林西头儿，我们累得满头大汗，可以说费了九牛二虎之力。总算成功地实现了最为关键的第一步，谢天谢地！我们来回穿梭奔走数百米，竟然没有惊起山雀儿群啊，山雀儿群果然按照我们的心思在林子里向西缓缓移动了……

半个小时后，山雀儿群终于进入我们的夹子阵了，埋伏在地上的我们心脏"咚咚"地狂跳着，又紧张又欣喜，那真是一种非常复杂的忐忑心情啊。

这时，大驴子的一盘扣网扣到了一只外号"牛粪球子"的小山雀儿，他竟然弹簧一样跳了起来，边贼一样低声喊叫着"扣着了扣着了"，边利令智昏般地冲上前去。

别急呀！山雀儿群并没有起飞，我们还有另外那三十多盘夹子呢！我一时被大驴子弄得有点儿不知所措。

弯着腰向前奔跑着的大驴子并没有停下来的迹象，依然直奔他的扣网跑去……

老大，你看我哥多气人，快用弹弓射他呀！连他的亲弟弟二驴子都怒不可遏了。

气急败坏的我这才想起手上的弹弓，瞄着大驴子的腿拉弓怒射……不偏不倚，弹丸正巧击中了大驴子的脚后跟！奔跑着的大驴子立马就被我打停在原地了。

虽然成功地终止了大驴子的愚蠢行动，但我没想到在原地团团打转的大驴子会突然号啕大哭起来，他那惊天动地的哭声还是惊飞了树林中所有的山雀儿……

父亲当然没有看到这一幕。如果他看到了，绝对不会再说我是叫唤雀儿了。大驴子才是一只真正的叫唤雀儿啊！我要多冤有多冤，这回我一定要像父亲收拾我那样来收拾收拾大驴子。

我走上前去又狠狠踹了大驴子几脚，竟用父亲的原话训斥了大驴子：不够你嘚瑟的了，浑身上下没有二两肉，知不知道叫唤雀儿没肉吃？我还一气之下把大驴子扣网里那只"牛粪球子"给放飞了。

大驴子此时似乎也意识到了自己的不妥之处，没敢反抗。他只是坐在地上小声抽泣着，不再弄出大的动静，若有所思地不断向天空张望，像要寻回他那到手的"牛粪球子"……

这么好的机会都没抓住，费了那么半天的劲啊。扣到一只"牛粪球子"还被我给放飞了，二驴子也气得不知道说啥好了，狠狠地推了他哥脑袋一下：活该！不够你咋呼的了，狗肚子装不了二两香油！

直到夕阳西下了，我们依然一无所获。后来，三个空着手的孩子就疲惫不堪地走在回家的路上了，没有凯旋的歌声。三个孩子走得静悄悄的，连一句话都懒得说。

事后好久我才缓过劲儿来，那天虽然没打到山雀儿，我倒觉得有了另外一种收获。我似乎对父亲"叫唤雀儿没肉吃"这句话有了发自内心的认同感。

6

美好的时光总是显得短暂，顺利地考上了重点初中的我，却在接下来考取重点高中时连连受挫。

有"回读生"这样经历的人不会太多，但是我有。现在看来这是经历，是故事。但是在当时可不是，那时简直就是事故。毫不夸张地说，这绝对曾经是我少年时代头顶上最不光彩、最黑暗浓重的一块乌云。尤其是对于我这样的虚荣心很强的人来说。

二十世纪八十年代，不仅高考竞争异常激烈，就是从初中考入重点高中的所谓中考，竞争也是异常激烈的。尤其对于我们这些县城的孩子和县城以下的乡村孩子来说。考上与考不上，就是人生一次极其重大的转折。打个比方说，中考就像一场僵持不下的足球比赛中一个决定胜负的点球。

那年，我没有考上平安县的重点高中——平安一中，这粒生死攸关的点球被我刘闯紧张而颤抖地罚丢了。

开始时，学校说刘闯考上了，第一次通知还有我，班主任胡老师亲自到的我家，兴奋无比地通知我下午就到学校去开会，我一直就被兴奋无比的胡老师弄得更加兴奋无比，吃过午饭我早早地就跑到学校去了。距开会时间还有一个半小时呢，我就兴奋无比地在校园里漫无目的地转悠。以前没注意，学校竟是这般亲切——单杠、双杠、篮球场、足球场都像在和我打着召呼……操场也显得比从前大了许多，并显示出向我张开怀抱的样子。

我还激动地听完了关校长热情洋溢的祝贺讲话。记得关校长最后说：考上了平安一中，就相当于一只脚已经跨入了大学门槛，父母没白供你们一回呀，会为你们高兴的，也会因你们而自豪的。我的同学们，祝你们早日成为国家的栋梁之材！我的青年才俊们，我期待着你们所有人在三年后都金榜题名，都传来令人振奋的佳音……

因为平安一中的高考升学率一度达到过95%以上。听了关校长的一席话，我一度兴奋异常，我还下意识地想到了我们班上的尖子生王龙飞，连学习那么好的王龙飞都没考上，而我却考上了，真是不容易啊，真是幸运啊！记得那天我只会兴奋，不会思考，只会憧憬，不会回顾，更没有时间去想王龙飞的处境和感受。

可没想到后来县教育局出台了一个土政策，明确规定外语和政治加起来不足160分的减去10分，倒霉的我两科加起来正好不足160分，这样我总分被减去10分之后就比录取线差了一分。所以，第二次被通知去学校拿录取通知书的学生中就没有我了。我就这样阴差阳错地被出局了。我至今仍一直认为那是县教育局某个当权者的阴谋，他可能为了一个情人的孩子能考上，谋害了刘闯这个与他没有任何关系的孩子。（当然，这只是我自己想的。因为当时无法解释为什么。）

对我来说，这无异于晴天霹雳！为什么呀？为什么呀！我一度觉得老天太不公平了。考试之前并没说哪科加哪科不够多少减去多少分啊……我的抗议无效。我的声音再大也没有用，因为我不过是个中学生而已。对于县教育局来说，我的嘴实在是太小了。我想也许我父亲的能嘴大一些，可他没敢对县教育局说出半个"不"字。而是一遍遍恶狠狠地大骂我：狗日的，完犊子……

其实，我考不考上平安一中对我自己来说真的无所谓。我并不觉得考上了就如何好，我当时真没啥太大的理想，也不爱学习，要能永远不上学在家领着一群孩子当刘司令玩才好呢。只是老天爷呀，你可让我咋过我望子成龙的父亲这一关啊。

平安一中在平安县所有的居民心目中都是神圣无比的。真的就如关校长讲的那样，考上了平安一中，就相当于一只脚已经踏入了大学门槛。我们县本来没有什么风景，平安一中上学和放学的学生俨然我们县最美丽的一道风景。人们议论着，这里有谁谁家的儿子或女儿，谁谁家的儿子或女儿肯定能考上某某所名牌大学……那是更美丽的景外之景。

那群佼佼者中没有我不要紧。要紧的是没有我父亲的儿子——刘闯！

一向好强的父亲就像被所有人捉到了短处，于是，公共场合抬不起头的父亲回到家里就会对我表达出充分十足的愤怒。"刘闯，你给我回读！"

我才不去呢！我对抗着。

那天父亲怎么打的我，我已经不记得了。那天我不知道疼痛，只知道耻辱，我觉得我就要做一生中最见不得人的事了——回读。

初中就那点儿东西，我该会的基本上都会了。回读这一年，我虽不光彩，但学业上相对轻松。让我更难受的是，白白浪费了我一年的青春。

老天真的跟我过不去啊，第二次中考，一向名列前茅的我又只差了一分。这不由不让我迷信人们的说法，难怪人们常说考场、赛场、战场出怪事，怎么就怪到我头上了？没想到会是我的最强项数学出了问题，竟坏在我的数学天才上了！就是前面我提到过的鸡兔同笼问题，我以我的方式超级简单地就算出来了。虽然结果是对的，但是没有标准答案应有的步骤，判卷老师以为我抄的。15分的题竟然给了我0分。

这一次，父亲绝不是为了我，父亲是为了他的儿子刘闯，终于厚着脸皮求去了他的校长同学。

终于当了一回救命恩人的父亲又训了我整整一个晚上。父亲除了说我叫唤雀儿没肉吃以外，还有别的比喻。

谷子和莠子的区别，就是父亲"叫唤鸟没肉吃"理论的强力佐证之一。父亲说成熟的谷子总是低着头的，你看看那莠子，总是扬脸朝天，一副浅薄相。

竹子和地瓜的区别，是父亲"叫唤鸟没肉吃"理论的又一强力佐证。竹子长得高吧，晃晃悠悠的，但是节节虚空；你再看看地瓜，静静悄悄的，在地底下偷着长，而且个个实成……

父亲还说，真正咬人的看家狗也不咋叫唤，虚张声势、叫唤声很高的看家狗往往并不敢去咬人……

那天晚上，我实在困得没有精神头儿去反抗了，父亲一定认为我在乖乖地听他讲呢……

7

千万别忘了，父亲除了是我刘闯的父亲，还是个正宗的文学青年呢。那时的高中是分文理科的，父亲的文学青年身份又直接决定了我高中必须得学文科，同时也决定了我未来的文学青年命运。从某种程度上说，父亲一直在篡改着我刘闯的生命轨迹。

本来我完全有可能成为一个出色的理工科学生，在那个"学好数理化，走遍全天下"的高中文理分班时代，同学们对文科生是多么的不屑啊！前段流行过土豪解鸡兔同笼问题，土豪牛吧？我刘闯理科比土豪还牛。可身为文学青年的父亲却命令我非学文科不可，以后目标必须报考北京大学中文系。否则，跟我断绝父子关系……父亲的武断还导致我和初中时最得心应手、最志同道合的几个理科同学过早地分道扬镳了。

这时父亲已经是县戏剧创作室的小头头了，每天哼哼呀呀地写地方戏唱段。有时拿不准了，就以考考我为借口，让我帮着押押韵。回答好了说我还真能蒙一阵，回答不好就要挨一顿臭训。

我有时也抓住机会回击父亲。当时知识分子家庭并不宽裕，还要供三个孩子上学，梦想当鲁迅的父亲竟每年都要订上几本国内大刊，除了《剧本》月刊外，还有《小说月报》、《青年文学》等当时名气较大的小说月刊，有时我真的想不明白，省下那些钱能买多少个面包和麻花啊！

有一天放学回来，本来是要因为摸底考试成绩不理想挨骂的，可我意外地逃过了一劫。当父亲问我考得咋样时，我竟先说了句当天刚学到的陶渊明的名句："学如春起之苗，不见其增，日有所长；辍学如磨刀之石，不见其损，年有所亏。"父亲不多见地笑了，说刘闯行啊，竟会学以致用，真有进步了。见父亲高兴，我并没见好就收，突然发现父亲正在看《小说月报》，我就又半开玩笑地说：天天写地方戏能有啥出息？要写就写小说，得争取发表在《小说月报》上。

你刘闯的口气可真大呀！不怕风大扇了舌头？《小说月报》是你想上就能上的吗？平安县这么多年真没听谁在那上登过作品呢？父亲都要急眼了，骂我跟他抬杠。

我又指着旁边《青年文学》的头题封面人物作品《摇滚青年》说，你看人家刘毅然同样姓刘，那才是个好作家。

父亲终于无语了，竟要举手来打我，见势不妙，我只好溜之大吉。听见父亲在身后佯骂：这小兔崽子哎！这好像是我第一次面对父亲以智取胜。

父亲实在难缠，他对我的学习要求总是远远高于我现有的实际水平。我的考试成绩总是达不到他的期望值，在那个高考是唯一出路的年代，我面对着分分是命根的严厉父亲，更多的时候，我无法斗智，更无从斗勇，接受训斥和拳脚几乎是我唯一的选择。

虽然我相对顺利地通过了高考，但是在我高考过程中却有一段并不愉快的小插曲。

上午刚考完语文，题虽然很难，但确实能考出点儿真正水平来。我觉得我发挥出了自己的一切水平，用上了所有的积累，每道题都答得非常用心非常到位。中午回到家时我处于一种飘飘然状态，正好弟弟也放学回来了，我就眉飞色舞地和弟弟说起了语文题，考试题出得有没有水平，得看答题人能不能用上劲……正在我和弟弟穷显摆时，父亲也下班回来了。父亲一听我答得不错，就兴致勃勃地帮我估起分来。父亲毕竟是当过乡村语文教师的人，估分也是相当有经验的。可是估来估去，发现我的语文成绩顶多能得75分后，父亲的脸都变青了。父亲竟怒不可遏地骂了我一句：刘闯啊刘闯！满分120分的语文只能得75分还考个蛋大学呀！你还瞎叫唤个啥呀？说着一挥手就给了我一记响亮的耳光……

可是我已经尽力了呀？我发挥出我的水平啦，我有啥办法啊。我捂着热辣辣的脸和父亲对抗着。

弟弟也感到意外，吓得躲到里屋去了。

母亲及时地赶来了，和父亲喊了起来：还没考完呢，哪有这个时候打孩子的？

我气得中午饭都没吃，在母亲苦口婆心的劝说下，下午才肯去继续参加考试……

没想到，在所有人都不看好的情况下，我以总分469分全班第五的好成绩考上了一所重点大学的中文系。

最后，我的语文得了74分，竟然是全年级的第二高分。因为那年的语文题实在偏难，能及格就是优秀学生了。我只是一向出色的数学没有考好，本应拿到高分，却拿了90分的平均分。最后那道大题虽然结果是对的，但是因为我嘚瑟省略了应有的具体步骤而没有拿到每步的得分点，导致15分的题只得到5分。

　　父亲也许是为了表达内心深处的歉意，当天晚上给我做了一顿丰盛的晚饭，饭后还一脸笑容地给我讲了一个寓言故事：两只白天鹅衔着一根树枝，一只乌龟紧咬着树枝，在高远的蓝天上进行着一次美妙的飞行……地上目击的人群一片惊叹：都说这太有创意了，一定是聪明的白天鹅想出的好办法，那只笨乌龟可真有福气啊。而实际上这真是乌龟的主意，乌龟想上天就想出了这个办法。听到人们对天鹅的高度赞扬，乌龟这个急呀……最后，乌龟终于忍不住了，可它那"我"字还没说完，就悲惨地摔向了大地……父亲说，就算乌龟当时不说，人们早晚也会知道真相的。

　　一个语文拿了全班第二高分的人却挨了一记响亮的耳光子。我一直搞不清楚，这是我的不幸还是父亲的不幸？但我能肯定的是：我仍然是父亲心中那只不够成熟、不够稳重的叫唤雀儿。否则，就算我们当时估出再低的分数，父亲也会认为那是一个高手应该得到的分数。就算父亲再望子成龙心切，他的手也不会有高高举起来打向我脸的理由……

　　但还是谢天谢地呀！我总算考上大学了呀，我终于可以远离父亲了，不再承受父亲的严厉管教了……

8

　　考上重点大学了，我刘闯可是平安村出来的唯一的重点大学生啊……是不是得回老家光荣一下呀？外祖父家大壕外那绿色飘带式的嫩江汊子是我们童年最美丽的记忆，多少年来它一直对我们有种莫名其妙的诱惑。十几年之后，我们魂牵梦绕的嫩江汊子还如当初那样碧绿吗？嫩江汊子里还有当初那么多小鱼和小虾吗？儿时的那帮小朋友们都在干什么呢？是时候回故乡去走上一走了。

　　父亲坚决不同意。说消停的得了，没那个必要吧。

　　我真的不是想回去显摆，确实是想外祖父了。心里抱怨父亲，咱们不去显摆，但也不能太保守啊，考上大学了，回家乡报个喜不是太正常了吗？我就一直嚷嚷着要回故乡去看看外祖父，还暗示弟弟就是一口咬定要回去看看外祖父。

父亲架不住我们的软磨硬泡，加上高考过程中对我的误判也心存内疚，再加上我们一直打着去看外祖父的名义，父亲最后还是勉强同意了我们的请求。

我终于可以回阔别已久的故乡走一趟了。我一夜无眠，沉浸在对故乡的回忆中……

在临走之前，父亲还和我们反复强调了多遍，"到嫩江边上只许钓鱼，绝不可以下水洗野澡。"

我和弟弟答应得十分干脆："那是必须的，我们都不会水，肯定不能下水啊。"

可是，到了嫩江边上，父亲的话就变成耳旁风了。

一个大风大浪都闯过来了的人，怎么会把嫩江汉子这样的小河沟当回事呢？到了嫩江边上，我和弟弟还是习惯性地在某一个瞬间膨胀开了。

一个炎热的下午，我拉着弟弟的手，一边喊着"冲啊！杀呀"一边就跳进了嫩江汉子里……好像还有一些豪言壮语，我回忆不起来了，我只记得接下来的无情场景：不谙水性的我们万分惊恐地手挽着手，被湍急的嫩江水裹挟着一步一步地滑向了深渊……

当时，我们年近八旬的外祖父好像在嫩江汉子对岸正割着芦苇什么的，当老人家发现江水中挣扎的我们之后，就拎着镰刀蹒跚地跑了过来。然而，年迈的外祖父已经好久没下过江水了，他在江岸上急得团团转，挥舞着镰刀，喊得声嘶力竭也没喊来一个人……最后绝望的老人只好铤而走险，也跳进了湍急的江水……

关键时刻，生产队长程四胖子骑着一匹高头大马意外地赶来了。程四胖子没有来得及下马，而是和马一起直接跃进了汹涌的江水……

江水湍急，程四胖子冒着生命危险把我和弟弟以及外祖父一个一个从旋涡里拉了出来。最后，精疲力竭的程四胖子自己反倒险些被永远地留在旋涡里，救他的是那匹通人性的高头大马。

大难不死，外祖父回来就把家里唯一的一只羊杀了，说请救命恩人程四胖子全家吃全羊宴、喝羊汤，还说要不也得冲冲喜，外孙子刘闯考上的可是重点大学呀……那天外祖父有生以来第一次喝多了酒，后来就不再说程四胖子救命的事，而是一遍遍地说他的两个外孙子福大命大造化大，大难不死将来肯定都能有大出息……当天晚上，外祖父还是因为承受了过度的惊吓而病倒了，卧床半个多月，直到我和弟弟走那天才勉强重新站立起来为我们送行，但外祖父的身体明显不再硬朗了。

回来的路上我有些后悔，就和弟弟约定好了，回家后千万不能把这件事告诉父亲，要让这件事永远地烂在肚子里。

可是有一天，我见父亲高兴，还是斗胆把这件事当玩笑讲了出来。我万万没想到，父亲正微笑着的脸一下变得冰冷严峻起来，竟挥手给我补上了一记响亮的耳光。你个小兔崽子！当哥的没个当哥的样儿！父亲还后怕地拉过弟弟，心疼地抚摸着他的头：我就说嘛，这右眼睛一直在跳呢。我没说错，真是叫唤雀儿没肉吃啊！

我捂着火辣辣的脸欲哭无泪，父亲骂得真对啊。

9

来到大学中文系，更加远离了父亲的视线，父亲没有机会再骂我是叫唤雀儿了，生活也过得相对轻松了一些。不过，我发现我已于不知不觉中让父亲改造成了另外一个人了，我做什么事都变得非常低调。已经走上文学之路的我每天在中文系的大楼里学习文学理论，看中外名著，课余时间再去图书馆看看书……父亲说得没错，那些真正的文学艺术大家们确实都很深沉，都很稳重。本来爱好理科的我尤其不喜欢背诵文学作品，而我每天必须要去面对那么多需要死记硬背的学习内容。可以说，在文学这条路上，我并不比被逼上梁山的好汉们轻松多少。我常常觉得我不是在上大学，我分明是在一座巨塔中苦苦修行。

只是我还天性喜欢运动，仍然能成为中文系足球队的重要一员。但我已不是从前那个爱出风头的刘闯了，从前的刘闯一向都是抢着踢前锋的，进球后满场飞奔着疯狂庆祝才符合那个刘闯的性格……现在的刘闯却默不作声地选择了踢中场。

可就在我大学中文系要毕业那年，却因为我的过分低调导致一件与我命运息息相关的大事发生了。

在一次全校足球比赛的决赛上，上半场我们中文系队踢得顺风顺水，不到四十分钟就三比〇领先对手生物系队了。中文系队最强壮的前锋胡志刚连中三元后就成了球场上疯狂的战神。胡志刚进球后满场狂奔着的叫喊让我看到了自己的童年……每一次进球之后，胡志刚都要跑到场边的美女啦啦队那里跳一段"米拉大叔舞"，每一次舞蹈甚至比他进球消耗的体能还要多。

谁也没想到，下半场风云突变。中文系队竟然在十分钟之内被生物系队连扳了三球。每一次失球，胡志刚都会气急败坏地来指责我和后防线一通，说我没调度好，说后卫没防好，好像我们都愿意输球似的。

最后，中文系队点球大战惜败给了生物系队，这就更让人难以接受了。

被逆转失利之后的心情都坏到了极处，这时前锋胡志刚却走过来指着我的鼻子说我不行，你这个中场发动机动力也太不足啦！林丽瞎了眼睛，你根本就不配拥有林丽这么漂亮的女朋友。

我好像被胡志刚刺痛了哪根神经，我说，我要是原来的脾气都轮不到你当前锋，你也是太能嘚瑟了，进球后跳"米拉大叔舞"时我就觉得你不是好嘚瑟！下半场一开场就像阳痿了似的踢得软绵绵的，还浪费了好几个必进球的机会。最后，我还气得用了父亲当年骂我的话:真是叫唤雀儿没肉吃！

胡志刚当老大当惯了，没有人敢和他这么说话。马上就急了，你跟谁说话呢？说谁是叫唤雀儿啊，就你这小样的，不服咱们出去"单抠"！

"单抠"我怕你呀？"单抠"就"单抠"！我也在气头上。

咱一言为定行不行！咱们这就去南湖公园！胡志刚说着就风一样走在了

前面。

就这样，我和胡志刚真的就去"单抠"了。但我绝对没想到，就是因为这次"单抠"，让我肝肠寸断般地失去了心爱的女朋友林丽。

"单抠"是在南湖公园深处的一片开阔地带进行的。一向叱咤风云的胡志刚仍然一副盛气凌人的样子，竟非常认真地指指地上的石头，又指指自己的小腹，煞有介事地约法三章：第一，不许用石头；第二，不许故意伤害对方要害部位；第三，不许中途停下来，除非一个人向另一个人跪地求饶。强调完这三点注意事项，胡志刚还夸张地紧了紧鞋带儿。

我又想说叫唤雀儿没肉吃，可我眼前分明是一只有肉吃的叫唤雀儿啊！我突然有些紧张，看着一身肌肉的胡志刚心生怯意。虽然我们的个头差不太多，但是我要远远比他单薄得多，我哪会是他的对手呢？可我又做不到因此而跪地求饶，只好硬着头皮准备接受胡志刚的强硬拳脚。

咱俩并没有什么深仇大恨，既然来了，那就摔一跤决定胜负吧？已经有些冷静下来的我尽力掩饰着内心深处的恐惧，我已经显示出要服软的意思了。

少扯那没用的，你不是也叫嚣出来"单抠"吗？胡志刚说着就开始进攻了。足球前锋的脚狠狠地踢在了我的屁股上，我顿时就有了一种疼痛难忍的感觉。

给你脸你不要是不是？你个狗日的叫唤雀儿！我用父亲骂我的话在心里骂着胡志刚，也是为自己壮胆。

我没有再发出声音，只有行动，只是胡志刚在不断升级、不断声势浩大地叫骂着。

胡志刚不愧为校足球队的前锋，功夫都在脚上，伴随着尖锐刺耳的叫骂声，落到我身上的每一脚也都显得力道十足。

强壮的胡志刚一次次将我击倒在地。我还是艰难地往起爬……面对胡志刚的强大攻势，我真的说不好我能坚持多久。

打不过就是打不过，我可以接受这个现实。正当我想是否跪在地上求饶时，胡志刚又张牙舞爪地叫喊道，你不是不服吗？你的能耐呢……只要你跪地求饶，我马上就会停下来的。否则，你休想……

我已经被胡志刚打得坚持不住了，我本想求饶，可一听到胡志刚的叫喊声，我就又犯了倔脾气，我实在不想向一只叫唤雀儿屈服……

又打了好半天，虽然胡志刚能经常把我打跪在地上，但是我就是不说服，跪地也不求饶。

这时我才发现，并不是我和胡志刚在"单抠"，林丽不知什么时候已经来到现场了。这时，她跑上前来要伸手拉起我，你们可别打了。

我却一把将她推出很远。

好汉不吃眼前亏，刘闯你就服个软不行吗？林丽急得哭喊着。

胡志刚仍得意地连连喊叫，我们是有约定的，只要他跪地求饶，我会马上停下来，美女来得正好，快让他来求我啊。

可真是怪了啊，胡志刚越叫得欢我越是气愤，越是不能求他，哪怕他少叫唤一声呢？鼻青脸肿的我仍然坚持着，任凭胡志刚的拳脚雨点一样落在我的身上……

你们别打了，再打可就要出人命了。我替刘闯跪下行了吧？最后，一身白色连衣裙的林丽竟然跪在了满是尖锐石块的地上。

胡志刚这才停了下来，轻蔑地看了我一眼。刘闯！一个男人还要靠女人来保护，我永远瞧不起你这样的男人！胡志刚极其高调地走了，还十分夸张地走出了一个胜利者的姿势。

那天下午，回到校园的胡志刚像进了球一样，无比兴奋，一直都在讲南湖"单抠"完胜的事实……胡志刚向所有人宣布了他把我打得鼻青脸肿，满地找牙了，连女朋友林丽都替我下跪了……整个中文系都知道了我和林丽的丑事。

那天临别时，林丽只说了一句话——真没想到你会是这么一个窝囊而执拗的懦弱男人，难道好汉不吃眼前亏这么简单的道理都不懂吗？真让人没有安全感啊。

从那以后，林丽就像云一样飘走了，没有再和我有过任何来往。我也没好意思再去找她说我心里到底是怎么想的，我更无法把童年起就有的关于"叫唤雀儿没肉吃"那一切心结一铺一节地讲给林丽听。

大学毕业后不久，漂亮的林丽就闪电般地嫁给了我们班最靠谱同时也最平庸的"老夫子"，包括我在内，所有的同学都感到极其意外。

以这种方式与林丽分手的事我一直没敢和父亲细讲，我只是简单地告诉父亲我和林丽分手了。我觉得我无法说清楚，好像和我童年时某只会叫唤的雀儿有关。

父亲当年来省城出差看我时，见过林丽两次。虽然父亲没有直接说林丽如何好，但我明显能察觉到父亲对未来儿媳是高度满意的。在我和林丽意外分手之后，父亲还拐弯抹角地问了我好几次，林丽那么好个女孩子，怎么说分手就分手了呢？有什么大不了的事不能好好协商解决啊？

我没有能力给父亲一个满意的答复，只能把话题绕开说说别的。而我确实意外而真实地失去了林丽，我只能将自己打掉的牙生生地咽进自己的肚子里。我知道我已经失去了多么美好的东西，那必将是我一生中最疼痛的失去。

10

大学毕业后，我就留在了省城，来到一家杂志社做编辑工作。日子总要往下过的，时间最能缓解伤痛，也能让人一切重新开始。我一边恋爱结婚生子，一边做着父亲传承下来的文学梦……虽然没取得什么可喜可贺的成绩，但也磕磕绊绊在同行中混了个中游水平。

在父亲多年的言传身教下，我认为自己早已经不是那只叫唤雀儿了，我也发自内心地认识到了稳重低调的好处。就算同事们经常夸我是"全能战士"，我也能很好地把控自己，从来没让自己习惯性地飘扬起来……

父亲退休以后，也来到我所居住的省会城市和我一起生活。随着父亲年纪的增大，性格也发生了不小的变化。在我面前，父亲就像变成了另外一个人，不再是年轻时的武断严厉的父亲。不管什么大事小情，父亲都反复要征求我的意见才能放心去做。父亲变得越来越慈祥了。

一晃，已经四十五岁的我早已经进入了人生的不惑之年。不仅如愿当上了一本文学期刊的主编，还拥有了一个幸福的三口之家，宝贝儿子刘大壮都已经上高中三年级了。现在的我，也算得上家庭美满、事业有成了。

但自从那天收到大学同学林丽突发车祸意外离世的消息后，我总是一阵阵不安地产生奇想：如果当年我还是一只叫唤的雀儿，我现在的妻子会不会是林丽呢？那么改变了生命走向的她就不会意外离世了吧？她的人生肯定会是另外一个轨迹……

有一天，我终于鼓足了勇气把我和林丽分手的真正原因以及林丽意外离世的真实消息讲给了父亲。

父亲听后表情极其凝重，喃喃道：天鹅不是也有叫的时候吗？该叫的时候不叫也不对呀。年迈的父亲又一次高高地扬起了他的手，一记响亮的耳光竟然重重地打在了他自己的脸上……

二叔的水稻

一

临近中午，大哥从他们报社打来电话告诉我："二良子，咱们的二叔从乡下来了。"

"二叔已经到了？二叔在你那儿呢？"我问。

"是咱父亲刚才给我打电话来了，咱父亲说二叔乘坐的那趟火车今天下午四点半左右就能到春城站。"大哥答。

"二叔来了，二叔真的来了？"我很惊讶。我和大哥大学毕业后留在省城一晃十几年了，乡下的亲戚说不来也基本都来过了一两次，唯独二叔没来过。因为二叔是那种不愿意麻烦别人的人。他一向认为进城就是要来麻烦别人，他一直不来与他的这种认识有直接关系。他在乡下也是这样，从来不喜欢麻烦别人。可是，我们的二叔今天怎么又突然来了呢？

"二叔这次是一个人来吗？他是来办事，还是……"我问大哥。

"咱父亲来电话时我正巧没在屋，是我的一个同事转告给我的，好像是来看病吧？"大哥在电话那头不很清晰地说。

"那咱得去火车站接站呀。"我觉得下午又多了一件必须办的事。

"这事儿可怎么办呢？我手上正在排着明天的报版，下午恐怕脱不开身。我看这样吧，实在不行，就得你去车站接二叔了。你家里不方便的话，你就把二叔直接领到我家去也行。我今天就算晚也晚不了哪去，你大嫂下班差不多能准时回家。实在没办法，就得这样了。二良子，我撂了，噢。"大哥电话里挺着急的样子，说完他就匆匆地挂了电话。

我接大哥的电话时手里也正拿着我们杂志社当期第一校的校样，说好了的，印刷厂的工人明天一早就来拿。二十几万字的稿子，这才是第一校，错别字多得像牛毛。本来我就觉得时间相当紧张，这下就更要命了。我本指望让大哥去接二叔呢，可大哥却先我一步把接二叔的任务交给了我。

外来人在城市里想成就点儿事业本来就不容易，城市生活节奏快，人人都挺忙。人们早已经不习惯于陌生人（哪怕是亲人）介入自己的生活了。虽然我也不太喜欢乡下来人，但我和大哥还是不太一样的。我觉得大哥有事也好，没事也罢，他多半还是故意推脱。在很多事上我都明显能够感觉得到。大哥确实有点儿害怕乡下人来，时间一长，竟养成了"能拖就拖，拖一会儿是一会儿"的怪毛病。

不过话又说回来，我有时也挺同情大哥的。说句心里话，又何尝是大哥一个人害怕乡下来人呢？和他处境相类似的人们，比如我的一些家住外地的同事们，情况也都大体上差不多。坦诚地说，连我自己有时也是很畏惧乡下来的亲人们。他们大老远地投奔咱们来了，咱们就得无条件地全方位接待。可是咱们的接待水平远远达不到他们坐在乡下火炕上想象的那个标准（我一直闹不清楚他们为什么把进城的我们想象得那么好，其实，我们时刻都有一种活不起的感觉呢）。最后，常常是把自己折腾够呛，人家还不太满意……

记得有一年，那时我家还住在县城，一个曾经对我祖上有过恩情的农村亲戚相中了县农机局新到的一种手扶拖拉机。手上没钱，但听说农机局的刘副局长是我父亲的高中同学，就亲自登门找到了万事不求人的我父亲。为了偿还亲戚多年前的人情，我父亲竟硬着头皮答应帮忙。当天下午，我父亲就有生以来第一次低三下四地去了，去找他从来没看得起的那个高中同学。农村亲戚挎着一筐鸡蛋非要同去不可，在同学面前点头哈腰的样子让一向极度自尊的我父亲很是痛苦。因为高中时我父亲是班长，那个同学是最差生，一直很对立。仍然没啥水平的高中同学一脸严肃、一嘴官腔，好说歹说最后总算给了我父亲一个不小的面子，答应赊给那个亲戚，秋收后马上还钱。又是签字又是画押的，整个过程中，刘副局长家的大狼狗一直在叫，多少年以后，我父亲能淡化高中同学的羞辱，但无法淡化来自那只大狼狗的羞辱。更让人心酸的是，几年后我父亲回老家探亲，偶然遇上了那个亲戚的老婆，她不仅没表示谢意，反倒说："那台手扶拖拉机当年买贵了，过半年就降价了，买得不合适。唉，你这只会念大书的人做买卖还是不行啊。"说完她还长辈不见外地大笑起来，还笑得很宽容。

还有一回，农村的一个亲戚的孩子参加高考，分数不太高，在可上可下之间，亲戚就让已在省城的我和大哥帮忙找人。亲戚说，市场经济，他都明白，办事都得请客花钱什么的，这些都没问题。他让我们先垫上，必要时他马上带现钱来。刚刚走出大学校门，我和大哥怎么会有左右另一个人上大学的能力呢？没办法也得想办法，可怜巴巴的农村亲戚能考上大学不容易啊。我和大哥就找到一些老师和同学，通过人托人，人再托人，最后总算求爷爷拜奶奶地把事给办成了。不算欠下的人情，光现金花了我和大哥三千多元。不久，那个亲戚感恩戴德地来省城了，我和大哥跑前跑后又接待他好几天，临走时亲戚自觉很大度地甩给我和大哥一千元人民币，说，你们哥俩费心了，高兴，多给你们拿点儿，就不另外再给孩子们买东西了，剩下的钱就随便给孩子们买点儿啥吧。当时一个月只有二三百元收入的我们有种被噎住的感觉。后来我们终于理解了，就当我们救助了一个穷困大学生吧，尽管我们自己尚未脱贫。同时，这件事的发生也让我们明白了一个道理：对于城市里的我们和乡村的穷苦农民来说，对"请客"和"花钱"的理解，绝对是天上人间两种不同的概念。

想到这里，我又觉得很对不住就要到来的二叔。二叔和那些一般意义上的乡下亲人还是不太一样的。我说过，二叔是那种不愿意麻烦别人的人，如今他终于要来"麻烦"我们了，肯定是他实在没有别的办法了。再说，二叔除了是我们的二叔之外，他还救过我和大哥的命呢。我二叔可和那些一般的乡下亲人不一样，和人们印象中一般的乡下人也不一样。我们的二叔英俊洒脱，沉着整洁。救我和大哥命那年，三十几岁的二叔正在当着生产队的队长。可以说，那时的二叔正是人的一生中最美好最有意思的时候。那时候，二叔也是有两个儿子的人了。在我少年的印象中，我二叔总是喜滋滋地跟人们说，他有两个可爱的大儿子，还有两个可爱的大侄子，希望他们将来都能有出息……

　　我上一次见二叔还是在十四年以前。记得那年高考刚刚结束，那时，我们的父亲远远比现在年轻，也比现在脾气大。一天，他终于有了一份难得的好心情，决定带我和大哥回阔别已久的嫩江边儿上——我的祖母家——走一趟。

　　祖母家东北壕外那绿色飘带式的嫩江是我们童年最美丽的记忆，多少年来它一直对我们有种莫名其妙的诱惑。十几年之后，我们魂牵梦绕的嫩江水还如当初那样碧绿吗？嫩江边儿上还有当初那么多小鱼和小虾吗？儿时的那帮小朋友们都在干什么呢？我们一直惦记着回故乡去看一看。

　　在去江边儿之前，我父亲和我们说好了，"到那里只许钓鱼，不许下水。"

　　我和大哥答应得十分干脆："肯定不下水。"

　　可是，那天实在太热了，不谙水性的我和大哥怎么下的水我们事后都不曾回忆起来，我们只是万分惊恐地记着那天我们手挽着手，被湍急的江水裹挟着一步步滑向深渊……

　　当时，我亲爱的父亲好像在江的对岸正割着芦苇什么的，当他发现水中挣扎的我们之后，就拎着镰刀跑了过来。然而，当年过早地进了县城的我父亲同样不会水。我父亲在江岸上急得团团转，先是挥舞着镰刀，怒火中烧地命令我们如何如何……无济于事之后，我父亲就开始了更无济于事的捶胸顿足，呼天喊地，最后哭得声嘶力竭……我至今认为那天的我父亲是我有生以来看到的最绝望的男人。

眼睁着完了，一切都完了……

可后边事情的发生，让唯物主义的我不得不唯心主义地确信：骨肉亲人间肯定有心灵感应。关键时刻，负责给生产队护青的二叔骑着一匹红色大马遥远而意外地奔来了。

二叔没有来得及下马，而是和马一起直接跃向了汹涌的江水……

江水湍急，二叔冒着生命危险把我和大哥一个一个从旋涡里拉出来，然后再奋力托到岸上去。最后，精疲力竭的二叔自己反倒险些被永远地留在旋涡里，救二叔的是那匹通人性的红色大马。

事后，一向讲究三从四德的二叔破天荒地给了他的大哥——我的父亲——一记十分响亮的耳光。

几天后，也就是我接到来自省城的一所全国重点大学录取通知书那天，二叔在不怎么富裕的小村奢侈了一回。二叔借钱买了十挂被村人称做"十响一咕咚"的鞭炮放开了，二叔激动得泪流满面，说："老王家又出息个大学生。"还说："我侄儿福大命大造化大，将来肯定能有大出息。"二叔那惊心动魄的十挂鞭炮响彻村庄，经久不息……

整个中午，我都深深地沉浸在那段难忘的往事之中……我总是试图想象那属于二叔的当年情景：在那遥远的北方乡村，晚归的乡路上英俊的二叔骑着他的红色骏马趟起一路红尘……那时的二叔肯定比我后来看到的美国西部牛仔还要剽悍，二叔骑着的那匹红色大马凝聚了我对马的一切美好想象……

我没时间和同事们出去吃饭，就买了一份盒饭，一边吃一边看着校样，一边还誓言一样跟自己说："千万千万不能忙忘了，今天再忙也得挤出时间去接二叔啊。"

整个中午和大半个下午，我过得相当忙乱。但即使这样，我还是没能把二十几万字的校样看完。

眼看就要到四点钟了，坐小公共汽车从我单位到火车站至少也得二十分钟。我匆匆地把校样装进包里，剩下的就得晚上回家再看了。

出门前，我给远在市郊工作的妻子杨杏挂了个电话，我告诉她说："我的二叔从乡下来了，我得去接站，可能得晚回去一会儿，你去接女儿吧。"我怕她有什么想法，还特意强调："就是曾经救过我和大哥命的那个二叔来了。"

"我今天下午得值班，五点钟之前走不了。不行你就让大哥去接一回吧。"杨杏在电话里很着急的样子。

我说："大哥今天也有事脱不开身，都说好了，我今天必须得去火车站接二叔。女儿只能由你去接了，晚就晚点吧，你好好和幼儿园的阿姨解释一下。"

杨杏好像不太高兴，说："大哥咋总那么忙呢？轮大襟也该轮到他了。他家离火车站才几步远？再说，他家房子也比咱们的宽绰……"

"大哥确实是工作脱不开，你别小肚鸡肠的！"就像杨杏伤害了我对二叔的感情，我突然不耐烦地在电话里训斥了杨杏，然后就力量不小地撂了电话。

二

我紧赶慢赶，总算准时赶到了火车站。

这时，候车室的广播里正说我二叔坐的那趟第某某某次列车大约晚点四十分钟。我长舒一口气，也好，总比来晚了强啊。我就靠在出站口旁边的铁栏杆上，把班上没看完的校样拿了出来。

我一边看一边想着如何安排二叔的住宿问题：就算大哥家离这儿近也别去了，他家虽是一室一厅（我家是两室一厨两家住），但也不是很宽绰。再加上大嫂这段时间正教小侄女弹钢琴，钢琴放在厅里了，二叔要去住的话，钢琴还得搬来搬去的，也不方便。干脆，还是让二叔到我那儿搭地铺对付几宿吧。二叔又不是外人，还是那种从不在乎吃苦的人。七月份的天气，在地板上睡上几宿又算得了什么？不行的话，就我和杨杏、女儿睡在地板上，让二叔睡在床上……

五点十分了，出站口处的人不断多起来，我收起校样，往出口处凑了凑。从下车的人中打听到，二叔所乘的第某某某次列车还是没有进站。

我就又退回来，和从前一样靠在铁栏杆上，这样可以同时关照几个出口。我一边扫视着每个从出站口出来的人一边想：二叔得了啥病呢？二叔一向吃苦耐劳，这些年，我们老家那一带的农村许多旱田都已改成了水田。据乡下来的亲戚们说，我二叔和年轻时一样，可能干了。说他开推土机平垦稻田，为了抢工时，曾创造过两天三宿连续作战的记录呢。二叔的胃一直不太好，肯定是胃什么的出了毛病……

又过了十几分钟，那列火车终于进站了。这回我听得清清楚楚。

我开始一个个仔细打量从出站口涌出的旅客，审视那一张张因长途旅行而憔悴不堪的面孔。我和二叔有十四五年没见面了，二叔一定老了吧？他是不是都变了样儿了呀？

人都出得差不多了，可我怎么就没发现我的二叔呢？是二叔没上来车吗？还是……我有些急了，突然有了一种望眼欲穿的感觉。

不再有旅客从出站口出来了，出站口和车站里面的地下通道之间的那块广场上也不再有一个旅客了，我仍然没有发现我的二叔。

就在我犹豫是否到站前广场搜寻一下，最后向车站里望一眼时，地下通道突然缓慢地并排走出三个人来，两个年轻人搀扶着一位长者。我认不出那位长者，也认不出那两个年轻人。但我的目光却被他们牢牢地吸引住了。难道那位长者就是我的二叔？那两个年轻人就是我二叔的两个儿子——我的大弟和小弟？

最后，我的直觉告诉我：我今天要接的应该是他们。

这时，他们像刚刚看到我，似乎都认出了我，冲我招着手，脚步也比先前快了一些。

肯定就是他们了。我迎上去，一个个亲热地握着他们的手，我一时像不会说话了，说得竟和平时很多人见面时乏味的套话一样："多长时间没看着你们了，都快认不出来了。你们挺好的，家里都挺好的？"

"挺好的，都挺好的。"二叔很艰难地微笑时，我终于捕捉到了他十几年前的影子。

小弟模样虽然变化很大，但还是小时候那么爱说话："二哥，我一眼就认出你来了！咋还那么年轻呢？城里人和乡下人就是不一样，城里人可真禁老呀，看你小弟，都快成小老头了。"小弟的话说得极其亲切，一下就拉近了时间造成的距离。

"走在大街上我也能认出二哥来。"不太爱说话的大弟也说。

"二侄子呀，你也挺好的？二叔到底还是来麻烦你了。"二叔声音极低地说。

"二叔你这话说哪儿去了？到你侄儿这还有啥客气的。您老就放心吧，不论如何，我们都会竭尽全力为您把病治好的，您不是有两个大学毕业的侄子在省城工作嘛。看个病多大个事儿。"我亲热地握住二叔的手，说得轻松加愉快。

二叔眼中好像闪着泪花，"唉，人老了，不中用啦。你们都挺忙的，我这又来给你们添乱。"二叔说完想忍住咳嗽，可他没能忍住。

二叔咳嗽时，我叫了一辆出租车，分别把他们让进去。我让二叔坐在前边，我和大弟、小弟坐在了后边。

出租车开起来后，大弟趴在我的耳边说："二哥，我得先告诉你，乡医院说我父亲是肺结核，县医院化验说是肺癌。现在就得看省里的医院怎么确诊了，眼下我们跟我父亲说的就是肺结核。"

"我二叔得的不是胃病啊？"我想说，但没说出来。我觉得脑袋一阵轰鸣。

"二哥，咱们家离这挺远吧？"这时，会说话的小弟问。

我好像是突然间改变主意的。就在那一瞬间，我突然决定不把他们带到我家里去了。我显得有些忙乱地说："挺远，正经挺远呢，我家离这里可远着呢。咱们还是先找个住的地方吧。"我这时感到了他们的不自然。

"二叔，我家地方太小，我大哥那儿也不怎么宽绰，城里不比乡下，我们还是创业阶段，都没混上大房子呢，一家就那么十几平方米的地儿，没办法，咱们就得住旅店了。"我边解释边让司机往省医院的方向开。因为我无法把患有肺结核病的二叔带回家去（我不愿意怀疑二叔得的是肺癌），我那九平方米的小屋还生活着我八个月的女儿呢，我不为自己着想也得为女儿着想啊。真的，我真的一点儿这方面的心理准备也没有，我无论如何没想到二叔得的是这类病。

"行，咱们就住店，住店吧。"二叔也像没啥心理准备，但又必须得表个态一样地对我说。

"二哥，那今天看不成病了吧？"小弟有些急切地问。

"看不成了，都五点四十多了，医院早下班了。"我无可奈何地说。

"那得多住一天了。"小弟失望地说。

我们在省医院招待所下了车。住旅店是要身份证的，可他们三个人只有二叔带了身份证（显然他们在来之前并没有做住店的准备）。所以我在为他们办理住店手续时遇到了麻烦，服务员只肯给有身份证的二叔办理住宿登记手续。

两个弟弟怎么办呢？"同志，他们是一起的，他们是父子关系，两个儿子是来照顾生病的父亲的，小姐，求您帮忙了……"我说了老半天好话，服务员才很给面子地回了一句："除非那两个人有派出所出的证明。"

我问："哪个派出所？"此时，我同样不想把两个弟弟或其中的一个弟弟带回家里去，我觉得他们身上也布满了那种肺结核病菌似的，我宁愿为他们出住宿费。

不知为什么，那个服务员似乎并不欢迎招待所来更多的顾客，这在市场经济时代已相当少见。她过了半天才说："红星派出所呗。"

"就是人民广场那个？"我马上意识到我问得相当蠢，但已经问了。

"市里一共有几个红星派出所？你这人咋这么磨叽呢。"女服务员不耐烦的声音一点儿也不出乎我的预料。

我单位的单身户口就落在红星派出所，三年前我住单身时认识红星派出所一个姓孙的户籍员，不知他还在不在了。我就叫了出租车直奔红星派出所。

谢天谢地，姓孙的户籍员仍然在！我就把刚买的一盒红塔山扔给了他，说了要开证明的意思。

"都是哥们儿，你的事就是我的事，你还客气拿烟干啥。"姓孙的户籍员拍了我一下。

如果没有认识人，这种事按理说应该很难办。可事情的进展顺利得几乎令我难以相信，我很快就开回了红星派出所的治安证明。

我一回来，小弟就满脸敬佩地笑着说："我二哥可真没白在城里混这么多年，这么一会儿，派出所的证明说开就开来了，真、真行啊！"

从小弟的表情上看，他无疑是在说他的二哥"神通广大"，也许他没想起或不会说这个词语。

小弟充满敬佩的表情使我一度很紧张，实际上，我相当了解我自己，我远远没有小弟想象的那样有能力。我很认真地解释说："碰巧有个我认识的人在红星派出所当户籍员。"说完，我坚硬地笑了笑。

"二哥，其实我们两个好说，只要你二叔能住下就行了。你何必又去跑了一趟，太麻烦你了。"大弟看着小弟说。

"这儿的宿费是最便宜的了，二哥没本事，还没混上宽绰房子呢，真没法让你们到家里去住。"我望着两个弟弟歉意地说。

把他们安排妥当之后，我在附近的一家小酒馆给二叔和两个弟弟接风。

吃饭过程中，我用饭店的电话给大哥家挂了个电话，是大嫂接的，说大哥还没回来。我就把二叔住的房间号告诉了大嫂，让她转告大哥。

回来后，我又向二叔解释了一遍大哥没来的原因。

二叔就说："你们正是好时候，能不忙吗？二叔不挑这个，这就够一说的了。二叔能怪你们吗？要怪就怪二叔得病了，真是没用了……"

"二叔，哪能这么说呢，谁还能总不生病呢？"我说。

吃完饭已是八点多钟，回招待所陪二叔唠了一会儿家常。这时，我的呼机响了，是杨杏传我。

"是不是谁找你有事呀？快忙去吧，可别误了正事。"二叔很为我着急的样子。

"没事，都下班了有啥事。"不知为什么，我很想回家帮杨杏照顾女儿，但又不忍心撇下二叔和两个弟弟。

不知又坐了多久，呼机又响时我终于坐不住了。我说："二叔，我真得回去了，孩子小，你侄媳一个人还真不行。明天我带她们娘俩来看你。"

二叔极难为情地挣扎着坐起来，"哎呀，我这记性，是不中用了。我怎么都忘了呢？二侄子你赶快回去吧，孩子还小，你媳妇上一天班儿也够累的，兴许晚饭还没吃到嘴里去呢，快回，快回去吧，我就怕来了麻烦你们，这不正整的。对了，没啥给你们拿的，临来你二婶给炒点儿瓜子儿……"二叔一边把一布袋瓜子拿给我一边剧烈地咳嗽起来。

我说："大老远的，还拿这个干啥。"

二叔一边咳嗽一边说："没、没啥拿的，那么、那么个意思吧。可千万别嫌弃。"

"那我就先走了，明天早上再来。"我说着就往出走。

大弟和小弟送我到楼梯口，我让他们留步，大弟非要坚持出来再送送我。

路上，我又问了大弟家里目前的一些情况和打算，大弟一直遮遮掩掩不肯说。问到最后才吞吞吐吐地说："……这些话我真不该说，我和小弟现在都很困难，也不怕二哥笑话，农民挣点钱太难了。我父亲要是得个肺结核，我和小弟就是倾家荡产也得想办法治，要真是得上了肺癌……真不是当儿子的不孝顺，我们也就、也就只能等着他老人家死了。"

我听得很震惊，也很难受。想来想去我也没有办法。我说："是啊，实际上我们当侄子的也帮不上什么太大的忙儿。在别人看来，我们大学毕业能留在省城各方面都不错了。实际上我们又有什么，也不过是工薪阶层啊。不过大弟，你也别着急上火，先确诊，完了再说。你毕竟还有两个哥哥在省城。"

大弟似乎还想说点什么，但他没有说。

三

我回到家时，杨杏的晚饭果然还没有吃上，八个月的女儿正在哇哇哭闹。

还没等我换完拖鞋，杨杏就劈头盖脸地问："孩子都快饿死了，让你买的奶粉买哪去了？"

我只觉得脑袋"嗡"地一下，我怎么把这么重要的事都给忘了呢？

女儿生下来身体就弱，加上杨杏的奶水不足，一直离不开奶粉。说起来也怪呢，一般的奶粉她还吃不消，小家伙吃惯了大批发市场上才有的那种特殊味的"婴儿奶粉"。可是这个时候了，大批发市场也早关门了。再说，预计买十袋奶粉那两百块钱，从下午到晚上我已经花得差不多了。

杨杏没像我预想的那样问问我二叔的情况，这很意外。我虽然不很痛快，但我还是很自觉地到楼下的食杂店买来了一袋普通奶粉。

我很被动地把奶粉袋剪开，熟练地用小勺取一些奶粉放到杯里，又把开水倒成温水，再将调匀的温奶小心翼翼地倒进奶瓶中……

"你们家总来人，我算倒老霉了。"妻一边悠着已经睡着了的女儿一边说。

我想说，我们家就这样，愿过不过！但我还是没有说出来。我只是说："是我愿意让他们来呀？"我看了看可怜的女儿，强压住心头之火，没有发作。

女儿一小会儿就醒一次，"啊啊"叫着，小嘴直吮被角，显然是饿的。可杨杏把装有普通奶粉的奶瓶子放到她嘴里时，她只是狠狠地吮几口又马上吐出来，愤怒地"啊啊"叫……

屋子小，又不太通风。看着杨杏被汗湿透了的后背，我又觉得很对不住她。自从有了女儿，她起早贪黑，白天上班，晚上回来还要带孩子。早已不再是从前的那个女大学生，也不再是从前那个有些娇气的独生女了。

可是，又有什么办法呢？我们目前的处境就是这样。也许我们应该满足才是，在很多人眼里，这已经相当不错了。在这个拥挤的城市里，有多少年轻人连这样的小房子还没有呢。

我不知动了哪根恻隐神经，亲自动手给一直不太高兴的杨杏做了一碗热汤面，还打上了两个荷包蛋。

杨杏毕竟有文化有修养，不是那种得理不饶人的人，吃了面也就好人一个了，还很热心肠地打听："二叔住哪了？咋不回家来住呢？"她的问话反倒显得我对自己的亲人不够热情了。

我说："担心二叔得的是肺结核，怕传染，就不好让他们来家里住了。"

"肺结核？那可得抓紧治呀！"杨杏显得有些急。

"再抓紧也得等明天医院大夫上班呀。"这时我感到我和杨杏真的还是相亲相爱的一家人。

接着，我和杨杏又像一家人一样唠了一些关于二叔和两个弟弟的事……

后来，杨杏还帮我看了下午没看完的校样。她戴上眼镜，很认真的样子，竟比我看得快，我们一直看到后半夜两点多才看完。

大哥很晚才给我来个电话，说："回来得太晚了，明天一早去看二叔吧。"

大哥的电话把女儿吵醒了。女儿再也不肯睡，一直闹到天亮……

四

我和大哥都是到单位点了个卯就来到二叔的住处的。

看病远不是想象的那么简单。我在这个城市生活十多年了，虽说享受着国家给的公费医疗，可真就没怎么到医院来过，更谈不上住院了。有个头痛脑热的小病，更多的是到附近的药店买点儿药，真就没来几回医院。我替二叔排了半上午遥遥无期的长队之后，才有些真正认识了医院。中国人确实太多，生病的人也太多。

一上午眼看就要过去了，我仍在排队。在看病这个问题上，我们还没有任何进展。我和大哥还要上班的，这样下去让人有些承受不了。说实话，我心里急一阵火一阵的，又不能让二叔和两个弟弟看出来。中午休息，我们的午饭吃得没滋没味。

后来的事情还多亏了大哥。下午，大哥通过他的一个同学，费了很大劲走成了后门儿。那个同学的什么人是第二天的班，让我们回去等着，明天一早再来。

就这样，我们总算于二叔到来的第三天上午给我们的二叔做上ＣＴ检查。

又等了24小时（也就是二叔到来的第四天），我们终于等到了那个可怕的会诊结果——肺癌晚期。

这个结果既在预料之中又在预料之外。我们面面相觑了一阵之后还是很快地接受了这个现实。但一时谁也没了主意。是不是得治呀？怎么治？两个弟弟也没有了主意。

医院的意思是，患者才五十一岁，虽然癌细胞已经开始扩散，但不忍心放弃对患者的治疗，建议家属住院化疗观察一段时间。

那位姓张的主任医师一遍遍责问我那位老实的大弟："你为什么不早把病人带来？在癌细胞扩散前做手术至少能维持五年。当儿子的舍不得花钱给老爹看病，是不是？农村这路事儿最多，一个老爹能养活一大炕儿子，一大炕儿子最后不管一个老爹。"

姓张的主任医师嘴挺黑，说得大弟眼泪汪汪的。使本来按原计划不打算继续治疗的大弟迅速有了另一种决定——"哪怕倾家荡产，也要住院治疗。"

二十世纪九十年代医院的治疗程序是：先打针吃药控制住癌细胞的进一

步扩散，然后视具体情况实施化疗、放疗。我不太了解那些具体的治疗究竟是怎么一回事，但我知道医院对癌症的医治恐怖而痛苦、漫长而昂贵。几年前我单位有位公费医疗的癌症患者治到最后弄得皮包骨头苦不堪言不说，也基本折腾个倾家荡产。那还是公费呢。

但我们还得瞒着二叔，就很认真地对他说："这回确诊了，是肺结核，这病好治。"

二叔微笑着，看不出来是相信还是不相信。

办完了住院手续，把二叔安置在病房后已是十点钟。

大哥说："单位脱不开，不行下午再过来吧。"就匆匆忙忙地走了。

我给单位打了个电话，还好，我的那份校对工作已经让一个要好的同志代劳了。我就和大弟、小弟来到住院部楼下的花坛边坐下来。因为要想知道二叔的真实病情，必须得避开二叔。

"我二叔这病是什么时候得的？"我问两个弟弟。

"你二叔你还不知道？干活不要命，有病不吃药。三个月前大伙儿就劝他上县里瞧瞧，可他说啥也不去，还说一把老骨头了，没那么金贵，还是省点儿钱给就要出世的大孙子换糖球吃吧。"小弟快言快语地说。

"那最后是什么时候我二叔又同意上医院了呢？"我问。

"这才哪么几天儿的事儿呀，也就是两个礼拜以前吧。"小弟答。

"才半个月？"我又问。

"可不是咋的？两个礼拜前那天半夜，你二叔疼得直砸炕沿，实在挺不住了才同意我们套车拉他上乡。乡医院说是肺结核，吃药打针一个多礼拜也没见效果。没招儿了，就坐汽车上县，县医院诊断是癌！当时我们哥俩都傻眼啦！这可咋整啊！啊？咋整啊……后来我们就呼啦一下想起了大哥二哥在省城里，到省城去看看吧。"又是说话爽快的小弟抢先说。

又过了好半天，大弟说："我父亲原本不同意到省城来看病，他怕麻烦你和大哥。我也不想来，只是……"大弟有些语塞。

"别着急，我们会尽最大力量的。"见大弟欲言又止，我说。话说完了，我又好像感觉到自己的底气不是很足。

静了一会儿，大弟声音很低地说："其实，县里确诊后我对我父亲的病就已经绝望了。我们是农民，我们怎么有能力来治疗癌症这种病呢？那时我就想：父亲，您只能等着慢慢死去了，您一辈子再要强再倔强也没有用了，谁让您是农民啊？谁让您不争气的儿子同样又是农民啊？后来我又想，我父亲没来过省城，就带我父亲去省城走一趟吧。我压根就没敢想是来治病，只敢想是走一趟，顺路再看看，万一不是癌呢。可是，可是省城的医院再一次宣布我父亲得的是癌症……这一点儿也没出我的预料，一点儿也不意外。可是，可是在那一刻以后，我渐渐地不敢再正视我父亲那孤独无助的眼神儿了。我从来没见过我父亲有这样的眼神儿，二哥你也知道，我父亲从来不愿求助别人的……但是他现在真的在求他的儿子呀！我父亲瞅我的眼神儿和瞅别人的眼神儿不一样，这一点我时刻都感觉得到，我是他的长子，他一定认为他的命就掌握在他的长子手里，可他可怜的长子什么也无法为他做呀！二哥，真的，如果我死能换来我父亲活我都干。二哥，咱们说他得的是肺结核，你以为他相信了吗？他只是没有勇气相信他是肺癌，他最了解他的儿子，他的儿子拿什么给他治癌呀？我父亲的眼神儿只有我能看懂……"大弟声音越来越低，可句句让我撕心裂肺一般。大弟一向老实厚道，我知道他说的话毫无水分。说话时，憨厚的大弟和会说话的小弟对我二叔的提法都是不一样的：小弟总是"你二叔"，大弟则是"我父亲"。

大弟没有直接说他要我们帮他一把，但我似乎有这样一种感觉：一双颤抖的手一直在向我和大哥伸举着，就像我常在上班的路上见到的那种无能为力的乞讨人的手。我不知道心中是一种什么滋味，我真的能如我初见他们时说的那样尽力去帮助他们吗？做到什么程度才算"尽最大力量"呢？我好像正在回避着什么，虽然口头上仍很真诚地说着："别着急，咱们慢慢想办法。"

"二哥，这几天可把你和大哥折腾够呛，都是当弟弟的无能。走，咱去食堂吃饭吧。"小弟一向机智，这时他却尽量表现出了一种轻松。

中午，我们把饭打到二叔的病房里。二叔说他不饿，没吃几口就放下了。一遍遍跟我说："二侄子，你和你大哥都有一大摊子工作呢，正是人生最好的时候，也是最抗劲儿的时候，赶快忙去吧，千万别把你们的正事儿耽搁喽。我这不已经住上院了嘛，已经把你们折腾够呛了，下午快回单位去上班吧。"

我说："单位下午没啥大事，我坐一会儿再走。"

后来，我留意观察了二叔，觉得大弟的话很准确。虽然大家都瞒着二叔，说他得的是肺结核，但从二叔间或流露的表情上看，他像早已清楚自己得了什么病。二叔偶尔挂在面部的表情是那种知道自己生命有限的人所特有的表情，是绝对的对生存下去的渴望。尤其是在我按照他的意思要离开病房，和他告别那一瞬，我终于看懂了二叔那种近乎贪婪的目光，表象是一种大气憨厚的拒绝，实质却是一种小心翼翼的求助。我有生以来第一次觉得我的二叔也是惧怕死亡的，以前我一直错误地认为二叔冒死救我们很正常，因为二叔给我的印象生来就是那种"一不怕苦，二不怕死"的人。

回来的路上我一路都在想，当年二叔冒死救我和大哥的时候，他自己不正是我们现在这个年龄吗？用他自己的话说，不正是"人生最好的时候"吗？而那时他为了他的两个侄子，却能纵缰跃马，义无反顾……

五

我觉得弟弟们随时都有张嘴向我和大哥借钱的可能性，或者说我和大哥随时都有把手里的钱借给弟弟们的可能性。总之，我们要尽我们最大的努力了。

如果我仍是单身一人，我会毫不犹豫地把所有的积蓄都拿出来救二叔，但我已经是个组成家庭的人了。对于一个家庭来说，往出借钱（倾其所有）毕竟是一件大事。晚上回到家，我就晓之以理、动之以情地做杨杏的工作。我铺垫了好半天，最后终于鼓足了勇气说："二叔已经确诊了，真的是肺癌，并且还是晚期。医院让住院治疗，我看咋也得花几万。关键时候，咱们还真得借给他们点儿钱用。"

没想到杨杏并没有像我想象的那样不高兴，而是惊讶得张大了嘴巴："癌？得的真是癌呀？太可怕了，你咋不早点儿告诉我呢，我还以为是普通的肺结核呢。"

杨杏在确信并进一步了解了我说的真事之后，沉默少许。然后，她满怀深情而又不乏理性地说："咱家现在确实有两万块钱，如果这两万块钱真能救了我们二叔的命，别说借，就是给，咱也得拿出来，行。可是，如果要用这两万块钱起到让一个癌症患者多活几天的作用，我真的觉得有些不太值得，你说呢？其实，不用我说，你自己也清楚咱们这两万块钱是怎么一块钱一块钱积攒的。当然，这只是我个人的看法，如果你觉得必须得拿，那你就拿，我也不能反对，人心都是肉长的，谁没有个亲人呢。"

杨杏并没有说不同意，又说出这样一番颇有见解的话，反倒让我一时没了主意，我似乎也有些觉得杨杏的话充满了道理。医生没说能活多久，一年？半年？三个月？可也是，让二叔受着罪多活一年半载的又能怎么样呢？可是，大家大眼瞪小眼地看着二叔得病了不给治，让二叔等死？又不是那么回事啊……我哪能让我亲爱的二叔在我眼皮底下等着死呢？那我真的太不是人了。

过了一会儿，杨杏又说："在我们现在居住的这个城市里，有两万块钱实际上跟过去说的穷光蛋是一码事，只是我们不忍心承认罢了。如果没有这件事我还从来没有认真想过这些，其实我们自己也是穷人，我们拿什么去奢望拯救别人呢？万一我们自己或者我们自己的父母病倒了，我们又能怎么样呢？"

我那坚强的挽救二叔的想法此时突然显得不堪一击了，是啊，我们有能力抵御灾难吗？只是我们尚未摊上灾难而已。我们实际上还远远没有拯救自己的能力啊，更何谈去拯救别人啦？

夜已经很深了，我只是出于习惯才选择躺到床上去，其实我毫无困意。

我一直在琢磨：二叔这病治还是不治……治吧，还真就没钱；不治吧，那也说不过去呀。我真的太无奈了，我无奈至极。

（后来我偶然发现我头上已经有了白发，我想跟那个无奈的夜晚有关。当然这是后来的事了。）

这天午夜时分，电话突然响起来。又是大哥打来的。

"二良子呀，是这么个事儿，我刚从我的同事家回来，他老爹就是晚期肺癌，目前在肿瘤医院化疗呢。三个月，花进去十多万了！人家哥兄弟几个都是开公司的，有的是钱，认老爹剩下这几天一寸光阴一寸金地过。我的意思是啥呢，咱们一家人不说两家话，咱们实话实说……二叔跟人家老爹比不了，人家有好几百万，二叔哪有钱哪，二叔的两个儿子也没钱，最后没招儿了不就得跟咱们借吗？你说咱们借不借吧？两个弟弟根本就不具备偿还能力，咱们借给他们钱咱们怎么办？再说咱们也没啥钱啊。二良子啊，哥不瞒你，哥手上确实有三万块钱，可年底我单位集资盖房子，孩子还得上中学，哥也是奔四十岁的人了，不能总住一室一厅吧？今天下午，我还打电话让我同学问了他医院那个哥们儿，我让我同学套他点儿实话，问从现在开始给二叔用最好的药，二叔还能维持多长时间？我同学那哥们儿开始不说，后来才说。你猜他是怎么说的？他说：'唉，怎么说呢？跟哥们儿我得说点实话，但你可千万别说出去，像你同学二叔这情况，顶多也就再能活半年，一个月两个月也是他，治疗价值不是很大。'我当时脑袋忽悠一下子，咱二叔这不完了吗，他才五十出头啊！不能就这样让他等死吧？后来，我冷静下来还是觉得没办法。回来后我一直琢磨：治，不就是让病人多活那么几天吗？等人走了，让子女们都背上沉重的债务？这到底值不值呢？难道说盲目地尽孝给二叔治病就人道吗？"

"事是这么回事，可我们怎么也不能跟大弟和小弟说就这么着啦，救不了啦。二叔总是用那种无助的目光盯着大弟，大弟心理压力相当大，救吧？没有钱；不救吧？所有的人尤其是二叔本人还都眼巴巴地盯着他，大弟想放弃也不容易呀！"也许是因为我刚才已经和杨杏探讨过类似的话题，所以我没觉得大哥一直赔着小心的想法怎么怎么缺乏人情味儿，还顺着大哥的思路说了上面这样的话。

大哥听我这样说，以后的话就更加坦诚。"我们怎么能直接去劝这种事呢？这事得让医生去做工作。我同学帮咱们分析了目前的形势：关键就是设法让大弟决定放弃治疗。但是，大弟自己不能说不治了，这样有不孝之嫌；当侄子的就更不能张罗打退堂鼓，那样显得太无情无义；只有做医生工作，让医生从医疗的角度来当众说服大弟是最好的办法。我同学的哥们儿说了，别看那个姓张的主任医师满口他妈的孝道，实际上最不是东西，最吃那个。只要给上钱，让他说啥他就说啥。我同学的哥们儿五百块钱就能搞定他。二良子，你可别多想，在这件事上，我们真是一点儿办法也没有了，我们还不具备那份能力啊，这也是没有办法的办法。"

"大哥，你看这么做好吗？"我突然觉得我们的二叔好像在远处正看着我们呢。

"现在也没有别的更好的办法呀。对了，我还没跟你说呢，我同学说了，咱二叔目前这个身体状况，说不行就有可能不行，万一不行在这个城市里，据说火葬场接收外地人手续相当烦琐，弄不好咱们还得雇车往回运，大热的天，费劲着呢，整不好，车都雇不着。让我同学说的，我现在都担心啊，二叔要真老在这儿可咋办啊？二良子，咱们可不是见死不救，咱们确实是没有这个能力呀！就这样吧，没有别的办法呀，这事真得快点儿办呢，我先让我同学给那个主任医师打个电话，咱们明天一早就去办吧。二良子，我撂了，噢？"

我一夜未眠，觉得人是最会寻找理由和借口的残酷动物……

六

大哥很早就来了电话，说他的同学已经和姓张的主任医师联系过了，说能行。大哥说："为了保险起见，咱就得多给点儿。我同学说拿五百肯定能办成。咱们得一棒子打住，万一姓张的不干咱们成啥了？你说呢，二良子？"

"你就看着办吧，这事我还能怀疑你拿回扣？"我突然觉得有些心烦意乱。

"那就这么定了，咱俩就别一人出二百五了，也不好听，就一人出五百吧。"大哥说得好像在和我做买卖。

"行行，我都出也行。"我觉得我们真都是"二百五"。

上午8时30分，我和大哥怀揣着用红纸包好的一千块钱准时来到省医院。

我一直有种惶惶不可终日的感觉，觉得我们怀揣着一个巨大无比的阴谋，我觉得我和大哥就像小时候看的电影中那种最坏最坏的特务。不论怎么说，姓张的主任医师从本质上都是二叔生命的最后一个维护者。无论他的真正目的如何，只要他坚持主张给二叔治病，二叔的生命就能够得到一定程度的延续。而我和大哥却要用这一千块钱把这个举足轻重的"维护者"给拿下来，我们要像儿时看过的战斗故事片中解放军攻克敌人最后一个碉堡一样把他炸掉。而此时的我们不像是英勇善战的解放军，我们更像那些苟延残喘的敌人。

我们贼一样从二叔所在住院部门口溜过，直奔三楼主任医师的办公室。

姓张的主任医师竟一个人等候在屋里，像事先预约好的一样。

把我们让进门后，他挺平静也挺客气地让我们坐下，还给我们分别倒了一杯热水。

我忘了我们是如何堂而皇之地切入主题的。只记得大哥极不自然地坐下又起来，起来又坐下。最后终于把红包掏出来，慌乱地塞给了那个主任医师。

接下来，在大哥吞吞吐吐地想要说明意思时，主任医师很有经验地先说话了："谁家有了病人谁不闹心，常言不是说嘛，'有啥别有病，没啥别没钱'。这年头儿，老百姓得了这种难治的癌症，谁家摊上也是够呛的事。治吧，倾家荡产，不治吧，心如油煎。十指连心，都是亲人啊！"

我没想到姓张的主任医师竟也是个很有人情味的人，说起话来通情达理、实实在在，也比从前和蔼多了，就像换了一个人。

我们事先的各种担心就显得非常多余，一切进展得比预料的还要顺利。

此时，我和大哥只剩下主任医师能否说服大弟的顾虑了。正当我们想和他研究怎么说服大弟时，主任医师站起来送客了。

主任医师拍着胖胖的肚子说得轻松极了："唉，肺癌晚期，这病也确实没有什么治疗价值了。不就是想让他们回去嘛，我敢保证，他们今天不走，明天肯定得走。"

"要是……"大哥心里好像还是没底。

"放心吧，一切包在我身上行了吧。还有别的事吗？如果没有，你们可以走了，我还有我的事。"姓张的主任医师就有些不高兴的样子了，说完就把门关上了。

我和大哥就灰溜溜地来到了楼下的住院部。我们忐忑不安地敲门走进二叔的病房时，两个弟弟正给二叔喂饭。

二叔看见我和大哥来了，饭也不吃了，热情地让我们坐下并和我们说话："你们俩不去上班，这么早就跑来看我，这可不行啊。唉，我这一来，我的两个大侄子可受罪喽……"

二叔一定认为我和大哥是为了拯救他而来的，他绝对不会想到我们会给他来上那样一手。我有些不敢正视二叔，也不知道还应当对我亲爱而可怜的二叔说些什么。我这时格外羡慕起那些我平时不怎么瞧得起的大款来，如果我或大哥有一个人像他们那样富裕，我们做人就不会像今天这样自责和猥琐。

大哥一直很亲热地和二叔唠着家常，我不知道他的心情是否和他的表情一样平静。

后来，当二叔说到再有三个月就能看见他的大孙子时，他显得格外激动。二叔的脸色也显得红润了许多，一点儿也不像一个重病缠身的晚期癌症患者。

不过，唠了一会儿二叔却突然说："死，二叔倒是一点儿也不怕。二叔就是想看看大孙子长得什么样儿，咋也得让二叔看看自己的大孙子再死呀。"二叔说得很认真，像在开玩笑，又不像在开玩笑。

心灵感应？骨血反应？就像当年二叔从遥远的地方骑着骏马狂奔而来搭救我们一样？而这回却是反着来的。我又一次有了这种切实的内心感受，心里堵得慌……难道说二叔知道我和大哥刚才在楼上的举动了？我正心惊肉跳地寻思时，一位护士走进来通知道："3号床（二叔的床）的家属，请马上到三楼主任室去，张主任要谈一谈下一步的治疗方案。"

除了二叔之外，我们就都到三楼的主任室来了。

姓张的主任医师和几位主治医生早已等候在那里，我们一进屋，姓张的主任医师就吩咐一位值班医生宣读几日来的医疗报告和临床表现。

然后，姓张的主任医师表情极其严肃地总结说："医院从不放弃对任何患者的治疗，医生的职责就是治病救人。然而，从一位医生的职业道德出发，我不得不深表同情地透露给患者家属真实情况，患者已是肺癌晚期。"

一时间，整个房间里鸦雀无声，就像所有人都窒息了一样。

姓张的主任医师停顿了一会儿接着说："又鉴于患者是位农民，家庭状况比较困难，我个人建议还是不要花这些冤枉钱了。治疗也是白遭罪，而且治疗的价值不是很大……噢，我说多了。按理说，我是医生，应本着治病救人的原则，不该谈这些的。好了，至于下一步怎么走，我还是要尊重患者家属的意见，我不该在此感情用事的。"

大弟瞅瞅大哥，瞅瞅我，又回头看看小弟，大弟明显已经没有了主意。好半天才说："张大夫，您看我父亲这病是不是一点希望也没有了？张大夫，我们是没钱，但哪怕有一点点希望，我们也不忍心放弃呀。既然您已经把实底儿都告诉我们了，还是请您帮我们出个主意吧，我们就听您的了。"

"这种事我可不能替你们做主，治与不治还得你们自己定。"姓张的主任医师表情非常庄严地说。

"大哥、二哥，你们说呢？"大弟更加没有了主意。

"主要是我二叔已经是肺癌晚期了，要是早确诊就好了。"过了一会儿，大哥不得不表个态似的说。不过他几乎说了一句废话。

我又能说什么呢？我不敢抬头去看任何人。我想，那些大夫，尤其是那个姓张的主任医师一定会发自内心地看不起他们眼前这四个姓王的男性公民。

等那几位医生都走了之后，姓张的主任医师一改庄严神态，对仍然没拿好主意的大弟说："要是听我的就赶紧回家，好好尽尽孝道，老爷子想吃啥，就给买点儿啥。别看我是大夫，我老爹要是有了今天我也没辙。依我看，多弄些止疼的药，让病人死前少遭点儿罪，别的呀，都是扯淡。"说完他也急火火地出去了。

大弟又用征求意见式的目光看看大哥、看看我。

我想躲开他的目光又没躲开时，大弟咬了咬牙说："大哥二哥，那就得麻烦你们了，想法儿帮我多弄些杜冷丁吧。我父亲一辈子没享几天福，死前就让他少遭点儿罪吧。既然已经到了这步，我们还是回去吧。"大弟极艰难地做出了最后的决定，说话时，眼泪就在他的眼圈上转着。

大弟果然决定回去了。下楼时，我的心脏更加剧烈地跳动，腿也颤抖得厉害。

杜冷丁是严控麻醉药，只止疼，不治病。癌症患者疼到挺不住时，打上一针能缓解疼痛。这是很多人都知道的常识。

我们下一步就是想法要把这种药多给我们的二叔弄来一些，好让他心满意足地带回家去"治病"。

我和大哥的目的很快就达到了。

为了让事情进展得更加顺利一些，以免发生夜长梦多式的变故，大哥马不停蹄地去做他不得不做的事情去了。他没有来到楼下二叔的病房，而是直接下到一楼，打了个出租车找他那位医院工作的同学弄杜冷丁去了。

和两个弟弟来到二叔的病床前时，我心里极不是滋味。二叔用一种询问的目光望着我们。

大弟不等二叔开口，抢先说："父亲，刚才大夫们会诊了，说你这结核病见强。大夫说这里费用太大，说咱们回家去治也行。"

小弟也声音不大地说："让回去就回去吧。"

这时，我的呼机响了，是大哥传我。心如刀绞的我得已从二叔的病房里走出来。

我到一楼的公共电话亭给大哥回的电话，大哥在电话那头说得很激动："二良子啊，我在我同学这呢，我同学这回可帮了咱大忙了，他一个电话就给弄到几十支。再等一会儿，我和我同学这就去找他的另一个哥们儿，我同学说他那个哥们儿还能给整一些。弄好了的话，还可以找其他人再弄点儿呢。"大哥话语中充满着胜利者的喜悦。

放下大哥的电话，不知出于一种什么心理，我独自来到住院部外面那长长的走廊。我漫无目的地来回走着，不知走了多少个来回儿，我才下意识地想起可能就要出院的二叔。说不定二叔他们正等着我呢，我三步并作两步地向二叔的病房走去。

我来到二叔的病房时，他们已经基本上收拾好了东西。我试图想为他们最后做点儿什么，可绕来绕去的我好像一点儿也插不上手，我不知道还能为我的二叔做些什么。

后来，我就坐在二叔的床边，一遍又一遍地昧着我的良心跟二叔说："二叔啊，大夫让咱们回去治，咱们就回去治吧。在这住院也一样是打针吃药，费用还挺高的，真不如回家去治方便。大夫还是挺理解我们的情况的，大夫也是这么说的。"

二叔就微笑着看着我，看着大家，能看出他心里并不情愿，嘴上却说："实在不行，那就回去治吧，我听你们的。"

下午两点钟左右，大哥回来了。大哥进门后和二叔说的那几句话竟与我刚刚说过的话惊人地相似。不知为什么，我觉得恶心极了……

我们刚强而善良的二叔没有让我们的灵魂在最后的时刻更加猛烈地

颤抖。

我没想到所有这一系列本应非常烦琐的事情会让并不高明的我和大哥办得如此顺利。就在这天下午三点钟，我们如愿以偿地为我们的二叔办理完了一切出院手续。接着，我们很快又为我们的二叔和两位老实的弟弟买到了当天晚上五点多的回程火车票……

我一阵阵觉得道貌岸然的我们已经把我们的二叔提前打发向了那亘古无返的黄尘古道，而我们的二叔还一边走一边微笑着回过头来，朴实地和侄子们亲切挥手，还善良地让侄子们保重身体……

我偷着出去擦了好几次泪水，我觉得那也许就是人们常说的"鳄鱼的眼泪"。

最后护士来清理床位时，二叔一度拉住我和大哥的手说："本打算到家里去看看孩子们的，可肺结核这病犯说道，去不了啦。"二叔还颤抖着手从腰包里拿出200元钱，说："二叔的一点儿心意，就替我给两个没见过面的小孙女买点儿吃的吧。"

我和大哥说什么也不要，大哥说："二叔有病了，正需要钱呢，我们本应该给二叔拿一些才是，这样怎么好……"

"这些天你们没少破费，二叔就这么点儿意思，听二叔的。"二叔要生气的样子，直到我们把钱收下。

后来，二叔还信誓旦旦地说："等我的病治好喽，我就承包村里的稻田，我每年种上他二十垧地的水稻，到那时我再来看望孩子们……"

在我的记忆里，那天二叔一直都在微笑着。

七

我们把我们微笑的二叔抬出了住院部……

我们把我们微笑的二叔抬进了城市的出租车……

我们又把我们微笑的二叔抬上了开往北方乡村的普快列车……

八

没到两个月，乡下就传来了二叔去世的消息。他们说，二叔回家后不再有那种求助的目光，他仍然一直微笑着。直到死那天，二叔也在微笑，除了叨咕想见大孙子，他几乎一句多余的话也没有再说。

三个月后，大弟的儿子——我二叔一直做梦都想看看的大孙子——出世了。

人们都说我们的二叔是得癌症死的，可我却分明记着——二叔死于一场谋杀。

因为我知道，如果二叔不是被谋杀了，他还要为他的孙男娣女们种上二十垧地的水稻呢，秋收以后，他还要带着水稻换成的好多好多钱到城里来看望孩子们呢。

以后的日子里，我一直做着关于亲人二叔的梦。梦中，我勤劳、智慧、善良、勇敢的二叔手里捧着黄灿灿的水稻，仍然微笑着……

地球之父

人类无法克服自身最大的童心弱点。他们一直不肯停止创造灾难，然后再悲惨地向外挣脱……

——题记

世间物质的存在方式大同小异。茫茫的宇宙同样有着生成、发展和消亡的历程。一个星体逝去了，另一个星体又产生。宇宙中的星体总是不断消亡，又不断诞生。尽管其存亡的原因和契机让人无法接受，但是，该发生的总要不可回避地发生。宇宙之神从来都是极其无情而又极其公正地对待每一种宇宙生命。当宇宙生命在其挣扎的探索中对宇宙犯下罪行时，宇宙之神则毫不宽容——

地球人在他们产生数十万年后，仍然说不清他们的父亲是谁，他们一直把雄性的古猿当作自己的父亲，而把他们真正的先父深深地埋葬于地下，乃至围着偶尔发掘出来的先父遗物不知所措，他们不知道那就是父亲告诫儿子的信号。

由于对父亲的事情什么也不知道，地球人一直以文明做借口重蹈着父亲的旧辙。海啸、地震等自然现象时常提醒他们，然而人们依然不停歇地破坏着生存环境，大气污染、水土流失、陆地沙化等人为现象又与日俱增，以各种借口为理由的战争频繁发生……

四百年前，地球的一个绝顶聪明的儿子对地球的未来做了无可奈何的悲剧性预言。他万分肯定地告诉人们：2046年，地球人将面临毁灭性的大灾难！

如果预言是真的，那的确太可怕了。我们都不愿相信，我们企盼摆脱死神的追踪，希望我们的文明能阻止那场悲剧的发生。而我们的文明又将取道何方呢？在可怖的日期尚未降临之际，了解一下地球父亲的遭际，也许能找到一点启示——

（一）

那时，地球父亲居住的W星球还非常美丽。其周围的卫星远比今天地球上的多。大气层略呈淡紫色，透过大气层能隐约看见地面幢幢超现代化的林立楼群。夜晚，空中两轮人造月亮交映生辉。各种代表高度文明的飞行器、地面交通工具在各自的轨道上疾速运行，划出道道缤纷的光弧……

在W星球杜斯王国科学院宇航中心的一个实验室里，大星博士正紧张地操作着。天文望远镜中的星空、星体格外明亮。伴随镜头焦点的推进，一个类似彗星的天体逐渐增大……大星博士小心翼翼地从望远镜拍照器中取出一条光谱带，走到计算机旁，机台上已经放着几个相同的光谱带。

大星博士将刚刚得到的谱带插进光谱分析仪，启动计算机。计算机上的指示灯亮了，谱带盘飞旋。大星博士脸上布满汗水，眉头蹙得越来越紧。一会儿，输出系统终端的显示屏上，几何图形几度变幻，最后显示出一行字幕：

未来五百天左右，R星彗尾扫过W星球，将引起剧烈磁爆，使全球无线电控制系统间歇性失控。

大星博士简直被这行字惊呆了。他呆呆地望着那屏幕，然后匆匆打开保险柜，取出印有"绝密"字样的"BGC计划实施方案"。这个方案正是国王杜斯准备在五百天以内对会盟国实行的大规模军事行动的构想。该系统恰恰是通过电磁电子束自动控制，一旦中断磁射线，攻击系统则处于发射状态，五秒钟后完成链式引爆，后果不堪设想……

目前，要想避免这场全球性的灾难，只能中止BGC计划筹备，而且销毁全球各地的电子束自动控制系统。而这又是绝对的军事秘密，本国还好些，动员异国去解除战略防御设施可能吗？

自动门开了，早已等候在门外的助手英奇、金木、天慧、铁鹰走进来，大家恭敬地望着大星，好像已经预感到了什么。

大星博士用下巴示意他们看荧光屏上的字幕。

少顷，英奇猛地转过头，对着大星博士近乎喊起来："引起磁爆，那岂不造成BGC系统失控，全球……"

大星博士用手势制止他说下去。"诸位，你们一直等待的就是这个可怕的事实。我相信你们能保持镇静，你们是W星球第一流的科学家，尽管事情很坏，但你们绝不能感情用事。"停了片刻，大星博士更加严峻起来，"目前的情况，W星球已无法挽救，唯一的求生之路就是设法在W星球磁爆之前飞出去，载出W星球的人种，到其他星球去。我想这是唯一的希望。"

"但是，我们不能阻止BGC计划进行吗？"英奇盯着大星博士。

"太渺茫了。你不了解我们的国王吗？退一步说，就算能说服国王，我们又有什么办法规劝会盟国也消除类似的系统呢？"

老练的铁鹰将军愣了好一会儿，半天他才说："大星博士，我不对你的发现有任何怀疑，请你让我适应一下这个可怕的消息。"铁鹰将军曾多次出生入死，他今天头一次感到恐惧。他觉得这不仅仅是生命的毁灭，更意味着文明的消失。这远远不同于战争，其残酷性与战争不能同日而语。

过了好久，一向沉默寡言的金木博士抬起头来，他是大星博士最得意的助手。"我想，单靠我们现有的力量，恐怕很难实现你的唯一希望。会盟国的丰岛博士、冰球博士和你一样是航天方面的权威，他们是合金专家，我远远比不上他们，他们目前的成果一定可用于超速飞船。"

"是的，大星博士。如果有他们的合作，希望会大些。"天慧博士插了一句。

"你们说的都对，有时我也这样想。如果把全W星球的技术力量集中起来共同攻克这个难关，飞蝶的建造是完全能成功的。但是，一切并不是像我们想象的那样，混乱、恐慌和战争会导致飞机都造不出来。我们必须把这个可怕的消息封锁起来，我请铁鹰将军来的目的就是这个。当然，这对全W星球科学界来说的确太不公平，太残酷了。"

（二）

大星博士开始安排每个人的具体任务：

"金木博士，飞碟计划中，合金的研制是最关键的。你的任务就是研制适应于超速飞碟的耐高温高压合金，我国只有你一个人有可能完成这个艰巨的任务。

"英奇博士，你的任务是完成一个登陆舱的改进设计。这个登陆舱必须能克服任何外在的引力和发光体的辐射伤害，并且容量要相当于以往登陆舱的两倍。

"天慧女士，你设法在生产舱里放入供40人生活30年的食品和饮品，并改进废物排放系统。

"我本人将设法增强燃烧舱的推动力，力争创造出接近光速的推动力。

"铁鹰将军，你的任务是整个航天中心及飞蝶发射基地的防护，保卫飞碟研制的顺利进行。没有我的批准，任何人不许出入，违者格杀勿论。"

铁鹰将军郑重地行了一个军礼。

一切安排就绪后，大星博士走上更高的一个台阶，"诸位，为了W星球的再生，请忘掉一切情感和琐事，包括每个人的家庭。从现在起，你们已经不是你们自己了，你们代表W星球的所有人，W星球的未来命运决定于你们！"

"大星博士，请原谅，我知道我这样做您很看不起，我丈夫今天过生日，我答应他早点回去……"年轻的天慧博士无可奈何地望着大星博士。

大星博士像没听到天慧说些什么，道："我已经通知了诸位的亲人我们去测试飞船，一年后归来。"大星突然变成了极其冷酷的人。

金木博士、英奇博士、铁鹰将军的眼里都含着泪水，也许他们也在想自己的亲人。

为了让每个人更清楚目前的处境，大星博士把助手们带上"天狼号"飞船，飞向太空。

"现在，我们正向着太阳系方位飞行。"大星博士亲自驾驶，"目前飞船的速度是0.5光速。引擎的推力可使飞船达到0.6光速，但飞船的外壳还不能承受那个速度下的高温高压，飞船的外壳还没有形成一个高纯度封闭的真空层。所以研制能产生绝对真空的合金外壳是关键。"

金木博士会意地点点头，从他的脸上可以读出他心中的沉重压力。

飞行使每个人都更加清楚飞碟想飞出30光年以外所需要的是什么……

（三）

在杜斯国王的王国大厦，BGC计划的总设计师雄原博士正向杜斯兴致勃勃地介绍着BGC计划的实施情况。磁盘放进一架小巧的装置里，整面墙上出现所描述的画面。"估计至多480天后，地面一切辅助设施就能完全就绪，整个BGC可以投入使用。"

国王杜斯满意地点点头，不可一世地宣称："BGC计划实施后，我们将看到一个统一的W星球。这将是W星球人类文明史上空前的壮举。W星球将很快达到文明顶峰。幸运，这个人类世世代代的夙愿就要在我的面前得到实现！"

两个人开怀大笑。忽然，国王像想起什么，道："雄原博士，我们的对手动向如何？"

"目前尚未发现什么新的情况。"

"事不宜迟，加紧实施。"

"请国王放心，我会尽一切力量加快部署进度的。"

这一切都看在准备拜见国王的大星博士眼中，使他原本向国王暗示灾难的打算灰飞烟灭。大星博士匆匆离开了王国大厦。他又多了一个难题，就是他必须设法阻止本国BGC计划的进程。他暗中和铁鹰将军多次商讨此事。为此铁鹰将军成立了几个特别行动小组，专门阻止BGC计划的顺利进行，尽量为研制飞碟赢得更多的时间。而要想阻止BGC计划的正常进行，除了暗杀其中的专家外，还有什么更好的办法呢？那些专家都是昔日与大星博士密切合作过的学友，大星博士不忍心把无辜朋友、W星球科学上的骄子处死，那太不人道。有很长一段时间，大星博士徘徊在BGC计划研究基地……

有限的时间在每个人的眼前飞过。这时，也许不知道死神临近的人是最幸福的，而浩荡的死亡信息偏偏压在这几个人的心头。100天过去了，大星博士和助手们在各自的研究上都有了非凡的进展。同时，大星博士和铁鹰将军严密注视着BGC方面的动静。铁鹰将军几次想下令向专家袭击，都被大星博士阻止了。铁鹰将军知道大星博士的心理状态，但他还是表现出一个将军固有的大义灭亲的精神，"大星博士，在有些时候，善良更残酷。"

"难道真的没有别的办法了吗？"大星博士不知怎么也如此矜持起来。

"这种办法能达到目的我们就很幸运了，大星博士，我们别无选择！"铁鹰将军以近乎命令的口气说。铁鹰虽是老将军，但他从来没像此时这样严肃地对待过大星博士，他一直十分崇敬大星博士。

"请再给我一天的时间，让我想一想。"大星博士像刚刚看清W星球目前的处境似的。

有限的时间此时显得更加有限，好像以最快速度向着生命的终极疾行。诸博士们在死亡的催促下一丝不苟地钻研着，沉着地正视着死亡的挑战。也许只有第一流的科学家才能做到这一点，他们能正视死神的威慑……

(四)

距离R星引起磁爆只有400天了，情报人员又传来BGC基地可靠消息：如果巴克博士和特拉博士的项目能正常拿出来，BGC计划再有300天保证投入使用。大星博士得到这个消息深感震惊，他感到他只能做铁鹰将军要做的事情了。最后，大星博士在确信飞碟研制在300天以内没有任何成功的可能性之后才无限悲哀地向铁鹰将军下令……

铁鹰将军派出两个特别行动小组，每组备有两个机器化突击队。巴克博士和特拉博士所在的研究中心是戒备森严的。好在铁鹰将军拥有外围关卡的特殊通行证，否则，任何人是无法进入研究中心的。

在巴克博士的办公室里，年近花甲的巴克博士正在紧张试验，突然两个机器人破窗而入……

在特拉博士的休息室，一只巨大的机械手从落地式钢窗外伸进来，狠狠地向特拉的床上抓去。特拉的两个卫士被抓到机械手中变成肉饼。另一个卫士匆忙摁响报警铃，卫兵从四面八方涌来。乱战中，特拉博士被一火器击伤头部，卫兵立即护送他前去抢救。

旋即，整个杜斯王国响起了爆炸性新闻。新闻没有搞清几次暴力行为的性质，也不知道凶手来自何方。但很多分析家认为是会盟国的超级间谍干的。

大星博士听到消息后，心情十分难过，他默默地在心中哀悼巴克博士。他无论如何也想象不到他有生之年会亲自下令杀死这位可敬的博士，巴克博士一生兢兢业业为科学事业奉献，他根本无罪，而他却要惨遭同胞的杀戮。

整个W星球的政治空气都因巴克博士遇害而紧张起来，会盟国一再发表声明说与本案无关。杜斯国王十分恼怒，他眼看着就要实施的BGC计划遭到如此严重的阻碍。他命令手下有关人士："要火速将事情真相查明，给我狠狠地处决！"

铁鹰将军的部下做了很好的善后工作，破坏掉许多事件的线索，预计短期内，任何人也无法怀疑到本国宇航中心这方面来。同时，铁鹰还特意制造了一些让当局怀疑会盟国的假线索，把调查人员的精力引入毫无意义的猜想中……

（五）

即使这一切都很成功，宇航中心的情况也是极期不妙的。距离R星彗尾扫过W星球只有350天了，大星博士对自己的推力十分有把握，他最担心的是金木博士的合金方案。

事情果然和他预见的差不多。几位博士都以超常的智慧创造了奇迹，英奇的登陆舱，天慧的生产舱都合乎当初的要求；金木博士的合金也有了长足的进展，它可以适用于0.75光速的飞船。如果在平时，他们的成果都已远远超出了壮举。可是，目前大星博士需要的是适合接近光速的合金。0.75光速的合金虽然可以适用于飞碟，但对于以数十光年计的长途迁徙来说，还是没有太大的把握系数。金木博士完全知道大星博士在想什么，倔强的金木博士汇报完成果便又马不停蹄地操作起来，他要尽快获取他最后的成果。

封闭的合金实验室里，金木博士全力进行着合金试验。超高温能使镁铝合金充分结合，他心中也一样的火热。他不希望飞碟因合金的质量而在太空中滞留过久，最终因合金的质量而使W星球的文明毁于一旦……

巴克遇难的消息又使他格外伤心，巴克是他的导师，他一直以巴克为榜样。

大星博士看了金木博士的最新成果，钦佩地望了他一眼，但还是直言了心里的实话："金木，你做到这步已经极其不容易了。但是，这种合金还是无法达到预想的要求。"大星的眼里闪出内心深处的焦虑。

"所以，我还是坚持与会盟国冰球博士的合作。他已经研制出适合光速飞碟的合金。应该请他来帮助我们。W星球面临的是灭顶之灾，而不仅仅是我们国家，您应该公平，大星博士！"金木博士的倔强又表现出来，他直直地盯着大星博士的双眼，像大星博士犯下了不可饶恕的罪行。

"请你冷静，金木博士。"大星很理解金木此时的心情，他是实心实意为W星球着想才说的这番话。这是一种没有办法的办法。

距离W星球毁灭只有300天了，天慧博士的生产舱计划、英奇博士的着陆舱计划和大星博士的高强度推力计划，都达到了标准，随时都可以投入飞碟生产。只有合金计划还不能达标，金木博士依然不懈地研究着。几位博士相信他最终会研究出来，但是时间已经不允许。因为飞碟制造至少得需要200天。

于是，大星博士终于不得不做他一开始就不肯做的那件事。他找来除金木外的几位博士和铁鹰将军，决定办他有生以来第一件坏事，也是W星球科学界最不光彩的一件事。他计划利用W星球的超常人物飞灵去会盟国盗取冰球博士的合金计划。这个想法是W星球一般公众都无法接受的。作为有着40亿年文明史的W星球最高层的知识分子和将军，更是无论如何也想象不到大星博士能提出这种下流计划，以致在大星博士说出这个想法后的一大段时间内，所有的人都哑然无语。

（六）

然而，盗取会盟国的机密并非易事。会盟国的合金计划是本国航天事业的最大机密，关系着会盟国与其他国家在竞争机制上的一切能力。所以，会盟国合金计划的保密设施是极其森严的。即使超级间谍也难以靠近。只有具备特异功能的超人利用尖端技术才有可能达到盗窃目的。但盗窃者在穿过装有辐射线系统的防盗设施时，生命必然要遭到巨大的伤害。

飞灵正是有着超常功能的人。他的能力用文明是解释不通的，是宇宙能量的一种特殊存在形式在人体内的反映。他能在空中飞奔，奇妙地预感到面临的障碍。他一向与文明对抗，他憎恨任何文明，他认为文明是人类的祸根。大星博士在关键时刻想起这个人，他能不能帮这个忙呢？

飞灵接受任务之顺利大出大星博士的预料。在谈到报酬时，飞灵仅向大星博士索取了相当两座城市的金钱，而飞灵并不是需要巨额金钱的人，这一点使大星博士莫名其妙。但一切都不允许人去想得太多，只要飞灵尽快地把合金计划盗来，一切都无所谓。

几位博士不知不觉中把生的希望同飞灵联系起来，这个以往最令他们看不起的盗贼今天竟能引发他们如此深切的关注。

天慧博士心里一直惦着丈夫和儿子。她完成生产舱的设计之后，精神越来越不安定。这天，她终于来到大星博士面前，瞪着一双柔柔的眼睛，呆呆地望着大星博士："我求求你，允许我看看我丈夫和儿子吧。只看一眼，我什么也不说，请你给我一个机会吧！"

大星博士的表情一下变得凶狠："天慧博士，你的为人，我十分佩服。但是，我无法满足你的请求，我不知道你在说些什么，人的感情是最不可信的，请你冷静地想想W星球的命运。"

天慧博士失望地望着大星博士……

又几个煎熬的日夜过去了，天慧博士实在忍受不住这种母性的思念。在一个夜晚，她不顾一切地从床上爬起来，飞快地往外跑，登上一架直升机。正当她要启动时，耳边响起大星博士的话："人的感情是最不可信的……"

天慧博士绝望地伏在操纵台上："人的感情不可信吗？我的儿子永远长不大了，他永远五岁……啊……"

这一切都被正注视飞灵动态的大星博士看在眼里，他深深地吸了一口气，无奈地摇摇头，又关注起屏幕上的飞灵即将出现的方位。

不知过了多久，飞灵终于在画面上出现了。飞灵带着大星博士提供的高强力穿透器来到会盟国保密大厦。大厦从外表上看跟其他建筑物一样，并无特殊之处。但飞灵凭着他的直觉感到这座大厦的周围笼罩着一种无形的戒备，虽然这里没有任何人或机器人看守。

飞灵费了很大的力气得以进入大厦之内，几次险些被隐形扫射激光枪击中，强烈的光束在他身着的防激光外套上不停地闪现，连大星都为他捏一把汗。飞灵凭着他丰富的经验和自身独特的功能，终于探测到那种合金样品的存放方位。当他走向那个方位时，突然又感到那合金藏在相反的方向。致使飞灵有一段时间在大厦内徘徊，他对眼前的情况万分惊奇：怎么回事呢？

忽然，飞灵的目光落到大厦中心的一根柱子上。这根柱子支撑着整个大厦，是大厦的重心。"难道合金的秘密藏在柱子里？不可思议。"飞灵心中暗骂，该死的文明把人类变得如此狡猾，如此互不信任！

飞灵开始小心地向柱子靠近，预感中的方位越来越清楚，没有再发生偏差。距离那柱子只有几步远的时候，飞灵猛地停下来。他顺手从事先准备好的口袋掏出两只飞虫，向柱子方向抛去。只见那两只飞虫顷刻间在空中燃烧起来，化为两朵飘舞的白色烟尘。"多么残酷的文明！"飞灵大惊。

这一切都没有一点声音。飞灵为之毛骨悚然，他感到一股极强而又看不到的辐射线从柱子顶端投射下来，严密地包裹着这根不同寻常的柱子。那辐射线能无声地杀死一切靠近柱子的生命，不留任何痕迹。

可是，要想得到柱子里的东西，必须接近柱子。飞灵选好了一个角度，把大星博士提供的秘密武器——超强度反射板对准柱子顶端的发射源，以逆波形式向发射源反射。飞灵又从口袋里拿出两只飞虫抛向柱子，那两只飞虫没有化为烟尘，而是"砰砰"两声毙命于柱下。很显然，辐射线被减弱了。身着防辐射服的飞灵穿过时不致丧生。但飞灵清楚，他避免不了辐射线的巨大伤害。

飞灵穿过那个辐射带时感到浑身乏力，他知道这是该死的射线对他下的毒手。他倚在柱子上喘息了一会儿，同时细心地观察了合金秘密的方位。最后，他拿出穿透式照相机，固定在柱子的表面上，然后，按动一个电钮，有那么一瞬间，整个柱子如一个透明体，一切就这样结束了。

最后，飞灵用同样的方法脱离了会盟国保密大厦。飞灵已比原来衰老了20岁。大星博士不明白飞灵为什么要用20年的寿命去换取相当于两座城市的金钱。大星觉得他利用了飞灵，愚弄了飞灵。作为一个文明社会的科学权威，他实在感到羞愧。

（七）

当大星博士按预定时间和飞灵交换时，他只想如何尽快结束和飞灵这种人的交往。因为这实在让他感到W星球科学的逊色。

"你成功了，十分感谢你。"这或许是大星博士有生以来最不自然，最无廉耻感的一句话了。他说话时觉得自己变成了另外一个人或一种生物。

"是的，大星博士。可是，你不觉得你付出的相对太少了吗？"飞灵的回答中带着蔑视。他觉得所谓W星球最高层次的科学家们也不过是一伙盗贼，他们比盗贼多的是虚伪。飞灵开始从心里看不起大星博士，他不理解，为什么有那么多人一直崇拜着这些科学家。

"不，飞灵，我已经给你很多了。"大星博士尽量使自己镇静，暗骂飞灵愚昧和贪婪。

"是吗？哈哈……"飞灵一下消失了，笑声向远处飘去。

"飞灵，飞灵！"大星博士呼叫着，万分焦急。

第二天，飞灵大盗才在大星博士一筹莫展的情况下把合金计划交给了他，带着大星支付给他的巨款愤然离去。

大星博士得到合金计划十分高兴，但心中常常闪现耻辱感。通过实验，飞灵盗来的合金计划的确是适合飞碟的合金，可以适应1.2倍光速的飞碟，是会盟国冰球博士的首创。大星博士一直崇敬冰球博士，他的成就将最终解救W星球的文明。

在宇航中心合金研究试验室，火红的合金冶炼炉把金木博士烤得通红，金木博士一直没有停止他的试验。飞灵送来冰球博士的合金计划后，大星博士实在不忍心再看着金木博士在痛苦中煎熬，就把盗窃冰球合金计划的事告诉了他。没想到金木博士听后瞪圆了双眼怒吼起来："你们用如此卑鄙的手段，拯救出所有的W星球人又有什么意义！"他像疯了一样。"我不再为我们的文明感到骄傲，我不再相信我们拥有什么文明！"他狠狠地用拳头砸自己的脑袋。

他真的发疯了。他把他一直苦心研究的合金成果摔在地上，像一头牛似的冲出实验室。

"你要冷静，金木博士！""停下，请听我们解释！"英奇博士、天慧博士紧随其后。

大星博士、铁鹰将军也焦急地跟在后面。

金木博士跑到一个飞艇旁停住了脚步，他登上飞艇，演讲式地向几位博士宣告："诸位博士，你们听着。W星球人应该按照本来的面目生存下去。一个不敢面对死亡的人种是懦弱的，是不可同情的！只有把死亡摆在每个人的面前，让所有的人充分地表现自己，在死神压来的时刻人能真正靠自己的力量冲出去，那才是W星球人的价值所在。著名的博士们，你们懂吗？你们剥夺了人们与死亡抗争的机会，还干出了可耻的盗窃勾当，我要向全球控诉！"

"金木博士，请你尽量冷静一下，你说的也许很正确。你代表着另一种可能性，可是我们只能选择一种，我们当初认为目前这种做法更有生的希望。请你再听一听我的解释，在某种意义上，我们只能……"大星博士盯着进入飞艇的金木博士，以最快的频率向他喊着。可是，飞艇的发动机还是响了起来。

"金木博士，你不能这样！"英奇博士跑上前去想阻止，可是已经来不及了。金木博士的飞艇已开始离开地面。

无奈，大星博士登上另一个飞艇，以最快的速度向金木博士追去。

铁鹰将军也曾一度不知所措。按照规定他应该立即击落金木博士的飞艇。可是那是金木博士，同生死共患难的科学家，怎么能轻易向他开火呢？

天空中，大星博士用无线电向金木博士喊话："金木博士，你不能这样做。请你原谅我的错误，这是出于无奈！"

"这是W星球科学界无法原谅的。用这种手段解救W星球人将是未来的W星球幸存者的特大耻辱！一个不能正视死亡的种族根本没有必要存在下去！"金木博士仍然气愤，飞艇向W星球新闻发布中心疾驰。

"金木博士,你要想到事情的严重后果。你是第一流的科学家,你无论如何不能这样做,要冷静!"大星博士以最大的忍耐力克制着自己。这时的飞艇已接近W星球新闻发布中心上空。

"大星博士,你不要再说服我了。"金木博士拉出对外天线,准备与W星球新闻发布中心对话。

"金木博士,我求求你,你千万不要那么做,时间已经来不及了,那种后果是我们每个人不愿看到的。"大星博士急得满头是汗。

"W星球新闻发布中心,请接收。我是杜斯王国的金木博士,有重大新闻向你们通报……"空中传来金木的声音。

突然,一声巨响,金木博士的飞艇瞬间化为一片火光和尘埃。大星博士迫不得已的情况下向金木博士发射了一枚飞弹。

(八)

轰鸣声一直在大星博士的耳边回荡着,当他返回宇航中心时,变得异常沉默。但大星博士没有因此而耽误飞碟的建造,他预感自己的时间更加有限了。

正当飞碟投产刚刚就绪之际,铁鹰将军匆忙赶来,"大星博士,武装军警已经包围了宇航中心,扬言至少要以一种谋杀罪逮捕你。"

"我会承担罪责的。"大星博士没有放下手中的图纸。

"大星博士,你是不可缺少的,我去承认是我杀死了金木博士。没有你,这里的一切将前功尽弃。"英奇说着就要和铁鹰将军走。

"不。英奇博士,我的任务已经基本完成了。只有让我去接受处罚,我的心里才能平衡一点,金木博士才能瞑目。因为是我杀死了无辜而优秀的金木博士。"大星博士极认真地说道。

"但飞碟的生产怎么能没有你呢?"英奇望着大星博士。

大星博士沉静了片刻,对铁鹰将军说:"将军,请你暂时阻止军警进入宇航中心。至少在第一次试验结束前我不能离开这里。现在我们只有200天的时间了，我们必须在200天内飞出W星球。"大星博士将几位博士环视了一周。

"那么，只有以保卫宇航中心的名义动用武力了。这还是W星球史上国家军队与国家警察冲突的首例。"铁鹰将军深知情况的危机，他郑重地行了一个军礼。

大星博士相信铁鹰将军的部下拼死力能把军警阻击在宇航中心之外，但那要双方付出惨痛的代价。"将军，我们尽量不去硬拼，请你和警方站在一起，就说我随时可以引爆宇航中心，如果警方随便闯入，一切将遭到毁灭。"

（九）

宇航中心外，雄峰警长正安排警察攻克宇航中心的具体步骤。一场恶战就要发生。

这时，铁鹰将军用无线电向雄峰警长传话："雄峰警长，请冷静，请尽量避免不必要的牺牲。情况十分复杂，大星博士正以英奇博士为人质。他扬言，如果有谁敢强行闯入宇航中心半步，他就立即杀死英奇博士，炸毁宇航中心！事情非常可怕，请雄峰警长三思而行。"

雄峰警长听了铁鹰将军这出人意料的报告，一时不知如何是好。他马上向国王杜斯请示，"国王陛下，事情很严重，动用武力解决问题，后果不堪设想。"

"你是警长，在我们的国家如何对付犯罪你应该比我还要清楚。"杜斯国王一直为BGC计划受挫而心急如火，好像没有太多的耐心处理这种与BGC无关的事情。

"可是凶手是我国最有名的科学家——大星博士，而人质又是英奇博士，受威胁的是王国宇航中心！"雄峰警长万分焦急。

"这简直是乱弹琴，竟会有这种事！你一定要谨慎处理！"杜斯关掉无线电话。

消息很快就在整个杜斯王国乃至全W星球传开了，杜斯王国内的公众舆论尤为强烈。

而杜斯王国的法律是要惩治罪犯，维护国家安全。这使雄峰警长极其为难。

时间在这种僵持状态下一天一天地过去。已经120天了，这是杜斯王国法律和W星球任何国家的法律都无法容忍的现象。雄峰警长越来越感到一种巨大的耻辱不断向他袭来。因为事情的真相一直没有弄清，全球人都在期待，都在关注。金木博士要向新闻发布中心发布的重要新闻到底是什么？W星球到底发生了什么事情？这一切都不得而知。人们关心更多的是这场纠纷的本身。

雄峰警长几次想强攻王国宇航中心，最后又都被自己说服了。他顶着来自多方的压力希望寻求适当的办法，他反复回忆着得到的一切线索材料。

金木博士的妻子是这样说的："300天以前，我接到宇航中心的通知，说金木博士将去执行一项太空飞行。可我不明白我们一直崇敬的大星博士为什么要杀死他，难道是金木犯罪了吗？而现在大星博士又要炸掉宇航中心，这可是他们一直苦心经营的，我真不明白到底发生了什么事情……"

新闻发布中心的负责人说："我们用逆时追踪传真系统检测到，大星博士的飞艇尾随金木博士飞行了106秒钟。由于飞艇有封闭设置，他们的通话内容很难弄清楚。最后，大星博士发射飞弹，金木博士的飞艇爆炸。"

雄峰警长觉得事情很复杂，他无法贸然行事的原因就在这里。

（十）

在王国宇航中心的实验基地，大星博士、英奇博士、天慧博士昼夜兼程指挥着飞碟生产行动。近日来，飞碟的几个重要组成部件先后投入试验，都达到了满意的效果。

这天是警察包围宇航中心的第190天，是W星球灾难爆发前的第9天。当然公众是不知道后面这个可怕的数字的。只是前一个"第190天"就足以使W星球的各个角落沸腾了。几乎所有的人都在议论杜斯王国的宇航中心和大星博士。因为W星球所有国家的法律都规定：如果在警察行动190天内没有将犯罪分子捉拿归案，罪犯将被宣布无罪。虽然在W星球法律上存在无罪的罪犯之说，但事实上，W星球不曾出现过这样的先例。W星球自有这种规定起，司法机关就极其完备了。

如果在这一天里不能将大星博士逮捕，法律将解除对大星博士的追究。雄峰警长只有动武了。

铁鹰将军也不得不公开命令警方抗击。警察与军队的武器不断发出各种颜色的光芒。除了士兵死亡前的惨叫声，听不到别的声音。这种战斗比历史上的有声武器战更为凶残。不一会儿，宇航中心的外围开阔地上就布满了无数具焦黑的尸体。

宇航中心的博士们多么希望挺过这一天，多么希望大星博士留下来和飞碟一起飞走。可是当他们从潜望电视荧光屏上看到无辜的战士大批惨死时，都惊呆了。大星博士更是无法忍受，他决定立刻出去。

"你们完全能够使飞碟起飞了，我的任务已经完成。"大星博士十分沉静。"如果可以的话，飞碟就叫'流浪者号'吧。"说完，转过身去。

几位博士望着大星博士的背影，谁也说不出话来。所有的人心里都明白，这就是大星博士诀别的方式，他不需要任何懦弱的声音……

王国法庭里挤满了人，大多是来自各国的记者。当中也有大星博士的亲朋好友、金木博士的家属和有关人士。每个人都怀着一种不可思议的心情急切地等待着开庭。

大星博士静静地站在被告席上，他默默地注视着眼前这些可爱的濒临死亡的人们，心中无限沉痛。他一阵阵想呼出心底的声音，可他又一次次抑制住自己。他觉得为了拯救W星球的文明，已经付出了巨大的代价。他觉得自己只能有一种选择，只能负担着沉重的骂名加入这个死期临近的死亡行列……

"大星博士，是你杀死了金木博士吗？"审判开始了。

"是的，金木博士是我杀死的。"

"你为什么要杀死他？"

"因为他要泄露我的秘密。"大星博士回答。

"你的秘密是什么？"

"我杀死了巴克博士。"大星博士看到许多平日亲密的朋友投来鄙视的目光。

"你为什么要杀死巴克博士？"声音更加威严。

"我嫉恨他的成果，我不愿让别人高高在上！"

"那么，大星博士，以上的事实就足以判处你极刑了。不过你是第一流的博士，法律规定免于死刑，你将终身监禁在死牢之中，剥夺你除科学发明以外的一切自由。"

（十一）

在全球人都沉浸在大星入狱的舆论热潮中时，王国宇航中心却是另一种气氛。英奇博士按照大星博士的方案组装飞碟的工作正接近尾声。天慧博士还创造性地使生产舱的自动系统进一步得到完善，可以保存鲜食品达40年。

距离灾难降临的日期只有5天了，英奇、天慧把飞碟装入发射系统，随时准备起飞。为了纪念大星博士，他们在飞碟外绘上"流浪者号"的字样。

英奇博士尽可能地把能带走的文明都装入"流浪者号"，尤其挑选了最高质量的精子库和卵子库，以备在未来着陆的星球上人工繁衍后代。

这时的王国宇航中心已成了W星球之谜，各种各样的猜测充斥全球。有许多国家试图通过间谍卫星弄清装在发射台上的飞碟究竟为何物。有些邻国开始大规模备战，几乎所有的国家都担心会发生一场新型的现代化战争。

杜斯国王因此大感气恼，他统一全球的野心越来越难以实现。他这时渐渐从BGC计划的梦幻中回到现实中来，开始关注宇航中心的事情。为了避免万一发生内乱，他把许多尖端武器调整方向，对准本国宇航中心。

为了确保"流浪者号"飞碟安全升入太空，铁鹰将军时刻控制着通往宇航中心的地上、空中一切通道。铁鹰将军感觉到了整个W星球的重量。

英奇博士和天慧博士的飞前准备工作基本就绪。他们决定按原计划向30光年以外的太阳系去冒险。因为太阳系是可能接受W星球人最近的一个去处。

天慧博士突然在一切工作都做完了而等待起飞的时候提出一个意外的要求："英奇博士，我不走了，我要和我丈夫、儿子留在一起，我不能没有他们……"

"这是无论如何也做不到的。天慧博士，你应该清楚。"英奇博士此时特别像昔日的大星博士，冷静而不可动摇。

"可是，可是现在我该做的都做了。我的任务完成了，我已无足轻重。"天慧几乎在乞求。

"这是W星球人的总体使命，你是不可解脱的。你是第一流的科学家，你是W星球文明的代表。对你个人来说，已不存在愿不愿意的问题。"英奇博士用命令的语气说。

"我知道，我非常清醒。我就是要留下来，和丈夫、儿子共同生存几天，哪怕一天我也心甘。"天慧博士固执地不肯上飞碟，泪水不断从眼里流出来……

最后，只好由英奇博士和铁鹰将军强行将她架上飞碟，关在一个封闭舱里。正在他俩也准备登上飞碟时，从天空落下一个人来。那人就落在英奇和铁鹰将军面前："谁也不许乱动，这是炸弹！"说着他举起手中的一枚炸弹。

英奇认出他是飞灵。英奇疑惑地望了望铁鹰将军，铁鹰将军惊讶地盯着飞灵。这时传来宇航中心外围的喊声，铁鹰立即断定，负责戒严的卫兵已不再履行责任了。

"你们以为我什么也不知道吗？你们这些所谓文明的宠儿，用你们所谓的科学把W星球推到了绝路。当这个可怜的星球因为你们而没有能力摆脱灾难时，你们则要一走了之。为达目的，竟也来求助你们一直鄙视的偷盗。不惜重金收买我去偷合金计划。然后，让我守着这笔无用的巨款等待死亡。你们多么卑鄙，多么残酷！"飞灵从身上背着的大包裹中抓出一大把钞票，接着咆哮："这是什么？这还有什么用？！我用20年的寿命换来这些毫无用处的废纸！你们明明知道这些毫无意义，可你们欺骗了我！今天，谁也别想走！"

"飞灵，为了W星球的希望，我们只能这样做。"英奇博士耐心地解释道。

"别说得那么动听了。你们今天发明炸弹，明天发明激光，你们一直不肯停止扼杀W星球生存下去的希望，你们一直制造着灾难！"飞灵登上飞碟，把包裹里的钱一把一把地抛向天空："一切机会都被你们剥夺了！你们这群冠冕堂皇的刽子手！我要用这些钱来买飞出W星球这个机会。"飞灵大盗把所有的钱都抛向天空，钞票纷纷扬扬，几乎要把飞碟掩盖。

"但是，飞碟只能再容纳两个人，飞灵，你要为全W星球的未来想一想。"

"那就谁也别走！"飞灵晃了一下手中的炸弹。"这炸弹是你们发明的，但它爆炸时却顾不上谁是它的主人。"

"飞灵！"英奇忍不住心中的怒火。

"英奇博士，我留下来，你们快走吧。"铁鹰将军急切地说。

"不，你是不可缺少的。"英奇博士狠狠盯着飞灵。

这时，宇航中心周围传来惊天动地的喊声，显然，士兵们已乱成一团。

"不能再拖了，英奇博士！"铁鹰将军把英奇博士和飞灵推进舱内，关上舱门，命令道："马上起飞！"

与此同时，铁鹰将军被一束激光击中。

"你欺骗了你的军队！"一个士兵端着武器冲了过来。他又向飞碟扫射。飞碟的合金外壳阻止了光束，溅起一条条火光。英奇博士从潜望孔望到铁鹰将军倒下去，无限悲痛地启动飞碟……

<h2 style="text-align:center">（十二）</h2>

"流浪者号"飞碟载着英奇博士、天慧博士和飞灵以及一系列文明社会的先进仪器（包括冷冻密封了的精子库和卵子库）闪电般升入太空。

飞碟内，连通W星球的无线电电视传真机工作正常：W星球已是一个十分混乱的星球，死亡的消息似乎已经传开，充斥着爆炸声和嚎叫声。虽然一切行为都已被死亡宣布为无意义，但人们还是以各种失去常态的方式行动着……

在城市的街道上，各种交通工具横冲直撞，迫不及待。许多路口已被堵塞，有些关卡，车辆残骸堆积如山；许多意志薄弱者在以各种方式自杀；大火在街巷中蔓延，人群从烟火中冲奔出来，漫无目的地疯跑；在一个飞行基地，到处是残损的飞机，人们在别无选择的条件下盲目地选择着。大片尸体包围着一架已不能起飞的飞机，而飞行员已被他们打死在机舱里。天空中，一些侥幸起飞的飞行器像一群飞累的小鸟，在空中盘旋着，等待着燃料耗尽……

这种混乱的局面在W星球上延续了三个昼夜。在W星球灾难降临之前，几乎一切文明都被疯狂的文明人毁掉了。最后，W星球奇迹般地恢复了平静，一切活着的人都无力去发疯了。他们静静地等待着死亡的降临，整个星球笼罩着绝望的沉寂。

"流浪者号"在W星球爆炸不能波及的太空外开始滞留。英奇博士打算亲眼看到W星球的爆炸。天慧不像从前那样沉浸于思念了，她又恢复了当初的勇气。飞灵一直静静地坐着。

屏幕上的W星球的局部废墟渐渐远去，直到出现一个淡紫色的球体，这就是W星球的全貌。几个人目不转睛地望着这个灾难深重的家园，心脏剧烈地跳动……

不知又过了多久，这个淡紫色的球体突然出现了一道暗痕，然后暗痕不断扩散，向四面八方开花。不久，整个星球变成一片扩大了的灰蒙蒙的圆晕，那个淡紫色的球体已不再明朗。

"流浪者号"飞碟证实了大星博士的断言后，载着巨大的悲痛向太阳系方向加速了。它的最高速度是1.1光速，拖着一条长长的金线在星际间穿飞，如一只疯狂的流星，孤独地在茫茫星海中疾行……

人类文明能创造出这个速度的飞行器已是奇迹。然而对无边的宇宙来说："流浪者号"仍如飘浮在温室中的一粒尘埃，缓缓移动。即使以这样的高速，抵达太阳系也得30年之久。

飞碟内，英奇博士、天慧博士和飞灵都不再看屏幕上那个灰暗下去的光圈。他们知道那是个万分不幸的影子，一切生命与非生命都已化为灼热的气体向外扩散，那个暗圈便是焦灼了的气体混合物。生命正在那暗圈中化为永恒的虚无。人是什么？世界的主宰？万物的主人？多么荒诞的说法！人已被宇宙之神宣布为什么也不是！

时间静静地过去。屏幕上什么也看不到了。"流浪者号"内寂静得能听到呼吸声。

突然，飞灵的目光落到他一直攥在手里的炸弹上。他仔细地端详着那颗炸弹。

飞灵的举止使英奇博士和天慧博士重新从平静中惊恐起来，他们不安地盯着飞灵。

"对于我来说，到目前为止已经够了。"飞灵更加随便地摆弄着手里的炸弹，一点也不怕它被引爆似的。"因为我已经充分地获得了W星球人最有价值的机会，我已经满足。我不想再痛苦地等待死亡，这太遭罪！"

"飞灵，如果我们能成功地到达太阳系，用不了多久，我们将拥有新的人类世界！"天慧博士压制住恐惧，想说服飞灵。"我们一定会成功的。"

她尽量说得轻松。

"飞灵，你不能这样。我们已经太悲惨了。"英奇博士心急如焚。

飞灵冷笑了一下："然后，你们再把新的星球毁掉，对吧？亲爱的博士们，还是让我消灭这残酷的文明吧，好让那个星球上的低级生命永远能安宁地存在下去。我以愚昧的面目出现，就是要为自然的悲剧向文明抗议！"飞灵举起手中的炸弹。

"我们求你了，飞灵！"天慧博士竟跪在飞灵面前，她已顾不上什么是耻辱了。

"好吧，女士。我给你一次机会，那就是在我们死前让你为文明辩护一次。"飞灵把炸弹重新握在手中。

天慧博士用尽平生的力量试图说服飞灵，她拿出她的一切潜力以她特有的柔情对面前这个绝望的灵魂回忆起W星球曲曲折折的文明史，列举着文明不可磨灭的功绩……

（十三）

"流浪者号"仍在疾速运行。由于没有参照物，感觉上的飞碟像是静止的。数字表明，"流浪者号"仍在K星系内，和K星系其他小行星一样，飞碟接受着K星的强光照耀。向着K星的一面，远方除闪耀的K星外什么也看不到，只有背着K星一面才有一带无限长的黑洞间或有星星闪过，那是极远极远的恒星。

随着时间的延续，英奇博士和天慧博士似乎也感到了生存下去的渺茫和无聊。这时，天慧博士已经给飞灵讲完了W星球的文明通史，精疲力竭。她也无力再为摆脱死亡而挣扎。英奇博士越来越困惑，他感到自己实际无法担负W星球一切生命的共同使命，耳边响起令人绝望的轰鸣。他越来越感到死亡很幸福，很轻松……

在两位博士都不再在乎飞灵引爆时，飞灵却走向另一个极端。他突然对生存下去抱有极大的渴望。他紧紧地握着炸弹，像生怕别人引爆。"谁也不许靠近我，我要活下去……"

两位博士麻木地望着飞灵，感到人类意志运行的轨道实在莫名其妙。

就这么静静地僵持着，不知过了多久。这时的飞碟已飞出K星系。K星系越来越像昔日夜晚天空上的星星，只是K星依然明亮。"流浪者号"被巨大的夜幕整个地包裹着，向着远方一个暗红的恒星——太阳挺进。

不知从什么时候起，两位博士已不那么憎恨飞灵了。相反，有点感到飞灵的可亲。飞灵毕竟是W星球幸存下来的高级生命，尽管飞灵一直瞪着一双凶凶的眼睛。

时间开始漫无边际地涌向这几个幸存者，每个人都感到自己就要被漫长的时间所淹没。天慧博士终于忍受不住了，她极认真地说："英奇，我们不要再折磨自己了，我们应该死去，死很幸福。我有预感，我们注定要痛苦地死去。我们不能幻想什么了。"说着，她扑向飞灵，想夺过他手中的炸弹。

这时的飞灵正对生有着极强烈的向往。他紧紧地握住炸弹，早已把炸弹的引爆系统关死。他狠狠地把天慧击出很远："不要靠近我，我要活下去！"

为了避免由于一时的心理障碍造成的不理智后果，英奇不得不释放了飞碟内的促昏迷气雾。这是不到万不得已时不能使用的，要冒飞碟发生意外故障无人照顾的危险。顷刻，三个人都昏迷过去。

飞碟按着预定的轨道在宇宙中穿行……

（十四）

英奇博士是最先从昏迷状态中醒来的。他好像一下明白了什么，想起来，使他后怕。他解释不清此前的想法和天慧博士的冲动行为。天慧博士和飞灵也先后清醒过来，他们都恢复了从前的沉静。

漫长的星际旅行，是任何生命都无法忍受的。为了使每个人都能容易忍受一些，必须在食品中放入适量的催眠剂，以减少人对环境的感知量。因为人的情绪是不稳定的，人毕竟是一种动物，面对无限的宇宙，文明赋予的理智显得非常有限。包括两个博士在内，旅途中的困惑随时干扰着他们生存的信心。

几年过去了，"流浪者号"仍如一粒尘埃，无声无息地飘游……

十几年过去了，太阳依然在另一个世界。它比从前亮了许多，但在视野中它还是一个星星……

（十五）

漫长的星际迁徙终于接近尾声。

"流浪者号"挺进了太阳系外缘。来自太阳的光焰已抹在"流浪者号"外壳上，飞碟金光闪烁。

飞碟里，来自W星球的3个人明显地衰老了。面对着漫漫旅程行将结束这个令人欣喜的事实，他们每个人脸上都无法掩饰那种独特的激动。在梦想向现实迅速转化那一刹那，也在他们疲惫的思想中增添了一些新的勇气和信念。

突然，一缕强光从"流浪者号"的一个潜望孔奇迹般巧合地折射进来，所有的人都被一种难以形容的感觉惊呆了……

经验丰富的天慧博士最先从惘然中醒悟过来，不顾一切地向精子库和卵子库猛扑过去，尽力让身体罩住那两个大瓶子。

稍后，英奇博士惊恐地发现实验箱中的几种小动物几乎全部死掉……他迅速调整了那个潜望孔的折射角度。

"β射线！太阳系内如此强大的β射线！"英奇博士顿悟道。在他以往对太阳系的观察纪录中，知道太阳和其他恒星一样，存在着α射线、β射线等穿透力较强的损伤人体的射线。但英奇博士万万没有想到太阳系β射线的穿透能力如此惊人！

经过较长一段时间的眩晕、恶心之后，他们才有机会仔细查看精子库和卵子库情况。他们不得不暂时将飞碟停下来，进行一次全面的检测，因为此时距离要登临的地球已经不远了。

"完了！全完了！"英奇博士和天慧博士几乎同时发出声嘶力竭的喊声。那喊声也许是整个宇宙中最悲痛最不幸的喊声了。

天慧博士无法用她娇小的身体把那两个瓶子全部遮盖起来，致使卵子库遭到β射线的洞穿，卵子全部死亡！天慧博士下意识地紧紧拥抱住那个精子库，才勉强保住了精子库的一半。

生产人类的两大基本元素只剩下一项了。这意味着什么？就算"流浪者号"万幸顺利登上地球又有什么用呢？地球可能成为W星球文明的最后殉葬地。

由于宇宙射线的无情穿透，每个人都受到了不同程度的伤害。天慧博士在抢救精子库的时候没能很好地注意自己的安全，体力越来越虚弱。

其实，在失掉卵子库的同时，天慧女士就已成了"流浪者号"唯一而渺茫的希望了，她毕竟是个女人。正是由于这一点希望之光，才引导着英奇博士继续向地球前行。如果天慧博士再死去，那"流浪者号"将彻底绝望。

此时，"流浪者号"已接近地球外围，英奇博士全神贯注地监视着一切动态。荧光屏上不断变幻着，闪烁着各种参考数字……

"流浪者号"来到地球大气层时，基本上已经是个绝望者。天慧博士的呼吸越来越弱了。英奇博士省略了以往一切登陆前的谨慎准备工作，决定冒他有生以来最大一次登陆危险，他要以最快的速度在地球上强行登陆。他和飞灵把天慧博士抬到登陆舱上，希望在她没有死前在地球着陆。这是英奇博士寄托的唯一希望……

然而，当英奇博士最后在赤道附近找到最理想的着陆点时，天慧博士还是死去了。

如果不考虑"流浪者号"登陆结局的绝望性，W星球的航天水平还是无可挑剔的，W星球的儿女们的宇宙大迁徙还是成功的。他们奇迹般地创造了他们航天航空史上最辉煌纪录，他们以超人的毅力和勇气到达了距他们星球30光年以外的太阳系的地球！然而，眼前的现实太残酷了：W星球的两个伟大的幸存者是两个狼狈不堪的男人！他们两手空空地来到地球，他们注定无法在地球上留下后代，注定无法再梦想成为地球的主人。英奇博士和飞灵疲惫地躺在登陆舱的残骸旁，仰望异域神秘而幽蓝的苍天……文明的时代，文明的环境梦一般离他们而去。而此时，他们在地球上承担着更为令人毛骨悚然的恐惧。这种恐惧已远远超出开始时他们对W星球毁灭的恐惧，是生命的希望彻底破灭后的那种绝对的恐惧，是恐惧的极限。

两个绝望的汉子从外表上看已经是退化了多少个世纪的野蛮人。只有残留在他们手中那文明时代才有的精良武器能够证明他们不是地球上土生土长的生命。他们有气无力地瘫倒在地球暖乎乎的泥土上，几乎无法坐起来。

英奇博士和飞灵沉寂了多时之后，适应了一些地球上的大气压力。他们努力爬起来，渐渐地能负重般地在地上面行走。英奇能行动后的第一件事就是对天慧尸体的无望解剖，结果又一次粉碎了他的妄想。英奇博士远远地抛开解剖工具，伏在天慧的尸体上号啕痛哭起来。

正在这时，两只剑齿虎从远方的山林咆哮着向他们奔来。

英奇被瘆人的兽叫惊醒过来，他举起手中的武器对准了来势凶猛的恶虎。一道强光向猛虎射去，转眼间两只猛虎化为灰烬，只剩下一片焦烟，连远方的树林也燃烧起来。

接着，两个人一同对地球上的低级生命疯狂起来，他们想发泄完所有的能量之后死去。于是他们使大片大片的森林燃烧起来，用激光枪把高大的山脉击得乱石横飞，使火山怒放，河水沸腾……

突然，森林里逃出一只怀抱幼仔的黑猩猩。那母性的本能阻止了英奇的发泄，使英奇博士在W星球养成的科研习惯重新发作起来。他立即制止了飞灵的疯狂。英奇博士的双眼闪出一种希望的光亮，他直呆呆地望着森林。

在过后的几天里，英奇博士和飞灵在地球上追捕起雌性黑猩猩来。

英奇博士取出雌黑猩猩的卵子，又取出带来的精子库的精子，开始了他创造性与神奇性于一体的生命创造……

他俩艰难地期待着那个希望不大的结果。黑猩猩毕竟是一种比其他动物进步一些的动物，它们时常能直立行走几步。也许能在他们身上留下一点点W星球文明的标记。就算作W星球人逃出灾难的一点纪念吧。

寒来暑往，斗转星移。森林绿了又枯、枯了又绿的时候，英奇博士真的成功了。他果然创造出了一种新的生命。不过新的生命并不如英奇博士幻想的那样，虽然比黑猩猩表现出更多的灵气，但它还远远不是人。英奇博士无限伤感地称它为"猩人"。

英奇博士和飞灵没有自杀。以后的岁月中，他们一直从事着这种"猩人"的生产。然后，把它们一批一批放回森林中去。英奇博士无法帮助"猩人"再向人类进化，只能靠它们自己在自然中缓慢地演变……英奇博士通过无数次解剖分析，对"猩人"的未来做了精确的预测："猩人"再经过十万年可以学会简单的劳动，五十万年后可以具备一些思想……五十亿年以后也无法达到W星球人的智力，而那时太阳系也将自然毁灭了……

后来，飞灵死了。英奇博士判断自己的时间也不会太多了。他越来越觉得自己是未来地球文明的父亲，每当他听到"猩人"在森林里发出愚昧的嚎叫时，就感到自己的儿女们在呼唤他。他的儿女们永远也不会知道它的父亲曾企望过什么，甚至它们永远也不会知道它们有这样一个父亲。

在英奇博士死前不久，不知他来了一股什么样的冲动，又开始了不分白天黑夜的苦难营造。他用激光切割器在地球高大山脉上极规则地大范围切割，造起气势宏大的建筑。也许是因为他对"猩人"还抱有一丝幻想，幻想他的儿女在数十万年之后，惊奇地发现父亲的遗迹……

"猩人"果然在数十万年之后变成了地球人。他们比父亲预言得聪明多了，和父亲一样爱好驾驭文明，也曾于文明初期跌倒了几次，他们似乎也在设想着乘坐新的"流浪者号"……

火　印

1

南方恒福股份有限公司每四年搞一次"十位最有贡献员工"评选活动，今年这是第三次。表彰大会在天龙宾馆隆重举行了一天。大会行将结束之际，我父亲李耀宗以公司董事长兼总经理的身份宣布："……在给予每位获奖者十万元奖金外，公司还破例为十位获奖者提供一次豪华旅行。"

李耀宗的话立刻引起一片热烈的掌声。他将话茬熟练地掷在掌声中，很大气地将董事长特有的额头调整得不高不低，向四周庄重注目。掌声停止后李耀宗微笑一下接着说："本公司能取得今天的成绩，都是诸位同仁努力工作的结果。身为董事长，我有责任让大家为之自豪为之振奋。今年是本公司成立十二周年，经多方协商最终决定：本公司拿出最好的车，为十位最有贡献员工提供一次全方位旅行服务。旅行路线大致如下……"李耀宗极高档地轻咳一声接着说："从本公司所在地出发，沿京广线北上，最终到达中国最北端的漠河。路过著名的北大荒时，我们要安排大家好好玩上几天，让大家见识见识真正的北国大草原风光，在那里钓钓鱼，骑骑马，打打兔子，蛮有意思的……"李耀宗一般情况下很少说出这么多具体的话，此时一反常态，显得非常健谈。李耀宗又说了半天，才伴着更热烈一些的掌声坐下。

公司副总经理张华兴不失时机地紧接着站起来，操着一口浓重的广味普通话说："既然董事长大人一口承诺，我想大家也不必客气啦。这也是为了更有力地促进我们公司的工作嘛。带车游北国，机会很难得的啦，我敢打赌，肯定不会有弃权的啦。只是有一点得强调一下，我们必须得赶在北方雨季之前到达目的地。否则，大雨天就不好玩啦。因此公司决定后天上午就出发，望诸位获得奖励者回去抓紧准备的啦……"

这么遥远的旅程，为什么不乘坐飞机呢？这种形式的花销要远远高出乘坐飞机的费用呀！张华兴副总经理讲话时，我粗略地计算了一下几种主要费用，数目大得惊人。

我是在会议结束以后回到住处才突然顿悟般想起什么的。我想，我是应该了解父亲李耀宗的。如果没有猜错的话，李耀宗此举的真正目的不外乎回故乡北大荒一游，寻找一下"三十年河东，三十年河西"的感觉。因为北大荒没有机场，北大荒人无法看到李耀宗挥手走下飞机时的辉煌神态。所以，李耀宗执着地要把豪华的奔驰轿车开到北大荒去。李耀宗肯定觉得他现在已经混得相当不错，他要让昔日那些不可一世的北大荒人知道知道他李耀宗现在是个什么成色……

我敢肯定，这一点全公司只有我自己能猜到。李耀宗那些唯命是从的部下做梦也不会想到的。从他们的眼神里可以看出，他们永远想象不到他们一向毕恭毕敬的董事长大人会有如此小家子动机。在他们眼中，李耀宗永远是腰缠万贯的董事长兼总经理。

虽然我总能在李耀宗的脸上清晰地看到焦煳的火印，联想起远古时期脏兮兮的奴隶；虽然我一向对李耀宗有种说不清的陌阂，不愿参与李耀宗倡议的许多活动。但我还是为能拥有这次宝贵的机会而高兴和激动。不管李耀宗的用意如何，在他满足了自己欲望的同时，毕竟也为我提供了一次难得的回故乡看看的机会。

多少年来，李氏家族遗落在北大荒的苦难一直提醒着我。我几乎时刻都在想念着我那遥远的北方。匆忙虚华的都市生活烦得无奈时，就想立刻飞回阔别二十几年的野狼滩去体验一次那里实在到骨髓的日子。可是死亡线上挣扎一般的商业竞争和生存节奏一直不肯让我停下来歇会儿。而且命运偏偏让我沦为父亲的雇员。为了时刻警告父亲，我更有必要比一般人做得好些。身处鱿鱼境地，我并不害怕在激烈的竞争中被谁炒掉，我害怕的是被父亲这种人所炒，因为我在很多方面都太了解父亲。

这些年，我一直驴一样为公司效力。终于用心血和汗水换来了梦寐以求的荣誉。我敢对天发誓，这里绝对不包含来自父亲任何形式的福音效应。我压根不想借父亲的任何光，公司里几乎所有的人都知道我和父亲这种特殊的父子关系。李耀宗是李耀宗，我是我，公司是公司。有人说我和父亲是普遍存在裙带关系的中国人中极例外的那部分人，说我和父亲犯什么什么相。而在我这里没那么复杂，我只知道我家族那段并不古老的历史决定我不会接受来自父亲的任何施舍。此次，我能入选南方恒福股份有限公司十位最有贡献职员的情况就是这样，货真价实的血汗换来货真价实的光荣。

父亲计划此次旅行时肯定也相当无奈。他一向不喜欢在我的监督下做什么，而这十位获奖者中偏偏有我。我真有些不明白，父亲为什么不早也不晚，非得这次回故乡一游？

这天晚上，我几乎一夜未眠，沉浸在家族二十多年前的往事中……

2

在我童年的记忆中，我家族在北大荒的生活一直是苦难的。从我祖父那代起，我家族在北大荒上演的都是悲剧，祖父率领着他的儿孙们一直在呕心沥血地为成为北大荒强者而奋斗，他们身负重荷般匍匐挣扎在众多强手的脚下，年复一年，始终没能如愿……

祖父的大儿子长得最结实，是祖父最大的希望。他就是我父亲李耀宗。我家族中已有三代人没有我父亲这样健壮的体魄了。所以，在父亲刚满三周岁的时候，祖父就常常把他带到野外去训练。

也许命运有意和我家族的男人作对。父亲虽有一身力气，却在骑术上表现出明显的笨拙。尽管祖父一遍又一遍教他如何在马背上保持平衡，但父亲怎么也做不到人与马的和谐统一。再快的马，父亲骑上也跑不起来。父亲用手抓地面目标时，马就原地兜起圈子来。碰上烈性的则上蹿下跳，直到把父亲重重地甩到地上。父亲十六岁了，还没掌握骑马的要领，和别人赛马时，即使骑上最好的马也常常跑在最后。

祖父常气得大骂父亲不争气，有时把父亲正看的书烧掉，赶他到外面去练骑马。有一次，祖父让父亲在马上击打地面目标，可父亲怎么也击不中，祖父气得狠狠给了父亲一个耳光。

父亲十八岁那年秋天，在冬猎队大选的赛场上，李氏家族遭遇了北大荒人空前绝后的一次嘲笑。那天的嘲笑声如惊涛骇浪，留下的耻辱很多年后也没有淡化多少。

那天，刚开始时父亲发挥得不错，打得比平时快多了。可是到达终点时他没有击中摆在地上的草狼，却一棒子将前来助阵、马前马后跟着跑的自家爱犬——小黄打倒在地。小狗头上喷出血柱，悲惨地挣命时，父亲还以为他准确地击中了目标，自豪地举起了手中的木棒。好半天，他才弄清到底发生了什么，当他跑过去抱起小狗时，小狗已经死了。

那天的嘲笑声让望子成龙心切的祖父真正看清了自己的大儿子。他不得不痛苦而由衷地承认他的大儿子不是当英雄的料。那天晚上，祖父喝了他有生以来最多的一次老白干，他嚼着红红的干辣椒，整整喝了一夜酒。

第二天，祖父没表现出任何醉意，脸上似乎多了一种轻松，那是一个人对某件事彻底绝望后的轻松。但祖父并没有灰心，他虽然知道二儿子和三儿子在身体素质上远远比不上大儿子，但他还是把希望从大儿子身上转移过去，一丝不苟地培养着他们。一次次把他们送上秋天的赛场，一次次再坚强地接受他们无可奈何的失败……

父亲而立之年终于被北大荒人命名为第一号大草包。

这年冬天的雪依旧很大。北大荒人都说又到了出英雄的时代。当所有的血性汉子都杀向雪野，誓与野狼拼个你死我活，争做新一代汉哥时，我父亲想出一个最见不得人的主意。他已经瞄准李氏先人传下来打老鼠的踩夹多日了，这天他终于决定把踩夹偷偷带出去，带到野狼脚印最密集的地方去。

父亲一个人不敢到雪原深处去下夹子，他偷出夹子很多天，才不得不背着火枪走进雪原。我一直善于观察父亲，父亲以为他的行动很诡秘，其实都被我看在眼里了。

父亲头一天傍晚埋好的夹子，他肯定打算第二天一早就去收获夹子上的战利品。可是事情远非父亲想象这样简单。北大荒野狼集凶狠狡猾于一身，平时雪地上的足迹看上去非常随意，可父亲埋了夹子的地方却不再有一只狼蹄印。

父亲急得抓心挠肝的样子我也看见了。不知为什么，在我发现父亲这种与北大荒汉哥水火不相容的做法时，并没想阻止他，我似乎想看看父亲到底能熊到什么程度，似乎也想看看父亲万一夹住狼腿时他又如何把活狼抓到手……所以我极耐心地观察着父亲。

五天后的子夜时分，从父亲埋夹子的方向传来一阵阵极惨痛的狼嚎。整个村子都被骇人的嚎叫声所震颤。那是狼极度痛苦时才发出的声音。

父亲明显知道是怎么回事，可他竭力装出若无其事的样子。他要等到天亮，狼群散去之后再去原野绑那只不幸的狼。我隐约感到父亲那种胆怯而兴奋的激动。

可是，父亲没想到，顾二勇率冬猎队队员们连夜赶去了。

他们找了半天才在灰白色的雪野深处找到一只带铁夹子的狼腿。铁夹深深嵌入狼腿的膝骨，中间只有扁扁的筋连着。而狼腿的断点却在远离夹口的股骨中部。顾二勇点起火把才看清：那狼腿的横断面看上去让人直起鸡皮疙瘩，哪里是折断的？而是一点点啃断的。狼腿上的肌肉连同腿骨都是经过一点点啃断的，在场所有的人都回忆起不久前那骇人的嚎叫声……众人不禁肃然起敬。

顾二勇极崇敬地双手擎着狼腿率部下回来了。他把那只狼腿连同铁夹子摆在我祖父面前，什么也没说就走了。

祖父直直地盯着那狼腿和夹在狼腿上的铁夹子什么也说不出来，铁夹子上还刻着一个大大的"李"字，祖父苍白着脸把牙齿咬得咔咔直响……

父亲耷拉脑袋坐在角落里，不敢正眼看祖父，连我的目光他也回避。

二叔和三叔也铁青着脸，恨不能走上前去给他们的兄长几记耳光。

李氏家族的面子被父亲的愚昧举动彻底粉碎了。祖父当天晚上就大口大口地吐血，几日后便无限绝望地与世长辞了。

关于狼腿以及父亲的故事闪电般传遍北大荒方圆几百里地。连三岁孩子的童谣中都有关于父亲的评价：李老大，大傻瓜；打狼腿，下踩夹……

后来，那只三条腿的狼带领狼群对村民进行一次报复性袭击，一个妇女和两个儿童丧生狼口。

顾二勇率冬猎队追剿狼群时活捉了那只三条腿的狼，但顾二勇没有伤害它，在家里养了好长时间之后又把它放生了。

以后的日子里，那头三条腿的狼常家狗一样一瘸一拐地出现在村头，从来没有人伤害它……

父亲在他三十七岁的时候，传奇般地考上南国的一所大学。父亲得以到这个南方城市中来。直至今日，二十几年过去了，我本以为我早已告别了北大荒野狼滩，早已淡化了那一长串弱民的历史。可是父亲身上的火印时时提醒我，使我对历史的记忆更加清晰。

我永远无法淡化北大荒的形象，我由衷地想念那些光着红彤彤的膀子从草原上拍马喊过的骑手们，我怀念他们那略带残酷的骄傲喊声。虽然北大荒的狼群始终残酷无情地审判着人群，虽然人群的浴血竞争一直使我家族沦为弱民，但我还是无限崇敬我的北大荒……我越来越觉得当初是因为父亲我们才不得不逃出北大荒的，记得那天父亲狠狠地打着那匹老马……

3

不知不觉天已经亮了，我才想起未婚妻方卉。我想这回一定要带方卉同去北大荒，哪怕让她请半个月假也要让她亲眼看看北大荒到底是个什么样子。李耀宗有个不成文的老规矩，只要是他组织的活动，都提倡参与者带一位异性朋友同去，配偶或情人均可。于是，我兴致勃勃地给远在市郊工作的方卉挂了电话……

早晨上班路过李耀宗董事长办公室时，我无意中看到李耀宗正笑容可掬地邀请着谁。我想对方肯定不是我母亲。其实，这一点我很清楚，李耀宗绝对不会带着我母亲回北大荒的。母亲是北大荒土生土长那种最普通的女人，她只善良，一点儿也不漂亮，更远远谈不上风韵。李耀宗怎么能让她陪在身边呢？虽然我十分希望李耀宗此行能带着我母亲回故乡看看，但几次话到嘴边又都咽了回去。多年来，李耀宗已养成一种连他自己也无法克服的癖好——走到哪里都愿意有最漂亮的女人陪在身边。尤其在他当董事长以后，癖好更加突出。他一直走马灯似的更换身边的女秘书，姑娘一个比一个漂亮。渐渐地，李耀宗已接受不了他身边的女人不是本地最漂亮的这种感觉。我知道这是历史造就给李耀宗的一种畸形心理，他的这个癖好跟他在北大荒所承受的苦难有直接关系。所以我不能简单地把他称作色狼。再说我对李耀宗能用地位和金钱招募来的美女不怀好感，我认为她们都不是美女中最好的，不过是些金玉其外的低层次。所以李耀宗把她们怎么样与我无任何干系。时间长了，我知道李耀宗把她们一个个热情地招来，最终占有她们，最后再条件优厚地打发走……有时我觉得李耀宗挺恶心，但我又能将枝繁叶茂的李耀宗怎么样呢！每到这时，我真的希望社会倒退到奴隶时代更好些。那时，奴隶主用烧红的铁块在奴隶的脸上烙上永世不褪的火印，火印时刻证明着奴隶的身世，无论他逃到哪里，他永远无法隐藏他那不甚荣光的历史。起码，那个世界很真实。不像现在，李耀宗这种灵魂上烙有火印的人到处留下体面的身影和高贵的笑声。

如果没有什么变故的话，李耀宗此行肯定要带他目前最得意的女秘书赵甜回北大荒了。赵甜能恰到好处地陪好李耀宗，使他更像一位资深的董事长。

我对李耀宗的看法不影响事情的正常进展。旅行如期举行。

这也许是我有生以来参与的最豪华的一次旅行了，他想以后也很难再遇上这种机会。李耀宗调集了全公司四辆奔驰轿车中的三辆，外加两辆带空调的奔驰牌中型客车，组成清一色的奔驰车队。这对于生活刚刚有所改善的中国人来说，确实显得过于豪华了。

乘坐奔驰中型客车的十位获奖职员最先到齐，似乎每个人都领会领导那不成文的老规矩，身边都带着夫人或丈夫模样的人。我不太了解他们是否原配，只是知道营销部长大张领的女人是刚刚认识不久的情妇，外号胖大姐。大张似乎也不太了解同车另外那几个人，只是冲我直挤眼睛。说董事长提倡这个，这也是响应号召嘛。

其实，我对找情人这种事不太在意，只要你自己觉得好就找好了。再说，在日益开放的南国都市，这种事实在不算什么。只是大张这个北方人总有种既想当婊子又想立牌坊的劣根性，苟苟且且地干，让人觉得难受。为了让大张更自然些，我指着方卉说，"我情人，不错吧？"

"确实不错。"大张明显轻松了许多，和我不着边际地侃了起来……

我和方卉坐在客车的最后一排长椅上，方卉不解地问，"怎么管她叫情人，为啥不称未婚妻？"我说，"都是一回事，重要的是自我感觉。有感情才叫情人，情人不是比未婚妻更具感情意义……"

我和方卉争论时，两位副总经理的奔驰560和父亲的奔驰600先后到来。三辆轿车个个油亮可鉴。

三位头头下车寒暄之际，我才注意到随同李耀宗的人，赵甜在我预料之中，可赵甜旁边那个漂亮女子又是谁呢？

直到那漂亮女子转过来正对我的车窗时，我才真正看清她。我简直不敢相信自己的眼睛，她竟是岳靓！怎么会是她呢？她是我看到过和听说过的美女中最好的，绝对的高档次美人。整个S大学的男生都曾为她所困扰，可是没有一个有勇气敢打她的主意。原因只有一个，她太出众了。我虽然各方面都很优越，但也仅仅是多少个不眠之夜以后在内心深处偷偷妄想而已。似乎所有的人那时就认定，岳靓未来的夫君肯定非同凡响。

李耀宗这种人怎么能和神圣的岳靓联系上呢？岳靓在我心中一直是那种表里如一的美女呀？难道她会是李耀宗下一个女秘书吗？

我不禁开始为岳靓的命运担心。故意很响地打开车窗，很夸张地把脑袋伸出来。岳靓像没看着我，仍在李耀宗的介绍下和众经理及夫人谈笑风生。直到临上车前她才有意识地向我这边看了一眼。岳靓脸上的表情告诉我：我还认识你。

旅行随着几辆奔驰车柔和的短鸣宣布开始了。李耀宗的奔驰600打头。我所乘坐的奔驰中客列在最后。我几次试图穿越数层障碍再看到岳靓，可是都没成功。

方卉肯定看出我对他父亲身边的女人很在意，但她却依然装出若无其事的样子。

我告诉方卉，"李耀宗身边那个漂亮女子是我的同学。"

方卉过了许久极平静地对我说，"你真的不像你父亲。"

我完全领会了方卉这句话的确切含义，冲着方卉淡淡地笑了。

对于遥远的旅途来说，再迅捷的车也显得缓慢。当车队已走了个把小时，车里趋于平静时，我拿起旁边的"旅行作息时间表"翻看一遍：第一站到武汉，第二站……

过了衡阳后，人们已困得十分狼狈，车内渐渐弥漫起深重的呼吸声。坐在我前排的大张这时才欠了欠身子，小心地回头看看一直微闭双目的我。大张肯定认为我就是这种似睡非睡的睡态，他一手捂着睡在怀里的胖大姐的耳朵，一手摸摸索索拨通了家里的电话："喂？桂英吗？我张权……"大张搂着胖大姐语重心长地跟老婆解释此行如何重要，"最快也得半月二十天才能回家……"我实在不想笑出声来使紧张的大张难堪，一直挺到大张大功告成地用嗓子眼儿哼："亲爱的回头见。"

大张挂完电话很快就满脸惬意地发出鼾声。可我却怎么也睡不着。我似乎一直在想象着李耀宗轿车内部的情景，难道岳靓这种美好的女人最终也要属于李耀宗这种人吗？

4

奔驰车队到达汉口时已是晚上八点钟。驻汉口分公司总经理早已为李耀宗的到来做了充分准备。人们借着李耀宗的光被前呼后拥地请到汉口最豪华的大家大酒店。吃完五千元一桌的三桌酒席后，又被带到一个专场歌舞厅。一痛狂吹乱舞后，李耀宗一行在大酒店下榻。

房间也是精心安排好的，清一色是两人间。只有李耀宗的例外，人家特别给他准备一个套间，供他和女秘书使用。

我和未婚妻方卉也被安排在同一个房间，这是我万万没想到的。我真的不知道李耀宗以前每次外出是否都这样。我想李耀宗起码应该向有关人员声明我带的是未婚妻，而不是妻子或情人⋯⋯

这时，走廊里传来大张醉醺醺的声音："这还假正经个啥，董事长领你出来你还怕个屁。"

对方可能是同车的那个小伙子，很小声地说："老弟我不是怕，只是老弟还没碰过她呢。这，这样不太好吧？"

"操，这不正好吗？这个感觉最他妈难找！我得上厕所去。"大张哼着小醉曲轻一下重一下向厕所走去。

我装着也去厕所，在走廊里看到了和大张对话的人。他果然是领着二十来岁小女朋友的那个小伙子，小伙子脸上的表情既幸福又慌张⋯⋯

我一直有种莫名其妙的不安，似乎一直在具体地设想着我的同学岳靓今晚如何住。李耀宗和赵甜住在同一房间里不是一天两天了。可是岳靓呢？难道她们三个人住在一个房间？或者岳靓住在外间，李耀宗和赵甜住里间，还是⋯⋯我越来越担心李耀宗会损害岳靓，李耀宗和岳靓的关系如何越来越让我关注。我似乎在心中祈祷着："不要毁灭我关于世间还有美好女子这种确信啊，仅仅是这种确信呀⋯⋯"

我与方卉相处一年了，同许多现代都市青年一样，也不是非等到洞房花烛夜不可的那种人。但不知为什么，这次我们被安排在同一个房间里却让我感到极其不舒服。虽然我们也难得如此的安静时光，但此次借光得到的这个机会却令我十分讨厌。方卉望着不很舒服的我又沉默地说了那句话："你真的不同于你的父亲。"

晚上十点半了，我突然一本正经地对方卉说："我得去一位同学那儿办点儿事。"因为我从来不跟方卉说谎，方卉虽觉惊讶，但绝不怀疑。但我还是编了很具体的谎言，"我同学结婚时我没去上，正巧今天是他结婚五周年，怎么也得去聊聊……"

我鼓了几次勇气，终于敲开了李耀宗的房间，多少年来，我头一次很紧张地和李耀宗说话："我一会儿去朋友那儿办点儿事，我房间有个空床，方卉说她住这宾馆有点儿害怕，我想请岳靓过去，也免得你们三个人太挤。"

李耀宗若有所思地望了我一眼，想问什么，又没问。说："那就让岳靓过去吧。"

岳靓果然还认识我，没待我自我介绍，她就先叫出了我的名字。

我把方卉介绍给岳靓，岳靓亲热地和方卉拉起手来。岳靓依旧如往日那样活泼、大方，不一会儿就开玩笑说："什么时候吃你们喜糖？"

我们聊了半天，岳靓才知道我和李耀宗之间的关系。她惊讶地望着我说："真看不出来，原来你们是父子呀！"岳靓美丽的眼睛惊讶时显得更美丽。

这时，我不得不承认，相比之下，很漂亮的方卉确实逊色得多。

十一点多了，我才恋恋不舍地离开了房间，漫无目的地走出宾馆。

其实，我在汉口根本就没有什么老同学，却煞有介事地对方卉说："非去不可。"

初夏的午夜，我独自徘徊在汉口的街道上。顺沿江大道南行，不知不觉中走过汉水桥，绕过龟山来到长江大桥上。

我无论如何没想到我会对李耀宗手下招的女秘书动这么大的干戈。李耀宗一直走马灯似的轮换招募女秘书，她们个个都年轻漂亮。可我从来都是视而不见，而岳靓的出现却使我特别注目，总有种难言的担心。是因为她是自己的同学吗？还是因为她太漂亮？似乎岳靓这个女人嫁给谁都行，唯独不可与李耀宗有染。我实在说不清我复杂的内心。

夜风吹拂下，汹涌的长江水响亮地在我脚下流向夜幕深处。望着翻滚的黑亮江水，我不禁回忆起北大荒上那北大河，和河水中那惊心动魄的黑鱼群……

5

我在武汉长江大桥上整整徘徊了一夜。清晨临近，越来越多的大小汽车不断从我身边掠过。我这时才感觉到这个江上都市初夏早晨的凉意。也是直到这时我才突然意识到我已不是在南国的早晨晨练，而是江上都市的过客。我忙拦住一辆出租车回到我们下榻的那个宾馆。

人们已吃过早餐，正在车前车后边聊天边准备出发。方卉则坐在车内等着我归来。

我问方卉昨晚睡得怎么样，更主要的是想让方卉说说岳靓。

方卉说："你说睡得如何？"然后又告诉我，"岳靓担心你办完事回来，后半夜又回去了。"

不知为什么，我心中莫名其妙地对方卉生出一股愤怒。我下意识地望了望停在车前头那辆奔驰600，这时人们已经在陆续上车。

上车后，方卉问是否见到同学，我竟狠狠地答："废话，没见着能这个时候回来？"

方卉极不解地望着我半天后问："岳靓不也是你同学吗？"

要不是这时车猛地启动了，我不知还要对方卉说出什么难听的话来。车的运动提醒我把情绪平静下来。我和颜悦色地把关于同学的谎言编完，并一再解释情绪不好的原因是同学的父亲刚刚去世……

方卉很快就理解了我，过了一会儿，主动告诉我说："早晨通知了，下站准备到中原大都市的购物中心。"

我使劲眨了两下眼睛，表示言归于好。

这时，我才抽出空来打量周围的人。大张歪在靠背椅上已经睡着了。香甜的鼾声证明他和胖大妞一夜没消停。胖大妞眼睛红得有点像熊猫，强打精神笑嘻嘻地欲盖弥彰："大张昨天喝多了，多了就这样，顶没能耐了。"其实，大张的酒量和酒后表现我都了解。

我还特别注意到那个小伙子，他和小女朋友坐得明显比前一天近多了。从他俩留在脸上的笑意看，他们昨夜肯定也过得生动而新鲜。

别人过得很惬意，而我却依然陷入一种焦灼的沉重之中——我依然为岳靓担心。担心的我突然有些感激赵甜，从某种程度上讲，赵甜一直在帮着我。因为她毕竟起到一种监视作用，有她在李耀宗身边，李耀宗就不容易获得占有岳靓的机会。这使我依然确信岳靓的纯洁。我自己也说不清我此时的心情，我曾早已断言，能微笑着来到李耀宗身边的女人都是骚女人，可我为什么要阻止一个骚女人接近李耀宗呢？我不是一直不在意李耀宗猎取那些不值钱的骚女人吗？而又为什么偏偏在乎岳靓呢？只因为她是自己的同学和她太漂亮吗？好像都是又都不是。

车队继续北上，我把脑袋伸出车窗可以望到开在最前面的奔驰600。奔驰600跑起来的样子的确很豪华很威武也很剽悍，给人一种辉煌的庄重感。我看不到那车的里面，我逐个想象着里面的人，他们的位置、坐姿、神态……李耀宗肯定没睡觉，他肯定优越感十足地和两位美女聊着什么，他一向道貌岸然……

我收拢目光将脑袋撤回车窗那一瞬突然觉得我一度尊敬的奔驰车也很像个奴才，是那种衣着华丽的俊奴。

全车的人都沉沉进入梦乡的时候，我仍无一丝困意，好在我可以随便回忆一段北大荒的往事打发旅途这无奈时光。

6

六小时后，车队到达中原大都市。

如果依李耀宗的想法，就不准备停车了。照这个速度走下去，花销大大超出预支不说，弄不好到北方要赶上雨季。李耀宗肯定最担心奔驰600无法顺利开进北大荒草原。但大家一致说来一趟中原大都市不容易，起码还是要去国际购物中心看一看。李耀宗出于无奈，才同意车队在国际购物中心右侧的巨大停车场停下来。不过事先约定好：两个小时后大家一定要准时集合，下站无论如何要到北京。

我带方卉出来的目的很单纯，就是要利用这次机会好好玩一玩，所以欣然前往。

只有大张拉住胖大姐懒洋洋地说："天下商场一个样儿，有啥看头儿，还不如留下来看车。"

人们仨一伙俩一串地从车上下来，兴致勃勃地走向这座豪华的商厦，有人在商厦门前拍照，我也给方卉抢了个繁华的镜头。

在我为方卉寻找下一个镜头时，发现李耀宗和赵甜、岳靓也在合影，是司机大郑为他们拍。然后，李耀宗很绅士地先和赵甜，又和岳靓各照一张。之后，他又以董事长的姿态从大郑手里要过相机："来，我给你们三个再照一张。"大郑很恰到好处地一笑说："先逛逛商厦再说吧，照相机会多着呢。"大郑说着又从李耀宗手里收回相机，很开事儿地前边引路。

在我的有意牵引下，我和方卉始终不远不近地尾随在李耀宗他们身后。方卉看这看那时，我则一直偷偷打量着李耀宗、岳靓和赵甜，似乎想从他们某一瞬间的表情中捕捉到点什么。我能看到赵甜较公开地和李耀宗表示亲昵的神态，而岳靓只是含义深刻地不失时机地微笑。

赵甜看到喜欢的东西就很默契地向李耀宗表示，李耀宗就连价也不还地给她买。相比之下，岳靓则更像一位陪同李耀宗的礼仪小姐。每买一件东西，李耀宗都礼貌地问问岳靓是否也喜欢，岳靓总是轻轻地摇摇头，微笑一下。

后来，李耀宗一行停在那件标价七万元人民币的貂皮大衣前审视时，我和方卉没再继续盯梢。原因是方卉非要到五楼的工艺美术品专柜去看看。她最喜欢各种各样的工艺美术品，不买可以，但不看不行。我只好陪她上五楼。

离开李耀宗他们之后，我才渐渐觉得我的监视毫无意义，在这个繁华的大厦里，李耀宗能把岳靓怎么样呢？不能怎么样。

距集合的时间仅有十分钟了，方卉才不得不恋恋不舍地和那琳琅满目的小工艺品们告别。我们很巧地在商厦出口处又碰上李耀宗一行。赵甜怀里果然抱着那件华丽的貂皮大衣。从赵甜喜悦的表情上看，似乎她在向所有旁观者宣告她的身价有那么高。而我却头一次如此真实而强烈地在内心深处评价了赵甜：她确实低贱得可怜。为什么总要有这样一些好看的低贱女人呢？这些可恨的女人使李耀宗这样的人频频得手，然后滋长出更良好的生活感觉……虽然此时岳靓同赵甜一样的神态走在李耀宗身边，但我还是固执地认定，岳靓和赵甜不是同一类女人。

来到停车场时，我才知道旁边那越来越密的人圈与我们有关。两个警察正义正词严地训斥着大张和胖大姐。围观的人群中有同行的人不时地讨好警察，替大张和胖大姐说情……

一个警察很高的声音："还有什么说的，他们俩又不是两口子，就算是两口子也不能把车停在马路边上就那啥吧？"

"屁股都贴到车窗上了，影响太恶劣了！"另一个警察声音更高。

看警察那义正词严的表情，大张和胖大姐的事肯定要耽误旅行的正常进行了。众人束手无策急得团团转时，李耀宗走到警察身边。

李耀宗很歉意地微笑，很款式很广东味地说："这位先生是我的部下，年轻人不晓得规矩，请给我个面子啦。"李耀宗说话的同时，赵甜小姐将他那做工考究的镀金名片递到两个警察手里。

两个警察稍稍审视一下李耀宗，明显不如先前威严。声音很高那个警察也低了八度，说："回去批评批评您的部下，以后这事得检点些，再这样肯定严肃处理。"然后各自揣好李耀宗的高级名片。

李耀宗道谢后便径直走向他的奔驰600。其他人也马上钻进了各自乘坐的奔驰车。

鱼贯而出的五辆奔驰车，使见过些市面的中原大都市市民们也目光凝滞，尚未走远的那两个警察也不由自主地站出了立正姿势。他们一定觉得刚才那事没公事公办有多么英明多么正确。

面对同车的人，大张和胖大妞没有表现出太多的羞涩。车门刚关严，他俩就一唱一和地骂起警察来。

先是大张骂："净扯鸡巴蛋，傻×警察真他妈能埋汰人。"

胖大妞也笑嘻嘻地骂："两个小兔崽子吃不着葡萄说葡萄酸。"

大张又说："这就叫秀才遇上兵，有理说不清。"

胖大妞又接："中国的警察素质就是差，美国警察肯定不这样。"

……

对于漫长的旅程来说，大张和胖大妞显得精彩而短暂，待他们说累了不说后，车上人便随着汽车匀速行驶时发出的微鸣而沉沉入睡了。我依在方卉身上打了个盹儿之后，依旧很清醒地沉浸在北方往事之中。

7

人们不准备在首都北京逗留太久。因为人们来首都的机会都很多。

李耀宗的车队没有进入首都市区的分公司总部，也没有开到大宾馆大饭店的停车场，而是直接来到首都机场。这使我十分不解，难道李耀宗坐车坐累了要换乘飞机不成？

汽车停稳后，只见李耀宗和赵甜从车里钻出来。这时等候在机场的两个中年人热情地走上前来和李耀宗亲切握手。一位中年人从口袋里掏出机票很礼貌地递给赵甜，赵甜怀抱昂贵的貂皮大衣很紧张地从那人手里接过机票。

直到赵甜在候机室门口和李耀宗挥手告别时，我才突然明白，原来赵甜一个人要乘飞机离去。赵甜为什么要在这时候离去呢？那两个中年人是李耀宗事先联系好的吗？我想这肯定是李耀宗事先安排好的。对于董事长来说，在不需要的时候打发走一个手下人实在太容易了。这时，我才感到像赵甜这样的漂亮女子很可怜。再次由衷地认识到，年轻美貌在这个欲望不断膨胀的世界上已变得多么不可靠……

赵甜的走使我立刻感到一种不可名状的不安。眼下，李耀宗的车里只剩下他和岳靓两个人了。司机大郑一向是个见机行事的聪明人，我越来越感到岳靓处境的危险。

我到现在也说不清为什么要如此坚决地企图阻止李耀宗和岳靓的接触。绝不是我想得到岳靓，我对天发誓，我此生不会碰岳靓一个指头。可我就是接受不了李耀宗这种人得到她，即使岳靓嫁给一个远不如父亲的男人也可以。我觉得那是另外一码事。

谢天谢地，由于北京正修外环路，而南方恒福股份有限公司在北京的分公司正好处于一项重要工程领域之内。搬迁工作刚好于前一天开始。一行人只好找宾馆住。这样做虽然多了一些预料之外的小麻烦，但我还是觉得很好。

首都到底是首都，连宾馆服务员们也丝毫不媚俗。她们见过的大款高官多了，李耀宗这类董事长也不显新鲜。服务员们如农民秋收土豆地瓜似的把一行人按男性和女性分了类，然后合并同类项……李耀宗和大家唯一不同的是：他住的是有浴盆的单间。

岳靓、方卉和胖大妞同分在一个房间。我、大张和大郑住在她们隔壁。这样的安排使我再满意不过了。起码，岳靓这个晚上肯定能纯洁地度过。

几天的旅行以来，我头一次感到这么轻松。吃过晚饭，李耀宗领着大家到楼下的舞厅跳舞去了。我不太喜欢跳舞，就回到房间来准备休息，好看凌晨两点钟现场直播的足球赛。那将是中国足球队和伊朗足球队的一场关键性的比赛。大张不看足球，尤其不看有中国队参加的足球赛。大张说他从前比我迷，我不太相信。我甚至可以从大张和胖大妞跳舞时的神态上断定：他根本就不知道什么是足球。

大张一直跳到舞会结束后才回来。一进门就余兴未尽地叨咕："北京这地方没劲，太没劲了。"从旅行袋里摸出移动电话开始给老婆挂电话。差不多还是从前的嗑……

十点半的时候，我借口到方卉的房间来拿牙刷和剃须刀。其实，我的真正目的是想看看岳靓是否回来了。见方卉和岳靓正唠得投入，我没再过多地打扰就回来了。我想，这回足球会看得踏实了。

比赛后半夜一点才开始，为了不错过半点球赛，我决定一边看书一边等待那令人激动的时刻。我还告诉同样喜欢看球的大郑放心睡觉，到时候肯定一分钟不耽误叫他起来看球。

我本打算看完足球好好地睡上一觉，可看完足球之后我已失望得一点儿困意也没有了。伊朗队的巴盖里和阿里代伊表现非凡，几脚劲射就毁了十亿人民的足球梦想。裁判员终场哨响，中国队在上半场2：0领先的情况下，被伊朗队连扳4球！最终以2：4的比分输掉了比赛。

这样的结局，就算在第二轮比赛中，中国队全胜，进入六强的希望也相当渺茫了。除非中国队在第二轮比赛全胜的基础上，伊朗队败给一个弱旅阿曼队，中国队才有幸与伊朗队算小分……实际上，中国队几乎没有进入决赛的希望了。

我还远远算不上球迷，但这种结局都使我有种窒息的感觉。我有些不敢想象共和国另外那数以万计的赤胆忠心的铁杆儿球迷们将如何生存。

大郑沮丧得一脚将电视机蹬仰壳儿了，电视机竟晃了几下没掉下来，只是因导线过短而断电关闭。

没有了激动人心的球场拼抢和宋世雄焦急的解说，大张酣睡时发出的呼噜声显得特响且烦人。

大郑狠狠地把大张从被窝里拽起来："睡个屁睡，要出人命了知道不？！"

大张懵懵懂懂地坐起来问："咋……咋的了？"

大郑喊：“没咋的！”

大张骂：“没咋的，你拽我干什么！”

大张和大郑一直对骂到天亮……

8

从北京出发后，除了中途加油或有人解手外，车队没有做大的停留。

十几个小时后，我终于从车窗望到想念已久的北大荒草原了。翻卷着黄绿交错的草浪，依然二十多年前的样子。瞬间，便有一股激动涌上心头。

又走了一会儿，车队离开了平坦的公路，拐上条土草参半的荒路。凸凹不平的荒路有些颠簸，很明显，打头的李耀宗在引导着车队向故乡居住地进发。又走了半天，我才依稀辨别出一些方向。

我真佩服父亲这种特殊记忆，他竟能在二十多年后重新找到这条并不具备什么明显特征的荒原小路。直到走出几十里地，我才渐渐回忆起来，我们正走着的好像是当年走出北大荒时的那条路……

不久，车队驶入北大荒草原深处。草原特有的草香味被五辆奔驰车扬荡起来，直往车窗里涌，熏得我鼻子一阵阵发酸，眼泪止不住要流出来。于是，我干脆把头伸到车外，浓烈的乡土亲情使我再也无法抑制眼泪自由流淌。我幼小的时候就知道北大荒人不崇尚流泪，但我还是无法制止自己。

草原向远方没有限度地伸延着，原上草生得正旺。深邃的碧绿中，间或点缀着红白黄蓝各色野花，它们生机盎然地在微风中摇晃，更增添了大草原无羁的逍遥。往日印象中，雄狮般矫健的奔驰车在北大荒草原里也显得单薄，就像几只晶亮的甲虫在绿色地毯上爬行……

任何感觉面对行动都显得弱不禁风。父亲终于率领车队长驱直入北大荒居民点了。我真有些弄不明白，父亲这是一股什么样的力量啊？难道他真的认为他已经把历史上的一切耻辱都抹去了吗？

李耀宗首先率队来到河西看他的故居。现在的房主人是个年过六旬的瘸老头儿。他说他是从关里逃荒来的，不认识李耀宗。

张副总经理似乎相当体谅李耀宗此时的心态，开门见山地向瘸老头介绍道："这位是我公司的董事长李耀宗先生，他二十多年前是这里的主人啦……"

瘸老头儿得知眼前这个人就是当年的房主人李耀宗后，感恩地主动和他等人唠了老半天家常。瘸老头儿突然失礼地道歉，原来是他忘了北大荒人招待客人的规矩，忙吩咐家人为贵客沏上又浓又热的红茶。李耀宗也很像主人似的，向部下让茶。

从瘸老头儿的嘴里得知，李氏家族逃离北大荒后不久，这里曾来了佩戴红胳膊箍的城里人。他们背着半自动步枪和大鱼网在这里整整热火朝天地干了一年。他们完全以另一种方式对付北大荒的狼群和鱼群。顾二勇看不惯，就带着冬猎队员们跟他们干，结果弄得很多人家破人亡。北大荒后来就不再有狼群和鱼群了，日子变得死气沉沉。很多人流着泪逃到更北方的大森林里去了……

听了瘸老头儿的讲述，李耀宗肯定觉得轻松许多，他事先思前想后的许多顾虑看来都没必要了。他几乎是吹着惬意的口哨吩咐大家在北大河边支起五颜六色的帐篷的。很有大玩几天的意思。

吃过别具特色的野地午餐，李耀宗开始张罗如何玩。他亲自塞给瘸老头厚厚一叠钞票，让他去租些马来。于是整个下午，大家都骑在马背上，在北大荒草原上嬉耍……

李耀宗一边给部下们示范北大荒人如何骑马，一边安排了以后几天的活动日程："明天举行钓鱼比赛，后天背上猎枪围猎北大荒野狼，碰不上狼就打兔子，这里有意思的事多了……"李耀宗尽量放下董事长的架子，话说得平易近人。

李耀宗的马术虽属北大荒末流，但也足够使没骑过马的南国部下们惊叹不已了。人们纷纷效仿他，学习和理解骑马……直到天黑下来，一些人还意犹未尽。大张和胖大妞两个人骑在一匹小马上一直玩到天黑。

我一直最担心的夜晚终于来了。夜晚人们肯定要睡觉，岳靓怎么住不能不让我挂在心上。

还好，李耀宗为岳靓单独支了个帐篷，虽然离父亲的帐篷很近，但毕竟分开着。我这才渐渐放下心来，也渐渐相信，岳靓不会像我所担心的那样很快委身于李耀宗。

在很多人都沉浸在二人世界里时，我和方卉也没有例外。身下就是香味浓郁的草地，我自童年起就时常为之倾倒，此时更有种美梦重温的感觉。方卉也早已被北方草原所陶醉，她也许做梦也没想过会有一天和自己所爱的人躺在真正的北方大草原上浪漫地度过夏夜。

在蛙鸣蛐叫的和谐声中，我和方卉拥有一次难忘的甜蜜。这也许是我和方卉相识以来最成功的一次交欢。加之几天的旅行疲劳，事后不久我们就都沉沉地进入梦乡……

我几乎是从梦中惊醒的。不知为什么，我感到一种面临绝望时的不安，迫不及待地抓起移动电话，慌乱着指头拨通了李耀宗的电话。我迫不及待地想知道李耀宗此时在干什么。

"嗡——嗡——嗡——"电话响了半天李耀宗也没接。

电话又响了半天，李耀宗终于接时，我却一时不知道该对李耀宗说什么。说什么呢，我一声不响地拿着电话听李耀宗火气十足地训骂："谁？你倒说话呀！你是不是有病啊……"

李耀宗关掉电话后，我仍麻木着将电话举了很长时间。

我终于鼓足勇气，蹑手蹑脚地摸到李耀宗的帐篷跟前，贼一样掀开一条缝向里审视时，却发现李耀宗巨大的帐篷里并没有人！

啊！我差一点喊出声来，疯了一样跑回自己的帐篷里。我稳住狂乱的心跳之后又一次拨通了李耀宗的电话。

电话又响了半天李耀宗才接："喂，哪位？"李耀宗很不高兴的声音。

"您好，李董事长，我是天龙公司董事长的助理刘四海。聂董事长正在国外谈一笔买卖，他让我紧急转告您，预定借贷给贵公司的那五千万股取消了。"我不知道此时为何会如此镇静地对李耀宗编造谎言,只觉得心中暗含一种无法发泄的杀机。

"什么,什么?刘助理,您不能这样啊,我公司眼下正处于低谷期,需要你们的支持援助啊……"李耀宗几乎是在乞求。

"这是聂董事长的意思,我只负责转告。我想您是了解他的,他今天下午能回公司,两天后还要去美国,您最好登门去求他。"

"这,这……我现在在北大荒呀。小岳,快,快给我准备东西,我今天就得飞回去……"李耀宗忙乱得忘关电话了。

我预感到,天亮以后,我将再一次看到李耀宗匆忙告别北大荒的形象。

这时是后半夜两点半,正是我们应该熟睡的时刻。可我却再也没有一丝困意。

至今,二十几年过去了,我本以为我早已告别了北大荒野狼滩,早已淡化了那一长串弱民的历史。可是李耀宗身上的火印时时提醒我,使我对历史的记忆更加清晰。我多想把北大荒的一切也讲给岳靓听听,让她也感受一次北大荒人真正的生命运作状态;我多想把岳靓从那逍遥霓幻的背影中喊出来,把整个花花绿绿的都市都喊回来。可是,我无法办到。岳靓或许能如听传奇故事一样冲我点头微笑一次,然后以老同学的身份挽起董事长的胳膊向他说拜拜。我知道我的苦意只能烟一样消散在城市喧嚣而精彩的尘埃之中。

匆忙的归途上没有故事。只是在最初的时候我果真又一次看到近乎逃亡的李耀宗。那是他晚年时代很隐蔽很大气的仓皇。

我似乎感觉到阻止岳靓接近李耀宗这样的做法有些幼稚。但不知为什么,我依然想回去后找机会,把李氏家族在北大荒野狼滩的历史一铺一节地讲给岳靓……

怒放的石头

1

陆远征大学中文系毕业后就来到了市群众艺术馆，工作环境还算宽松。没事的时候，陆远征喜欢读点诗歌、散文什么的。有时兴起，他自己也能照猫画虎地描上几笔，偶尔也就有文学作品在报刊上发表出来了。最近一段时间，陆远征手里一直爱不释手地捧着著名诗人杨俊文的诗集《怒放的石头》，心中反复揣量着其中的一些经典段落……当然，除了看书之外，陆远征也喜欢用各种棋类运动打发自己富余的无聊时光。

也许因为陆远征兴趣广泛，市群众艺术馆的同事们都认为他很聪明。可陆远征自己却不以为然，觉得自己就是个货真价实的笨人。除了比较顺利地完成了大学学业以外，别的真就没有什么了。尤其在显示一些智慧的各种棋类运动上，就更能说明问题。不论军棋、象棋，还是跳棋、五子棋，陆远征几乎每种棋都能下上几手，但都不够精明。

陆远征没想到在他二十八岁这年竟又学起了自己一直认为最劳神、最能打发时间的围棋。和以往一样，自陆远征下第一颗围棋子开始，就没有奢望过在围棋上有一天会如何如何。陆远征对自己的认识一如既往：凭着先天偏低的智商和后天对复杂人生的简单理解，哪怕头悬梁、锥刺股地天天抠棋谱、日日看棋书，熬到古稀之年也不会搞出任何名堂的。陆远征在这一点还是相当了解自己的。

所以，对陆远征来说，下围棋和小时候弹玻璃球、扇啪叽（piàji）一样，既然生活中已经有了这样一种游戏，那么闲着也是闲着，实在没事儿可做了，那就玩玩。

单位午休时，陆远征经常和同事大老徐下围棋。观陆远征下棋的高手先是皮笑肉不笑地鼻孔出气；然后就有抻不住劲的说：这棋下得太臭了。碰上年轻气盛的，有时就有给他掀棋盘的……可陆远征一点儿也不怪他们，是他们把陆远征高估了，把他理想化了。陆远征自己也很无奈，实在是对不住同事们的美好期望。

可无论怎么说，陆远征曾胡乱地玩过一副不同寻常的围棋，已是不可更改的钢铁事实。陆远征后来才越来越觉得自己实在不该以那样的方式对待那样一副珍贵的围棋。曾有那么长一段时期，陆远征总是翻来覆去做着同一个噩梦，梦中说陆远征因极度亵渎围棋罪，被判处了极刑……

2

陆远征玩的这副围棋是陆远征上大学时与他相爱的安晓雅送的，是安晓雅给陆远征二十二岁的生日礼物，那可是陆远征有生以来过得最隆重的一个生日。

陆远征以前过的生日无论怎么形容、怎么不负责任地夸张也远远谈不上隆重。尤其是早些年，物质不断丰富的社会主义优越性更多的还是停留在口头上，人们从物质到精神都无法像近些年这样使生日更像生日。每次生日，不外乎母亲头一天的早上或晚上无意中想起似的，说，明天是你生日了。陆远征就能在生日这天的早饭上吃到两个煮鸡蛋。在那些年里，生日的鸡蛋就成了陆远征生日的象征。陆远征记得自己那时总要口是心非，甚至可以说是装腔作势地先分给母亲一个，母亲肯定说不吃，说那天是她的苦日子。最后，陆远征就很有理由地独自吃掉两个鸡蛋。

也许因为陆远征上大学的时候鸡蛋远没有那些年稀罕了，所以陆远征在大学里过的生日几乎都没有和鸡蛋直接联系在一起。直到毕业那年，安晓雅为陆远征过他有生以来的第二十二个生日，陆远征也没有吃到生日的鸡蛋。那天晚上，陆远征在浪漫的乐曲中一口气吹灭二十二支小蜡烛，吃掉安晓雅买的巨大生日蛋糕，还收到了很多同学们给的精美礼物。安晓雅一定是觉得一个生日蛋糕还不够理想，才锦上添花般地于第二天又送给陆远征一副珍贵的围棋。围棋是市面上见不到的极品云子，据安晓雅说，是与她的爸爸搞合作项目的一个南方老板送的，安晓雅还说，好在她爸爸不会下围棋，否则她是无法要来的。

陆远征想象不出安晓雅是如何从她爸爸手里把围棋要下来的，但有一点可以肯定，安晓雅的爸爸不知道安晓雅会把围棋给他。安晓雅的爸爸不准安晓雅在上大学的时候谈恋爱，而陆远征却与安晓雅的爸爸对着干。陆远征多么不想与安晓雅的爸爸为敌啊！安晓雅的爸爸是财政局的处长，说了算惯了，陆远征怎么能是对手呢？然而，陆远征却愚蠢而固执地与安晓雅相爱着……

就在陆远征整天为最终得到安晓雅而刻苦攻读外语、准备考研究生留在这个有安晓雅的城市、忙得连学围棋的时间都挤不出来时，安晓雅突然梦一般告诉陆远征，她就要去美国定居了。

这件事发生在安晓雅送陆远征那副围棋半年后。安晓雅还没有读完大二，安晓雅的爸爸就给安晓雅办妥了出国定居的手续。安晓雅的爸爸没有让女儿读完国内很有名的一所大学的二年级，连安晓雅也觉得事情来得突然。

陆远征好久都没明白过来安晓雅说了什么，直到安晓雅眼泪汪汪地拿出了护照。

安晓雅还极温柔地拉住陆远征的手，把脸贴在陆远征的胳膊上，娇声娇气地说了好几遍她家下午没人，非要陆远征到她家去不可。

陆远征从前曾不止一次地幻想过什么时候能单独和安晓雅在她温馨的家

拥抱一次，哪怕仅仅是坐一坐。可此时的陆远征却觉得有人正在递给一个酒鬼一碗行刑前的美酒，他脑袋里一片空白，如不慎曝光的胶片。

陆远征和安晓雅无限沉痛地在安晓雅的床上做了他们谁也没想到这么快就要做的事情。他们一知半解地把事情做得心惊肉跳，无比亲近却又心游万仞。安晓雅一直如泣如诉地说，她就是不想把自己的贞操奉献给外国人……

安晓雅临行前一天的晚上，又和陆远征一起来到城市最幽雅的那家咖啡屋。安晓雅像突然长大了几岁，说了那么多陆远征觉得她不应该会说的话。安晓雅说，现在这个社会光有爱情是不足够的，和发达的西方国家比，中国毕竟还是有些落后。说人要看得远一些，应该把握住命运中的一些机会，接触接触外面的世界……安晓雅还说，在中国大学毕业靠工资吃饭根本就不行，到处都是论资排辈，到她爸爸那个年纪熬上个处长，混上三室一厅的住房就算烧高香了……安晓雅说以后有机会让陆远征也出国深造，安晓雅还说了一些更无可奈何的话，最后她是哭泣着离开那家咖啡屋的。

陆远征有生以来第一次叫了辆出租车，赶到遥远的机场为安晓雅送行。安晓雅的爸爸这天显得格外热情，热情得让陆远征觉得他好像不是安晓雅的爸爸。在机场巨大的候机室里，陆远征第一次感到自己尘埃一样渺小，感觉到很多人羡慕的自己，其实什么也不是。那天，安晓雅的爸爸脸上洋溢着的异样的笑容让陆远征觉得万分恐惧且无比恶心。虽然他是安晓雅的爸爸，虽然陆远征深深地爱着安晓雅，但陆远征还是一次又一次在心中诅咒着安晓雅的爸爸，在陆远征的脑中，安晓雅的爸爸是不是腐败分子不知道，但他至少应该是个民族败类。

3

陆远征一直没舍得玩安晓雅送的围棋，一直把它细心地锁在皮箱里。陆远征本以为不久就会收到安晓雅从美国寄回的信，可一直没有收到。直到陆远征大学毕业分到市群众艺术馆后，他还经常骑自行车回母校的收发室去查寻，试图找到意外的收获。

失去了与安晓雅的联系后，陆远征越来越珍爱安晓雅送的围棋，就把围棋锁在办公桌最牢固的抽屉里。想安晓雅的时候，陆远征就把围棋拿出来看上一会儿。然后，再小心翼翼地把围棋重新锁起来。无论怎么说，这副围棋都是安晓雅给陆远征留下的最圣洁的回忆了，安晓雅给陆远征这副围棋时，她还是个千真万确的纯情少女。

后来，陆远征有机会买了《围棋入门》等书，闲得无聊时，几次把围棋拿出来，又几次放回去了。陆远征不是因为围棋的质地太优良而不舍得玩，绝对是因为他不想让安晓雅的圣洁礼物有半点损伤。

一晃，陆远征到市群众艺术馆工作五年了。安晓雅当初在陆远征朦胧恍惚状态下说的那些话越来越清晰起来，陆远征确实有了安晓雅预言的那种感觉。在市群众艺术馆，陆远征从事的是群众文化研究工作，而他从小学以来的酷爱却是文学创作。在市群众艺术馆，评职称晋级看的是本职工作的成果和工龄，虽然陆远征拥有十几篇省级报刊发表的文学作品，但到评职称时不如市群众艺术馆内部刊物《群众文化》上发表的所谓"论文"好使。陆远征和许多没有任何作品和业绩的大学毕业生一样，工龄满一年后自然过渡为初级，然后就是等着老同志退休，更老的同志死去……即使等来指标，还得一半靠运气一半靠人缘。所以，陆远征那股想干番事业的劲头就一天不如一天，总有一种力不从心的错位感。

每天，陆远征和几位五十多岁的老同志一起坐班，尤其要和久负盛名的李主任坐班。一天天漫长的时光给了陆远征足够的观察和感受老者的机会：蹒跚的步态，平缓的举止，慢吞吞的言语……后来有一天，陆远征突然觉得即使自己年轻也靠不过眼前这些龙钟老者。像这样一天天地靠，老人靠几年退了，可陆远征呢？陆远征一阵阵有种不可名状的窒息感，而又无力改善自己的处境。

陆远征所在的研究室除了一位教授级和三位副教授级的老者外，在陆远征来之后又来了一位四十出头的"工人老大哥"——老张。老张原是某企业的一般工人，可因会说山东快书和莲花落子当上了企业的宣传干事。后来，企业不太景气，开不出工资，老张就通过什么人跟同样不太景气的剧团下乡挣点儿辛苦钱。又后来，不知怎么的，老张就调到市群众艺术馆的群众文化研究室来了。老张对陆远征极其热情，又不失老大哥式的领导状态。陆远征能觉察得到，老张时刻都在期待着几位长者退休，期待着轮到他来当那个科级主任……虽然老张自己也承认不论在文化上还是在能力上都远远赶不上科班出身的陆远征（老张一向把有文凭的人称作科班出身），但在当主任这个问题上，他还是远远比陆远征更有信心。陆远征隐隐约约能从老张那多多少少总是有些造作的笑容中读到些什么，好像他时刻都在说：大哥不客气啦，大哥不好意思啦……

在研究室，凡是出力气的活儿都是由陆远征来做，最后大家象征性地讨论一下，成果就是大家的了。研究室曾经编过一本大书，从审稿到校对，几乎都是陆远征一个人弄的。为此，陆远征一年多没搞他所钟爱的文学创作。但陆远征觉得这也值得，编书是算业绩的，评职称时能用得上。然而结果却和陆远征想象的大不相同，书的策划、主编、编委均无陆远征的名字，而尽是些与编书风马牛不相及的什么厅长什么局长什么主任的大名。陆远征觉得太不可思议了，他们已经很有名，还要这些对他们来说可有可无的小名干啥呢？

陆远征就去找李主任问怎么回事，李主任语重心长地说，你太年轻，又没什么名气，写上去怕读者不买账的。陆远征一气之下就又去找更上级的领导刘馆长讲理。刘馆长严肃之余也会幽默，说，等你到你们李主任那个年纪，书的主编自然就是你了。年轻人，别着急，耐心等着，哪有不当孙子先当爷爷的呢？我这话说得到家不到家？也许因为屋里没别人，刘馆长说完又滑稽地做出一副无可奈何状。陆远征心里虽窝着一股火，却钝针触到湿棉花上的感觉。都说刘馆长工作有一套，果然名不虚传。

4

如果那天陆远征也去看电影的话，如果那天大老徐上厕所用的报纸上没有中日围棋擂台赛的话，陆远征至今也许还没有玩那副围棋的契机。

那天，工会出钱买票，群众艺术馆全体员工都去看爱国电影去了，平时就没几个人上班的群众艺术馆就显得更加清静。大老徐平时就不拘小节，加上单位没人，大老徐从厕所里拎着裤子出来就如入无人之境。用大老徐自己的话说，搞美术的都这熊样。

大老徐是一边系着裤子一边推开陆远征办公室门的。操，主帅聂卫平也输了，中国队全军覆没个球子了！大老徐说着把半张皱皱巴巴的报纸拍在陆远征的桌面上。看，在这呢。

输就输呗，还总赢？陆远征珍爱的是围棋本身，而且仅仅是安晓雅送的这副。陆远征对举世瞩目的围棋运动并不怎么在意。对报上有无中国弱项足球赛事，陆远征还是很关注的，至于强项围棋比赛嘛，陆远征从来不看。陆远征印象中下围棋的两个人就像两个备受煎熬的梦游者，神情恍惚不定，老半天下一个子，又没有什么目的性，看着着急。所以大老徐把报纸推到眼皮底下，也不想看一个字。

嗯？这么好的电影都不去看，在这儿研究围棋呢！棋力肯定能不错呀？大老徐像突然发现陆远征手中的围棋，伸手摸起几个子。哎？这还是上等货呢，真人不露相，你小子行啊！

陆远征被突然出现在眼前的大老徐弄得不知所措，忙说，我可一点儿也不会，只是拿出来看看。

别扯了，你怎么能不会呢，围棋又不是什么好看的玩意儿。大老徐不信。

我真的不会。陆远征说。

大老徐认真地审视着陆远征老实的眼睛，又若有所思地仰了一会儿脖子，然后，郑重地说，你太该学围棋了，任何一个人，不会下围棋就不能算真正成熟起来，你还是会点儿吧？大老徐突然打住，再次将信将疑地看着陆远征。

我确实不会。陆远征也望着大老徐，似乎想从他的脸上看出些成熟来。大老徐的父亲是退休老工人，大老徐虽中专文凭，但三十几岁就谋到美术部主任的职务，这足以说明大老徐确实很成熟。

后来，大老徐终于相信了陆远征的话，才坐了下来。围棋好学，但下好了难。一会儿就能学会，来，我现在就教你。大老徐一向喜欢助人为乐。

于是，大老徐就从"金角银边草肚皮"开始教。大老徐把云子点得"啪啪"脆响，手感极强。大老徐讲解得也极其耐心，大老徐说，你笨想，比如垒鸡架或者搭狗窝，先有两面墙靠着就省事多了；有一面靠着就比没有强。下围棋的道理也是一样，跟垒鸡架搭狗窝一个思路。大老徐又说，围，你懂吧？就是围上，你肯定懂。陆远征说懂。嗳，懂就好办，围棋围棋就是个围，围棋好学。下围棋就是你围我，我围你，最后谁占的地方多谁就赢了。来来来，咱俩下一盘，实战中学得更快。大老徐就随手拽过一把椅子坐下，把装有黑子的一盒推给陆远征。这样，陆远征和大老徐就玩起了他有生以来的第一盘围棋。陆远征有些不相信似的，一直觉得是世界上最高深莫测的游戏怎么就这么简单地开始了呢？

陆远征不知道他的生活到底是从哪天开始变得没有意思的。总之，陆远征的生活早已经变得没意思了。有了围棋玩以后，陆远征没意思的生活就有了些许改善。每天下班后，陆远征总能和大老徐下两盘棋。虽然最初的时候大老徐总是轻松地赢下陆远征，但陆远征觉得比以往那些没有输赢的平淡日子好多了。

关于如何作两个眼求活的问题，大老徐费了很大劲也没能让陆远征明白透彻。有时，大老徐自己也搞不准是真眼还是假眼，常挠着头皮左右端详：嗯，这回好像活了吧？活了。后来，当陆远征明白一点时就常能意外而惊喜地发现大老徐的假眼，有时就出其不意地提掉大老徐一大块白棋。大老徐就极惋惜极沮丧地说，围棋好就好在变化莫测，当初看着是我的，最后真不一定是谁的……

三个月的时候，陆远征就偶尔能赢大老徐一盘了。这时陆远征才知道，大老徐当初教他下棋时的围棋知识是多么有限。渐渐地，陆远征觉得他和大老徐也许是全世界所有下围棋的人中最可笑的一对儿了，他们的围棋水平和所用围棋的质量反差太大了。

陆远征和大老徐每盘棋大约要下一个小时左右。但实际用来走棋的时间并不是这么长。为了使围棋下得很像印象中的围棋，大老徐总是故意拖时间，总要在下棋时不厌其烦地讲些与棋有关或无关的事情。

当陆远征的三颗黑子打吃大老徐的一个白子时，大老徐高高举着棋子迟迟不落，颇有感慨地叨咕，围棋太深奥了，太像生活了。看来这步棋是非退不可了，退一步万事平安哪。前些年我跟领导过不去，后来想开了，跟他们吵吵个啥，五十多岁的人，几年就退了，咱忍几年能咋的？当初不给我房子不让我当主任，现在不是啥都有了吗？远征，徐哥跟你说，这围棋啊太像生活了，生活和围棋可太像了，你就好好学吧……让你在哪待着，你就得在哪好好待着，哪个位置重要，哪个位置不重要，真不一定啊……大老徐终于在他举累说烦之后将逃跑的棋子潇洒地点在棋盘上。

陆远征没出声，接着追了一步。此时，陆远征的心情又有些闲散。

棋就不能这么走啦！你追，也杀不死我呀。远征，这个时候你应该去占那些更大的地场，要看整个棋盘，哪空间大往哪下才对路子。你看，这儿就不错。大老徐在左边的空白处放下一个白子，旋即又拿了起来。说，如果我不放这儿，而是你先我一步放这儿，局面就大不相同了。但我已经放这儿了，你只能想办法到别的地方占地场去啦。说着，大老徐重新郑重其事地把那个白子清脆地按在那里。别着急，一流高手一盘棋能下一天呢。大老徐怕陆远征不耐烦似的又补充一句。

如果换个人，也许早就不容忍大老徐这种每走必解释的棋风了。大老徐一定认为陆远征这个人挺憨厚、挺老实。其实，陆远征能如此耐心地陪着大老徐以这种方式下棋，更多的是围棋本身对陆远征的慰藉。别说时常还能下一个子，就是一个子也不下，只是陆远征一个人坐在桌旁闲摆弄，陆远征也可以坚持一两个小时的。这副围棋可是安晓雅送的，陆远征看到棋子就像看到安晓雅那黑白分明、柔和多情的眼睛。大老徐叨咕时，陆远征也没咋细听，更多的时候是在回忆从前和安晓雅在一起的美好时光……

5

大老徐每次下完棋就匆忙穿大衣、装兜子、找车钥匙……说，得赶紧回家看儿子写作业。不然，老婆发起火来再就别想下围棋了。大老徐临走时也不忘挤时间叨咕几句与围棋有关的历史备忘录之类的话。这次大老徐说，围棋能使人学会临危不乱，我要是不会下围棋，根本就对付不了我的老婆。陈毅元帅就会下围棋，你看当年那兵给你用的。远征，听徐哥的没错儿，围棋是高智商人玩的游戏，玩吧，啥事也不耽误。大老徐意犹未尽地连跑带颠下楼了……

大老徐走后，陆远征又独自坐着看了一会儿围棋。然后才小心地把围棋锁了起来。市群众艺术馆没有单身宿舍，陆远征就住在办公室里。大家下班后，所有的时间就都属于陆远征了，使陆远征时常觉得时间在浩荡地围困着他。陆远征记得前些年上大学时，时间总像躲着他；而现在他却被时间逼得直想靠墙。年轻人，有这么多时间，干点儿啥多好啊！可陆远征却觉得干什么也提不起精神似的，绝大多数时间都是在没意思中度过的。

陆远征又想起安晓雅临走时说的那些话，想起安晓雅。安晓雅还能如从前一样在国外被男孩子约着满大街走吗？还是在家把小提琴调好弦，拉她最喜欢的《梁祝》？陆远征的想象也许远没有安晓雅的实际生活那么美妙而生动，陆远征只会以历史的思路去想象安晓雅。

陆远征一阵阵感到自己就要被什么东西所吞噬，而自己又毫无力量去抗争。就算安晓雅当初爱自己，现在也不会爱了。陆远征当初那不可一世的奋争状态什么时候消失得无影无踪了呢？那时，陆远征的生活是那样充实那样紧凑，连和安晓雅一起学围棋的时间都未曾挤出来。安晓雅也许就是觉得自己将来能有点出息才没去计较一个城市女孩儿应该计较的那些事吧？可是安晓雅，你为什么要在与我分别之前送我一副围棋呢？在我们都对围棋一无所知的时候。难道仅仅是因为围棋很珍贵吗？还是因为它太像生活？可生活本身一点儿意思也没有呀……

6

国庆节前一天，剩五分钟就下班了，刘馆长急匆匆地来到陆远征的办公室。陆远征和大老徐刚刚铺上棋盘，一个棋子还没来得及下，见刘馆长进来，两个人就都僵在那里。陆远征和大老徐万万没想到刘馆长这个时候能进来。

刘馆长在屋里走了一圈，表情非常严肃，没下班就玩儿，这哪行呢？

陆远征和大老徐就一副尴尬的表情要把围棋收了起来。

既然都铺上了，也就别收了。刘馆长又笑容可掬起来。年轻人，都是愿意玩儿的，以后再玩儿可得等到下班，这影响多不好。今天就这么着吧。

陆远征和大老徐就都觉得刘馆长这人还行，平时虽严厉，但私下还是挺通情达理的。两个人就都很感谢领导的，就怀着被原谅的心情下起棋来。

刘馆长还和蔼可亲的样子站在桌旁看着。见陆远征很随便地按上一个黑子时还半开玩笑地问了句，会不会下呀，"啪"就是一个，我看电视上走一个可想半天呢。

为了配合领导，大老徐故意煞有介事地举着白棋绕来绕去寻找最佳位置时，刘馆长恰到好处地布置给陆远征一项工作任务：对了，小陆，有项工作得落实给你。国庆节后文化局要召开直属单位工作总结报告会，得把我们单位一年来取得的成绩拢一拢在会上谈谈。我看这样吧，今天你尽情地玩儿，玩儿到几点我都允许。明天、后天休息，挤出点儿时间来，赶个万八千字的稿子就行。大学中文系毕业生，这也可以说是检验水平的时候，我看没问题。给，这是咱们单位一年来的工作材料。这时，陆远征才注意到，刘馆长一直背在身后的手里掐着一个鼓鼓的文件袋呢。

刘馆长把文件袋放在陆远征的桌子上，你们玩儿吧，我得走了。不过得注意，以后再可不能下班前就玩儿。尤其是老徐，还主任呢。刘馆长半严肃不严肃地出去了。

大老徐伸了一下舌头，暗作苦相。确认刘馆长走远后，大老徐说，你徐哥要是不会下围棋，今天非得和刘馆长顶嘴不可，那可就坏啦……

既然是领导落实工作，陆远征又有什么可说的呢？陆远征只是觉得刘馆长应该配个秘书才是。陆远征最讨厌被人家抓住写材料这类事。这段时间，陆远征连平生酷爱的文学创作都不搞了，何况是替人家写这种头疼的工作总结？但陆远征又实在不想让人说没水平。起码，陆远征不想给中文系大学生丢面子，更不想给自己的母校抹黑。

10月1日同学结婚，10月2日又帮老张搬家，看来刘馆长要的工作总结一个晚上必须得拿出来了。整整一夜，陆远征都在翻那些乱七八糟的材料。陆远征的眼前总是出现安晓雅，安晓雅一直在跟陆远征说着那天在咖啡屋里说的话。安晓雅的话致使陆远征一直不能将杂乱的材料理出头绪。直到天亮，陆远征才前言不搭后语写了十几页文字。连陆远征自己都觉得驴唇不对马嘴的，刘馆长能看明白就怪了。陆远征自己也说不清这次怎么这样无能，难道就把这十几页不知所云的文字交给刘馆长？让刘馆长骂某某大学的毕业生啥也不是？

我没写。对！我没写不能说我没水平吧？在楼下食堂吃早饭时，陆远征恶恶心心地下定决心。

国庆节后一上班，刘馆长就找陆远征要工作总结。在走廊里，刘馆长脸上的笑容瞬间转化为怒容的全部过程和每个细节陆远征都看得清清楚楚。陆远征只好连声说，对不起了，刘馆长！刘馆长，实在对不起了，刘馆长……回到办公室的刘馆长还是气得把桌子拍得山响，这咋行呢？安排的工作都完不成，现在这年轻人可真够呛！

刘馆长那天的汇报肯定也应付过去了。因为那天刘馆长开完会还拎回个大奖状。不过，陆远征觉得刘馆长肯定恨透了他，刘馆长以后肯定不会再求他办什么事了。

然而，事后刘馆长对陆远征的态度一点也没像陆远征想象的那样，和以往没什么不同。有时，刘馆长还故意和陆远征开句玩笑。刘馆长的宽宏大量使陆远征反倒觉得自己像个小人，大有对不住刘馆长之感。这件事的发生，竟使陆远征对本职工作的态度日渐认真起来。全市第十次群众文化研讨会定于年底召开，陆远征觉得应该认真地写篇论文才是。

正好大老徐到南方出差去了，陆远征就有一个多月没再玩围棋。陆远征一度还把围棋锁了起来，专心搜集资料，阅读参考书。刘馆长几次推门进来都赶上陆远征极认真地写着论文。有一次，刘馆长还类似表扬地说了句，这么的还差不多。

可是，当论文写作进入尾声时，陆远征又不可抗拒地想起了安晓雅，不可抗拒地拿出安晓雅送的围棋。足足看了半个小时，陆远征才从对安晓雅的思念中挣脱出来。陆远征匆忙拿起笔来，要写下来之不易的精彩思路。

咣当一声，办公室的门被突然推开。刘馆长极严肃地站在门口说，我看你半天了，上班时间不能玩！我三令五申，怎么就不听呢？！没人陪你玩儿，还自己玩儿上了，这可太不像话了！

陆远征被刘馆长的突然到来吓了一跳，慌忙解释，我没玩儿，我真的没玩儿呀。

怎么能当面说谎呢？年轻轻的，别嘴硬，现在这大学生怎么这个素质呢？刘馆长脸都气青了。

这时陆远征才发现，他左胳膊正搭在棋盒上，左手里正捏着一个黑棋子。右手握着钢笔的陆远征真的不知道他左手里依然还捏着一个棋子。但陆远征敢发誓，他绝对没玩儿，他甚至连想都不想了，他确确实实在构思着论文的最后部分。望着刘馆长制止罪犯一样的神情，陆远征涌上一股无名之火，我就玩了，能咋的吧？

冲你这话，我非严肃处理不可。我咋就不信我这一馆之长就治不了你。刘馆长也被陆远征激怒了似的，他走过去抓起陆远征桌上的两个围棋盒子就从窗口扔了出去。

陆远征无论如何没想到刘馆长会如此干脆、如此果断地这样处理一副珍贵的围棋，他不顾一切地向窗口扑去。刘馆长以为陆远征要冲撞他，还下意识地往旁边一闪。陆远征正好看到两盒围棋从十层楼上摔到坚硬的柏油马路上最后那一瞬，陆远征看到了一黑一白两朵极其悲惨的云子小花……那是经过剧烈撞击后的怒放的石头！

刘馆长，我×你八辈祖宗！陆远征出离愤怒，一股脑儿将桌上的论文草稿、钢笔、墨水、烟灰缸之类的东西全部抛到地板上，然后，不顾一切地向楼下奔去……

陆远征满大街找他的棋子，可是，它们不是化为碎片就是滚进下水道。陆远征找了好久，仅仅找到残缺不全的二十三个半棋子和一些稍大一些的碎渣……

7

大老徐出差回来，得知发生的事后，不再张罗玩围棋。陆远征也不再有写论文的心情，更加无所事事的感觉。

大老徐不知是真心安慰，还是顺着陆远征的坏心情，说，要不我也不打算再玩围棋了，那东西好是好，就是太费时间。咱自己舍不得摔，刘馆长给摔了正好。这就叫坏事变好事，咱们这回可以少浪费些时间干点儿正事儿了。你看，前几天没下棋我就构思出一幅相当棒的油画。大老徐竟越说越兴奋。

陆远征苦笑了一下，啥也不想说。

大老徐又说，咱们年轻，总有出头的时候。别看现在不行，以后总有行的那天。我把我的油画画好，你把你的文章写好，这才是正路子！别的呀，都白扯。远征，徐哥不瞒你说，这年头儿，谁轻易拿谁当回事儿呀，无非是咱们自己挺把自己当回事儿罢了。每个人不都是和随手点下的棋子儿一个样嘛，不都是挣扎着活吗？

要是一般的围棋也就算了。过了老半天，陆远征说。

什么事都想开点儿，男子汉，没啥大不了的，再好，不也就是一副围棋吗？大老徐说着拉住陆远征的手，咱哥俩好久没喝酒了，走，中午我请你去狗肉馆儿。

下午回来，陆远征借着酒劲儿终于把他和安晓雅的事以及他的围棋详细地讲给了大老徐。大老徐有很长一段时间直直地盯住残存在陆远征桌上那二十三个半围棋子。后来，大老徐眨巴着眼睛好像要哭了似的说，这样难得的礼物怎么能随随便便就玩了呢？当初要知道，徐哥是无论如何不会动的。大老徐一副非常自责的样子。

直到陆远征连说无所谓，大老徐难民似的表情才收敛一些。过了一会儿，大老徐仍很动情地说，远征，你不说徐哥还不知道，徐哥现在觉得忒羡慕你了，你活得挺浪漫啊！你徐哥从来就没尝着过那种货真价实的浪漫滋味儿，这对一个四十多岁的搞艺术的男人来说不是一种巨大的缺陷吗？大老徐好像还要讲讲他和他老婆之间的平淡故事，咽了几口唾沫又不知从哪说起似的。

这时，刘馆长推门进来了。小陆呀，不生我的气了吧？那天是我的工作方法不当，我作自我批评。别介意，给，这是我赔你的围棋。天子犯法，与民同罪嘛。说着，刘馆长把两盒崭新的围棋放在陆远征的桌角上。刘馆长还友好地拍拍陆远征的肩膀，年轻时候，都有过，哈哈哈……

大老徐干咳一声出去了，把门带得很响。

刘馆长脸沉了一下马上又恢复正常。刘馆长拐弯抹角地说出围棋是街面上最好的，暗示陆远征不吃亏后，领导视察完工作一样向门外踱去。

陆远征望着桌上两个装帧华丽的围棋盒子，觉得那根本就不是什么围棋，陆远征觉得自己失去的也不是什么围棋……

8

星期天，陆远征独自在街上散步时偶然碰上了安晓雅的母亲。当初安晓雅的母亲待陆远征还是不错的，她并不反对陆远征和安晓雅相处，但她说得不算。

安晓雅的母亲看到陆远征后显得极不自然。如果不是他们的眼睛都已来不及回避的话，安晓雅的母亲肯定要装着没看着与陆远征擦肩而过的。陆远征也是在意识到不得不打招呼后才抢先称呼了赵姨。

这不是远征吗？我都有些不敢认了。几年不见，都成大人了。赵姨似乎要尽量表现出从前的自然来。

我也有些认不出赵姨了。陆远征尴尬地说。

挺好的？赵姨问得很概括。

挺好的。陆远征也只能含含糊糊地回答赵姨。陆远征想自己又能说什么呢？赵姨问话本身不过是礼节上的，和一些人见面问"吃了吗"一回事，你可以随便回答"吃了"或者"没吃"，都无所谓。

在赵姨就要告辞的时候，陆远征还是没能忍住问了一句，安晓雅现在还好吗？

好，好。赵姨平平淡淡地说。赵姨说完这话后发现了陆远征急切询问的眼神，才又不很生动地补充道，嗯，也结婚了，两个月前生了个大儿子。赵姨也许觉得她说完了陆远征要了解的一切，像怕伤害陆远征似的笑了笑匆匆走了。有空儿去玩儿，噢。赵姨最后这句话是回过头说的。

陆远征觉得赵姨按理说应该问问他是否也结婚了也生子了再走，赵姨不该走得这么匆忙。可是赵姨几乎什么也没问就匆匆地走了……

陆远征从头到脚过电一样猛烈地抖了一阵，一种说不清的苦难在心中涌动。毕业五年了，条件再差的同学也都先后结婚了，陆远征却一直连对象也没有。他似乎一直企图再找到一个和安晓雅一样的女孩儿，可是整个城市和陆远征到过的另外一些地方都不再出现另一个安晓雅。这么多年以来，只有安晓雅送的围棋时常勾起陆远征一些美好的记忆。

归途中，陆远征穿越那个废弃的公园时，又很巧地碰上了刘馆长。陆远征当时没去考虑与刘馆长同行的那个女人是谁，只是觉得刘馆长能很甜蜜地和爱人在一起比陆远征孤孤单单一个人好多了。直到后来有一天刘馆长的女人有急事来单位找他时，陆远征才知道那天刘馆长不是和自己的女人在一起。也明白了刘馆长不计前嫌宽宏大量对自己越来越客气的真正原因。

为了不再给刘馆长造成低头不见抬头见的压力，不久，陆远征就离开了市群众艺术馆。陆远征到一个私家侦探公司干起了他从来没想干的工作。其实，陆远征并不觉得刘馆长怎么的，只是刘馆长把那事看得过重了。陆远征觉得那事很正常，关键在于刘馆长是否拥有一种真爱的感觉。倘若刘馆长能把人们安排得很妥当，也是相当不错的事。

有一天，陆远征在公司值班闲着没事，就想起了市群众艺术馆。陆远征就给大老徐挂了个电话，当陆远征客气地叫徐主任时，大老徐忙解释说他早已经不是主任了。

市群众艺术馆总是人往高处走，你怎么走下坡路了？陆远征感到很意外。

大老徐有些沮丧地说，刘馆长说他工作干得水，还不是因为那天摔了门？大老徐说他还是不够成熟，遇事不够冷静……

陆远征就又想起了那副云子围棋，想起了那一黑一白两个飞溅的花朵。

9

以后的日子，陆远征再也没有玩过一次围棋。但围棋却以另一种方式在陆远征的心中不断深奥。每每失眠时，仰望夜空，陆远征便觉得那是一方巨大无比的围棋盘，芸芸众星如颗颗黑白分明的棋子，占据着各自显要或不显要的位置。同时，著名诗人杨俊文那首《怒放的石头》也在耳边轰鸣般地回荡起来：世间没有的色彩/让世人的眼球/在石头里痴痴地滚动/棱角的缄默/与容颜的滑润/在指尖穿越的感觉/便是一阵怯生生初恋的心跳/地球，将最后咳出的血/留给石头/让遭遇冷却的生命/在石头里怒放/鲜艳地告白……

陆远征常想：那些黑白分明的小石头本不该以那种方式怒放的。真的，那本该无比圣洁，白的圣洁，黑的也圣洁……

女　孩

那些年平安镇还经常停电，停电的时候，平安镇人就点上本镇产的那种昏暗的黄蜡。那时盛行各种学习材料，很多单位的学习材料就是在这种昏暗的黄蜡下宣读的。

小学教师方淑贤下班时已是晚上七点钟了。

出乎预料的是，十一岁的女儿已经把饭做好了。方老师想，女儿长大了。

十一岁的女儿正哄着弟弟不让黄蜡流泪。方老师心情逐渐好起来地看了他们一眼，一边做着鸡蛋甩袖汤。

"燕儿呀，中秋节了，你替妈去大姨家看看吧。"方老师一边从锅里往出端饭一边吩咐女儿。

"嗯……行吧。"女孩儿犹豫了一下，但还是答应了。

从大姨家回来时乘车的人特别多，女孩儿费了好多的周折总算挤上了火车，还幸运地找到了一个靠窗的座位。

女孩儿很高兴，想，和来时一样，坐六站就到家了。

火车走走停停，到第四站已近晚上十点钟。女孩儿晚上没吃饭，开始一阵阵不由自主地打瞌睡。

到第五站的时候，女孩儿不断地用吐沫将眼皮弄湿，以使自己保持清醒。再坚持一会儿吧，眼看就要到家了。她强撑着麻木的眼皮一遍遍说给自己听。

恍惚中，火车重重地抖了一下，把女孩儿从睡梦中惊醒，她以为这回到站了，可是火车分明是在启动呀！

女孩儿紧张地感觉了一会儿，火车越来越快起来。她越发紧张了，拿好东西跑向乘务室，"阿姨，我得在平安镇下车。"十一岁的女孩儿羔羊一样站在乘务员面前。

乘务员样子很不高兴，"谁知道你是不是有意坐过站，耍这种把戏的乡下人可多着呢。"

"我，我可不是那样的人，真的，我真的是睡着了，我家就住在平安镇呀，求求你了，阿姨。"女孩儿下意识地用手揉着眼睛。

"既然你不是那种人，那我就让你下一站下车。"乘务员似乎很宽容地说。

"阿姨，我得下车。"女孩儿又不知所措地用嗓子眼儿说。

"就算下站让你下车也得等火车停下来呀。"乘务员关上了乘务室的门。

女孩儿回到自己的座位上，再无一丝困意。她把纤细的脖颈抻得很长，慌乱地东张西望……

漫长的期待之后，火车终于又停下来。

火车里比较亮，往外看什么也看不清。女孩儿下车后的几分钟内没看清什么。直到火车开走了，女孩儿才万分恐惧地发现：夜色中，长长的火车上只下来她一个人，这一站不过是个叫什么程降所的荒原小站！

"不，我不下车了！别把我一个人扔下呀！"女孩儿呼唤着远去的火车。

然而火车的轰鸣声湮没了她的声音。

夜风习习，渐行渐远的车轮声更增添了荒郊野外的阴森。

女孩儿一时连哭都不会了。好半天才发出一声奇怪的声音。那声音在风中打着旋儿，毫无回响地遁入空野……

开始时，哭声还体现出一些毛骨悚然的感觉；后来，哭声就越来越显得空洞而无意义。女孩儿有生以来头一次知道这种无助的感觉。哭，原来什么也不是啊！

女孩儿透过朦胧泪眼，发现远方一点依稀可见的灯光。她就一边哭着一边深一脚浅一脚地向那辽远的灯光摸去。

女孩儿一度想到狼，实在弄不清萦绕耳边的是风声还是狼叫？她一边疾走一边惊慌地左顾右盼。她一路磕磕绊绊，很像一片被风卷着的干叶……不知又是第几阵风过，女孩儿感到一丝凉意，这才发现自己的裤子已什么时候尿湿了。

越往前走，那灯光越辽远似的。这时，女孩儿已适应了一些黑暗的环境，借助星光能看到更远一些的地方。可是能看到比看不到还可怕，视野内竟是茫茫一片灰色草浪，灰色草浪不停地起伏摇滚，藏着一切可怕的东西。

女孩儿不敢再往前走，可停下来回头看时，身后比眼前更可怕。前面遥远处毕竟有一线闪闪烁烁跳跳跃跃的灯光啊！

女孩儿手里仍死死地攥着那个装有一斤猪肉和二斤豆芽儿的绿书包，是那个年代为数不多的军挎，上面还印着"一不怕苦，二不怕死"的红字呢。东西都好好的，一样也没少。女孩儿有些使命感似的，像平时男孩子那样将书包斜挎在身上，迈开颤动的小腿，重新走向那灯光……

女孩儿终于安全地走近了灯光。这才看清楚，那是用"刺滚儿"围成的巨大草场，空荡的草场中央歪立着一根木杆，木杆上拴着一只昏暗的灯泡，正在风中晃荡。女孩儿惊恐地站在"刺滚儿"旁，一时没了主意。

直到听到一声真正的怪叫之后，女孩儿才意外地发现那个小屋——在草场东边一个阴暗的角落里。她不顾一切地从"刺滚儿"的缝隙中钻进去，铁刺刺进了皮肉。她没感觉到疼，只是看到胳膊上留下一条条血丝。女孩儿拼命地向小屋跑去……

到了小房门前，女孩儿竭力止住自己紧张的喘息。正要敲门时，听到里面传出雷一样的粗重的呼噜声。女孩儿颤抖的小手定格样停在半空中。

女孩儿像一只失群的雏鸡，彳亍在房檐底下，最终也没敢叫门。后来，女孩儿就依在门旁坐下。如果狼什么的来了再叫门吧。女孩儿胆怯地想着，眼睛一直在不停地四下打量，身体也一直不停地抖动着……直到天亮。

好像经历了一个漫长的冬天，女孩儿终于盼来了朦胧的曙光。可是随着曙光的到来，她又多了另一种担心。等屋里的男人出来，万一他是个坏人呢？女孩儿又是一阵紧张。突然她有了个聪明的想法：不就坐过一站吗？只要沿铁路线往回走一站地，不就能到家了吗？

女孩儿来到铁轨旁，可是无论如何判断不出往哪边走是回家的路。她知道有太阳的那边是东边，大姨家在东边，可眼前的铁轨却是南北方向。长长的铁轨上，女孩儿来回走着，试图找到下车时硌了自己脚那块石头。找到那块石头，就能辨别出方向。女孩儿想。

女孩儿的眼睛都看花了，也没找到那块石头。最后她押宝似的选择了向南。这时，太阳已经出来很高了，女孩儿迎着阳光走，就像昨夜走向飘摇的灯光一样。

女孩儿一边走一边想，白天不会有狼，白天不会有的……她走出大约十里地的时候，碰上两个去上坟的中年妇女，两个中年妇女证实了她选择的方向没错。

女孩儿是在走出二十里路后遇上狼的。

女孩儿觉得肚子有些饿，她从书包里捏出几根豆芽吃了，没当事似的，又想到路边找找有没有"黑天天"。就在这个时候，她听到那微弱但又声嘶力竭的喊叫："小孩呀，快躲一躲呀，狼来了！"

女孩儿循声望见几百米外一个车夫正把大鞭甩得噼啪乱响，呼喊的就是他。接着她也看见一只与田野同色的大狼波浪一样向她飞奔而来……

女孩儿愣住了，怔了好几秒才别无选择地跑下路基，钻进距离最近的那片茂盛草丛。

女孩儿刚趴下，那只狼就耸立在铁轨上了。透过草的缝隙，她能清晰地数到那只狼的胡须。她感到心跳得都要把她从地上弹起来了。

狼在铁轨上嗅了几下，就一路低垂着头向女孩儿栖身的这片草丛移来……

女孩儿紧张极了，她想再爬起来跑，可是腿抖得像面条儿。

正在这个时候，一股巨大的旋风奇迹般地从狼和女孩儿之间徘徊刮过。女孩儿觉得那风像要把她连同草丛一起拔走，狼也被刮得高扬着头原地打转转。

狼似乎因旋风而失去了线索。风过之后，狼又重新回到铁轨上，和先前一样又嗅了嗅，然后沿着女孩儿走过的铁路线狂奔而去……

没等狼跑开太远，女孩儿就惊惧地从那片草丛中站起来，她还望见了狼那条粗大的尾巴在奔跑中向后硬板板地飘着。此时，女孩儿什么也不会思考了，她连继续趴在草丛里等狼跑得更远些，在更安全的时候再站起来都不会了。当然，她更不会再次跑上铁轨。求生的第一信号支配着女孩儿背对着狼没命地奔逃……

狼竟真的没有再回过头来看上一眼，也没听见女孩儿最初连续跌倒的声音。

女孩儿追上那辆马车时，瘦若干柴的车夫还惊悸地向后张望着，那表情似乎在问："狼呢？！那么大个狼没跑过你这个小丫头儿？我以为这下完了呢，快上车来吧。"

女孩儿没有上车，也没有回答车夫，而是继续向前奔跑。

车夫则狠命地打马，边追赶着女孩儿，边继续不停地回头张望……

女孩儿跑到家时，全家人正在吃午饭，弟弟迎过来，"带回什么好吃的了吗？"说着就从姐姐手里抢过军挎。"啥也没有。"军挎很快就被失望的孩子丢在墙角。

"正好赶上吃饭。"方老师给女儿盛上一碗饭。"快吃吧，一会儿凉了。"

女孩儿就坐了下来。

过了一会儿，女孩儿说："我碰上狼了。"

"是吗，你大姨家挺好的？"母亲问。

女孩儿说："那狼可真吓人啊。"

"你大姨夫最近没出门，也在家？"母亲问。

"我差点儿让狼给吃喽，多亏……"女孩儿说。

"对了，布票带回来了吗？"母亲突然想起她最关心的事。

女孩儿默默地把带回的布票交到母亲手里。

也许由于又渴又饿的缘故，女孩儿觉得今天的饭菜格外香。

第二天，一切都和往常一样。

平安县的长跑冠军

平安县一年一度的运动会使一个叫程海生的青年男子家喻户晓。

自从程海生参加万米决赛以后，他就一直是平安县的第一名。他非凡的速度要把与他竞争的第二名的距离至少超过一圈（平安县人把这种现象叫"扣圈"）。

平安县的万米冠军一度没了悬念，人们关心的只有结果，就是看程海生扣第二名几圈。这足以让生活平淡的平安县人奔走相告、趋之若鹜。这也正符合平安县人"痛打落水狗"、"见好也不收"式的性格。

相比之下，其他比赛在平安县人看来就显得很平庸。他们对百米决赛的激烈场面也没有太大的兴致。去年他第一，今年你第一，明年又是另一个。就那么回事儿吧，水平都差不多，就看谁的运气好了。再说，比赛前后就那么十几秒钟，没啥意思。而万米比赛就不同了，可以上趟厕所回来接着看，一点也不耽误事儿。

时间长了，平安县的运动会好像就是程海生一个人的运动会了。在那个青年人普遍上山下乡，基本没啥机会的年代，前途无量的程海生无疑是那个时代平安县的骄傲，更是平安县所有年轻人心中的偶像。

我们今天要讲的故事与平安县的运动会关系不大。平安县的运动会充其量也只能算这个故事的一个历史背景。

那些年，平安县和全国各地的许多城镇一样，在男青年中正流行着军帽。可见军人在那个时代有多么高的地位。而那时真正的军帽并不多，多数人戴的仅仅是仿军帽。

仿军帽没人抢，而真军帽是经常被抢来抢去的。

好好地走在路上，男青年头上的军帽"嗖"地一下就没了，接着是一阵喊叫："还我军帽，还我……"最后总是以令人心疼得破口大骂而告一段落。这是平安县常有的事。所以，有些人就把好好的军帽钉上布带，牢牢地挂在下巴上，看上去就极不雅观，但要相对安全得多。

当然，平安县绝大多数男青年不忍心那样做。他们觉得那样的话，看上去就实在是太不潇洒了，几乎失去了戴军帽的意义。他们拒绝在军帽上钉带子，没有风险那还叫戴军帽吗？在他们心目中，风险也是戴军帽一种不可缺少的感觉。所以那些钉了带子的人不论在形象上还是在精神上就都显得有些小家子气。他们怎么能算上平安县真正的男青年呢？

一些爱美的男青年先把一块叠好的手绢垫在得来不易的军帽夹层里，然后再小心翼翼地戴在头上。这样，头顶上就不大不小地凸现出一个小包儿（这样做也许能显得自己高一些？而那些高个子的也这样做呀），就觉得自己看上去相当帅、相当精神。现在想起来，那些男青年的样子一定十分滑稽。但那是那个时代的风尚，用现在年轻人的话说，那肯定是"酷"。

平安县的男青年们聚在一起时，也总是要以拥有军帽的人为中心，连平时不怎么让人尊重的人戴上军帽后也会被另眼相看。如果聚会时碰巧有两个以上的人戴着军帽，他们总要认真地比一比，看谁的军帽颜色更纯，出品更正宗，里面的红色印章更清楚……

平安县男青年们的军帽基本不洗，并不是说他们不讲究卫生。这与讲不讲究卫生无关，也许他们中的一些人还有洁癖呢。他们只是担心，那样的话就很可能会把那红色印章洗掉色或洗得不那么清晰。那样的话鉴定起真假来多麻烦啊。

那些被鉴定拥有真军帽的人一年四季几乎都要把军帽戴在头上，所以，有的军帽看上去就很脏，但这并不妨碍它对平安县男青年构成巨大的吸引力。哪怕到了数九寒冬季节，都能看到平安县的男青年头戴军帽，一边一歪一滑地走在东北的风雪里，一边轮换着手捂住青红色的耳朵。这是许许多多小男孩眼中最美丽的风景。

毫无疑问，军帽是那个时代男青年的梦。

为了这个梦想，平安县的男青年们有自己最直接的方式。皇帝都要轮流做呢，好看的军帽怎么可以总戴在同一个人头上呢？实在眼红了，平安县人就开始了霸道的弱肉强食的强抢行为。为数不多的几顶真军帽就以抢来抢去的方式戴在了平安县很多男青年的头上。大有各领风骚三五天之势，抢军帽一度成了平安县的一个民间景象。失而复得，得而复失，都是很正常的事情。民也不举，官也不究。

可谁也没想到长跑冠军程海生能去抢军帽。竟去抢一个现役解放军的军帽！这和平安县男青年们之间的抢夺游戏相比，性质就大不相同了。

春天里某个黄昏晚些时候，程海生走在回家的路上。正巧一个骑着自行车的解放军从对面驶过来（那时自行车也不多），而以黄昏为背景的自行车、解放军和军帽构成了一种最佳组合。精神！太精神了！程海生先是正面看，再是侧面看，最后是回头看……程海生的视线一直被那个神圣的解放军牵引着。

工人家庭出身的程海生没有军帽。母亲是家庭妇女，父亲是县大修厂的工人。程海生有的只是劳动服。那时能穿上劳动服也相当不容易了，劳动服也是一种很好的"时装"。程海生长得很有男子汉味，穿上劳动服就更加男子汉了。遗憾的是，平安县的人们只见过穿劳动服的程海生，没见过戴军帽的程海生。

程海生自己也没见过头上戴着军帽的程海生，如果再戴上军帽，想必更会英俊许多……程海生一边回头望着解放军一边想。

现役解放军头上的帽子准不会是仿的吧？那肯定是最正宗的军帽。解放军就要消失在暮色里了，程海生突然有了这样一个想法。

然后程海生就不由自主地从遥远的背后追赶上去……程海生从小就非常

崇敬解放军，此时他绝对是怀着欣赏和崇敬的心情逐渐向解放军靠拢的。他心脏狂跳着，想：这个人要是自己的哥哥该多好啊……

程海生在后面尾随了好半天才利令智昏般地下了最后的决心。他闪电般地从那个骑自行车的解放军头上一把捋下军帽，然后，选择了平安县通往县郊的那条土道狂奔起来……程海生尽可能地在改变了平时奔跑姿势的基础上加快速度。

那天虽有一些风，但不是很大。年轻的解放军拼足了力气在程海生的身后穷追不舍。解放军一边奋力蹬车，一边一遍遍在心里默念：下定决心，不怕牺牲，排除万难，去争取胜利；坚持到底就是胜利；一不怕苦，二不怕死……解放军充分发扬了人民军队善打硬仗打恶仗的优良传统，表现出了坚韧不拔的钢铁意志和英勇不屈的战斗精神。可是一直和前面奔跑的人拉着一段距离。

前面人出奇的速度使解放军一边追一边想：这个贼可真行啊，赶上平安县的万米冠军程海生跑得快了。

任凭年轻的解放军拼命地把自行车蹬得咯咯作响，他和前方那个贼之间的距离也没有缩短，反而越来越拉长了……

年轻的解放军从平安县一直追到高家窝棚，足足有二十里地。最后也没能追上程海生，暮色中，解放军只好万分遗憾地望着贼消失在高家窝棚高低错落的民宅区中……

程海生成功地抢到了军帽。

对于长跑冠军程海生来说，从平安县跑到高家窝棚，也就是平时训练的运动量，不同的只是比平时紧张一些。程海生之所以选择跑向高家窝棚，只是他觉得那段路不很平，有利于他和骑自行车的解放军周旋。另外一个重要因素就是能给人们造成一种错觉——像个乡下人干的。

程海生在高家窝棚的巷道里徘徊了一阵后，没有发现解放军追上来，就决定往回跑了。说不准家里人正等着他吃晚饭呢。

程海生往回跑还不到三分之一的路，就追上了那个没了帽子的解放军，也许解放军刚才太累了，车骑得不是很快。凸凹不平的土路让自行车干涩地舞蹈着，那自行车真是除了铃不响，哪都响啊。

这时天已经完全黑下来了，荒郊野外的，程海生就有些害怕，真想撒腿往回跑。但他又不敢超越那个解放军，只能不远不近地在后面尾随着……

借着云层里时隐时现的月光，程海生也隐隐约约能见到解放军亮亮的额角，解放军流了不少汗啊，真有些对不起人家。程海生不时地把手中心爱的军帽敷在脸上，没想到军帽上的汗味竟是如此好闻。程海生就不由自主地嗅了一路……

程海生还是比较顺利地回到了平安县城里，到家时并不比平时晚多少。大修厂工人出身的父亲这天破天荒地买回来半斤"高温肉"，晚饭程海生吃得格外香。

不过，没有抓到贼的解放军并没有太沮丧。他多多少少有些欣赏这个贼的奔跑速度，从某个角度来讲，他也是一个人才呢。他跑得可真快啊！解放军同志汗淋淋地回到连队时还在想：抓不到那贼也未必是件太坏的事，说不定明年平安县的万米决赛就更有看的了。

想是这么想，原则性很强的解放军同志并没有因为他对贼那非凡速度的欣赏而不去报案。当天晚上，他就来到了平安县派出所。因为从他眼前跑掉的毕竟是个胆大包天的强盗啊！

本来抢军帽在平安县不是事。一是抢的人太多，有的还是闹着玩；二是军帽不是什么特别贵重的物品，也不好立案。但抢现役解放军头上的军帽性质就大不一样了。平安县派出所对此案非常关注。

专案组由平安县派出所所长和副所长亲自挂帅。他们多次来到那个解放军所在连队了解情况，还多次来到高家窝棚……那天天已经快黑了，没看清那贼的模样。除了是个男的之外，唯一的线索就是那贼跑得太快了。

专案组和那个解放军一样，首先想到了程海生。但程海生是第一个被想到的，也是第一个被排除嫌疑对象的。因为在那个除了上山下乡，青年人没啥出路的年代，才华出众的程海生早已被县体委相中，高中毕业后程海生到县体委已是板上钉钉的事了。除了一年一度的平安县运动会,程海生还可以代表平安县参加市运动会、省运动会什么的,程海生将来还可以当教练……自然就是国家干部了。这可是一般的平安县青年做梦都不敢想的事啊!程海生会去抢一个解放军的帽子?他傻呀?平安县的警察要是怀疑程海生,平安县的老百姓得骂他们是天底下最笨的笨蛋、最草的草包。

不过后来,派出所还真的把程海生找来了。不是怀疑程海生,而是求他帮忙。怕程海生误会,事先一再强调没别的意思,只是配合破案,仅此而已。同时,还把那个解放军也动员来了,让他们在那条尘土飞扬的土道上一遍遍演习那日的情景……

不知是因为解放军早已养成了认真对待每一次行动的习惯,还是因为程海生远没有那天那么玩命,总之,仿真演习中每次都以解放军胜利追上程海生而告终。

几天下来,解放军和程海生培养出了很深的友情。最后那天,他们亲切地握手话别时已经俨然一对老朋友了。解放军说,以后常到我们连队去玩,有机会给你弄个军帽戴戴。你长得真精神,要是戴上军帽,肯定比我这个军人还要像军人。听了解放军朋友的话,程海生就有些后悔,心想,要是没有那天的事就好了。

程海生那天晚上再度失眠,他很想把那个军帽还给那个可爱的人。可一想到如果那样的话,自己的一切可就全完了。他可是平安县人心中的偶像啊,他无法想象,也无法面对自己名声扫地、万人唾骂时的情景……

派出所因此得出了一个极为重要的结论:那个盗贼要比程海生跑得快,先不要声张,早晚会露出狐狸尾巴的。

在把真正的案犯排除在嫌疑人之外以后,案子再有进展也是毫无意义的进展,破案的难度肯定很大。

日子一天天过去,最后没办法,派出所所长话里话外就有了这样的意思:要有耐心,等等看吧,说不定平安县秋天的全县农民运动会上就能找到一些线索。

实际上，这次逃跑对程海生来说是一次极为难得的训练。单从训练角度来说，这次逃跑无疑是非常积极的。在当年秋季的全县农民运动会上，程海生以表演者的身份参加，他跑得更快了，也许与那次特殊的训练有直接关系。

令人遗憾的是，平安县派出所没有在秋天的农民运动会上发现那个可以和程海生一决高低的人。显然，"解放军军帽被抢案"在平安县彻底没有了进展的线索。

直到第二年春天，程海生的事才意外地败露出来。平安县人终于知道了一个特大新闻：那个抢军帽的人竟是程海生！就是几天前人们还在为他喝彩的那个程海生！

一年一度的平安县春季运动会又让程海生大放异彩，他又一次破了自己保持的万米记录。扣了第二名足足三圈！高兴使程海生犯了一个致命的错误——也许是他太喜欢刚刚处上的女朋友了，竟把一直珍藏于箱底的军帽借给女朋友的弟弟戴了两天。那个如获至宝的弟弟唯恐天下有人不知他戴着的是真东西，逢人就要把帽子摘下来"验明正身"，而他的一个眼红的同学又恰好是派出所所长的小舅子……

平安县总是有许多意外的事情发生。但程海生抢军帽这件事让很能接受意外事件的平安县人也很难接受。他们由衷地感到意外，几乎异口同声地说："不可能！程海生能抢个军帽？他疯啦？"

程海生的两个崇拜者还因为这事打了起来，打得磨磨叽叽、一塌糊涂。

但事实毕竟是事实。

"抢个军帽干啥？这个程海生！眼看就要到县体委了，下一步就能进市，弄好了还能上省……那不是要啥有啥，前程一片光明吗？这个程海生啊！"县体委的人听说后直拍大腿。

程海生因为抢军帽事件以及后来的隐瞒表现，被平安县法院以反革命罪和抢劫罪判处有期徒刑五年。

事后，程海生大修厂工人出身的老父亲就永远地抬不起头来了。不久，就因病退休了。再不久，就因病去世了。

程海生服刑那几年，平安县的运动会就显得毫无生气，万人运动场显得空空荡荡的。

没有人看见程海生戴过那顶正宗的军帽。准确地说，程海生的军帽一次也没有在公开场合上戴过。后来据审讯他的人透露，他只是在家里没人的时候才偷偷地拿出来戴上一会儿，也只是从他家那大半块镜子里看见了戴着军帽的自己。

在反复审问中，程海生只对抢军帽这一事实供认不讳。但对为什么抢军帽却拒不回答。据说还因此多受了不少皮肉之苦。

关于程海生为什么抢军帽这一问题，一直是平安县人心中多年的谜。

有人说："程海生肯定是觉得他的长跑才华在平安县没啥意思才抢骑自行车的解放军的帽子的，不是为了得到军帽，就是想和他比试比试。"

有人说："程海生少年得志，一直被荣誉的光环笼罩着，一时没能把持住自己。说句到家的话，程海生再有名气，还不就是一个半大小子吗？一个孩子，有时真就很难正确把握自己。"

还有人说："程海生个人品质有问题，觉得自己是个人物了，把解放军都不放在眼里了。幸好发现早，要不以后说不定干出什么大事来呢？"

还有种种说法……

直到二十多年以后，平安县人百思不得其解的谜才有了最后的答案，但毕竟是二十多年以后的事情了。

当年的程海生现在已经是县大修厂临时烧锅炉的老程了。坐过牢的老程头发已经花白，布满皱纹的脸上总是浮着洗不净的煤灰。因为又是新年了，这个月的工钱就比平时多二十元。老程把三百二十元钱拿到手里就非常高兴。过年了，大家喝顿酒吧。老程也拿出十块钱，就有机会和工友们喝了一顿年夜酒。

由于高兴，老程终于在改革开放的二十一世纪的第一个夜晚，和工友们有了一次难见的酒后真言。老程干下最后一口"老白干"，用黑色的糙手敛起一块猪头肉塞进嘴里，一边有滋有味地嚼着，一边激动着讲出了他埋藏于心底二十多年的隐私……

其实概括起来很简单，用今天的话说，程海生也是坏在一个女人的身上。

有一天，也是在路上，一个女孩儿甜润地跟另一个女孩儿说："昨天我还看见程海生了呢，程海生身上穿着劳动服，头上戴着军帽，特精神。"而那时，程海生正走在两个女孩儿的身后。程海生还从来没有过军帽，显然那个女孩儿把程海生理想化了。但这已经足以让还没有恋爱史的程海生激动不已了。虽然程海生说不清当时自己为什么飞快地从她们身后跑掉了，但他自从听了那个女孩儿的那番话，就有了极其强烈的拥有一顶军帽的念头。

直到现在，老程也不知道那个女孩儿是谁？家住哪里？除了漂亮的背影，老程只记着那甜甜的梦一样的声音……

制 造 威 信

　　不知为什么，大学毕业后，老翟每况愈下。这一点，是随着毕业后同学们不断聚会而逐渐显现出来的。

　　老翟一直是个有名的老实人。上学时大家学的是油画，你画我也画，老翟的画说不上太好，可怎么说也说不出太差，比上不足，比下有余，过得去吧。

　　可是，毕业后这些年不同了，同学们一个个都混得人模狗样的。老翟的平庸就显眼了许多。原来班上画得最差的王老笨都能把日元成百万地挣到手了。而老翟却连省美协的会员都没弄上。

　　老翟是那种不太爱走动的人，对他本人来说，平平淡淡地活着倒也没啥。只是他那得来不易的在区政府工作的老婆姜玲越来越让老翟感到为难。好在姜玲不是搞美术的圈里人，要是圈里人就更坏了。如果那样的话，她会看出老翟比她想象的还要平庸许多。

　　记得前些年他们处对象时，每次聚会姜玲都尾巴一样跟着老翟。那时，天生活泼的姜玲常常伏在沉默寡言的老翟背上半真半假地说，"我就喜欢你们这些搞美术的，别看表面上一个个脏兮兮的，但都很有内秀，都很有性格。"说到这儿，姜玲好像有些不好意思了，觉得有变相夸奖老翟之嫌，就又补充说，"不过，我家老翟除外。是不是老翟？"姜玲挺着两只丰满的乳房天真地歪着头问老翟时，她一定觉得自己相当谦虚谨慎，她当时肯定心里在说，我沉默寡言的老翟多有城府啊，这些同学中将来最有出息的说不定就是我的老翟呢。

看着姜玲那股欲盖弥彰的虚荣劲儿，大家很是为老翟捏把汗。觉得老翟的实际情况和姜玲的要求不太一致。老翟确实是那种平凡的好人，他的画也如其人。姜玲活泼可爱，人也蛮性感漂亮，大家一点也不嫉妒老翟，就是隐隐约约觉得将来他们俩生活在一起不是很合适似的。

可是不久，老翟和姜玲就宣布结婚了。这样，大家就只有去祝贺的份儿了。

婚后，姜玲仍旧热衷于参加老翟的同学聚会。与以往不同的是她更大方些，她的眼睛就有机会转来转去地研究老翟的同学们。时间长了，姜玲就发现了一些问题。今天你请，明天他请，迎来送往的，和老翟交往这些人好像个个都是主角，而唯独她家老翟一直像个配角似的。总是这样，姜玲就有些不悦，对老翟也日渐冷淡。有时，在老翟看来姜玲就莫名其妙地生气了，本来好好的，怎么说不高兴就不高兴了呢？开始老翟不知道是怎么回事，后来就知道了。但知道了也没办法解决问题，只能哄姜玲别生气。

为了不生气，老翟就尽量不带姜玲参与同学们或者朋友们的聚会了。但姜玲有时还是能赶上。

有一次，喝完酒已经很晚了，大家送来送去的，都送走了，最后就剩下老翟和姜玲他们两口子。加上北方冬季冷飕飕的风，姜玲就觉得很不是滋味。老翟一般不打出租车，就张罗坐小公共汽车回家。姜玲生气，硬是连小公共汽车也不坐。十几里地的长路，两个人一前一后硬是走回家去的。回到家后姜玲和老翟大闹了一场。姜玲说，"以后你们同学聚会这种破事我不去了，跟你丢不起那人！"并进而发誓不再参与老翟的任何活动。

面对姜玲，一向唯唯诺诺的老翟无可奈何。他除了好言相劝真就什么也说不出来，憋了一肚子气，直到后半夜也没睡着觉。

后来，朋友聚会时老翟就不带姜玲了。这样虽好些，可也没好哪去。

又有一次，一个叫刘大明的同学自费从日本搞完美展回来，大家为他接风。喝得很尽兴，就天南海北地扯，后来话题就习惯性地落到了男女问题上。

一向爱开玩笑的老肥见刘大明老婆也在桌上，就借着酒劲儿有意难为刘大明："我说刘大明，你小子这回出国给没给中国人报仇啊？"

刘大明知道老肥说"报仇"的意思就是指干没干上外国妞，就半真半假地说："我是时刻准备报仇的，刀都磨好了。就是你嫂子心太软，说孩子太小，要报也得找她们的姥姥或奶奶。"

弄这种半真半假的笑话是刘大明的绝活儿，不仅换来大家一阵大笑，还把老肥出的难题给化解掉了。

老肥就说："刘大明你没实事求是，以后我要是出去肯定复仇。"

"当年八国联军只是污辱了咱们的女人，老肥你要是出去的话，我担心咱们的男人也要被污辱喽，那外国女人可猛着呢。"刘大明的话又让大家笑了一阵。

搞美术的人大多比较开放，在一起总是无话不说。大家就又讲了一大堆黄笑话。其中也有一些可能是真事。对于这些，大家早已见怪不怪了。

后来老肥又弄出个更尖端的节目："有个问题我已经想了好久了，今天气氛不错，咱们就在这儿较较真儿。我今天给大家出道稍微难一点儿的题，咱们一定要本着实事求是的原则。题目是这样的：在座的各位先生，到目前为止，除自己老婆外，没和别的女人上过床的请举手。"

大家面面相觑时，老翟举到一半的手又悄悄地放了回去。因为老翟发现刘大明的手都没有举起来，而他的老婆就坐在他的身边。加上现在这个气氛下，要说没有过别的女人真就不是什么光荣事。

老肥发现了老翟那个手部细节，就问："翟哥，你怎么不举手？你外面也有过女人？"

"当……当然有。"所有的人都能看出老翟在故作镇静。

"真的有？有几个？"老肥故意追问。

"两、三个呢。"老翟回答得很没底气。

"到底几个？这事还记不清？"老肥不依不饶。

"两个。"老翟颤抖着伸出两个指头。

"好哇，翟哥在外面还有两个女人，我这就告诉嫂子。"老肥说着就往出掏手机。

"别别别，其实我……我一个也没有，我举手行了吧？"说着老翟把两只手都举了起来，样子滑稽得很。

这件事后来不知怎么就传到了姜玲耳朵里，姜玲把老翟好顿损，"你可真丢人啊！谁都不举手你举什么手？不举就该坚持到底！后来还举起来干啥？就你有手啊！再说你是那样的吗？我还能怀疑你有那能耐……"姜玲恨不得让老翟马上出去找个女人回来。

老翟越是想在姜玲面前站直就越是站不直。画画也没少努力，就是没成果。当官？当官又能当上多大官。再说自己也不会当官呀。

后来，老翟和姜玲的关系就越来越紧张，不采取点措施看来真就不行了。

从本质上讲，老翟绝对不是那种想当官的人。他自己也知道，自己思维太简单，不是当官的那块材料。后来老翟有了当小官这种想法，绝对是和姜玲结婚以后的事。最根本的原因就是想在姜玲面前站直些，巩固住自己的丈夫地位。

老翟所在的单位是市文化馆。当馆长、副馆长他这辈子就别想了。就是馆长、副馆长下面的各部主任，凭老翟的水平也很难胜任。所以说在文化馆老翟基本上没有机会了。再加上他所在的美术部现任主任李三平仅仅比他大一岁。除非李三平调走或提升，否则老翟就更没机会了。

急于在老婆面前证明自己的老翟很快就来到了没人愿意去的"业大"，当上了"业大"教务处副主任。这里所说的"业大"其实就是市文化馆和市业余职工大学联合增办的"市业大歌舞分校"。市业余职工大学的教务处副主任相当于副科长，而"业大歌舞分校"的教务处副主任也就是那么个叫法吧，一个有职无实的称呼而已。实际上，连"相当于副科长"这个概念也没有。

但不管这个副主任相当于啥，并不耽误有人当着姜玲的面叫孙主任。一天"孙主任孙主任"地叫着，让老翟很是受用了一段时间。

老翟姓孙名翟，以前一直都是有名无姓。单位人称他老翟，大学同学们也叫他老翟，很多人都以为他姓翟呢；现在不同了，来来往往的学生们都尊敬地叫他孙主任。老翟想，还是当主任好，要不姓都没了。这些年什么人都"老翟老翟"地叫，其实就是对自己这种啥也不是的人没有办法的尊称。你以为啥呢？老翟像一下什么都明白了。对当官的意义也茅塞顿开般地理解上去了。

就这样，老翟过上了一段很幸福的"孙主任"的日子。

让老翟没想到的是，在老翟去"业大"还不到半年，市文化馆美术部主任李三平竟真的要走了。据李三平本人说，他要去市美术学院当教授。而且走的可能性相当大。老翟知道李三平是那种很有路子的人，没有把握的事一般不说；一旦说了，就意味着他已经办得差不多了。

市文化馆美术部主任是别人并不怎么看在眼里的小官。但老翟却对这个位置心仪已久了。对老翟来说，眼下突然就出现了这么一个机会。老翟想，要是抓住这个机会，努把力当上这个主任，在市里也就算行了，这辈子也就算行了。老翟当然十分清楚，他目前这个说有就有、说没有就没有的"业大"教务处副主任，与名正言顺的市文化馆美术部主任可无法同日而语和相提并论。再说，当美术部主任还不耽搁老翟搞自己的专业呀。

老翟的想法不是没有道理的空想。他对市文化馆美术部再了解不过了，李三平一走，剩下的人中，不仅老的老、小的小，而且有大学本科学历的人还真就没有。这正是个青黄不接的关键时期，如果这个时候能回到美术部，主任这个位置就非他莫属了。除非从外面调人，那就另当别论了。老翟不想失去这个千载难逢的机会。

为这事，老翟好几宿没睡好觉。眼前真的有一个好机会呀。怎么运作一下呢？如今老翟也知道凡事需要运作了。

想来想去，老翟还是决定先给主管美术部的陈副馆长打个电话。从他口中透透风再说。老翟这步走得很对，主管副馆长这关当然是重要的。

老翟就在电话里说尽了好话，甚至把自己的家庭隐私也说给了陈副馆长。

陈副馆长就很受感动，在电话里说可以帮他考虑考虑这件事。

当天晚上，老翟就背着姜玲买了厚礼来到陈副馆长家登门致谢。

陈副馆长说老翟，"你这是客气个啥？"还请老翟喝的酒，酒桌上还说，"老翟，你的为人和水平我还是了解的，我这关没问题，等李三平一走，一定马上就向一把手肖馆长力荐。"

从酒店出来时，老翟就已经泪流满面了。"知我者，陈馆长也……"

然后老翟又找了主管"业大"的张副馆长，声泪俱下地说明了自己的意思。

张副馆长和陈副馆长的意见就有些不同。张副馆长有两个出发点：一是从老翟实际情况出发，觉得老翟不一定能行，回去也是白回去；二是从"业大"目前人手紧缺的现状出发，认为老翟还是留在"业大"比较妥当，可以人尽其才。张副馆长一遍一遍苦口婆心地说："这儿不是挺好的吗？走啥呀走？"

老翟就可怜巴巴地求张副馆长给他一次机会。

说到最后，张副馆长为了留下老翟，还说下一步可以给他扶扶正，提他为"业大"教务处正主任。

此时已铁了心的老翟哪里还在意"业大"的什么主任、副主任。说，"这次就算是上刀山、下火海，我老翟也要试一次了。还是让我回到馆里的美术部吧。"

最后就弄得张副馆长很不高兴。说，"那就随你便吧，事后你别后悔就行。"张副馆长一向是个很正直的人，老翟丝毫不用担心他会在一把手肖馆长面前说他坏话。

老翟就感恩戴德地紧紧握住了张副馆长的手，能让人联想起《驼铃》那首歌中送战友的情景……

紧接着，老翟应趁热打铁再去找肖馆长才对。但老翟在这里终于暴露出了他的小家子气来。老翟不想再送一份礼。（当然，也许老翟送礼，肖馆长还不要呢。但老翟在这里就是缺少了一个极其重要的环节。这也许是老翟犯下的一个致命的错误。）

不错，老翟在这件事上太依赖陈副馆长了，连象征性地征求肖馆长意见的过场也没有。而此时最为不妙的是肖馆长正看着陈副馆长不顺眼呢。肖馆长在一次中层干部会上有过一次讲话，话里话外就曾流露出对陈副馆长的不满，就是没明说要把他拿下来。肖馆长原话是这样说的："有的人，总是自以为是，办事要小聪明。我今年一共让他办五件事，一件事也没办明白。"在座的几位主任都知道肖馆长是在说陈副馆长，但谁也没把这话反馈给陈副馆长。所以陈副馆长还一直不知道肖馆长对他已经有了成见。相反，陈副馆长还以为自己是肖馆长眼睛里的红人呢。

接下来，就是由陈副馆长来具体运作老翟的事。

馆务会上，陈副馆长说美术部缺人，让老翟回来，肖馆长没有反对。老翟本来就是美术部的人，又是搞美术的，回来就回来吧。

但后来李三平走了，陈副馆长推荐美术部主任人选时情况就不一样了。陈副馆长越是力荐的人选就越是遭到反对也就是正常的事了。肖馆长说老翟年轻，也没画出啥名气。最后决定提五十二岁的老关当美术部主任。说老关虽然高中毕业没有大学文凭，水平虽然也就一般，但搞活动还是很有经验的。再说毕竟是年龄大，能压住点阵。非常时期，用人也要不拘一格。

这样，老翟就一度被悬了起来。又和原来一样，还是美术部的普通一员。"业大"那边又不好回去了。老翟突然间又什么也不是了。老翟那段时间可真上火啊！

对当官很敏感的姜玲很快就弄清了事情的本来面目，说老翟啥也不是，净瞎整……

想当美术部主任这件事的破产，使老翟刻骨铭心般地尝到了一次鸡飞蛋打的感觉。同时，这件事的发生也使老翟和老婆的关系达到了危险的边缘。

老翟也清楚自己的老婆就是那种很势利的小市民。但他不能失去她，依他目前的水平，也只配娶这样的老婆。失去她，老翟连这样的老婆也找不着。所以在大家的眼里，老翟手里就像捧个刺猬猬，却又一直不肯（也舍不得）放手。就像人们常说的那样：刺猬猬扎手是扎手，但那好歹是一块肉啊。

同城的同学们一开始还拿老翟开玩笑，后来了解到老翟的真实处境后就都很同情他。于是，刘大明、老肥等人就提议大家献献爱心，帮帮老同学。有人就说，"对，事在人为，这有什么难的？大家找机会为老翟制造一些威信就是了。"

大家一致认为可行，于是决定：就借全班出息最大的大师级画家老木这次回国过春节之际，把老翟两口子找来。这么多大能人，给一个普通人制造点儿威信还不容易嘛。

老木一下飞机就让同学们接进了香格里拉大酒店。大家聊得差不多的时候，就把想借此机会给同学老翟制造点儿威信的事和老木说了。老木也很感兴趣，就说，"有意思，没想到我还能帮上这种忙。老翟的画要是进步不大的话，我还真能说出几个特点来，没问题。"

刘大明就说："老翟的画基本还是那个样儿，好像比以前强点也强不了多少。这也不是强求的事，老翟的悟性就那样了。但到什么时候都得承认，老翟还是个老老实实的好人。大家这样做，就是不愿意看到老老实实的好人受气。"

老肥也说，"像老翟这样的老实人现在可真是太少了。看他那个可怜样有时我都想哭。有时我也不明白，怎么外面没有女人都成缺陷了呢？"

王老笨也要说点儿什么，但大家七嘴八舌的没留太大的空隙，他就张了半天嘴没说出话来。

在找老翟的时候，大家没想到会是如此艰难。

老翟因文化馆美术部主任一事闹得很没有面子。这段时间一直不去上班，说在家里画画。家里电话欠费停机，传呼不回，手机不开（老翟的手机从来不开，那也只是他作为男人的一种符号。大家都有了，他也不能总没有）。联系不上，大家就开车、打车直奔老翟远在市郊的家。

敲开老翟家门时，只有他老婆姜玲在家。见是老翟的同学，姜玲表情冷冷地说，"老翟一天天的也没个准儿，不知道又死哪去了。"

大家说，"老木从法国回来了，这次谁也不想见，就想见见老翟，老木在国外都听说老翟的画已画得相当了得。"

直到这时，姜玲的脸上才有了些半信半疑的笑容。"哪能呢？老翟哪有那两下子。"女人就是女人，话是这么说，心里还是宁肯相信自己的丈夫真的如大家说的那样，就不由自主地说了几个老翟可能去的地方。"或许在东大桥头看热闹呢？也说不定在花鸟鱼市溜达呢？还有可能去了农贸市场，早上我让他抽空去买点农村干豆腐……"

实际上，大家同情老翟、找老翟只是即兴之举。老木这么大的画家回来一趟不容易，老木一时半会儿又不走，哪次找老翟都一样，实在找不到老翟也就算了。但见姜玲认认真真地说着老翟可能去的地方，大家也就不好意思就此打住。于是，就有了下面兵分几路、声势浩大的寻找老翟的场面——老翟好像一下子成了这个城市举足轻重的大人物。

主力部队带着姜玲，由刘大明开着车，穿梭于城市的大小胡同，目标是那几个相对集中的地方。

小分队由老肥、王老笨等人组成。他们分头打出租车去另外几个老翟可能去的周边地带寻找。

一个多小时后，主力部队和各个小分队在香格里拉大酒店会合时仍然不见老翟。这时又不好再把姜玲一个人打发回去。最后没办法，就越来越升级，大家不得不动用市电视台，打出寻人启事……

播晚间新闻时，城市的很多人都看见"急寻大画家老翟"的启事以字幕的形式在电视上一遍又一遍地播出。

同学们最后总算在晚上七点二十左右找到了老翟。当时老翟正和一个开食杂店的老头下围棋呢，是老头的孙子发现了电视画面下的飞字并喊出声来："真有意思，大画家还有叫老翟的。"

老翟最后绝对是硬着头皮来见同学的。

晚餐时，老翟似乎比老木都受人关注，真的成了中心人物。

同学们难得和大师当面切磋技艺，就你一言我一语地说得很热闹。但大家仍不忘给老翟制造威信的事，说着说着，经常插上一句："您认为呢？老翟？"

老翟就僵硬地笑笑，不知内情的姜玲看了，还以为老翟很谦虚呢。

喝到差不多的时候，老木还对老翟的画进行了一番认真的评价。上学时老木就知道老翟的画有三大缺点：意境差、匠气足、色调乱。老木就把这三点反过来说。说老翟的独到之处就在于他的画做到了三位一体：意境朦胧，一般人无从把握；技法上又有种与众不同的古拙美；色调从来不是单一的，而是多重的。这三个特点单独做到哪一个并不难，但三个特点有机地融合在一起，就不是一般人能够做到的了。

老翟当然很快就明白了同学们的良苦用心，一阵阵感动得要哭的样子。但信以为真的姜玲却大有夫贵妻荣的感觉，更多的时候脸上洋溢着的是自豪。

老木怕一脸兴奋神情的姜玲日后对老翟有更高的要求，最后还是收了一下，"我认为老翟的作品是大智若愚式的作品，国内市场和国际市场目前都认识不到这种画的真正价值。但确实是真东西。

最后，老木话锋一转像有意教育姜玲，"钱是个啥？官是个啥？真正画画的谁盯着钱和官？梵·高的《向日葵》现在值几千万美元，他本人活着时看见了吗？没有。花到一分了吗？也没有。梵·高有生之年贫困潦倒，但并不影响梵·高成为全世界永恒的大师，这对梵·高来说就足够了……"

"还是大画家说话有水平。"姜玲像一下子有了很高的境界，还高兴地给大家献上一首《像雾像雨又像风》。姜玲高兴时歌唱得确实不错，不仅赢得了大家的争相敬酒，还赢得了极其热烈的掌声。

聚会结束后，大家送完了老木，紧接着就送老翟和姜玲。刘大明亲自为他们叫好了出租车，又把他们让上车，关好车门。

老翟极不自然地从车窗里探出头来向大家挥着小手："好了，你们别再送了，不早了，都……都快回家去吧。"

以后的日子里，老翟没事就在家里画画。一般情况下，不论谁找，老翟也不出去，老翟的架子好像越来越大了起来。

据说，姜玲对老翟的态度也一下子就变了，有时还毕恭毕敬地立在旁边帮着老翟铺纸研墨地打下手……

就在大家一直为老翟捏着一把汗，担心好人老翟能撑多久的若干年后，在老木等人的撮合下，老翟也应邀在国外搞了一回个人美展。没想到他从此名声大噪起来，竟然真的成了大师。除了姜玲之外，几乎所有认识老翟的人都为此而感到震惊。

中篇小说

公鸡大红

1

望着熟悉的干草垛，嗅着垛底枯秸与泥土混合后发出的独特腐香味，公鸡大红象征性地伸了几下腿，振了几下翅，最后看了一眼曾经的幸福家园，就永久地闭上了那双已经有些皱纹的黑色眼睛。

冥冥中，大红仿佛还能听到女主人张玲玲假惺惺的慈悲声："小鸡小鸡别见怪，你本人间一道菜；今朝早去阎王府，明年托生再回来……"女主人张玲玲这个人，在大红生命的最后一刻也没留下太好的印象，言行多多少少还是有那么一点儿可笑。

就连人生活在这个世界上都那么不容易呢，何况是一只小鸡了。大红此生虽谈不上辉煌，但也还算说得过去。张玲玲下刀的手依旧和往常一样有些笨拙，杀得不够专业、不够利落。张玲玲像拉锯一样在大红的脖子上锯了五六下，刀刃在割断喉管之前还锛到了结实的颈骨上，大红清清楚楚地听见了刀刃嵌入颈骨后发出的"咔嚓咔嚓"的钝响声。大红死得虽然有些遭罪，但毕竟还算得上寿终正寝。

大红想，如果自己最后能死在男主人刘长顺手上，那可就再好不过了。最起码，自己会死得比这痛快，比这利索。可是，光想不行，生活中没有那么多"如果"。嗨，自己都已经踏上黄泉古道了，可别想那么多没用的了。再说了，尘世间的生活本来就是充满着各种遗憾的，一只小鸡怎么可以奢望凡事都要尽善尽美呢？

2

五年前的夏天，在平安镇幸福村的一户普通农家的炕头上，大红幸运地出壳了。太不可思议了，一颗天衣无缝、溜光锃亮的鸡蛋里竟能蹦出一个活生生、毛茸茸的小鸡来。

大红并非形单影只，和它脚前脚后一起来到这个世界的还有一大帮兄弟姐妹。它们是五颜六色、生龙活虎的一大群小鸡崽儿，总共有三十多只呢。那时候，兄弟姐妹们每天都跟随着妈妈出去觅食，就像上前线打仗一样。队伍阵容庞大，队形又总是在不断地更新着、变换着……但一切行动必须要听从妈妈的指挥。以妈妈为首的鸡群每天都有不同的经历，每天都有不同的收获。

很多人都管妈妈叫"老抱子"，大红觉得这种称呼不太好听。在大红心目中，一身洁白羽毛的妈妈不仅丰腴、美丽、健康，而且勤劳、善良、勇敢，妈妈不仅是妈妈，更是统帅三军的总司令。

大红记忆最深的是那片青草地。主人家房后很远很远的地方有一片神秘的青草地，那里似乎永远蕴藏着无穷无尽的宝贝，那里似乎永远述说着扑朔迷离的故事。那里不仅有蟑螂、蚂蚁、花大姐等常见食物，还有蚂蚱、蜻蜓、扁担钩等稀有美味。走着走着，你还有可能意外地碰上蜘蛛、蚯蚓、甲虫等上好佳肴；刨着刨着，你还可能惊喜地发现蟋蟀、蝼蛄、蜈蚣等难得珍品……这些都能让小伙伴们突然间兴奋异常地叫喊起来，然后欢欣鼓舞地奔走相告。由于那里的草很深，妈妈的视野有时就不那么开阔了，无法看到所有的孩子，就得不停地招呼着。有一次，一个外号叫"豹花点儿"的小妹妹就意外地在那片青草地里失踪了。可把给妈妈急坏了，带着大家找了半下午也没找回那个小妹妹。后来大家就你一言我一语地猜测起来：有的说"豹花点儿"可能是被时常出没在那里的黄鼠狼给拖到洞里去了，有的说可能不慎落入了那个深不见底的废弃枯井里去了，有的说可能是被神出鬼没的灰狸猫给叼走了，还有的说也可能被一掠而过的老鹞鹰给抓去了……猜测归猜测，总之，那个可怜的小妹妹"豹花点儿"说不见就不见了，真是太可怕了！这也是大红心里对屋后那片青草地最大的阴影，同时也更加衬托出那片青草地与众不同的神秘感。

另一个让大红记忆深刻的地方就是大粪堆。主人家大门前不远处有一个用来积攒农家肥的大粪堆，妈妈也经常把孩子们领到那里去找零食儿吃。因为那里既有富含高蛋白的小虫子，又有饱蕴粗纤维的谷麦壳，而且相对青草地来说那里要更安全一些。只是那里多少有些肮脏，气味也不太好闻。但为了孩子们快快长身体，妈妈已经顾不了那么多了。妈妈每刨出一片新天地，都要"咕咕"地召唤孩子们过来吃，恨不得让每个孩子都能吃上一口汁液饱满、口味新鲜的虫子。有时候，其实只有一只小小的毛毛虫，妈妈也"咕咕"地叫，大家也都争先恐后地跑过来。有限的毛毛虫当然要属于跑在最前面的捷足先登者了，跑在后面的"倒霉蛋"们只能当练习奔跑了。没有吃到虫子的孩子们似乎并不失望，失望的好像只是妈妈。但妈妈失望得似乎也很幸福，因为下一次妈妈还是这么做。也许妈妈就是要享受孩子们蜂拥而至地向自己奔跑来这个过程吧？反过来从孩子们的视度看也是一样的，孩子们亮着小翅膀扑向妈妈时，那小样儿看上去也是无比陶醉的。

生命历程中虽然有很多美好与温馨的记忆，但也经常有危机四伏的敌人和深不可测的陷阱。成长是要付出代价的，只是大红那时还小，还不谙世事。

妈妈的孩子太多了，以至于她有些照顾不过来。除了时刻防止孩子们发生意外，妈妈还要不断地和身边不太友好的公鸡母鸡斗，和时常挑衅的家猫家狗斗，和偶尔来袭的野猫野狗斗，有时还要和突然降临的天灾人祸斗……

自家的花猫并不是十分可怕，它只是在最初时为了自己缺少奶水的孩子们偷吃了大红的一个小弟弟"三道杠儿"。但男主人刘长顺及时发现后痛打了花猫一顿，之后就再没见花猫有过类似的举动。虽然花猫仍然一副张牙舞爪的样子，但它没再敢对小鸡们动真格的。小猫崽儿有时都饿得"喵喵"直叫了，花猫也只能边舔着舌头边无奈地望一望肉乎乎的小鸡们。有好几次，大红都看出来了，花猫还弄出了一脸痛定思痛的愁容。

自家的黄狗也不是十分可怕。黄狗似乎一开始就很领会主人们的意思，望着一个个散发着血肉气息的小鸡，黄狗虽然心里很馋，但它从来没有真正叼咬过任何一只小鸡。有几次，黄狗撒欢式地跑向了鸡群，在它马上就能得手时，又撒欢式地跑开了。大红想，黄狗肯定是实在馋得不行了，是馋急眼了，只好想象一下，表演一下了。那也许相当于人类的军事演习，是在和小鸡们闹着玩呢。否则，黄狗那大口一张，是能吞下整只小鸡的。

真正可怕的，是从外面突然造访的野猫、野狗们。它们无人经管，可以肆无忌惮、毫不负责地制造各种事端。什么大鸡小鸡的，什么公鸡母鸡的，哪只容易得手就去叼咬哪只。从来不用担心对后果负责的它们经常把鸡群弄得鸡飞蛋打、魂飞魄散……

而野猫、野狗中，最凶的要数块头最大的那只大黑狗了。它长着一双阴森森的小眼睛，伸着一张臭烘烘的大嘴巴，拖着一条脏兮兮的长尾巴，总是以强取豪夺的方式扑向鸡群。它喘着粗重的气息，滴着贪婪的口水，长驱直入，杀气腾腾，傻啦吧唧的从来不知道扭捏造作。有一次，大黑狗一张嘴竟吞下了大红的两个兄弟，真是太可怕了。

不过，大黑狗再凶，它也是明火执仗，来去有踪。而灰狸猫则不然。灰狸猫个头虽小，却是鸡群最恐怖的敌人。它来无影、去无踪，行动迅捷而又悄无声息。它的主要进攻方式就是偷袭。幸存者就算这次逃过一劫，下次仍然防不胜防，直至灾难再次突然发生。幸存者从来不知道自己是如何逃生的，也从来不必介绍逃生经验。侥幸活下来的小鸡，也只能远远地听着小伙伴临死前疼痛无助的哀鸣声。

在大红的印象中，妈妈疼爱每一个孩子，为了保护孩子们，妈妈好像谁都不怕。别说是面对家猫、家狗，就算是面对灰狸猫，哪怕是面对那只最凶恶的大黑狗，妈妈也毫不示弱。有时，再强大的敌人也没有勇气正面面对妈妈，尽量避免和妈妈发生直接冲突。真的应了那句老话：软的怕硬的，硬的怕横的，横的怕不要命的。正是妈妈为了孩子们这种不要命的精神震慑了敌人，敌人再强大，也只配偷偷摸摸地对孩子们暗地下手。好在有个勇敢的妈妈在前面阻挡着啊，妈妈虽然并不高大，却一直视死如归地充当着孩子们的保护神。否则，孩子们用不了多久就会被众多凶恶敌人风卷残云般地消灭干净的。

3

夏季炎热，小鸡们时常口渴难忍，饮水问题有时就成了小鸡们必须要面对的天大问题。主人不是总能想得那么周到，加上有时主人备好的水碗也经常被个别调皮捣蛋的小伙伴蹬翻，有些自作聪明的小鸡就飞到主人喂猪用的泔水缸上去找水喝。泔水缸里的临时水位当然不一定是小鸡们理想的高度，所以就经常会有小鸡掉到泔水缸里去，由于小鸡天生不会游泳，只好在水里拼命挣扎。每到这时，再勇敢的妈妈也是无能为力的。妈妈顾不得一身洁白的羽毛了，她会第一时间飞到泔水缸沿上去，冲着小鸡不停地焦急喊叫，以此方式向主人们报信求救。如果主人们闻声及时赶来，小鸡就能得救；如果主人们有事来迟了，小鸡就可能被活活淹死。每年都有一些小鸡以这种方式和妈妈告别，和伙伴们告别，和主人们告别。但每次最悲痛的只有妈妈，她总要无比悲伤地再叫上一大阵。

猪槽子附近，也是小鸡们非常喜欢去的地方。每次家猪们吃完大餐，小鸡们都要涌上去吃它们剩在角落和夹缝中的"点心"。因为总有意想不到的发现和收获，小鸡们总是乐此不疲地蜂拥而上。有时，没等家猪们撤离，心急的小鸡们便飞奔了上去，就会常有危险发生。有一次，一个姐姐不慎落到了猪槽子里面去了，竟被家猪的大嘴拱折了一只翅膀；还有一次，一个兄弟的大腿夹在了两头家猪身体中间，也生生地被两头只顾进食的家猪给挤断了……

对小鸡们来说，诱惑最大的还要数门前大粪堆旁边那个危机四伏的老牛圈。一向警惕性很高的大红也没扛得住巨大诱惑，也曾冒着生命危险去过几次。现在想起来，都让大红感到后怕啊。老牛圈不仅让大红自己体验到了绝望的滋味，还让大红的几个兄弟付出了年轻的生命。那里虽藏着无穷无尽梦境般美味可口的虫子，但也布下了无声无息吞噬生命的阴暗陷阱。

雨季的老牛圈常常积满了泥泞的牛粪汤子，闷沤发酵，气味浓重，成了蚊蝇们繁殖后代的理想温床。在炎炎烈日持久的照耀下，荡漾的汤水表面看上去更像坚实的大地。而实际上，这些只是错觉。虚假的干涸表层下依旧是大酱缸一样的牛粪沼泽。为了梦想中的蛆虫，一些年幼的小鸡会毫不犹豫地飞跑上去，总有倒霉者因年幼无知和掉以轻心而深陷泥淖……

有一次，因为实在经不住肥美蛆虫的诱惑，怀揣侥幸心理的大红经过几次试探，终于也跳到牛粪沼泽上去了。大红全神贯注地贪食着美味的蛆虫，随着身体的不断加重，大红的双脚不可抗拒地陷入牛粪沼泽表层下面去了。大红急了，就奋力地猛蹬双脚，可是大红越是用力蹬，身体反倒越是往下沉……不大一会儿，大红的大半个身体就淹没到稀泥里去了。眼看大红就要喘不上气来了……幸好被岸上留心的小妹妹"芦花"发现了，芦花拼命地"耶耶"鸣叫，向主人发出了强烈的求救信号。

不巧的是，这时男主人刘长顺和女主人张玲玲都到田间干活去了，只有主人的宝贝儿子小宝子一个人在家。正常情况下，小宝子会等着小公鸡大红慢慢死去，再美滋滋地用竹竿子把死鸡崽儿挑取出来。这样，等晚上张玲玲回来，小宝子就有柴火烧小鸡吃了。而这回小宝子却一反常态，小宝子并没像以往那样等着小鸡陷死后再用竹竿子去挑，而是及时地跳到肮脏的粪水中把大红给救了出来。

事后，弄了一身臭粪浆的小宝子还让女主人张玲玲给狠狠地训斥了一顿。张玲玲说，"为了一个小公鸡球子害得我宝贝儿子去冒险，太不值得了！"她又是给小宝子罚站，又是给小宝子打手板儿的，让小宝子哭了好半天。张玲玲最后还警告小宝子说："以后坚决不许再干这种傻事！你给我记住喽！听没听见？"

"听见了，再也不敢了。我就是喜欢那只小红鸡……"小宝子哭泣着。

伴着小宝子委屈的哭声，意外拣回一条小命的大红心中暗暗发誓：再也不去老牛圈了。尽管老牛圈依旧释放着强烈的诱惑，尽管不断有兄弟姐妹成功地从那里叼回好吃多汁的蛆虫，大红最终还是克制住了自己，坚决不为所动。同时，大红对芦花也心存感激，那时，它们之间的情感还绝对是恩情，那是小公鸡大红对小母鸡芦花最初的情感行为，或者说情感记忆。

当然，有关小鸡崽儿死于老牛圈的噩耗也不断传来。有好几次，爱莫能助的大红都要急疯了，而在现场玩耍的小宝子和胖大龙却眼睁睁地看着小鸡崽儿一点点陷入深渊直到死去，最后他们如愿以偿地吃到了香喷喷的柴火烧小鸡。

大红一直没弄明白，那么爱吃柴火烧小鸡的小宝子当初为啥冒着那么大的风险到老牛圈里去救自己呢？那可真是太不可思议了！只能说自己的运气实在太好了，是空前绝后的好。

主人家的宝贝儿子小宝子虽然善良可爱，但有时也是大红和兄弟姐妹们必须重点防范的"小敌人"。因为小宝子毕竟还是个不懂事的小毛孩子，不仅拥有着一双不知轻重的小手，而且还伴有着一系列难明是非的幼稚行为。

小鸡发生意外死亡时，张玲玲就用柴火烧熟了给小宝子吃。对于孩子来说，那是难得的美味。但好在小宝子从来没因贪图美味而去故意伤害小鸡。

小宝子天生对小鸡崽儿出奇地喜欢，比之于香喷喷的柴火烧小鸡，小宝子更喜欢活着的小鸡崽儿。

只是小宝子喜欢小鸡崽儿的方式不尽相同。有时，难免就对小鸡崽儿造成了事实上的伤害。比如，小宝子经常用他那小手握着小鸡崽儿玩。由于用力不够均匀，小鸡崽儿有时就被他捏了个半死，而小宝子却全然不知。大红也曾被抓在小宝子手里玩耍过一回，有时他明明是在稀罕你，却把你弄得非常疼痛。有时他明明是在抚摸你的羽毛，却像要拔掉你的羽毛。那并不是出自于小宝子的本意，那确实是一双没轻没重的小胖手啊。

一天傍晚时分，小宝子还把一只刚出壳不久的小黄鸡崽儿爱惜地拿在手里玩。玩着玩着，小宝子躺在火炕上就睡着了。当他醒来再找小黄鸡崽儿时，才意外地发现了它已被压在自己的身下。不过，那已经是被压得扁扁乎乎的小黄鸡崽儿了。刚出壳儿鸡崽儿只知道哪热乎往哪钻，它哪知道小宝子会睡着啊！小宝子心疼地捧着小黄鸡崽儿温软的尸体哭了大半宿……

小宝子因为小黄鸡崽儿哭红了眼睛。第二天早晨起来，张玲玲像往常一样把小黄鸡崽儿扔到灶坑里烧上了，可小宝子说什么也不肯吃。最后，无可奈何的张玲玲就把烧好的小鸡给村长的孙子胖大龙送去了。据张玲玲说，她还没走出院门呢，胖大龙就把小鸡给吃掉了。竟然没吃够，哭喊着还要吃。张玲玲只好哄骗他说，等下一次去我家的，大姑给你烧个大的……

还有一次，小宝子坐在小板凳上一边吃发糕一边哄小鸡们玩。小宝子一高兴，小屁股也跟着不停地摇晃起来。突然间，小凳子就被小宝子给坐翻了，酿成了连小宝子自己也不想看到的惨象：大红的一个小妹妹脑袋都给压扁了，当即死亡；大红的一个小弟弟都给压冒肠子了，拖拖捞捞的，竟然还在挣扎着……小宝子也摔得不轻，还被惨象吓得"哇哇"大哭起来。这事能怪小宝子吗？能说小宝子坏吗？他真的不是故意的。小鸡们都在欢快地抢着小宝子故意掉在地上的发糕渣，谁能想到这么祥和的氛围下会有悲剧发生呢？但悲剧就那么真实地发生了。那场面确实太吓人了，好在大红那一瞬间离得稍微远一点啊。

同样都是小孩，大红喜欢小宝子，却十分讨厌村长的宝贝孙子胖大龙。

村长领着胖大龙走到哪里，哪里的小鸡可就要遭殃了。村长这个宝贝孙子，最爱吃的就是柴火烧小鸡。大红觉得胖大龙根本就不是个小孩子，他就是个小魔鬼，实在是太可怕、太可恨了。

每次一进院儿，胖大龙肯定就会扑向院儿里的小鸡们。小鸡们吓得四处纷飞、东躲西藏，张玲玲却总能装出很高兴、很大方的样子，并嗲声嗲气地喊着假话："胖大龙好可爱啊，胖大龙好勇敢呀，胖大龙真是好棒呦！"

张玲玲平时凶，可见到村长之后就立马变得无限温柔起来。尤其村长要是领着孙子胖大龙，那就更不够张玲玲张罗的了。张玲玲一会儿给胖大龙拿这个玩，一会儿又给胖大龙拿那个吃。对待村长和胖大龙，张玲玲大有清朝末年那个老太太"量中华之物力，结与国之欢心"之虞。有一次，张玲玲竟然当众把翅膀剪出血那个"五道杠儿"小弟弟给活活地捏死了。还一脸谄媚地在村长面前笑弯了腰，才乐颠颠地给胖大龙做柴火烧小鸡去了。

大红能理解小宝子，甚至也能理解胖大龙，因为他们毕竟还是小孩子。但大红不能理解村长，村长是个大人啊，村长为什么总是指使别人故意把小鸡们往死里弄啊……

大红从小就学到了妈妈的品质，善良、勇敢且仗义。为了保护芦花和兄弟姐妹们，大红经常与猪鹅对峙，与猫狗抗争。有一次，大红还愤怒地扑向了想动手抓小鸡的村长……

4

也许延续了鸟的天性，飞，一直是所有小鸡的梦想。小鸡们似乎总在想方设法飞到更高更远更宽阔的地方去。

大红和伙伴们每天都在长知识，长本领。它们的小翅膀也一天一个样，个人能力似乎每天也都有新的突破。上窗台、上墙头、上栅栏……伙伴们都在较着劲儿地上蹿下跳、争相展示。

直到有一天，很多小鸡都能飞到那个最难落脚的扣着大铁锅的酱缸上了，才引起了女主人张玲玲的高度重视。

张玲玲显然不希望小鸡们飞得太高，她最讨厌小鸡们经常飞到她那心爱的酱缸上去蹲着。为了控制小鸡们的飞跃能力，张玲玲早就在心中打起算盘了，她要找个合适的机会，挨个给小鸡们剪一剪翅膀。

有一个经常飞到酱缸上屙屎的小弟弟背上长有"五道杠儿"，可让张玲玲给记住了。在给"五道杠儿"剪翅膀时，她剪子就下得深了一些。"五道杠儿"的翅膀根被剪得鲜血直流，疼得小弟弟惨叫不止。大红也被吓得不知如何是好，剪翅膀咋还剪肉呢？这不是要命吗？大红就和伙伴们一起拼命地乱飞乱跑、四处躲藏……一旁观看的妈妈终于看不下眼了，为了保护孩子，勇敢的妈妈竟转过身来直面女主人张玲玲，摆出了一副拼死也要捍卫孩子的架势。致使女主人张玲玲只好半途而废、草草收场，以后也没再给其他小鸡剪翅膀。

女主人张玲玲给小鸡剪翅膀其实也是为它们的安全着想，但被剪了翅膀的那些小鸡有时会更不安全——有飞不上窗台掉进水缸里的，有从高处往下飞摔断了腿的，还有飞不上墙头被野猫、野狗给活活逮住吃掉的……

总之，小鸡们长出翅膀危险，被剪短翅膀同样危险。为了生存，小鸡们必须得快快长大，但小鸡们的每一次成长都需要付出非常昂贵的代价。

小时候，大红就喜欢芦花。不完全是因为芦花救过大红的命，更多的是芦花自身的可爱。加上大红与生俱来知恩图报的性格，大红在成长过程中对芦花就格外关照。虽然大红还远远不具备保护芦花的能力，但大红还是能做到尽力设法帮助芦花避开危险或者远离困境。

有一回，为了争夺芦花正在吃着的食物，黄狗恶狠狠地向芦花扑来。碍于主人的威慑，虽然黄狗不敢直接把小鸡咬死吃掉，但它还是有可能在主人背后将小鸡扑伤或咬伤的。眼看黄狗就要咬到芦花的腿了，大红勇士般地冲了上去，狠狠地一口啄在黄狗的屁股上。黄狗以为是主人呢，夹起尾巴要溜，回过头来发现是一只小公鸡时，一时怒火中烧，向大红猛扑过来……大红灵活地躲开之后并没有被动逃窜，而是对黄狗发起了反扑。大红真是拼命了，不知哪里来的这么大的勇气，有生以来头一次向黄狗发起了进攻。更没有想到的是，黄狗也让大红啄得连连退步，一时间竟也难分上下……这时，正巧男主人刘长顺从外面回来了，他大声地吓退了准备再次反扑的黄狗。

还有一回，由于连续天旱，女主人就天天用大水缸困井水浇菜园子。正在大红担心早晚要出事时，芦花因口渴难忍一头栽进了大水缸里。又是机警的大红及时地发现了万分危险中的芦花。大红学着妈妈当年挽救孩子们的方式，也是不顾一切地飞到水缸沿儿上拼命地喊叫，硬是把正在睡午觉的女主人张玲玲给喊叫了出来。张玲玲哈欠连天地一边往大水缸那走一边还骂咧咧地训斥大红："穷叫唤个啥呀？大中午的！"

直到她发现大水缸里挣扎得快要精疲力竭的芦花时，才真正清醒过来。张玲玲这时还是麻利的，她一把就将芦花从大水缸里给拎出来了。

也许是因为救出了一只小母鸡，张玲玲觉得还算值个儿，没睡好午觉的她没再更多地抱怨什么，进屋接着睡午觉去了。

而刚刚经过惊心动魄、生死时速的大红心情却久久不能平静下来，一是庆幸芦花及时得救，二是感谢好心的女主人，大红就情不自禁地又多叫了一会儿。

最后，女主人张玲玲还是被大红叫得不怎么高兴了，她站在窗台上没好气地对大红大喊："行了行了，咋还没完没了啦呢？你咋没掉进那大水缸里去呢？一边啦叫唤去，哪凉快哪歇着去！"

虽然遭到了女主人的谩骂和诅咒，但是大红心里还是无比幸福的。女主人哪里知道，这里面正滋润着的不仅仅是一场英雄救美式的伟大爱情啊？这可是大红以实际行动对芦花实施的最重要的一次帮助和报答啊！大红不知道这是不是人类常常说起的爱情，但大红知道这是它发自内心地对一个可爱异性最深厚、最原始的无私情感。

三个月大的时候，兄弟姐妹们已经是半大孩子了。它们渐渐能够自己照顾自己了，妈妈这才越来越放开了操劳的手脚。妈妈深知以后的路得靠孩子们自己去走了，所以有时发现哪个孩子不守规矩了，妈妈还是要狠狠地教训它。有一次，一个姐姐跟长辈争抢食物，妈妈啄着她的后背把她拖出队伍，让姐姐非常没面子；还有一次，一个兄弟对长辈没有礼貌，妈妈就狠狠向它头上啄了一口，那兄弟的头皮都让妈妈给啄出血了，那个兄弟再也没敢越雷池半步……

大红有时也对妈妈的行为感到不可思议。在这些问题上，妈妈一点儿情面也不留。和从前那个无微不至保护孩子的妈妈相比，她就像换了一个人似的。在大红它们小的时候，可从来没见妈妈这样做过。

直到后来又长大一些了，大红才知道，妈妈这也是用心良苦啊！她那是在严厉地教育着她的孩子们。因为她懂得孩子现在吃点儿苦头不算啥，以后没有妈妈关照的生活道路还漫长艰险着呢。只有处处小心谨慎，不犯错误或者少犯错误，才有可能最后平安走过完整的一生啊。

5

历尽艰辛，一晃秋天来到了。当初那群小鸡崽儿最后长大的只有十七只。也就是说，当初那三十多只小鸡崽儿只有一半存活了下来。

十七只幸存者，加上主人家原有的五只大母鸡，鸡群里一共是二十二只鸡。鸡群里算上大红一共有九只公鸡，其余十三只则是母鸡。不同性别不同年龄的它们，从此组成了一个新的大家庭。大红并没有什么特别之处，只是这个新家庭中的普通一员。

谁也不知道秋天会不会发生鸡瘟。要是那样的话，这个新家庭还要继续减员，甚至还有全军覆没的危险呢。大红听妈妈说，她们出生那年秋天就赶上了鸡瘟，三十多只小鸡最后仅存活下来五只。现在比过去好多了，鸡瘟已经得到了一定的控制，不像以前规模那么大了，也不像以前气势那么凶了，但还是没有彻底根除。妈妈还说，有时直到冬天也没有鸡瘟发生，但第二年春天万物复苏时，鸡瘟却突然暴发了……妈妈有一次还说到了小鸡们出生以前的事——每个小鸡来到这个世上都是非常偶然的，能被选上种蛋就已经够幸运的了。小鸡们只能看到出壳之后的种种危险，出壳之前还闯过好几道鬼门关呢。单说说这窝鸡崽儿吧：有妈妈翻蛋时不慎弄破坏死的，有孵化过程中忽冷忽热闪死的，还有最后没叨开蛋壳活活憋死的……最后能顺利出壳的都算命大呀！总之，妈妈说，活着就得面对各种各样的天灾人祸，有时真是防不胜防啊！

大红好不容易才长大。只是大红还不知道，长大的公鸡更危险。

当大红它们懵懵懂懂知道公母有别之后，鸡群内部兄弟姐妹之间的残酷较量又逐渐开始了。

大红从小就喜欢芦花，现在就更加喜欢了。小时候看上去有些弱不禁风的芦花，现在已经出落成人见人爱的大姑娘了。用人类流行的话说，芦花就是这个团队中的头号女神！芦花身体虽然丰腴，但走路的样子却非常轻盈，羞答答的小脸总是躲躲闪闪，举手投足也日渐风情万种起来。再加上芦花发出的声音又总是那么温顺柔和，其他公鸡似乎也很容易就看到了芦花的可爱之处，于是都纷纷向芦花大献殷勤。尤其是"大老白"，总是明目张胆地往芦花身边凑合，大有死缠烂打之势。而芦花看上去并不喜欢"大老白"，甚至明显有些讨厌他。碍于面子，芦花总是有意躲避"大老白"，可"大老白"还是一有空儿就跑过来纠缠芦花。经常能看见的情景是："大老白"在后面追，芦花在前面跑。有时，芦花实在没地方跑了，就往大红身边跑，用大红来把烦人的"大老白"隔离开。

大红知道芦花的意思，当然不想眼睁睁地看着美丽的芦花被野蛮粗暴的"大老白"所占有，就经常心领神会、仗义十足地横在它们中间。后来，为了避免过多地跟"大老白"正面交锋，避免抬头不见低头见的尴尬，大红决定和芦花尽量远离鸡群，就经常领着芦花单独到房后远方的青草地去玩。那里虽神秘，但清静；那里虽危险，但浪漫。那里曾一度成了大红和芦花的幸福乐园。时间长了，大红和芦花渐渐喜爱甚至可以说迷恋上了那个地方。只有他们才真正领略到了那片青草地的美好，其实那里一点儿也不像表面上那么阴森可怕——那里有风有雨，有悠悠飘过的白云；那里有蜂有蝶，有悄悄开放的花朵；那里有情有爱，有默默凝视的眼神；那里有鸟叫有蛙鸣，还有远处惬意游走的牛羊的轻声呼唤……那里竟然是大红和芦花梦想中的人间天堂。原来，那片神奇的青草地就是为了见证相亲相爱的它们而刻意存在着、一直等候着呀！那里不再是印象中的空旷和荒凉，那里的空旷是为它们俩精心准备的空旷，那里的荒凉也是为了谢绝第三者干扰而特意订制的荒凉……

直到有一天它们被"大老白"意外地跟踪了，大红和芦花才无限眷恋地中止了那段无比美好的幸福时光。

随着时间的延续，大红不得不重新审视这些曾经情同手足的兄弟们了。

公鸡们就像一夜之间突然变成了另外一种生物，对姐妹们越来越客气，对兄弟们却越来越显得六亲不认了。一个个变得生性好斗，火气十足，生死之交的好兄弟也能于一瞬间反目成仇。公鸡们都像喝醉了酒的莽汉，脸色越来越血红，冠子越来越膨胀。随着脖子上长出金光闪闪的剑状颈羽，尾巴也越来越结实、越来越修长，如同佩带上了无数把锐利的弯刀……每天都能看到它们瞪着一双双挑衅的眼睛在你死我活地相互争斗……直到对方永远俯首称臣，终生甘拜下风。

鸡群里并不是所有的公鸡都在同一水平线上，武力出众的公鸡总是能凸显出来的。经过几轮残酷的较量之后，"贼瘸子""黑大腿""银箍头"等率先被淘汰出局，势均力敌的公鸡就剩下为数不多的五六只了。除了大红之外，有实力竞争鸡群统领的只有"大老白""杂毛儿""金脖子"和"大胡嘴"了。

此外，"傻大个儿"有时仗着一身力气心有不甘，总试图竭尽全力做最后一搏。有一天，呆若木鸡的"傻大个儿"终于鼓足勇气向几个强敌发起了挑战。经过几个回合的厮杀，终因灵活性不够和智慧性不足而被对手啄得鸡毛横飞、满面血糊……最后，"傻大个儿"不得不接受屡战屡败的悲惨结局，无可奈何地低下了它那倔强的头颅，退出了王者之争。

为了让自己能永远立于不败之地，大红需要不断地完善自己。不仅要有勇气和力量，还要有智慧和定力。大红渐渐知道了"木鸡养成"和"呆若木鸡"是截然不同的两种境界。勇气从哪里来呢？大红认为建立自信心非常重要。然后才是技术和战术。没事的时候，大红经常单腿站立，保持沉思状态。时刻寻找"木鸡养成"境界，潜心修炼"战无不胜"神功。

有那么一段时期，鸡群秩序相当混乱。就像人类历史上的战国时期，大家势均力敌，谁也不想轻易认输。兄弟间不断地产生争端，唇枪舌剑地相互试探，你争我夺地相互挑衅，不知疲倦地相互征讨……那才叫生命不息，战斗不止啊。每天公鸡们都在全方位地、立体交叉式地混战着，从来没有平静过半秒钟。

直到冬天将至，大红才通过不断的努力拥有了一些"木鸡养成"的良好境界，渐渐脱颖而出并且身体里还蕴藏着巨大的攀升潜力。大红的头脑总是保持在冷静状态，打斗中经常是后发制人并完成致命一击。能与大红抗衡的公鸡不多了，大红真正意义上的竞争对手只剩下"大老白"和"杂毛儿"两个了。只要不被主人提前杀掉，大红就有望修成正果，登峰造极，成为鸡群最终的统帅……

6

按照以往的惯例，新年后、春节前这段时期，是公鸡被大量宰杀的极度危险时期。一般的农户家，除了母鸡之外，第二年春天到来之前，只有一只或两只公鸡能够作为种鸡存活下来，其余的公鸡都要被杀掉吃肉。

美味的鸡肉不仅吸引着野猫、野狗、黄鼠狼以及老鹞鹰等外在猎手，也成了主人款待客人最实惠、最便利的选择。多数情况下，主人是舍不得杀掉母鸡来款待客人的。虽然"下蛋鸡"早已被排入民间"四大香"的第二位，但母鸡不到万不得已时还是不会被主人杀掉吃肉的。因为主人更要依靠母鸡来生产鸡蛋呢。而公鸡除了打鸣和配种之外，就别无他用了，而且公鸡的出肉率又远远高于母鸡的出肉率。有时，哪怕你是鸡群里最后的一只公鸡，也存在被主人杀掉用来待客的危险。所以，对于任何一只公鸡来说，危险都是随时随地存在着的，死亡警报一刻也得不到解除。"警钟长鸣"这个词好像就是为公鸡们创造的，"举步维艰"是每只公鸡生存境况的真实写照。

除了逢年过节，有意料之外的喜事发生，或者是主人家突然出现了迎来送往的陌生客人，都有可能是公鸡们无法逃避的灾难时段。

每当这时，鸡群都会显得高度紧张。这一次主人又要杀谁呢？说实话，谁的心里都没底，就得看看运气了。大红只是隐隐约约地知道，叫声不要太高，动作也不要太夸张。就算再害怕，也不要没完没了地乱叫。那样做会很烦人，就算这次主人没杀你，下次也极有可能被主人优先选中。

开始时，由于不是所有的公鸡都是同时发育到位，主人总是抓那些体重大、奔跑慢的早熟者。因为它们不仅看上去已不是小鸡雏了，而且身上的肉也要相对多一些。用它们做出的菜肴招待客人也能显得丰盛大方一点。"傻大个儿"就是在彻底战败之后，满脸伤痕尚未痊愈之时被主人杀掉待客的。

后来，随着公鸡数量的减少，而且公鸡们也都相继发育成熟了，主人就不怎么刻意挑选哪只大哪只小了。哪只容易得手，主人就抓哪只来杀，反正最后随便剩下一只公鸡留做种鸡就是了。

每次主人来抓鸡，公鸡们都要各显神通表演一番。那可真是"八仙过海，各显其能"啊。除了反应机敏，还要看谁跳得高，看谁跑得快，看谁飞得远……真有点儿像人类的大型运动会。几乎每次主人抓鸡，鸡群都要把农家小院弄得暴土扬尘、乌烟瘴气，大有世界末日就要来临的味道。

相当于全能运动员的大红虽然身手敏捷，但是有一次，还是让女主人张玲玲以突然袭击的方式抓到了手里。大红还在疑惑不解：今天不是什么节日，也没有意外的喜事发生，更没看见有什么客人来家里呀？怎么"好巴央儿"地就来抓我了呢？大红后来才知道，是女主人张玲玲要给小宝子过生日。小宝子以前过生日只是煮几个鸡蛋吃，可这次怎么突然又改成杀鸡了呢？也是后来才知道，这些都是女主人张玲玲的临时创意。对了，大红想起来了，张玲玲大清早起来时就已经透露信息了："儿子已经六岁了，从来都没给我宝贝儿子过一回像样的生日呢……"

大红这个后悔呀，不停地在心里埋怨自己："大红啊大红，你那机灵劲儿哪里去了，多么明显的信号啊？你咋就没走走心呢……"

女主人张玲玲正喂鸡时就出其不意地把大红拎在手里掂量起来了，还喊着男主人刘长顺过来看："刘长顺，你过来！你看看，这只红公鸡看上去并不胖，你来摸摸，它身上的肉还挺实成呢，羽毛长得也挺密实的。"

"都说养个红公鸡，日子会过得吉祥。这只红公鸡还真挺精神的，咱留着做种鸡好不好？我看咱们还是换一只来杀吧。"善良的刘长顺和小宝子一样，都对大红有着某种特殊的"好感"似的。

女主人张玲玲犹豫了好半天，才不大情愿地放掉了大红。还一边放一边说，"这只红公鸡可机灵了，我好不容易才抓住的。它看上去好像挺瘦，其实浑身都是肌肉，分量还不轻呢。"说着，张玲玲一撒手的同时就又扑向了离她最近的"大老白"。

"大老白"同样机灵，早已有了警觉的它"咯咯咯"一路尖叫，扑打着翅膀一下就飞出去十几米开外。"大老白"的尖叫声引起了整个鸡群的骚动不安，害得张玲玲抓了好半天也没再抓到一只公鸡。张玲玲一度非常生气，就骂刘长顺："尽他妈多管闲事，真是个成事不足、败事有余的傻老爷们……"

最后"大老白"的一只腿意外地夹到了榆木垛的缝隙里，才被张玲玲很偶然地抓住了。更让张玲玲生气的是，在她跨上榆木垛时，不小心把自己的膝盖碰破了一块皮。

张玲玲拎着"大老白"从榆木垛上下来时脸都气青了，气哄哄地又向刘长顺抱怨起来："不都是公鸡吗？杀哪只不一样啊？非要换，你看看啊，把我的膝盖都整秃噜皮了！依我看，过生日杀只红公鸡才吉祥，那只红公鸡就是该杀，换什么换哪？什么红的白的，就不够你嘚瑟的啦！"说着，张玲玲重重地将"大老白"塞给了刘长顺，弄得"大老白"又是没好声地惨叫起来。接着，张玲玲还向大红恶狠狠地指了一下："都怪你这个扫帚星！害得我受这皮肉之苦。你他妈给我好好等着，下一次非杀了你不可！"

大红可不希望惹张玲玲生气，恨不能去和女主人解释：怎么能怪我呀？要怪你也得去怪"大老白"呀！是"大老白"不让抓你才受伤的啊？这跟我大红有什么关系呢？

女主人张玲玲总是这样怪怪的，莫名其妙，不讲道理。大红读不懂她，大红想男主人刘长顺也不一定能读得懂她。好在男主人刘长顺还是个通情达理的人啊。大红心中暗自庆幸：哎，万幸啊，好歹这次遇上刘长顺这个大贵人了，总算是躲过一劫呀！

大红远远地躲开，真的有些后怕。因为每逢杀鸡，多数情况下都是由张玲玲来抓。刘长顺要是在家，就由刘长顺来杀；刘长顺要是不在家，就由张玲玲自己来杀。好在刘长顺今天在家呀，如果今天刘长顺不在家的话，那可就真的坏了。就算刘长顺杀得好、杀得利索，那也是挨杀呀？

这次刘长顺仍然是在干草垛旁边杀的"大老白"，大红虽躲得很远，但还是看得真切——

刘长顺事先准备了半碗水，把菜刀在盘子底儿上杠了几下，麻利地将鸡头折到鸡脖子上，随着"大老白"喉管处几撮白色羽毛的飘落，刘长顺手中的菜刀已经神不知、鬼不觉地完成了任务放到了水碗边上了。若不是刀刃上沾着新鲜的鸡血，大红还以为菜刀没派上用场呢。刘长顺刚才拎着菜刀的手现在正向上扯起"大老白"的双腿，如注的鸡血就流到了那事先准备好的水碗里了……

整个过程真是出神入化呀，几乎没再听到"大老白"的叫声，"大老白"死得一点都不痛苦。当然，公鸡生命力都是很顽强的，"大老白"血放净之后在干草垛底下蹬腿的机会总是有的。

刘长顺杀鸡的高超技艺把大红和鸡群都看呆了。鸡们好久才缓过神来，几只胆小的母鸡象征性地低音惊叫了几声。似乎在相互安慰着："啊，死是这么轻松吗？啊，死是这么容易啊！啊，死其实并不像传说中的那么可怕呀……"

"大老白"一直是大红最强劲的对手，它们之间的关系一直僵化，甚至是敌对。尤其在芦花的归属权这个问题上，它们就是彼此的劲敌。如果"大老白"活着，它绝不会善罢甘休的。"大老白"一直在和大红较着劲，每当大红走近芦花时，"大老白"都会跑过来干扰；相反，每次"大老白"围着芦花献殷勤时，大红也会跑过去冲散他们。已经有好几次了，它们先是长时间地对视，然后试探性地相互进行了有所保留的局部进攻。虽然双方目前都没有伤筋动骨呢，但最后大规模的决战已经不可避免。一场你死我活的终极恶战一直在等待着它们，箭在弦上，一触即发……但现在这场战争因"大老白"的意外死亡而突然被取消了，大红心中一下子就少了那种心惊肉跳、轰轰烈烈的期待，一时间竟感觉英雄没了用武之地，有些空空落落……

虽然是情敌，但在看到"大老白"突然替自己被主人杀掉时，大红心里还是非常不好受。大红想，应该在"大老白"死前战胜它，也好让它心服口服地上路。可是没有办法啊，残酷的生存法则和生存空间不允许大红想得更多。对大红来说，眼下还活在这个世界上已经很侥幸、很知足了。只有还活着，才是最硬最硬的道理啊！

侥幸活下来的公鸡更要好好表现。大红每天早晨都要按时打鸣，但又不能没完没了地打，因为主人尤其是女主人张玲玲最喜欢睡早觉。大红从来不犯那些低级错误，什么爱出风头地半夜鸡叫啦，什么没时没响地引吭高歌啦，什么大惊小怪地通风报信啦，还有什么自作多情地站脚助威啦……这些错误大红都一概不会犯了。同时，大红也时常告诫群里的其他成员，大家千万不要再犯那些小儿科的错误了。尤其是中午和半夜时分，绝不可以乱喊乱叫惊扰主人。到那时可怪不得别人动狠了，那可真叫活腻歪了。

没有了"大老白"，鸡群相对安静了许多。算上大红，鸡群里虽然还有四只公鸡。但除了"杂毛儿"有时心怀鬼胎之外，"金脖子""大胡嘴"实际上都早已放弃了对鸡群统治权的争夺。

鸡群不同于狮群，更不同于狼群。鸡群允许多只公鸡同时存在，统领鸡群的公鸡并不能完全剥夺其他公鸡的交配权，只是尽可能使它们边缘化。一般情况下，最出色的那一两只母鸡总是要属于统领鸡群的那只公鸡，其他的普通母鸡往往是群雄共享的。

公鸡还有一个特点——经过格斗，一旦战败，永远称臣。胜者对已经臣服了的公鸡也不再攻击，只需在它面前把头低下。胜者拥有优先交配权，败者就只能到旁边伺机拣剩了。母鸡对公鸡有时也是很挑剔的，尤其是那些形象出色的女神级母鸡，她们更是挑剔，通常并不向落魄中的公鸡示好，更不会轻而易举地向它们就范。

7

没事的时候，大红总是想鸡如何与人和平共处的问题，可怎么想也想不出个头绪来。看来，人类杀鸡已经是天经地义的事情了。对鸡来说，这个人杀不杀鸡已经不是衡量这个人好与不好的标准了，好人和坏人都是有权利杀鸡的。对鸡来说，不仅坏人可以经常做残忍的事，好人也一样可以经常做残忍的事。

鸡只有考虑如何死得靠后，如何死得体面，如何死得不痛苦的权利。像男主人刘长顺杀"大老白"，干净利落，只一刀就结束了，"大老白"就死得挺舒服、挺体面。而要是换了表面看上去胆小怕事、缩手缩脚的女主人张玲玲去杀就是另外一回事了。她也许会战战兢兢一直拎着大菜刀，"大老白"的喉管还没割断她可能就会收手，"大老白"就会死得相当遭罪，垂死挣扎的场面也会相当难看……

大红一直没想出个子午卯酉来，就觉得想再多也是没有用的。大红就说服自己，不要再往深想了。总之，自己和身边的公鸡们迟早都会有那么一天，最后要是能死在刘长顺手上就算自己有造化、有福气了。

大红曾在人类的报纸上看过一张漫画———只被杀的公鸡在痛苦地哀求："请别用锯拉我啦，求求你们了，赶快换把刀来吧！"但漫画并不能解决多少问题，现实生活中还是有很多鸡死得非常遭罪。

大红还看过邻居的两个小孩子杀公鸡，一个押腿，一个执刀。那鸡杀的，那可真叫鸡犬不宁啊！落了一地鸡毛不说，两个孩子舞舞扎扎老半天，并没有割中公鸡的要害。他们只放出一半鸡血，就战战兢兢地松开小手将公鸡扔到了地上。虽然公鸡那红色的大鸡冠子已经变得苍白，但公鸡还是晃晃悠悠、无比顽强地站了起来，赤裸着血淋淋的喉管儿，开始了惊惶失措地四处飞蹿……能让所有人想到人类常说的一个成语——血雨腥风。

大红还在主人家的电视上偶然看到了一个养鸡场的流水线，小鸡们死得那才叫痛快，不仅死得步调一致，而且死得整齐划一。连小鸡的零部件都被机器摆放得井然有序、一丝不苟。把大红看得眼花缭乱，目瞪口呆。但是死得再美观也是死啊，大红终于理解了人们常说的"好死不如赖活着"。当得知那些看上去体形很大，实际上都只是出壳仅仅四五十天的小鸡崽儿时，大红心里像被什么扎了一下，就不敢再去细想了。

大红还听说，南国的一些城市发生了禽流感，竟然传染给了人类，导致有些地方竟然盲目地倡议全城杀鸡。好在后来又有人怀疑真正的元凶是果子狸，鸡们才得以避免遭到更大规模的屠杀。否则，那些城市可就变成鸡的悲惨世界了……

大红只有暗自庆幸的份儿。好在自己没落入那两个小孩子手里，好在自己没出生在养鸡场，好在自己生活在北国的普通乡村……

总的来看，大红对人类是既感恩又怨恨，真是一种很复杂的情感啊。人类辛辛苦苦地把自己养大，最后自己又注定还要被人类杀掉吃肉。鸡的命运就和猪的命运有些相似，人类每天也在杀猪，但总是有猪可杀。鸡也一样，只要人在，鸡会永存。

大红深知，生命历程中与天斗，与地斗，与猪、猫、狗斗，与黄鼠狼斗，哪怕是与同类斗，都是暂时的，而与女主人张玲玲一个人的周旋，才是终生的。

大红对女主人张玲玲也不是一点好印象也没有。有一次，邻居春秀家的大黑猫正值哺乳期，一连叼走了好几只小鸡，张玲玲疯子似的去追打那只大黑猫时，还是给大红留下了挺深的印象。只是张玲玲类似的举动不太多。更多的时候，大红对张玲玲只能保持一种最合适的姿态，那就是敬而远之。

以往的经验告诉大红，除了对女主人张玲玲要处处小心，对于公鸡来说，肥胖是另一个最可怕的敌人。肥胖的公鸡总能勾起人类的食欲，就算主人不杀你，路过的外人也会贪婪地多看上你几眼的。

春、夏、秋三季还好办，为了让自己不至肥胖，大红可以不惜体力地去与其他公鸡战斗，为母鸡们刨食，给母鸡们踩蛋。尤其是还有可爱的芦花，大红可以更多地和她缠绵。就算女主人讨厌大红的这种勤奋，大红也得坚持住。

不过，当着女主人的面，大红总要收敛许多。因为女主人最讨厌花心的男人，同样也会讨厌花心公鸡的。

而冬季则是大红最难熬的，也是最危险的季节。母鸡产蛋进入冬歇期，生殖欲望也随之骤然减退。很多公鸡都在母鸡这个性欲减退期而食欲大增，肥胖的它们很容易引起主人杀掉吃肉的想法。已经有了经验的大红，绝不能让自己在这个季节肥胖起来，怎么办哪？只好严格控制住自己的食欲，尽量饿肚子，少吃食。

人类最重要的节日也正好集中在这一时期：圣诞、元旦、除夕、十五、二月二……如何安然无恙地混过多事的冬天，总是大红面对的最沉重的生存课题。

而春天从来都是鸡瘟的高发期，还不知道开春时能否赶上鸡瘟呢？整个冬天，大红总是无法控制地处于烦躁状态，内心深处常常掠过时浓时淡的莫名忧伤……

8

由于大红的日渐出色，越来越吸引母鸡们的目光……

大红最喜欢的母鸡当然是芦花，就希望和芦花生出更多的孩子。一天的绝大多数时光，大红都是和芦花厮守在一起的。当然了，二美人"黑里俏"、浪妹子"小白鸽"和假清高"花孔雀"等也愿意和最好的公鸡大红纠缠在一起，也前呼后拥地不离大红左右。大红一度就显得十分忙碌，常常有种妻妾成群的君王感觉。由于大红身边的母鸡越聚越多，大红渐渐地就成了鸡群的核心。

趁大红无暇兼顾时，"杂毛儿""金脖子"和"大胡嘴"它们也本能地追逐着最外围的母鸡要求配种，也总能心有余悸偶尔得手。大红虽然不太高兴，但也只好睁只眼、闭只眼地隐忍着了。大红也正忙着，只能等腾出手来再去教训它们了。不过，有时大红也设身处地地为那哥几个着想过，大家不都是公鸡吗？自己吃饱了，也不能让兄弟们太饿呀。这样想着的时候，大红也就宽容了许多。

说来也怪，大红最烦的并不是时常偷腥的那哥几个，而是那只又蠢又胖的大花母鸡。大花母鸡既不美丽也不善良，总是仗势以大欺小，大红从小就烦她。而女主人张玲玲则希望得到大花母鸡和大红的种蛋，就强迫大红去给大花母鸡踩蛋。她明知道大红心里不愿意，还是把大红和大花母鸡单独关在栅栏里一个上午。张玲玲就坐在一边，像个监工似的看着它们。

大红暂时被女主人张玲玲隔离起来，可给了"杂毛儿""金脖子"和"大胡嘴"等公鸡们千载难逢的好机会。一直压抑、久经煎熬的他们决定抓住时机，实现梦想。

它们先是向二美人"黑里俏"、浪妹子"小白鸽"和假清高"花孔雀"等几只平时靠不上前的上等母鸡发起了进攻。它们穷追不舍、强行霸占……先后得手之后，它们又一齐扑向了最高傲、最圣洁的女神芦花。因为芦花的死命坚守和兄弟间的相互野蛮干扰，最终导致大好城池久攻不下。三只公鸡只好暂时放下眼前的进攻目标，决定相互间先比试一番，优胜者才拥有对芦花的进攻权。

经过一番你死我活的较量，最后"杂毛儿"以微弱优势勉强胜出，才得到全力进攻芦花的宝贵机会。只见"杂毛儿"像个老色鬼一样围着芦花团团转，不断地用尖嘴啄住芦花那美丽的脖子。眼看芦花就要坚守不住了，大红在栅栏里高声向"杂毛儿"发出了警告。"杂毛儿"只是下意识地退缩了一下，但还是抗拒不了美丽芦花的强大吸引力，"杂毛儿"终于牢牢啄住了芦花粉红的冠子，就是不松口。久久地僵持着，芦花随时都有被攻陷的危险……

实在没办法了，大红只好跳到大花母鸡肥厚的背上去，完成了那件不想完成的任务。早已经出离愤怒的大红不停地咆哮，这才得以被女主人张玲玲从栅栏里释放出来。

怒不可遏的大红一下就飞到了"杂毛儿"的背上，同时狠狠地啄住了它的大冠子。冷眼看上去，有人会以为一只公鸡要给另一只公鸡踩蛋呢。

正要得手的"杂毛儿"瞬间被大红啄瞎了一只眼睛，鲜血直流的"杂毛儿"没好声地叫着躲到远处去了……

今天差一点儿就让"杂毛儿"得手啊！大红想想都后怕。以后的日子里，大红就更加珍爱芦花了，它们俩儿乎就是形影不离了。

"杂毛儿"因瞎了一只眼睛而被主人预定为下一个宰杀目标。任凭他如何闪转腾挪，如何上下翻飞，也没能逃过五月节的家人宴会。都已经拎在主人的手里了，"杂毛儿"还在没命地叫着。还叫唤啥呀？大红就挺为"杂毛儿"脸红的。大红心想，叫声是苍白的，嚎叫有什么用啊？主人想杀你，你是永远逃不掉的。此时若换成是自己，一定会选择安静。

后来，"金脖子"和"大胡嘴"也相继成了主人的刀下菜，主人的鸡群里终于只剩下大红一只公鸡了。大红在自家的鸡群里不再有任何敌人了，大红的日常生活也因此平静了一段时期。

大红第一次迎来了生命中的幸福时光。在鸡的世界里，大红一度成了妻妾成群的国王。它曾独自拥有过一大群母鸡，最多时有二十几只。重要的是鸡群中还有一个它最宠爱的芦花；而更重要的是，大红再也不必担心自己疏忽时会有其他公鸡去骚扰芦花了，随时都可以无忧无虑地睡上一小觉。

除了大花母鸡老气横秋、东施效颦似的"咯咯哒"叫声，母鸡们下蛋后幸福而满足的歌唱都会令大红陶醉不已。尤其是芦花每次下完蛋兴奋无比的、相当于人类女中音的歌唱更是让大红倍感幸福。有时，大红真想与她一同大声歌唱。歌唱它们美妙的缘分，歌唱它们伟大的爱情，歌唱它们心爱的宝贝……但碍于面子，大红却始终站出很威严的样子，只能在心里偷偷跟着芦花的节拍默默地吟唱……

有很长一段时期，大红的日子过得悠闲自得、从容不迫，啥叫有质量地生活呀？啥叫有尊严地活着呀？这才叫有质量地生活，这才叫有尊严地活着。

大红并不是人们印象中那种迷恋美色、过度纵欲的君主。其他都是尽义务，大红真正喜欢的母鸡只有芦花一个。只要能够永远和芦花在一起，大红就觉得很知足了。而在鸡的世界里，情感是公开的，爱恨情仇也都是公开的。对谁好，对谁不好，一切都摆在明面上。这样，就难免有些鸡会产生嫉妒心理。不受待见的大花母鸡就经常欺负芦花，也经常怂恿其他的母鸡合伙来孤立芦花、打击芦花，还给芦花制造各种障碍，编造各种绯闻……

连女主人张玲玲有时都很嫉妒芦花。她经常无缘无故地把芦花扣进花篓里，不让大红和芦花接触。张玲玲不仅嫉妒芦花，同时也嫉妒大红。女主人有时就像个半疯儿，大红除了忍耐，实在没有别的办法。

不过，大红觉得男主人刘长顺的注目不像是嫉妒，而更像是羡慕。一天早晨，鸡群刚从鸡舍放出来，大红就跑向在树下独自觅食的芦花，想把憋了一夜的能量都释放出来。这时，大红发现男主人刘长顺正注视着自己，就想，他会不会也嫉妒自己呢？大红不得不放缓了奔赴的脚步。因为就在前一天，刘长顺还因多看了几眼漂亮的邻居春秀被张玲玲骂了好半天呢。

但芦花的强大诱惑还是无法让大红终止自己的行动，只慢走了几步的大红还是加快速度跑向了心爱的芦花。很快，大红就矫健地飞到了芦花那温润、柔美的脊背上去了……

刘长顺眼睛直勾勾地看着大红给芦花踩蛋，没有表现出丝毫的嫉妒，而更多的是兴奋。刘长顺眼睛眯起来了，是一脸羡慕的表情。就在这次完事后，刘长顺好像是在鼓励着大红，竟把手里正吃着的一大把瓜子扔给了大红。

望着刘长顺羡慕的表情，大红有时就想，刘长顺也够可怜的。其实，在某种程度上自己真的比刘长顺幸福多了。刘长顺就张玲玲那么一个母夜叉式的女人，既不温柔也不善良更不漂亮。远的不说，就说近的吧，张玲玲哪儿也比不上邻居春秀好看啊，再说春秀多有女人味呀，不仅年轻漂亮，而且温柔善良。而刘长顺却只能和张玲玲搅在一起，每天忍气吞声地和张玲玲一个人过着毫无激情的日子。大红一直想不明白，春秀和刘长顺挺般配的，春秀为啥要嫁给粗糙的二虎呢？刘长顺为啥要娶这个并不可爱的张玲玲当媳妇呢？大红不喜欢爱喝大酒爱吃烧鸡的二虎，总觉得二虎和张玲玲应该是一家的。

还有一天，美丽的春秀来借大红为她家母鸡踩蛋。春秀弯着杏眼说："就借大红用几天，踩完蛋儿就送回来。"说她家要新抱一窝小鸡崽儿，还说她家的大公鸡铁将军如何如何受伤了，暂时不能踩蛋了什么的……大红没太听清楚。

大红一度很兴奋，还隔着木栅栏向春秀家望了好几眼。其实大红早就注意到了，春秀家的鸡群里有好几只年轻漂亮的母鸡呢。竟然还有一只长相酷似芦花的年轻母鸡！据说叫"雪花"，是铁将军的至爱。去和如花似玉的她们生一大群孩子，还是很有诱惑力的。可她们一向都是属于铁将军的呀？大红怎么会有机会呢？只能隔着木栅栏想想而已，难道真要有梦想成真的事情发生吗？欲望让大红胆子突然大了起来，竟连对铁将军的忌惮也不知何时飞到九霄云外去了，大红只剩下对美好未来兴奋的憧憬了，那"雪花"真的不错……

没想到，事情竟坏在了好心的男主人刘长顺身上。春秀来借大红时，刘长顺看上去比大红都兴奋。跑前跑后的，平时话语不多的刘长顺却一下子变成了话痨。细心的张玲玲不想感觉都能感觉得到，不想生气都无法避免。

"大红真行啊！大红也太有福啦！竟能踩上春秀家的那群鲜花盛开的母鸡。大红真是太有艳福啦……"刘长顺一遍遍发自内心地感叹着。

"你是不是看人家春秀长得好看呀？"强撑笑脸刚送走了春秀，张玲玲就把刘长顺重重地推进了屋里。

"这是哪跟哪呀？大红是去踩……踩那群母鸡，又不是去踩春秀。"刘长顺本来嘴就笨，着急时嘴就更笨了。无奈，只好笨嘴拙舌地解释。

"是不是你想去呀？我看你想去！"张玲玲狠狠地掐了刘长顺一把。

"我啥时候说我想去了，你咋不说理呢？人家是来借大红的，又不是来借我的。"憨厚的刘长顺强忍疼痛仍笨嘴拙舌地解释着。

"告诉她，不借！我就是不借，我就让她干闲着！"张玲玲又上来不讲理的劲头来。

张玲玲说啥也不同意借大红。喊着说："家里有这么多好母鸡陪着就够它神仙的了，还想到外面拈花惹草去，美的它！吃着锅里的，还要望着盆里的，看它敢出去嘚瑟，不掐折它的腿算我没说！小样的……"

大红觉得张玲玲话里话外更多的是在暗示刘长顺。

大红最终还是空欢喜了一场，想想也罢，冷静下来甚至觉得有些后怕。要是那样，日后也不好面对铁将军哪，更不好面对心爱的芦花呀。

日子久了，大红发现刘长顺真正喜欢的确实是邻居春秀，只是刘长顺不好在张玲玲面前公开表现出来而已。就像自己真心喜欢芦花，而不喜欢大花母鸡一样。大红不明白刘长顺为什么不趁张玲玲不在的时候去找找春秀呢？为什么要一味地守着自己并不喜欢的张玲玲呢？就算不和张玲玲分手，刘长顺为啥不趁二虎外出打工之机偷着去会会春秀呢？要是换了自己，肯定要去的。人类的极其不合逻辑的性情世界，大红实在是看不太懂。

总之，大红觉得男主人刘长顺也很不容易，起码在爱情方面还不如自己这样的一只普通的公鸡呢。大红就多多少少滋生出一些满足感，也就多多少少有些怜悯起刘长顺来了。

有时大红就想：死，其实并不可怕。既然最后都得死，死还有什么可怕的呢？大红觉得自己已经活得相当满足了。同样是雄性，不和别人比，就和男主人刘长顺比吧，大红就觉得自己活得太成功了，太有优越感了，太不白活一回了。每每想到这些，大红就更加释然了，马上赴死，他都知足。

9

隔着高高的木栅栏，大红时常能看见邻居春秀家那只黑色大公鸡——铁将军。它和大红一样，也统领着一大群母鸡。别看铁将军凶巴巴地望着大红，但它看芦花、二美人、小白鸽等母鸡时，眼神里却流淌着春水一样的柔情。

显而易见，铁将军是大红目前最强劲的潜在敌人。好在有高高的木栅栏阻挡着啊，如果有一天铁将军能飞越过来，大红肯定不是铁将军的对手。

关于铁将军的事迹，大红早已耳熟能详。它可真是一只难得一见的威武雄鸡呀！在大红心目中，能称得上"雄鸡"的公鸡并不多，铁将军绝对能算上一个。铁将军真的就像人类的电视广告中说的那样，绝对是"公鸡中的战斗鸡"。

铁将军天生一对强健的翅膀、一双粗壮的爪子、一柄锋利的尖喙，又黑又亮绸缎一样的羽毛也好像是为它量身定做的。可以说，铁将军就应该没有对手。因为其他的公鸡与它相比，差距实在是太大了。大红至今仍清晰地记着：铁将军最后那个强劲对手是被它生生啄瞎双眼而毙命的"大金翅"，那是大红有生以来看到的雄鸡之间最惨烈的肉搏，是大红隔着高高的木栅栏亲眼看见的。

除了担心铁将军，平常的日子里大红并不是一点隐患也没有。大红明显觉察到一个问题：同样是观看大红给母鸡们踩蛋，张玲玲观看和刘长顺观看的表情却截然不同。

张玲玲似乎希望大红把每个母鸡踩上一遍，好让每只鸡蛋都能卖上种蛋的价钱。见大红总是围着芦花打转转时，张玲玲就生气地骂："人好色，养的公鸡也好色，总围着一个美女转，一见着那个美女就他妈走不动道了！"张玲玲骂大红时总是自觉不自觉地捎带着也骂刘长顺。

有一天，张玲玲为了让大红给其他母鸡踩蛋，竟把芦花扣在了花篓里。她自己却出去打了一大天的麻将。让大红一天没碰着芦花不说，还把芦花饿了一整天。弄得大红很上火，没事就去狠啄那只大花母鸡。

更可恨的是，一天夜里，由于张玲玲疏忽大意，忘记了关闭鸡舍的门，导致一只穷凶极恶的黄鼠狼窜进了鸡舍。所有的鸡都处于"雀蒙眼"状态下，被黄鼠狼吓得不敢动弹。大红虽勇敢，但毕竟也是鸡，夜色中视力同样模糊不清，对身边行动迅速的黄鼠狼也只能无可奈何地咯咯鸣叫，大红顾不得这已是半夜时分，边给主人报信边与黄鼠狼对峙。可是就在主人赶来前，可恨的黄鼠狼偏偏咬住了芦花的脖子，千钧一发之际，大红奋不顾身地冲上去胡乱地朝黄鼠狼的身体狠狠啄了一口。大红这突然一击使黄鼠狼暂时松开了口，过了一会儿，发现偌大鸡群中反抗的只有一只公鸡时，它又壮起胆子，张牙舞爪地向芦花猛扑过去。眼看着芦花脖颈上的一大片羽毛被黄鼠狼撕下来了，伤口处已有血在往出流……"雀蒙眼"状态下的大红根本使不上劲，只能没命地叫喊。好在这时，男主人刘长顺听到大红的叫喊及时赶来了。黄鼠狼见势不妙，扔下芦花，仓皇逃走。大红不仅救了芦花一命，同时也让鸡群完好无损。

或许这就是所谓的否极泰来？大红竟从此因祸得福了。

听了刘长顺对大红的夸奖，张玲玲曾一度对大红表现出了相当的好感。很长一段时间，张玲玲没再找大红的麻烦，也没再把芦花扣进花篓，更没再把大红和大花母鸡单独圈到栅栏里。

六一儿童节那天，张玲玲还给大红和小宝子一口气照了好几十张照片。张玲玲说大红公鸡越来越好看了，越来越精神了，选大红和小宝子合影就是取红火吉祥健美之意。大红也从小宝子的照片里看到了好看的自己：火红的鸡冠，黑亮的双眼，金黄的尖喙和强劲的利爪，还有浑身遍体以红色为基调光闪闪、亮晶晶、绸缎一样华丽的羽毛……

张玲玲的这一举动，就像给大红给吃了一颗大大的定心丸：近期生命有保障了，不会出现生命危险了。

10

天有不测风云，再好的日子也难免会有风雨。尤其公鸡这种战斗角色，就更得时刻面对挑战。

终于有一天，大红一直担心的隐患爆发了。高大威猛的铁将军不知怎么就飞越了那道高高的木栅栏，它太傲慢了，好像根本就无视大红的存在，落地的第一时间就直接奔着芦花扑了过去。

芦花没命地在前面全速奔跑，铁将军威武雄壮地在后面紧追不舍……

眼看着铁将军庞大的身躯就要跳到芦花那美妙绝伦的后背上了，大红来不及寻找最佳时机了，只能别无选择地扑向铁将军。

铁将军被突然杀出的大红惊扰了一下，好半天才缓过神来。铁将军多少还是表现出一些不耐烦来，像是在说，"原来是一只不自量力的小红公鸡呀，真想找不自在，难道是活够了不成？"

距离铁将军近在咫尺了，这回大红看得更真切。铁将军真的比自己高大多了，也强壮多了，要比自己整整大上一号。铁将军肌肉发达，行动敏捷，奔跑起来就像一道黑色闪电；就算它站在那里不动，周围似乎都轰鸣着巨大的磁场……那层次分明的颈羽，在阳光的照耀下熠熠生辉、光彩照人；尤其是那错落有致的尾羽，更是在大地的衬托下傲然耸立、剑拔弩张……那可真是一只矫健无比的巨大雄鸡啊！

表面上看，大红和铁将军没有什么可比性。与铁将军对抗无异于人类的拿鸡蛋碰石头，换了谁都会明智地选择避让。大红之所以选择对抗，也实属无奈之举，只能说，大红非凡无比的勇气来源于内心深处那个至爱——美丽善良的芦花。

铁将军明显没把大红当成真正的对手。虽然暂时耽搁了到手的好事，但铁将军也还很有大将风度。铁将军回过身来威风十足地站定，居高临下地斜视着大红。

大红这才有了思考一下的机会。大红毕竟一向追求那种"木鸡养成"的境界，既然铁将军没有马上行动，自己更不能贸然行事，大红也停止了进一步的行动。大红旋即决定：就像以往那样，以不变应万变。

大红边与铁将军对峙边告诫自己：没事别惹事，有事别怕事。开弓没有回头箭，英雄自古肝胆悬。既然选择了进攻，那就只能勇往直前。大红于一瞬间竟冷静到了极致——光凭体力，十个大红也未必是铁将军的对手，面对如此强悍的敌人，大红绝不能轻易出手，必须瞅准时机，命中要害，一招制胜。

可以说，铁将军犯的第一个错误就是给了大红一个思考的机会。

接着，铁将军试探性地啄了几下大红的天灵盖，大红头上的羽毛被啄掉了好几根，好像也出了一些血，但大红忍住了疼痛，一动没动。

"小样，不过如此罢了。"正当铁将军心里有了这样的结论、多多少少有些麻痹大意之时，大红发动了突然袭击，它死死地叼住了铁将军咽喉处肥厚"下坠儿"的根部。

这是轻敌的铁将军所犯的第二个错误，也是致命的错误。

铁将军就像一条大蟒蛇被抓住了七寸，任凭它那锋利的尖喙如何转动，都啄不到矫健的大红。眼看着利喙无法派上用场，铁将军只能拼命地用粗壮的爪子向大红的身体猛烈弹击了，大红也只好悬在空中用爪子胡乱地蹬踹抓挠……

四只鸡爪横空出世，令人眼花缭乱。爪到之处，就有带着皮肉的红色和黑色鸡毛纷纷飞落，同时地上不断产生新鲜的血色印迹……

任凭铁将军怎么奋勇蹬踹，任凭铁将军如何凶猛抓挠，孤注一掷的大红就是坚决不撒口……

这哪里是两只公鸡在战斗？更像是两个摔跤选手在近身缠斗。短兵相接的两只公鸡滚作一团，弄得满地都是沾血的尘土和带肉的鸡毛，铁将军一辈子也没看过、更没打过这么独特的仗。这仗打得也太埋汰了！有点像人类的斯大林格勒保卫战。敌中有我，我中有敌，是一场纠缠不清的艰苦巷战。这里根本用不上机枪和大炮，甚至连刀子都没有，只能徒手肉搏……连大红自己也觉得太埋汰了，但这是相对弱小的大红战胜强悍对手的唯一方式。

好像经历了整整一个下午，两只一直合为一体的公鸡终于分开了。它们虽已竭尽全力，但仍然愤怒地对视着，大红把铁将军的整个"下坠儿"全部撕扯下来了，并且仍然叼在嘴里；铁将军虽高昂着不屈的头颅，但整个喉管都血肉模糊地暴露在外了，鲜血仍然不停地往出流淌着……

为了芦花，大红和铁将军真的斗成了你死我活。公鸡咋都这么好斗啊，围观的人们当然无法知道大红和铁将军是为什么而战，实际上它们为芦花而战，和人类著名的特洛伊战争是为了美女海伦而战是一样一样的。

铁将军由于失血过多，看上去很难活过当天晚上了。又正好赶上二虎回来探亲，看着实在太遭罪，最后时刻，春秀只好让二虎给铁将军再补上一刀。这样，铁将军就铮铮铁骨地成了二虎当晚酒桌上的意外大餐。

大红也遍体鳞伤，几近丧命。好在女主人张玲玲待它正好着，也好在主人家里目前尚没有多余的公鸡，更好在男主人刘长顺没在家，浑身是血的大红竟然没有被杀掉吃肉……

休养了好久好久，大红才恢复了一些元气。自己怎么会是铁将军的对手呢？事后大红想起来都感到太不可思议了。

铁将军的死让大红复杂的心情持续了很长一段时间，作为公鸡中的骄傲，铁将军应该是所向披靡的，应该是战无不胜的才是啊？任何一只公鸡沦为铁将军的对手都应该是不幸的，战败乃至死亡应该是没有任何悬念的啊？铁将军这样百年不遇的优秀公鸡怎么会死在普普通通的大红前面呢？世间的事有时真是太奇怪了。深受重创的大红对铁将军竟然一点也恨不起来，更多的是对罹难英雄的惋惜与悲悯……

11

因为大红才没有了优秀的铁将军，春秀为了再抱一窝小鸡，就又来借大红了。

　　有了上一次的经验，刘长顺不再表现出眉飞色舞的样子。有些话他就故意反着说："春秀家现在可大不如从前了，不像咱家有这么多的好母鸡。她家鸡群虽大，可哪有个像样的好母鸡呀？我看都是些老弱病残，咱家大红可不趟那浑水、遭那罪去。"

　　"不能什么好事都可着大红啊，我看就应该让大红去体验体验艰苦的日子。不能让它身在福中不知福，必须得去。"张玲玲说。

　　刘长顺又假模假式地替大红发了半天牢骚，才就坡下驴地把大红交给了春秀。春秀则心照不宣地抱起大红，跟她回家"遭罪"去了。

　　大红终于面对春秀家这群如花似玉的母鸡了，它的心情一度极其激动，极其复杂，久久不能平静……

　　头两天，大红总是能想起铁将军，表现出惊魂不定的样子。战战兢兢踩完铁将军生前最宠爱的那几只漂亮母鸡，尤其是踩完"雪花"时，大红总要心有余悸地颤抖上一阵子。这些可都是铁将军生前的宝贝啊，如果铁将军在身边的话，大红肯定会被活活啄死的。而铁将军现在确确实实已经不存在了，大红还是时时感到莫名的不安和惶恐。从这一点上看，大红不得不发自内心佩服起铁将军，佩服铁将军身上那看不见摸不着的与生俱来的威慑力和感染力。

　　直到三天以后，大红紧张的心情才渐渐放松了一些，面对那些风情万种的母鸡们才越来越得心应手、从容不迫了，才越来越像一只人们印象中真正的公鸡了。

　　大红借给春秀家这些天，刘长顺也显得格外兴奋。女主人张玲玲好像回娘家串门去了，刘长顺经常趴在木栅栏上看大红给春秀家的母鸡踩蛋。刘长顺眯着眼睛似乎在说："大红，你可真有福气啊！那可是一大群跟春秀一样又年轻又漂亮的母鸡呀！"

　　和别人家的母鸡群在一起确实让大红充分享受到了艳遇的快乐。但大红高兴了几天之后，还是深情地想念起芦花来，芦花才是大红喜欢并真正属于大红的母鸡。只有和芦花在一起，才能让大红感觉到踏实和安稳……

好在没过几天，大红就回到了自己的家，就回到了有芦花陪伴身边的自己最熟悉的鸡群当中。

在大红印象中，春秀是个知恩图报的女人，最受不住别人的示好。为了感谢张玲玲，她把丈夫二虎在外边打工能挣很多钱的事也跟张玲玲和盘托出了。

张玲玲心就活了，看样子也想让刘长顺出去挣点钱了。大红觉得张玲玲之所以不让刘长顺到城里打工，就是对刘长顺不放心。多少次张玲玲当着大红的面就说刘长顺，你们男人真就像公鸡似的，放出去没人管真不行。城里的狐狸精太多，放出去还了得。

大红认为是明眸善睐的春秀最终让张玲玲下定决心、改变主意的。张玲玲一定认为刘长顺和男人不在身边的春秀总这么眉来眼去的，时间长了一定要出事的。与其一天天地盯着刘长顺，真不如暂时把他放出去挣点儿钱省心。毕竟近在眼前的春秀才是刘长顺最大的诱惑，城里的狐狸精不过还只是个传说。再者说了，眼不见，心不烦。

在春秀的热心串联下，刘长顺很快就联系上了二虎。没多久，刘长顺也到二虎所在的城市打工去了。年底的时候，刘长顺还如愿拿回了让张玲玲眼热的工钱。

一切平安无事，尝到甜头儿的张玲玲当然高兴了。张玲玲早就顾不上她过去最担心的事了，更喜欢钱的她从来没问过刘长顺在城里是否有狐狸精。春节刚过，张玲玲就又催刘长顺赶紧进城。时间久了，男主人刘长顺就越来越像个来去匆匆的客人了。

各自的男人都进城打工了，张玲玲和春秀也走得越来越近了。少了防范和猜忌，两家中间隔着的高高的木栅栏慢慢也被拆除了。大红一度就成了两家鸡群里唯一的大公鸡，幸福而忙碌的生活持续了好长一段时间……

12

虽然春秀和张玲玲朝夕共处，但她们毕竟是两个不同类型的女人。春秀的性格比较内向，天生丽质，而且心地善良；张玲玲的性格则比较外向，长相一般，而且爱发脾气。春秀好像越活越年轻了；而张玲玲却明显见老似的，还是从前那样阴一阵雨一阵的，情绪飘忽不定，其他的基本上没有什么大的改变。

这些，喜欢晒太阳的大红经意不经意间也都看在了眼里。

身为公鸡，大红空闲的时光经常用来琢磨和观察主人。日子久了，大红多少就能摸出女主人的一些心思了。比如说，张玲玲并不是每年都希望有个母鸡来当"老抱子"，因为想当"老抱子"的母鸡会很长一段时间不再产蛋。更多的时候，张玲玲愿意让母鸡多下一些鸡蛋来食用或者出售。

这样，那些不识时务的母鸡就遭受到了各种酷刑——

蹲小号。这是张玲玲最原始的土办法。她把想当妈妈的母鸡用大花篓长久地扣押起来，不给食吃，不给水喝，大多数母鸡经不住忍饥挨饿的折磨，日子久了只好回心转意……

倒悬挂。有人说把要当"老抱子"的母鸡用绳子绑住双腿，大头朝下地吊起来，直到她忘记一切，不再有任何梦想……张玲玲也照搬过来，并且能做到一丝不苟，保证能认认真真地执行好每一个细节。

用水淹。对于那些顽固不化、执迷不悟、一门心思想当妈妈的母鸡，张玲玲就把它们的脑袋长时间地按到井拔凉水里浸淹。每天反复数十次，弄得母鸡死去活来，呕吐不止，直到母鸡彻底心凉，从美梦中清醒过来……

架火烤。炎炎烈日下，再点上一大堆柴火，把蹲小号、倒悬挂、用水淹都不见成效、视死如归想当妈妈的母鸡绑在火堆旁边，让满身厚羽的母鸡只剩下张开喉咙、大口喘气的念头。常常能看见，饱受煎熬的母鸡们打开的双翅就像罪犯伏法了一样，低头悔过，痛不欲生……她们最终就会放弃梦想，回归现实。

此外，还有许多稀奇古怪的招数，女主人张玲玲只要听到谁有对付"老抱子"的馊主意，一定要拿过来亲自试上一试。

这年夏天，看见大花母鸡又当上了妈妈，有了自己成群的孩子，儿女情长的芦花竟然在张玲玲已经抱完一窝鸡崽儿的情况下不识时务地做起了母亲梦。

张玲玲就用历年来对付"老抱子"的手段对待了大红心爱的芦花。由于芦花想当母亲的爱心太执着，张玲玲几乎把所有的酷刑都用在芦花身上了，但还是无法让芦花放弃心中的向往。

张玲玲又拿出新学来的损招对付芦花。她左右开弓地扇芦花的嘴巴子，打在芦花的脸上，却疼在大红的心里。张玲玲还一边扇一边霸道地骂着："就你不听话，就你不要脸！人家都在好好地下蛋，就你偏偏想当妈！我想让你当，你能当上，我不想让你当，你休想！"

张玲玲后来气得都有些发疯了，竟然把芦花直接用大花篓扣在后院的凉水池子里，好多天都不去搭理它，也不去喂它食吃。让前院望眼欲穿的大红爱莫能助、心急如焚。

经历了太多太久的折磨，芦花总算从梦想中清醒过来了。但从那以后，芦花做下了严重的风湿病。芦花的身体发生了变形，双腿不停地抖动，路也走不稳了，几乎就不能跑了。有时，芦花就像控制不住身体的重心似的，站在原地总是往后坐，需要努力地向前撑着才能站住。芦花虽然勉强还能产蛋，但母性体征已经明显衰退，不再是昔日那只轻盈而丰腴的美丽母鸡了。

大红虽然依旧爱着芦花，但已不忍心将自己重重的身体再压到芦花身上。它们只是一有空儿就习惯性地厮守在一起，不可能再有共同的孩子了。

刘长顺这次自春节出去打工，一直没有回来。主人家的钱好像越来越多了，但主人家的日子并没有像想象中那样越过越红火，而是越过越冷清了。不知为什么，大红这些天出奇地想念男主人刘长顺，觉得他回来这家才像个家。

这天难得地热闹了一会儿，好像是小宝子要当班级干部了，张玲玲得请小宝子的老师吃饭。多年来大红已经养成了一种习惯，主人家突然变得热闹可不是什么好事，那往往是公鸡们最危险的时刻。大红多多少少有点担心自己，但又一想自己作为鸡群里唯一的成年公鸡，被杀的可能性也不会太大。大红只是对自己的处境略有担心地惶恐了一小阵儿。

但大红绝对没想到更不幸的事情就要发生了，女主人竟要杀芦花！芦花是母鸡呀？正值产蛋最佳时节，在鸡群里尚有公鸡的情况下，女主人怎么会选择杀产蛋的母鸡呢？

女主人抓芦花时大红都没想太多，还以为张玲玲想摸摸芦花今天有没有蛋要下呢，而且张玲玲也确实摸了一阵。虽然大红一向讨厌女主人对母鸡们这样做，但它也没有办法阻止女主人去非礼那些母鸡们。就算轮到自己心爱的芦花，大红也只能是无能为力地怒视着。

直到后来，张玲玲一手拎着菜刀，一手拎着芦花走向了干草垛，芦花一路发出"嘤嘤"的哀鸣声，并且脑袋一直转向大红盯着它看，像在与它告别，大红才反应过来接下来就要发生什么。

大红奋不顾身地跑了过去，大红是想用自己来替代芦花。开始时，大红死死地挡在张玲玲前行的路上，张玲玲就用脚踢了大红一下；后来，大红见张玲玲拿起了菜刀，才别无选择地走向了极端。惊恐慌乱中，大红竟飞起来向女主人身上扑去，先啄伤了张玲玲的手，又啄伤了张玲玲的脸……

一向视脸面如生命的张玲玲这回可真生气了，"你这只该死的公鸡哎，自己的小命儿都难保呢？还要管这么宽！你以为你踩蛋了，她就是你的了呢？别忘了我才是她的真正主人！"张玲玲说着愤怒地抡起一把大扫帚狠狠地打向大红……

大红并没有躲避，心想，主人你就打死我算了，免得再去杀死我的芦花。

没想到张玲玲随手抓过那个大花篓，一下就把大红扣在了里面，回身又在上面压了一块大石头。"这回我看你还消停不消停？不自量力的玩意！"

张玲玲杀芦花时，大红就没命地边叫边向外猛冲，竟把自己撞得头破血流……大红疯了。硬的不行了，只好又软下来，大红一直在大花篓里高声地哀求着："求求你们了，不要杀死我的芦花呀！求求你们了，谁能帮帮我啊？快来救救我的芦花呀！"

人们当然听不懂一只公鸡叫喊声中的真实内容，人们只能听到一只公鸡发出了该死的烦人噪音。谁也不知道那是大红发自肺腑的最后的，也是最真实的绝望心声。

伴着大红悲愤的哀叫，张玲玲一边叨咕着杀鸡咒语"小鸡小鸡别见怪……"一边施展了她的拙劣刀法……

在大花篓里，大红眼睁睁地看见了心爱的芦花一点一点地慢慢死去了，大红也看到了小宝子，还看到了春秀，可他们都一脸无可奈何、爱莫能助的表情，好像也根本听不懂大红在喊叫着什么。后来，大红好像还看到了出门在外的男主人刘长顺，刘长顺正焦急万分地从遥远的城市一路狂奔着往家赶着……大红好像还看见了一身洁白羽毛的妈妈也不顾一切地冲了过来……当然，后面这些都是大红的幻觉，因为刘长顺和已经过世的妈妈此时根本不可能出现在这个可怕的现场了。

大红的疯狂尖叫一点也没延缓事态的正常进度。芦花挣扎了好半天也没有再重新站立起来，也没能抬起头来再看上大红一眼。像是有些话还要说，芦花不甘心地抖动了好久，最后才棉软松弛、一声不响地躺在干草堆边上。芦花就这样悄无声息而又无比温柔地死了。接血的水碗已被端走，只有几滴鲜血凝在没来得及拿走的菜刀上。远远望去，菜刀上就像镶嵌着一朵艳丽鲜亮的玫瑰花……

13

事后，大红冷静下来想，主人想杀鸡，鸡是无法阻止的。大红又不是小公鸡了，它当然知道这个简单的常识。大红当时下意识的过激举动连它自己都感到吃惊。大红怎么有能力拯救得了一只母鸡呢？就算那是大红心中的挚爱，就算那是大红心中的女神也无济于事。除非男主人刘长顺在，刘长顺要是真在现场的话，他肯定能听懂自己当时那悲痛欲绝的哀求声……

还好，芦花是为小宝子当班干部而死的。芦花死得还算有价值、有名号的，也算用身体为主人家做出了最后的贡献。

芦花是被冠以"下蛋的鸡"，让女主人张玲玲杀掉并隆重招待贵客的。客人们打着酒嗝走出院门时，还在说："张玲玲这人可真好，张玲玲这人做事可真是太讲究了！"还说："张玲玲这人有诚意，重感情，够意思，连正下蛋的母鸡都舍得杀给老师们吃，以后一定得好好教小宝子，争取让小宝子当上正班长……"

芦花死后的第二天凌晨，好像午夜刚过，一向小心谨慎的大红却破天荒地打起了鸣儿。这才是真正意义上的"半夜鸡叫"啊。大红足足比往日多打了二十多遍鸣儿，别说全村的人会烦，全村的狗都会烦。这无疑是大红自杀性的悲情抒发，是绝望至极后一切都无所谓的彻底放下。或许在人类听来都是公鸡的啼叫，但鸡们肯定能听出极度的悲伤。尤其是大红最初那几段沙哑的悲鸣声，分明就是公鸡版的"杜鹃啼血猿哀鸣"。女主人张玲玲只注意到了时辰不对，她肯定不会注意到这些悲伤的细节。话又说回来了，就算女主人张玲玲注意到了，又会有什么用呢？

没有芦花的日子里，大红觉得生活更加冷清了，常有种无依无靠的孤独感。虽然大红身边仍旧有那么多搔首弄姿、风花雪月的母鸡，大红却像视而不见。二美人"黑里俏"因成了新女神而日渐容光焕发起来，整天不停地梳理羽毛，精心打扮；浪妹子"小白鸽"也学会了附首垂眉，总是弄出暗送秋波的样子；假清高"花孔雀"也不再清高了，变得温柔体贴起来，常常小鸟依人样偎在大红的身旁……母鸡们不断地争风吃醋、不断地给大红投怀送抱，可心事重重的大红总像打不起精神。总之，身边没有了可爱的芦花，大红的鸡王生活过得不咸不淡、没滋没味、缥缥缈缈、恍恍惚惚……

大红经常站在高处看着什么，看得最多的还是自家园子里那些春种秋收的庄稼。从乍暖还寒的春天万物复苏、小芽伸展开始看，再看各种秸秆在夏日骄阳下如何疯狂生长，看生机勃勃的玉米，看墨绿油亮的高粱，看果实饱满的大豆，看顶花带刺的黄瓜……一直看到那些曾经茁壮的秸秆结完各自的果实之后又在秋风中一点点地干枯死去。老迈的它们连呻吟都不会，只能无助地在风中瑟瑟抖动，借助风声漫无目的地翻滚飘落……时间长了，大红已经养成了每天都要久久注视园内庄稼的生活习惯。好像大红不去认真凝望，那些玉米、高粱、大豆等就不会顺利地生根、发芽和成长，就不会走完时而辉煌、时而平淡、时而悲凉的一生。

又到了秋天，大红仍然沐浴在乡村日渐凉爽的阳光里。望着风中即将干枯的秸秆，大红心中就有了一种为期不远的等待。半梦半醒中，大红好像预感到自己在人世间的生命已经走到尽头了，芦花就在不远的天边等候着自己呢。而大红之所以迟迟不走，也好像是在等待一个人，等待和那个叫刘长顺的男人从远方回来，做个最后的告别……

女主人张玲玲当然看不见大红的痛苦，每次看见站在高处浑身罩着金色阳光、火炭儿一样的大红，本来不怎么愉快的她也会一下子变得兴高采烈起来。常能听见女主人肤浅的调门儿："看！这大红公鸡就是招人稀罕，看着就是喜庆，就是吉祥！"就像有了大红，好事就可能随时降临似的。

果然没过多久，村长就来主人家报喜了。村长一脸夸张的笑容，说他已为主人家办成了一件天大的好事，说主人家的农田就要让城里的房地产开发商高价承包了，说以后主人不用贪黑起早种地了，坐在自家的炕头上等着收租了……还说全村最好看的春秀求他办多少回了，那都没好使……直说得张玲玲面若桃花，由心到脸都有红潮在涌动……

大红终于被张玲玲抓到手上。不过，这次张玲玲抓大红时，大红一点儿也没有像往日那样机警地飞跃躲藏，大红就是等在原地被主人随便拎起来的。四处尖叫逃窜的，倒是那群惊魂未定、贪生怕死的母鸡们。

女主人张玲玲对很容易就把大红抓到手里颇感意外。她还得意地跟春秀说，"我说的呢，大红天天站在高处，就像一直给我报喜似的。"张玲玲还自以为是地说什么："大红到底还是老了，有点跑不动了。否则，我不能这么容易就把它抓到手啊。不过，这回它也总算完成使命了。还是养只红公鸡吉祥啊，看来我明年还得留一只红公鸡。"

春秀一直低着头，只是不置可否地回了一句"是嘛"。

张玲玲新抱的那窝小鸡正在成长中，不出意外的话，明年一定会有只幸运的红公鸡存活下来……

春秀说她不忍心看大红被杀掉的场景。"当个公鸡真可怜啊！表现再出色也躲不过这一劫呀。"说着，春秀就匆匆地跑回自家的屋里去了。大红从门缝里看见了春秀美丽的杏眼，美丽的杏眼里似乎含着复杂的泪水。

村长倒是假模假式地走过来阻止了张玲玲一下："还真杀鸡招待我呀？我看就不必了吧？一会儿我还有正事要忙呢。"但村长一直倒背着双手，一直说走却一直也没有走出院门。

大红想，死了也好，死了就再也看不着这么烦人的村长了。

同样是死，芦花因为小宝子上进而死，大红却落得个因张玲玲溜须村长而死。大红感觉自己死得太不值个儿。远没有芦花死得壮烈和光荣，芦花死得重如泰山，自己却死得轻如鸿毛……同样是死，大红觉得自己甚至也不如铁将军死得有价值，让烦人的村长吃了还不如让野蛮的二虎吃了呢，二虎毕竟还是个大男人……

大红一直被女主人张玲玲拎在手里，啰里啰唆的女主人又和村长谄媚了好半天才终于走向大门口那熟悉的干草垛。还好，那里早已经放好了一把菜刀和半碗凉水。

这时，大花母鸡正带着一群刚出窝的小鸡们在大门外的大粪堆上刨食吃，小鸡们一边幸福地吃着虫子，一边无忧无虑地追逐着、嬉戏着。

张玲玲笨拙的杀鸡技术虽然让大红无比痛苦，但却延长了大红生命的最后时光。大红没能等回男主人刘长顺，却在疼痛中多看了几眼亲切的家乡。大红一边流着血，一边再一次看到了远处那群尚不谙世事的小鸡们。大红似乎从那群花枝招展的孩子中看到了当年的自己，似乎也看到了当年的青草地，看到了威武的铁将军，看到了善良的妈妈，看到了美丽的芦花……

恍惚间，大红竟真的觉得自己又回到了天真烂漫的童年……

群众艺术

一

市群众艺术馆是个清水衙门。一天说没事又有点儿事，有事又没啥大事。像评职称这种事就算是大事了。别看平时闲谈中职称稀松点儿事，可一到动真格的时候，很多人的眼睛就立刻变红了。用群众艺术馆文学创作辅导干部阎无忌的话说，群众艺术馆是个"庙小妖风大，池浅王八多"的鬼地方，这话有时也不过分。

星期一是群众艺术馆人员到位最齐全的日子，人们闲散完周末，到周一有事无事总要来馆里转上一转，这样才像仍是个群众艺术馆人。加上几天前二楼半的小黑板上就白字黑底地写出通知：下周一上午 8 点30分召开全馆职工职称年度评定工作会议，望全馆同志务必到会。所以这个周一群众艺术馆的人显得更加齐全，连平时不太打照面儿的老弱病残们也都早早地来了。

许家逸毕业于美术学院油画系，一晃在群众艺术馆美术辅导部干十年了。这些年虽没辅导出来几个像样的学生，但自己在油画创作上却取得了不小的成绩，作品多次参加全国美展并在国内获奖。按理说，许家逸去年就应该评上副高职称，最后他却出人预料地让给了同部要退休的老于。老于为在退休之前把副高弄到手，非常露骨地一直跟许家逸争到黔驴技穷的地步。许家逸最后能让给老于，与老于自己认为的顽强争取毫无关系，百分之百出于许家逸对那代人的恻隐之心——那代人中的一些人没有机会读到更多的书，但却跟头把式地创建了群众艺术馆并苦劳大于功劳地干了一辈子。所以对许家逸来说，这次评上副高如囊中取物，评上很正常。许家逸觉得参加会的实质意义不是很大，只要在投票之前赶到就不碍事。选谁不选谁许家逸几乎去年就定下来了，来早来晚仅仅是个态度问题。也没比平时紧张多少，和往日一样送儿子上学，回来时为节省伍角钱还等了大公汽，大公汽好堵车，致使许家逸迟到了二十分钟。虽说许家逸心里很在意这个副高职称，但对这次评定本身显然未引起足够重视。

在市场经济很活跃的当代中国，职称已不被更多的人看重，看重职称的只剩下为数不多的极少数人，这极少数人还鱼目混珠地分为两种——一种是腹中空空的假文化人，自从他们阴差阳错地混进文化圈之日起就陷入尴尬境地，又不具备跳槽的能力，只得硬撑门面；一种是比较来说纯正到家的文化人，把职称当作社会对自己的承认，较劲的时候难免据理力争。说时下什么都毛，尤其职称毛得厉害，评上评不上能咋的？话虽这样说，可真就没评上时，熟头巴脑的到一起就又有的说，这么毛还没整上，不毛呢？许家逸就是一路带想不想，说重视又不太重视，说不太重视又挺重视的心理状态来到群众艺术馆五楼会议室的。

许家逸进来时，李馆长正巧说到副高职称。"……经过再三争取，上面最终给咱们馆三个指标，这次咱们馆申报副高的有五位同志，看来竞争还是相当激烈的……"

许家逸仍不觉得事情像李馆长面部表情那样严峻，他就拎着一把折叠椅，随便找个空地方坐下来。

李馆长传达完文件，再次强调副高竞争激烈时，坐在许家逸前边的阎无忌回过头来说，"操，就你们副高还有点评职称的味道，就那几个人不是明摆着吗？够就上，不够就坚决不能上。非得像我们中级那样，三个人申报，给四个指标？那是不激烈吗？是××没劲！"

接着，李馆长让办公室宁主任讲一讲具体评定步骤。

宁主任年年搞这项工作，显得轻车熟路，说，"先由参加本年度职称评聘的同志宣读业务汇报和业绩材料，然后进行无记名投票式民主推选，馆里综合推选结果再报到上级主管部门。咱这就开始？"宁主任问李馆长。

"开始吧。"李馆长看看旁边的孙书记（兼副馆长）和葛副馆长。

孙书记和葛副馆长都点头，"开始吧。"

"那就开始了，"宁主任从档案袋里拿出一叠纸，"咱们和以往一样，初级先读，然后是中、高级。咱以姓氏笔画为序，我念到名的同志到台上来读。"

"王宏！冯雪做准备……"

群众艺术馆人很熟悉的、象征意味很浓的宣读开始了。

其实，参加投票的人心中早已有数，一个单位的人，谁啥样谁不清楚。大多数人是无奈地等着漫长的宣读之后在推荐表中划上圈好完事大吉。

宣读之前，阎无忌已在地上扔了好几个烟头。轮到他时，他并未拿事先准备好的那厚厚一叠业绩材料，只是信口草草地说了几篇最具说服力的小说发在何处、选在何处又获何奖。

阎无忌的简短发言导致大仙等人齐声喝彩："这样就对了，捞点儿干的，一个鸡蛋比一筐鸡粪值钱……"

"这才叫鸡蛋壳揩屁股——喊里喀喳。"大仙等人的话引起一大片笑声，使昏昏欲睡的群众艺术馆人精神了一会儿。

阎无忌回来后接着扔烟头，显得更加无所事事，先是和大仙谈一会儿周易，说不过大仙就伸着懒腰和许家逸分析副高的最后人选。

许家逸也正没意思，就抻着脖子表示合作。

"副高三个指标，你占一个不用说了。哥们给你分析分析另外那两个人选。"无聊的环境竟使阎无忌在他一向不感兴趣的事上显得津津乐道，大有平时谈论重大足球比赛哪队能小组出线的意味。

"还用分析，大刘和老金呗，我以为你要发表啥高见呢。"许家逸不无失望地说。

"事情要这么简单还叫群众艺术馆了，看来许兄你还是不太了解群众艺术馆。"阎无忌诡秘地微笑一下，"许兄你说的可能是投票推选的结果。"

"投票推选的结果不就得了？这还说啥了。"许家逸说。

"群众艺术馆的职称有几回是百分之百按投票推选的结果定的？群众艺术馆的事不办出点儿怪味来还叫群众艺术馆吗？"阎无忌说。

"大刘去年仅次于我，这几年没少培养声乐人才，去年年底又得个文化部群星一等奖，人家比我大五岁呢，整好了能排在我之前，这回评上副高有问题？"许家逸说。

"那老金呢？"阎无忌极认真的样子。

"老金咋的老金，虽说不出特别好，可也说不出特别不好。搞群众文化研究的再有水平也难显山露水，老金大半辈子扑在群众文化研究上，兢兢业业，一丝不苟。年年都参加省里的群众文化理论研讨会，虽说得那些荣誉证书档次一般，但也是获得了省级奖励。再不济老金也是名牌大学毕业呀！五十多岁的人了，你小子凭什么不让人家当副高？"许家逸把伸出的脖子收了回来。

"错了，你全说错了。"阎无忌盯着许家逸的眼睛平静异常地说。"另外那两个人选恰恰是你淘汰那两位。副高的最后结果将是——许家逸、孔春苑和穆大海。"

"扯！你这纯属逆向思维。就算是逆向思维，也没你这种逆法的。"许家逸连连摇头，大有不屑一议的意思。

阎无忌没有接着许家逸的话说，沉默了半天，声音极低却很重地说，"结果肯定是这样的，我也不过是五分钟之前才突然真正理解了李馆长所说的'激烈'。"

这时，业绩宣读全部结束，宁主任开始由前往后给大家发推荐表，人们相对显得混乱。

"你根据啥下这个结论？"看着阎无忌认真的样子，许家逸问。

拿到表之后，两人飞快填完就交回了宁主任手里。宁主任半开玩笑地说："这么快就填完了，别把不该选的选上。"

阎无忌也半开玩笑地说："群众艺术馆总是先民主后集中，民主时整错了集中时也能找回来。"

宁主任表情复杂地笑了一下。

阎无忌并没忘刚才的话茬，他把许家逸拉到会议室最后边的小桌子旁，他也许用嗓子眼儿说话压得太难受了，声音比方才高多了："孔春苑和李馆长的关系你不会不知道吧？她孔春苑为什么要从经济效益那么好的市歌舞剧院来你带死不活的群众艺术馆？孔春苑的老公做大买卖，人家不缺钱花，来群众艺术馆干啥，只有她自己知道。据我所知，是当年李馆长在文化局当科长时把孔春苑从县城调到市歌舞团的，孔春苑也是到歌团后才有机会嫁给现在这个老公的，受人滴水之恩，不该涌泉相报？报答归报答，孔春苑也并非没自己的想法，没见她这些年什么证书都往手里划拉？也许她就坚信'量的积累达到一定程度就会实现质的飞越'。别看孔春苑平时不声不响、不争不要小绵羊一样，大家都不把她当对手，我总觉得事情不会那么简单。"

"爱美之心人皆有之。如果换了你是李馆长，在家庭不是很和睦的情况下，千载难逢地遇上一位比自己年轻十五岁且温柔多情的漂亮女人，你会如何？李馆长可是个一向讲原则的人，就算孔春苑有借光的意思，他也不会违背原则的。孔春苑来群众艺术馆也不是一年两年了，你看李馆长什么时候明显关照过孔春苑？"许家逸说。

"今年。今年是五十九周岁的李馆长在群众艺术馆行使权力的最后一个年头。如果他今年不把孔春苑的副高职称问题解决了，孔春苑这种既无学历又无突出业绩的人在群众艺术馆基本上就不会有什么机会了，除非她觍着×脸再把下一任馆长伺候高兴——孔春苑当然不是那样的人。所以李馆长但凡讲点儿哥们儿意思的话，或者如许兄所说是个讲原则的人，临走就更应该帮孔春苑一把，这比他死守晚节要合情合理。"阎无忌十分认真。

"我觉得李馆长不会那么做的。既然说到这里了，不妨再谈谈你为啥说穆大海能评上副高？"许家逸一向很佩服阎无忌的洞察力，而且两个人平时说话也很投机，闲着没事，唠啥也都是唠。

"市群众艺术馆去年为了以文养文和郊区英雄乡搞了个合作赔个老×朝天你没忘吧？"阎无忌点上一支烟说。

"后来说是让几个农民给骗了，群众艺术馆赔进去十多万。不过，后来不是又把十多万元的窟窿给堵上了吗？"许家逸说。

"去年年底市群众艺术馆每个职工发了五百块钱的奖金，有这回事儿吧？"阎无忌呈沉思状。

"的确有这么回事。"许家逸说。

"这些钱都是穆大海挣的。"阎无忌突然加重语气说。

"穆大海挣钱跟评职称有啥关系？他挣来钱是打着群众艺术馆的旗号，再说事后也给他不少的回扣奖励呀？"许家逸有些急了。

"关系大了。穆大海电大毕业，虽说吹打弹拉，什么都能武扎两下，但属蝲蝲蛄的——样样通样样松。不论水平还是业绩，都绝对与副高职称无缘。但他要想在群众艺术馆混下去真就得有个职称。他办班也好，搞比赛也好，有职称和没职称能一样吗？自己什么水平，他穆大海心知肚明，他不靠这个靠啥？据说群众艺术馆今年的奖金也指望着他呢。"阎无忌很有底气的声音越来越大。

这时，李馆长宣布散会，不公开唱票了，馆里将根据群众推选和平时表现在一周后拿出评定结果。

"咋样？肯定是那么回事了，不妨咱们就等着瞧。"阎无忌第一个站起身来，好像突然兴致全无，随着人流往外走去……

二

大仙所在的美术二部与有电话的办公室是对门，加上大仙联合人，人们没事都愿意往这凑。群众艺术馆男男女女的，荤故事真不少。尤其是大仙、阎无忌等人，常到下边文化馆、文化站走动，耳濡目染，带回来又能添枝加叶地二度创作，大仙以含蓄著称，阎无忌以质朴见长。两个人常能把女同志搞得面红耳赤跃跃欲试，把男同志搞得哄堂大笑蠢蠢欲动……时间长了，美术二部就被"农村俱乐部"代替了。

散会后，很多人和往日一样凑到"农村俱乐部"来，侃了一阵，有人开始张罗中午谁该请客。也有人提议让大仙算一算，在座的谁能评上职称谁请。

大仙虽五十出头的人了，但总活泼乐观地混在青年人堆儿里。大仙悟性极高，不仅国画以独特著称，手相看得也堪称一绝。他从不参与群众艺术馆的职称评聘，像职称能玷污了他的才学。但他又能有滋有味地看别人评职称，另外还有很多事也让人感觉他超脱如仙，故得外号——大仙。

有人问大仙这回谁能评上，谁不能评上。

"群众艺术馆的事我可拿不准。"大仙摇晃着脑袋。

"许家逸肯定是一个了，我也肯定差不多，还谁？"站在一边的阎无忌说。

"我肯定是被请那伙儿的了，好事儿，中午饭有了。"这时，穆大海笑嘻嘻地站在门口。

"你小子正该请客，妥了，今天中午有人安排了。"阎无忌走过去没轻没重地搂住穆大海的脖子，搓摩小猫小狗一样把身材不高的穆大海悠来荡去。

穆大海边挣脱边说，"今天可不是吃大户，今天这饭是有名目的。别人不敢说，许家逸请客不会冤枉吧。"

"哪就家逸请吧。"一直没说话的大刘说。

"许哥，请就请呗，职称问题给提前落实了还不是好事儿，让啥呀？"王宏等小年轻的跟着起哄。

时近中午，大家肚子也叫了，不想再耽误时间，就都盯住许家逸。

"那就这么的，咱就一个一个来，今天头号种子选手许家逸先请，明天再找二号种子选手。"阎无忌惯用体育术语说话。

许家逸无奈，把手伸进上衣口袋摸了一下，别说，今天兜里还真带点儿钱。"不过，话可说明白，在座的很多人都有请客的资格，大伙都饿了，我就先请吧。"

大家鱼贯出门时，在走廊里碰上李馆长、孙书记、葛副馆长和办公室宁主任。他们显然要到楼下食堂进简单的工作餐。"领导走啊，许家逸请客。"有人喊。

"这个时候馆长咱可不敢请，别让人说咱们拉拢评委。"许家逸半开玩笑地说。

"我可不是评委，这酒我得喝。"宁主任一向爱好掺和各种酒局儿，一溜小跑过来。

"你们打算去哪？我给馆长们订完饭菜就去。"

"老地方。"许家逸不太欢迎一喝就多的宁主任，但又不好拒绝，就把话说得挺含糊。

宁主任没好意思再细问，半真半假地点头儿："啊，知道了知道了，你们先走，一会儿我去。"

"少喝点儿酒，别误了下午的正常工作。"李馆长叮嘱了一句。

"群众艺术馆有毛正常工作？！"下楼时，阎无忌声音不小地说。

三

来到楼下食堂时，李馆长吩咐宁主任："咱们今天有工作，安排个说话方便的地方吧。"

宁主任心领神会，把三位领导让到食堂为数不多的一个单间里。迅速要了可口的四菜一汤和啤酒，还为女同志孙书记要了两听可乐。

馆长们一面说"咱们简单点儿"一面坐下来。

"年年评职称都是挠头的事儿，今年副高这块儿最棘手。"四人围坐桌旁等着上菜的时候，李馆长开始了工作话题。

"这几个人还真都具备条件，别看孔春苑没那几位学历高，可人家业绩多，那证书就造一摞子。评职称，还真就不能只看学历，更得看看实际工作能力呀。孔春苑这些年没少辅导学生，四十多岁的人了还起早贪黑修完了电大，逢年过节还帮助机关企业编排舞蹈。社会反响确实不错，晚报上了半版专访呢。"葛副馆长是个工于心计的人。李馆长马上就要退了，以后由谁来接任，局里肯定要征求前任馆长的意见，这个时候葛副馆长绝对不能犯聪明一世糊涂一时的错误。

孔春苑那半版专访，长脑袋的人都能分析出肯定有背景。但此时葛副馆长硬说成是社会的认可。孙书记心里骂葛副馆长滑头，嘴上却毫无办法。她也不能当着李馆长的面说孔春苑不行，只好说："说得也是呀，穆大海的情况不也差不多吗。市场经济时代，虽说群众艺术馆作为事业单位由上面全额拨款，可哪个月不紧张？将将巴巴发完工资，连个旅差费都没了。光说要重视培养群众艺术馆艺术品位高的干部，要真都像老金、许家逸那样的，群众艺术馆还真办不下去。去年穆大海为群众艺术馆挣多少钱，为群众艺术馆解决了多大难题，省内调整那级工资给同志们补发了，十多万元的大窟窿给堵上了，年底还发了奖金……说句心里话，作为主管财经的副馆长，我有时真的发自内心地感激穆大海同志。"孙书记停顿了一下，像似调整情绪，接着又说："穆大海正张罗搞全省规模的电子琴学习班呢，办好了还能为馆里创些效益。副高职称对他来说太重要了，我看今年馆里是不是关照关照这位同志？"

"穆大海可远远不够副高，有个函授大学的文凭不假，可他一点业绩也没有呀。他要评上那些同志能服吗？"葛副馆长说。

孙书记想说孔春苑实际上还不如穆大海呢，但没法说。想了半天说："电大和函大评职称都好使，群众艺术馆是面向群众文化的，其实对专业性的要求不是很强，真就不是凡·高、巴尔扎克那种艺术大师待的地方。穆大海办班教学，对社会的贡献也是不小的。"

葛副馆长见孙书记总是话里话外将穆大海与孔春苑暗比，再争下去李馆长脸上都有些挂不住了，只好妥协，"穆大海不够是不够，但这两年确实为馆里做了突出贡献，实在不行，做做群众工作吧。"

"老金早一年晚一年倒可以做工作，只是大刘和许家逸这儿不太好办，要再多个指标嘛。"一直没太说话的李馆长像很尊重两位副馆长的意见，接着两人余下的话茬说。

"许家逸还比大刘多三票呢。"三位馆长都不出声时，宁主任不失时机地说。

三位馆长仍不出声，宁主任开始觉得自己还是不够成熟，话说得欠考虑，孔春苑和穆大海才每人两票啊！宁主任浑身不自在，好在这时菜上来了，宁主任话题一转，开始品酒评菜……

"大刘去年年底得那个群星奖盖的是文化部的章吧？"孙书记说她爱吃渍菜粉儿又吃了一口渍菜粉儿之后问。

"是盖的文化部的章，还带个挺大个国徽呢。"宁主任高兴时说话总是让人觉着他在有文化和没文化之间。

"正经是政府奖呢。"李馆长说。

"声乐的奖怎么个评法我不太了解，我搞美术出身的我知道美术的奖可是不容易得的。那谁，小许、许家逸的油画近几年在省内外可没少得奖啊，省级一等奖造好几个了。作品经常在国家级刊物《美术》上选登，年轻有为，有目共睹的，这次再不评上可真说不过去了。"葛副馆长一直对孙书记比他大几岁就排在他之前有想法，很看不惯群众艺术馆的论资排辈。尤其在老馆长要退，上面正考察物色馆长人选时，有专业特长的葛副馆长很少和没啥专业特长的孙书记保持一致。

"省、部级虽是同级，但部级要比省级好一些。部长有时就能管省长嘛。"李馆长又像开玩笑又不像开玩笑地说。

"大刘这人爱打抱不平，条件不够他不争，条件够了他是必争的。据说他哥哥和他性格一样，就是因为工作问题和领导干起来了，最后失手把领导打死了，判了个无期，到现在还在监狱里押着呢。我就担心大刘这次评不上要闹情绪。"孙书记说。

"评职称咱不能只考虑个人情绪，论业绩大刘可确实比不过许家逸，大刘得那个一等奖实际上是他教的学生得的，他得的只不过是个辅导奖；许家逸的奖可都是自己创作作品得的，在都是金奖的情况下，那含金量可不一样啊！再说，大刘只是这一回，许家逸可是经常性的。"葛副馆长这回说话针对性明显了。

"小葛，咱们这是研究工作，你对我个人有成见也不能表现在工作上，你还男子汉呢。"孙书记表面上像开玩笑，说的却是心里话。

"孙姐，你看你把话说哪去了，我这不也是为了工作嘛。职称这事一直是群众艺术馆很敏感的事，整不好容易犯说道，咱不得前前后后都想到嘛。"葛副馆长一脸的委屈。

"我和许家逸也没冤没仇，我只是觉得小许还年轻，才三十几岁，以后晋级的机会多着呢，大刘可是四十多岁的人了。"孙书记说。

"许家逸大前年报破格副高就合乎条件，由于群众艺术馆论资排辈的思想太严重，说人家太年轻，硬是没给往上报，我看咱们的思想真该转变转变了。"葛副馆长这话有着更深一层的含义。

中午的工作主要是以孙、葛为中心展开的，李馆长只是在无关痛痒的时候插上几嘴。最难受的要数宁主任，爱喝酒爱说话的宁主任说了一句自我感觉不太地道的话之后就处处赔着小心，酒也没喝出滋味倒引出了馋虫。

眼瞅着就到下午上班时间了，孙书记和葛副馆长仍然谁也没说服谁。李馆长极具总结意味地说："我看咱们还是走群众路线，他们俩还是谁的票数多谁上吧。这样，副高的人选也就基本明确了，也就是说馆班子最后综合上报的副高人选是许家逸、孔春苑和穆大海。看谁还有没有不同意见？"李馆长环视左右。

"行，就这样吧。"孙书记说。

"就得这样了，行了。"葛副馆长说。

"回去谁也别先透露出去，等初级、中级和正高的人选都最后敲定后，下周一开会统一公布。"李馆长边说边站起来，四个人就从食堂里走出来。

四

宁主任上楼后发现中午张罗喝酒那些人都不在，心说："操，这帮小子。"就又跑下楼来直奔群众艺术馆人最常去的"狗肉王"。

"狗肉王"里没有市群众艺术馆的人，老板娘露着挺大个奶子坐在门口奶超生儿子，猛抬头发现了宁主任，就一把薅住："有客不往这儿整往哪整？"

宁主任尴尬着笑："今天、今天不是那么个情况，这不是吗，这么个事儿……"

老板娘极有分寸地掐了宁主任大腿一把："看你敢把客人往别人家领！"宁主任才得以从老板娘手里挣出来。

凑酒局儿这种事宁主任不太容易灰心，附近的酒店就挨家看……

宁主任在荣达大酒店找到那帮人时，酒正喝到高潮。

大家见宁主任来了，纷纷起来让坐。许家逸虽然有点儿烦宁主任，但人家既然找上来了，做东儿的也得显得热情些，忙解释："大伙儿一出来吃饭就是狗肉汤，今天要换换样儿。快坐下快坐下，再上几个热菜，咱们接着喝。"

"可别麻烦了，我吃完饭了，就是来和大家凑凑热闹。"宁主任客套道。

只有阎无忌不动声色，悄悄地又启开一瓶白酒，用一只啤酒杯斟满，推到宁主任眼皮底下。

宁主任面带难色："这，这不扯吗？喝这些还了得。"拿起杯子就要往大家的小酒杯里匀。

阎无忌从宁主任手里把酒杯夺过来，重新放回他眼皮底下，仍不动声色。

宁主任平时就有点惧阎无忌，这时阎无忌又喝得脸红脖子粗，宁主任只好不再推让："好好，今天我算栽这儿了，认了。"其实宁主任是有酒量的，阎无忌给他倒这么多酒他心里并不反感。

见宁主任接受了那杯酒，阎无忌才半开玩笑道："操，还有这样的鸟人，喝酒不带他吧，他还生气；给他酒喝呢，他又不喝了。你们说宁主任像不像中国历史上那种被叫作'养汉老婆'的玩意儿，当了婊子还老想立个牌坊。"

"太像了！差点儿就是啦！"大仙等人喊。然后人们没好声地大笑，要求宁主任喝酒。

"我就服这些搞文学的，糟践人没边儿没沿儿。我认输了，我来晚了我认罚，我喝酒还不行嘛。"宁主任极会自我解嘲，端起酒杯喝了一大口酒。

酒就喝得越来越热烈，每个人基本都是超常发挥了。

喝到一定程度，有人问宁主任职称的事。

宁主任的表情一下变得牛×起来，多年来酒桌上积下的毛病就都弄出来了，之乎者也了半天，又大摇其头："这是机密，这种场合能随便谈吗？"

"老宁，那不是机密，那是个屁。你说对不对？"阎无忌用明显的醉调说。

"你说是啥就是啥，谁有你厉害呀。"宁主任虽然也喝多了，但他还是惧阎无忌。

大仙也喝潮了，就拎着啤酒瓶子绕过来，要求和宁主任单抠。

宁主任说："喝酒我要怕你大仙，我办公室主任这么多年就白当了。"

两个人就你一杯我一杯地干。大仙这人平时清高得很，几乎不怎么和宁主任这样的人来往。不管是喝多了也好，没喝多也好，今天大仙能主动要求单喝，宁主任已觉得相当有面子了。

两个人喝得快且多，一会儿就小腹吃紧，双双奔卫生间而去。

路上，大仙说："我越喝越觉得许家逸今天这东儿做得不太把握似的。"

"你是说许家逸的职称不一定评上啊？"宁主任用一种近于诡秘的眼神盯着大仙。

"我看够呛。"大仙摇晃着脑袋。

"我看差不多。"宁主任故作随便状。

"真不把握。不行今天这客还是我请吧。别让小许事后觉着窝囊。"大仙仍摇晃着脑袋。

"基本差不多吧，没啥大问题。"宁主任虽喝了不少酒，但李馆长最后的嘱咐还没忘，就又含含糊糊地说。

"我最相信我的直觉，这账不能让许家逸结，咱们快回去。"大仙说着就来拉摇摇晃晃的宁主任。

"中午刚定的，我不赶你！你大仙的感觉就都准？再说，要不我能来？你还大仙呢，也不分析分析眼前这事儿。"宁主任一着急，竟把中午的事说出来了。

"这么说，那就是大刘没评上？"大仙眼睛瞪溜圆。

宁主任这才反应过来自己说漏了，忙"嘘"了一下，"这暂时可不能说出去，领导知道了不好。不过，大仙，我还真得佩服你，你怎么能断定许家逸评上了他大刘就一定评不上？群众艺术馆的事儿你咋看那么透？再就是他妈阎无忌那小子，看事儿总是入木三分的。说实在的，咱们馆我就服你们俩。"

"我没啥可佩服的，不过是瞎猜而已，阎无忌可是个人才。"大仙说。

大仙和宁主任回来时，大刘正撕撕扒扒地和许家逸争着付酒钱。就听见大刘骂骂咧咧地嚷："今天没人让我请客，就是觉得我这次职称不把握。老子咋的，今天老子提前请了，我看谁敢不让我当副高？！"

"大刘你别这样大刘，谁也没说你评不上。我做了半天东儿，最后咋能让你结账呢，那成啥事了。"许家逸坚持要由自己付钱。

"家逸，咱哥俩没说的，你比我强我知道。我没别的意思，我是说你能评上我也能评上，你就给我一次享受自信的机会，行不？"大刘带着醉腔说。

许家逸犹豫时，阎无忌上去拉住大刘，"刘哥，还是让家逸来算，这个事儿一开始就是这么定的。"

大刘还是强烈要求由他来，五百元钱都掏出来了。

宁主任有些控制不住自己了，"大刘，你赶紧把钱揣起来，今天这事你听我的。"

大刘像听不懂宁主任的话，仍栽栽歪歪坚持付酒钱。

宁主任就说，"大刘！看来我真得说句到家的话不可了，这么跟你说吧，明年这个时候再喝你酒行不行？"

宁主任这句话竟异常得见效，大刘定格一样僵在那儿，眼睛直勾勾地盯住宁主任。

阎无忌上前扶住大刘，"操，都××喝多了，走吧。"

大刘在市群众艺术馆的走廊里醉声醉气地喊了半下午，"操！吹牛×！今年副高职称没有我刘永胜试试……"

五

晚上五点半许家逸才酒劲儿未醒地回到家。一进门，老婆于玲就劈头盖脸地问，"孩子你也不接，让你给孩子买个小车，你买几天了？"

许家逸自觉理亏，弄出一脸愚蠢的笑容，不想跟老婆理论，就厚着脸往里走。不料，于玲伸出手来，"把钱给我，明天我买去！"

许家逸无奈，兜里掏不出钱来就得实话实说，"那钱让我花了，中午请同志喝酒了。"

于玲勃然大怒，"啥？！你再说一遍，你是大款儿呀，你说请客就请客！"

照说于玲也是美术系毕业，当了这么多年话剧团的舞台美术设计，应该对文化界这种既穷又酸的"哥儿几个小酌"有所理解，可自从话剧团70%开支这几年以来，于玲却变得和家庭妇女差不多了。

许家逸早已培养出对付于玲的一种耐心，就说，"今天可不同往常，今天这客请得光荣，是这么回事儿……"许家逸就把一天的事一五一十地说了一遍。

"你好几年前就说能评上，到现在也没看你挣回那副高职称的钱来。这事都是领导说得算，你总请那些人有用吗？你别总给我来这套，把钱给我拿回来！"于玲还是不依不饶。

"群众都不选你，你也白扯。再说，同志之间的关系都还不错，毕竟大家还看得起咱，说明咱做得还行。"许家逸说。

"拉倒吧！反正孩子的车你得给买回来！"于玲的声音高昂而无理。

这时，门铃响了。许家逸回手把门打开，进来的是大舅哥。

"我在门口听半天了，你们可别吵了，也不怕让邻居听了见笑，不就是要给我大外甥买台小车吗？这事包在我身上了。大舅哥把门关上后一边说一边从钱夹里拿出四张百元钞票。就买叫"好孩子"的那种名牌儿，百货大楼有卖的，388元一台。"

许家逸连说，"不用不用。"

可于玲还是把钱接到手里。说，"这是给他大外甥的，也不是给你我的。儿子，快过来谢大舅。"

儿子就从里屋跑出来谢了大舅。

大舅哥中文系毕业，在杂志社干了十多年编辑也没整出啥名堂，三年前和领导干了一仗就下海搞起了建筑装饰买卖。家里人都说他胡闹，可他却发了起来。人富了，说话难免大方。

大舅哥是发财之后才越来越看不惯许家逸的，许家逸也是大舅哥富起来之后才越来越反感他的。大舅哥说许家逸死脑瓜骨，许家逸则批评大舅哥不务正业。他们之间不像从前那样有点儿共同语言，现在心照不宣的是彼此的轻蔑。所以表面的相敬如宾也需要双方的同时伪装。

"你今天咋这么闲着？"许家逸没话找话地说。

"我上广州了，刚下飞机，这不，我给你们带回了广州腊肠，路上我又买了只金华火腿，一会儿咱下去拎几瓶啤酒上来……"大舅哥说着从旅行袋里掏出一大堆。

许家逸不知道广州腊肠啥价钱，只知道金华火腿三十多块一斤，非工薪阶层能享用。虽觉借大舅哥的光品尝一直没舍得买的东西不很舒服，但还是面带微笑下楼买啤酒去了。

酒喝到差不多的时候，就又提到了许家逸的职称问题。

先是大舅哥说，"人生啊归纳起来不外乎这两大块：一是这名；二是这利。人呢都与这名利相关，大致也就是四等：一等人，名利双收；二等人，有名无利；三等人，有利无名；最惨的就是这第四种，是既无名又无利，中国绝大多数老百姓都在这里呢。我这辈子是功也成不了，名也就不了喽，先混上三等人再说吧。妹夫好好干，五年之内弄上副教授，五十岁之前争取当上正教授，咋也得奔二等人使劲。"

许家逸知道这是大舅哥在挖苦自己，自己这次评上副高，大舅哥也不会高看多少，但评上总比没评上好看些，就解释说，"今年我这副高职称基本没啥问题，中午同志们把我的喜酒都喝了。"

"领导去了吗？"大舅哥问。

"这个时候哪能请领导呢？再说评职称也犯不着巴结领导啊。"许家逸说。

"这你就大错特错了，你今年呀还是个评不上，不信咱就等着瞧。"大舅哥喝点儿酒就更喜欢给别人盖棺定论。

"等着瞧就等着瞧，我今年要评不上副高，我许字倒着写！"许家逸跟大舅哥争论多数时候都是忍气吞声，从来没跟大舅哥针锋相对地叫过号，今天也是借点酒劲发发心中憋闷多年的怨气。

"文化口儿我也不是没呆过，我咋就不信你三十刚出头儿，和领导又没啥特殊关系，那副高就能给你！你以为事情那么简单呢？你今年要是评上副高我一辈子不结婚！"大舅哥也越说越激动。

"好！咱们一言为定。"

"一言为定！"

许家逸和大舅哥都非常激动地干下一杯酒。

大舅哥气哄哄地走了之后，一直袖手旁观的于玲说，"其实大哥也希望你能有出息，你坏他能借着好光啊？"

"那谁知道啊。"许家逸突然觉得生活无聊透顶……

六

这天晚上群众艺术馆回家最晚的也许是大刘。大刘在自己的办公室睡到九点多才有些醒过酒来。大刘像突然想起了下午的事，推开门就往外跑，弄得走廊里响声雷动。

突如其来的响声把值宿的李馆长吓了一跳，李馆长从值班室匆匆赶出来，正好在黑咕隆咚的走廊里和大刘撞个满怀。

"呀！李馆长，我正想打电话找你呢！我问你，你凭啥不让我进、进副高？"大刘说话仍有些醉意。

"你说什么呀？这是哪跟哪呀？你咋还没走呢，大刘？"李馆长说。

"我就问你为啥不让我进副高？说别的都没用。"大刘红色的大眼睛盯住李馆长。

"评职称是大家的事，又不是我一个人说的算。再说，最后结果还没出来，你听谁说这副高就没有你大刘？"李馆长说。

"你就别跟我绕圈子了，你这么大个馆长，还等我和你不客气咋的！"大刘火愣愣地喊着说。

"有话咱进屋坐下慢慢说，着急能解决问题吗？来，进来。"李馆长把大刘让进值班室。

大刘就坐到值班室的单人床上，情绪仍然激动。"李馆长，你快六十岁的人了，有些话我不好跟你喊。我大刘今年四十五了，这么多年一直驴一样为群众艺术馆奔波，不该要的我什么时候要过？不该拿的我什么时候拿过？这是啥事儿，群众艺术馆是不是太不把我姓刘的当人了？！"

"大刘，你也是群众艺术馆的老人了，群众艺术馆的事你什么都了解，凡事都有个方方面面，不能意气用事。"李馆长说得语重心长。

大刘张了张嘴，没说出话来，就操起电话，噼噼啪啪一阵狠按。

李馆长以为他往自己家里回电话，就把话暂停下来，把一本正看的什么书从桌子上收起来。

李馆长琢磨是否给大刘倒杯水时，大刘突然大骂起来，"操！姓葛的，你个小兔崽子少他妈跟我打官腔！研究你妈个×，副高没我姓刘的，我杀你全家！"

大刘摔下电话，又要拨孙书记家电话时，被李馆长拦住了。"大刘，你放下电话，谁说这次副高肯定就没有你？谁说了？"

"我又不是傻子，还用谁说吗？李馆长，我给你面子了吧？你实话实说吧，今天中午你们是不是研究了副高人选，是不是没有我？我相信你不会说谎，是不是？！"大刘仍死死抓着电话不放。

"这……这只是初步意向，还没最后定。"李馆长好像对大刘的问话没啥心理准备。

"等生米做成了熟饭，当众公布结果时算是最后定吗？"大刘瞪着红色的大眼睛说。

李馆长意识到对付大刘的难度，说，"话不能这么说，这么说话容易伤人，事不还得靠人办嘛？"

后来，大刘和李馆长之间的对话就变得越来越平静了。李馆长一再强调，明天要进一步探讨副高职称人选问题，大刘则把中午如何要喝酒，宁主任如何不让他结账的事说了一遍。

快十一点了，大刘才张罗走。"不好意思，耽误馆长休息了，我得走了。"

　　李馆长送走大刘，插上门，关了灯，仰在值班室的木床上长出一口气，想，宁主任的嘴不严倒办了个好事，要是闷到当众公布那天，群众艺术馆不得出大乱子才怪呀。从大刘这脾气上看，他哥哥那事，看来也不是虚传的。哎，今天领教了。李馆长黑着灯躺在床上，毫无困意，人这一辈子真不易呀，想想当这个清汤寡水的馆长干啥呢？人到底图个啥呢？要退了要退了又差点出了事情……李馆长又想到孔春苑，评她当副高，大家也不能服，就看大家往不往我馆长这张老脸上吐吐沫了……

　　这时，门外竟响起轻轻的敲门声。

　　李馆长以为是大刘又杀回来了呢，趴在门缝上一看，愣怔住了——门口站着的竟是孔春苑。

　　"这么晚了，你来干啥？"李馆长在门里问时，不太敢正看孔春苑永远秋水似的大眼睛。

　　"我家那谁出差了。"孔春苑的声音极富偷情韵味。

　　"这个时候，我们咋能在一起呢，你还是……还是回去吧。"李馆长又看到了孔春苑那对熟得不宜再熟的颤乳，话就说得缺乏底气。

　　"我真的不是有意安排的，真是凑巧，我家那谁半年没出差了，我知道你今天值宿，我只是觉得这机会太难得了。"孔春苑恰到好处地扭动着身子说。

　　"你不来我也一样想着你的事呢。"李馆长说了话后才觉得这话表白得不伦不类，就颤着慌乱的指头拉开门栓。又声音极低地说，"小坏蛋，那就快进来吧。"

　　这次也许跟大刘有关，他们没有像往次那样马上就做。李馆长有意地和孔春苑拉开一点距离，和她说了一些馆里无关紧要的事。

　　可他们的手无意中握到一起时，接下来的事李馆长就无法操纵了。这时，李馆长唯一的感觉就是自己还很年轻。

　　孔春苑不愧是搞舞蹈的，身体丰满却轻盈而灵活，再加上骨节都很开，从不同的角度都能很好地摆正自己的位置，常常让李馆长精神振奋，斗志昂扬。

孔春苑天生是那种崇拜领导的人，在李馆长面前总能发挥出她在性方面无穷的想象力，身体的柔韧度又允许，所以每次花样繁多的姿态都能让李馆长乐此不疲。

快乐到巅峰时，李馆长总要情不自禁地高喊："我不干这个馆长了！我不干了，我真的不干了！"李馆长觉得如果他不是馆长，他可以放下架子，不要面子，无所顾忌地和孔春苑在一起，甚至可以甩掉可恨的老婆，娶孔春苑为妻……

只是李馆长喊的内容孔春苑不太喜欢，总是半开玩笑地说："你得干，你得一直干下去才好呢……"

由于孔春苑身怀绝技，他们做事的时候很少在床上。加上值班室的床又窄又短，上去也难有作为，孔春苑就拉着李馆长的手，来到值班室宽敞的地中央。

孔春苑当然是有备而来，只几下就把自己抖落得新出土的鲜参一般，接着，只轻轻一搬，一条腿便高高举起，温柔地依贴在李馆长的肩上了……他们仿佛经历一曲绵长而起伏跌宕的交响乐，尾声时，李馆长是抱着孔春苑那条美丽的肥腿呼喊的："我不干了，我不干了，我真的不干了！"

"这不已经坚持到最后了吗？"孔春苑把腿从李馆长肩上撤下来，扶住他。

孔春苑走后，李馆长躺在床上虽然觉得有些疲劳，但还是不困。想，六十岁的人了，咋还跟小青年儿似的。然后又和每次一样在心里深深地责备自己。实际上，李馆长这么多年来一直是竭力约束着自己的，他最受不了的是孔春苑的丈夫过年过节去看恩人时那副无比真诚的表情。

七

第二天早晨一上班，许家逸在走廊里碰上了大刘。大刘极不好意思地拍拍许家逸的肩膀，表情与昨天酒后判若两人，"昨天喝得也太多了，七八个人喝了五瓶白酒外加一箱啤酒，那不扯呢吗？"

"是喝得不少。昨天我看你躺在办公室的沙发上睡着了，我寻思你睡一会儿吧，就没召唤你，睡到几点走的？"许家逸问。

"别提昨天了，没把人给折腾死。我到家都十一点多了，车子都干马路牙子上去了，看把这胳膊摔的。得回走得晚，要赶上下班高峰时走，非得干汽车轱辘底下去不可。"大刘说着把袖口往上撩了撩。

许家逸看到大刘的左肘上确实破了一块皮。冲他表示同情地笑笑。"以后咱们可别往死里喝了，身体是本钱啊。"

"那可不。酒装在瓶子里啥事没有，装在肚子里可就不好说了。"大刘笑笑说。

"人都是好人，酒是王八犊子呀。"许家逸说。

许家逸送孩子，来得也不早，到群众艺术馆已是九点多钟。群众艺术馆这地方就这么怪，好像有群众艺术馆那天就这样，就是没啥事儿，你想干点儿啥也干不了。一天天就这么上午、下午地过。许家逸画的那么多张画，竟没有一笔是在群众艺术馆画的，都是晚上回家或者节假日休息时间画的。十多年的群众艺术馆生活，许家逸已经习惯于如何以群众艺术馆的方式消耗掉整个白天。

许家逸和往日一样，打开办公室的门，坐下来把昨天的日报又翻一遍，看完报缝和报角的小广告，就边等今天的日报边这屋那屋地走走、转转。

除了馆长室三位馆长都按时到位外，其他部室的工作人员基本还没上来呢，好像只有各部室主任和刚才的许家逸一样，手拎着旧报纸无所事事地枯坐着。

许家逸就方着步从走廊的尽头往回走。再次经过馆长室时，发现馆长室的门关得严严的。但并不妨碍葛馆长很大的声音传出来："这事可不一般，我倒不是怕他大刘的威胁，我就觉得这事儿犯不上啊！"

"我昨天就说大刘的哥哥就这个脾气，正整的吧？"孙书记的声音远不如葛馆长的大。

许家逸不好停在门口继续听，知道是职称问题上出了说道。大刘没评上？真让阎无忌这小子言中了？大刘肯定不能服啊。正好，这时收发室送报纸的来了，许家逸就回到自己的办公室，看今天的报纸。

十点钟以后，走廊里的人声才渐渐多了一些。群众艺术馆常来上班的人这个时候陆陆续续地都来了。接着，群众艺术馆就不如刚才宁静，电话也多了，手机也响了。群众艺术馆短暂的热闹场面开始了。一般能持续到十一点钟左右。

后来，人们就都凑到大仙这屋来了，大家海阔天空地侃了半天，觉得没啥意思，就有人提议还是让大仙和阎无忌来点荤故事、黄段子吧。

大仙让阎无忌先讲，阎无忌让大仙先讲。

大仙没再推，就不动声色地讲：

"说有一天呀，省文化部门领导到县里视察精神文明工作，县的负责人最后把省领导用车拉到村，说工作已做到最底层了。省领导到村里一看，觉得确实不错，扫盲标语贴得到处都是，还有个规模不小的图书室，叫什么文化书屋。县负责人见省领导挺高兴，就薅着村长的耳朵让找个机灵点儿的村民，搞个现场答省领导问，录个像好让领导拿省电视台去播。那村民把村长临时教的话都说了，几天一开会，几天一学习，都说明白了，大家都挺高兴的。要结束的时候，省领导即兴问了那村民一句，那么晚上都有哪些文化娱乐活动呢？村民好像没听大懂省领导的问话，紧张地抿嘴憨笑。村长急了，说，领导的意思是说，咱们大家伙儿呀，到下晚儿黑时都安排些什么活动？下晚儿黑还不懂吗？村民木讷了半天，终于极不好意思地说：说真话？村长急了，那还能说假话？实事求是，有啥说啥嘛！村民声音极低地说：那就是弄了。村长差点给村民一个嘴巴子，忙制止说，不算那个，再呢？村民汗就下来了，环顾左右，不知所以。省领导心里也着急了，后悔问最后这话，就说，别紧张，随便谈，有啥说啥嘛。村民又闷了半天，最后面红耳赤地大声说，那就、那就歇一会儿，再弄！回来的路上，县负责人差点儿给气死，省领导差点儿给乐死……"

大仙讲故事一向这个特点，听众能笑，但多数得暗笑，尤其群众艺术馆的女同志，就更不能笑出声来。

有人就张罗让阎无忌来一个直白些的，让大家笑出声来。

阎无忌说，"讲直白些的倒可以，不过女同志得出去。"

一个女同志就说，"以前讲那些我们也不是没听着，也不差今天这一个，后果我们自己负责还不行吗？不信听个故事能咋的。"

"这么的吧，结婚的女同志就无所谓了，没结婚的女同志得出去。要不我也不好意思讲啊。"阎无忌说。

"对了，我得挂个电话去。"群众艺术馆最现代的未婚女子田红面带很纯情的笑容恰到好处地出去了。

田红走后，阎无忌说，"操，最见过世面的人还走了，据说那可是动真格的也不惧的主啊，生猛着呢，田红没结婚比结婚的都见多识广。"

"现在这年头儿，大姑娘结婚不结婚和小媳妇有啥区别。"有人说。

"主要听众也走了，别讲太好的了，咱也讲一个关于领导下基层的故事吧。"阎无忌就开讲了：

"大伙儿还记着有一年机关干部支农的事吧？故事就是那时候发生的。文化部门的一个书记不愿意下去，说农村那点儿事他都知道，靠到最后没办法了才不得不去。吉普车行驶在田间，天干热干热的，书记坐在风驰电掣的吉普车里打开了窗子，把大扇子扇得啪啪响，可仍是大汗淋漓。书记就说，这哪是人活的天气。这时，书记发现烈日炎炎之下，一个老农正在田间挥汗铲地，心中顿生崇敬。忙让司机停车，摇着扇子深一脚浅一脚地跨越田埂来到老农跟前。老农头也不抬，仍是铲地。书记就很和蔼可亲地问：老同志，您是村干部？老农抬头看了一眼手拿大扇子的领导模样的人，说，村干部个吊！然后接着铲地。书记又问：那您是省劳模？老农闷了半天，省劳模个鸡巴毛！那您一定是县劳模了？书记觉得这个老农挺倔，农民嘛，就又问了一句。没想到老农把锄头狠狠地往地上一墩，怒吼：县劳模他妈了个×！

书记就回到吉普车上，一路叨咕，这叫啥吊操的农民，以前的农民可不这样啊……"

大家听了阎无忌的故事都笑了，有人说，"这个不浑，不过挺有意思，但风格不太像阎无忌的风格。"

阎无忌说，"这还不质朴？多质朴啊。"

大家说，"不够荤哪。"要求阎无忌再讲质朴的荤故事。

正说着，大刘笑容满面地进来了。一进屋就说，"别空着肚子闲扯啦，走走走，今天该轮到我请客了，走。"说着就把人挨个地往外推。

有人请客，大家都高兴，就笑着往出走。

许家逸上午的时候无意中听到了从馆长室里传出的对话，大刘现在来请客，证明大刘的职称没啥问题了，也笑呵呵地被大刘推着往外走。

只有阎无忌和大仙表情迟疑地对视一瞬，阎无忌说，"昨天喝得太多了，今天是不是先缓一天，别连着喝了。"

大仙也说，"昨天吐了大半宿，胃到现在还不好受呢，改天吧。"

"那哪行呢，昨天许家逸的酒都喝了，今天大刘的酒咋的？你们这不是太瞧不起我大刘了吗？"大刘硬是把阎无忌和大仙推出了"农村俱乐部"。

大刘又特意上楼找的宁主任，说，"还得是昨天中午那些人，一个也不能少。"

还是荣达大酒店，要的酒菜也基本和前一天的差不多。

落座以后，阎无忌就逗宁主任，"你昨天不是说明年这个时候喝大刘的酒吗，怎么今天就来喝了？"

宁主任被阎无忌问得满脸通红，"我操，我没说，我多暂说了。"

"宁主任，你跟我装是不是，自己昨天说的话今天就不承认了是不是？"阎无忌站起来要宁主任坐到自己旁边来。

宁主任说，"我昨天说的是明天这个时候，这不正整是吗？"宁主任把"天"说得很轻，并弄出一种求饶的表情，很顺从地坐到阎无忌身边来。

阎无忌掐了宁主任脖子一下，半开玩笑地说，"操，你小子到啥时候都能当上好人。不过我得跟你说，以后别鸡巴领导说啥就跟着说啥，别以为领导说的就都准。"

不知是因为昨天喝多的缘故，还是怎么回事，今天的酒喝得平平淡淡，毫无高潮可言。除了一向能喝酒的宁主任喝了半斤白酒外，其他人都没怎么喝似的。

阎无忌说，"出版社要得紧，下午得写小说呢。"不一会儿就撤了。

半个小时后，大仙也说有个日本画商下午来看画，得先走一步。

余下的人也大多没啥战斗力了，大刘安排的酒席没有延续多久，下午上班之前就散了。

<h1 style="text-align:center">八</h1>

许家逸刚回到办公室就被宁主任喊到楼上去了，宁主任说馆长找他谈话。

许家逸一进馆长室，三位馆长就笑着让坐下。许家逸想肯定是自己的职称评上了，馆长们这是要告诉他了，就笑着坐下来。

"家逸，你这几年没少捅咕哇，作品画了不少哇！"葛副馆长不见外地拍着许家逸的肩膀，接着又表情严肃地说，"是啊，家逸的东西正经不错，这几年奖也没少拿。"

"在群众艺术馆的人缘也不错呀，评职称得票最多。"孙书记也笑着说。

"小许行，才三十几岁，大有前途。"李馆长说。

许家逸就说，"还不行，照行的差得远呢。"

馆长们就说，"别谦虚，这已经相当不错了。"

三位馆长和许家逸又说笑了半天，才由孙书记挑头儿谈到了正题。

"家逸呐，关于职称的事，我们三位馆长想和你谈谈。现在我就代表馆领导班子和你说说馆里的意思。其实，我不说你也知道，咱们馆里今年副高指标少，报的人又多，馆里决定还是以大局为重，年轻的让让年长的。当然，不是说年轻的就不够，不是那个意思。是说年轻的以后机会还多，也不差那两三年。尤其像家逸你这样有真才实学的年轻人，以后机会更多。是不是？"孙书记微笑着望着许家逸，像征求意见，又像宣布馆里的决定。

许家逸没啥心理准备似的，心里不怎么是滋味，又不知该怎么说。就微笑着说，这事、这事还是领导说了算。

"这次没评上不是说你许家逸不够，绝不是，实在是指标太紧张，没有办法。"葛副馆长总能在很适机的时候说话。

许家逸想说点啥似的，张了张嘴又咽了回去，仍木木地微笑着。

馆长们就又陪许家逸说笑了一些馆内外无关痛痒的事。

许家逸又坐了一会儿，觉得没啥意思。站起来说，"还有别的事没有？如果没别的事我就走了。"

馆长们说，"那就走吧，没别的事了。"

许家逸苦笑着走到门口时，李馆长又问了一句，"小许，对馆里的决定有没有啥想法呀？"

"没啥想法，只是，只是事先没想到。"许家逸一边往外走一边回答李馆长问话。

"可不要有啥想法。"许家逸走到门外了，李馆长说。

许家逸整个下午过得无精打采，想起上午的大刘，想起阎无忌和大仙中午喝酒时的异常表现。许家逸感到大刘通过争取职称问题差不多了，可自己为什么想不到他大刘上，许家逸就要下呢？

许家逸想起阎无忌投票那天的预言，觉得阎无忌确实精明。

许家逸更加觉得大仙也确实和一般人不一样……

许家逸到家时，于玲正兴致勃勃地扶着儿子骑刚买回来的小车儿。于玲咯咯咯地一会儿让儿子往左，一会儿让儿子往右，见许家逸进来就办喜事一样的表情说，"你看你看，多好，儿子骑得多好！车也是个价呀，三百八十八呀，跟大人的车一个价。看，你快看哪！"

许家逸心里正烦，就说，"哎呀，不就一个小车嘛，看见啦。"

"你这人是不有病啊？！他妈见人家高兴咋就那么难受呢！"于玲一下子兴致全无，叮叮当当下厨房做饭去了。

许家逸没滋没味地吃完晚饭后就到自己的小画室里去了，直到于玲没好声地招呼睡觉才过大屋来。

"你跟谁生气？我怎么惹你了，说？"于玲似乎不想继续冷战了，语气不是那么强硬地主动找话说。

"没跟你气，谁有闲心跟你生气？"许家逸尽力将声音放得平和些。

"那你怎么那个熊样呢？"于玲问。

"哎，职称又没戏了。"许家逸打个唉声说。

"啥？！"于玲像没听懂，双眼紧盯住许家逸。

"馆里决定把职称让给大刘了。"许家逸说。

"我不管你'许'字是否倒着写，你得把请客那钱给我拿回来。说你白扯吧，这回怎么样？总觉得自己臭不错似的，不还是啥也不是？"于玲说。

许家逸这才想起前一天晚上和大舅哥发的誓，对呀，不是发誓说这次评不上职称许字倒着写吗？咋忘了呢？

许家逸整整一夜辗转反侧，心口燥热，他倒不是怕许字倒着写，他实在是不想在这个重要问题上败给大舅哥这种人。

黎明前的黑暗中，许家逸终于想到了他那个外号叫虎妞，原名叫陈园园的高中同学，想出了他最不想那么办的办法。好吧，只能这样做了，要想战胜大舅哥，这是目前唯一的办法，也是没有办法的办法。

九

在去找陈园园之前，许家逸又硬着脸来到馆长室，把目前职称对他的重要性说了一遍，甚至很费劲地把跟大舅哥之间的过码也说了，许家逸想如果馆里能帮他一把，何必去找陈园园呢？

可馆长们听了之后，只是和气地笑。

葛副馆长说，"家逸，你说得可真有意思啊。"

孙书记说，"家逸呀，你有比这还充分的理由呢。"

李馆长说，"昨天不是跟你谈过了吗，馆班子会已经通过了，不能随便改的。小许，你年轻，好好干，机会多着呢。"

"我最后问一句，我这次肯定一点儿可能性都没有了吗？"许家逸临走时问。

"没有了，馆里已经研究完了，都定了，下周一就开全馆大会公布。家逸啊，这次就这么的吧。"葛副馆长自己都觉得说的语重心长。

许家逸事先给陈园园打了个电话，说，"我一会儿到你单位去，找你办点事儿。"就下楼骑自行车往陈园园所在的市文化局蹬去。

离文化局还挺远呢，许家逸就碰上了出来迎接的陈园园。

"什么要紧的事呀，这么个大才子，还能求着我？"陈园园还是上高中时看许家逸那种可望不可及的目光。

"职称的事，你跟王局长关系不错，王局长给说句话肯定能行，我就找你来了，老同学的，这个忙总能帮吧？"许家逸一看到陈园园，马上找到昔日那种高高在上的感觉来，本想客客气气地求她，可又不会了。

"有事知道来找我了，平时连个招呼都不打，生怕谁咬着你似的。"陈园园不伦不类地撒起娇来。

"这不是找你来了吗？"许家逸无可奈何地说。

"职称的事完了再说，先帮我把单位分的苹果送回家吧，正愁没有人帮我往六楼扛呢。"陈园园拉了许家逸一下就往单位走。

许家逸想说，你咋还不找个男人结婚，但没好说出口。陈园园怎么不想找，不过是高不成、低不就而已。

许家逸帮着陈园园把一筐苹果背到六楼已是气喘吁吁。陈园园让许家逸在沙发上坐下歇一会儿，她自己就去厨房给许家逸弄开水去了。

坐了一会儿，陈园园就美滋滋地进来了，说，"有劳大才子，中午得做点好吃的招待呀。"

许家逸忙说，"我这就走，可千万别客气。"

"客气啥呀，老同学见面，又赶上中午，吃顿饭还不正常吗？你以为我真费事操办呀，家里有啥是啥了。再说咱们还没谈你职称的事呢。"陈园园说着就下厨房去了。

两个人撞了无数次杯，许家逸总算喝下去一瓶啤酒。许家逸想，女人和女人真不一样啊，有的女人秀色可餐，而另外一些女人则大不相同。过去许家逸只是从远处看陈园园，觉得还行。头一次面对面离这么近细看，则大不一样了。陈园园脸上的粉刺和雀斑至少让许家逸联想起十种肮脏来。许家逸反复提醒自己是求人家办事来了，才将午餐坚持到最后。

当许家逸再次想走而没来得及说出口时，陈园园已经把他紧紧地抱住了。陈园园抱住许家逸说了许家逸从前从没想到的肺腑之言："……你说我跟王局长关系不错，你以为我就那么容易，有个年轻英俊的男人娶我，你以为我不知道怎样去做个好女人？你知道吗？嫁不出去的女人往往比拥有美满家庭的女人需要得更多。你以为我有多下流吗？贱到和一个老头子睡觉的程度？你以为老头子就爱我吗？唯一的原因就是我比他的老婆年轻，老头子在我这里没有更多的机会去计较长相，而我仅仅靠'和王局长关系不错'支撑着，每天在机关里装出高傲，装出笑容，我真的不知道我能这样坚持多久啊……"

许家逸突然觉得眼前的陈园园不是印象中那个"虎妞"，没想到表面总是乐观不知愁的陈园园内心深处有着这样的沉重。虽然陈园园是个很普通的女子，许家逸还是多多少少滋生出一些怜香惜玉的感觉。

所以后来陈园园毫无底气地提出和许家逸做那种事时，许家逸也没忍心拒绝。许家逸只是觉得不是和女人在一起，而是要完成一项不太想做但又必须得做的工作，从一开始就期待着事情的结束。

而陈园园则做得极其投入，让许家逸一遍遍自问：那事有这么重要么？那事真的有这么重要吗？

陈园园毫无倦意地和许家逸做了好半天。许家逸一直很麻木似的，一直也不很冲动，就显得很有能力。

由于北大荒历史的原因，许家逸总觉得和相貌平平的女人做那事不是件光荣的事。晚上回到家时，仍觉得恶恶心心的。

看到于玲，许家逸又觉得很对不住似的，就想尽量安慰她，说，"我今天找我文化局工作的同学去了，职称的事还有希望。"

"是吗？你也学会办事了？"一直气哄哄的于玲竟笑了。"早就应该这样做。"

"这不是没别的办法了吗？你以为求人那么容易？"许家逸说。

"以后学会多办事就容易啦。"于玲竟在许家逸的脸上亲了一口。

十

不知道陈园园是如何把许家逸的事说给王局长的，也不知道王局长在给李馆长的电话中是如何说的。总之，在市群众艺术馆周一的全馆大会上，副高职称的最后人选中又有了许家逸。另外那两个人是孔春苑和穆大海。

大刘没有闹，笑呵呵地坐在会场上。许家逸感到十分奇怪。

相反，阎无忌和大仙则对许家逸评上了副高感到意外。阎无忌挨着许家逸坐着，公布许家逸为副高时，阎无忌声音不小地说："没想到你小子上边也有人啊，还会走上层建筑呢，真没看出来，许兄还有这两下子呢。这就对了，关键时刻就得这么整。"

散会后，大家就又凑到大仙的"农村俱乐部"来了。大家你一句我一句议论一会儿职称的事。后来有人说，职称的事实在没啥意思，还不如听大仙和阎无忌讲几段儿荤故事。

一个女同志就说，"不让阎无忌讲，他讲得太直，还是大仙讲得好，虽是那么回事，但很艺术。"

"对，对，今天不让阎无忌讲，他讲我们没结婚的还得出去。"未婚女子田红一本正经地说。"还是大仙讲得好。"

"不讲了，不讲了，总讲荤故事群众艺术馆成啥了，我不成老不正经了吗？"大仙推拖着。

"你以为你还正经呀？画画的哪有正经的，你就讲吧。"阎无忌半开玩笑地把大仙从椅子上拉起来。

"总讲，也没啥讲的了。"大仙仍不肯讲。

"谁不知道你一肚子故事，随便来一个就行。要不中午我请客还得多点几个荤菜，那多费呀。"阎无忌说。

大仙无奈，就得讲一个。"讲啥呢，也没啥讲的呀。"大仙挠着脑袋。

"对了，就讲个'出门打工'吧。"大仙就讲：

……儿子要出去打工，老爹怎么也不同意。儿子脾气倔，老爹最后实在挡不住了，就在儿子临行前的晚上千叮咛万嘱咐：爹不是不想让你出去挣钱，爹是不放心呀！咱祖祖辈辈的正经人家，我就怕你出去搂不住火，去碰那些城里女人。听说有的城里女人身上有种病成地邪乎呢，你要碰了那种城里女人那可就坏啦！可千万碰不得呀……儿子不愿听老爹絮絮叨叨没完没了地磨叽，不耐烦地说，碰了算我的，也不关你的事，你就别操这份闲心了！老爹一听这话，差点背过气去，喘了半天，用近乎乞求的语调说：儿呀，说啥也不能碰城里女人啊！万一碰上那种女人，那可就坏啦！儿子还是带搭不理的样子，老爹一急之下就说出最实在的话：你坏了不要紧，那你媳妇也就坏啦；你媳妇坏了不要紧，那你老爹也就坏啦；你老爹坏了也不要紧，那你老娘也就坏啦；你老娘坏了也不要紧，那咱们村可就都坏啦……

"还是他老娘最厉害呀……"大家听完大仙的故事笑得前仰后合，说大仙可真能琢磨。

"大仙讲的确实比阎无忌讲的好。"田红首先止住笑说。

"咱以后不讲了，还是老同志厉害呀。"阎无忌一语双关地说。

大伙就又笑了一阵。笑完之后，有人还让大仙讲一个，大仙这回可说什么也不肯了。

"不讲就不讲吧，再笑一会儿，大家肚子就更空了，那得吃多少啊？走吧，快到点儿了，我这不也中级了吗？今天该我请客儿了。"阎无忌说着，就把大家往门外引……

基本上还是那些人，阎无忌在酒桌上仍然揶揄宁主任，"还是宁主任说得准，明年这个时候再喝大刘的酒，大刘不信，到底还是提前请了。"

大刘的脸也跟着红一阵白一阵。说："明年还得另请，那天的不算数。"

许家逸好像一直对大刘赔着小心似的，好像自己抢了他的职称。没吃多少菜，酒却喝了不少。

大家还算挺高兴，一直喝到下午三点多才结束。

晚上下班回家，许家逸把好消息说给了于玲。于玲高兴，现上市场买的肉馅，非要给许家逸包饺子吃不可。还一边包一边说："有机会得把许家逸那位同学请到家里来，得好好感谢感谢人家，该请客时就不能怕花钱。"

许家逸说，"那位同学也没费啥大劲，不必请到家里来。"

于玲就说，"这年头谁办事不图个回报，人家不说不等于不要。"

许家逸就觉得和于玲没啥可说的了。不再说什么。

晚饭后，于玲还告诉许家逸要和那同学好好处，以后说不定还有用得着的时候。

许家逸就心不在焉地答应着。

这天夜里，于玲对许家逸表现出多年不见的温柔……

十一

许家逸事后才知道，大刘之所以没继续闹，是因为馆班子研究决定，准备提他当副馆长。等李馆长年底退了，空出行政编制来，就把大刘报到局里去审批。

对大刘来说，有当副馆长这个好机会可等，职称早一年晚一年就是无所谓的事了。因为大刘的终极目标就是在有生之年当上群众艺术馆的副馆长。

陈园园事后又打电话约许家逸几回，许家逸都说自己忙没有去。最后一回陈园园在电话里生气了，说，"我算看透了你们这些男人，用着的时候怎么的都行，用完了就不认识了。看来就得下次评职称之前你能来了？"陈园园很响地撂了电话。

不久，陈园园就自杀了，说是因为和局领导闹矛盾。遗书上没提许家逸，但许家逸还是经历了一场虚惊。许家逸总觉得陈园园的死与自己有点什么关系似的。

紧接着，群众艺术馆的老金也吃了安眠药，说是因为退休前副高职称没指望了。老金越寻思越憋屈，不如一觉睡过去。好在发现及时，送医院给抢救过来了。

好像是在这些事情发生之后，许家逸才越来越觉得自己的职称也没啥意思，觉得一个人怎么会通过那样一种途径去得到自己那么看重的东西呢？确实，表面上，许家逸没输给大舅哥。但实际上，许家逸却不得不承认，他已经输给了很多人，很多人中也包括他自己。

在于玲一天比一天把许家逸当回事，觉得许家逸真的像一些人说的那样，年轻有为，前途无量的时候，许家逸却突然告诉于玲，说他已经在市群众艺术馆辞职了。

开始时，于玲以为许家逸要下海做买卖呢，说，"才三十出头儿，副高都评上了，你还下海干啥？也不像当年大哥呢，当年大哥在杂志社那是要啥没啥，辞也就辞了，你可不能辞。"

后来于玲才知道，许家逸辞职不是为了做买卖，而且对下一步毫无打算，于玲就又是吵又是闹离婚的，还撕了许家逸的一张好画……

于玲还来到市群众艺术馆，找群众艺术馆的领导说许家逸一时晕了头，这么好的工作不能说辞就辞呀。

于玲费了很大劲，最后群众艺术馆的领导终于同意许家逸再回来上班，可许家逸却说什么也不肯回来。

"好好的工作说不干就不干了，这不是有病吗？"于玲一气之下决定和许家逸离婚，并很快办了手续。

分家那天，大舅哥来帮着拿的东西。于玲是一路咒骂着迁往娘家的……

几个月后，许家逸意外地当上了城市新扩编的交通警察。炎炎烈日下，人们能看见他很投入的姿势和很威严的面孔……

来自阿勒泰的军礼

一

接电话时，我正在办公室里忙着阅读杂志社最近一期的终校稿子。

"请问，您是王志刚先生吗？"一个略带沧桑的中年男人。

"是我，您是哪位？"我以为是查询稿件的作者，很不情愿地放下了手上的稿子。

"我……我可能是您的老同学。是这样，我偶然间在一本杂志上看到一篇署名为王志刚的小说，作者简介中只提到了您的毕业院校和目前所在工作单位，我就从电信局114服务台查到了这个电话号码，我想知道您是不是我的老同学？"电话里的中年男人虽措辞干练，但多少还是有些怯生生的。

"老同学？什么老同学？"心思都在稿子上的我一时有些摸不着头脑。

"不好意思，我还是直接说吧，您是不是出生于东北平安县的那个王志刚？那篇小说写得很感人，也是关于老同学的故事……"中年男人仍然怯生生的。

"应该……是吧？"我的确出生于东北平安县。我知道对方指的就是我最近发表在国内一家大型文学期刊上的中篇小说《老同学》。

"啊！真是你啊！"对方突然不用"您"了。"这么说，你后来到底还是如愿考上大学啦！如今都当上大作家啦！文后的作者简介中说你毕业于东北某重点大学中文系，现供职于某杂志社……这可真是太好了，我就觉得应该是你嘛，真想去拜见拜见你啊，说不定你还能帮我个大忙呢。论起来，咱们俩还是一家子呢。"

"这么说你也姓王啦？那你到底是谁呢？"我一时真的想不起来对方应该是谁。因为从小学到初中再到高中，我姓王的同学实在是太多了。

"我虽然驻守在祖国西北边陲阿勒泰，离你所在的城市也很远，但我们的心隔得并不远。好了，不必细问了，等我两周后去登门拜见你时，你就知道了。"说完，对方就挂了电话。

我真想把电话打回去问个究竟，可我办公室的电话太老旧，并没有来电显示功能，我又不方便专程跑到电信局去查询一个电话号码。导致在以后的几天里，我就像是在等待中度过的。我平时最讨厌"你来猜猜我是谁"这类无聊电话了，但这一次我一点儿都没讨厌。我一直在耐心地等待着一个中年男人，等待着一位姓王的老同学从遥远的大西北——阿勒泰来"拜见"我。

等待中，我一幕幕地回忆起了我的小学时代、初中时代和高中时代……因为打电话的那个人一定是我在平安县时的同学，我的大学时代就是在省城了。我的同学太多了，一时间真的想不起来他会是哪位姓王的同学。后来，我反复琢磨着对方提到的那句"一家子"，才突然间想起一个人来，难道会是他吗？我似乎一下子判断出打电话的中年男人是谁了。如果我没有猜错的话，他应该就是我的初中同学王龙飞。难道说他后来去当兵了？做了一名光荣的援疆战士？不然他怎么会驻守在遥远的西北边陲阿勒泰呢？

二

严格意义上讲，王龙飞并不算我真正的初中同学。王龙飞是我初三那年开学后才来到平安县第四中学的"回读生"，也就是人们常说的"蹲级包子"。王龙飞本来应该被安排到专门接收"回读生"的三年六班，但那天三年六班的班主任家里出了点特殊情况没来上班。正巧我们三年一班当天又刚刚转走了一个外地学生，王龙飞就阴差阳错地被学校安插在了我们班。实际上，我和王龙飞只"同学"了一年。那时，大家整天忙于考高中、奔升学，就算真正要好的"正式同学"，在一起交流的时间也并不多，更何况和一个临时插班一年的"回读生"了。

只是由于王龙飞他爸和我爸从前是五棵树的同乡，我才更了解一点儿王龙飞。我爸说，他和王龙飞的爸爸高中毕业后在同一个乡村学校当过民办教师，两个人相继成家后还住过好多年的对面屋呢。还说两家孩子小时候经常在一起玩，有时候还在一个饭桌上吃饭呢。可我那时毕竟太小，一点都不记得了。大我三岁的我姐就记住了许多往事，我姐还经常提起王龙飞的哥哥。也许是因为我们之间客观真实地粘连着无法割舍的故土亲情，我一直亲切地叫王龙飞的小名"龙飞"，导致我一度忽略了王龙飞也是我的王姓同学之一。

因为我爸是当了好多年民办教师之后意外地考上了大学，我才得以从五棵树乡来到了平安县城。王龙飞他爸虽然明显比我爸聪明，也明显比我爸学习好，但他爸却没有足够的精力再去考大学了。王龙飞家也就一直留在了五棵树，王龙飞也就只能窝在五棵树的乡村中学念书。在那个相对闭塞的年代，父辈的命运绝对直接左右着孩子们的命运。就算王龙飞的身上再有好孩子的潜质，他也只能就读于那所破旧而简陋的五棵树乡村中学。

我爸对我就够严厉的了。但据我爸说，王龙飞他爸比他还要严厉十倍以上。我爸说，王龙飞他爸自己没有机会上大学，就更加望子成龙心切。王龙飞之前已经在五棵树考一年重点高中——平安一中了，虽然他学习成绩一直名列全班第一，但是由于五棵树中学的整体师资水平有限，他还是没能考上平安一中。为了能让王龙飞最终考上平安一中，他爸不知又托了什么关系，费了九牛二虎之力才把儿子从五棵树弄到了平安县城最好的初中——平安四中。目的只有一个，考上平安一中，然后再一举考上大学。我爸还说，从他爸给儿子起的名字都可以看出他那股不服输的劲头儿来，他爸就是盼望着自己的儿子能早日像龙一样腾飞起来，好为老王家光宗耀祖。

给人的印象，王龙飞确实明显比一般人聪明。"数理化"（即数学、物理和化学）科科都学得相当了得，只是英语、政治和语文差了一些。尤其是英语，就更差了一些。我想，这肯定与五棵树偏僻落后的乡村中学还没有正规的英语教师有关。否则，凭着王龙飞聪明伶俐的头脑，"数理化"都学得那么出色，英语咋就会差那么多呢？我一直很崇敬王龙飞，从来没把他当作一个走后门来的、印象中学习不好的"回读生"来看待。这肯定与他的绝顶聪明有关，与他优异的"数理化"成绩有关。可以说，王龙飞是我印象中学习最好的"回读生"。

有一天，我爸还破天荒地买回来三斤新鲜牛肉，让我放学后把王龙飞邀到家来吃顿饭。要知道，以我们家当时的生活水平，平时是很少能一次性吃到这么多新鲜牛肉的。只有过年过节时，我们才有机会吃到一定数量的新鲜牛肉。非年非节的平常日子里，除非是在我爸非常高兴的时候，他才肯买回一小块高温肉或者熏猪肝为孩子们解解馋。个别时候，我爸也偶尔买一回我最爱吃的熟肥肠。但那绝不是经常发生的事，两三个月有一回就相当不错了。我还从来没见过我爸一次性买回来这么多新鲜牛肉呢，足可见我爸对王龙飞有多么重视了。

我爸一向喜欢学习好的聪明孩子。吃饭时，他就亲切地摸了好几下王龙飞的后脑勺儿。我爸不厌其烦地当着全家人的面一遍一遍地表扬王龙飞聪明好学，还亲自动手往他的饭碗里夹了三大块肥瘦相间的牛肉，并强调说王龙飞从小就爱吃土豆炖牛肉，就像他自己的儿子从小就不喜欢吃土豆炖牛肉似的。我爸肉麻的表演弄得王龙飞都不好意思了，就经常转过头来看我，不断地夸我作文写得好。

我觉得我爸对王龙飞比对我要好很多很多，看上去他恨不得都要把王龙飞当亲儿子了。我爸做得真是太过分了，也太露骨了，一度让死要面子的我心里非常不是滋味。好在难得的土豆炖牛肉做得足够香，能让心情不太好的我始终保持住一个好胃口。那天晚上，我虽然心里极其不高兴，但是并没有影响我对王龙飞一如既往的崇敬。

也许正是因为有着这样一些复杂背景，在班里，我和王龙飞就比一般同学亲近了许多。碰上不会做的"数理化"练习题时，我也愿意低下身来向王龙飞请教。

当时，我们班里有个叫李大庆的劣等生，虽然长得挺精神，体育也挺出色，但是，除了每年学校开运动会那几天招人稀罕点儿之外，他平时根本不受待见，人们背地里都偷着叫他"大恶棍"。

高高大大的李大庆整天晃晃荡荡的，从来不学习，不是打架斗殴，就是搞对象、挂马子。有那么一段时间，他竟然还不自量力地打起了我表姐杨永红的主意。

我表姐在我同年级的另外一个班，长得确实是太好看了。尤其是到了夏天，我表姐杨永红还经常穿着一条火红色的连衣裙，就更能掠夺男生们的目光。眼里冒火的男生们就给她起个外号叫"红裙子"，"红裙子"一度竟成了我表姐的代名词。如果杨永红不是我表姐的话，我也会心猿意马的。

我表姐杨永红不仅人长得苗条漂亮，还是个品学兼优的班长呢。那么出类拔萃的女神怎么能看上四肢发达、头脑简单、不学无术、游手好闲的李大庆呢？连我这个旁观者都不会同意把那么美好的鲜花插在那么丑恶的牛粪上，何况是鲜花本人啦。

李大庆很容易就看出了我表姐杨永红以及我的态度，号称好男不跟女斗的李大庆就经常来找我的麻烦。他有事没事的总是围着我打转转，找各种借口动手动脚欺负我。很明显，李大庆就是想通过被蹂躏、被挂彩的我向杨永红施压。我确实打不过李大庆，但我一向要面子，所以，我就要经常吃到一些苦头儿。

本来就不咋喜欢学习，再加上随时可能遭到李大庆骚扰和践踏，我就更加没心思学习了。我经常被气得暗自流泪不说，还经常被弄得鼻青脸肿，有时甚至还要付出血的代价。

家人问起我脸上的伤痕时，我还得撒谎说是自己不小心摔破的。我绝对不敢把这种事告诉我爸，因为我太了解我爸了。不论我有没有理，不管对方是谁，只要我在外面跟别人发生口角或打斗，我爸从来都是首先收拾我。而这里又夹杂着本来就说不清、道不明的男女之事，我就更不能跟我爸说了。就算我幸运地说明白了挨欺负的具体缘由，我爸肯定也得不分青红皂白地往死里削我一顿的。

我爸还一门心思地盼着我考上重点高中平安一中呢，可我面对的现实似乎过于残酷了。而眼下又时不我待，中考的日子眼瞅着越来越近了，我还什么也没准备好呢，我那时真的一阵阵感到绝望啊……

我万万没有想到，王龙飞来到我班之后，我的处境会发生翻天覆地的变化。个头同样并不高大的王龙飞竟然能帮我把李大庆摆平。

突然有一天，一直严酷打压我的李大庆把我拉到教学楼的西房山头儿。李大庆一脸的不甘心，但还是气急败坏地狠狠地掐着我的胳膊，咬牙切齿地对我说："看在王龙飞的面上，我就饶了你了，还有你那可爱的表姐杨永红。"

我有些不敢相信自己的耳朵。我这高大强悍的对手为什么就买了王龙飞的账呢？个子同样不高的王龙飞怎么会有这么大的面子呢？

李大庆最后恶狠狠地踢了我一脚并又骂了一句："抓紧给我滚！滚得越远越好，最好别再让我看见你们！"

直到这时，我才真正意识到我和我表姐杨永红的噩梦终于就要飘走了，看来眼前发生着的这一切是真的啊！就算李大庆那可憎的骂声是幻觉，就算大中午那灼热的阳光是幻觉，但我那一直疼痛难忍的大腿总该是真实的吧？我多了一片青紫的大腿一直还在顽强地为我提供着获得解放的佐证。

王龙飞可真有本事啊！我心中瞬间涌起无限感激之情。王龙飞真是太有内秀了啊！这才叫真人不露相啊……我当时的表达能力实在有限，再也想不出更恰当的形容词了。王龙飞确实属于那种平时话不多，心里总是有股暗劲的主儿。我想，也许这就是王龙飞与众不同的独特内力吧？一定是王龙飞独特的人格力量征服了野蛮粗暴的李大庆，李大庆才羞愧难当地放下屠刀了，才痛改前非地浪子回头了……一定是这样！

三

二十世纪八十年代初期，不仅高考竞争异常激烈，就是从普通初中考入重点高中，学生之间的竞争也是异常激烈的。尤其对于我们这些县城的孩子和县城以下的乡村孩子来说。考上与考不上，肯定是人生最重大的一个转折点。打个比方说吧，那就像一场僵持不下的足球决赛中一个决定胜负的点球。

一年后，我没有考上平安县的重点高中——平安一中，但我没想到比我学习好得多的王龙飞也没有考上。这粒生死攸关的点球就这样被我们紧张而颤抖地罚失了。

那更像一部战斗故事片的一段经典镜头：王志刚和王龙飞都"战死"在中考的考场上了。"死法"不同的是，王龙飞是在冲向敌军阵地途中被一枪从正面撂倒的。虽然还保持着心有不甘、誓死一搏的冲锋姿势，但他死得不折不扣、明明白白；王志刚则是已经冲进了敌军阵地，还被允许再向前方跑上一会儿，才挨到来自身后的一梭子密集子弹。倒下之前，王志刚还回头张望了好半天，想找到那个可恨至极的刽子手，王志刚太想好好活下去了，王志刚是拼尽了最后的一丝力气才弱弱地一点一点地倒下去的。

事件发生的大致情形是这样的——

开始时，学校说我考上了，说平安一中的最低录取线是489分。而我的总成绩是498分，比最低录取线高出9分呢。所以，学校第一次下录取通知时还有我。我至今还记得清清楚楚：班主任胡老师亲自到的我家，兴奋无比地通知我下午两点钟到学校去开大会。我一度就被兴奋无比的胡老师弄得更加兴奋无比，飞快地吃过午饭我早早地就跑到学校等着开大会去了。

距离开大会的时间还有一个半小时呢，我就像打了鸡血似的在校园里漫无目的地转悠。以前没太注意，我待了三年的学校突然间变得这般亲切——

单杠、双杠、篮球场、足球场都像在和我打着招呼……操场也显得比从前大方了许多，并显示出向我张开怀抱的样子。

我还激动地听完了关校长热情洋溢的祝贺讲话。记得关校长最后说："考上了平安一中，就相当于一只脚已经跨入了大学门槛，你们的父母没有白供养你们一回呀，他们会为你们高兴的，他们也会因你们而自豪的。我的同学们，祝你们早日成为国家的栋梁之材！我的青年才俊们，我期待着你们所有人在三年后都金榜题名，都传来令人振奋的佳音……"

因为平安一中的高考升学率一度曾达到过75%以上。听了关校长的一席长话，我更加兴奋异常，我还下意识地想到了王龙飞，连学习那么好的王龙飞都没能考上，而我却考上了，真是不容易啊，真是太幸运啦！记得那天我只会兴奋，不会思考，只会憧憬，不会回顾，更没有时间去细想王龙飞的处境和感受了。

可是，谁也没想到平安县教育局后来又出台了一个土政策，明确规定"数理化"加起来不足260分的减去10分。倒霉的我"数理化"三科加起来正好是259分，这样，我就被减去10分。更不幸的是，减去10分之后我的总分就变成488分了，就比最低录取线489分少了一分。所以，第二次被通知去学校拿录取通知书的学生中就没有我了。我就这样阴差阳错地被出局了。我至今认为那是平安县教育局某个当权者的阴谋，他可能为了一个情人的孩子谋害了我这个与他情人无关的孩子。当然，这只是我自己臆想的，因为当时实在无法解释为什么。

对我来说，这无异于晴天霹雳！"为什么呀？为什么呀！"我一度觉得老天爷太不公平了。"考试之前并没说哪科加哪科不够多少减去多少分啊！再说，就算我不是，而有的人是立志学文科的呀，他们上高中后就不再学什么物理和化学啦呀……我抗议，我抗议，我坚决抗议！"

我的抗议无效。我的声音再大也没有用，因为我不过是个小小的中学生而已。对于平安县教育局来说，我的嘴实在是太小了。我想也许我爸的能嘴大一些吧？我用胆怯而可怜的目光向他求救，可他也没敢对平安县教育局说出半个"不"字。而是一遍遍恶狠狠地大声责骂我："就是完犊子，就是他妈的欠揍……"

在平安县所有居民的心目中，平安一中确实是神圣无比的。真的就如关校长讲的那样，考上了平安一中，就相当于一只脚已经踏入了大学门槛。平安县本来没有什么风景，平安一中上学和放学时的学生俨然平安县最美丽的一道风景。人们议论着，这里有谁谁家的儿子或女儿，谁谁家的儿子或女儿肯定能考上某某名牌大学……那是更美丽的景外之景。

那群佼佼者中没有我不要紧，要紧的是没有我爸的儿子！老天爷呀，你让我咋过我爸这一关啊。

一向死要面子的我爸就像被所有人捉到了短处，于是，公共场合抬不起头的我爸回到家里就会对我表达出充分十足的怒气，怒气的释放往往又要借助他那习惯性的拳脚……

我那时更顾不上去考虑同病相怜的王龙飞的处境了。我首先要面对的是我自己面前这位严厉的老爸。

我爸怎么打的我，我已经吓忘了。我只记着我爸最后恶狠狠的咆哮声："你他妈给我回读去！"

我可以忽略掉所有的疼痛，但我无法忽略那即将到来的耻辱。我从来没想过自己有一天也会当上"回读生"，或者更难听的"蹲级包子"，我预感到回读这件事注定会是我此生最见不得人的一件事。

四

礼节上，王龙飞走的时候本该到我家告个别才是，但他没有到我家来，也没再和我单独见个面。我一点儿都不挑王龙飞的礼，我还是能够理解王龙飞的。王龙飞那么有自尊心的一个人，回读了一年又没考上，他一定是觉得自己太没脸面去见人了。据说王龙飞在发榜当天下午就回五棵树了，说是回乡下务农去了。

而我却生活在县城，注定无农可务。我要么回读，明年再考；要么去读普通高中。读普通高中就相当于再混三年，最后拿到个高中毕业证书回家待业。因为那个时候，平安县的普通高中师资力量和教学管理都还很差劲，虽然每年毕业生们也都例行公事地参加一下高考，但是没有几个毕业生能够实现梦想，几乎没有人能考上大专以上的院校。也就是说，如果决定在平安县读普通高中，就相当于提前对外宣布这个人此生不想上大学了。

其实，我考不考上平安一中对我自己来说真的无所谓。我并不觉得考上了平安一中就如何如何的好，据说在那里学习更紧张、更劳累。考不上就读普通高中呗，毕业后在平安县城做成点儿事儿也一样有面子。我当时真就没啥太大的理想和野心，我天生不爱学习，要能永远不上学在家领着一大群孩子玩耍才好呢。我可以整天带着小伙伴们尽情玩耍，我可以做做弹弓、打打山雀；下下夹子、洗洗野澡。我可以随时和孩子们去郊外抓抓蚂蚱、逮逮蝈蝈；挖挖鼠洞、放放野火。实在没啥可做了，我还可以到文化馆去学画画，我从小就喜欢画画，以后很有可能当上平安县最好的画家……所以，我宁愿上普通高中也不愿去回读，甚至我宁愿让我的前途万分渺茫，也不愿去当什么抬不起头的"蹲级包子"。

我对自己选择了放弃，而我那严厉的老爸并没有对他儿子选择放弃。最终，我爸还是野蛮粗暴地把我逼到平安县另外一所初中——平安二中去回读了。

从那以后，我就过上了有生以来最耻辱的"回读生"生活。我从前最讨厌"蹲级包子"这个称谓了，而我现在真真实实地成了名副其实的"蹲级包子"。我好像一下子变成了另外一个人。拒绝和以前的同学来往，也不像以前那么活泼爱玩了。"王志刚呀王志刚，你咋混成了这样啊！"我就是从那时开始瞧不起我自己的。

过去的哪一年我都没觉得那么漫长，只有回读这一年，我充分地体验到了时间有时会慢如蜗牛。那可真是三百六十多个货真价实的上午、下午和晚上啊。那个"分儿分儿是命根儿"的年代，全国的高三几乎都是一个模式，在我回读这一年当中，一天都没有休息过，几乎也没有什么假期可言。

初中那点东西我其实早都会了，就是以前不太认真，好马虎一点儿。所以有时，我就觉得自己白白浪费了一整年的大好时光。直到现在，我都想找回那一整年，找回那些金子一样的时间和空间……

更让我始料不及的是，老天爷真的是有意跟我过不去呀！第二次参加中考，我这个在班级里一直名列前茅的"回读生"竟然又是差了一分！这不由不让我迷信人们的说法了，难怪人们说考场、赛场、战场都是经常出怪事的地方。怎么什么怪事都要怪到我头上呢？我没想到会是我的最强项数学出了问题，聪明反被聪明误！有一道类似于今天人们开玩笑时经常提到的土豪解决"鸡兔同笼"问题，土豪的解法牛吧？我比土豪的解法还牛。我充分发挥出了我数学的天才优势，我给出的结果是绝对正确的，却没有列出标准答案规定的具体步骤。判卷老师认为我的答案是抄来的，15分的大题给我打了0分！

无独有偶，平时考试成绩总是全年级第一名的孙学成和我同分，竟然也差了一分。但这只能说明好学生考试也有失常的时候，并不能说明孙学成和我有着同样的结果。因为平安二中的一把校长第一时间就出面向平安一中的一把校长打了保票，说一直保持全年级第一名的孙学成是难得的尖子生，本来还指着他出菜呢，这个众星捧月般的好学生这次考试肯定是发挥太失常了。就这样，孙学成被光荣地从火线上拯救了，相同分数的我却炮灰一样无人问津。

我觉得天都要塌下来了，我有种惶惶不可终日的感觉。那些天，我心中一直茫然无助地乞求着：谁能可怜可怜我呀，谁能帮助帮助我呀……绝望中，我想起了电影《英雄儿女》里战火硝烟中的王成，而我又毫无王成那气壮山河的英雄气概。凶残的敌人笑嘻嘻地围上来了，没有人来救我，也没有人向我开炮……

这一次，我爸绝不是为了我的面子，而是为了他自己的儿子，他终于厚着脸皮、低三下四地去求了他的大学同学——平安一中的刘锋副校长。

虽然我抓到了一棵救命稻草，但是我还是羞愧难当。同时，我也不得不为我爸感到害臊。他去年咋不去为我找找他的同学校长啊？去年我是被暗算了，他却不去为我据理力争。去年他有着多么美好的借口和多么充分的理由啊！他也不会这么磕碜，我也不会这么磕碜……

我不知道我爸的校长同学刘锋怎么答应他的，我只觉得求过人的我爸好像很没面子。以后的很长一段时间，我爸一直保持着那种类似于受了内伤的姿态。我爸的脸色要多难看有多难看，说话声音要多难听有多难听，我家里的紧张气氛要多难受有多难受……

走后门进平安一中这件事的发生，导致我更不愿见到我的同学们了。我一度就像一个怕见人的小偷，见到同学们总是习惯性地避避让让、躲躲闪闪。

要么说我的同学多呢，我当"蹲级包子"唯一的收获似乎就是又多了一个班级的同学，同时又多结识了至少一个年级的同学。前面已经说过，我的同学很多，但这对我来说并不是什么值得荣耀的事情。为啥我的同学就那么多呀？不就是因为我是"回读生"吗？在不同的场合遇见不同的同学并不可怕，可怕的是共同的场合碰到不同的同学。尤其当上下两个年级的同班同学在某个公共场所同时呼唤我老同学的时候，我是要多尴尬就有多尴尬啊。

有这样经历的人不会太多，但是我有。现在看来这是经历，是历练，是故事；但是在当时可不是什么经历，也不是什么历练，更不是什么故事，那简直就是一场事故！毫不夸张地说，回读这件事绝对是我少年时代头顶上最不光彩、最黑暗浓重的一块乌云。尤其是对于我这种死要面子的人来说，那就是一场彻头彻尾的灾难。

同样两次没考上平安一中的王龙飞，此时的处境又会是如何呢？我曾经有过那么一个闪念，但瞬间就消失得无影无踪了。是我过于冷漠吗？绝对不是。后来我终于想明白了，命悬一线的我已经不具备关心他人和可怜他人的资格了……

五

来到平安一中之后，我少年时代的黑色记忆远没有结束，那好像又是一个崭新的开始。

入学分班时，本来我完全有可能成为一个天才的理科生，在那个"学好数理化，走遍全天下"的高中文理分班时代，同学们对文科生是多么的不屑啊！可文学青年出身的我爸却命令我非学文科不可，以后目标必须报考北京大学中文系。否则，跟我断绝父子关系……我爸的武断还导致我和初中时最得心应手、最志同道合的几个理科同学过早地分道扬镳了。

对了，前面忘介绍了，我爸不仅严厉，他还曾经是个文学青年。大致情况是这样的：二十几年前的一天，农民出身的我爸一觉醒来，突然就有了一个奇怪的念头：他要当鲁迅。这可不是什么玩笑，我爸一向是个做事认真的人。其实，可怕就可怕在了认真上，我爸要是不认真也就没事了。我也许就不会学文科了，我会生活得非常随意。我爸果然行动起来了。通过坚韧不懈的努力，头悬梁，锥刺股，三十二岁，已经有了一双儿女的我亲爱的民办教师爸爸竟然奇迹般地考上了北方一所师范大学的中文系。我爸肯定以为自己又向鲁迅迈近了一步，他一度会是非常兴奋的。我都能想象得出我爸是如何乐颠颠地跑去上大学中文系的。但是，大家一定也能猜到了。通过上大学见到更大的世面之后，我爸终于发现了自己的先天不足。班里那么多书香门第出身的名门望族的同学们，才华远远在他之上，也没有一个能成为鲁迅。怎么办呢？梦已上身，是挥之不去的。渐渐地，我爸就把可怕的梦想恋恋不舍地转移到我身上来。于是，我苦难的日子来临了，我爸对我的要求越来越严厉起来。谁都知道，鲁迅是那么好当的吗？我摊上了这样的我爸，我这命可真苦啊！

正因为我爸一直有这么一个文学大梦，才决定了我上高中选择学文科的命运。

我爸那时是平安县戏剧创作室的小头头，每天哼哼呀呀地写地方戏。写唱段时得押好韵，文字不能重复使用，又要显得有点儿文采。有时我爸拿不准了，就以考考我为借口，让我帮着押押韵。回答好了，就说我还真能蒙一阵；回答不好，我就要挨一顿突如其来的臭训。

有一回，真让我给蒙得恰到好处了，不习惯高兴的我爸明显高兴了。叛逆期的我终于抓住了这个极其难得的机会，报复性地回击了我爸："我要是像你似的天天琢磨这点儿事，我会押得更好，我才不去难为别人呢……"记得这好像是我面对我爸的第一次胜利。

还有一次是我反败为胜的，印象更为深刻。

当时知识分子家庭并不宽裕，还要供三个孩子上学，梦想当鲁迅的我爸竟每年都要订上几本国内大刊，除了《剧本》月刊外，还有《小说月报》、《青年文学》等当时名气较大的小说月刊，有时我真的想不明白，省下那些钱，我能买多少个面包和麻花啊！

有一天放学回来，本来是要因为摸底考试成绩不理想挨骂的，可我意外地逃过了一劫。当我爸问我考得咋样时，我竟先说了句当天学到的陶渊明的名句："学如春起之苗，不见其增，日有所长；辍学如磨刀之石，不见其损，年有所亏。"

我爸听我弄出这么一串子，竟然难得一见地笑出了声音。说："哈，好啊，学以致用，真他妈是好样的。"

见我爸高兴了，我并没有见好就收，突然发现他正在看《小说月报》，我就又乘胜追击地说："你天天写地方戏能有啥出息？要写就写写小说，得争取发表在《小说月报》上。"

"你口气可真他妈大呀！不怕风大扇了舌头？《小说月报》是你想上就能上的吗？咱们县这么多年真没听说谁在那上登过作品呢？"我爸又要急眼了，骂我跟他抬杠子。

我又指着旁边《青年文学》的头题封面人物作品《摇滚青年》说："你看人家刘毅然，那才是个有出息的好作家呢。"

我爸终于第一次让我给弄无语了，脸都气得不是色儿了。后来，他竟要举手打我。见势不妙，我这才溜之大吉。

这是我记忆中唯一一次侥幸地逃脱了我爸的考试成绩审核。事后我心有余悸地回忆，我胡乱打出的真是一套连我自己都说不清的迷踪拳啊，竟鬼使神差地击晕了从来都是一丝不苟、铁板一块的我爸。

而我根本就没有我爸的恒心与毅力，真的不是努力学习那块料。我喜欢玩儿，喜欢跟学习无关的一切事物。就像我爸是专门用来学习的，我是专门用来不学习的。

我喜欢玩游戏，喜欢打冲锋仗，也喜欢各种球类运动。我对抓山雀、挖鼠洞、玩各种游戏、造各种玩具枪都感兴趣。用家乡话说，我是属蝲蝲蛄的，样样通，样样松。蝲蝲蛄啥样？我爸骂我时有过多次具体描述：蝲蝲蛄会飞、会叫、会游、会跑，还会挖洞，但飞不高、叫不响、游不远、跑不快，洞也挖不深。总之，蝲蝲蛄的功夫都不咋样，我和蝲蝲蛄有一拼……

我喜欢动物，无论是小鸡小鸭，还是小猫小狗，只要是动物，我都喜欢。我还参与母亲孵小鸡，每天晚上放学回来不写作业，而是把母鸡身下的鸡蛋拿出来，对着灯光看里面的小鸡长多大了……

我喜欢植物，常常从野外把小树苗挖回来种在自家的庭院里，每天看我种在庭院里的树木和花草，一看就是两三个小时，有时还能看小半天。我爸经常骂我，你不看，它们会照长不误的。你是不是皮子又紧了，是不是又要找削啊！而我却一直固执地认为我的目光对花草树木们非常重要。

我还喜欢天文地理和UFO等更乱七八糟的神秘事物，直到现在我最爱看的电视节目还是《动物世界》、探索频道和记录频道，此外，只看体育赛事。

这样的我，不受到我爸的打压就成了不可能。面对我爸高标准和严要求，我常常能想起但丁《神曲·地狱》里的那句著名前言：没有希望地生活在欲望之中。

五棵树乡村语文教师出身、师范大学中文系毕业的我爸真的实在难缠，他对我考试成绩的要求总是远远高于我现有的实际水平。我的考试成绩总是达不到他的期望值，在那个高考是唯一出路的年代，真是分分是命根啊！我面对着如此严厉的我爸，更多的时候，我无法斗智，更无从斗勇，接受训斥和拳脚几乎是我唯一的选择。

我爸的与众不同还在于他会两头堵：先问你考多少分，然后再问你考第几。就算哪次考试题出浅了，我的分数难得地偏高，但只要是总体排名靠后，我必然还是要遭到收拾的。其中有那么两次，我至今仍记忆深刻：

一次是全县高考模拟考试。那次考试试题相对不难，我每科分数都不低，总分竟达到了从来没有过的520分，但我总分在全班排名却是二十位开外。我本想以史无前例的高分蒙混过关，最终还是没逃过我爸的"总分第几"的严格追问。那天晚上，我爸连推带搡地训了我大半宿，一遍遍骂我："和初中时还是一个德行，不够扎实，不求甚解，真像你那个不争气的大舅！面对接下来的更严峻高考，你仍然是个墙头草一样的边缘人物。你他妈的咋就不能给我争口气呢，啊？"

还有一次是高中二年级的期末考试，我的语文得了118分，单科拿到了全年级的第一名，尤其是满分50分的作文，我得到了49分的高分。本来应该得到夸奖的我，却因为在班级总排名没进前十而挨了我爸狠狠的一炮脚。原因是我没用功去背，我的政治和历史分数都太低了。我爸认为我的成绩一定会有所突破，考进班级的前十名光荣一下。但那次我在班级的总排名不仅没有前进，反而还倒退了两名，排到了第十五名。

正常犯错误被我爸收拾的情况就更多了。比如：小满中午出去打山雀回来晚了，被老师家访，肯定要挨收拾；比如：本来应该去看考场，而我却和同学们打了一下午排球，肯定要挨收拾；再比如：不上晚自习，偷着去看电视连续剧《霍元甲》也肯定要挨收拾的……

但我绝对没想到，我的黑色记忆一直会延续到我高中生涯的最后一天。那就是著名的"高考当天中午的耳光"事件……上午考完语文，我爸中午就帮我估分，发现我顶多能得70分后，他脸都气青了，怒不可遏地骂道："满分120分的语文顶多打70分，这还考个蛋大学！"说着，我爸就给了我一记响亮的耳光……

考语文，我真的已经尽全力了呀，除了作文可以自己控制，其余的每道题都是那么的难，面对这样的试题，我有什么办法呢？倍感屈辱的我中午饭肯定没法吃了，我反锁上房门在屋里哭了一中午。

在我妈的安慰和劝说下，我下午才肯去继续参加考试，我是在最后时刻踩着铃声走进考场的……

高考总算结束了，但我的沉重并没有结束。我爸每天灰丧着脸，对待我就像对待一个犯人。除了我自己，没有人对我的高考成绩寄以希望。

经过了极其漫长的等待，一个多月后，高考成绩终于公布了。我语文打了69分，竟是平安一中全体考生中的第二高分。（不过，我还真得佩服我爸，他估分真准啊。）只是一向出色的数学又没有考出高分，又意外地得了个中等分数。其他那几科成绩基本属于正常发挥，和平时的分数相差无几。最终，我以总分班级第九名的正常成绩考入了一所北方的重点大学，当然，一定是中文系。

谢天谢地！虽然我考上的并不是什么北大、清华那样的名牌大学，但我总算是考上还算说得过去的一所大学呀！

可以说，我在学习这个问题上一直受到我爸的"伤害"和"摧残"，直到考上大学以后，远离了我爸的视线，"伤害"和"摧残"才得以减轻。但不幸的是，我已于无形之中让我爸引向了文学之路。每天在大学中文系的大楼里学习文学理论，看中外名著，课余时间再去听讲座，搞诗会……本来爱好理科的我是被我爸逼上文学之路的，在这条路上，我王志刚并不比被逼上梁山的林教头轻松多少。

我爸就够严厉了，而王龙飞他爸比我爸还要严厉十倍呢，这些年王龙飞又是如何过来的呢？等待中的我不禁生出对王龙飞的种种苦难想象……

六

半个月后一个周五的下午，王龙飞终于敲开了我办公室的房门。两个曾经历尽磨难的"蹲级包子"，时隔三十多年终于再次见面了。我真的已经看不出眼前的中年男人就是当年的王龙飞了，我眼前这位接近五十岁的中年男人是一位很职业的现役军官，一位看上去相当成熟的上校团长。

"龙飞！"我紧紧握住他的手，我是根据十几天来的判断和面前这个人的瞬间表情确认他就是王龙飞的。王龙飞还是先前那个习惯，从不先说话，说话前总是用眼睛注视着你。我觉得有一股亲情无法控制地涌上心头。

"志刚！你还没咋变模样啊！"一直注视着我的王龙飞这才说话。我能感觉得到，他的内心深处也是相当激动的。

"来！老同学，坐下，咱们先喝点儿茶。"我控制住就要流出来的泪水，热情地让他坐下，拿出我那早已准备妥了的上等好茶。

"可算见到你了，看来这是真的了。如果没有《老同学》那篇小说，咱们也许这辈子都没有机会再见面了。"王龙飞一边坐下一边说。

"我也觉得像做梦似的。"为了平和自己的情绪，我小孩子一样掐了一下自己的脸，还有感觉，看来不是做梦。

"我这次来呢，一是想见见如此有出息的你，二是想求你办件事。"王龙飞把"求"说得小心翼翼。

"我能帮你办啥事？尽管说。"为了让王龙飞放松，我大咧咧地拎过一把椅子坐下来。

"唉，从来不愿给别人添麻烦，这回真是没办法了，不知道你能不能给我和我的战士、牧民们这个面子？"王龙飞一脸的不好意思。

"又是老乡，又是老同学的，客气个啥？"我尽力弄出一种兄弟不见外的语调。

"这些年来，我一直想给我的战士们和当地牧民们写点什么，写写军民鱼水情，可我真的没有你那么好的文笔啊。我从小语文学得就不好，尤其是不会写作文，当时只是'数理化'学得还凑合。"王龙飞仍然好像有些不好意思似的，自我解嘲道。

"我以为啥大不了的事呢，就求我办这点儿事啊？好说，没问题。"我嘴上一口答应着，心里却在暗自打怵。我一向讨厌写事迹材料和领导讲话等官样文章，也从来不写所谓的贴金鼓吹式的报告文学。表面上虽然都是文字，但那可是与写小说截然不同的两种文字呀。

"说好了？你真的肯给我面子，真的同意给我们写了？"王龙飞极认真的样子。

"可你也别太敬业呀，一见面就开门见山谈工作，三十多年不见了，咱们还是先唠唠别的吧。我一直想知道这些年你是怎么过来的呢。"我半开着玩笑。

"老同学嘛，见什么外？要是见外我就不来了。"王龙飞也渐渐恢复起当年老同学不见外的口气。"那就简单说说？"

"说说，说说。"我说。

"那就从最见不得人那件事说起吧——

当我知道没考上平安一中时，一下子万念俱灰。气话说是回家务农，其实我已经无处可去了。农村天地虽然广阔，但是对咱们来说确实难有作为。志刚你知道，我也有个十分严厉的老爸。

我万分沮丧地回到家时，没想到怒火中烧的我爸还是强硬地要求我继续回读。我的脾气也随我爸，死犟死犟的。两次中考失败，我哪还有脸面再去当回读生？我就说坚决不去。

我爸就冲上来打我。

我一动不动地站在原地任由他打，我爸一边打一边问我去不去？我则一直说，不去不去打死也不去。我爸的牙齿先是咬破了他自己的下唇，鲜血流了出来。后来，我爸好像是打不动了，竟然抱住我用嘴狠命地咬我……

我发现我爸已经被我给气疯了，我不能再犟了，就没命地向外挣扎，惊慌中竟然掰折了我爸的一根手指头。

我跑的时候，我爸就凶神恶煞一样在后面追。我根本没有时间去跳越我家挡在大门口处的一米高的巨幅石棉瓦，直接从石棉瓦上跑了过去，留下了两个巨大豁口。

我就是以这样的方式离家出走了一段时间。我在乡村里同学家东游西逛了半个多月，才越来越觉得我爸说得对，在农村除了种地，确实没有咱的出路啊。但我已无脸再回家了，听说我爸被我气得大病了一场。还到医院拍了片子，接上了断指。半年多才痊愈。

后来，我就联系到了离五棵树不远的邻省泰来县的普通高中，我和姓马的校长谈了整整一个下午。我和盘托出了我的身世和处境，并说我决心在这里创造奇迹，希望马校长能给我一次学习机会。马校长也许是被我的决心感动了，说他们学校的毕业生也好久没有考出像样的成绩了，每年顶多考上几个专科，已经连续好几年没有考上本科的学生了，他也正顶着来自上面教育局的巨大压力呢。马校长为了冲击我们共同的梦想，就破例收留了我这么一个外省学生。

三个多月后，我爸才联系上我。他明显老了，像变了一个人，变成了人们印象中那种慈祥的老者。他不再打我了，也不再骂我了，好像不是我爸了。可惜，那变得慈祥了的我爸仅仅又活了两年，就匆匆地走了。那两年里，我爸风雨不误地每学期都骑着自行车从二百里地之外来看我，给我送来学杂费和伙食费……当初我不离家出走就好了，这是我这一生做得最后悔的一件事。"

"这么说，你最后考上了大学，我王伯伯到底还是没看见啊？"我还是显得很多余地问了一句。

"这也许会是我一生中最大的遗憾。后来发现时，我爸就已经是肝癌晚期了。走那年才48岁。我专程回家找到了我爸那张断指的X光片子，以后就一直挂在了我的宿舍床头。我爸的突然离世让我沉痛了好长一段时间，也让我迸发出了一股奇异的力量。在泰来读普通高中的最后那一年，我几乎没抬头看过天上的太阳。印象中，我的天空上只有月亮和星星。"

"那你一定是实现了梦想，考上了大专以上的院校啊？"我说。

"没想到高考时竟幸运地考上了西南的一所军校。哪像你呀？考上了平安一中就像装进了保险箱，后来的一切就都能顺理成章了。这些年我确实遭了不少罪，我就不一一细说了。"

"你竟然考上了西南军事大学？那可是全国重点大学呀！你也太牛了！"我情不自禁地想象着当年离家在外读普通高中的王龙飞的疼痛，他得付出超过常人多少倍的艰辛和汗水啊……

"咱们中考那年我也没有考上平安一中，我后来也回读了一年。"自惭形秽的我故意举重若轻地说。

"我当时以为你考上了，是后来才知道发生了意外。太没道理了，太不公平了，人的命运都被篡改了呀！"王龙飞却很认真地说。

"也许被篡改几次之后才是我们原本的命运呢。我们现在不是都很好吗？"我再次举重若轻。

王龙飞像突然想起了什么："对了，中考落榜那年我真的去看你了。当时我并不知道你也没有考上平安一中。我看到你时，你正在抹你们家的碱土房子。其实当时很想帮你抹完房子再回家，我甚至希望看到我王叔并求他和我爸说句话，让我爸别再逼我回读了。但我突然觉得没有脸面对你，更没脸面对我王叔，我的超强自尊心是我爸遗传的，我毫无办法。"

"我家房后的嫩江东路就连着去五棵树的公路，你当时一定是路过我家房后吧？"我感到有些意外。

"不，我是专程。"王龙飞目光坚定。"只是我突然间又改变了主意。我就那样一条腿跨在自行车的大梁上，看了你好久……"

"那又是为什么呢？"我好奇起来。

"怎么说呢？其实是因为嫉妒。真的，我在很嫉妒地看着一个已经考上平安一中的人在满怀希望地干着手中的活儿。当时我要是知道你也没考上，我一定会和你一起干活儿，帮你抹那碱土房子的。我多么想和你一起同甘共苦啊！你也许不知道，我一直都老羡慕你了，你语文和外语学得那么好。尤其是你的作文还写得那么好。要不，我这小体格那时候能帮你去和强悍的李大庆对抗吗？"王龙飞说得极其认真。

我有一种受宠若惊的感觉，我还是头一次听王龙飞说他当年还有羡慕我的地方呢！心里还是不由自主地生出一股巨大的荣幸来。我真后悔当时咋就不看看房后路边的人呢。"是啊，我家房子漏雨，万念俱灰的我确实被我爸逼着抹那碱土房子，我光顾着自己痛苦了，根本就没心思看旁边有没有认识的人。"

"对了，由于你高兴得有些手舞足蹈，不小心把手指头弄出血时，我差一点就下意识地冲上去帮你包扎，我都从自行车上跳下来了，好像我把车梯子给支上了。后来，我看到你的姐姐和妹妹还有家人像宝贝一样把你围住了，我才没做出蠢事。我又重新把腿跨在了自行车的大梁上，又看了你一会儿，我才遗憾着一步三回头地走掉了。"王龙飞说。

"没错，是有那么个环节。不过情况正好相反，我是由于心情实在太沮丧了，在那没好气地用铁锹戳泥，是在歇斯底地拿泥巴撒气呢。没想到铁锹把上有个钉子尖儿，生生地把自己的手划了个大口子。看来，有些事情眼见都不一定为实啊！"我苦笑着说。

"我当时还以为你在幸福地憧憬未来呢，这事整的……"王龙飞也苦笑一下接着说，"我是半年后才从一个同学那里偶然得知你也没考上重点高中的。而那时，我就更不能去看望你了，因为我知道你也是个非常要面子的人，我不想看见你难过的样子。"

"我那时老没意思了，你不知道，我多想找个能理解我的人说说话呀。我不知道你在哪，可你知道我回读了咋不抽空儿来看看我呀？"我有种想急眼又不知跟谁急眼的感觉，事情的原本怎么会是这样的啊？

"其实，我考上军校那年也是从平安县城坐火车走的。那次本来还是有机会去见你的，但由于已经多年没有你的消息了，不知道你的近况如何，万一你当时的处境并不好呢？也同样是怕给你带来不必要的伤害……"王龙飞也一脸的后悔。

"是啊，我们年轻的小心灵都曾经那么的脆弱啊。"我只好又一次苦笑。

七

下班后，我把王龙飞带到了单位楼下那家叫"小城故事多"的酒馆。我们没再滔滔不绝地说上学时候的往事，谈到目前的工作时，王龙飞就不再那么激动了。他只是说这些年过得很平凡。说自己不过是普通一兵，身处和平时代，做不上什么顶天立地的英雄，也做不出什么轰轰烈烈的事业。常言道，养兵千日，用兵一时。边防无小事，几十年如一日，一丝一毫都不能懈怠。

"那你当初为什么选择到大西北去呢？这些年你又是如何走过来的呢？"我一直在问着这个我最想知道的问题。

在我的再三追问下，王龙飞才说到他自己："不是说好男儿志在四方嘛，军校毕业以后，我就自愿去援疆，来到了祖国最西北的边防某部。我从连指导员干起，一直干到现在的上校团长。"

酒过三巡之后，王龙飞才再次打开了话匣子，不再是一问一答了。但王龙飞没再讲述他自己的事，而是滔滔不绝地讲起了他的部队、他的战士和阿勒泰地区那些淳朴的牧民——

"这些年，我们部队一直驻守在冰雪覆盖的阿尔泰山、飞沙走石的荒山戈壁和杳无人烟的黄沙大漠……为了做到边防无死角，官兵们必须常年奔走在人迹罕至的崇山峻岭之中。身边环境越是恶劣，就越是不能大意。

"整个冬季，千里冰封，寒气袭人。山里全年无霜期只有个把月，最低气温有时竟达零下四十多度，被人们称为无法逾越的'生命禁区'。战士们很难吃上一顿热乎饭，饿了啃上几口冷馒头，渴了喝上几口冰河水……

"春、秋两季稍稍好过一些，夏季就更不好过了。不仅闷热难耐，嗜血成性的蚊子、小咬和瞎眼蠓又来轮番'轰炸'。毫不夸张地说，在一些杂草从生的水塘，一脚能踢出几千只蚊子。此外，在阴森茂密的丛林深处，战士们偶尔还会遭到毒蛇猛兽的突然袭击……年复一年，日复一日，边防战士没有能睡上一个囫囵觉的。

"岁月送走了一茬又一茬的边防战士，他们遭了那么多常人无法忍受的罪，可他们仍旧像那些一岁一枯荣的高山草木一样，普通而又平凡。其实，战士们最难以忍受的还是浩浩荡荡、无声无息的寂寞时光。"

王龙飞如数家珍地又跟我讲起了具体的人：有得了急性阑尾炎还坚持行军的小赵，有独守哨卡的山顶洞人大刘，还有常年守在无人区里的铁哨……等等等等。

话锋一转，王龙飞又动情地说起了牧民。"那里的牧民兄弟姐妹们也太可爱了。在来到阿勒泰之前，我只是从电影《冰山上的来客》和歌曲《在那遥远的地方》《掀起你的盖头来》《吐鲁番的葡萄》中了解到一点点新疆。此外，就是知道那里曾经有过一个新疆生产建设兵团。来到阿勒泰之后，新疆才变得具体而生动起来。说实话，开始时我并没想在那里扎根一辈子，当时年轻气盛，我只是想到祖国最艰苦的地方锻炼一下自己，像俗话说的那样，镀镀金，捞捞资本，回到内地晋个一官半职的，做个优秀的军官……可是我想错了。我来到那里之后才发现，当地的牧民们太需要我们了……不仅学校需要、医院需要、边防上更需要，是全方位的需要……我听不懂他们的语言，但我能读懂他们的眼神和表情……我能感受到那种毫无隔阂的信任和无比渴望的依靠……"

"我和战士们为当地老百姓献血，当地老百姓也为战士们献肾。有一次，一个哈萨克小伙子热哈提为保护羊群与群狼搏斗，造成严重失血，战士们纷纷主动为他献血，硬是把他从死神手里夺了回来。一年后，我们的一个战士得了尿毒症，急需相匹配的肾源，那个曾经被战士们献血救过来的哈萨克小伙子得知自己的肾与其相匹配之后，毅然决然贡献出了自己的一个肾脏……"

"在给战士做换肾手术的过程中，我还意外地认识了两位从内地来援疆的医生。论起来他们还是吉林省白山和辽源的老乡呢。"

"对，都是我们吉林人。"我说。

"一位是来自白山的医生，名叫孙震。小伙子是一位消化科大夫，本来家里就不同意来援疆，是他自己非来不可。二十岁的俄罗斯新婚妻子更是舍不得与他离别三年，每天以泪洗面。小伙子自己也尝尽了思念之苦，而又死要面子，白天硬撑着，到了夜深人静时偷着悄悄流泪。后来，当他得知自己的妻子怀孕了，就更是思念……更巧合的是，那天晚上，为及时抢救身患胃癌的牧民妻子必须连夜手术，正当孙震给牧民妻子做手术时，自己的妻子连续打来了第三次求助电话，紧张做着手术的孙震根本无法接听。出于一种无奈的爱心，年轻的助手情急之下为他按下了免提键，当他听到妻子无力的求救声时，心都要碎了……那天他竭尽全力抢救了一位生命垂危的哈萨克牧民的妻子，自己难产的妻子也正被另一个男医生奋力抢救着……两个妻子最后都平安地被推出了手术室……不到三年的时间里，他已经挽救了上百个哈萨克牧民的生命，并和他们结下了深厚的友谊，很多比他年纪大的哈萨克族人都亲切地用生硬的汉语喊他孙大哥，那也是他最喜欢听的尊称。他对我说，他来得一点都不后悔。

"另一位是来自辽源的主任医师江帆。江帆说她的丈夫是早几年从辽源来到北疆的大豆专家。由于工作需要，组织上派她丈夫来援疆，由于受不了分别后的思念之苦，一年后她也陪同丈夫来到了大西北。初来之时，她心情郁闷，焦虑上火，半年后被诊断为肺腺癌……在治疗过程中，她得到了当地牧民的爱心祝福，同时也把自己的爱心奉献给了当地牧民们。虽然她听不懂他们说什么，但他们就是那么真诚地盯着你的眼睛，那目光比喀纳斯的深蓝色的湖水都要清澈；那声音淳朴得就像阿勒泰地区绵延不断的高山……就是这场大病让她做出了当初想都不敢想的决定：待满三年之后，她还要继续援疆三年。那时当地的医疗水平还不高，牧民中腰腿疼痛的患者很多，江帆就专门为牧民们成立了骨科。从前在内地养尊处优、不思进取的她还突破性地取得了一些科研成果，在骨科疾病防治上取得了重大突破，还在全国权威医学专刊发表了两篇重要论文，现在已成为全国有名的骨科专家。她说爱与被爱的体验是她最大的收获，有了前所未有的充实感、满足感和自豪感……

"他们可真了不起啊！"我感慨着。

"我就是因为耳濡目染了这些，才下定了最后的决心——我要把自己永远而彻底地留在阿勒泰……后来，我又艰难地做通了远在家乡的爱人的思想工作，她也于三年后带着不满周岁的儿子来到了阿勒泰……这些年，他们跟着我也受了很多苦……"王龙飞哽咽着说。

"来，老同学，咱们喝酒！"我也被王龙飞的话语深深感染。

"我慢慢才知道，我身边的援疆人不仅仅是驻守边防的官兵们，还有大量的医生、教师、工程师，甚至还有林业专家、农业专家、地质专家和路桥专家……我们现在都已经变成彻头彻尾的新疆人了。"

我们不断地干杯，酒就喝多了，王龙飞还是表现出他天性实在的一面。他竟一遍遍地说："我知道你很忙，但我真想让你写写那些普通而平凡的边防战士和那里的牧民们。他们并没有什么轰轰烈烈的事迹，他们就是西北大地上随处可见的白杨树和胡杨林。但是他们太可爱了，他们确实是新时代最可爱的人。老同学你简单写写就行，发不发表都无所谓，我并不想给他们树碑立传，只是想留下一份真实的资料做个纪念……"

又喝了一会儿，王龙飞彻底喝多了。红红的眼睛就有些潮湿了："当年，为了让我能有点儿出息，我爸总是往死里打我，他打得对呀。你知道，我的脾气特像我爸，要多不好就有多不好，对我自己的儿子，我是说打就打，而且出手还特别地重。可我一个手指头都舍不得动我的战士。同样都是孩子，他们有时做出的事比我儿子都气人，但我却能忍住。你说这是为什么呢，这是为什么呢……"

从王龙飞红色的眼睛里，我读到了另一种东西，那分明是：在过去那些平凡岁月里，他和战士们结下了很深很深的感情，也和当地牧民们结下了很深很深的感情，他们的身上又有了很重很重的责任……

后来，王龙飞竟情不自禁地哼唱起了那首著名的歌曲《在那遥远的地方》，我也和着那悠远动人的旋律和他回到了远方……

　　酒喝得尽兴，我们都喝多了。平时一提起写报告文学就头疼的我竟然决定当晚就动笔为老同学的战士们写一写。"写！不就是写一篇报告文学嘛？一会儿回去就写！"

　　一听我同意写，本来已经喝得迷迷糊糊的王龙飞一下子就精神起来了："走！你请我喝酒了，我请你喝茶去！"

　　我于那一瞬间好像看不见我那个叫王龙飞的老同学了，我分明看到了一位来自北疆的哈萨克族汉子，他那红红的脸颊上镌刻着满满的热情、直率、善良和淳朴……

　　我们就到附近的一家茶馆又喝了两个小时的茶，王龙飞就又兴致勃勃地讲了两个小时他的战士和牧民。

　　每个战士都给我留下了深深的印记。总之，哪里有险情，哪里就有王龙飞的战士。他的战士都特别能吃苦、特别能忍耐、特别能坚守……

　　每个牧民也都给我打下了重重的烙印。他们个个亲切、质朴、勇敢、善良……

　　待到稍稍醒酒后，我们就近来到一家旅馆开了个标间。我写作的时候，王龙飞就服务员一样给我沏茶倒水，后来他又出去买回来一大堆水果，一直静静地坐在旁边陪着我。

　　我说："你困了就睡觉去吧，不用陪着我了。"

　　王龙飞却认真地说："必须得陪着，咱得同甘共苦。谁叫我当年没陪你抹房子呢，就当现在补上了吧。"说着豪爽地哈哈大笑起来。

　　我以为王龙飞是在开玩笑，过一会儿困了自然就去睡了。可我没想到，他竟然真就那么静静地陪着我端坐了一宿。

八

　　周六，我又写了一天。除了到吃饭时间我们一起出去吃口饭之外，王龙飞还是沏茶倒水洗水果，一直卫士一样静静地守候在一旁。

两天来，我只了解到王龙飞是后来军校毕业才去了部队的。我一度想仔细问问他，这些年是如何摸爬滚打闯过来的？但我没问。我能想象得到，他这些年会和当年读普通高中时一样，他不仅要付出更多的艰辛，还要付出更多的血汗……王龙飞也没细问我后来是如何回读、如何考上大学、又如何来到省城工作的……我想我们有着共同的心理障碍，都不忍心去触摸对方的已经愈合的痛处。

从来不写报告文学的我终于为我的老同学王龙飞完成了那篇所谓的报告文学初稿，仔细品味我才发现，王龙飞讲的那些平凡的战士和牧民其实一点儿都不平凡……我突然觉得为战士们写报告文学远比写什么小说有意义多了。我心中暗想，一定要把这篇报告文学再好好修改加工几遍，最好争取日后能发表出来，让更多的人了解到那些平凡而伟大的战士和牧民。

当天晚上，我们又喝了一场透酒。席间，王龙飞不再讲他那亲爱的战士们，也不再讲他那淳朴的牧民们，而是讲起了我们初中时代的一些有趣的事。我们从中秋节的月饼说到五月节的鸡蛋，从冬日早晨一直冒烟的炉子说到晚自习停电后的蜡烛，从逃课出去打雀说到天棚上的麻雀，从坏小子李大庆说到我表姐杨永红，又从班主任胡老师说到掌门人关校长……

"其实，这些年我一直很好奇，我最想知道的还是你当年是如何帮我把李大庆摆平的？"我有意岔开了话题。

"真的没啥，真想知道我还是告诉你吧。有一天下午放学后，我就把你的事儿当事儿了，我就单独找到了李大庆。我很认真地跟他说了我的意思，他就给了我这个面子……从这一点上看，我还挺适合当个军人的。"王龙飞说得轻描淡写。

"就这么简单啊？"我的好奇心并没有得到满足。

"真就这么简单。不过，当年李大庆欺负你，我之所以肯为你出头，并不只是因为咱们是同乡关系，也不只是因为咱们子一辈父一辈的亲缘关系，而是觉得咱们俩的性格特别相像，都特别要面子。你也一直很给我面子，一直亲切地叫我龙飞，对别的同学，包括你表姐杨永红你都是直呼大名的。最最重要的，还有一点……"王龙飞突然把话头打住了。

"还有更重要的？"我又重新好奇起来。

"我最不喜欢当面夸奖别人了，怎么说呢？对了，你还记得咱们班有个叫宋有才的同学吧？你还记得他有个获奖作文名叫《家乡河里的月亮》吧？倒不是我觉得徐有才同学有点娘，跟他个人性格无关，我是讨厌他那篇作文的娘娘腔，文章写的那是什么呀，不就是朱自清那篇著名散文《荷塘月色》的翻板吗？"王龙飞居然还记着这件事。

"那是我刻骨铭心的痛，我怎么能忘记呢？我还因功亏一篑地与大奖擦肩而过遭到我爸一顿大骂呢。宋有才不仅取代我得了全地区作文竞赛大奖，获得中考语文加十分的实惠不说，学校还夸张地把宋有才的作文用大红纸抄下来贴在了教学楼的东房山头上……几乎全校的同学都围在了东房山头儿，记得我当时心里满是嫉妒和恨，恨不得趁着没人时去把它撕下来，可是我没有那个胆量。只好在心里不怀好意地暗自祈祷：老天爷，你咋就不下雨呀？那些天我真的时时刻刻都盼着老天能刮起东风，快快下起瓢泼大雨来呀……"我自嘲地说。

"你的痛，我都看在了眼里。我也多次有把那张红纸扯碎的冲动。我认为教咱们语文的刘老师偏心眼儿，他选送了宋有才的《家乡河里的月亮》。真的远远不如你那《草原的风》，我认为那次获得作文竞赛大奖的本应是你。我那时就认为你的文笔好，将来一定能有出息。我从小就喜欢看书，我那时就没看好宋有才，我至今也没在公开报刊上见过那个宋有才的名字和文章……"王龙飞说得义愤填膺。

"我当时只是自以为是而已，我真的不行，我可没你说的那么好。"我虽然很虚荣，但别人夸太狠了我又不太舒服了。

"行了，就不说这些了，我已经说得太多。唉，就因为你现在已经是作家了，我才说了本不该说的话，就当给你提供点儿创作素材吧，咱们就此打住。不早了，来，咱哥俩就是瓶中酒了。"说着，王龙飞把酒杯端了起来，和我碰杯，一饮而尽。

一向爱听表扬话的我也跟着杯空见底。

"对了志刚，看来我还得求你一件事。明天是周日，你能再牺牲一天休息时间陪我回一趟平安县吗？"

"我认为这不是什么问题，我也时刻想回家乡去看看呢。服务员，再上两瓶啤酒。"

"还喝？"

"为咱俩饯行！"

"也好，那就最后一瓶。"

"不急，喝着看。"

"多少年了，我一直想去平安一中看看，当年我没机会到那个神圣的地方读重点高中，随着年龄的增长，我总是魂牵梦绕地想去看看呢，你说怪不怪？"王龙飞意味深长地说。

"这回就当是我求你吧，我也有十几年没回家乡了，正好咱们一起回去走走。"说着，我把新上来的啤酒分别倒满。

"那就一言为定？"

"一言为定！走一个！"

我们亢奋着，又一人喝了三瓶啤酒才回到宾馆休息。

九

平安县城早已经是焕然一新的另一座县城了。我们考走了以后，平安县已由原来"脏乱差"的贫困县、落后县，变成了现在"洁齐美"的文明县、卫生县。

我们也由衷地为家乡的变化而感到高兴。我还一边走一边自嘲着："咱俩一走，平安县城立马就干净利索了，没想到咱俩于不知不觉中为平安县做出了这么重大的贡献啊。"

"平安县的县长当年要是知道的话，早就指示教育局长让咱哥俩儿赶紧考出去了。"心情不错的王龙飞也配合着我开起了玩笑。

我和王龙飞连打听带问地找了好半天，才找到那条通往平安一中的路。那条路已经由原来的嫩江东路改成了现在的学海大道了。

顺着学海大道，我和王龙飞来到了少年时代的梦中天堂——平安一中。

星期天的校园里没有多少人，显得有些空旷。这已不是三十多年前的校园了，如今的平安一中早已鸟枪换炮了。虽然还是原来的位置，但已经被重新扩建成一个建筑群了。成排的教学楼拔地而起，不知要比三十多年前那几栋小二楼宏伟和高大多少倍了。但我却觉得冷冰冰的，一点儿都不亲切。说来也怪，一大群高耸的红楼竟远没有了当年那几栋小二楼的庄严和神圣。

没有机会在平安一中读过一天书的王龙飞，此时和我的感受肯定不一样。只见他认真地而仔细地审视着平安一中的每一个角落，一丝不苟地感受着这个曾经让他魂牵梦绕的地方。

"这些化学仪器原来就有吗？这里的书原来就这么多吗？那时就有单独的物理实验楼啊……"王龙飞一直充满着好奇，不停地向我问这问那。

"是啊是啊，那还说了，要不咋叫平安一中呢……"为了不扫王龙飞的兴，我就含糊其辞地说。其实，我当年在这儿上学时并没有这些设备。

王龙飞又在平安一中的校园里转了好久，一直恋恋不舍的样子。后来，他竟来到校园边缘的小树林里坐下了，亲切地看着地上的蚂蚁们，蚂蚁们在忙忙碌碌地搬家……

天色已经彻底暗下来了，王龙飞才张罗往出走。"这几天让你给喝得太多了，实在喝不动了，咱俩就找个小馆简单吃口饭吧。"

我的肚子也早就饿了，表示同意。"咋也得少喝点儿吧？三十多年了，咱俩来一趟平安县城容易吗？"

我们四处搜寻饭店的时候，目光同时定格在平安一中大门斜对面的一个巨大霓虹灯牌子上了。

"李大庆烧烤店！"我和王龙飞指着不远处那个红色牌匾，几乎又同时喊出声来。

"真是缘分啊，就是它了！"说着，王龙飞就有些迫不及待地大步流星向前走去。

我则有些迟疑地紧紧跟在王龙飞身后。"李大庆和咱俩能不能再打起来呀？"我有些担心，半开玩笑地问。

"不会吧？大家现在都是五十岁的人了，从前的我们毕竟还都是小孩子。"兴奋的上校团长胸有成竹的样子。

落座后，我们认定那个忙里忙外的看上去有五十多岁的店主人就是李大庆。李大庆明显比我们苍老了许多，黑黑的脸上布满了皱纹。要不是因为这里有他的实名店面，我们绝不会认出他的。我们眼前的分明就是一位印象中的烤肉串老人，他看上去也并不如小时候那么高大了。

我们虽然比他显得年轻一些，但李大庆也没有认出我们是谁。"欢迎光临小店！两位老总晚上好，今天烤点什么？"说着李大庆递上了菜谱。

"就来贵店最有特色的吧，我得好好研究研究菜谱，正经得点一会儿呢。"王龙飞拿着菜谱煞有介事地翻看着。

"二位老总慢慢点，慢慢点。"李大庆躬着腰说，同时吩咐唯一的女服务员上餐具。

我则坐在侧面不时地盯着李大庆仔细端详，想找到从前的影子。

"顾客就是上帝嘛。"李大庆拿着点菜单和圆珠笔，一直弓着身子等候着。

看着老同学李大庆毕恭毕敬的样子，王龙飞实在过意不去了，他终于不好意思再装下去了，就站起身来大声说："李大庆同学，你好好看看我们俩是谁？"

"你们是？同学？"李大庆惊讶地盯住他的两位顾客。

"我们是你的老同学！王龙飞和王志刚！"我也站了起来。

"王龙飞和王志刚？啊，真的是你们俩？认出来了！还真有当年的影子。"当李大庆认出我们时，他一脸的惊奇："真没想到会是你们俩呀？你们俩怎么突然来到寒舍了？"

"仔细看，你也是当年的李大庆！"我说。

"你们俩不但不记恨我，还能主动上门来看我……怪不得你们都能当上公家人。"李大庆几乎激动得要哭了。

"谁也别客气了，老同学见面可真不容易，咱们还是喝酒吧。"王龙飞脱掉了军装。

"没想到啊！真是没想到啊！过来，老丫头！快给你两位叔叔上酒，上最好的白酒！"李大庆极不自然地挓挲个手，手里还一直机械地捏着点菜单和圆珠笔。

刚才那个女服务员飞快地跑了过来，边倒酒边问两位叔叔好，边恰到好处地接过了老爸手上的点菜单和圆珠笔。

"这是我闺女，下班后给我当服务员。"李大庆不好意思地解释着。"女儿都比我们当年大了，长得像她妈。"

我这才仔细看女服务员，苗条漂亮，不知哪里真有点像当年的我表姐杨永红。

我们之间真的没有想象中那种仇人相见分外眼红，而是有一股暖暖的东西在心底涌动……三个人就像久别的亲人一样围坐在一起喝起酒来了。三十多年了，也许这就是孩子和成人最真实的差别吧？

席间，三位老同学又回忆起了更多的少年往事……

酒喝得高兴，三个人也越来越亲近。率先有些喝多的李大庆主动提起了当年的事："……那时我真浑，但我喜欢杨永红确实是出自真心。可是在所有人的心目中，我那么个劣等生怎么有资格喜欢那么优秀的女班长呢？但喜欢就是喜欢。不过，我爱的权利最后还是被拼命三郎王龙飞同学给生生地剥夺了，哈哈哈，来！咱们还是干杯吧！没想到啊！真是没想到啊！"李大庆有些不好意思了。

"后来，我就以杨永红的长相为标准，总算找到了自己的老婆。只可惜她两年前患肺癌去世了，要不真叫来给你们看看。没想到啊！真是没想到啊！"

"没想到啊！真是没想到啊！"这是李大庆那天说得最多的一句话。

"时间过得真快呀！一切就像发生在昨天啊！"我们不断地碰杯。

在一次三人长时间碰杯时，李大庆紧紧地盯住了王龙飞的小拇手指说："老同学，对不起，这事都怪我呀！"

我有些惊诧地望着李大庆。"这么说，原来是你小子给夹的呀？"

"难道说你还不知道？那可是因你而断的呀！"李大庆惊讶地盯住我。

"你不是说搬桌子时夹断的吗？"我又盯住王龙飞。

"三十多年前的事了，咱们就别再提它了。老同学好不容易见上面了，高兴，咱们还是好好喝酒吧。"王龙飞张罗提酒。

"你不是说有一天下午，你单独找到了大庆。你跟大庆说了你的意思，大庆就给了你面子？"我突然觉得这里边还有故事，反倒认真起来。

李大庆突然沉重起来："还是听我来说吧。志刚，你知道当年比你们高一头、乍一背的我为什么会给王龙飞面子吗？你以为我觉得他'数理化'学得好就会给他面子吗？我一个不学无术的恶棍会在乎别人的学习好与不好吗？没有那么简单。"

"那到底因为什么呢？"李大庆的话重新勾起了我的好奇心。

李大庆一本正经地回忆了起来："我当时是真的太喜欢红裙子杨永红了，给她写了那么多回信她也不回，给她啥她也不接受……没办法，我又不忍心去伤害她。我给志刚施压的唯一目的，就是要让红裙子杨永红知道我有多么喜欢她。但总是事与愿违，结果总是与我的愿望背道而驰……我真蠢，当时咋就想不出别的办法啊。志刚，你现在真的不记恨我了吗？"

王龙飞笑着说："咱们别整那么沉重好不好？都过去三十多年了，其实我一直不想说这件事，今天借着老同学的酒劲儿，还是说了吧。大庆当时确实太影响志刚的学习了，我不想眼见志刚毁喽。我看在眼里急在心里，也许我太了解志刚的处境和我们的爸爸了。还有一个更重要的原因就是，当年我一直认为自己偏科不行了，而相对全面的志刚一定会有出息。我就经常有一种冲动，暗下决心：必要时就站出来和李大庆拼命。"

"你一向斯文内敛，怎么也会想到动粗的？"我仍然以为王龙飞说的是酒话。

"我说的是真话。"王龙飞认真起来。

李大庆重新满上酒，点上一支烟。"还是由我来说说那段往事吧，那是我第一次惨败，也是最有价值的惨败，我至今记忆深刻：有一天下午放学后，王龙飞就在教学楼西房山头儿拉住我并跟我发了毒誓。说他要以命相搏，要我看在他的面子上不再纠缠你和你的表姐杨永红。"

"这难道是真的吗？"没想到我的好奇心瞬间转化成了惊奇。

"说实话，王龙飞的突如其来还是让我若有所思犹豫了好半天，记得居高临下的我一边抠着牙一边歪着那副无赖嘴脸嘲讽地反问了他：小朋友，凭什么呢？就凭你会在我面前装腔作势吗？说着我就要动手的样子向他靠上去了。"李大庆继续说。

"啊？难道说，你们之间真的拼命了？"我更加惊奇。

王龙飞又开起了玩笑："咱既然能回读，就没有什么可怕的了，包括死。"

李大庆的神情却越来越凝重了，独自干下一杯酒接着讲："我虽浑，但我知道王龙飞是个特别要面子的人。王龙飞就当着我的面，一口咬下了他右手的一节小手指，一点一点地嚼碎了，又不紧不慢地咽进了肚子里……正要采取暴力行动的我定格一样站住了，好像老半天才反应过来眼前发生了什么，连说：我给你面子行了吧，我给你面子行了吧？说完，我就转身飞快地跑了，我自己知道，那次我跑得非常狼狈……我被彻底震撼了，至今还记着龙飞咀嚼小手指时那'咯嘣咯嘣'的声音……我李大庆虽然凶悍，但也不过是个十六七岁的少年。"说着李大庆又独自干下了一杯酒。

"你不是说你的小拇手指是搬桌子时不小心夹断的吗？"我盯住王龙飞的小拇手指追问。虽然它已经长好了，但明显短了一小节。

"还好，事情还不算最坏。好在李大庆在我下一步行动之前给足了我这个面子。"王龙飞笑着说。

"谁都会给一个不要命的人一些面子的。"李大庆像在喃喃自语。"可惜，龙飞的小拇手指并没有拯救我，当年学习不好，又没有了爱的权利，本来前途就渺茫的我，就更加一度陷入绝望之中……总想发泄，又总是没地方发泄的感觉。后来，我就变本加厉了，破罐子破摔了。严打那年，还因为故意伤害罪被判了十年徒刑……混成今天这样，到现在都在后悔啊……"

这时，我才注意到外面下起了大雨，我听到了轰隆隆的雷声，也看见了亮晶晶的闪电。

原来是这样啊！为了能让我专心致志地学习，王龙飞竟然把自己的命都当成赌注了呀！他这么聪明的人竟然也使用了最简单粗暴的办法，直接与李大庆以命相搏！我还一直以为是王龙飞独特的人格力量征服了李大庆呢。而李大庆呢，既没有立地成佛，也没有回头上岸，而是做得更加猖狂了……

我真的有些后怕，当初强硬的李大庆万一不买王龙飞的账呢？依着王龙飞的倔脾气，消失的也许不仅仅只是一节手指了，后果将不堪设想……我颤抖着手把最后的瓶中酒倒上。

三个五十来岁的老同学亲如兄弟一样又无数次地干掉杯中的酒…… 三个五十来岁的老同学还把那首著名歌曲《在那遥远的地方》五音不全地喊唱了一遍又一遍……

夜太深了，再亲的老同学也得散了。当我提出照单付账时，李大庆竟然急眼了。我这才隐约又见到了他当年那无比凶狠的模样，只是眼前的他与当年的他目的截然不同。

借口外面还下着大雨，李大庆不让我们走，我们只好坐下来，又喝了一会儿。

临别时，李大庆才怯生生地问："红裙子杨永红现在还好吧？"

"还好，现在在海南呢，在一所大学当教授呢。"我说。

李大庆明显舒了一口气："好，她好就好，她那么好，肯定差不了。"

李大庆好像还想问点儿啥，但他只是支吾了两声，没再问……后来，他突然间好像想起了什么，跑进里屋拿出了一本又厚又旧的日记本交给了我。

"这是我当年为红裙子杨永红写的日记，是不爱学习的我初中三年唯一的文字记录。"

我一时被弄得不知所措："这么珍贵的东西，舍得送给我？"

"三十多年了，一直没舍得扔掉。听龙飞说你现在已经是大作者了，就当给你提供一点创作素材吧。写得肯定不好，但是肯定真实。"李大庆酒后的方脸更加胀得红润。

李大庆给我们安排到了平安县最好的宾馆，仍然强烈要求由他来买单，否则，还是急眼。

李大庆把一切都为老同学办好之后，才默默地离去。

"学习那么好的你，为了一个与你相比并不出色的同学去担当，甚至去拼命，你觉得值得吗？"我一直想再问问王龙飞，回到房间后，惊魂未定的我仍然有些好奇。

我拿起电话，又放了回去，我实在不忍心再去打扰我的老同学了。我突然想起了前一天晚上，在平安县的酒桌上，他曾经轻描淡写地说过那么一句话："从这一点上看，我还挺适合当个军人的。"现在想来，那是多么的举重若轻的一句话啊。如果不是偶遇李大庆并意外揭开当年"断指事件"的谜底，王龙飞那句轻描淡写的话就会永远是"断指事件"的正式答案。我又一次在心底无比崇敬地确认了一次我老同学的军人身份，我甚至一度对所有的中国军人都有了一种确信感。有王龙飞这样的军人驻守在祖国的边疆，作为老同学我感到安心的同时，更感到了无限荣光，我由衷地感受到了一个优秀军人的平稳、内敛与淡定。

那天晚上，向来心大如斗的我，有生以来为数不多地严重失眠了。我翻来覆去的就是睡不着觉，整整一夜我都在一幕一幕地回想着当年，回想起了王龙飞那一度缠着白纱布的小拇手指……我认为，这里不只是简单的惺惺相惜，还有更复杂的同病相怜。真的没想到，当年我要是考不上平安一中，继而自暴自弃的话，我最对不起的人并不是我的生身父母和兄弟姐妹，我最对不起的那个人应该是与我默默患难与共的仅仅同学了一年的王龙飞……同时，因为王龙飞的博大情怀，我对李大庆也没有任何仇恨可言了，我甚至觉得朴素的李大庆也有些可爱了……

后来，我突然想起了李大庆送给我的那个日记本，就坐到桌前去认真翻看起来……里面都是密密麻麻的小破字，虽然那字写得很幼稚，但是每个字都写得一笔一画，工工整整。一本厚厚的日记本，大概能有三百页，满满的都是对杨永红的真情挚爱……

十

第二天一早，我和王龙飞依依不舍地告别了李大庆，告别了平安县城。因为王龙飞还要到东北的另一个城市办事，我们必须得从平安县直接赶往省城了。到省城后，我按事先计划好的时间在路边的一个打字社把改好的报告文学打印了一份，就直接送王龙飞去了火车站。

王龙飞再三劝阻我留步，我还是坚持买了一张站台票一直把他送到车站里面。我们好像都没再说更多的话，只是亲切无比地静静地走着脚下的路。

当我在月台上把那十几页的报告文学打印稿交到王龙飞手里时，没想到早已经有心理准备的他还是会那样的激动。王龙飞好像一时不知道说什么好了似的，只是习惯性地用那双坚毅而深沉的眼睛注视着我……

"老同学，这些天让你受罪了。没想到你真的给了我的战士和牧民们这么大个面子啊。实在不知道怎么表示感谢了，我就替他们给你敬个军礼吧。为你给战士和牧民们付出的三天三夜的辛苦，也为当年那个同样要面子的少年，那个灾难深重地考上了重点高中、最后又无奈当了'回读生'的莘莘学子。"说着，一脸庄严的上校团长就站出了战士的立正的姿势并伴着雄浑的膛音："西北边防某部6团上校团长王龙飞代表全团将士向我的老同学王志刚，敬礼！"

就这样，在我毫无准备的仓促状态下，王龙飞十分干练地给我——他的初中同班同学——敬上了一个十分标准的军礼。仓促中，我还是注意到了王龙飞右手那短了一块的小拇手指。

敬完军礼，王龙飞什么也没再说就疾风一样转身向车门走去。从他那倔强的背影上，我直接联想到了印象中大西北的白杨树，继而还联想到了印象中的青松、长城，还有钢铁……

我觉得这不仅仅是来自我老同学的军礼，这更是来自遥远的阿勒泰的军礼。这肯定会是我有生以来获得的最高礼遇，没有之一。老同学神圣的军礼让年近半百、自觉见了些世面的我顷刻间泪眼婆娑。

大庭广众之下，一向要面子的我已顾不上自己的窘态，任由热泪在我的老脸上肆意纵横，直至将那远去的列车彻底湮没……我耳边似乎又响起了那动人的旋律：在那遥远的地方，有位好姑娘……她那粉红的笑脸，好像红太阳……

羊在吃草

一

赵平安并不是平安镇的正式居民，他家住在平安镇郊外的赵家村。虽说赵家村距离平安镇顶多有十几里乡路，但赵家村就是赵家村，是名副其实的乡村；赵平安就是赵平安，是地地道道的村民。

不知是平安镇特殊的文化氛围熏染了近在咫尺的赵家村，还是赵家村的赵平安冥冥中就应该是平安镇的文化人？总之，农民赵平安不像从前那样眷恋自己脚下这块黑土地了。越来越多的人都到城里打工去了，这让一向本分的赵平安常常陷入苦闷。心中总有一股什么火在烧似的。劳动之余，他经常凝望着黑土地上的绿色庄稼若有所思，灵动的目光总是不由自主地去关注那更加辽远的蓝天和白云……

个头不高的赵平安时常奔走在平安镇和赵家村之间那条暴土扬长的乡路上，因为他总得把新写的几首小诗或一篇小散文送到平安镇文化站去。反正家里也没啥要紧的大事可做，年轻人走上十几里乡路又算个啥。赵平安习惯了，有事没事都喜欢到平安镇文化站去看一看。一来二去，平安镇文化站就多了个叫赵平安的业余作者。

没错，平安镇不太规范的几段柏油马路也早已对赵平安构成了诱惑。平安镇歪歪斜斜的电线杆、有气无力的百货商店、微薄可怜的现金工资……等等，这些细节都有着无穷的魅力，甚至代表些城市的砖瓦结构的公共厕所也同样对赵平安有一种说不清、道不明的诱惑。那叫进城啊！那叫挣工资啊！在强烈的诱惑下，赵平安的诗文有了长足的进步。平安镇文化站内部刊物《春雨新花》的目录上，赵平安的名字也不断地向前靠拢。后来，平安镇广播电台还播送了好几首赵平安的散文诗……再后来，市报的副刊上也偶尔能见到赵平安的散文了。勤奋的赵平安几乎每天都要不知疲倦地来往于城乡之间，如同穿梭于梦想和现实之间的快乐劳燕。

虽然赵平安深知自己所在的赵家村远比平安镇更像文化人理想中的世外桃源，但赵平安觉得自己的情况和大诗人陶渊明的情况不太相同。也许陶渊明是过腻了上层生活才去采菊东篱吧？而自己则正好相反。再者说了，陶前辈当年也并非主动要求，而是被动屈尊。因此，对农民赵平安来说，成为平安镇的正式居民才是他最大的人生理想。

这天，平安镇文化站的孙站长不知从哪儿弄来几个润笔钱，就邀请平安镇及所辖村屯最具发展前途的文学爱好者来"东来顺"狗肉馆儿小聚。一共就邀请了六个人，赵平安也在其中。孙站长还给弄个名分，号称"平安六骏"。赵平安没想到堪称平安镇文学泰斗的孙站长已如此看重自己，狗肉馆儿虽小，却让赵平安感到有一种庄严和雄伟渗入骨髓。大家都知道，文化站并不是个有钱的单位，别说这样的举动不多，就算多，这种档次的重要聚会也不是谁想来就能来上的呀？

相聚的酒桌上，越是底层的文学爱好者，不着边际的豪言壮语就会越多。席间，一向神神道道的民办教师郑四眼说，"赵平安这个名字起得好，冷不丁看字面儿土气点儿，可是越细品越能体现出大家风范。没准儿将来真就能出息个当代文豪什么的，那时平安镇也跟着出名了。大家看看，赵平安这名字起得多好啊！"郑四眼的话虽说得有些飘遥，但绝无嘲讽之意。底层这些文学爱好者本来就难成气候，谁也不具备单打独斗的能力，更谈不上要分庭抗礼，哪能相互拆台呢？谁先整出点儿动静都是好事啊！大家此时当然都深知团结的好处，底层作者们得拧成一股绳啊，不是说团结就是力量嘛。

赵平安心想，平安镇肯定也是父亲心目中的天堂。一不留神，没啥文化的父亲倒是给儿子起了个很大方的名字。谁能想到这会是父亲和他梦想中的平安镇最简单的组合呢？就算这是农民父亲毫无创意的一时闪念，赵平安还是觉得足够神奇，就愈加珍惜起自己这个名字。是挺大气呀，写吧，以后没准儿真能写出点名堂来呢。

酒至半酣，孙站长透露出文化站正缺少文学创作人员，有破例让农民赵平安到文化站工作的打算。孙站长说："国家现在特别重视基层文化建设，平安镇文化站也正急需像赵平安这样的热爱文学创作并取得一定成绩的人。"

赵平安以为是自己听错了，显得毫无心理准备。赵平安只是从嗓子眼儿里轻轻地"啊"了一声，第一时间没再发出别的声音来。虽说文化站是平安镇政府首屈一指的穷酸文化单位，但在平安镇特定的环境下（别忘了，平安镇是很有文化背景的），文化站在平安镇人心目中还是相当有地位的。那可是赵平安做梦都没敢想去的好地方啊！这能是真的吗？如果那样的话，以后农民赵平安可就是平安镇文化站的工作人员啦？正儿八经平安镇的国家干部啦？！

"赵平安，你这六骏之首此时咋没动静了？你倒是表个态呀，到底想不想来文化站工作啊？"孙站长把酒杯斟满，半开玩笑地说。

可能幸福感来得过于突然，赵平安还是有些没反应过来，坐在原地涨红着脸，实实在在地说了个问句："这事，谁敢想啊？"

"来，我和六骏之首单独喝一个。"孙站长一饮而尽。

"干啥呢赵平安？还不快站起来回敬孙站长？"郑四眼眼镜都急掉下来了，边扶镜子边用脚踢赵平安。

赵平安这才有点儿醒过神来，慌乱地站起身来，也一饮而尽。但赵平安仍不知说啥好，有些语无伦次，又慌乱地坐了下来。

在镇大修厂当车工的李二虎是个写诗的，不知是羡慕的还是酒喝多了，眼睛都红了："我说孙站长呀,这事是真的呀?这事能是真的吗?做梦呢吧?以后我也好好写,再把我也调到文化站上班呗?那往出一走,要多体面有多体面!"

"哎呀我——赵平安!你干啥呢?赶快起来给孙站长连敬三杯酒啊!你这不是遇上大恩人了吗?一步登天哪,哎呀我——赵平安!"建筑工程队写小说的马大力羡慕得不行了,是真心替赵平安高兴。自己掏钱又要了两瓶老白干,还边倒酒边嚷嚷:"今儿喝透,往透里喝!咱哥们儿有这么好的事儿……"

兽医站的朱多友和他双胞胎弟弟朱广友也都高喊着"我们羡慕忌妒但不恨",纷纷跑过来与赵平安搂肩抱背,频繁举杯……

大家又兴奋无比地喝出了无数个高潮,不知又加了多少回酒,又添了多少回菜,所有人都争着提酒,反复发表着同样的豪言壮语……

腹中已有七八两白酒的赵平安心中溢满了激动,接下来给孙站长倒酒时须竭力控制着双手,可不争气的双手还是不停地颤抖。赵平安还特意去了一趟厕所,回来后又稳定了好半天情绪还是无法减缓双手的颤动。赵平安一遍遍暗自告诫自己:要显得深沉些,要显得有城府些,好歹现在也算半拉儿文化人了……可是,赵平安就是无法阻止自己那颤抖的双手。

快到晚上了,酒局才散。赵平安摇晃着身子往家走时,心里依然兴奋着。他还特意绕道村子东头,在"胡老三熟食店"买了一大块猪头肉。绝不是狗肉馆儿的酒意未尽,赵平安确实是给家里的女人江水花和女儿小翠买的。赵平安以前就曾许过愿,答应过女儿以后得了稿费如何如何。可赵平安的稿费总是太少,很多情况下都是没来得及揣兜就和文友们买了烟抽,总是在第一时间里就和大家分享了。赵平安今天虽然没得什么稿费,但赵平安觉得今天比得了一大笔稿费还要高兴,今天是个值得隆重庆祝的好日子。

晚上5点多了,赵平安仍觉得挺饱似的。他沏上一壶浓浓的红茶,往软乎乎的小被垛上一靠,一边滋溜滋溜喝茶,一边打着中午延续下来的酒嗝。赵平安还用眼睛的余光看着江水花和小翠愉快地共进晚餐,似乎闻到一股田园诗的味道。本来就好看的江水花今天更加好看了，本来就可爱的小翠今天也更加可爱了。多好啊！一家人就应该这样活着，这样活着多好啊！这不就是诗一样的生活吗？心存浩大幸福的赵平安一遍一遍地暗自感慨着……

"不年不节的，怎么想起买猪头肉吃了？"江水花香喷喷地吃完了晚饭才想起来问为什么。

"我爸一定是又得稿费了？"小翠一脸天真的幸福。

"今儿个和孙站长他们喝了一场难忘的透酒，今儿个高兴。"赵平安觉得把好心情说给江水花和小翠太难，根本不是一句话两句话能说清楚的事。赵平安也不想一下子就把事情说清楚，这么好的事，得多说几遍，得慢慢去说呀。

"他爹，我不反对你舞文弄墨，可咱比不了镇上那些开工资的公家人，到啥时候别忘了咱们是农民。眼瞅着要打春了，该张罗种地了吧？"江水花边收拾碗筷边叨咕。

赵平安只是笑，不时地用酒声询问小翠："作业写没呢？明天的课文预习没呢？"

直到晚上睡觉前，赵平安才把孙站长和文化站要人的事很诡秘地说给了江水花。江水花惊喜得双颊绯红，连问："真的假的，真的假的呀？我咋不信呢？"

"这么大的事，我能诳你？"赵平安认真起来。

"真是真的？！"江水花激动得杏目亮润，格外受看。

"要不……不年不节的，又没得稿费，我能给你们买猪头肉吃？"赵平安说。

"是不太合常理，哈？"江水花的杏目依然亮润。

"真的！我啥时候诳过你？"赵平安说。

"以前总听你叨咕孙站长、孙站长的，面儿还没见呢，这么大的事都要给办了？孙站长这人可真是个好人啊！非亲非故的，这年头儿可真不容易呀！咱们可得咋感谢人家呀？这不就是大恩人嘛？"江水花相信了赵平安的话后说得很动情，动情得很有负担。

"以后有机会，咱们真得好好谢谢孙站长。"赵平安说。

"去年抱一窝小鸡崽儿，赶上秋天闹鸡瘟，就剩一只红公鸡了，哪怕剩两只也行啊？咱们手头儿真就没啥送人的东西了。"江水花是知恩必报的那种本分女人，想了好半天后又说。

"我也这么想呢。"赵平安说。

"那可咋整？……"

"别想那么多了，孙站长可是个大好人，人家才不图咱这个，咱个农民有啥？天不早了，睡觉吧。"赵平安尽量表现出平静。

"今天可真高兴啊！不困呢？"江水花紧紧地搂住赵平安说。

"以后咱就不用种地了，不用再经管那些遥遥无期的白条子了，以后挣现钱了……慢慢地，咱们也搬到镇上去住，挣越来越多的工资，供小翠考高中、上大学……"赵平安说睡也不睡，躺在炕上忍不住兴奋还是说。

"这可真是福星高照啊，咱咋遇上了孙站长这么个大贵人呢？咯咯咯……真没想到啊！咯咯咯……"江水花比当年出嫁那天笑得都灿烂、都真实。

"以后咱家再也不用种地啦，有个上班儿的啦，有个挣工资的啦，有个文化人啦，知识分子啦！以后……"赵平安兴奋地说了大半宿，江水花就"咯咯咯"地陪着他乐了大半宿……

二

第二天早晨，天刚放亮赵平安就醒了。没啥事儿，就把那唯一的红公鸡放出来喂食。赵平安从前没大注意观察自家这只红公鸡，此时才发现这只大红公鸡还是挺像样的。很是高大威武，很是气宇轩昂，很是能拿得出手儿。就算只有这一只，也是不错的。赵平安就趁大红公鸡不备，一把将其抓住，拎在手里用力掂量起来……

　　大红公鸡咯咯叫时，小翠冲了出来。"我们班主任老师生病住院了，我要拿'大红'去看看我们老师呢。爸，你别惊动它了好不好？就让它再好好活两天吧？'大红'还不知道呢，它真的好可怜啊。"

　　"把大红公鸡给你们老师拿去？那……"赵平安没再往下说。赵平安知道这年头儿老师也不容易，更知道老师在女儿心中的重要位置，女儿那么喜欢她的"大红"，都舍得拿去看老师。赵平安无奈地笑一笑，就一松手，放了可怜的大红公鸡。

　　躲过女儿的视线之后，赵平安失望地摇了摇头。赵平安蹓出大门，向远方有着磁石般吸引力的平安镇走去。

　　阳光很好，心情好到极致而又无所事事的赵平安就是在平安镇的街巷里四处走走而已。今天，赵平安觉得脚下的柏油马路格外地亲切，他远远地就望见了平安镇文化站那幢灰突突的小平房，也觉得格外地亲切。心想，文化站是个多么好的地方，办公场所真不该如此寒酸，文化站要是有税务所那样一座小白楼就更好了。不过，没有也无所谓，赵平安俨然一种很负责的文化站新主人的感觉。

　　赵平安在平安镇整整走了一大圈儿，准备往家走时，孙站长和一个小伙子推着一车沙子从远处飞奔过来。

　　赵平安忙迎上去，"这不是孙站长吗？一大早的，推一车沙子做啥用？"

　　"文化站的后山墙有点往外倾斜，安全起见，我看得加个垛子。早上起来也没啥事儿，就当和儿子锻炼身体了。"孙站长挥着汗水拍了拍儿子说。

　　"有这活儿咋不找我干？我在家闲着也是闲着，这种粗活哪能让您老亲自干。来，给我吧，您哪是干这种体力活儿的人？"说着，赵平安从孙站长手里抢过手推车。

　　赵平安的瓦匠活干得也不错，加上孙站长又叫来两个打下手的文学青年，不到一上午的工夫，文化站倾斜的后山墙外就添上了两个结实的垛子。

　　高兴，中午孙站长张罗请客，平安六骏又是一个不少。孙站长拿出刚从邮局取出来的八十元稿费，请大伙儿到"东来顺"狗肉馆，喝狗肉汤，饮生啤酒。

席间，孙站长又谈到了调赵平安来文化站工作的事儿，孙站长说："用人报告已经打到县政府去了，就等着下批文呢，估计不会有什么问题的。"孙站长让赵平安这段时间多创作些作品，据说县文化馆下个月准备往省里推荐一批优秀作品参加比赛。孙站长最后还说："赵平安啊，如果家里环境不好，就先到文化站来上班也行，反正批下来是早一天晚一天的事儿了。"

赵平安感激得要哭似的，酒又喝了不少。回家的路上，赵平安只想一个问题：到底该如何感谢恩人孙站长呢？赵平安没想到孙站长说办这么快就给办了，更没想到要人的报告都打到县政府去啦！这是多么货真价实的实质性进展啊！

赵平安记得回家时就看见了那三只肥硕的羊。当时那三只羊正在啃赵平安家房后的果树呢。赵平安知道那是于村长家的羊，赵平安醉咕隆咚地吆喝了两声，还扔了几块土疙瘩，三只羊慢条斯理地往东边走了。好好的果树都给啃坏了，羊们还走出大摇大摆的样子，真他妈气人啊！村长家的羊咋的，狗仗人势，羊也仗人势啊？出来就祸害人，要不是马上就要进城了，赵平安这回决不会轻饶它们。

赵平安啤酒喝多了就犯困，躺在自家的火炕上就睡着了。睡了一会儿起来解手时，又在房后发现了那三只羊，赵平安站在自家的茅厕里喊了半天，既没喊走那三只羊，也没喊来一个人。又气又恨的赵平安就是在这个时候突然又想起了该给孙站长送点啥，想着想着，赵平安的胆子就出奇地大了起来。再说了，于村长总是巧使唤人，实际上还欠着包括赵平安在内好几个农民兄弟的工钱呢……

赵平安牵住了那只最大的头羊，另外那两只小一点的羊就都跟在后面了。阴差阳错也好，顺手牵羊也罢，赵平安没费啥大劲儿，就非常成功地把三只羊弄到了自家的仓房里。待牢牢地锁住仓房木门之后，赵平安的心脏才开始了无法控制的狂跳。赵平安就是狂跳着心脏做好了下一步的打算：明天起大早！对，起大早！抓紧把这三只羊赶到大集去卖，一定要快，给钱就卖！用卖羊的钱给孙站长买两条好烟，一定要两条好烟！要是还剩钱的话，再请孙站长和圈儿里这几个文友到"东来顺"喝上一顿好酒，实在不行，哪怕能喝上一顿小酒也行……

三

赵平安万万没想到，当天晚上事情就败露了。晚上八点多钟，于村长的儿子——于大国就领着一条凶恶无比的大狼狗把三只羊从赵平安家的仓房里拖了出来。紧接着，于大国又把赵平安及赵平安的女人江水花、女儿小翠从正房里拳打脚踢地拖了出来，并扬言一定要将盗窃分子绳之以法，严惩不贷！连打带骂了好半天，于大国又叫人把平安镇派出所的警察也喊过来了。

事情很容易就能真相大白。来办案的是平安镇家喻户晓的派出所副所长刘志刚，刘志刚因疾恶如仇、铁面无私而在平安镇深得民心。刘志刚见多识广，一看就明白了咋回事。农民赵平安当天夜里就被刘志刚戴上了手铐，以小偷的形象押往平安镇派出所。

望着满天冷飕飕的星星，赵平安预感到事情后果的可怕，想起孙站长，想起文化站，想起了"平安六骏"……他一路小狗一样央求那位押解他的刘志刚。赵平安说尽了好话，刘志刚仍然无动于衷的样子，手里的六四手枪还是重重地往赵平安瘦骨嶙峋的后背上戳。

赵平安曾一度想把多么感激孙站长、多么想进文化站的迫切心情说给刘志刚听，可又觉得不太好表达清楚。竟然和当初无法一下把好心情说给媳妇和女儿一样，此时的准确表达也同样太有难度，甚至要更加有难度。急得赵平安一再怀疑自己以后还能不能当作家了，还能不能搞创作了……望着刘志刚铅皮一样威严的面孔，赵平安就更没有了把真话讲出来的勇气。赵平安只好小狗一样央求着同样的内容："行行好，求求你就饶过我这一次吧。"赵平安的表现不但没获得同情，在刘志刚眼里反倒更像一个真正的小偷。这些简陋求饶的话对疾恶如仇的刘志刚来说真就不如不说，刘志刚手中那支专门对付坏蛋的六四手枪就戳得更加有力。

赵平安平日里很赏识这个义正词严的警察，而此时赵平安真希望来抓他的人是那种人们印象中的不太讲原则的坏警察，那样可以答应给他们些好处，他们就有可能高抬贵手……

刘志刚打开派出所的大门，把赵平安推了进去。赵平安的双手被反铐着，脸就几度贴撞到了迎面的墙上。赵平安想起平时人们传说的警察如何打小偷，想起父亲活着时曾说："人可不能犯罪呀，人要是犯了罪就不是人了……"接着，赵平安又被推搡着走过一段阴暗的走廊……

刘志刚打开走廊尽头那扇黑不溜秋的铁门时，赵平安不知是第几十遍地又说："刘所长，您就行行好，饶了我这一回吧，我还从来没干过坏事，这真是头一回。"

刘志刚屠夫听惯了猪叫一样的表情把大锁头"咣当"往门上一挂，回过身来拉住赵平安，抓小鸡一样把赵平安转过来。"像你们这号人我见得多了，在这之前都是好人，都是无辜的；狗急跳墙时，面对手无寸铁的老百姓时可凶着呢。"

"我真的是急需一点儿钱花呀！"赵平安一脚门里一脚门外时不知所措地说。

"屁话！灾区比你更急需钱！去偷？去抢？正赶上严打，你还敢顶烟儿上，不判你三年才怪！"刘志刚说得义愤填膺，就又是一推，赵平安就被推进铁门里面去了。

"刘所长，我求求您了，我、我……您就饶我这一回，日后怎么的都行。刘所长，我真的求求您了。"刘志刚把赵平安的一只手锁到暖气管子上时，赵平安又想起孙站长说的可以先到文化站上班的事。

刘志刚想说，就你这熊样的，日后又能怎么样？但他想到自己是个人民警察，就没好意思说，只是很轻蔑的表情看了赵平安一眼，然后似笑非笑地咧了一下嘴："最后一招了吧？"说着就把赵平安的另一只手也锁在了暖气管子上。

赵平安很想说他已经是"平安六骏"之首了，他就要由一个郊区农民变为一名乡镇国家干部了，以后的日子马上就会好起来了，他的家庭马上就会有翻天覆地的本质变化了，他的命运、媳妇和女儿的命运也都要因此而发生巨大改变了……赵平安努力了好半天，干嘎巴嘴，也没能把这些话说出来半句。赵平安的嘴就那样定格一样半张半合着，乞求的目光一直无奈地紧盯着刘志刚。

"你最好别跟我来这套！少给我装熊，老老实实地交待这是第几回！"刘志刚的声音极其威严。

"我这是头一回，真的是头一回呀！"赵平安可怜兮兮地说。

"不想说，是不是？"刘志刚平静的语气中透着无形的威严，赵平安觉得就要挨揍了似的。可接下来刘志刚并没有动赵平安一手指头，他异常平静地锁上门走出去了。

时间并不长，赵平安就很不是滋味了。赵平安的双手分别锁在宽宽的暖气片两端，站不起来，又蹲不下，因麻木而疼痛的腰胯像钉了一层小钉子。赵平安想，或许叫出声来能好受一些？可又觉得太难为情了，自己可不是以前看到过的那种连喊带叫的小偷。赵平安无法想象自己能这样支撑多久，觉得与其这样，还不如承受一次传说中的那种毒打。

刘志刚把值班室的门关得严严的。然后又把走廊里所有的灯也都关掉了，显然，人家要睡觉了。

大约半个小时以后，赵平安实在受不了，张了几次嘴想大声喊叫时，走廊那头传来了一阵轻轻的敲门声。

"这么晚了，谁呀？"刘志刚极具威慑力的问话。

"啊，是，是我呀。"一个不很清晰的妇人声。

刘志刚叮叮当当开门时，赵平安回头从铁门中间的瞭望口看到那妇人正是自己的女人江水花。赵平安不想让自己的女人看到自己现在这个半蹲半撅的丑陋样子，他下意识地忍住疼痛将身体尽量往下缩，想让身体躲过那个瞭望口。

可是，江水花已迫不及待地来到了门口。"里面的是我男人，我要看看我男人。"

"那你就看看吧，最好劝劝他坦白交待。"刘志刚对江水花说话温和了许多。

赵平安没好意思回头正视自己的女人，他试图调整一下自己丑陋的姿势，可怎么的也都是半撅着。

"刘所长，我求求您了，您就高抬贵手放了他吧！日后，日后怎么的都行……"赵平安没想到江水花的话和自己刚才说的话如此惊人地相似。

刘志刚这时才仔细看了看眼前这个女人，女人长得竟然如此标致、如此好看，刘志刚不明白这么漂亮个女人怎么就嫁给了这么一个没筋没骨的小偷？真是好汉没好妻，赖汉折花枝啊！唉，白瞎个女人了，嫁鸡随鸡，嫁狗随狗啊！刘志刚暗暗感慨自己没艳福的同时，不禁又生出些许怜香惜玉的同情来。

"警察要是都高抬贵手的话，这世界上就没有小偷和强盗了。"刘志刚仍一脸的坚硬。

"刘所长，我真的求求您啦！他可是我们家的天哪！天塌了，我们母女可怎么活呀？"江水花竟"扑通"一下跪在了坚硬的水泥地上。赵平安清晰地听到了江水花的膝盖骨结结实实地落到水泥地上时发出的声音。

类似的情况刘志刚以前肯定也遇到过，刘志刚并不慌乱，反倒更严肃地说："这位女同志，如果这样就能解问题，平安镇就没有法律和原则了，也就没有我这个刘志刚了。您最好还是自尊自重一些，请站起来讲话。"

江水花对刘志刚的为人也早有所闻，跪了一会儿，她只好无奈地从地上站起来，很茫然地望了望赵平安，落叶一样向门口退去……

"只要你丈夫能老老实实地交代，我们一向是坦白从宽的。如果只是偷了三只羊又是初犯的话，就算赶上严打，也顶多押上半年。"刘志刚送江水花出门时心平气和地说。

"刘所长，那可不行啊！不行啊，刘所长！您就行行好吧，您就饶过我们这一回吧，我们再也不敢这样做了！"就要走出门的江水花又一次重重地跪在了刘志刚面前。

"不，请你不要这样，你并没有犯罪，是你的丈夫犯罪了。"刘志刚把江水花扶起来，让到值班室里的沙发上坐下，试图要把个中道理给江水花讲明白。

"刘所长，他是我男人，他要是完了，我们一家可就全完了，我们的女儿才上小学二年级呀！她爸要是给押起来了，她日后还咋见人啊！刘所长，我真的求求您啦，无论如何高抬贵手啊！"江水花也一度想把如何感激文化站孙站长的事说出来，可又觉得说不得，这事要是传到平安镇文化站去可就什么都完了……江水花明白这里的微妙，她绝不能说。

"法律面前是人人平等的。"刘志刚表面严肃，但却觉得自己心里不如往日那样浩然正气，天地开阔。刘志刚自己也不明白今天这是咋的了，缺少了平日那种说一不二的威严，好像格外同情眼前这个女人似的。难道就是因为人家长得好看吗？

"我们当家的祖祖辈辈是农民，到他这辈应该说日子越来越好了，他平时老实巴交的，可是没想到哇，喝了点酒……"没啥文化的江水花，一遍一遍地哭诉着。

刘志刚越是同情眼前这个女人，就越是痛恨那个小偷。而惩治那个小偷，眼前这个女人就跟着更加可怜。刘志刚办案以来头一次像今天这样拿不定主意，他拿起电话又放下，放下电话又拿起来。犹豫了好半天，他才终于拨通了羊主——于大国留下的那个电话。

刘志刚费尽了口舌，最后总算半公半私地把事情初步地给圆了下来——这还是他有生以来第一次这样无原则地办案。这要是让所长知道了，也许会免了他的职，甚至会把他开除出警察队伍。刘志刚自己也说不清楚他为什么要为这个小偷冒这么大的风险和委屈。

"羊主要求最低赔偿精神损失费六千元，派出所还要例行公事地罚款三千元，一共要罚款九千元。"面对这个好看而可怜的女人，刘志刚还要尽力使自己显得义正词严一些。

江水花没想到自己绝望的哭诉竟使铁面无私的刘志刚真的网开了一面，她紧紧抓住刘志刚的手，不知如何是好……最后竟说："我的恩人哪！日后我一定会报答你的，要啥都行！"

刘志刚不好意思地推开江水花的手反倒有些紧张："人嘛，都不容易。以后告诉你丈夫，回去得老老实实做人。你们这不是，这不是给我添乱子吗？"一向干练的刘志刚说话也变得拖泥带水起来。

很快，刘志刚和江水花就从值班室里出来了。江水花在值班室门口站住，刘志刚一个人咕咚咕咚向大铁门这边走来。刘志刚的声音来得极突然："赵平安，你给我听着！刚才你媳妇和我说了一些情况。押了你，她一个人在农村带个孩子太不容易，人心都是肉长的，我是看在你媳妇和孩子的面上，你听清楚没有？！我刚才给羊主打了个电话，人家说要想私了最少一万块钱，看在你媳妇和孩子的面上，我给压到六千，你听清楚没有？！派出所这边就罚三千。也就是说，你现在有个机会，你想不想要这个机会，说话！你听清楚没有？！"

刘志刚也觉得自己的话不太真实似的，刚才还那样呢，怎么这么一会儿就这样了呢？实在没有别的原因了，就是看人家女人长得好看啦？这不是让小偷笑话我吗？刘志刚心里就又突生出一些火气来。

赵平安一时有些发蒙，不太懂刘志刚究竟怎么个意思，想说于村长还欠我的工钱呢，我怎么反倒又欠了他的钱？但赵平安没有把话说出来，就喔吃喔吃的说了什么也听不清。

"熊样儿！这便宜上哪儿拣去？还寻思个啥！同意，留个字据，三天之内把钱给我送来！不同意，明天就上法庭！木头脑袋，还他妈的小偷呢？"刘志刚要上来打人的样子。

赵平安这时早已经支持不住了，也终于明白过来刘志刚说的意思，忙说："刘所长，太谢谢您了，我同意，我同意，日后我一定要报答您的。"

"我图你一个小偷日后咋的？你就别说这些没用的了。"刘志刚一边训斥着一边打开手铐把赵平安从暖气管子上解下来。

赵平安手脚麻木，像又被钉了一层小钉子，又麻又疼，腿软绵绵地瘫坐在地上。

刘志刚觉得太便宜了眼前这个小偷，就狠狠地踢了他一脚，"以后要是再偷我就收拾死你！你听清楚没有？！"

赵平安这才强挺着浑身的麻疼，栽栽歪歪从地上爬起来。他扶着墙走出那扇黑不溜秋的大铁门，顺着走廊一步一步往门口挪去。

快走到值班室门口时，江水花迎过来扶住赵平安。赵平安觉得江水花的脸色有些异常似的。

赵平安在值班室里写好了字据，又按上了鲜红手印。赵平安尤其注意观察了值班室里那张单人床，那张床做得挺结实的。此外就是办公桌上确实扔着那么一台很旧的电话机。

赵平安的腿渐渐好使了许多，他觉得自己应该像个男人一样，他挣脱开江水花搀扶着的手。当他走下派出所最后的一个台阶时，刘志刚挥舞着那张字据说："三天之内，你给我听清楚！"

四

一场虚惊？又好像不是这么简单。

赵平安和江水花到家时，天已经蒙蒙亮了。赵平安心里憋得慌，自己搬起石头砸了自己的脚，他知道他能这么快就出来是因为女人江水花长了个好看的模样。是女人江水花的漂亮脸蛋救了他。虽然女人今天并没和刘所长怎么样，但实际上好像已经答应了人家一切。赵平安无声地把江水花紧紧地搂在怀里，说："睡吧。"

说是睡觉，赵平安哪里能睡得着啊？他知道江水花是个有恩必报的人，她日后会不会去报答刘志刚呢？再说了，就算她不去，刘志刚能不能从此就盯上江水花呢，以后要是找上门来纠缠可怎么办呢？赵平安想来想去，觉得这事可真是事了。不过，有些话还是不说明为好。赵平安认为紧闭双眼的江水花也没睡着。赵平安难受地想着，脚上的泡都是自己走的啊。

眼下最闹心的是，上哪整那九千块钱去呢？赵平安突然想起了这个最亟待解决的问题。他就一个一个想赵家村的亲戚、朋友和邻居，翻过来调过去，能借钱的也就那么几个人，也没个有钱人，能拿出三百、五百就好大的面子了，凑足九千实在太难了。这不免让赵平安一阵阵感到绝望。

可有点儿总比一个子儿没有要强，去试试吧。天亮了，破窗而入的一线阳光让赵平安多少打起一点精神。赵平安顾不上腰酸腿疼了，起来把院子打扫干净，简单吃口江水花做好的早饭就出去张罗钱去了。

赵平安把可能借钱的亲友家都走到了，整整走了一上午，好说歹说，最后总算借到了一千块钱。其中，有三百块钱还得明天去取。赵平安回到家时就有点像被霜打透的茄子。要不是江水花硬拉着，中午饭也不打算吃了。

"不行咱就认了吧，这钱真是没处借了。"赵平安没滋没味地吃中午饭时跟江水花说。

"那咱去不成文化站不说，还得去蹲监狱呀！"江水花眼睛睁得大大的。

"唉，我咋这么蠢呀！"赵平安一拳砸在自己的头上。闷在那里不再出声。

"别着急，咱再想想办法。村里人都不富裕，不行咱再到镇上找找别人？"过了半天，江水花不肯放弃地说。

"镇上也没有几个熟人啊。除了孙站长，再就认识郑四眼、李二虎等几个文友了，他们挣得也不多，都不会有啥余钱。"赵平安说着打了个唉声。

"实在不行，咱去找找孙站长，看他能不能帮着想想办法儿？"江水花怯怯地说。

"这种事咋能去找孙站长呢？咋跟人家说呀？再说了，孙站长也没啥钱呐。"赵平安有些绝望地说。

"孙站长也许就认识有钱的人呢。"江水花毫不气馁地坚持。

"三百五百的，编个理由也许能借来。还差八千块呢，跟人家借这么多钱，也得有个名目啊！借这么多钱干啥呀？咱怎么也得说清楚了吧？"赵平安仍没啥信心的样子。

"实在不行，就说……就说我爹得、得了癌症，急着用钱。"江水花说着就紧紧拉住赵平安的手哭了，"他爹，事情都到这步了，咱可千万不能半道停下来呀，刘志刚那儿可是高抬贵手啦……"

赵平安下午就去了平安镇。还好，他很快就从郑四眼和李二虎那里分别又借到五百元。这样，总数就是两千了，有了点希望的赵平安又匆匆地来到了文化站。

在文化站门口，赵平安正好碰上了孙站长。

"哎，这不是赵平安吗？我正想找你呢。"孙站长一见面儿就说。

"您找我有事啊，孙站长？"赵平安尽力装出平时的样子。

"嗳？眼睛都红了，是不是又开夜车搞创作了？"孙站长走到赵平安跟前时关切地问。

赵平安"嗯"了一声，很不自然地挠着脑袋。

"是这么个事儿，昨天下班前县文化馆又来电话了，说要出版一本全省业余作者优秀作品选集。省里要得挺急的，咱们镇就你一个人选上了，我看就把你目前为止发表的那些东西整理整理邮去吧。你发表的那些作品，我抽屉里基本上都有，不行你下午就在这儿弄出来吧。这是好事，下一步你还要进文化站呢。"孙站长说话一向很实在。

"这，这个……"赵平安一心想找人借钱，心里只装着这一件事。虽然知道孙站长说的是件好事，应该激动一次，但他却怎么也提不起精神来激动。

"一个镇才一个名额，平安镇下辖十五个村，业余作者里顶属你了。这事你也不必客气，也是实至名归的事。这样吧，你这就到我办公桌上去弄吧。"孙站长又吩咐道。

"嗯，好……好吧。"本来是件天大的好事，而赵平安却一点也高兴不起来。

赵平安就心不在焉地在文化站坐了大半个下午。他把自己发表那些作品从报纸或杂志上剪下来，再贴在一本稿纸上。实际上很简单点儿事，可却被心神不宁的赵平安搞得很复杂。文章贴得缺头少尾，颠三倒四。多亏孙站长最后很认真地又看了一遍。孙站长一边重新整理着文稿一边半开玩笑地说赵平安："赵平安你有这么笨吗？以前没觉得你这么笨啊……"

望着一丝不苟的孙站长，赵平安没好意思提借钱的事。心想，孙站长这么好个人，咋能欺骗人家呢？几次话到嘴边儿，赵平安最终都给咽了回去。

赵平安又枯坐了一会儿，就脚底无根地从文化站的小灰平房里出来了。正是平安镇早春的黄昏时分，不软不硬的西南风把柏油马路旁的马粪末子均匀地扬撒着。赵平安就迎着这扬扬撒撒的马粪末子没精打采地往赵家村的家里走去。

来到家门口时，正好碰上刘志刚往外走。赵平安心就咯噔一下子。"你，你来干啥？"赵平安本来还想着事后要去感谢刘志刚，可此时在自己家门口和他不期而遇却让作为男人的赵平安很不是滋味，于是赵平安就用很讨厌的目光望着刘志刚说。

"出来了是不是？又像个好人了是不是？"刘志刚感觉自己遭受到了巨大的侮辱，一个小偷竟敢这样无礼地和警察对话。就同样很蔑视地望着赵平安。"我没想到你不在家，我是来看看你的钱张罗咋样了，能不能趁机溜喽啊？"

"你不是说三天之内吗？今天咋就来了呢？"赵平安说。

"熊样儿，羊主要得急，今天一早我就把钱替你垫上了。"刘志刚不明白自己堂堂正正的警察怎么沦落到替小偷交罚款这种地步。有些后悔，不想多看赵平安一眼，愤愤而去。

赵平安进屋时，江水花显得有些慌乱。"刘所长刚走，你碰见了吧？"

"他啥时候来的？"赵平安望着正在洗衣服的江水花问。

"人家是来告诉咱别为钱着急，人家不图咱啥，是咱欠了人家。其实，刘所长这人也挺正直的，人家是好人。"江水花顺着眼睛回答。

赵平安没再说啥。

"那个于大国想变卦，说钱要少了，还要加码，要不就要求严惩小偷。是刘所长又说服了于大国，情急之下又替咱们先把钱给垫上了，咱这是又碰上贵人啦。"江水花说。

赵平安仍没说话，心想，明天死活要跟孙站长说借钱的事了……

五

第二天，赵平安很早就来到文化站。等了好久，文化站的人才陆陆续续地来了。大家对赵平安都很客气，赵平安不想造成人没来就借钱的穷酸印象，就迟迟开不了口。最后，赵平安是在走廊里拉住孙站长的。

"孙站长，我、我有个急事得求求您。"赵平安声音有些发颤。

"有啥急事，尽管说，咋变得这么客气了呢？"孙站长说。

"我、我媳妇江水花……是我媳妇江水花的父亲得了癌症，急需点儿钱用，您看看……能不能……"赵平安说。

"是吗？！我说你这两天气色不对嘛。是这事啊，得需要多少钱啊？"孙站长也很着急的样子。

"嗯，咋也得七千……得七千块吧。"赵平安吞吞吐吐地说。

"现在咱们站的账上一分钱也没有，水电费还都欠着呢。就得看看其他部门个人手上有没有钱了。"孙站长说着就要进别的屋去问问大家。

赵平安忙拉住孙站长说："没有就算了，我还没来呢，和其他部门的同志们还不太熟悉呢，不好和人家借这么多钱的。"

孙站长想了想说："倒也是，文化站乃至整个镇政府也没有几个富人，谁都够呛，问也是白问。"孙站长挠了一会儿脑袋又说："那也是治病要紧哪，实在不行，让大伙凑凑？"

赵平安面带难色，"我看还是别的了，我还没正式上班呢，就这样做？实在……实在是不好意思。"

"要不干脆这样吧，我手上真有一万块钱，是准备给我儿子娶媳妇用的，他们得国庆节办呢，你就先拿去治病吧。"孙站长咬了咬牙说。

"这……这好吗？"赵平安脸都红透了。

"治病救人要紧。"孙站长语气变得坚定起来。

"那……那我就先拿七千？"赵平安都不敢抬头正视孙站长了。

"你都拿去也行，反正办事儿得国庆节呢。"孙站长越来越坚定。

"七千足够了，您帮了大忙了，孙站长，我……"赵平安哭了。

"谁家还没有个急米下锅的时候，没啥大不了的，挺大个人哭什么。"孙站长拍着赵平安的肩膀说。

赵平安很快就跟孙站长到银行取出了七千块钱，又借了孙站长的自行车回村把昨天说好那三百块钱拿到手，然后直接到派出所去了。

刘志刚正和两个警察坐在门口说着什么，远远地见了赵平安就知道他干啥来了，担心两个同事产生什么误解，就主动迎过来，并把赵平安引进一个胡同。

刘志刚觉得赵平安这个小偷可真他妈的差劲，这又不是同事朋友之间的借债还钱，这可是警察和小偷之间的私下事啊，怎么能明晃晃地来呢？最后，刘志刚在一个公共厕所里收回了为赵平安垫付的罚金。

赵平安在村里借的那一千块钱多数是十元面值的，还有五元面值的，而且旧得起毛，折得发厚，比百元面值的那八千块钱体积还要大出几倍，赵平安在厕所里就像个逃票的盲流，里里外外地掏，掏了半天才把那些小钱全部掏出来。

乱七八糟一大堆，刘志刚拿到手里就很难驾驭，心想，这要是让过路人看见，不得怎么骂警察接受小偷贿赂呢。刘志刚就气得骂赵平安："操，这点儿事儿让你办的，押你半年就对了。"刘志刚分六个兜揣了半天仍不满意，最后对赵平安说："还站在这儿干啥？快给我远点扇子吧！"

赵平安讪讪地从公共厕所里走出来，心里骂："妈的，就你他妈是人。还他妈好警察呢？"而赵平安恨刘志刚又恨不起来，人那也叫帮了大忙啊……

回来后，赵平安心情不是很愉快，但却觉得终于卸下了很大一桩心事，多少还是感觉轻松了许多。第二天，他就像孙站长说的那样先到文化站上班来了。虽然心里偶尔像没底似的，但还是写出一些不是特别好也不是特别坏的诗文来。

半个月后，赵平安还用新得的一笔稿费郑重其事地请了一回客，答谢孙站长。阵容还是郑四眼、李二虎、马大力和朱家兄弟等人，也就是当初孙站长请的"平安六骏"。酒仍然喝得高潮迭起，话仍然说得豪气冲天……

赵平安是在文化站上了一个月的班，拿到了八百块钱不知从哪挤出来的工资之后才突然沉重起来的。再有四个月就是国庆节了，这样下去上哪还那七千块钱去呢？

每天，原本不太把钱当回事的赵平安就很留心关于挣钱的事，文化站的报纸就都被赵平安翻遍了，他尤其要精读广告信息版。很多文化站人都被赵平安孜孜不倦的阅读所感染。

后来，赵平安听村里人说省城正在大规模实施暖房子工程，好多施工队都在大量招工呢。还说一个普通力工去了吃住一个月下来至少能剩下三千块钱。一心想还饥荒的赵平安就非常想去省城挣钱，到文化站就拐弯抹角地跟孙站长提这事。

赵平安进文化站的报告已经批下来了，镇政府相关领导的意思是马上到位，抓紧开展起平安镇文化站的业余文学辅导工作。孙站长就为难了，让赵平安去吧，领导就会不满意；可是不让赵平安去，儿子结婚那钱他又怎么能还上？这年月，儿子结婚花一万块钱在平安镇已经是不能再少的数字了。孙站长就这么一个儿子，再没钱，儿子结婚也得说得过去呀？孙站长这一万块钱也是五六年前就开始列宏伟计划攒下来的，如果赵平安到时候真就还不上，孙站长可真就不好办了。

孙站长最后无可奈何地说："赵平安，实在不行，那你就出去干仨月吧。你出去这段时间，基本工资照开。我就做主了，你的工作我先替你分担着，我替你顶仨月，就当文化站对你病危家属表达的一点心意吧。"

这样，赵平安正式到文化站上班的第三十三天，又不得不含着眼泪告别这个心仪已久的文化站。孙站长还帮赵平安对上面撒了个大谎，说赵平安到下面调查研究、搜集素材去了。请领导放心，用不了多久，赵平安就会有新的大作问世并能带出一大批基层业余作者来……平安镇的文化工作就会步入新的天地。而实际上，赵平安匆匆忙忙卷着铺盖踏上了打工之路，坐火车到省城投奔暖房子工程去了……

赵平安走了没到三个星期，镇政府领导就把孙站长叫去了。领导拍着桌子喊："老孙啊老孙，你用人失察呀！怎么把什么人都整到文化站来啦？"

原来，在赵家村一个大型婚礼的酒桌上，于大国当笑话把赵平安偷了三只羊并遭受处罚的事讲给了来参加婚礼的人，不巧的是参加婚礼的人中有一个正好在平安镇政府工作。

孙站长回来就像得了一场大病，心说："我咋没看出来呀，我？五十多岁的人了怎么好坏人还分不清呢？我真是白活呀！做人，只有才没有德咋行呢？赵平安咋会是这么一个人呢？"

后来，孙站长还一股火住进了医院，病床上的孙站长无奈得只剩下了一个最简单的想法——等赵平安从省城回来还了钱，就让他赶紧滚蛋，以后再也不要见到他。

六

赵平安走后二十五天了，江水花突然想起答应报答刘志刚的事。正赶上五月节，给刘志刚送几个鸡蛋去吧。江水花并没有在派出所见到刘志刚，她在派出所门口徘徊了一个中午也没等回刘志刚，最后只好把一篮子鸡蛋放到了刘志刚的办公桌上。这一幕，让刘志刚的好多同事都很感动。

多年来，刘志刚经常帮助老百姓办案，老百姓这种事后来感谢的事儿多了。但刘志刚从来不收老百姓的这些东西，在平安镇还是有口皆碑的。马上五点了，刘志刚办完了手头的一个新案之后，根据同事们的描述锁定了这个送鸡蛋的女人就是那个小偷的女人江水花，下班顺路就把那篮子鸡蛋给江水花提了回来。

但刘志刚没想到，拒绝一个女人的礼物容易，拒绝一个美丽、善良而又可怜的女人却很难。刘志刚本打算还了鸡蛋就走人，可屁股沉得就是走不出去……这个黄昏，刘志刚在得知赵平安出门打工后，心里就更加可怜眼前这个漂亮女人，他迟迟不能从江水花的家里走出来，竟问寒问暖地坐了半个多小时。

暖房子施工队是一季度一结算，这是赵平安没想到的。当初走时，赵平安身上带的钱不多，去了车票就更没啥了。正犯愁呢，工程队破例放了三天假。原因是出了个重大工程事故，两个工人没系安全带，不慎从高处掉了下来，摔成一死一伤，赵平安心有余悸，前车之鉴啊，自己也经常不系安全带，今后一定得小心了啊！空耗了半天之后，赵平安决定还是利用这个机会回家看看吧，顺便再取点儿生活费。

赵平安下午四点半就从平安镇火车站下车了。往回走正好路过平安镇文化站，赵平安很想到亲切如家的文化站坐上一会儿。但此时孙站长和同志们已经下班回家了，赵平安只能隔着玻璃窗向文化站里面看一看。赵平安看见自己曾坐过的那张桌子，上面的茶杯还在，稿纸也在……赵平安趴在窗户上看了足足有半个小时，才恋恋不舍地往家走。赵平安三两步一回头，直到文化站淹没到平安镇并不高大的楼群中。这可是我梦寐以求的单位啊！赵平安一路幸福地想着，幸福地走着，不断幸福地回头张望着……

赵平安回到赵家村时已经六点多了。赵平安和往常一样伸手去拉房门时，门却被慢慢推开了。走出来的人竟然又是刘志刚。

刘志刚见到赵平安，明显没有思想准备的样子，一下愣住了，就像自己变成了小偷，而赵平安变成了警察。

"钱都给你了，你怎么还来呢？！"赵平安有些气愤的审问声。

"我、我……是这么回事……"一向威严的刘志刚变得结巴起来。

过了好半天，也许是身材不高的赵平安提醒了高大的刘志刚，才使刘志刚重新找回了自己的位置。因为眼前这个人毕竟曾是个小偷。

"就你这熊样儿的，还有什么好说的？老实点儿得了！"刘志刚表面装出威严的样子，但内心里还是有些发虚。刘志刚一阵阵想冲赵平安发火，心里又不仗义。

赵平安并没有马上转化回昔日那个软弱的小偷，而是语气硬硬地说："九千块钱都给你了，我们已经了断了，我们家不欢迎你这种人。"

刘志刚本想说些软话，但没说出口。一个警察怎么能向一个小偷屈服呢？刘志刚这么想的时候就说出了另外一种话来："你以为你那九千块钱是个啥呀？熊样儿！我咋跟你说呢？你这脑袋还能不能开点儿事儿？"说着，刘志刚又莫明其妙地从衣兜里掏出了那张带有赵平安手印的字据。"你还认识吧？这白纸黑字的可是你写的。"

刘志刚想给自己下个台阶，好让自己能像个人民警察那样昂首挺胸地从小偷的家里走出去，就一边把那字据很夸张地晃了一下，一边向大门外走去……

赵平安后悔当初送钱时没把那张字据要回来。他呆呆地站在自家院子里好久，好像突然想起了什么。本想进屋的赵平安没有进屋，转身朝大门外跑去……

赵平安连跑带颠，很快就追上了正常行走的刘志刚。赵平安情不自禁地继续声讨他，并一遍遍地索要那张带手印的字据。

这时，天渐渐暗下来，平安镇的郊外已是一片空寂。刘志刚觉得自己对小偷的女人有好感，是不是有损于一个百姓心目中好警察的形象啊？就更加痛恨身后跟着的这个小偷。如果没有这个败家小偷，他就不会认识小偷的女人江水花，也就不会这样被动……不过，好在自己还没犯错误啊。

后来刘志刚就觉得身后跟个小巴狗似的赵平安挺解闷儿的，比一个人在旷野中枯走要好得多。他并没动硬的，还有上句没下句地和赵平安开着玩笑。心想等到了城区就把那张字据还给他，谁让人家有个好看的女人呢。这还是刘志刚头一次这么轻易地放过了一个小偷，他实在想不通为什么一个小偷就这么轻松地在自己的眼皮底下逃过了应有的惩罚。

"你说这小偷到底是怕警察还是不怕警察呢？"刘志刚回头望了赵平安一眼，拿出一支烟点上，接着不紧不慢地往前走。

"刘所长，我求你还是把那张字据还给我吧，从此我们就两清了。你走你的阳关道，我走我的独木桥，以后咱们井水不犯河水。"赵平安说。

刘志刚也不回话，走了一会儿又说，"警察实际上也不容易，碰上你这样人熊货囊的小偷还能显出点儿优越性来；可要是碰上个持刀揣枪丧心病狂的亡命徒，警察的滋味就不太好受了。有时，再英勇无畏的警察心里也发怵啊！哎？对了，听说你还会写诗写散文呢？看上去不太像。诗人作家们要都你这副德性，这社会可就完蛋了。"

"我看你还是把那张字据还给我吧？现在我们两清了。"赵平安觉得啥也说不清楚了，也不想辩解。

就要过铁路道口时，刘志刚停住了，转过身来说，"到什么时候也别忘了，你是个小偷。这次你侥幸逃脱了，可千万别让我碰上下一次。"说着，刘志刚就想把手中的字据扔给赵平安。

"人的忍耐力是有极限的，我劝你还是把那张字据还给我吧。"赵平安此时有些忍不住了。

"如果我一天不把它还给你，你一天就是小偷；如果我一直不还给你，这就永远是你当过小偷的证据。"刘志刚觉得小偷的语气不该这么硬，最后威严地看了赵平安一眼，转身朝平安镇城区走去。他想，也只能这样了，谁让自己也不争气了呢？再走几步就把字据从背后狠狠地丢给这个没有骨气的小偷，不再回头看他一眼。

望着暮色中刘志刚快速行进的背影，赵平安突然有些绝望。他先是脚下一滑坐到了路基上，然后赵平安手里就多了一块鸡蛋大小的石头。接着，那块石头就被赵平安抛出了一条诡异的弧线。赵平安并没觉得用了多少力气，那块不大的石头就"嗖"地一下飞了出去并迅雷不及掩耳般地落在刘志刚的后脑勺上。赵平安没想到他会打得这样准，他怎么敢去真打身上带着枪的警察呢？抛块小石头连吓唬人都办不到，只是表达自己的愤怒而已。那天赶羊时抛了那么多大土块都没打中一只，这回竟抛得如此精准。赵平安虽解了些气但心里还是有点儿后悔：你竟敢打警察？弄不好这回可要挨揍了。

刘志刚保持着前进的姿势，直挺挺地向前卧倒后就一动不动了。赵平安以为刘志刚是装的，就这么一个小石头，就能把这么高大威武的刘所长打倒？谁信啊？装得真像啊。赵平安怕刘志刚突然站起来追打自己，就不远不近地站住了。

好半天，刘志刚还是一动不动。赵平安就怯生生地一边向他靠近一边小声说："你就别装了，我又不是故意的。你快起来吧，还是把那张字据还给我吧，我好回家，咱们两清了。"

但刘志刚仍然一动不动，赵平安有些害怕了。他不再害怕刘志刚突然站起来打他，而是害怕刘志刚真的不再起来了。哆哆嗦嗦的赵平安就大着胆子走上前去，试图把刘志刚从地上拉起来。

刘志刚没有回应。

赵平安终于感到了事情的不妙："我……求求你快起来吧……要是你不起来了，我……我不就完了吗？我们家不也就完了吗……"

任凭赵平安怎么晃怎么说，刘志刚还是一动不动。赵平安真的害怕了："你都打我呀？你都站起来呀！"

后来，赵平安就急哭了，他发了疯似的对刘志刚连踢带打了好一阵，"你他妈都来打我呀？有种你都起来打我呀！操你妈！操你八辈祖宗！我他妈就骂你了，能他妈咋的？"

刘志刚还是没有回应。

赵平安想尽了一切可以救死扶伤的办法都无济于事。最后他还嘴对嘴地对刘志刚进行了好几次人工呼吸，依然无效。

刘志刚一点活气都没有了，所有的迹象证明：刘志刚已经死了，赵平安成杀人犯了！

赵平安一下陷入极度惊慌之中。他还是不肯相信他就这么简单地就杀掉了一个人——一个一向威风凛凛的人民警察。

赵平安把刘志刚的六四手枪掏了出来，没命地在他的身上戳着："给你枪，给你枪啊！你起来啊，起来一枪打死我吧！"赵平安多么希望奇迹发生，多么希望刘志刚英雄一样站起来威猛地扑向自己……

可是，没有英雄站起来，赵平安彻底绝望了。完了，一切全完了！

好久好久，当赵平安的大脑中这个信号彻底闪完之后，他突然变得平静下来，一下子变成了一个真正的不再有任何恐慌的人。

赵平安把那张字据从刘志刚的上衣口袋里找了出来，好像完成了一项非常重要的使命，借着暗淡的星光，仔细把那些文字念了一遍。然后把它撕成粉碎的碎纸片，然后将碎纸片撒在平安镇初春乍暖还凉的晚风中。

赵平安坐在刘志刚的尸体旁，又将他那把幽蓝的六四手枪从磨得有些油亮亮的枪裤里掏出来。赵平安觉得这支手枪曾无比威风，现在却只是一块并不太沉的钢铁。似乎它并不比自己刚刚扔掉的那些随风飞扬的纸片沉重多少。后来，赵平安就一边摆弄那支手枪一边想：是这就去投案自首，还是回家告诉江水花一声之后再去呢？其实都一样。赵平安突然觉得即使是平安镇春天郊外的晚上也很好，那就再坐一会儿吧，也许这一生就能坐这一回了。

坐了一会儿后，赵平安就把刘志刚的手枪举起来，像个孩子一样，一会儿瞄瞄星星，一会儿瞄瞄月亮……后来，赵平安想起了那天晚上刘志刚就是用这支手枪戳自己后背的，就不时地也往刘志刚的后背上轻轻地戳一下。

这时，赵平安突然想起了孙站长，准确地说，是想起了借孙站长那七千块钱还没还。对呀，借孙站长和文友亲友们的钱咋办呢？就不还啦？那可太不讲良心了！

是孙站长和文友亲友们的钱让赵平安重新开始慌乱起来的。赵平安慌乱地想了好半天，最后竟想起了半年前持假枪抢平安镇银行的那个老伙计。听说那老伙计一切都办得很成功，最后仅仅是因为手里的枪让人看出假来了，才硬生生地让人包围给擒住了。可现在自己手上却有一把真家伙！真家伙肯定就会威力无穷……赵平安慌乱的心这才渐渐平静了下来。赵平安又前思后想了许久，最后决定：赴死前必须得把借孙站长和文友亲友们的钱还上，必须还上。

有了这个办法之后，赵平安才又镇定下来。赵平安想：如果把刘志刚的尸体拖到不远处的钢轨上，等列车呼啸而过，平安镇派出所副所长刘志刚就面目全非了，就像死于一场意外的车祸了。这样，案子就一时半会儿破不了，自己就可以利用这一时间弄到钱还债了……

想到这里，赵平安一激灵，不能这么做，刘志刚毕竟还是个好警察，不能对他太不公平。

赵平安只是把刘志刚的尸体抱到路基旁边，让他尽量靠近铁轨又不至于轧着。一般人冷眼看上去，刘志刚就像是被火车刮倒了，死于一场意外的车祸……

七

赵平安的想法还是有些天真。面对一具完整的尸体，平安镇的法医水平再差也能检验出死者的致命伤在哪里。结论很快得出：现场是伪造的，刘副所长身体其他部位毫发无伤，只是后脑被硬物重击致死；绝非火车刮碰所致，有被人报复之嫌。再者，平安镇派出所副所长刘志刚随身携带的一把六四手枪不见了，是被过路人拿走了，还是落入了暴徒之手？更是令人担忧。一支手枪散落于民间这件事本身，在平安镇就已经是不小的案件了。

几个小时的工夫，紧急公告就贴满了平安镇的大街小巷，同时不断有警车出入，刺耳的警笛响彻云霄……

赵平安几乎时刻都能听到平安镇的警笛声。感觉自己好像没有更多的时间用来制订周密的行动方案了，他必须得利用有限的时间来实现他的愿望。赵平安怀揣着六四手枪，逡巡着平安镇上大大小小的银行、信用社和储蓄所……

最后，赵平安选择了地处偏僻地段的向阳储蓄所。

赵平安在抢储蓄所这件事上没有表现出任何才智，他完全照搬了半年前抢平安镇银行那小子的程序：小储蓄所有时真就没钱，赵平安事先就去预约要支取一笔钱（那小子是为了抢到更多的钱，而赵平安只要不少于九千），然后则是选择了一个街上行人稀少的时刻。

大约是翌日下午两点半左右，赵平安戴着事先准备好的墨镜走进了向阳储蓄所。进屋后，赵平安觉得那墨镜老是从鼻子上往下滑，后来他就干脆把墨镜摘下来揣到了衣兜里。

向阳储蓄所的三位储蓄员显然没把文质彬彬的赵平安当成所谓的坏人，赵平安出现在窗口时，一个小女孩儿还很热情地说，"您就是上午来过的那位同志吧？您要提多少钱来的？"

"正经得多提一些呢。"赵平安扔担心储蓄所里目前有没有九千块钱，说着他还打量了一下桌面上现有的几捆面值不大的钞票。

"您得说个具体数，看看我这够不够。"说着小女孩儿拉开自己的抽屉，赵平安就又看到一捆百元钞票，看来足够九千了。

赵平安没想到他马上就可以动手，他紧张地把手伸进怀里，把那支六四手枪摸了出来。"实，实在对不起了，咱，咱们还是动点儿正格的吧！"赵平安并没有把枪口对准具体某个人。赵平安把一直拎在手里那只黑提包从窗口扔给小女孩儿，说，"把钱装、装上，然后从上面扔出来，快、快点儿！"赵平安由于极度紧张而变得说话结巴，这让他很不满意。同时也让他手中六四手枪的威慑力大打折扣。

小女孩儿哆哆嗦嗦往提包里装钱时，另外两个中年男人惊恐地望着赵平安。过了一会儿，岁数稍大一些那个中年男人试探着说，"年轻人，你还小，你考虑过这样做的后果了吗？如果你现在反悔还不晚，你可以现在就走出去，就当什么也没发生，你看……"

"闭上你的嘴，否则，我，我真的要开枪了！"赵平安觉得这位成熟的中年男人的话此时显得格外愚蠢。

就在小女孩儿装好了提包，从一人多高的铝合金防护栏往外递时，突然，中年男人喊了一声，"别给他，他的枪好像是假的！"

接着另一个中年男人也喊，"我们不能把钱给他！"

这时，正是赵平安已抓住了提包、小女孩儿要撒手没撒手之际。小女孩儿听到喊声，另一只手就迫不及待地也来抓已在防护栏外的提包，小女孩儿双手死死地攥住提包结实的提手，几乎悬挂在防护栏上。不管赵平安怎么拉，就是不松手。

赵平安就像歹徒那样把枪口抵到小女孩儿的额头上，同时不断地把枪机弄得喀喀作响，可刚才还羔羊一样的柔软女孩儿此时却突然变成了一个视死如归的钢铁战士，无论如何，她就是坚决不松手了。

赵平安只要一扣动扳机，不论打在小女孩儿的哪个部位，他都会很轻松地从小女孩儿的手里把装满钱的提包拿过来，可是赵平安真的不忍心向一个无辜小女孩儿开枪。看来，赵平安当初过分相信了这个真家伙的威慑力，他万万没想到会有眼前这样的情况发生。赵平安一开始就没想以开枪的方式来达到这个目的。所以六四手枪这个时候在赵平安手里真不如换成一把锋利的小刀有用了。

这时，岁数稍大那个中年男人已从里面的侧门包抄过来，一边还声嘶力竭地喊着，"来人呀，抓强盗呀，又有人持假枪抢银行啦！"

赵平安这时鸣枪示威好像已经来不及了，他慌乱地用枪指了指逼过来的中年男人，中年男人却毫无惧色。赵平安只好无奈地放弃提包，夺路向门外逃跑。

见赵平安落荒而逃，中年男人就更加确信了自己的判断，"快来人呀，真的又出来一个拿假枪抢银行的家伙！"中年男人跑得更加迅猛……

好像有两个人响应了号召，跟在中年男人身后一起追……

赵平安的腿越跑越软，中年男人越追越近。"你、你们别追了，否、否则我可真、真的开枪了……"赵平安一边跑一边上气不接下气地发出警告，但他气喘吁吁的警告显然不具任何威力，还不如保持沉默了。

追赶的人们更加信心十足，跑得都有些夸张了，甚至可以说有些肆无忌惮了。

就在中年男人伸出手来，要从身后抓住赵平安的脖领子时，赵平安胡乱地向后抡了一下，抖动的手指同时竟扣动了扳机！

随着一声枪响，中年男人的一只耳朵被打掉了，中年男人顿时收住了脚步，惊恐万分地在原地打起转转。

其他人见状也不敢再追了，有人想起了几天前派出所副所长刘志刚手枪丢失的事，后怕起来："可不是咋的，那小子手里握着的好像正是刘志刚那支六四手枪啊！"

八

开枪后的赵平安虽然胜利地回到了家，但大门外的壕沟里很快就埋伏了平安镇的全部警力。

几日来一直没理出头绪的平安镇警方顿觉云开雾散，果断认定平安镇有史以来最大的连环暴力案件结案在即。于是，由正在平安镇蹲点的市公安局刑警大队副大队长为总指挥，火速行动，将持枪抢劫银行的杀人嫌犯赵平安锁定在了家里。

和以往电视上许多追捕持枪罪犯的情形一样，平安镇的警察们并不贸然行事，就在门外的安全掩体后面用高音喇叭一遍又一遍地下达最后通牒：嫌犯赵平安，你已经被包围了……悬崖勒马，回头是岸……坦白从宽，抗拒从严……

赵平安听到这些喊话，就又想起向阳储蓄所中年男人的话，不同的是这些话比中年男人的更具欺骗性，是那种极具威慑力的欺骗。赵平安本来想出去的，可一听到这些喊话，就不想出去了。现在还有谁会相信赵平安是个本分善良的文化人呢？有谁能宽恕他呢？也许只有自己的媳妇江水花和女儿小翠了。赵平安又有了一种绝望之后的绝望，就更加显得镇静。赵平安知道自己必死无疑了，就不想再被捉住。那样的话，平安镇一定还要召开无比隆重的公审大会，接着将是声势浩大的游街示众，最后才是押往法场执行枪决……赵平安不想再让了解自己的媳妇和女儿跟着自己丢人现眼了，但他又无比留恋眼前这个红尘世界，时间就这么一秒钟一分钟地以挨的方式度过……

这时，高音喇叭又喊了："最后通牒！请嫌犯的家属走出来，否则将被视为窝藏包庇，同案论罪，严惩不贷！"

赵平安决定让媳妇和女儿出去之前，紧紧握住江水花的手，泪流满面地说："媳妇、女儿，我对不起你们呀！跟了我这么多年，没有享着一天福，反倒为我受尽了屈辱，眼看我们的生活就要好转了，都怨我啊！我、我死不瞑目啊！不过，我死前还是要恳求媳妇最后帮我一次，一定要想法帮我把那九千块钱外债还上。郑四眼、李二虎等人都不容易，钱虽不多，但都是情深义重。尤其是孙站长的钱，孙站长又是咱们的大恩人，咱们绝不能坑害大恩人啊！实际上孙站长也是个穷人，文化人没有几个是富裕的，他把给儿子结婚的钱都借给咱们啦，咱们一走了之，把人家撂下？媳妇，无论如何要在国庆节前把孙站长那七千块钱还上啊！媳妇，我太难为你了，无论如何呀，就当不争气的丈夫最后一次求你了……"赵平安已声泪俱下地跪在江水花面前。

江水花也已泣不成声，鸡啄米一样点头答应了赵平安。高音喇叭又一次喊"最后通牒"时，一向柔弱的江水花竟力大无穷地拉起了赵平安，"我们主动出去，我们争取从宽，孩子他爹，你可不能死啊，你可是这个家的顶梁柱呀！"

警方没想到一个持枪罪犯竟突然变成了软蛋，事先预想的难题就这么轻松地解决了。虽然过程不很真实，但结果还是顺利缉拿到了持枪歹徒……

九

事后，孙站长受到的打击相当大，逢人便说自己一辈子都没看错过人，怎么就看错了这个赵平安。"谁能想到老实巴交的赵平安会是这样一个人呢？农民终归是农民啊！有知识有文化的人不能这样做事情。"孙站长的精神都有些不正常了，不再提他一度挂在嘴边上的"平安六骏"。

镇政府还就此事专门开了一个会，镇领导在会上非常严厉地批评了孙站长，并让孙站长写出书面检查。说孙站长工作不认真，竟把如此穷凶极恶的歹徒都弄进文化站来了……这怎么行呢……得讲点儿政治呀！"

孙站长非常窝火，他还没敢说呢，儿子结婚用的七千块钱也被赵平安这个混蛋给骗走了！孙站长为这事骑自行车跑了五六趟赵家村，一直没有找到赵平安的女人江水花和女儿小翠，据一个邻居说，"赵平安出事不久，江水花就带着小翠到省城打工去了。"孙站长还看见了那三只传说中的羊，那三只羊又肥硕了很多，仍然在路边悠闲地啃着小树、吃着青草……

三个多月后，也就是国庆节前十天，孙站长收到一张从省城寄来的七千五百元的汇款单。汇款人的地址是省城某街，不是很详细。但附言中工工整整地写着"谢谢恩人"。想来想去，孙站长就想到了赵平安的媳妇江水花，孙站长家没有外地亲戚，这一定是赵平安的媳妇江水花寄来的呀，还多还了五百！后来，郑四眼和李二虎也先后收到了来自省城某街的小额汇款单，这更加佐证了孙站长的判断。

当初一直想要回钱的孙站长在收到这七千五百块钱汇款之后，心情反倒比追账时难受了。孙站长觉得人一下子老了很多岁，日子过得恍恍惚惚，眼前总能闪现出昔日那个看上去很憨厚、很朴实的农民作者——赵平安。

孙站长不再写一向喜爱的诗文了。他好像突然间对有关法律的书籍产生了浓厚的兴趣，没事时就认真钻研。有一次和文友们喝多了酒，孙站长竟扬言要去给赵平安当辩护律师……

月 亮 作 证

平安村人不习惯叫大号，只习惯叫小名，或者叫外号。比如副村长刘大头，村会计赵老闷，还有扣大棚的胡大嘞嘞，包稻田的徐二尿性，做豆腐的郭三歪子什么的，都是人名，也都是名人。平安村人觉得还是这么叫着顺溜，好记又实在，亲切又生动。被叫的人也觉得自己是自己，和一个土生土长的村人能搭上界。也就是村人常说的"顺溜"或"搭调"。而实际上，平安村人绝大多数还是有大号的，只是平时基本用不上。有些人直到寿终正寝地走了，仍没有人叫过他的大号。亲人们往家谱上登记时，他的大号才首次被派上用场。有时连亲人们都觉得有点儿陌生：本来叫了一辈子孙二驴子，大号却是什么孙满堂。不大真实似的，心里虽犯着嘀咕，但还得把"孙满堂"这三个字怯生生地往老祖宗牌儿上写。

这种环境下，平安村人当然不会知道"鲁富贵"是谁。村人只知道有个叫鲁大憨的普通村民。公判大会上，不管先前广播喇叭里提了多少次人犯鲁富贵的名字，村人都如听耳旁风一样不知所云，也没人去劳神对号。直到参加完鲁大憨的公判大会之后，村人才恍然大悟般地知道身边这位憨人还有个这么好听的名字，原来鲁大憨的大号就是鲁富贵啊！

一

其实，鲁大憨并不是很多人印象中的那种智力有问题的真憨，他只是比一般人厚道、本分一点儿而已。身材高大的鲁大憨没啥说的，是那种从来话儿都不多的老实能干的普通村民。从来没有人看见鲁大憨起过什么刺儿，与人相处时深了浅了都行。总之，鲁大憨除了不善言语之外，就是比一般村民做人实成一些，处事直接一点儿。

平时，鲁大憨的"憨劲儿"更多的是表现在干活儿上。大家一起干活儿时，鲁大憨从不藏奸，多干点儿少干点儿都没啥。一起干活儿的人很容易就能看出门道来，鲁大憨干的活儿就总要比别人多一点儿。多一点儿也就多一点儿，不藏心眼儿的鲁大憨也从不介意。时间长了，也就自然落下了"鲁大憨"这么个直白外号。

鲁大憨活儿好，饭量也好，一顿能吃八个大馒头。加上天生一副好身板儿，鲁大憨长得就像个大生牤子。鲁大憨16岁时就能顶一个半劳力了，18岁时就差不多能顶俩了。虽然爹娘死得早，但鲁大憨通过勤劳的双手自己养活自己还是绰绰有余的。鲁大憨干活成了村里的一大景观，平安村里没入土的活人几乎每天都能看见鲁大憨甩着膀子在干活儿。鲁大憨还天生恨活儿，看见活儿拿过来就干。他对干活儿从来不打怵，也从来不磨洋工。不论干什么活儿，鲁大憨都能做到麻溜、利索、快，而且在单位时间内又极其出数儿。真就像人们常说的那样——闷哧闷哧不出声，脏活累活啥都中。

早春往往是老牛们的恋爱时节，心事重重的老耕牛们不停地反群，一个个死犟死懒又没正事儿。呼啸的春风中，犁地的后生们嘴里不停地吐着咸滋滋的沙痰，问候完老牛的妈妈，又去问候老牛的奶奶，有时还要问候问候老牛的大爷，最后气得再把老牛的祖宗三代掘上一遍……可平安村人从来听不着鲁大憨骂一句、喊半声。只见鲁大憨蠕动着疙疙瘩瘩的腮帮子，把鞭子抡得浑圆，明明抽在老牛的表皮上却能钻心地疼到老牛的骨头里。只要在鲁大憨手上，再犟再懒的老牛也得好好干活儿，再没正事儿的老牛也得把眼前的农活儿干完了再去没正事儿……

晚秋是下河塘收莲藕的日子，后生们成群结队闯河套、开泥塘。后生们要不断地把满载着莲藕的大木船从泥塘里拉出来，鲁大憨就经常被求着去帮忙儿。鲁大憨是有求必应的，也从不要报酬。有时，鲁大憨就让瘦弱的后生们都靠边，较上蛮劲，一个人就能把一大船莲藕拉到岸上来。

不过，鲁大憨也有犯倔的时候。他最讨厌那些喊得顺甜的外村小混混们了，打心眼儿里不愿意帮他们从泥河里往出拉船。有时，身单力薄的小混混们实在拉不动了，就来央求在旁边干活的鲁大憨。央求了半天，鲁大憨才肯放下手上的活计，极不情愿地走过去。心情特别差时还要来上一句："拉就拉呗，嗨哟个啥？"但发牢骚归发牢骚，一向好说话的鲁大憨最后还是帮人家把船给拉到了岸上……

二

鲁大憨二十岁前后和李二狗争全村最好看的杨俏子当媳妇时没少挨平安村人骂，原因是事情已经到关键时刻了，鲁大憨还是不肯多说一句话。

杨俏子她娘走得早，老爹杨大算计本来就好吃懒做，又意外地伤了老腿，家里的活计就都压在了独生女杨俏子身上。春种秋收，夏铲冬储。眼瞅着风里来雨里去的杨俏子越来越不如先前水灵俊俏了，鲁大憨就不声不响地包下了老杨家地里所有的农活儿……

好几年了，鲁大憨一如既往。鲁大憨一年四季就像长在了老杨家地里了，干老杨家的活儿就像干自己家的活儿一样。杨大算计觉得占了鲁大憨的大便宜，有这么个没说道的憨子可真好。但杨大算计心里揣着明白表面却一直装着糊涂，在招女婿这件大事上，杨大算计从来就没把鲁大憨列入过候选人名单。心想，就算杨俏子不嫁给鲁大憨，鲁大憨也会照样来干活儿的，何不招个中意女婿再顶半个儿呢？

重新水灵俊俏起来的杨俏子却总是情不自禁地想起鲁大憨的好处。杨俏子端详着镜子里自己白里透红的脸蛋和细皮嫩肉的小手，对鲁大憨就有种说不清的感激。杨俏子就时常红着小脸把热乎乎的白面馍馍塞到鲁大憨粗糙的大黑手里，每次都塞得鲁大憨心惊肉跳，站在原地幸福地憨笑半天。有时，热乎乎的白面馍馍都给笑凉了，鲁大憨还在憨笑呢……但手上的活儿不会耽搁，接下来鲁大憨会干得更加卖力气。

李二狗就是这个时候出现在两个人中间的。虽然李二狗的农活儿远远做不过鲁大憨，但人要比鲁大憨长得相对周正多了。也就是说，从长相上看，李二狗比鲁大憨英俊多了。用现在城里年轻人的话说，李二狗长得那可叫帅呆了。再加上李二狗能说善道又会办事儿，李二狗就觉得自己很有优越感。李二狗一定是觉得自己从鲁大憨手里夺过村花杨俏子不会有任何问题，才在村里扬言的。在很多公开场合，李二狗经常当着很多村人的面牛皮哄哄地叨咕："杨俏子早晚是我李二狗的媳妇，鲁大憨笨鸟先飞也是白扯。咱跑得快，后撵都赶趟"。

杨俏子的老爹杨大算计嗜酒如命，喝上酒后就更啥都中了。会来事儿的李二狗就时常把杨大算计喝得不仅连连说"中"，还连连说了"有种！尿性！好样的"。每次酒后，李二狗再让杨大算计摇摇晃晃地把小恩小惠给杨俏子捎回去。

鲁大憨长相虽然有些粗糙，但是心思并不粗糙。鲁大憨当然能看出李二狗在用腕儿。鲁大憨干着急，也没啥招儿。鲁大憨宁可急得嘴上起大泡，也张不开嘴去找杨俏子说点儿啥。他只会迷了魔了地找活儿干，更使劲地甩鞭子抽老牛……

鲁大憨该网鱼还去网鱼，该打草还去打草。偶尔在田边地头碰上杨俏子还是那句："主意拿没？"不等杨俏子回答，鲁大憨就扛着什么"咕咚咕咚"地走过去了。

平安村人就骂鲁大憨太他妈笨了，骂鲁大憨真是个完蛋操儿……连最不会骂人的宋蔫巴儿都骂鲁大憨："人熊货囊，完犊子……"

实在被骂急眼了，鲁大憨也只是一句话："都一个村儿住着。"

从那以后，"鲁大憨"这个名字就更根深蒂固地属于他了。同时，平安村人也开始莫名其妙地同情起鲁大憨来。

谁都知道，平安村人的所谓同情仅仅是个怪异的表面现象。其实，鲁大憨真要是顺顺当当地就把全村最好看的杨俏子娶到手，村人又会红着眼睛喊："这可不行，这不是太便宜鲁大憨了吗？何德何能啊，这么好的闺女给他啦？"村人还得跳着脏脚大骂："老鲁家祖坟也没啥出奇的呀？怎么就他妈的冒出了这么大的青烟哪……"只是现在强势地杀出个做事高调的李二狗，村人才看着气不过了，才又一百八十度大转弯、毫无原则地同情起弱者来，才一股脑儿地支持起了憨厚老实的鲁大憨。这事鲁大憨心里最明白，村人的支持是最不靠谱的，说不定再刮哪阵风，他们就会一夜之间调转枪口了……

好事的平安村人终于有了主持公道的机会。于是，闲得昏昏欲睡的村人就像突然间被打了一针强心剂，一下子都精神起来了。开始了又一轮的家长里短、你是他非……多少代了，村人一直都是这副德性，连村人自己都见怪不怪了。

最爱替人出头的胡大嘞嘞就说了："这年头儿，干啥不得讲究个先来后到啊？像找媳妇这种人生大事儿，不就更得有个你先我后啦？那可是决定谁是孩子他妈呀！"

一向举足轻重的徐二尿性接着表态说："哪能把眼瞅就要到手的媳妇让给别人呢？这么关键的时候连个响屁也不放一个，那不是憨子吗？再说了，憨子也知道争媳妇啊。"

平安村最好色的老光棍儿郭三歪子也说："让马上能睡到手的漂亮女人就这么给飞了？眼睁睁地让她陪别的老爷们儿睡去？要搁我，我可不干，咋也得先睡上再说。"

还有几个老娘们儿也跟着起哄："可不是咋的，啥也败说了。那还叫啥老爷们儿啊？要到手的女人都看不住，那不赶上缩头乌龟了吗？"

平安村里不论发生啥事，村人都要按自己的逻辑给你论出个子午卯酉来的。否则，事情就不会正常结束。依照村人的性格，绝不会允许任何事情顺顺当当、有条不紊地进行，息事宁人和善罢甘休也从来不是村人的秉性。

平安村人一向不喜欢事情"一边倒"式地发展，鉴于这种严重"一边倒"的发展态势，村人开始预言了——

胡大嘞嘞说："不信你们就看着吧，鲁大憨必输，李二狗必赢。"

徐二尿性说："结果还得是那么回事，鲁大憨最后准得竹篮子打水一场空，杨俏子最后准得嫁给人家李二狗……"

郭三歪子说："我、我、我操，李二狗那边进展也太、太、太快啦，鲁大憨这辈子肯定是整、整、整不上杨俏子了……"

宋蔫巴儿说："依我看哪，这件事好像没啥大悬念了。"

连最不爱表态的村会计赵老闷都表态了："我看鲁大憨也是够呛，这是正格的。"

就在李二狗把杨大算计喝得什么都"中"了，准备挑选良辰吉日上门送彩礼时，杨俏子伴着杨大算计"王八羔子丧门星！逆子天打五雷轰"的怒骂声自作主张地决定了："我要嫁给鲁大憨。"

杨俏子说："大憨虽然憨点儿，但是大憨心眼儿好使。"

杨俏子说："大憨老实厚道，过日子不操心。"

杨俏子还说："二狗光会说，大憨认实干。嫁汉嫁汉，最重要的是穿衣吃饭。"

已经临近绝望的鲁大憨喜出望外，笑得更憨了。

鲁大憨心花怒放地迎娶杨俏子那天还在憨笑，也没有多说一句话。

鲁大憨只是说："一辈子就一回。"就拿出了所有积蓄，让村人帮着给张罗喜事。

当村人问这些钱咋花时，鲁大憨还补了一句："就可这些钱吧。"

爱热闹的平安村人难得看到奇迹，一边叨咕着"惊天大逆转"，一边帮着鲁大憨把喜事办得大手大脚，有模有样。除了杨大算计和李二狗，全村人都来喝了鲁大憨和杨俏子的喜酒……

鲁大憨婚礼全程都没再说什么，逢人就是个实实在在地憨笑和点头。直到把所有人都靠走了，鲁大憨才美滋滋地把杨俏子抱进了洞房……

第二天一大早，色迷迷的郭三歪子豆腐都做老了，堵在鲁大憨家门口磕磕巴巴地问："昨晚儿咋、咋、咋样？大、大、大憨？"

被不怀好意的郭三歪子问得实在没招儿了，鲁大憨才很实在地说了句"那还说了"。然后，他推开眨着小眼睛的郭三歪子，一路小跑着下地干活儿去了。

郭三歪子推着豆腐车，一边问啥叫"那、那、那还说了"，一边在后面追着鲁大憨。追了半天也没追上，郭三歪子就把车靠在村口的老榆树上坐了下来，嘴里一直叨咕着"那、那、那还说了"。

这天，鲁大憨把自家的老牛赶得比儿马子都快，一天竟干了三天的活儿……

三

李二狗接受不了这个对他来说过于残酷的现实，经常把自己喝成泥状高声喊叫："为了杨俏子，我瞎了自己的农业身板儿不说，瞎了两大缸纯粮烧酒也不说，还瞎了我一颗燃烧似火的痴情真心啊……"然后，李二狗就拎着酒瓶子深更半夜地敲鲁大憨家的房门，强烈要求杨俏子接见接见他。

很多无原则的平安村人就又开始回过头来可怜起李二狗了。说："真心爱上一个人可真不容易啊，二狗都快把自己喝死了，看着真够可怜的……"

还有人说："没看出来，那杨俏子心也真够狠的了，人家二狗那也是真心实意地喜欢你一回，光顾自己乐呵去了……"

郭三歪子反应最强烈，总去找李二狗形容杨俏子的姣好，"二、二、二哥呀，这么就、就、就让了？太白瞎啦！那、那、那可是村花呀！那眼睛、那腰条、那屁股……那、那、那还说了……搁、搁、搁我，操……"

李二狗就像得到了全村各界的支持与鼓励，闹得更加理直气壮了。

一到关键时刻，李二狗就来闹。鲁大憨和杨俏子经常就只能乐呵半截。

李二狗来过几回之后，尤其听多了李二狗撕心裂肺的醉声，鲁大憨心里也不好受，就对杨俏子说："都一个村儿住着，要不……出去看看吧。"

杨俏子就穿上衣裤出去接见李二狗。每次，两个人都要舞舞扎扎好一阵子，最后，杨俏子软硬兼施，总能费劲巴拉地把李二狗哄走。

后来，鲁大憨不再吱声，杨俏子就一边叨咕着鲁大憨最初的话，一边穿衣服，跑出去哄李二狗……

杨俏子和李二狗喊喊喳喳说了啥，鲁大憨听不清，也不想听清。但鲁大憨总能听清的是李二狗临走时的醉声："俏子，我……真是太……喜欢你了！过……几天，我……还来！"

鲁大憨从来不问杨俏子是咋哄走李二狗的。杨俏子有时就一边往被窝里钻一边嘶嘶哈哈、避实就虚地主动说些："大憨，你就放心，吃亏的事儿咱们不干……妈呀，这天可真冷。"

鲁大憨就再说一遍："都一个村儿住着。"把大红棉被重新盖好，搂过杨俏子接着睡。

李二狗短则三天五天喊一回，长则十天半个月来一趟，搅得鲁大憨和杨俏子一到半夜就得等。等到李二狗来闹，再把李二狗哄走，俩人才会放松；李二狗要是不来，俩人干啥心里都像没底儿似的。

腊月十五这天晚上，李二狗又来了。

这次，杨俏子出去的时间可比以前长多了。鲁大憨等了老半天，杨俏子才面颊红润地跑了回来。杨俏子一进门，就抱住鲁大憨的脖子说："大憨，这回妥了！"

鲁大憨不解地盯着杨俏子"这回咋就妥了呢？"

杨俏子忍不住咳嗽，咳嗽了两声又说："李二狗这回终于答应不再来闹了。"

鲁大憨盯住杨俏子那白里透红的脸："真的？"

"该死的玩意儿，非咬到我的奶子不可，看把我冻的。" 杨俏子的杏眼总是躲躲闪闪，有些不大自然。

老半天，杨俏子见鲁大憨仍在发愣，忙搂住哄："大憨，别生气，以后咱们就能消停了，噢。对了，大憨，李二狗这回真发誓了，说以后再来闹就是王八犊子。"

鲁大憨闷哧半天，最后说："晓得看上人的滋味，那也得不斤不厘点儿呀……"鲁大憨没再说别的，只是睡觉时把杨俏子搂得更紧了。

这个晚上，杨俏子的心比往日跳得快多了，就像腔子里面被放了好几只活蹦乱跳的小兔子一样……

杨俏子的心跳得鲁大憨都没法睡觉了，就问："你刚才回来跑啥呢？"

杨俏子说："冷呗。"说完这话，杨俏子的心竟跳得更快了。

鲁大憨不再说话，重新把杨俏子搂紧。

杨俏子想要背过身子去睡，说："大憨，今天就别那啥了，早点儿睡觉吧，明儿个是腊月十六，一早李二狗还要来找你帮着杀年猪呢。"杨俏子今天明显不如往日回来从容，也不如往日回来充满着活力。

鲁大憨说："那就睡觉吧。"说着重新把大红棉被盖好，两只大手从身后搂紧了杨俏子。

杨俏子睡不着觉，无论怎么控制，心脏还是乱跳。后半夜了，杨俏子不安的目光默默地从大红棉被缝里钻了出来，盯住窗户上那个又圆又亮的白月亮，白月亮像个精灵似的，又在看……

杨俏子冲着那白月亮发了个毒誓：再也不做对不起大憨的事了，再做不得好死！

四

鲁大憨是村里村外有名的屠户，杀猪顶有一套。经他手杀的猪，死得痛快，基本上听不着挣扎的惨声。再加上鲁大憨为人实在，又不贪杯，村里村外的人家杀年猪时就都来找他帮忙。

平安村人习惯了，都在腊月杀年猪。然后过小年，再过大年，猪头留到二月二。村里百八十户人家入冬就开始排号，鲁大憨每年一进腊月都忙得血红……

本来腊月十六这天村东头就有两份杀年猪的，临时加上个李二狗家，腊月十六这天就有三份杀年猪的了。鲁大憨很早就起来了，他不想让可怜的猪们遭罪，得把刀磨得更锋利一些。否则，第三头猪就会感觉到疼痛了。

不知咋的，鲁大憨今天磨刀的动作极其缓慢，不如往日那样带动着风声。刀子也干磨不快似的，鲁大憨急得一遍遍用灰色指甲揩试着刀刃，总是觉得有些滑钝，混浊的石灰水弄得满手背都是……直到李二狗的老妹子李老丫过来喊人了，鲁大憨才三心二意地收起了大磨石。

"大憨哥，你就先给我们家杀呗，老妹儿水都烧开了。"李老丫一向嘴甜。

"知道了，回去等着吧。"鲁大憨不紧不慢，也不多说一句话。

鲁大憨严格执行职业操守，绝对讲究先来后到。李老丫来得再早、嘴再甜也没用。在鲁大憨这里，今天李二狗家排在第三家，也就是最后一家。

"哼，要不人家咋叫你大憨呢？我就知道，说了也是白说，这声哥算是白叫了！"李老丫气呼呼地走了。

鲁大憨备好了家伙，按约定时间来到了村东头。

头一家的猪身形瘦小，杀得平平淡淡。明知道鲁大憨没空儿，女主人仍象征性地客套了好几句，让从不喝酒的鲁大憨忙完后中午过来吃血肠。

第二家的猪身形虽大，却杀出了痘肉。杀得全家人唉声叹气，杀得客人们心里拔凉。男主人虽然热情，但是脸色咋也好看不起来了。被请来吃年猪的客人们刚刚还是笑容满面呢，瞬间就变得一脸愁容了。好端端的一头大肥猪，愣是一口肉也吃不上了。本想大喝一顿的几个馋小子更是心有不甘，他们实在不想走，竟对着肥猪把高度白酒全干了，才一步三回头地无奈退场。

李二狗家的年猪又大又肥又没长痘，肉皮儿像草纸一样薄，肥膘却像手掌一样厚。好年猪预示着好年景，杀得全家人都笑出了眼泪。再加上李二狗前一天晚上也达到了闹的目的，李二狗一改往日愁容，当即宣布要把村里有头有脸的都找来，不仅要把刘大头、赵老闷等要人找来，还要把一向对自己有成见的胡大嘟嘟、徐二尿性、郭三歪子等名流也找来。一定要好好地喝上一顿，好好地沟通沟通革命感情。

说请就请。村子也不大，李二狗让老妹子李老丫一吆喊，该来的就都来了。

平安村人一旦喝上酒，一切怨气就立马消失了。人若高兴，酒就会喝得相当顺溜；不再有误会，人的心情也就显得格外敞亮了。本来就爱喝酒的李二狗很会调动大家的喝酒情绪，想尽各种办法劝酒。先找是理由的理由干杯，然后再找不是理由的理由干杯。李二狗和每个人都至少干了三大杯白酒，又和几个举足轻重的人物推杯换盏，把舌头喝硬后又盯住了从来不贪杯的鲁大憨。李二狗强烈要求要和鲁大憨单喝两大杯。说："我就不信……这个邪了？今儿个我就要看看……你……你到底是不是个爷们儿？没喝醉过酒的男人……绝对不是……爷们儿！"

鲁大憨实在拗不过李二狗，加上刘大头、赵老闷跟着说情，胡大嘟嘟、徐二尿性和郭三歪子又陪着起哄，鲁大憨就憨笑着一口喝进去一大杯。这是他有生以来一次性喝得最多的一次酒了，真是破天荒了。

见鲁大憨真的喝了，李二狗更来劲了，"行啊，大憨，真人不露相啊！"说着，李二狗就又倒满一大杯酒。

鲁大憨说："真不行了，眼前冒金星了……"

早已喝高的李二狗哪会同意？就仍不依不饶让鲁大憨喝第二杯酒。

鲁大憨就又憨笑着喝下了第二碗酒。干完说："彻底不行了。"

后来，李二狗还要求和鲁大憨划拳。喊完"哥俩好，山不倒"，又喊"王八四条腿儿，螃蟹爪八个"，还连喊了三遍"脑袋圆圆这么大的个儿呀"。李二狗不仅高喊着，还重重地拍了三下鲁大憨圆溜溜的大脑袋。

鲁大憨也变得越来越爽快，憨笑着，来者不拒，给倒就倒，让喝就喝……

李二狗确实多才多艺，学啥像啥。喝高兴后的李二狗就更有才了，为了助兴，他就给大家表演上了，这次是学所有动物的叫声……

鲁大憨是在连续几大杯白酒下肚后看见李二狗绘声绘色地学猪叫时顿生杀机的。恰巧杀猪刀就在鲁大憨手边，鲁大憨当时正笨嘴拙舌地给大伙讲杀猪要杀心，李二狗正配合着鲁大憨学猪临死前的叫声……刀上沾的猪血还没来得及擦掉，鲁大憨就大大咧咧地把暗红色的杀猪刀又插进了李二狗的胸口。鲁大憨杀李二狗比以往杀猪杀牛更利索，只一送，李二狗就愣呵呵地定格了，李二狗脸上似乎还带着高亢兴奋的笑容，只是不再有高亢兴奋的动静。

鲁大憨跟从前一样，迅速从容地拔出刀要把刀放回李二狗家的炕沿上，就在鲁大憨要放没放的一刹那，鲁大憨才突然意识到自己杀的不是猪，而是人！

鲁大憨肯定是看见李二狗如注的血流喷出之后才弄清楚发生了什么。鲁大憨胡乱地把李二狗的刀口往一块儿捏合半天，却不见李二狗有任何起死回生的迹象。鲁大憨又愣了一会儿，才拎着血淋淋的杀猪刀冲出门去……

"俏子！我杀了李二狗！李二狗让我给杀了！俏子……我怎么会杀人哪！"鲁大憨一路狂喊着跑进了家门。

杨俏子面对着满脸是血的鲁大憨惊呆了，尤其是鲁大憨那只青筋暴起、手持杀猪刀的赤色胳膊，实在是太可怕了！直到鲁大憨手里的杀猪刀"咣当"一声落到地上，杨俏子才叫出声来："啊？大憨！你真憨呀？大憨……"

鲁大憨紧紧地抱着杨俏子一遍遍叨咕："我明明是在杀猪啊，正叫着的猪咋就变成二狗了呢……"鲁大憨闷雷一样哭了一整夜，哭得整个平安村都在乱颤……

平安村人过惯了平静的冬夜，杀人这么大的事足以让平安村人彻夜无眠。

刘大头说："杨俏子的命可真苦啊！"

赵老闷说："李二狗还笑呢，这是正格的！"

胡大嘞嘞说："鲁大憨的手可真狠哪！"

徐二尿性说："那把杀猪刀可真快呀！"

郭三歪子说："太、太、太他妈吓人了！就一、一、一刀！像玩、玩、玩儿似的！"

寒冷的冬夜，村民们开了锅一样奔走相告，整个平安村连人带狗好像都在七嘴八舌地议论着，都在唯恐天下不乱地夸张着……

五

平安村离县城很远，第二天上午九点多才有公安局的人开着"大解放"来抓鲁大憨。原因是报案的人说，鲁大憨坨太大了，吉普车不见得能装下。

鲁大憨抱着杨俏子哭了一夜，又抱着李二狗的白发老娘憨声哑气喊了无数遍"干娘"、"做干儿子，养老送终"……最后，鲁大憨还是让"大解放"给拉走了。

鲁大憨临上车前抱住村头拴老牛的那根榆木桩子，任凭两个警察咋拖，他就是不肯松手。最后，两个警察没招了，愣是把鲁大憨和榆木桩子一起拖上了大解放汽车。

鲁大憨被拉走后，杨俏子一个人过日子，夜晚就显得格外冷清。杨俏子想起和李二狗的事，就越发觉得对不住鲁大憨，常望着窗外的白月亮愣神儿。白月亮照着雪地，雪地映着白月亮。雪地白，白月亮更白。杨俏子只知道白色的积雪融化之后并不干净，不晓得白月亮本身是不是也不洁白。杨俏子默默地在心里说：大憨真的不像人们感觉的那样有点儿憨，大憨只是看上去憨。实际上大憨还是很精明的，啥也瞒不了他。杨俏子真后悔啊，自己一时糊涂，竟和李二狗采取了那样一种了断方式啊……

杨俏子一阵阵冲动，想去法院坦白自己和李二狗的事来给鲁大憨找理由救鲁大憨，可是想来想去又觉得自己那事太碜碜了，实在不好意思去呀。杨俏子就热锅上的蚂蚁一样躲在家里等鲁大憨的信儿。

好在鲁大憨摊上了一个负责任的律师，在律师的高水平辩护下，鲁大憨最终没给判死罪，只给判了个无期徒刑。杨俏子心里的大石头总算落到了地上，真是谢天谢地呀！但杨俏子还是觉得亏欠鲁大憨的太多太多了。

县城再远，平安村再偏僻，这种大事儿也传得飞快。村人都以为鲁大憨准是死罪，鲁大憨没挨枪子儿这种结局使一向主持公道的村人有点儿找不着北了。一个个都突然提不起精神了，只好压低声音说："狗揍的鲁大憨还真他妈有狗命儿。"村人就不再张罗上县里看枪毙人了。

平安村人的话题渐渐变成为：杨俏子刚结婚身边就没了男人，这么好个俏媳妇就这么干闲着？太白瞎了！那熟透的桃子就没人敢去咬上一口？真是一大屯子熊老爷们啊！

村人说是这么说，就是没人敢行动。一直打光棍儿的郭三歪子连续好几个月睡不着觉了，一向拿手的大豆腐也做得三心二意，大小不均不说，还时老时嫩。这天，郭三歪子终于下定决心要去试试，就推着豆腐车在老杨家门口转悠。可刚走到杨俏子身边，平时油嘴滑舌的郭三歪子竟立马变成了一个木讷十足的正人君子。郭三歪子事先想好的话咋也说不出口了，心脏也跳得不行了，腿肚子也跟着直突突。原因是郭三歪子突然间想起了鲁大憨，想起鲁大憨杀李二狗时只那么一刀……

直到鲁大憨入狱满五年了，才有胆壮的外村男人让村姥们领着来和杨俏子提亲。好几个还是未婚小伙呢，也都看上了光彩依旧的小媳妇杨俏子。

说来也怪，此时的杨俏子心里只有鲁大憨一个人。愧对鲁大憨的杨俏子决定下半辈子要为鲁大憨守身如玉。所以，杨俏子看登门求婚的这些男人，一个个都像耗子似的。除了常登门问寒问暖的副村长刘大头，其余男人几乎都是被杨俏子骂出门的。杨俏子说："都给我远点扇着！再来，等大憨回来挨个宰了你们……"

杨俏子每骂走一个男人，杨大算计就老生姜一样杵在门口大骂杨俏子一场："早我就看出那鲁大憨不精。李二狗是个多好的养老女婿！这下子可好，他妈了巴子的，二十几岁守活寡……"杨大算计一直骂到他入土前一天晚上。

杨大算计死后，杨俏子并没觉得自己又失去一位亲人，反倒觉得生活突然间清静了许多。

六

刘大头一开始根本没想到自己。刘大头觉得作为一个副村长跟一帮没素质的村民抢个小媳妇总不是个体面事。可干张罗没人再敢靠前，刘大头也渐渐觉得村里不该闲着那么好看的一个小媳妇，时间长了也真不是个事儿。刘大头作为副村长又总有机会看到熟得正香的杨俏子，这更使他常常联想到老河套外那片肥荒地。村人每年都担心涨大水就会白种，就一直没有村人肯去种。可多少年都没涨大水了，如果种了不也就收定了吗……刘大头可不是不敢娶，而是觉得自己年龄有点儿大了。自己要是再年轻那么十岁嘛，没准儿真行。刘大头的二表哥关永胜在县监狱当看守，正管着鲁大憨。刘大头当然知道鲁大憨这辈子都回不来有多么的确切。

刘大头半夜睡不着觉的时候越来越多了，常顿悟一样地想：自己年龄虽大了点儿，不也是老爷们儿吗？据说邻村副村长韩老四一届睡了好几个大姑娘呢，还不算那些有主的小媳妇。自己的老伴儿也走好几年了，要是换别人早就该续弦了。再说了，常到乡里开会喝那些羊腰子、甲鱼汤啥的也没派上过用场啊，副村长咋的？副村长也是人哪，就是年龄差距大点儿，但老夫少妻的不是有的是吗？才大二十几岁，不算大。城里人还有82岁娶28岁的呢……刘大头越想越在理，白天开村委会时嘴里就多了个口头语儿："人非圣贤……"

刘大头又憋了大半年，终于挡不住杨俏子的诱惑了。在一个杨俏子想鲁大憨想得发疯的黄昏，刘大头以副村长身份不仅跟杨俏子说公事，还头一次唠起了私事。说他有个在县监狱当看守的二表哥，说二表哥名叫关永胜。刘大头甚至还有些夸张地说："犯人在监狱里要是表现不好，跟管教犯横，常常被打折胳膊、捶断大腿……"

杨俏子可真给吓坏了，当天夜里就梦见鲁大憨被吊打的场面……

第二天，刘大头又来和杨俏子说起私事，反复强调二表哥关永胜多么有权力、多么起作用，说抽空得上县里去看看二表哥关永胜。

杨俏子说："刘村长，那就求求你二表哥关照关照鲁大憨吧。"说着还要给刘大头带上点儿钱。

刘大头说："别介呀，这事咋还能让你拿钱呢？见外了不是？"然后刘大头终于吞吞吐吐地说出了他最想说的话……

杨俏子没有把刘大头骂出门，而是说："刘村长，那得让我好好想想。"

杨俏子就又望了一整夜的白月亮。那白月亮可真白呀。杨俏子想，如果能换大憨早日出来，哪怕自己死了都行。当初都是自己的错，挨押的却是大憨，是自己太对不起大憨了……

杨俏子第二天主动找的刘大头，说："刘村长，我想好了，除非你能帮忙把大憨提前给放回来。"

刘大头没想到杨俏子能答应，又这样快，惊喜地连说："成，成，成！"

杨俏子小时候就极其相信村长说的话，村长的话最顶令了。眼前的刘大头毕竟是个副村长，说话也会顶点儿令的。杨俏子还是有点拿不准主意："刘村长，咱可说好了，你真能帮忙？"

"我不是都说了嘛？成，成，成！"刘大头心里虽然一点儿底也没有，但他还是不想放过这么好的机会。

刘大头又连说了好几个"成"，杨俏子还是有些不放心地又强调："刘村长，咱光说可不行，咱必须得见到实际性进展。"

刘大头就又连说："成，成，成！"

当天晚上，杨俏子就让火烧火燎的刘大头尝到了梦想成真的滋味。刘大头也刻骨铭心地体验到了另一种人生：小媳妇跟老娘们儿真不一样啊……

实现梦想的刘大头还是把事情想简单了，在回家路上就总结出了规律：这女人啊，可真好糊弄。那犯人毕竟是犯人，哪能说放就给放了呢？

而杨俏子则是把刘大头的话当真了，她每次都是心怀目标地对待刘大头的。杨俏子非常认真，每次在刘大头急得不行时，都要恰如其分地提到"实际性进展"。常常逼着刘大头不得不起誓发愿地说："成、成、成！必须得有实际性进展，明天肯定去县里找二表哥关永胜……"

有时刘大头去了外面别的地方，也诓杨俏子说是去县里了，说已经见过二表哥关永胜了，马上就会有"实际性进展"了。

可一晃半年就过去了，仍不见杨俏子要求的"实际性进展"。杨俏子就真的有些生气了，常指着刘大头的鼻子说："你在骗人！"

杨俏子一生气，刘大头就应付不了。刘大头说啥也没用，只好坐汽车上县里，真得去找二表哥关永胜寻求"实际性进展"……

刘大头在县监狱当看守的二表哥关永胜也不过是个普通的看守，远不具备决定犯人命运的能力。像提前放犯人出来这种大事，绝不是他能说了算的。二表哥关永胜唯一的权力就是向上级汇报犯人的悔罪表现。

二表哥关永胜好酒，刘大头就请他喝酒。每次把二表哥喝高兴后，刘大头都提关照鲁大憨的事，说："鲁大憨是救命恩人，一定得多多关照啊。"

二表哥关永胜笑着答应，但最后总是说："鲁大憨是挺能干的，但就是不会来事儿。这年头儿，不会来事儿再能干也是白扯。"

刘大头就又给二表哥关永胜捎了两回大鱼，好说歹说，二表哥关永胜终于答应让鲁大憨当一回先进。

杨俏子认为是"实际性进展"，就和刘大头高兴几天。几天过去就又不高兴了，就说："窗外的白月亮就是大憨的眼睛，白月亮看着咱们俩呢。"

急得屁猴儿一样的刘大头没办法，就还得去县里找二表哥……

这样一来二去，果然就真见到了一些进展。鲁大憨连续两年在犯人群里当上了先进，再加上平时说话少、干活多，就被由无期徒刑减为有期徒刑

20年。

这一"实际性进展"着实让杨俏子高兴了好一阵子。刘大头也觉得这回差不多了。常掐着手指头算鲁大憨二十年以后回来时自己就快七十岁了，到那时就算让鲁大憨捅上一刀也值了……

可杨俏子高兴不到一年还提"实际性进展"，还说："窗外的白月亮就是大憨的眼睛，白月亮看着咱们俩呢。"

刘大头叨咕着："够意思了，这可真够意思了。"最后，刘大头还是拧不过杨俏子，还得坐汽车去县里。

没完没了地总来，刘大头都把二表哥关永胜给弄烦了，竟说出了大实话："我说弟弟呀，你可饶了我吧！那犯人就是犯人，他再优秀，他再先进，他也是个犯人哪？"二表哥关永胜已黔驴技穷，也实在没法再为鲁大憨减刑创造任何机会了。

刘大头只好耷拉着脑袋从县里回来。无可奈何地跟杨俏子摊牌："尽最大力了，实在没招了，情况就是这么个情况了……"

而在杨俏子心中，刘大头仍有着无穷的潜力。杨俏子不知道刘大头已经到了山穷水尽的地步，杨俏子只知道刘大头县里有很管事的二表哥关永胜。

正因为有个这样认识，杨俏子就堵在门口、开着半拉门缝对刘大头说："一天不见实际性进展，你就一天别来了。"然后"吱嘎"一声把结实的房门关得溜溜严。

杨俏子的好是让人魂牵梦绕的，刘大头已离不了杨俏子。辗转反侧了半个多月，刘大头最后决定：拿出血本，再试一次！

刘大头给二表哥关永胜拿了5000块钱，经过反复研究，最后决定让二表哥关永胜在监狱里放把火，鲁大憨救火也能一个顶俩，立点小功会不成问题……

二表哥关永胜认钱，喝点酒胆儿更大，就说："这事就全包在我身上了。"

刘大头回来跟杨俏子说他花了8000块现钱，又请了一次大馆子，二表哥关永胜答应在监狱里放把火，鲁大憨准能立功。

杨俏子这回也觉得刘大头用上了全力了，十分感动地说"以后不再提'实际性进展'了"，还说以后就跟刘大头好了，直到鲁大憨回来……

七

谁也没想到，鲁大憨竟在刘大头设计的监狱失火半年后回来了。原因是特功特赦。鲁大憨用手指头一算，一共才坐了八年零七个月的牢。

刘大头花点钱意在让杨俏子认为是"实际性进展"，哪是想让鲁大憨减刑释放啊？鲁大憨回来的前一天，刘大头还急三火四地去了一趟县城，气急败坏地怪罪二表哥关永胜："让你放把小火，你那火是咋放的呀？放得也太大了！"

二表哥关永胜说："我也没想到电线能着得那么快，要不是犯人救得拼命，我也得被烧死里头。"二表哥关永胜说完这话一笑又说："大难不死，必有后福。这回呀，说不定我可要提升了——鲁大憨这回立了大功，别忘了，鲁大憨可是我关永胜手下的犯人……"

"这不赔了夫人又折兵吗？"刘大头想朝二表哥关永胜要回那5000块钱，可一想到命都难保了，就没心思张口了。"嗨，这事让你整的！"刘大头走的时候把二表哥家的门摔得山响。

刘大头绝对不想让鲁大憨回来得这么快，鲁大憨一回来，再也得不到杨俏子事小，要是鲁大憨再犯憨……刘大头越想越害怕，就有种惶惶不可终日的感觉。

鲁大憨美滋滋一蹿一蹿向村子靠拢的高大身影早就让村人远远地望见了。快进村子时，鲁大憨紧紧搂住迎上前来的杨俏子亲了老半天，把攒了八年半的劲都用上了。鲁大憨亲杨俏子的动作比村子过年放的外国电影都实在，把观看的男女老少都弄得浑身上下麻酥酥的，只会跟着傻笑了……

鲁大憨知道，这辈子能回来多亏了副村长刘大头，不是刘副村长的二表哥在监狱里当看守，自己准得死在监狱里了。鲁大憨放开杨俏子后第一个握的就是副村长刘大头的手。鲁大憨还和从前一样，不会说啥，只是憨笑。刘大头也只好跟着他一起笑。

平安村人暗骂鲁大憨："你看这个憨子，还鸡巴笑呢？就差后脊梁骨上长出个大绿盖子了……"

胡大嘞嘞说："鲁大憨是真憨哪！"

徐二尿性说："不憨得上多大火呀……"

郭三歪子说："真他、他、他妈憨！媳妇让人睡个六、六、六够，还谢呢！"

鲁大憨放开刘大头的手又迫不及待地把杨俏子抱了起来，一溜小跑把杨俏子抱回家去了……

鲁大憨接下来的一系列动作把刘大头馋得直咽唾沫，就大声吆喝村人："看什么看，这有什么好看的？走！趟地去了，都得趟地去了！"

脱衣服时，鲁大憨极其炫耀地举起了他那只烧伤严重的胳膊美滋滋地说："俏子你看，这是我立功时烧的，你当是啥呀？"

杨俏子不由"啊"的一声，她那毫无羡慕的惊愕杏眼让鲁大憨自己也回忆起了八年前那只手持杀猪刀的赤色胳膊。

"这可是烧伤啊，已经不出血了，已经作上疤了。"鲁大憨笨嘴拙舌地强调着："这就是我立功时给烧的，现在已经长好了。"接着又说："这可是光荣的证据啊，已经不是疼痛了……"

杨俏子这才把鲁大憨烧伤的胳膊和那日的赤色胳膊区分开来，杨俏子扑过去爱抚地抱住了鲁大憨那只粗壮的满是伤疤的胳膊，心疼得泪如雨下……

跟杨俏子办完好事后，整个晚上鲁大憨都在一遍又一遍地讲述监狱失火的事。就像八年多就发生了这么一件事。鲁大憨就像换了一个人，就像突然间变成了一个滔滔不绝的说书人。

鲁大憨说："那天的火太大了，谁去救都得拼命啊！"鲁大憨表情极其庄严。

鲁大憨说："勇救大火，是我这八年多做得最光荣的一件事了。"

鲁大憨说："俏子，我想你都想疯了。一开始根本不敢冒死去救那大火啊，我想我要是死在火海里，就再也见不着我的俏子了。后来，我就想了，如果冒险去救这么大的火，我肯定能立功。那样，我就能更快点出来了，就能更快点见到你了。我这才最后下定决心去拼死一搏的……我根本就没有报纸上宣传我说的那些豪言壮语。"

鲁大憨还说，他一辈子也不会再像那天那样拿不出主意了。鲁大憨提得最多的就是一个叫"陈小个子"的狱友。说陈小个子真是条汉子，他是因为误杀了一个贪官入狱的。陈小个子被判了二十年，再过一个月就要出狱了，他竟没有重新见到天日。

鲁大憨好像要哭了，说："要不，死的不是陈小个子，是陈小个子从我手中夺过了那箱带火的子弹，子弹爆炸时陈小个子就趴在那个箱子上，要不我们就全完了……"

鲁大憨最后竟真的孩子一样边哭边说："陈小个子扔下了70多岁的老母亲，扔下了一直等他出狱的妻子和女儿……陈小个子死得太白瞎了呀……"

鲁大憨一生也没说过这么多的话。

第二天，鲁大憨又给杨俏子足足讲了一个白天，还是昨天晚上说过的那些话。鲁大憨还是一遍又一遍认真地描述着……总之，监狱那场大火着得实在是太厉害了，是他，尤其是陈小个子，把三百多人的命给救了……

直到最后鲁大憨才轻描淡写地说，还有很多政府（犯人对监狱管理者的统称）也立功了，刘大头的二表哥关永胜也是因为这次立功升的官……

杨俏子真想相濡以沫、夫唱妇随地听一听啊，可她总是不由自主地走神儿，去看窗外的白月亮。杨俏子觉得和刘大头这事并不大了，而是刘大头让二表哥放火这事越来越大了……

杨俏子跟刘大头的事是肯定瞒不住的，就算村人不说杨俏子也不想瞒着。如今竟真的把大憨给盼回来了，杨俏子又怎么舍得这么快就离他而去呢？杨俏子一夜没睡跟这事有关系，跟放火的事更有关系。杨俏子不傻，她当然知道这里的利害关系。可是，杨俏子真舍不得这有大憨在身边的好日子啊。杨俏子想：先高兴几天吧，以后找机会把自己和刘大头的事告诉大憨，刘大头让二表哥放火那事就暂时别告诉大憨了……

果然不出杨俏子的预料，鲁大憨不久就从村人嘴里知道了杨俏子和刘大头的事。村人添枝加叶地向鲁大憨描述了无数个版本，但主题高度一致，都是一个下贱女人红杏出墙的庸俗故事……杨俏子觉得这倒也好，省得自己难为自己再去细描那段恶心的历史了。

鲁大憨从来不会把杨俏子想得那么坏，也不问杨俏子到底是咋回事。鲁大憨只是常常喝醉了酒，讲监狱里半夜时突然着起了大火，危难之际，陈小个子勇敢地趴到弹药箱上去了……

直到进了腊月杀年猪，鲁大憨才在一次磨刀时叫住了杨俏子。

杨俏子已经相当了解她的大憨，一再强调是因为从前太想他了。说到家，就是一心想让他早点回来……刘村长的二表哥能帮上忙……

鲁大憨就把杀猪刀磨出了风声。

杨俏子说得具体些，鲁大憨磨刀声就放慢些……杨俏子断断续续地说，鲁大憨的刀声就断断续续地小……最后杨俏子终于大声哭诉起来："反正我早就决定死了，我都说给你听好了！既然你已经回来了，我的心意也就到了。村人说的都是真的！我自己能死，你可千万别再杀人了，算我求求你行了吧……"说着，杨俏子"扑通"一声跪在地上，就去夺鲁大憨手里的杀猪刀。

鲁大憨将杨俏子猛地推开，高高举起手中的杀猪刀，手起刀落，自己左手的食指齐茬茬地落在了地上，大吼："你敢死！你死我也不活了！我只是不想让你瞒着我！"

杨俏子被鲁大憨震惊了，好久才反应过来发生了什么。她急忙从地上拾起鲁大憨的那根手指头，心疼地哭晕在地上……

由于杨俏子和鲁大憨都怕对方死去，就谁也没死成。

和死神擦肩而过的他们更知道活着的珍贵，已经百孔千疮了，就别再相互伤害了。痛定思痛，他们真心约定：伤心的往事谁也不许再提，这页就算彻底翻过去了。

说到做到，接下来的日子里，三十多岁的两口子就像一对新婚夫妇，和和气气地过起了有滋有味的田园生活。

鲁大憨杀年猪的水平好像比以前更高了，整个腊月里，平安村里杀了那么多个年猪，村人好像没有听到一声猪叫。

好事的平安村人不说不说，该说的也还是都说完了。都把小脸喝得通红儿，眯缝着小眼睛等着看鲁大憨怎么杀刘大头时，鲁大憨却把刘大头请到了家里来喝酒，还叫上了赵老闷、胡大嘞嘞、徐二尿性、郭三歪子等人陪着，说自己八年多没在家，刘大头帮着把家照顾得不错，要好酒好肉好款待一下……

刘大头心里一直没啥底儿，撑着僵脸，硬着头皮，是做死的准备来的。

鲁大憨开门见山，非常平淡地说："都知道了。"然后就开始劝酒劝肉。

"啊，知道了。" 刘大头只感到心脏在做最后的狂欢。"那就喝，喝。"

酒喝到半截时，鲁大憨才又平静地说："哥几个作证，我和刘大头以前的事就算扯平了吧。"

"扯平了？当真？"刘大头惊恐地盯住鲁大憨，像怕没听清，又像怕鲁大憨变卦。一度把嘴巴就那么张在半空中。

"扯平了，当真。"鲁大憨目光坚定。

刘大头前面喝的酒这才真正落到了肚子里。才想起来不能光是喝酒，还要吃口菜。"别光喝呀，来来来，哥几个吃点菜呀！"

赵老闷、胡大嘞嘞、徐二尿性、郭三歪子等人这时心里也才算落了底："对，吃菜吃菜！"

这是鲁大憨有生以来喝的第二回大酒。光喝酒了，最后一口菜也没吃就仰在炕上睡着了。

刘大头等人最后是喝成泥状走出门的，每个人都已经醉得无法单独行动了，他们只有相互扶着才能像失控的破车一样移动移动，要求方向、角度和目标那是天大的奢望。最后他们是怎么各自回的家，就只有老天爷知道了。

事后，村人们几乎都在骂："你们说说这个鲁大憨，你们说说这个大憨到底有多憨……"

八

半个多月后，刘大头儿子陪着媳妇到县里看病去了。刘大头一个人在家觉得闷得慌，就不知出于一种什么样的心理，要亲自上灶，回请鲁大憨喝点儿小酒儿。陪酒的还是赵老闷、胡大嘟嘟、徐二尿性、郭三歪子等人。

鲁大憨已不再把刘大头和杨俏子的事当回事儿了，可做贼心虚的刘大头心里好像还是不太落底似的。喝到高兴时，刘大头神秘地把嘴贴在鲁大憨耳朵上讨好似的说："我说大侄子呀，你能这么快就回来，还不多亏你大叔我安排的那把火儿嘛？你以为监狱随便就能失火呢？"

刘大头也许觉得这件事儿远没有占有了鲁大憨那漂亮媳妇严重，再加上是这件事才最终导致鲁大憨提前出狱，不得提一提让鲁大憨点头笑一回吗？太值得提一提啦！刘大头得意地喝了一大口酒，就又当着大伙的面说了一遍："大侄子，你能这么快回来，多亏你大叔我安排的那把火儿呀！"

"你说啥？"鲁大憨直直地望着刘大头。

刘大头以为鲁大憨喝多了酒没听清自己说的话，就又眉飞色舞地说了第三遍。然后，又十分夸张地笑出了很得意的声音。

赵老闷也帮着解释："大憨，是这么个事儿，刘村长前几天也跟我说了，你能这么快回来，还多亏了村长二表哥放的那把火，这是正格的。"

"那火是故意放的？"鲁大憨呈回忆往事状，定格了好半天……鲁大憨想起了火海中的自己，想起了危难关头舍身赴死的狱友陈小个子，想起了大家立功受奖时的庄严场面……

"那还说了，说啥呢？"说着，赵老闷单敬了刘大头一杯酒。

又过了好半天，鲁大憨就皮笑肉不笑地站了起来，趔趔歪歪喝多了酒的他好像要出去解个手，却又没走出房门外面去。

鲁大憨在刘大头家的外屋地的厨房里转悠来转悠去，终于看到了刘大头家水缸里漂着一个厚重的大水瓢，鲁大憨就孩子一样把它盛满了凉水，趺趺撞撞地端着重新回到了酒桌上。

"大侄子，你一次能喝这么多凉水？你可真行，全仗着身体好啊。"刘大头以为鲁大憨喝多了，想用凉水来解酒。

大伙虽然也觉得鲁大憨行为有点怪异，但都忙于拼酒，都没太在意，仍在漫无边际地唠着酒嗑。

胡大嘞嘞说："平安村的一把村书记李大手早晚得让位，刘副村长以后肯定能当上一把村书记。看见没？刘副村长在咱平安村总能办成大事，不服不行，人家办事就是有道行……"

徐二尿性说："就是就是，刘副村长可是咱们村百年不遇的高人哪。你看看人家，要啥有啥，办啥成啥。你们想都不敢想的事，人家说办成就办成了。不可能摆平的事都能摆平，谁能不服？"

郭三歪子说："那、那、那可不，在咱平、平、平安村，就是皇、皇、皇上待遇。"

刘大头边叨咕过奖了，边张罗又把杯中酒干了进去。"来来来，人非圣贤……啥也别说了，咱们哥几个再走一个！"

过了一会儿，鲁大憨又皮笑肉不笑地站了起来，把盛满了水的大水瓢往头上端。

"你真要把这么多凉水喝进去呀？倒是年轻啊，体格就是好啊！"刘大头说话时，鲁大憨已经把很有分量的大瓢水涝涝地举过了自己的头顶……

随着一个很沉闷的声音，大水瓢就完成了与刘大头油亮大脑袋的剧烈碰撞。刘大头往下倒时还面带着几分好奇，只是他不会想到这几分好奇竟是他人生最后的表情。

　　赵老闷、胡大嘞嘞、徐二尿性、郭三歪子等人一时没反应过来，加上都已经喝了不少白酒，这回可真的都蒙了：鲁大憨你这是咋的了，不是都让我们作证了吗？不是刚说好扯平了吗？

　　刘大头血肉模糊的脑袋把大水瓢染得鲜红。这天晚上正好又有白月亮，白白的月光下，那红红的大水瓢可真吓人啊……

　　这次，鲁大憨是连夜走出村子主动前往县城自首的。鲁大憨走出平安村时一点儿声音也没有，连村里的狗都没叫一声。

　　杨俏子得知鲁大憨又杀人时已经是后半夜了，她是从睡梦中惊醒的。杨俏子真后悔让鲁大憨到刘大头家去喝酒，直把好看的脑袋往大山墙上猛撞："没事往一起凑合啥呀？喝的哪门子酒啊？死活不该让你去呀，你是不是知道放火的真相了呀……"

　　第二天一早，杨俏子就出发了，她疯了一样在县城里一路狂奔，最后找到了县公安局，又找到了县法院，最后找到了平静异常的鲁大憨。接着，杨俏子又找到刘大头的二表哥哭喊着说：这事可不能都怨鲁大憨啊……

九

　　刘大头的二表哥关永胜生怕牵扯到自己，就非常热情地把杨俏子请到了家里。已经当上副科长的关永胜先是对杨俏子进行好言相劝："事情已经到了这个田地，你就别盲目争取了。都是徒劳，故意杀人就是死罪。"

　　杨俏子本以为关永胜能帮鲁大憨说说话呢，没想到他会这么说，就与关永胜据理力争："其实鲁大憨是个老实人，他是喝多了，是一时冲动，他犯的真不是死罪。"

　　"说杀人就杀人，眼睛都不眨一下子，这已经是第二次了，还能说他是个老实人？"说着，关永胜就又给杨俏子倒上一杯水。"要不说嫁鸡随鸡，嫁狗随狗呢？再漂亮的女人也是这样。"

　　杨俏子觉得关永胜是在放屁，就有些急："我自己的丈夫我还是了解的，他没有你说得这么坏。最起码他没有你这么坏。"

"我坏？我咋坏了？我这不一直在帮你嘛，你这不是白眼狼吗？" 关永胜重重地把水壶放下，狠狠地拍了一下桌子说。

"你以为我不知道啊，为了钱，你不惜在监狱里放了大火，我们家鲁大憨可干不出你这种丧尽天良的恶事来。" 杨俏子也狠狠地拍了一下桌子。

关永胜见软的不行，就只好对杨俏子动硬的。说："你个没文化、不懂法的妇道人家，就别在这瞎叫唤了！没影的事可不能乱说，谁放火了？这可是人命关天的重大案件，你给我小点动静！信不信？弄不好我能把你也整进去！"

早已经视死如归的杨俏子怎么会怕关永胜的威胁？就说："我才不怕呢！整进去更好，我正好和大憨做伴去！今天我就真不信这个邪了，你就把我整进去好了！"说着，杨俏子就把刚倒好的一杯水泼到关永胜的脸上。

"哎呀妈呀，你要烫死我呀？"关永胜跳了起来。心想，这小娘们儿也不好糊弄啊？根本不像刘大头说的那么善良、老实啊。

关永胜见硬的也不行，就又软了下来。他并没有因为脸上被泼了热水而大发雷霆，而是笑嘻嘻地给自己找着台阶下："哎呀呀，大妹子，亏得我这脸皮厚实，要不准得烫秃鲁皮喽。这大妹子，你也太厉害啦。论起来，咱们都沾亲带故的，有话还是好好说嘛！"

杨俏子仍在气头上："那你就说点儿人话，帮大憨担点儿罪吧。"

"鲁大憨那是故意杀人，又是惯犯，怎么的也是没救了。我说大妹子，咱们还是着眼未来吧！你还这么年轻，人又长得这么漂亮，还是多为自己的后半生想想吧！"关永胜拎过一把椅子坐了下来。

杨俏子冷冷地说："只要大憨不死，我怎么的都无所谓！"

"那你说咱们有啥招儿？我是没招儿了。"关永胜强撑笑脸说。

"你怎么没招儿？大憨杀刘大头的最主要原因就是你放的那把火。只要你承认是刘大头指使你放的火，大憨就有可能不是死罪。"杨俏子坚持让关永胜马上和她一起去自首。

刚当上副科长的关永胜正惜官如命，他哪肯听任一个无知小村妇的摆布？又不好动硬的，就以退为守地和杨俏子周旋……

关永胜说："咱们退一万步说，就算那火是我放的，也救不了鲁大憨呀。如果那样的话，咱们不仅救不出鲁大憨，反而都得搭进去呀。"

杨俏子："搭进去就搭进去，只要大憨不死，我愿意陪他一起坐牢。"

关永胜说："为了一个鲁大憨，咱们的好日子就不过了？这样值得吗？"

杨俏子："只要大憨不死，我怎么的都行。"

关永胜继续晓之以理，动之以情。可不论咋说，杨俏子就是要求去自首。

后来，实在没办法的关永胜竟突破了自己心里的底线，"大妹子，你看这么的行不行，我给你拿二十万块钱，并在县里给安排个临时工作。"

杨俏子仍然不为所动，也没有丝毫退缩的迹象。杨俏子已铁了心，要想救大憨的命，就得死活最后一搏，"说别的都没用，我必须得跟你去对簿公堂。"

关永胜见软硬都不行，只好扔下杨俏子，匆匆忙忙跑出家门。"我可没时间在这儿陪你闲磨牙，我得忙正事去了。"

关永胜当然知道不能在家里等死，他必须得去找人拉关系了。于是，在非常有限的时间内，关永胜又是托人，又是花钱，奔跑得相当狼狈……

而一心要救大憨命的杨俏子早已把生死置之度外了，杨俏子从关永胜家出来就直接去了县法院，一铺一节地向法官哭述了难以启齿而又必须得启齿的种种事实……杨俏子一心想证明她的鲁大憨不是故意杀的人，甚至是无罪的。而真正有罪的是当年的李二狗和杨俏子，是如今的刘大头、杨俏子和刘大头的二表哥……

法官问："你能提供证据和证人吗？"

杨俏子说："刘大头和李二狗都是证人。"

法官说："刘大头和李二狗都死了，死无对证。"

杨俏子说："我活着呀，我也是证人啊！村人通常情况下只是对灯发誓，遇到人命关天的大事时才肯对白月亮发誓，对白月亮发誓就相当于毒誓了。这回我可以对着白月亮发誓，我说的是真的，难道一个人对着白月亮发的誓都不可信吗？"

法官说："对谁发誓也不能成为证据。"

杨俏子说："我还有和二表哥的对话可以证明，为了堵住我的嘴，他还答应给我拿二十万块钱呢。如果没他的事，他怎么肯出这么多的钱？"

法官说："你能提供现场录音和证人吗？"

没有任何打官司经验的杨俏子无奈地摇着头，真后悔没当时带个录音机啊。

法官说："法律面前只相信证据和证人。"

而杨俏子这里只有对着白月亮发的毒誓，她仍在信誓旦旦地一遍遍说白月亮能作证，白月亮真的什么都看见了……

经过法院调查取证，关永胜的在监狱放火的事因证据不足免于起诉，鲁大憨杀人案如期开庭。

在给鲁大憨定罪这个问题上正反两方面的辩护律师确实一度出现了一点分歧。正方认为鲁富贵确实犯了杀人罪，但从情感上值得同情，犯罪动机也是能够让人理解的，可以酌情判死缓；反方则认为鲁富贵故意杀人罪名成立。虽然裹杂着种种原因，但都不足以减免鲁富贵故意杀人的严重罪行。而且鲁富贵又有前科，是手上有了两条人命的惯犯。

经过法庭多次合议，法官最后判定：鲁富贵犯有故意杀人罪。法院还是给二进宫的鲁富贵宣判了死刑，立即执行。

哭晕在现场的杨俏子好久都不能站起身来，她觉得自己已经用尽了身上所有的力气……

十

不久，平安村人就争先恐后地要到县里去看公判大会，要去看看他们都认识的那个身强力壮的同村人，要去看看公安人员如何押解戴上手铐脚镣的杀人犯，要去看看公安人员怎么枪毙那个屡教不改的鲁大憨。

就像故事开头说的那样，平安村人开始时只是在公判大会的高音大喇叭里好几次听到了一个陌生的名字，很多人好半天也对不上号，有些人回来了才知道高音大喇叭里说的"鲁富贵"就是他们熟悉的鲁大憨。

终于见到些世面的平安村人回来后并不像想象中那样兴奋，他们觉得枪毙一个犯人也没啥大看头儿。

赵老闷说："没想到，那膀大腰圆的鲁大憨一下子就完了。"

胡大嘞嘞说："我也寻思呢，鲁大憨那么大的块头，正经不得杀一阵子呀？"

徐二尿性说："就一枪，鲁大憨就一动也不动了。早知道这样，我才不起大早赶晚集地去凑那热闹呢。"

郭三歪子说："没、没、没啥看头儿，还不如杀、杀、杀个小鸡儿好、好、好看呢！"

杨俏子去给鲁大憨收的尸，杨俏子紧紧抓住鲁大憨少了一个手指头的左手号啕大哭："大憨呀！大憨！都是我对不住你呀，其实你一点儿也不憨，我才是个真正的憨子呀……"

后来，杨俏子夜里睡不着觉，就起来看白月亮。白月亮不会说话，其实白月亮什么都看见了。看着看着，那白月亮里就飘飘悠悠地浮出一个红色的大水瓢来，有那么一阵子，杨俏子觉得那红色的大水瓢美得出奇……

跳　槽

1

在大学生就业难的时代背景下，踌躇满志的 D 大中文系本科毕业生马小林能顺利地来到某厅干部处，可以说是一步登天了。

让马小林唯一感到不舒服的就是，人还没来呢就事先撒了一个大谎。马小林说自己虽是外地人，但在市内有住房（实际上没有）。因为某厅当时无力解决住房问题，尽可能不要家在外地的大学生。

按理说，马小林幸运地来到这么好的机关单位，应该珍惜机会、好好工作才是。可令马小林倍感意外的是，他来到某厅上班没多久，就暗暗打起了跳槽的主意。不是说马小林在干部处当秘书写材料伺候人不舒服，只是他觉得大学中文系四年的书白读了。同样是文字，但写讲话材料和自己爱好的文学创作可是截然不同的两回事。马小林不想让自己多年的专业白白荒废掉。

好在马小林不久就发现某厅下面有个新天地杂志社，到那里当个文字编辑，业余时间又能搞搞自己爱好的文学创作，还是挺好的。对呀，找机会跳槽啊！不是说树挪死人挪活吗？马小林的这种想法并非不现实，新天地杂志社毕竟是同一系统的一个基层单位，从上面到下面去还是相对容易的。

干部处算上马小林一共五个人了：处长温立群，副处长李大伟，主任科员大老王，副主任科员车春卉，科员马小林。除了两位处长，干具体活儿的只有三个人。马小林来之前，转业兵出身的大老王归处长温立群调遣，专科学校毕业的车春卉归副处长李大伟调遣；马小林到来之后顶替了车春卉的位置归李大伟调遣，车春卉就成了排球比赛里"自由人"的角色，可以随时上下场，哪边非常忙了就归哪边调遣。但非常忙的时候毕竟不太多，所以年轻漂亮的车春卉总能落得个无事一身轻的悠闲状态。

温处长为人随和，也很善解人意。但马小林和他说不上话。因为马小林从来那天起就直接归李副处长调遣。而能说上话的李副处长就如同马小林肚子里的虫子，又同是大学中文系毕业，很是能摸透马小林的心思。

不知为什么，马小林从一开始就很怵李大伟。虽然李大伟在专业上是个同门学长，人看上去也很通情达理，但马小林总是觉得自己和温处长能说通的话，到李大伟这里就很难说得通。而像跳槽走人这种大事首先必须得李大伟点头，然后才是温处长，最后才是主管厅长、厅长等上级领导……

为了尽量给领导和同事们留下个好印象，马小林来到某厅干部处后工作还是非常卖力的。D大学生会宣传部长兼文学社社长出身的马小林写起讲话材料来并不觉得太难。

开始时由于缺乏经验，马小林点灯熬油地没少费劲，把讲话稿交上去时，李大伟总是不太满意。多数情况下，马小林还要按照李大伟的意思改上几遍，直到李大伟满意后才能递到主管厅长手里。

后来有了经验，马小林写讲话稿就越来越得心应手了。有时，李大伟几乎一个字也不用动，就能直接送到领导们的手里去。有了朗朗上口的讲话稿，领导们开会时就显得很有水平，会后就对李大伟的工作表示充分肯定。李大伟习惯于察言观色，他就能从领导们的表情中读到一种叫"相当满意"的好东西。

李大伟表面不说，心里还是对马小林越来越认可了。时间长了，马小林也能感觉到一些，就经常趁李大伟高兴的时候和他提自己想去新天地杂志社的事。

可是，每次马小林提起这件让他魂牵梦绕的大事，李大伟都是说："当初刘厅长把你派到办公室来，我和温处长就不太愿意接纳你。不是说你马小林本人有什么问题，也不是说办公室不缺少人手。正相反，办公室的人手太少了，来个能写材料的名牌大学中文系毕业生真是求之不得。我们当初为什么不想接纳你？不是因为别的，就是不想接纳你这样的高才生，担心你来了也不会在办公室死心塌地好好干活儿。最后，与其说是我们同意接，不如说是刘厅长硬给我们派来的。办公室听着好听，整天干的却都是一些伺候人的烂活儿。上传下达，跑腿学舌，抄抄写写，张张罗罗，干的都是些费力不讨好的杂事。好在车队分出去了，否则杂七杂八的烂事就更多了。马小林，我跟你说一句良心话吧，你来这里真是有些大材小用了。可现在我也没有办法呀，你走？你走了眼下这些活儿谁来干？还是听我的，你先好好干着吧，就得慢慢等有机会了再说了……"

李副处长已经这样苦口婆心了，马小林还能说什么？那些没来得及没说出口的话就只能往肚子里咽了。

而实际上，自从马小林来到干部处那天起，李副处长就感觉到了某种无形的巨大威胁。大学学生会宣传部长出身的马小林据说是琴棋书画样样都行，这样的人一旦上来，就算不会威胁自己目前的位置，将来对自己晋升处长也不会多么有利。会不会影响自己日后的发展？就更加不好说了。与其扶持小树长大，不如从小就缺肥少水。总之，直觉告诉李副处长，马小林这个人可真是个不一般的人才，自己比他多的仅仅是十余年的工作经验，其他的基本没有什么可比性。如果不从一开始就制服马小林，自己必将后患无穷。

所以，当李副处长得知马小林还喜欢写小说时就半开玩笑地说："写小说？大学中文系毕业谁不能信笔涂鸦地写几笔，最后能成家的有几个。人有时真不能太好高骛远。"

马小林也只好笑笑说："就是一点儿业余爱好，写着玩而已。"

"嗯，年轻人，这样的心态还是可取的。不过，可千万不能因为写什么小说误了单位的正经工作。"李副处长习惯性地打着官腔。

2

马小林毕竟刚出校门不久，在很多问题上都显得缺乏经验。工作之余和同事们闲聊时，有时就表现出自己怀才不遇的情绪。表面上，同事们好像都很同情马小林。有些人还为马小林长吁短叹，打抱不平。而实际上，总是被人们同情对马小林来说并不是什么好事。马小林一度成了一些口是心非、别有用心的人滥施同情的对象，也成了一些斤斤计较、心胸狭隘的人借以抨击社会现状的素材。

每回闲着没事聊天，大家的话题总是从马小林的不如意开始。好像只是一掠而过，接着就是对现行的种种时弊的大书特书和浓描重写。话题马上就会淹没在关于物价飞涨、道德沦丧、竞争不公、腐败堕落等等的偏激热议之中。面对愈发不可收的种种负能量话题，马小林也只好无奈地点头称是，哪怕是那几个喷子。马小林远不具备什么话语权，不能也不敢扫了大家兴致。最后，人们的话题又总是绕回到马小林这里来。

有人说："小林啊，咱们这地方没有什么太大的发展前途，你干脆趁着年轻辞职淘金去算了。说实在的，你真就不如到一个中外合资的大企业去干文案，据说一个月至少能挣五六千块钱呢！"

还有人说："小林啊，你名牌大学中文系毕业，听说还会写点儿什么，天天泡在厅机关里，用不了几年棱角就磨没了。真不如自己在家写点儿流行的电视连续剧，一年弄上二十集、三十集的就行，一集最少也能卖个五千六千的呀……上这带死不活的班儿干啥，都是一群大庸人……"

人多嘴杂，时间长了，很多人（尤其是一些领导干部）就觉得马小林对现有的工作不是很上心，当然就更谈不上爱岗敬业了。

而后，一些喜欢搬弄是非的人就更说什么的都有了。说现在的年轻人有几个安分的，绝大多数都好高骛远。说马小林好高骛远、心浮气躁还是相对友好的好言相劝，而说他高傲自大、目中无人就是别有用心的人身攻击了。初来乍到的马小林以为四海之内皆兄弟，还没有学会防范别人，总以为"他人即地狱"是萨特的事，与自己无关。一不小心，菜鸟马小林就给厅机关的人们留下一种不太安分的印象。

众所周知，在厅机关里工作的人大都是有靠山的。像马小林这种从高校直接进来的大学生实在是举步维艰，在微妙的人际关系中可谓进退维谷。稍不留神，就有可能得罪谁。有时交下了这一个，就有可能得罪了那一个。

很长一段时间以后，马小林才渐渐明白了一些道理：身为小人物，中午闲着时还是少说话或者不说话为好。就像人们常说的那样，是虎你也得先卧着，是龙你也得先盘着；说你行你才行，不行也行，说你不行就不行，行也不行；坚决不要争，千万不要抢，争了也白争，抢了更白抢；有话你得好好说，没事你去偷着乐……

一晃，马小林到厅机关工作快一年了，在办公室从事的工作是抄抄写写、跑腿学舌，想晋级得看工作成果和工作年限。虽然马小林已经在省级报刊公开发表了十几篇的文学作品，但在他们单位这并不算什么工作业绩，不说你不务正业就不错了。据说到晋级或年终总结时还不如给领导写的内部油印的"讲话材料"好使呢。马小林和许多没有任何业绩的大学毕业生一样，只能等着工龄满一年后自然过渡为科员，然后就得一点点熬年头、混资格、等机会了。即使等来机会，还得一半靠关系一半靠运作。所以，马小林那股想干番事业的劲头就一天不如一天，总有一种力不从心的错位感，而自己又无力改变自己的处境。

抛开两位处长不说，只说说这三位具体干活的。

大老王是在马小林之前一年进来的部队转业军人。大老王的大号叫王战胜，用他自己的话说就是"战无不胜"。大老王本来转业后在某地方企业当供销科长，因会说山东快书和莲花落子又当上了该企业的宣传科长。后来，企业不太景气了，开不出工资来，大老王就通过什么人跟同样不太景气的地方剧团下乡挣点儿辛苦钱。再后来，不知又托了什么关系，大老王就被调到厅机关干部处来了。大老王一开始就对马小林极其热情，又不失老大哥式的领导风度。马小林能明显觉察得到，大老王时刻都在期待着提职晋级呢，期待着哪一天出现机会，好轮到他来担任下一个副处级干部……虽然大老王自己也承认不论在文化上还是在能力上都远远赶不上科班出身的马小林（大老王一向把有大学文凭的人称作科班出身），但在当副处长这个问题上，大老王还是远远比马小林有信心。马小林总能隐隐约约从大老王那造作的笑容中读到些什么，那笑容好像是在说：还是你王大哥年纪大呀，还是你王大哥资历深哪，还是得你王大哥排在前边啦……

车春卉则是在马小林之前五年从一个专科学校毕业来到某厅的。马小林不知道她走了怎样的门路，但觉得很不一般。现在名牌大学毕业生都不好找工作，尤其是女生，找工作就更加困难。车春卉一个自费大专生能挤进让人眼红的某厅机关，这真不是很寻常的事。身材娇好的车春卉每天胸脯都挺得高高的，挽着好看迷人的韩式发髻，不知是否经过了精心设计，车春卉那不松不紧的服饰又恰到好处地帮衬了她凹凸有致的身材，脚下的高跟鞋发出的声音也总是很有节奏感。

在干部处，凡是活儿主要部分都是由马小林来做。只不过在进程中大家象征意味很浓地论证一下，总结一下，验收一下，最后成果顺理成章地就是干部处集体的了。干部处曾经编了一本厚厚的领导讲话集，从统稿到校对几乎都是马小林一个人干的。为此，马小林起早贪黑地忙活，好几个月都没时间写自己钟爱的散文和小说。当时马小林觉得这也值了，给厅里编本大书总会算点儿业绩吧，没准儿将来晋升能用得上呢。然而，结果与马小林的想象大相径庭。书的策划、主编、编委均无马小林的名字，而尽是一些与编书风马牛不相及的什么厅长、什么处长、什么主任的大名。马小林觉得这太不可思议了，他们已经很有身份很有地位很有名望了，怎么还要这些对他们来说可有可无的小署名呢？

马小林就气呼呼地质问李大伟："这是怎么回事？还讲不讲理啊？"

李副处长语重心长地说："小林啊，你太年轻了，又没什么大名气，写进编委会怕是没有人买账的。"

马小林虽心里还是窝着火，却是大钝针触到湿棉花上的感觉。

随着时间的推移，马小林对厅机关里的人际关系才了解了一些。对一些事情的来龙去脉，也多多少少地略知一二了。慢慢地，马小林就知道了，分别以刘厅长和张副厅长为首，整个厅机关自上而下大体分为两派，即"刘派"和"张派"。

刘厅长年事已高，又是政府机关不断改革时代，说不定哪天就可能要切下去；而张副厅长目前虽然是二把手，但占据着年龄优势一直对厅长位置虎视眈眈。虽然刘厅长一再表示自己不过是坐几天阵，全力支持年轻人干事业。虽然张副厅长也不时地表示谦虚，说刘厅长老成持重，经验丰富，还要多多向刘厅长学习，没有刘厅长可不行，自己怕把持不住局面，每年厅里取得的成绩多亏了刘厅长云云……但在两人表面和气的背后，内心早已经有了很大很深的矛盾。如果用一个成语来形容他们目前的状态，那个成语就是"貌合神离"。

3

比马小林早三年大学毕业来艺术处的蔡俊文，目前可以说是马小林在单位唯一的知心朋友。蔡俊文戴着一副度数很高的黑边近视镜，人称Z大历史系毕业的高才生。就是说话有点儿口吃。

在一次闲聊时，看上去很憨厚的蔡俊文对马小林说："要想在厅机关混下去，你就必须得靠一方。只有这样另一方才会对你有所顾忌。有时迫于形势，他们不这样做也不可能。就拿你来说吧，不说怎么来的吧，但来的时候毕竟是刘厅长拍的板，那么你就永远成了刘厅长的人，也就永远被厅里上上下下的人看成'刘派'。你可以充分利用这不是关系的关系，把自己真正打扮成'刘派'。"

"可我这个'刘派'也是表面的呀？"马小林无奈地说。

"是呀，在机关混最操蛋的就是我们这些刚从院校里出来的人，总觉得自己很清高，很正直。其实不然，你没靠山，到头来孤立无援，谁的脚都可以踹在你的头上。"蔡俊文很实在地说。

虽然蔡俊文看上去并不是个精明人，但马小林觉得蔡俊文说得不无道理。可是刘厅长的下一步是有目共睹的。自己一旦真的成了"刘派"人物，那么几天后"张派"上来，还会有好果子吃吗？而现在就去投奔"张派"（暂且不说能否投奔成功），那么刘厅长又会怎么想。反正马小林这种小人物总是左右不是，总是不可避免地处在尴尬位置。就是知道了自己这种处境也毫无办法，根本无力改变命运。只能时刻自己给自己提个醒，小心着点儿吧你。别看表面风平浪静的，实际上个个如狼似虎，人人如履薄冰。

虽然同在厅里工作，但不是极特殊情况，马小林和副厅长以上的人物很少能说上话。就是在走廊里面对面碰上，领导们顶多也就是礼节性地点点头，就算给马小林很大一个面子了。

有时，马小林真想马上就离开某厅这个鬼地方，可握着生杀大权的李副处长总是不冷不热地说着同样的话，如同无数根看不见的锁链，牢牢地套在马小林的脖子以及四肢上。

坐在办公桌前，每天面对的就是一大堆材料文件，马小林要根据这些东西按照李副处长的意思给某厅的厅长或副厅长写这样或那样的讲话稿。马小林不知道他们为什么总要讲话，讲话讲话，总是要求不要少于一万字，有时甚至是几万字，谁都知道他们讲的都是些又臭又长的废话呀。

马小林觉得如果这样下去，他就要被那些讲话稿所淹没。为了拯救自己，有些天马小林忙完要写的材料，就强迫自己拿出文学作品来看，试图以此引发自己以前的写作习惯。马小林从前是有写作习惯的，现在还得在李副处长面前伪装成没有。

马小林说不清楚，自己为什么和身边的人如此不同呢？周围的男男女女上下班热热闹闹，有说有笑，昂首挺胸，道貌岸然。尤其是那几个风韵犹存的少妇，走起路来胸脯一颤一颤的，似乎每天有无穷的乐事在等着去做。而马小林宁愿一个人静静地待着。

每天早晨上班，马小林出来很早。马小林骑着自行车从在市郊租的房子出发，到了市区就下来推着自行车走一段路，马小林并不是喜欢看琳琅满目的城市橱窗和豪华轿车……而是他要利用这段时间想点什么。

马小林总是想，不能再这样带死不活地继续下去了，得利用大好时光干点啥了。一天天这样啥正事不干怎么行啊！马小林的想法一次比一次强烈。

后来，马小林就渐渐地把家里的书搬到自己的办公室来，下班后并不马上回去。反正回去也是一个人，看一会儿书再回去也一样。有时，马小林就到楼下买个面包再上来，一边看书一边解决了晚饭。如果是这样，他就能看到很晚再回到郊区的出租屋……

渐渐地，马小林订下了一系列读书计划，他把书分别放在三个抽屉里。有了以往的经验，马小林决定不让任何一位同事知道。马小林曾领略过人们的同情。连最要好的蔡俊文，马小林也不能告诉。后来，马小林终于找回了上大学时写作的感觉。马小林把那些文件、信函、通知、总结一类的东西放在下面的斗橱里。一有空闲日，马小林就可以随便拉开一个抽屉，翻看着他最喜欢的某个作家的作品。但每当马小林全身心地投入到一部优秀的作品中领略那美妙无穷的喜悦时，总是被来自四面八方的干扰所打断。有时是收发室的老张头来送当天的报纸或信件；有时是隔壁办公室的人来喊接电话；有时是别的处室里的人坐累了窜到马小林的办公室闲聊；而更多的时候是李副处长突然急三火车地走进来布置任务。马小林每次都能成功地躲过这些人的视线，胜利地从作品中逃出来。时间长了，马小林再投入，也能提前判断有人来了，渐渐地就像有了一种本能。马小林深知机关里的险恶。机关不同一般事业单位，容不得任何人开小差，哪怕你开的小差神圣无比。

如果有人知道马小林利用上班时间阅读与本职工作无关的文学作品，定会很快反映到上级领导那里，他们会说马小林不务正业，用公家的时间干自己的活。没有人认为马小林这是和他们同样在消磨时光，只是以不同的方式。其实马小林的方式与他们那一张报纸一杯浓茶的方式没有太大的差别。

而李副处长等人实际关心的并不是马小林是否安心工作，而是觉得马小林自命不凡。你马小林把他们统统看成俗人，不屑与他们为伍；你马小林对现实怀有强烈的不满情绪，也就是说马小林的所作所为是对他们平庸无能的无声抗议，使他们本来就容易受伤的自尊心受到莫大的伤害。都是大学毕业，你马小林怎么就比别人强？

马小林有时孤独无助地想：马小林啊马小林，你为什么不准备一个大茶杯呀？你为什么不把那些城市报纸的正文或报缝里的性病广告看上一遍又一遍？你为什么不加入他们串门聊天侃大山的队伍，把花边新闻添油加醋搞得如盛开的玫瑰呢？你可以去寻找机会和打字员小姐开几句暧昧玩笑，进而有意无意地摸一把她那浑圆的屁股蛋，你也可以和那几个无聊透顶性欲亢奋的中年妇女调调情，让她们一夜之间容光焕发找到第二个春天，你也可以去找找那个新来的书记，谈谈你的思想为什么进步缓慢，好让书记丰富的党务工作经验派上一些用场……

马小林有这么多该做的事不做，每天像贼一样看着他自己的书，写着没人看也没人能看懂的什么狗屁小说。

马小林读抽屉里的文学作品，每天都过得像打游击战，准确一点说，就像每天都在光天化日下行窃。所以天长日久，马小林的精神受到了极大的伤害。又由于经常被各种情况中止，没人来的时候，马小林也要经常神经质一样停下来四处张望，观察有没有人来到自己身边。中国人有一种怪癖，越是不让做的事越想做，越是禁止的东西越盛行，马小林此时的状态似乎就是这个样子。

不过也是渐渐地，马小林还算恢复了一点儿在大学读书时就养成的写作习惯。偶尔，马小林还能有小小说或者散文在省市报刊上发表出来。

李副处长知道后不咸不淡地说："这年头儿小说比从前好发多了，写小说的人少了，发小说的刊物并没少。这是很正常的事，别太认真，主要还是得干好自己的分内工作。"

马小林也就没太认真地笑了笑，说不出是一种什么感觉。

又一年很快就过去了。一晃新的一年又来到了。厅机关的新年联欢会还是让人们有了一种过新年的感觉。人们似乎都要有个新起色。马小林虽然感觉无从着手，但还是对未来充满着莫名其妙的希望。

跳舞、猜谜、打扑克、大会餐……李副处长和大家比喝酒……

厅机关的新年联欢会曲终人散之后，马小林回到单身宿舍已是筋疲力尽，但他还要写稿子。因为元旦一过就有一个全省文化局长工作会议。几位厅长都要到会讲话的。

大老王本来文字功底就不行，这回又病倒了。车春卉又临时有事，这下马小林就要一个人顶三个人用了。马小林竟借着酒兴，把三个人干的活儿都接了下来。

马小林还是头一次同时给三个厅领导写讲话稿呢。不写不知道，一写吓一跳。即使在说同一件事上，马小林为他们设计的说法也不能显得重复。正厅长的讲话一定要比副厅长的讲话显得更有水平一些，而副厅长的讲话也不能显得没有水平啊……更难的是副厅长中还是两个人要先后讲话，同样的意思又不能用相同的语言，同时，讲话水平也不能表现出明显差距。

马小林写到后半夜时不知是酒醒了，还是写累了，怎么也写不下去了。写这样的三篇讲话稿简直就是要命啊！实际操作起来可比马小林想象的难度大多了。当初怎么就没想到呢？一时冲动怎么就都接下来了呢？为啥不留给李大伟一篇呢？马小林后悔极了。

为了有个良好的写作环境，马小林第二天上午就转移到办公室来了。假日里的厅机关和平时大不一样，除了值班室里的老翟头儿，就不再有别人了，很适合一个焦头烂额的人赶稿子。就这样，马小林新年的三天假日都是在办公室里度过的。这是马小林有生以来第一次，三天写了三个讲话稿。马小林的感觉绝不是只写了三个万儿八千字的普通讲话稿，毫不夸张地说，马小林觉得自己好像写了三个长篇小说。虽然马小林还从未写过长篇小说，但他觉得写长篇小说的感觉顶多也就是这样了，绝对不会比这更艰难、更痛苦。

就是在这三天写讲话稿的空隙间，烦躁不安的马小林第一次注意到了城市的一大风景——烦躁不安的车流……

4

和马小林很要好的艺术处同事蔡俊文曾经说过，不能小看机关里的任何一个人，有时越是小人物就越有大的靠山。所以马小林对车春卉这个柔弱女子也得处处赔着小心。

车春卉人长得还算漂亮，但对于比她更年轻的马小林构不成吸引。马小林还年轻，自从马小林懂得男女有爱之后，他的目光还仅仅停留在比他小的青春靓丽女孩儿身上，而车春卉虽然也很漂亮，但在马小林眼里她好像不是女孩儿了，似乎已经是个女人了。在马小林眼里，女孩儿和女人是有着本质区别的。就像和恋人上过床的女人和结过婚的女人之间的不同一样。

车春卉是个什么样的女人对马小林来说并不重要。重要的是车春卉是干部处的一员。马小林是后来才渐渐了解到一些关于车春卉的情况的。

车春卉不仅仅没有本科文凭，她的大专也是自费学的。车春卉高中毕业后没能考上大学，好在有个在本系统工作多年后退休的老爸。老爸虽然不是什么官，但是毕竟在本系统辛辛苦苦干了四十多年的后勤工作，她老爸人缘特别好，整个系统没有谁不认识他的。不论男女老少，都亲切地叫他老车。车春卉正是靠老车的老脸来到与本系统有着千丝万缕联系的省干部管理学院自费大专班上学的，毕业后还是靠老车的老脸走后门来到本系统厅机关工作的。

厅机关可不是一般人都能进来的地方。来了归来了，但来了之后在厅机关生存就是另外一回事了。由于车春卉先天学历不足，再加上确实没有什么深厚的根基和过人的特长，在厅机关就处处都显得比别人矮三分。

刚上班时，车春卉被派到打字室，当时打字室已经有了两个小姑娘，加上车春卉就是三个人了。那时厅机关还没有电脑，只有几台打字机，一天忙个不停。所有讲话稿审核通过后都要拿到打字室来打字，初来乍到的车春卉就更加显得手忙脚乱。

所有要打的文字，除了领导讲话，就是上传下达的文件，一个字也马虎不得。可以说二十几岁的车春卉很不容易，她不能给老爸丢面子，她必须要珍惜这得来不易的工作。尽管车春卉很快就能熟练地快速打字了，但由于要打的东西太多，她还是经常加班到深夜。可以说，在车春卉来某某厅最初那几年，她吃了许多苦头，一天天被工作压得有些喘不过气来。

随着打字机时代向电脑时代的过渡，某厅机关不再进专职打字员，打字室渐渐就取消了。当时干部处缺少人手，车春卉就归给了干部处。并直接归李大伟副处长支配。

由于经过多年超负荷训练，车春卉的打字水平已不一般。到了干部处就由原来的打字员变成了车秘书。车秘书听着好听，干起活来并不舒服。车秘书是要用电脑给领导写稿子的，而不是像从前那样照着写好的稿子打字。所以刚到干部处的车春卉虽能飞快地打字，却一时不知打些什么。

有时写稿需要加班，李副处长以示重视，就陪着加班。经常加班到过了吃饭时间，李副处长感到过意不去，便买一些快餐什么的送给加班的车春卉，当然也少不了自己的一份。

那时，社会上正流行着一种慢节奏的比较暧昧的交际舞，沉寂多年的城市大小舞厅又如雨后春笋般在大街小巷里复活了。李副处长从前就十分喜欢跳交际舞，不论快三慢三还是快四慢四，李副处长都会跳。李副处长陪车春卉加班还有另一个目的，那就是想找机会和车春卉去跳这种新型的慢节奏交际舞。

跳这种舞的舞厅一般都要自己带舞伴。李副处长的想法竟很快得到了车春卉的热烈响应。一是车春卉刚走向社会，对新生事物充满了梦幻般的好奇；还有就是，李副处长是自己的顶头上司，以后能否进步，领导对自己好坏可是关键。两个人可以说是一拍即合，从那以后，他们就经常出入于城市的那种舞厅里。

随着时间的延续，车春卉的舞技也越来越成熟了。这样，李副处长和车春卉的关系也就越来越亲密了。厅里的一些大事小情，李副处长在跳舞时似不经意间说给车春卉听，车春卉就从李副处长嘴里知道谁要当处长了，谁要退休了，谁要调走了。虽然这一切和车春卉并没有什么大的关系，但车春卉对这一切仍然十分感兴趣。从另一个角度看，这说明李副处长已经和自己不见外了。车春卉想，自己的领导能够这样信任自己，对自己的前途多么重要啊。车春卉当然不是小女孩儿了，该懂的她都懂。有时车春卉想，就算李副处长对自己有点想法，也是很正常的，人家对自己这么好，总要图点什么吧？所以有一段时间，车春卉好像在等待着李副处长向她表示什么，她时刻准备着。但李副处长却总像赔着小心，生怕车春卉生气走掉似的。

有那么一段时间，不知车春卉是迷上了跳舞，还是迷上了和李副处长这种关系。有几天不去跳舞，她就感到有些空落落的，仿佛失去了什么。直到下一次，她和李副处长双双走进舞厅，她的心里才踏实下来。随着时间的流逝，以前比较明亮的舞厅的灯光，现在比较昏暗了。以前的劲舞或比较正规的舞曲换成了如诉如泣分不清节奏的背景音乐了。舞者们自然也是双双对对地拉近了距离，样子就显得更加暧昧。

大家都那样，车春卉和李副处长也不好当局外人，可以说是社会上的不良习气把她们最终拉近的。在两人半拥半抱间，有一天，李副处长在车春卉耳边说："听书记说咱们厅今年上半年要发展两个党员，你不争取争取？"

车春卉抬起头，忽闪着明亮的眼睛深情地望了李副处长一眼。

李副处长就像受到了巨大的鼓舞，说："先把党入上，就有提干的可能。"

车春卉在机关当秘书，实际上还是个打字员，她做梦都希望有朝一日当上正式的科员。这时她把自己的身体更彻底地靠向李副处长并不宽大的胸怀说："我真想入党，可我觉得自己目前还不够。"

李副处长就说："事在人为，我会帮忙的。"

从此，两个人的距离就更近了。李副处长经常在公开场合说："小车进步很快，比刚出校门的大学生强多了。"

不久，车春卉果然去了党校培训班学习了一个月，毕业后她很顺利地成了一名预备党员。整个过程都感觉很快似的。

总的来说，车春卉来干部处这些年，李副处长没少帮她。名义上说李副处长手下一直有个可以支配的秘书。事实上，在马小林来干部处之前，一直是李副处长自己给自己当秘书。

记得马小林刚来的时候，李副处长还经常说呢，没事向车春卉请教请教，她对文秘业务还是比较熟悉的，也很有经验。

刚来的马小林当然只有虚心学习的份了。这时的马小林还不知道，城市的爱情游戏一直在他的身边悄悄地进行着。而他仍如一个局外人一样，只是看到工作时间里穿着整齐的同事，从来不知道还有灯红酒绿里肌肤相亲的同事。

正因为这样，马小林对同在干部处工作的车春卉的真正认识还十分有限。

5

在一起工作时间长了，某厅也有热心的同事给马小林介绍对象。但马小林总以上大学时认识那个高傲女孩儿周芳菲为标准，看了几个都觉得不太理想。后来就不看了。有时，马小林觉得找对象是缘分上的事，不是别人介绍的。哪次见面都极其不舒服。而且不同人给介绍的对象又各不相同，她们之间有时真是天壤之别啊，简直无法相信她们曾给同一个男人介绍过。马小林渐渐得出一个结论，被介绍那位女子的好与坏，就是介绍人心里对自己的不同评价。有一次，人事处的那位金处长硬是要把一个很难看的女孩儿介绍给马小林，马小林想金处长对自己的印象一定极其一般。以后对金处长就格外小心。

纪念毛泽东《在延安文艺座谈会上的讲话》发表65周年那天，系统里有一个比较大型的会议，张副厅长要有一个很正式的讲话。李副处长安排马小林给张副厅长写讲话稿。

马小林大学中文系毕业，对中国文学史上这种重要的文献材料当然了解很多，这样的讲话稿写起来就显得轻车熟路。马小林没太费劲，就把八千字的讲话稿写得很好，结合了学过的古今中外的文学史，文稿显得既有学术性，又不乏思想深度。

写完之后，马小林自己还在市郊的平房里高声朗读了一遍，感觉真的不错。马小林为空旷破旧的市郊能回响起这么有层次、有文化的声音而感到浑身激动，他还打开了一扇窗户，让五月的风捎来些田地里成长的味道。

第二天马小林把讲话稿交给李副处长时，李副处长还是不忘假模假式地挑出几处不是毛病的毛病，才迫不及待地亲自给张副厅长送去了。

张副厅长开会回来对李副处长就很满意。还和他开了句很友好、很不见外的玩笑。领导的玩笑很让李副处长激动不已。

李副处长没能掩饰住发自内心深处的兴奋，马小林也看到了他喜形于色的样子。温处长这段时间身体不好，一直在家休假。当天晚上干部处就在李副处长的提议下安排了一次会餐。

马小林在这次会餐过程中第一次目睹到李副处长和车春卉之间非同寻常的关系。

李副处长喝了不少酒，从始至终和大家开着玩笑，还讲了很多他自己认为很精彩的黄色段子。有些马小林都听过一百遍了，李副处长还是讲得津津有味。

车春卉以前肯定也听过，但装得就像从来没听过一样，小女孩儿一样捂着小嘴不好意思地笑着。不时地装正经："烦人，真烦人，烦死人了，你们男的可真没有好东西。"

马小林心里说："哪儿也没少你们女人呀。"

马小林想，难道说车春卉这样的女人真的很喜欢李副处长讲的那些坏男人？

后来，正好大老王张罗要去洗手间，马小林就和大老王去了洗手间。

干等大老王不出来，最后大老王说他肚子疼，马小林就先回来了。

马小林从洗手间回来走到包房门口时，在包房墙上的影子里看见了亲吻的李副处长和车春卉，马小林一时感到很意外。车春卉怎么能看上李副处长呢？

但马小林很快就平静下来了，那是他们的事，与马小林无关。

等到他们分开之后各自落座了，马小林才自然而然地推门进来。

"来，小林，来厅里快一年了吧？咱们俩得单抠一杯！"马小林一进门，李大伟就举起了酒杯。

"李处长可真给小林面子，我赞助，我赞助。"车春卉也红润着笑脸站了起来。

"来，干！"马小林很实在地与李大伟和车春卉一一撞了杯，一饮而尽。

三个人还没来得及坐下，大老王就进来了。"怎么的，宁落一轮，不落一人啊！这得罚，罚罚罚！单单不带我王永胜，你们也太瞧不起我王永胜啦。"

李大伟就又和大老王单抠一杯，车春卉还是赞助，马小林也只好赞助。

大老王见车春卉也干了，就更来劲了，就张罗再干一杯，说："这下一杯可不是罚了，这下一杯可是我王永胜的真情回敬了。"

于是四个人就又干了一杯。

马小林以前从来没见车春卉喝过这么多酒。看来高兴了的女人在喝酒上真是潜力无穷啊。马小林也首次认识到，喝酒喝高兴后的女人比男人还要兴奋，比男人还要难以控制。

喝完那一大箱啤酒以后，好像每人又要了两瓶啤酒，以李大伟为首的四个人才兴奋着从酒店里走出来。

出门时，李大伟明知道大老王和马小林都是骑自行车来的，还是假惺惺地问是否需要他打出租车送大家回家。

大老王和马小林都连说不用之后，车春卉嗲声嗲气地喊："李处长可真体贴部下，我可让送，我可让送。"

李大伟就顺理成章地和车春卉一起坐上了一辆红色的出租车……

6

一个月后，干部处就张罗要去旅游。车春卉高兴得像小孩子要过六一儿童节似的，手舞足蹈、连蹦带跳的。

某厅的各处室每年是轮流出去度假的，今年轮到干部处和社文处。权衡时间和经费，干部处和社文处最后决定集体到千山秋游。

大家爬了一上午山，加上天又热，决定中午睡上一觉，下午晚些时候再去游……

马小林睡了一觉被尿憋醒了，就到房后去解手。在自己发出唰唰声的同时，马小林似乎还听到另一种声音，"唔唔"的，马小林还以为是一种特殊的鸟呢，提好裤子就循声往树丛里走了几步，想看看什么鸟会发出这样的声音。马小林刚走进树丛没几步，就突然发现了两个正处在巅峰状态下的人，他们竟是李副处长和车春卉。马小林正抬起的脚都不敢再放下去，他目瞪口呆地定在那里，看着两个人十分卖力地在草地上忙着。马小林是从后面看他们的，除了李副处长白花花的肉屁股，就是车春卉那有些夸张的摇在风中的两条大腿。声音不大的"唔唔"声就是从车春卉嘴里发出来的，马小林想，这也许就是有人描写的那种"不敢高声暗皱眉"吧？马小林也想起自己大学时代和夏萍在人工湖畔那一幕，觉得那远没有眼前这两个人来得实在，他们身下的草地比那天的绿、比那天的软。虽然不太雅观，但他们还是幸福的、快乐的。

直到他们结束，李副处长沉重地伏下去瘫在车春卉身上，马小林才缓过神来，悄悄地撤回到自己的房间里去。

马小林躺在床上半天，中午的走廊里才传来两阵碎碎的脚步声。马小林知道，是李副处长和车春卉先后回来了。

回来路上，路边瞎老头给李副处长算命。

那个老头神神道道的。明眼人一看就能看出是个老骗子。

但李副处长走上前去和他搭话。大家难得出来旅游，都有闲情逸致的，就都围了上去看热闹。

"你一看就是个有福之人。"

"一天尽遭罪了，何以见得有福啊？"

"脸上写得清清楚楚。"瞎子说。

"你这人有福，耗子拉木锨——大头在后边。不过麻，你也有个大坎。"瞎老头显然认为李副处长上钩了。

"那你得告诉我什么坎。"

"不瞒你说，你有小人，你压住他则已，不然……"

算命的都会这么说。后来大家就嘻嘻哈哈地散了。

你前胸有三个大瘊子你信不信？瞎老头一把拉住走在后面的李副处长的胳膊。"有的话你给我扔十块钱；没有你这就走人。"

也许是因为有女同志在身边，李副处长就很难为情。

"咱们不用脱衣服，挺大个领导的，那样不雅观，咱们凭自觉。"胸有成竹的样子。

李副处长笑着拿出十块钱："算你说得对，算你说得对行了吧。这个老头，可真够黑的了。几句话，就要我十块钱。"

从千山回来，车春卉和李副处长之间的关系不但没有像马小林想象的那样一发而不可收，反倒一天比一天疏远了。

不久，张副厅长就同意并批复了车春卉为主任科员。但马小林没想到这会是车春卉变成张副厅长情人的前兆。马小林竟在此后不久就看见了令他不可思议的事真真实实地发生了——车春卉在李副处长的觊觎下成了张副厅长的情人。

马小林觉得张副厅长来干部处的次数明显增多了。开始时马小林没太在意，主管副厅长来下面处室是很正常的事。后来张副厅长的频繁出现终于引起了马小林的好奇。马小林就开始有意观察他们的一言一行和一举一动。

张副厅长有时到干部处转一转，其实也没什么事，就是转一转，然后随便地问一些工作上的事情。

张副厅长看上去很随便，车春卉却表现得很郑重。很多次，她都是一边娇滴滴地和张副厅长说话，一边在小本子上记着什么。

张副厅长就说："我随便来看一看，聊一聊，没什么要紧的。"

车春卉就一脸严肃地说："领导的每句话对我们来说都是指示，现在温处长、李副处长都不在，他们回来后，我是要向他们汇报的。"

不知为什么，女人的直觉告诉车春卉，张副厅长对她有点意思。

车春卉本不想扔下从前关爱过自己的男人，去投奔另一个男人。可摆在面前的另一个男人是她的张副厅长啊！车春卉劝自己三思而后行也没用，她一连想了三天还是有了最后的决心，她不想错过这个机会，不给日后留遗憾。

多年来车春卉已经深深体会到和领导接近的好处。她十分清楚自己的最大优势就是目前仍算上个年轻漂亮的女人。她要把自己这稍纵即逝的优势发挥到极致，以尽早地引起领导的注意。车春卉认识到，谁的关爱也没有单位领导的关爱来得更直接更实在。过去的几年里她已初步尝到了这样做的甜头。

想想当年，自己在打字室当打字员的时候多么不懂事啊。后来和李副处长好了，才有了入党的机会，才从普通干事被提为副主任科员，又到现在的主任科员。以后要真的能接近上张副厅长呢？肯定还会有更大的发展。没事的时候，车春卉就是这么想着的。

直到那天张副厅长来干部处找温处长通知开会的事，温处长暂时不在屋，好像是无意中和车春卉聊了一会儿近期干部处工作的事，车春卉超水平地发挥了自己，把平时自己不怎么想的问题都说得很明了。车春卉觉得自己终于有了一次很文化很正规的向张副厅长展示的机会。虽然这段时期以来一直都有很多机会和张副厅长接近，但车春卉觉得这次不同。

车春卉和领导讲话时，样子是很诱人的。她很有礼貌地站成人们印象里风中的小树那种姿势，腰肢不时地扭动着，样子比她自己一个人时要可爱得多。不仅声音温柔，而且面颊红润，一双杏眼也亮晶晶的多了一些水分。说着平生最有品位最有文化的话，再不时地甜笑两声。哪个男人不喜欢这样的女人呢？

这些都是马小林一边接电话、写材料，一边观察到的。

以后的日子里，张副厅长就有更多的机会和车春卉来往。车春卉就一边避讳着李副处长一边靠近张副厅长。毕竟已和李副处长有了那种关系，有时车春卉觉得有些对不住李副处长，就时常主动找李副处长汇报汇报工作。

自从车春卉从心里到身体都远离了李副处长，李副处长的心一直是痛着的。张副厅长为什么要看好车春卉呢？李副处长怎么敢和张副厅长作对呢？恨不能在这之前不认识车春卉。他只能打掉牙往肚子里咽，自叹命苦。

李副处长早已没有心情听车春卉哆声哆气地在面前絮叨，车春卉的什么事他都知道。该写的材料写就是了，和他汇报不汇报有什么用？若在以前，李副处长早就帮她写了。现在李副处长好像整天躲着她。

这几天，李副处长的心情更加不好起来，心情不好的原因是张副厅长知道了一些有关他和车春卉的事。某某厅就是这个样，好事不出门，坏事传千里。车春卉自己是肯定不会说的，不知是谁向张副厅长说了他以前和车春卉一起出去跳过舞的事。

这样，李副处长还没找到取得张副厅长信任的好办法，又成了人家事实上的情敌。李副处长知道，某厅将来肯定是张副厅长的天下，自己本来就是刘厅长的人，这样下去自己以后怎么能有好果子吃呢？李副处长是个什么样的人自己还是清楚的，除了在机关混，他没别的能耐，四十多岁的人了，想调走都没人要。

再加上最近一段时间，厅里有几个处长要退，很多人都在为竞争这几个位置而到处活动，李副处长这个时候就什么也别想了。他表面平静，心里却很急。他急于找一条能为自己的将来走通的路。而下一任厅长就会是张副厅长，李副处长越想心里越没底，心情自然不好。车春卉这个时候又在自己面前没完没了地汇报，李副处长怎能不烦？没等车春卉汇报完，李副处长终于忍不住了："好，好。这些我都知道了，你就忙你的去吧。"

后来，车春卉就由于工作需要从干部处调到艺术处。实际上是张副厅长精心安排的。艺术处高处长再有一年就要退了，原来的副处长老姜顶上去当处长基本定了。而蔡俊文当副处长还有些勉强，再就没啥人了。车春卉这时到艺术处，日后极有可能弄上副处长。她明显和蔡俊文有得一拼。

7

马小林的二十一世纪最初几年过得格外没有意思。走还走不了，干还干不好。更多的时间，马小林是独自在办公室度过的。马小林好像时刻都想干点什么又什么也没干成。

又一晃，马小林来厅里六年了，他写了那么多文字，可没有一个字是自己发自内心要写的。而全国与他一样处境的人数不胜数。他们都在受着同样的煎熬，夹着尾巴弓着腰，小心翼翼地说每一句话，为了十年后梦中的科长或副处长就算心里生气也要在领导面前把脸弄出笑容来……而这些人还是所谓的幸运儿。因为他们幸运地从下面考上了大学，幸运地留在了城市，又幸运地留在了体面的机关里……

马小林一度停止写作或者说放弃写作与李副处长说的话有关。李副处长说大学中文系毕业谁不能写上几笔？要想当大作家那就不是很容易的事了。这些话对马小林的影响很大，马小林想，是啊，如果那么容易就成了作家，谁都当上了。所以在过去的六年中，马小林虽写了一些小说，但投入的精力并不太大。甚至一度有些死心塌地地写材料，认为自己这辈子也就是写讲话稿的料了。

大学毕业以后，马小林和自己的同学们相比，各个方面都显得滞后些。

比如婚恋，绝大多数人早已经结婚生子，而马小林的爱情记录依旧是上大学时那几次不成功的错位恋。最后记忆中只剩下那个叫周芳菲的高傲女孩儿。而现在马小林连那个高傲女孩儿婚嫁与否都不清楚了，那个女孩儿是否仍在这个城市里也不得而知。况且马小林觉得那并不是什么真正的恋爱，充其量也只能算他一厢情愿的爱情而已……

又比如当官，马小林的高中同学有一个当了县长，还有一个当上县人民银行行长。而马小林的几个大学同学已经在另外一些城市里当上了局长或副局长，还有几个当上了省长秘书或市长秘书……

又比如发财，马小林的同学中已有十几个百万富翁、二十几个总经理……

再比如死亡，据马小林所知，马小林的同学中已经死了五个人了。中学一个女同学付小华死于煤气中毒，中学一个男同学当上了民警和歹徒搏斗而壮烈牺牲，另一个中学最老实的男同学因强奸幼女而被处以死刑；另一对大学同学在旅游时则双双死于意外的车祸，而手挽手的他们并不是夫妻关系……马小林觉得只有在这方面滞后一些才显示出自己仅有的优势。

除了死去的同学，其他同学都活得很滋润。好像只有马小林一个人还在苦苦地写着材料，对未来无所适从。

随着时间的推移，马小林的年龄越来越大，自己却一事无成。马小林有时急得不知该怎么办才好。

每天上班，马小林都要费些神来想这一天怎么过。怎样才能不浪费时间，可是每天注定都要被浪费掉。

星期六和星期天，是马小林最想逃避的日子。每周的这两天马小林过得还不如平时，平时大家上班你来我走的还算挺热闹。而星期六和星期天，人们都回到各自的家去了，空荡的办公楼里只剩下马小林一个人，能听到自己呼吸的声音。

今天我干什么呢？马小林在走廊里来回走着。一大堆该洗的衣服不想洗，新借来的君特·格拉斯的小说《铁皮鼓》也不想看。马小林像怕时间在他洗衣服或看书的时候悄悄流走似的。马小林就很不安地坐一会儿，走一会儿，充分占有和体验着时间，而时间又真真切切地空空流过了……又看到窗外来来往往的城市车流，更加憎恨它们花花绿绿无头苍蝇式的飞窜。马小林又无力阻止它们，就像无法阻止自己的无聊一样。

马小林怎么也找不到发泄的对象，静静地坐下来。太阳光从外面射进来，干巴巴地烘烤着马小林的烦躁。

突然，一队黑色的奔驰车从对面的马路驶过来，在禁止鸣笛的城市大街上肆无忌惮地鸣着笛。这只敲锣打鼓的车队顿时激起马小林的怒火。新郎和新娘坐在一个敞篷跑车里，城市的新娘都是大同小异，新郎则是城市经常能看到的那种又白又胖的家伙。前前后后大约是二十辆奔驰车。马小林想，黑社会老大不会这么干，肯定是哪个官员的公子结婚了。那个肥胖的蠢家伙不仅要花掉巨额资金，还要毁掉一个漂亮少女。其实，人类从来没有对婚礼憎恨到马小林这样刻骨铭心。

马小林好像认真地想了如何以最残酷的手段惩治腐败很久，好像都不解恨。后来，马小林实在想累了，他就仰在折叠床上四下看：地下是两把黑皮椅子，对面还有三张办公桌。他自己的办公桌上一大堆材料，几乎无法再放上一张稿纸，不知道哪来的那么多材料，整个桌面就像城市郊区的垃圾场。

这时，又有一队轿车从窗外驶过。这队车不像刚才那队车那样张扬，也没有那么大的规模，为首的不过是台奥迪，后面跟随几辆杂牌车，明显是个普通人家。马小林觉得轿车两则印着双喜字的红气球在城市的风中瑟瑟发抖……

8

对于马小林来说，宋若琪的意外出现，似乎也是命运的安排。

那天，马小林去邮局寄几封厅机关下发的临时通知。之后，马小林就顺便到路边的报刊亭浏览一下近期的杂志，因为马小林的第一部中篇小说《漂在都市》最近就要在一家国内很有影响力的杂志上发表，所以他有空就到报刊亭转转。

就在马小林临近那个报刊亭时，突然看见了一个女孩儿的背影，微风中，女孩儿飘动的长发就如同倾泻的瀑布。什么叫亭亭玉立啊？马小林认为眼前的女孩儿对这个美好成语进行了最恰当的诠释。马小林第一次领略到女孩儿头发的美丽。原来一个人的头发竟能如此漂亮！不知为什么，距离女孩儿还很远很远，女孩儿的背影就天使一般左右着马小林失控的视线了。

马小林像被一条无形的长线牵引着，不由自主地快速向女孩儿靠近，竟暂时忘记了自己最关心的事情。很快，马小林就和女孩儿近在咫尺了。她确实是个非常漂亮的女孩儿，长得竟有些像大学时代那个高傲的周芳菲，如果不是她看起来要比周芳菲年轻许多岁，马小林也许真会认错人的。

女孩儿正捧着一本文学期刊专心致志地看着，根本没注意到身边正关注着自己的马小林。

"真是不容易，这么漂亮的女孩儿竟还喜欢读小说？"马小林一直以为这个城市的女孩儿都不看小说呢，尤其是漂亮的城市女孩儿更不看小说。马小林没想到今天会遇到一个爱看小说的城市女孩儿，而且还是个如此漂亮的城市女孩儿。马小林顿时有一种穿过漫漫长夜迎接黎明的感觉。望着女孩儿美丽的侧影，马小林无法抗拒地心猿意马起来：这就是常说的"天生有缘"吧？这就是所谓的"命中注定"吧？这就是"踏破铁鞋无觅处，得来全不费工夫"吧？这就是"蓦然回首，那人却在灯火阑珊处"吧？眼前的女孩儿是那么的文雅，那么的恬静，马小林觉得她的侧影里有着自己梦中女神的清纯和美丽。

女孩儿无意中转身时，马小林为自己的想法感到一阵羞愧：你为什么要如此一厢情愿地关注一个陌生的女孩儿呢？你知道她是个什么样的人啊？人家有没有对象啊？你就看人家长得漂亮啊？你是不是太浅薄了呀？马小林不停地发出疑问并不停地在心里大骂着自己。

骂也没用，马小林的脑子里依旧在胡思乱想着。他有些手足无措地随便拿起一本刊物，站在女孩儿的身旁毫无目的地翻了起来。这时，马小林突然看到一直握在女孩儿手里的杂志的封面和封面上自己小说的名字，那正是他几天来一直要找的那本大型文学期刊啊！马小林一阵惊喜，整个人仿佛变成了一道阳光，竟很肤浅地向女孩儿说道："你看的这本杂志上还有我写的小说呢！"

女孩儿被马小林突然的发声惊扰了，她刚才像是沉浸在小说中，这时才抬起头来看了看一直绕在身边的这位男士。

马小林这回终于看清了女孩儿的正脸，她的脸白皙而泛着光泽，她的鼻子轻巧而挺拔，只是看着他的眼神里含着一缕淡淡的忧郁。

女孩儿警觉地瞅了马小林一眼，又看了看自己手中的杂志，只轻轻地"啊"了一声，算是给了马小林一个回应。

马小林这时又发现女孩儿正专心阅读着的小说正是他写的那篇《漂在都市》，心里就更有了那种"天生有缘"的感觉。

"您就是这篇小说的作者呀，写得不错，幸会。"女孩儿很有礼貌地笑了一下。接着她就将书买下，什么也没再说，匆匆地走了。

马小林就又一次欣赏到了一个非常美丽的背影……

美丽的背影就要消失了，这对马小林来说也许就是永远的消失。难道这个美丽的背影就是要无比美好地出现再无比遗憾地消失吗？不，绝不。就在美丽的背影消失前那一刻，马小林发疯似的追了上去……

就这样，马小林幸运地邂逅了一个漂亮的女孩儿。马小林很快就知道了女孩儿的名字，她有一个和她本人一样漂亮的名字——宋若琪。她也考上过大学中文系，更重要的是，女孩儿目前也同样是单身。

事后马小林都有些后怕了，如果他再迟疑一会儿，如果他稍稍不主动一点儿……总之，马小林差一点儿就错过了这个稍纵即逝的相识机会啊。难道天上又要掉大馅饼了吗？哪只是掉了大馅饼？分明是掉下来一个林妹妹呀！

城市的夜色从此变得美好起来，霓虹灯也闪耀着希望和温情之光。马小林清楚地记着5月26日这天——他和宋若琪相约在市图书馆。这是他们的第一次正式约会。

"我和她会有什么样的缘分？快三十岁了，难道我还能找到一份真正的爱情吗？"马小林边等边想，"她会不会只是与我擦肩而过的红尘过客？"

可是，宋若琪真的来了！依旧飘动着她那迷人的秀丽长发，天使一般。

面对着她，马小林像是一个乞丐面对着一顿丰盛的佳肴，或者像是一个海上迷途者面对着一座突现的航标。

马小林一时有些不知所措。好在他们的谈话仍能由小说谈起，马小林谈到古今中外许许多多的文学作品。宋若琪就一直认真地听着，并且不时会意地点点头。

后来，宋若琪也淡了自己一些很有见解的观点。两个人谈得很尽兴。

"我以为再也找不到知音了呢！"她轻轻地说。

马小林不知道她说的"知音"里面包含着哪一层意思，马小林想说"我就是你要找的'知音'"，可话到嘴边，又咽了回去，因为马小林不想让她感觉自己是个浅薄的男人。

虽然马小林自己写了一些小说，但每次交谈他尽量不谈自己的小说，而是谈那些自己喜欢的世界名著。

9

马小林和宋若琪的交往渐渐地多了，彼此就更加了解了一些。除了谈论文学作品和个人见解之外，也谈到各自的人生观、世界观。两个人海阔天空，无所不谈，很有共同语言。但宋若琪从来没谈起过自己的私事，马小林也就不问。他们之间就像有了某种约定，谁也不肯跨越雷池半步。但在隐隐约约间，马小林能感觉到宋若琪的心里一定藏着很重的心事和很深的秘密。

图书馆对面的心意咖啡屋成了他们的情感驿站，每个星期他们都要去那儿一两次，和宋若琪相聚的时候，成了马小林最快乐的时光。每次见面，他们相互欣赏着、解读着，仿佛是两个相识多年的朋友。就在他们各自孤独的世界里，各自燃起微亮的烛光，尽最大努力照耀着对方。

就这样，命运将马小林和宋若琪两片不同的叶子叠加在一起。这种相识就像是日光和月光的相会，多么不容易啊，而又充满了神奇和梦幻。他们就像是从深山里奔涌而出的两条孤独的小溪，突然之间交汇在一起携手前行，这让他们都激动不已。马小林想，这肯定就是他一直寻找着的爱情，现在终于找到了彼此。

马小林和宋若琪都是非常热爱学习的人。后来他们的约会地点就从心意咖啡屋转移到省图书馆阅览室。除了文学作品之外，宋若琪也喜欢看医学方面的书。她看医学方面的书也非常认真，绝不是单纯地快速阅读，有时她还要做些记录。

每当马小林问起她为什么要看这些书时，宋若琪总是若有所思地笑一笑，半开玩笑着说："今生当不上作家了，以后争取当个好医生。"

"当年国人精神麻木，鲁迅弃医从文；如今国人神经过敏，若琪弃文从医。"马小林就经常和宋若琪开着类似的玩笑。

这天晚上有很好的月光，马小林和宋若琪8点多就从市图书馆的阅览室里出来了。他们在温柔的月光下慢慢地走着，聊着……突然围上来三个不明身份的男人，其中一个搂住了宋若琪，另外两个抱住了马小林。马小林感觉到腰部有一把尖刀顶着，但他脑子里只有一个念头——此时此刻，绝不能让宋若琪受到任何委屈！马小林的胸口一阵阵发烫，仿佛有一腔热血就要喷发出来，不知从哪里迸发出一股巨大的力量，竟能勇猛地挣脱开已经抱住他的那两个人，朝着搂抱宋若琪的那个人一头撞去。那个人趔趄了一下，抱着宋若琪的手松开了，可同时他手中的刀子向马小林刺来，马小林已无法躲闪，胳膊上被深深刺了一刀。好在这时，不远处走来一群人，三个男人才慌慌张张逃走了。

惊魂未定的宋若琪看见马小林的胳膊在不停地流血，便脱下了自己的上衣，为马小林扎住伤口，流血得到了一定控制。宋若琪马上又叫了一辆出租车，迅速把马小林送往医院……

宋若琪在医院里陪了马小林整整十天。这十天，她一直守在马小林的床前，一步也不肯离去。宋若琪还给马小林讲了许多家事，说她父亲去世早，家里只有妈妈一个亲人了……就在住院期间，马小林在宋若琪的陪伴下过了他三十一周岁的生日。没有鸡蛋，没有礼物，却无比幸福！

望着宋若琪疲惫的身影和她充满柔情的眼神，马小林心里产生了莫名的甜蜜和激动，马小林甚至有一种庆幸的感觉，竟然有些感谢这次"流血事件"，这意外事件的发生让他与宋若琪的心贴得更近了。

马小林更加深爱宋若琪了，有时就想，在这个陌生的城市里，自己的生活一度那样的灰暗无聊，现在却突然变得阳光明媚起来了。不正是因为有了宋若琪的真实存在，马小林才看见了活着的真正意义吗？答案是肯定的，也是毋庸置疑的。

幸福的日子总是过得飞快，马小林白天上班，晚上下班约宋若琪一起吃晚饭，然后两个人就去图书馆看书。只是周末时两个人才手拉着手偶尔出去走一走……

年底时，厅机关工作多了，加班加点的，马小林也变得忙乱起来。宋若琪也说家里有点突发事情得去处理一下。在两个人都要忙各自的事情那段时间，马小林和宋若琪无形中就聚少离多了。

转眼间春节就要到了，城市的上空好像飘荡着淡淡的离愁。马小林不知道与宋若琪会不会因为春节的到来还要更漫长地分别一段时间。中国的传统节日嘛，大家都要回家过年啊。就在马小林心神不宁的时候，宋若琪打来了电话，说有一件很重要的事情，要和马小林当面商量，说好了晚上5点钟在他们常去的心意咖啡屋等他。

马小林兴冲冲地来到咖啡屋时，只见宋若琪正微低着头，好像是在考虑着什么问题，一副犹豫不定的样子。

马小林一坐下就问："什么事啊，这么神秘？"

宋若琪好像下了很大的决心，说："春节陪我一道回家去过年，能行吗？"

马小林一听，心中兴奋不已："行啊，太行了！没有任何问题！"

宋若琪停了一会儿，脸有些红，说："我们可是以恋人的名义回家。"

马小林一时没反应过来："亲爱的，不是恋人的名义，我们还有别的名义吗？"马小林觉得这实在是突如其来的幸福。

宋若琪的脸更红了，红得有些紧张。

幸福之余，马小林也感觉有些紧张。就要去拜见未来的岳母大人了，头一次有这种经历的马小林怎能不紧张？

此后的两天里，马小林陪着宋若琪购买礼品，宋若琪也为马小林买了一套高档西装。在马小林试衣服的时候，宋若琪眼睛里闪露出的那份柔情，让马小林甚至产生错觉：眼前的这个俏丽佳人，真的就是我寻了多年的要做我媳妇的人吗？他们上下楼梯的时候，宋若琪还依偎在马小林的肩膀上，小鸟依人状笑出一脸无边的幸福……

春节前夕，马小林和宋若琪如约开始了故乡之旅，宋若琪的家在遥远北方山区的一个小镇上。

火车上，宋若琪告诉马小林，她的母亲是镇上的小学教师。这是她第二次向马小林谈及她的家庭情况。宋若琪还说她的母亲得了肾病，是去年初刚刚做完的换肾手术。宋若琪一路上断断续续地向马小林说着自己的家事，马小林就像听传奇故事一样听着……

不知为什么，他们在前一段时间的交往过程中好像达成了一种默契，马小林不过多地问起宋若琪的私事，宋若琪讲多少，马小林就听多少；反过来，也是一样。他们就像不忍过多地马上了解对方，想要更长久地把对方珍藏起来。马小林自己说不清那种感觉，他想宋若琪也许和自己的感觉一样吧？那是一种无法言说的感觉。

下了火车以后，他们换了两次大公共汽车，又坐了近两个小时的小公共汽车，才终于来到了宋若琪的家。

远远地，宋若琪就看见母亲正站在她家门前的一棵大树下。宋若琪不知道她已迎接了多久，只知道她现在正迎接着他们。

这情景，不由得使马小林想起了自己的母亲，这也许就是天底下所有母亲期盼儿女归来时那共同的一幕吧。马小林看见宋若琪飞快地跑了过去，双手紧紧搂着她的母亲，激动得大哭起来。

马小林当时不明白宋若琪为什么会哭得那么伤心，直至后来，马小林才懂得宋若琪彼时那种悲恸的心情。

宋若琪母亲的身体还虚弱得很，可因为他们的到来，她的精神状态显得非常好。那几天，宋若琪陪着母亲寸步不离。她们之间好像有着说不完的话，那份浓浓的化不开的亲情把马小林也甜甜蜜蜜地包围着……

春节很快就要过去了，再过一天他们就要回城市去了。一家人其乐融融的，真温馨啊，马小林真有些舍不得马上就把宋若琪带回到自己上班的城里去。

早晨醒来，只见宋若琪家热热闹闹的，一下子来了好多人。"串亲戚？不像啊。"马小林赶紧把宋若琪拉到一边，悄悄地问："这是怎么回事？"

宋若琪也说不清楚。

大约上午9点钟的时候，宋若琪才红着脸急匆匆地跑进来告诉马小林："我妈说，今天要把我嫁给你，高兴吧？"

马小林一点儿心理准备也没有。虽然心里很紧张，但还是有一种隐隐的期待，期待着宋若琪说的那件事能够真的发生。马上就娶宋若琪做新娘？这不会是做梦吧？马小林心里一直没底儿似的。

宋若琪也很紧张，她经常直直地瞅着马小林，不知所措。

这天宋若琪的母亲是所有人中最高兴的一个。她热情而幸福地张罗着，从上午到晚上，她家摆了很多桌酒席，让马小林和宋若琪一桌又一桌地给客人们敬酒。

天色渐渐暗下来，喝喜酒的人们陆陆续续地走了。经过一天的忙碌，宋若琪的母亲看上去极其疲惫。

"一家人"终于坐到了一起。宋若琪的母亲一手拉着马小林，一手拉着宋若琪，说："孩子，我知道你们平时都很忙，今天总算了却了我一桩心事。看到你们在一起，我非常高兴，小林是个非常优秀的小伙子，我相信我女儿的眼光。"宋若琪的母亲长久地望着马小林，接着一字一句地说："小林，请你答应我，一辈子都要好好待我的若琪，行吗？我谢谢你！"

马小林的眼里闪着泪花，他不知道该如何答应一个母亲的要求。只是用力地点着头，心里想：我怎么可能不好好对待若琪呢？若琪多好啊！您就放心吧，我一定会好好照顾她一辈子的。

晚上，马小林"名正言顺"地进了宋若琪的闺房，或许是酒精的作用，或许是宋若琪母亲刚才的一番话，马小林紧紧地抱住宋若琪，在她耳边喃喃说着："若琪，我的好媳妇，我们今生今世永不分开，今后就算遇到再大的风雨，我都会保护你，照顾你，我答应过你的母亲，我要照顾你一辈子的……"宋若琪依在马小林的怀里，啜泣着，泪水打湿了马小林的前胸。他们相拥着，相吻着，充满激情地缠绕在一起……

第二天，马小林和宋若琪告别了她的母亲，返回城市。

从宋若琪家归来，马小林似乎一直准备结婚。正赶上单位集资房子，马小林向父母和亲朋好友借了五万块钱，交上了首付，买到了两室一厅的房子。这一切他都是背着宋若琪做的，他要给宋若琪一个大大的惊喜。

一晃，紧张而忙碌的两个月过去了。房子刚刚装修好，马小林就把宋若琪带过去看。当宋若琪得知这就是他们自己的新房时，惊叹得张着小嘴儿，竟说不出话来。后来，宋若琪就伏在马小林的肩膀上无比幸福地哭了。好半天，宋若琪才恢复平静，她不好意思地擦干眼泪，开始张罗擦洗地板、打扫卫生……吃完中午饭，宋若琪还拉着马小林到街上买了最漂亮的窗帘。

在回来的路上，他们意外地遇上了李大伟，马小林兴奋地把美丽的宋若琪介绍给了李大伟。

"宋若琪？你以前不叫婷婷吗？噢，名字不错，模样也不错。真没看出来呀，小林你艳福不浅啊！"一直不自然的李大伟直盯盯地看了宋若琪好几眼，才突然转过身去慌慌张张地走了。

让马小林万万没有想到的是，仅仅过了一天他们梦想的生活之后，宋若琪突然在这个城市里失踪了，手机一直处于关机状态。

马小林不断地给宋若琪的手机留言，可一直没有回音。马小林以为宋若琪是在用自己的方式处理自己的事情，很快就会出现的。但马小林想错了，又一个星期过去了，宋若琪还是没有音讯。与从前不同的是，这一次，宋若琪的手机已告停机。马小林的心一下子降到了冰点，整个人都仿佛掉到了冰窖里，他不知道宋若琪会出什么意外。马小林疯子一样找遍了他们所有去过的地方，可还是无法找到宋若琪。就在马小林失魂落魄、苦苦寻觅的时候，收到了宋若琪寄来的一封没有地址的来信——

亲爱的小林：

你好！

当你看到这封信的时候，我已经离开了你所在的那座城市，其实我也不知道我最终会去哪里。

感谢你这段时间带给我的真爱、快乐和幸福。其实，我也在无数次的梦境中幻想着和你相聚相拥，只是醒来的时候总是一片空茫和绝望，两行清泪诉说着相见恨晚。如果早认识你，也许我们会有另一种办法去挽救我的母亲。

真的感谢你春节和我一道回家，了却了我母亲的一个心愿。我母亲已于5月2日去世了，老人家并没有带着遗憾上路，我想，她在天国里一定是一个微笑的母亲，因为你是她理想中最好的女婿，你是她的女儿可以托付终身的好人。

而我却不是能与你一生相依相偎的那个人——不是我不想，而是我不配。请原谅我，我真的不敢想了。

你知道吗，我为什么没有更多地让你了解我？因为我已不是个自由的人。我虽然考上了大学中文系，但我没能像你那样幸福地读完大学。我多么羡慕你啊！认识你时，我已经在你们那个城市里出卖了三年的青春。请相信我不是那种坏女人，我只是想用我几年的青春来换回我母亲的生命。所以那时我也梦想自己能当上个好医生，可我太无能了……也许是冥冥之中，母亲舍不得她的女儿再用更多的代价换取她并不值钱的风烛残年，母亲善良而悄然地走了。我想，母亲一定知道她的女儿做了些什么，我想，母亲也许是在用这种死去的方式来挽回她的女儿……

另外，我不得不向你坦白一件事情：那天路上遇到的那三个人我都认识。他们的老板是我在特殊工作中认识的最坏的坏蛋。在我最需要钱的时候，他答应给我很多钱，甚至许诺帮我拿到任何人的肾，被我拒绝了。我不会要他那沾满罪恶和鲜血的黑钱，更不想因为母亲让他对无辜的人下黑手，就算我非常渴望拯救母亲，但我觉得他那钱比我挣那钱还要肮脏一万倍，以杀死别人的亲人为代价来拯救自己母亲还有意义吗？后来他就雇用打手到处抓我……我为什么不见你，也是怕再被他们盯上，小林，实在对不起，都是我不好，才让你这么好的人面临了那么大的危险，不会恨我吧？

小林，我也是一个有过花季、有过美好梦想的女孩儿，我还一直是一个很浪漫的人，我多想和你一起用双手用真心来营造属于我们两个人的爱情世界啊！可是我不能了，就像我不能当上好医生挽救我母亲的生命一样。我不敢，我也不忍，我更不配。亲爱的小林（请原谅我叫你亲爱的，这不是我该叫的），对于我来说，你太完美、太优秀了，我是多么爱你啊，而我不配，请你原谅我的命苦吧。

对了，我特别爱读你写的小说，以后多发表一些，我一定会读到的。

今天恰好是我们第一次约会的日子，我会一直记着的。再见了！我最亲爱的朋友，一定要多多保重！

小林，如果你不嫌弃，请允许我最后一次对你说：你是我心里永远珍藏的最最亲密的爱人！

不配但会永远爱着你的若琪
某年某月某日

从此，宋若琪像空气一样，消失在马小林的视野里，但很长时间里，马小林仍感觉她就在自己的身边——一闭上眼睛，马小林就能看见宋若琪，就能看见她飘动的长发，就能闻到她淡淡的芳香。可一睁开眼睛，她就又无影无踪了……他亲爱的若琪还在那里吗？她现在一个人会怎么样呢？

虽然宋若琪在信中向马小林坦白了一切，但马小林还是根深蒂固地认为宋若琪与那些普通的风尘女子无关。宋若琪是宋若琪，坐台小姐是坐台小姐，她们一个在天上，一个在地下，她们之间没有任何关系。

马小林没想到他与宋若琪如此短暂的真爱过后，思念之痛竟然会是这般撕心裂肺。耳边总是鸣响着王洛宾那首苍凉深情的不老情歌：在那遥远的地方，有位好姑娘……

10

马小林短促而凄美的爱情生活只是给自己带来了无尽的忧伤，一点儿也没影响到厅机关的正常运行。人们该说说，该笑笑，该扯扯……

新年过后第一天上班，某厅的人们除了漫不经心地期待为期不远的春节之外，似乎还有另外一种类似于谜底又不是谜底的等待。六十周岁的刘厅长再有两个月就退休了。

随着时间的迫近，这件事越来越成了厅里最敏感的话题。而实际上刘厅长退休本身并没有悬念，以后由谁来接班也不是什么悬念。谁都知道，如果没有什么意外，由张副厅长补上去是板上钉钉的事。但这就像多年来机关公务员涨工资一样，将是一次十分复杂的滚动式运动。厅长下面的位置就成了一个个巨大无比的问号。是调外面人来接替张副厅长空出来的位置，还是由内部人来补上？要是外面人来，情况要简单些；如果由内部人来补，那么哪位副厅长将接替张副厅长空出来的位置，哪位处长能挤进那个空出来的副厅长位置，哪个副处长能有幸当上处长……等等。这是一系列极其复杂的连锁反应。

诸种迹象表明，不会有外面人前来当副厅长。省里的意思是这次调整由厅里内部自行解决。这就可以肯定地说，厅二把手就要从现有的几位副厅长中产生。

身为干部处副处长的李大伟毕竟是刘厅长的人。这是他无法改变的历史身份。张副厅长当上厅长就将意味着刘派就要退出历史舞台。现在摆在李副处长面前的问题就是如何能得到张副厅长的赏识。但那将是多么困难啊。李副处长这种钻营的人也不是此时才意识到这一点，张副厅长来那天，他就已经想到会有今天了。实际上，自从张副厅长来到厅里那天起，李副处长就无时无刻不在想怎样才能向张副厅长靠近。只是张副厅长总是对他不冷不热，他一直吃不透张副厅长的为人。

再加上他们在车春卉问题上的内在冲突，李副处长总觉得和这个张副厅长有些天然的隔阂。而且距刘厅长退休还有些时日，在刘厅长的眼皮底下，李副处长也不能做得太露骨。

当初马小林来的时候李副处长为什么那样在意他，也正与这有关。马小林来的时候，张副厅长也刚刚从省委宣传部调来不久。正是李副处长感到不安的时候。但刚刚从大学校园里出来的马小林当时并不知道这里的微妙之处。李副处长要想在干部处保住自己的位置，他必须要先安内。只有稳固住自己在干部处副处长的位置，日后才有可能去竞争处长。

而现在的情况就要到当初预想的终点了，李副处长怎能不急？只是急也没用罢了。所以有时他就一阵阵发毛，常生出一些想干点什么的冲动，可又不知要干什么。表面上，李副处长静静地坐在办公室里，实际上，心飞到哪里就说不准了。

也许由于要退了的缘故，刘厅长最近一段时间很少走出自己的办公室。偶尔人们能在楼道里或电梯上看到他的身影，但他却像换了一个人一样。刘厅长走路的姿势都有些发飘，脸上的笑容变得很僵硬，本来很有神的双眼也显得空洞无物了。人们以前总能听到刘厅长声如洪钟而又略带幽默的话语，而现在那个所有人都耳熟能详的声音一下子就消失得无影无踪了。

厅机关开会时，刘厅长虽然还是走在那几位厅长的前面，但也和从前不大一样。就像没了底气了，恨不能找一个不太起眼的位置坐下来才舒服。

刘厅长仍坐在正中间，这个正中间的位置他坐不了多久了。也许他知道眷恋也没用，干脆走向另一个极端。刘厅长目不斜视，好像一直盯着眼前的一个什么好看的东西。似乎在想些什么，又似乎什么也没想。那样子就像久病初愈，没精打采的。

会议通常都是由张副厅长主持，自从刘厅长进入退的状态很少说话之后，张副厅长也许是怕冷场，就在全厅大会上总有许多话要说，张副厅长的声音从麦克风里传出来，重重地撞到四周的墙上，弹回来再涌进大家的耳朵里，显得底气相当的足。

收场的时候，张副厅长总是说："今天我就讲这么多，看看刘厅长还有没有更重要的话要讲。"说完侧过头征求般地望着刘厅长。

刘厅长这时就摆摆手，连说："没有没有。"

张副厅长就又望着其他几位副厅长说："你们几位再补充补充吧。"

正常情况下，几位副厅长无论如何说上几句，他们说的话和张副厅长说的话比起来，并没有什么新意，只是对张副厅长话的一种重复。但仍然要讲，这是一种身份和地位的象征。

几位副厅长讲完了，最后还要轮到刘厅长这里。刘厅长似乎在全神贯注地想着什么，没有讲话的意思。

张副厅长就说："刘厅长还是总结几句吧。"

这时，刘厅长才醒悟过来，慌慌地望一眼大家道："我就不说了吧，几位领导讲的都很全面。"

张副厅长本意也就是让一让，其实讲与不讲只是面子上的事。然后就宣布散会。但仍然是刘厅长走在前面，几位副厅长随在后面，在大家面前鱼贯而出。人们都知道，刘厅长再过两个月就该退休了，这种表现很正常，大家早就见惯不惊了。前几任领导要退休前，也都是现在刘厅长的模样，只不过是又一轮重复而已。

每看到这时，马小林就想，这当官的可真可怜啊！谁都有这一天。马小林就多多少少觉得当官没啥意思。而一些人还为了当上这官而争得头破血流。

11

近几年，由于上了几个盈利项目，某厅的经济状况好了些，具备了搞计划外全省规模活动的实力。每年各处都结合各自的特点搞些计划外的活动。一来表现出工作干劲，二来上上下下还能联络联络感情。

温处长一直身体欠佳，李副处长决定利用好这个表现机会。为了表现出积极工作的态度，李副处长也想搞个计划外的项目。干部处也没啥特点呀，干点啥呢？李副处长一连想了好几天，终于拟好了一个关于全省文化干部考核计划的报告。

往上递这种报告当然是越快越好，但也要找个恰当的机会。李副处长在这个常识性问题上并不蠢。

搞活动就需要厅里出经费、下文件，最后还要派人派车。因此，这样的报告就需要厅长签字。刘厅长分管老干部处，以往李副处长会毫不犹豫地去找刘厅长汇报大事小情。但现在情况有了变化，刘厅长再有两个月就该退休了。谁都知道，今天刘厅长签的字，说不定两个月后新厅长上任就不算数了。这时候还有谁愿意去找刘厅长请示工作呢？但李副处长不一样，他不想让别人说出自己什么不是来，他和其他几个处室的领导不一样，他是经刘厅长一手提拔起来的，越是这时候他越怕别人说他不仁不义。其实他何尝不想去请示张副厅长呢，那样的话，他就找到和张副厅长接触的理由，他一直苦于无法接近张副厅长。无法接近领导，就是自己有天大的本事也无法让领导发现。不发现你的优点怎么能让领导重用呢？这些日子，他一直想找个机会和张副厅长接触一下，上次他去刘厅长家，刘厅长答应替他说一说，也不知刘厅长说了没有。他明知刘厅长说不说不会起多大作用，但说总比不说好，起码老厅长不会讲他的坏话，肯定会说他的一些好处，就算是群众对他工作的评价吧，对他来说也是有益处的。

一份无足轻重的报告让李副处长感到左右为难。这时候撇开刘厅长去找张副厅长，刘厅长会怎么看他？张副厅长又会怎么看他？人都是有头脑的，今天你可以抛弃这个过时的上司，明天你也会抛弃另外一个上司。在这点上，不能让别人小瞧了自己，其他部门领导，那是他们自己的事。想到这儿，李副处长拿起早就打印好的报告敲开了刘厅长的办公室。

刘厅长和往常一样，说，"这个想法很好，有些干部是该好好考核考核。"刘厅长一边说多干些工作有好处，一边就给批了。但明显不如往日那样亲切。也没和以往那样事后和李副处长说些与干部处相关的话。

李副处长从刘厅长办公室出来就后悔起来，这要是直接给张副厅长过目该多好啊！也许他会更加重视呢？但现在什么都晚了，报告上已有了刘厅长那大大的"同意"二字。

这天，李副处长因一夜失眠而起来得特别早，他一夜想了很多也很乱，都是单位那些烂事，到头来也没个头绪。老婆带儿子回了娘家，使他一时成了孤家寡人。他在路边没滋没味地吃了两根油条和一碗豆腐脑，虽然吃得很慢，但距离上班的时间还是早，他就不像平常那样坐小公共，而是决定步行上班。

李副处长一路边走边想：

干部处这回是彻底没戏了，温处长今年58了，根本就没有竞争副厅长的资格。否则，如果温处长能当上副厅长，自己这次说不定还有机会被扶正呢……但也没啥，温处长顶多也就是两年的事了……

谁来补上张副厅长这个位置好呢？对自己的将来更有利一些呢？李副处长大没想出个子午卯酉。

最后李副处长想的更多的，还是如何讨好即将上任的张副厅长……张副厅长从自己手里抢走了车春卉不假，但多半还是因为车春卉是那种一心想往上爬的女人。这也不奇怪，在厅机关里混的人有几个不想往上爬的呢？她车春卉能靠上张副厅长不是对她更有利些吗？换了自己也会一样的，说实在的，恨不得自己是车春卉，谁让人家长得那么漂亮呢……

想着想着，李副处长就来到了厅大门口。看见刘厅长正从红旗车上走下来，李大伟暂时收起了那些乱七八糟的想法。

李副处长就和刘厅长一同上电梯，要是从前，李副处长多么想单独碰上刘厅长啊！可今天，李副处长觉得极不舒服，生怕让别人看见似的。有了这样的心情，李副处长就表现得若即若离，慌慌张张。

刘厅长像也看出些什么，刘厅长明显不高兴地说："小李呀，我还没最后退呢，一些事是不还得找我研究呀？"

"我对您可是一如既往，我可不是人走茶凉那种人。"李副处长说。

"是不是那样的人不是自己说的，要看行动。"刘厅长很不客气地说。

"那是那是。"李副处长说着就到了他的四楼。"我先下去了，厅长您慢走。"

回到办公室，李副处长就回忆自己什么时候怠慢了刘厅长。自己那天只不过是在心里犹豫了，也没有表现出来呀？刘厅长还能有特异功能不成？

突然，李副处长想起来了。对了，今年元旦没去刘厅长家串门。都怪车春卉，那些天尽想着她了。每年都去了，怎么能差这一年呢？要退的人和正干着的人心态不一样啊。

李副处长虽找到了原因，但也无法对刘厅长解释清。也就不能去解释。就尽量避开刘厅长。

一个星期以后，刘厅长因身体原因住进了医院。

李副处长这次不能再犯错误了，虽然这几天心情不好，但他还是决定去医院看看刘厅长。以前刘厅长住院，不管他有多忙，他总会在第一时间去看望的。不仅他去，好多处的领导都会争先恐后地挤到刘厅长的病床前，嘘寒问暖一番。这回他们肯定不会去得那么快了，他认为他一早就去会明显表现出与众不同来。

李副处长决定去看刘厅长，他打开小金库从里面先拿出五百块钱，想了想又放回二百。以前，他去这一次，没有五百块钱是不好拿出手的，其他处的人也不会少于这个数的。他走出办公室，途经外间时，他看见车春卉满脸的不快。他不知道她为什么不快。

走到路上时，李副处长觉得拿三百少点，但舍不得加钱，就又花了二十元钱在一个小花店买了一大束花，是那种减价处理的就要凋谢的花，原价得一百多呢。李副处长想，好在现在兴这种华而不实的东西，要不还得多破费一些。虽然刘厅长就要退了，李副处长也不能让刘厅长看出自己太势利。

他走进厅长的病房时，刘厅长正满脸不开心地望着窗外发呆。刘厅长看见走进来的李副处长，脸上多少好看了一些。他撑起身子靠在床头上苦涩地说："小李呀，算我老刘没有看错你。"

李副处长在刘厅长的床前床后，左左右右看了几眼，发现满眼是一片空空荡荡，他就断定，到现在为止，还没有一个人来看过刘厅长。想到这儿，他故意问："其他处的领导都还没来过么？"

刘厅长就长长地慨叹一声说："人都说，客一走茶就凉。我这人还没走呐，茶就凉了，现在的人啊！"

李副处长也就跟着唏嘘了一番。然后才问："刘厅长，您哪不舒服哇？"

刘厅长就说："其实也没啥大病，就是老觉得胸口闷得慌。我也是快退的人了，过这个村也就没这个店了，我想好好检查检查，也算是疗养吧。再过些日子也就该回家陪老伴去了。"

刘厅长的话，李副处长听了也觉出几分凄惶。

李副处长看时间不早了，就说还有点别的事，先走了。

刘厅长就说："等一会让司机小王来接你一趟吧？"说完就从身边拿过手机呼小王。

李副处长听刘厅长这么一说也没坚持说走，他想这样还能节省二十几元的出租车费。于是他又陪刘厅长说了一阵不咸不淡的话，估计时间差不多了，李副处长抬腕看了两次表，刘厅长也看了一次表，可司机既没有来，也没有回话。

李副处长就说："也许小王有什么急事了，怕一时来不了，我就不等他了。"

刘厅长的脸色愈发难看了，气愤地说："就连这么个小司机也敢狗眼看人低。"

李副处长这时不想火上浇油，忙说："小王好像不是那样的人，也许他真有什么要紧的事，一时打不开点儿了。您老可别为这么个小事在意，我打个车回去也很方便的。"说完，李副处长就起身告辞了。

出了医院，走到大街上了，李副处长的心情仍没调整过来，他也说不清此时此刻心里到底是个什么味……

12

后来，刘厅长就觉得是张副厅长在公开和他过不去，心里就憋了一口气。

如果这个时候张副厅长能和以前似的表现出尊重老厅长，也就相安无事了，可他这段时间里里外外的事很多，没顾上观察刘厅长情绪的变化。

最后，刘厅长像要制口气，临走了突然强硬起来。按照惯例，老厅长走时也有推荐后继人选义务。一般情况都是推一推二把手。像张副厅长这种情况，多年来就是这么个走势，接任厅长已经是板上钉钉的事了，老厅长推不推是无关紧要的。恰恰就是因为这样，刘厅长表示坚决不推。你姓张的不是不把我放在眼里吗？我一个要退的人怕你？急什么呀？事情是不做得太绝了？

张副厅长没啥心理准备，没想到刘厅长来这么一下。他们之间就一下子僵了起来。

李副处长在刘厅长就要办理退休手续那几天如坐针毡。他一直在想是否把刘厅长的事说给张副厅长，以表现自己决心做张副厅长的人呢？什么时候说，怎么说，说了到底好不好？李副处长一直犹豫不决。他一直在想，我说的话张副厅长会不会相信呢？就算张副厅长相信了有这事，以后他也不会相信我了。李副处长也知道这是个做人的问题。

又是连续几夜失眠，加上想起刘厅长早已经不把自己当人看了。李副处长还是不由自主地表现出了他本性上的东西，他还是决定：赌一回。

就在双方较劲的关键时刻，李副处长孤注一掷地把刘厅长当年由于决策失误造成图书馆工程重大损失的内幕说给了张副厅长。这可是只有刘厅长为数不多的几个心腹才知道的事啊——

当年刘厅长正在下面开会，那天多喝了些酒，高兴，刘厅长喜欢打麻将，下面人就安排刘厅长打麻将。刘厅长就是在麻将桌上同意把图书馆扩建工程包给当地一个建筑公司的。他事先并没有进行足够的考查，导致后来豆腐渣工程的出现，给某某厅造成三百多万元的直接经济损失不说，还因决策失误把那块价值连城的地皮拱手赔偿给了开发商。后来据说那个包工头子跑到国外去了，公安局也抓不着，以某某厅被骗子骗了而不了了之。

要退休的刘厅长还有这样的事？李副处长这个时候提供了这样的材料简直是太及时了。对本来就很强硬的张副厅长来说，手中无疑又多了一枚重磅炸弹。他在给刘厅长的电话里只是含沙射影地提了那么一嘴，刘厅长的底气显然就不那么足了。

事后刘厅长虽然还是不推荐张副厅长，但也不提出他的反对意见了。这样，张副厅长才得以比较顺利地当上厅长。

张副厅长正是由于有了李副处长提的这个砝码才和老厅长打了个平手，最后得以有惊无险地坐上厅长宝座，他还是得感谢李副处长。

张厅长虽然心里知道李副处长这么做太不是个东西，但表面上还是说李副处长是个大义灭亲的人。为了显得更真实，张厅长也说了李副处长的一些不是。张厅长说："有些不自觉的领导是需要部下监督的，李大伟你怎么能一直知情不报呢？早就应该向上级组织反映这个情况，不要怕得罪领导，要知道，邪不压正的。还好，算你戴罪立功了。"

李副处长在以后的一些日子里就过得有些惶惶不可终日。他认为不仅得罪了刘厅长，也没能讨好上张厅长，最后还闹个什么戴罪立功。他不止一次地在心中咒骂自己："真他妈蠢啊！真他妈的比蠢猪还蠢啊！"

完了完了，一切全完了。就在李副处长万分痛苦、等待霉运的时候，那次重要的全厅大会按时召开了。

刚刚走马上任的张厅长提李大伟当干部处处长不仅让全厅人感到意外，连李大伟本人也感到非常意外。

但张厅长本人知道是怎么回事。与其说张厅长不计前嫌、唯才是举，不如说张厅长还李大伟一个人情更为恰当。

刘派的人退的退，走的走，原地踏步的原地踏步，最后就李大伟得到了重用。这一举措给某某厅上上下下造成一种很深的印象：张厅长并不像传说中那么小气，为人还是很大度的。

会后就有人议论：李大伟明明是刘厅长的心腹人，他该用也是用了。以前怎么没看出来张厅长有这么大的度量啊。要不说人家有水平呢，真人不露相啊！那还说了，露相不真人。

表面上看，除了张厅长大度外，李大伟好像还是借了点儿车春卉的光儿。所以有人就和李大伟开玩笑说："单从个人前途方面来讲，李大伟你该感谢车春卉才是。"

马小林后来才知道，他的李副处长之所以能够当上处长，实际上与他做了那件十分对不起刘厅长的事有最直接的关系。马小林也许是厅机关里最后一个知道这件事的人。他一度感到很惊奇，难道说人得这么厚颜无耻才能被重用？但马小林发现别人都没表现出什么惊奇，只好和别人那样，也装着什么也不知道。

总之，李副处长意外地当上了处长以及刘厅长退休前前后后的一系列勾心斗角事件的发生，让马小林深切地认识到自己只是这个官海里的旱鸭子，甚至连只旱鸭子也不是，充其量也就是一只小鸡崽。除了厅机关人与人之间勾心斗角、尔虞我诈之外，马小林尤其讨厌那些下贱女人，她们对领导弄出一脸灿烂的笑容，然后拿出她们千篇一律的看家本领……

马小林想，自己可真不是在这地方混的料，三十多岁的人了，还是尽早找机会去做些自己想做的事吧。

温处长退休了，李大伟也成功地当上处长了，马小林觉得这回他可以走人了。就又找李处长提要去新天地杂志社的事。

李处长表面上说也时刻为马小林着想。背地里，李处长却破坏着马小林和新调来的副处长邱长明之间的关系。李处长当然还有自己的想法，马小林这小子要是去了新天地杂志社可是如鱼得水了，用不上几年就有可能当上社长、副社长什么的，将来也许就会成为自己的有力竞争对手。虽然可能性不是太大，但也不能不防啊。古人不是说嘛，要防微杜渐呀。李处长总忘不了千山瞎老头的话。

有一次在酒局上，李处长还对邱长明说，马小林这小子一直自视清高，从来没把干部处的任何人放在眼里，你刚来他就提出要走，这对你可没啥好处。

"人家一心要走咱有啥办法。"一向精明的邱长明笑着说。

眼看就又一年的年底了，终于有一天，马小林满怀希望地在酒桌上和李处长有了一次促膝长谈。没想到表面已是知己的李处长却对马小林更加"关照"了，一口一个"我可是最爱才的"，"小林老弟是个人才呀，我李某怎么会把一个难得的人才放走呢？"

促膝长谈让马小林彻底绝望了。就这样，马小林在他曾无比向往的某厅干部处里干了整整八年，人们印象中很有才的马小林正常调到近在咫尺的新天地杂志社当个普通编辑却毫无希望。最终，事业和爱情双败的马小林毅然决然地放弃了很多人为之眼红的铁饭碗，以辞职的方式告别了某厅。

马小林走出某厅大门口时，马路对面的商店里正播放着赵传那首老歌——《我是一只小小鸟》。

辞职好长一段时间，马小林也没有想好，自己是去新天地杂志社应聘一个合同制编辑，还是去市交警大队应聘一个治安协警……

与我小说创作有关的"情结"（后记）

很多人一生中都会有这样或那样的情结，情结不是相约，不是幸会，更不是艳遇，更多的时候，情结只能是无奈邂逅。

"乡村小画家"情结

似乎从我记事起，父亲就一直是我的死对头。我这个天才的乡村小画家就毁在了父亲的手上。用现在流行的话说，我是先遭遇了捧杀，然后又遭遇了棒杀。

在我五岁的时候，就天性喜欢画画了。当时，我那已经三十多岁了还不甘平庸的父亲正在外地的一所大学求学，母亲带着我和弟弟留守在北国乡村，寄居在外祖父家。

外祖父是个大大咧咧的热心人。和天底下很多外祖父不太一样的地方是，他宠爱外孙子超过了亲孙子。正是因为有个与众不同的外祖父，我才从来没有那种寄人篱下的感觉。我在外祖父家生活得理所当然、自由自在，俨然一个作威作福的小皇帝。我想干啥就能干上啥，画画一不小心就成了我的最爱。鸡鸭猫狗，猪马牛羊，我几乎是见啥画啥，而且画啥像啥。

念过私熟的外祖父是村里的文化人，见外孙子有如此本领，脸上的笑容就更加慈祥。乐不可支的外祖父有空儿就领着我在整个村庄走家串户地表演画画，那可真是一场不知疲倦、兴致勃勃的终日游荡啊。我又是那样的配合和乖巧，外祖父指向奔走的狗，我就画鲜活的狗；外祖父指向跃上窗台的猫，我就画灵动的猫。外祖父让我画啥我就画啥。那时的我还会背很多句唐诗宋词呢，如"锄禾日当午，汗滴禾下土""少壮不努力，老大徒伤悲"，还有"书中自有颜如玉，书中自有黄金屋"这类的古语，都是不经意间从外祖父那里学来的。在外祖父眼中，那时的我一定是马良或者方仲勇。

乡亲们那时还没学会嫉妒和恨，都对我投以羡慕的眼光，我和外祖父当然都很受用。正在我乐此不疲地在乡村走家串户地画画，沉浸在"乡村小画家"的甜蜜称号中时，在外求学的父亲毕业回来了，说要带着母亲、弟弟和我进住县城。那时的乡村人视县城为天堂，谁也没有理由不去。

捧杀就是从这个时候开始的。看上去更有文化的父亲并没有忽视我的画画天赋，在去县城的路上，他还在跟母亲说，县城里有文化馆，文化馆里有教画画的好老师。

父亲没有食言，不久，他就找到了县文化馆美术辅导部的李主任。

李主任比父亲年长几岁，毕业于大学美术系，论起来竟和父亲是大学校友。老同学就非常热情地接待了我们父子，李主任还慷慨地送给了我三支又粗又黑的专业素描笔。临走时，李主任又摸着我的脑袋说，这孩子能行，好好学吧，又加送给我一本厚厚的精装大书——《鸟的基本画法》。

过分热情的老同学显然让父亲受宠若惊，素描笔和工具书更是让父亲如获至宝。当天晚上，父亲把睡眠都弄丢了，竟然熬夜亲自为我列好了学习计划。

接下来就是那场噩梦般的棒杀了。

按照父亲制定的学习计划，开始时我每天要画完一只鸟。我每天都要使出吃奶的力气，才能在父亲急头白脸的指挥下勉强完成任务。

父亲一向干啥事都认真，这次更不会例外。只要我画画，他也不急着去上班了，总是一丝不苟地站在后面监督着我。我几乎每画一笔，他都要认真点评一番。画好了还行，一旦哪笔画得不对了，我就要挨训；画得再离谱点儿，就得挨骂；如果画错了，就要挨踢。从那以后，我的每天好像都变得漫长了，年少的我过早地拥有了那种度日如年的感觉。

随着时间的延续，不知不觉中，我发现画画已经不再是我的美好爱好了，好像越来越变成了痛苦的负担。

几个月后，按学习计划，我每天必须得画好两只鸟了，就更得经常被训被骂被踢了……渐渐地，我对画画竟产生了恐惧心理。常常暗自后悔：当初自己为啥要有这种爱好呢？这不是没事找事吗？

我打心眼儿里越来越不爱画画了，可死要面子的父亲哪会同意？他还急着要去向老同学李主任汇报教学成果呢。

每次我流露出想放弃的意思，一顿训骂都是难免的，有时还要挨上几大脚。

终于有一天，我突然有了一个好主意——坚决不画了。我决定，无论父亲怎么骂，怎么打，我一定要挺住！我想，只要挺过了这一次，以后就彻底解放了，彻底自由了，一定不会再因为画画这件事挨骂挨打了。

那天父亲怎么骂的我怎么打的我，我都忽略不记了。我只记得最后他实在骂不动了，也实在踢不动了，竟然首次给了我一记响亮的耳光。以前不论我怎么淘气，父亲可是从来不打我脸的。

最后，父亲气得说不出话了，好像也打不动了，才浑身颤抖着用嘴在我的大腿上狠狠地咬了一口，把嘴角都咯出血了。父亲是一边擦着嘴角的血迹一边最后训骂了我，父亲最后的骂声空洞而无奈。

可以说，是父亲的异常严厉导致我最后选择了放弃画画。那个叫天才乡村小画家终于生生地被他父亲给扼杀在摇篮里了。那年，我刚刚九岁。曾经那么热爱画画的我不敢再热爱了，我摆脱画画就像摆脱掉了一场巨大的瘟疫……

一天下午，外祖父从乡下来县城看我。我还没放学，见外孙子心切的外祖父就早早地来到小学校园里来转。当时校园里正办着全校小学生画展，有些驼背的外祖父就背着手满操场转悠着边等我放学边看画展。他看了一遍又一遍，哪张是他外孙子画的呢？他居然一直没有看到我的名字，难道是外孙子改名了？可是从没听说外孙子改名啊？放学后的校园黄昏里，在我没认出外祖父之前，我先看见了一位满脸失望的老人。之后我才发现那位满脸失望的老人竟然是我的外祖父，那是我有生以来见过的最困惑、最失望的外祖父，外祖父在拥抱我之前的那一脸的茫然若失让我至今印象深刻。这些年，我并不觉得父亲怎么对不住天生喜欢画画的我，我倒觉得父亲更对不住的人，应该是我那慈祥、善良的外祖父。

回到家里，我心里虽然不舒服，但没敢提起外祖父失望这件事，更不敢抱怨父亲到底对不起谁，我可害怕父亲重新让我学画画。直到很多年以后，我都不敢提及跟画画有关的事。

"文学青年"情结

也许很多人都有与我类似的经历。父亲是个文学青年，决定了我的文学青年命运。有一天，农民出身的父亲一觉睡醒来，突然就有了一个奇怪的念头：他要当鲁迅。这可不是什么玩笑，父亲一向是个做事认真的人。其实，可怕就可怕在了认真上，父亲要是不认真也就没事了。我现在也许就不会有幸在这里谈这些了，我也许会生活得非常随意。

父亲果然行动起来了。通过坚韧不懈的努力，头悬梁，锥刺股，三十二岁，已经有了一双儿女的我亲爱的农民父亲竟然奇迹般地考上了北方一所重点大学的中文系。父亲肯定以为自己又向鲁迅迈近了一步，他一度会是非常兴奋的。我都能想像得出父亲是如何乐颠颠地跑去上大学中文系的。

但是，（大家一定也能猜到了）通过上大学见到更大的世面之后，父亲终于发现了自己的先天不足。班里那么多书香门第出身的名门旺族的同学们，才华远远在他之上，也没有一个能成为鲁迅。咋办呢？梦已上身，是挥之不去的。渐渐地，父亲才把梦想恋恋不舍地转移到自己儿子身上来。于是，我苦难的日子来临了，父亲对我的要求越来越严厉起来。谁都知道，鲁迅是那么好当有吗？我这命可真苦啊！

本来我完全有可能成为一个天才的理科生，在那个"学好数理化，走遍全天下"的高中文理分班时代，同学们对文科生是多么的不屑啊！前段流行过土豪解鸡兔同笼问题，土豪牛吧？我理科比土豪还牛。可身为文学青年的父亲却命令我非学文科不可，以后目标必须报考北京大学中文系。否则，跟我断绝父子关系……父亲的武断还导致我和初中时最得心应手、最志同道合的几个理科同学过早地分道扬镳了。

那时父亲是县戏剧创作室的小头头，每天哼哼呀呀地写地方戏唱段。有时拿不准了，就以考考我为借口，让我帮着押押韵。回答好了说我还真能蒙一阵，回答不好就要挨一顿臭训。

叛逆期的我有时也抓住机会回击父亲。当时知识分子家庭并不宽裕，还要供三个孩子上学，梦想当鲁迅的父亲竟每年都要订上几本国内大刊，除了《剧本》月刊外，还有《小说月报》《青年文学》等当时名气较大的小说月刊，有时我真的想不明白，省下那些钱能买多少个面包和麻花啊！

有一天放学回来，本来是要因为摸底考试成绩不理想挨骂的，可我意外地逃过了一劫。当父亲问我考得咋样时，我竟先说了句当天学到的陶渊明的名句："学如春起之苗，不见其增，日有所长；辍学如磨刀之石，不见其损，年有所亏。"父亲笑了，说我学以致用，好样的。见父亲高兴，我并没见好就收，突然发现父亲正在看《小说月报》，我就又半开玩笑地说：天天写地方戏能有啥出息？要写就写小说，得争取发表在《小说月报》上。

你口气可真大呀！不怕风大扇了舌头？《小说月报》是你想上就能上的吗？咱们县这么多年真没听谁在那上登过作品呢？父亲都要急眼了，骂我跟他抬杠（东北话，意思是不好好说话）。

我又指着旁边《青年文学》的头题封面人物作品《摇滚青年》说，你看人家刘毅然，那才是个好作家。

父亲无语了，竟要举手打我，见势不妙，我只好溜之大吉。

而我根本就没有父亲的恒心与毅力，真不是努力学习那块料，我喜欢跟学习无关的任何事物。就像父亲是专门用来学习的，我是专门用来不学习的。我喜欢打冲锋仗，各种球类运动。抓山雀、挖鼠洞、种各种树、造各种玩具枪，用东北话说，我是属蝲蝲蛄的，样样通，样样松。（蝲蝲蛄啥样，父亲骂我时有过多次描述：蝲蝲蛄会飞、会叫、会游水、会跑，还会挖洞，但飞不高、叫不响、游不动、跑不快，洞也挖不深，总之都不咋样……）无论是小鸡小鸭，还是小猫小狗，只要是动物，我都喜欢。我还参与母亲孵小鸡，天天看我种在庭院里的花草，一看就是一两个小时，有时还能看小半天。父亲骂我，你不看，它们照长不误的。而我却一直认为我的目光对花草们很重要。我还喜欢天文地理、UFO等更乱七八糟的事物，直到现在我最爱看的电视节目还是《动物世界》和记录频道，此外，只看体育赛事。

大学中文系毕业、乡村语文教师出身的父亲实在难缠，他对我的学习要求总是远远高于我现有的实际水平。我的考试成绩总是达不到他的期望值，在那个高考是唯一出路的年代，我面对着分分是命根的严厉父亲，更多的时候，我无法斗智，更无从斗勇，接受训斥和拳脚几乎是我唯一的选择。

所以，我一直在学习这个问题上受到父亲的伤害和摧残，直到上大学以后，远离了父亲的视线，伤害和摧残才得以减轻。但是，我已于无形之中让父亲引向了文学之路。每天在东北师大中文系的大楼里学习文学理论，看中外名著，课余时间再去听讲座，搞诗会……

可以说，本来爱好理科的我是被父亲逼上文学之路的，在这条路上，我并不比被逼上梁山的林教头轻松多少。

不过，后来我才知道，当作家和上不上大学中文系并没有什么直接的关系。

但有这种认识时已经是后来的事了。

"回读生"情结

有这样经历的人不会太多，但是我有。现在看来这是经历，是故事。但是在当时可不是，那时简直就是事故。毫不夸张地说，这绝对曾经是我少年时代头顶上最不光彩、最黑暗浓重的一块乌云。尤其是对于我这样的虚荣心很强的人来说。

二十世纪八十年代，不仅高考竞争异常激烈，就是从初中考入重点高中，中考的竞争也是异常激烈的。尤其对于我们这些县城的孩子和县城以下的乡村孩子来说。考上与考不上，就是人生一次极其重大的转折。打个比方说，中考那就像一场僵持不下的足球比赛中一个决定胜负的点球。

那年，我没有考上重点高中——县一中，这粒生死攸关的点球就这样被我紧张而颤抖地罚失了。

开始时，学校说我考上了，第一次通知还有我，班主任胡老师亲自到的我家，兴奋无比地通知我下午就到学校去开会，我一直就被兴奋无比的胡老师弄得更加兴奋无比，吃过午饭我早早地就跑到学校去了。距开会时间还有一个半小时呢，我就兴奋无比地在校园里漫无目的地转悠。以前没注意，学校竟是这般亲切——单杠、双杠、篮球场、足球场都像在和我打着招呼……操场也显得比从前大了许多，并显示出向我张开怀抱的样子。

我还激动地听完了关校长热情扬溢的祝贺讲话。记得关校长最后说：考上了县一中，就相当于一只脚已经跨入了大学门坎，父母没白供你们一回呀，会为你们高兴的，也会因你们而自豪的。我的同学们，祝你们早日成为国家的栋梁之才！我的青年才俊们，我期待着你们所有人在三年后都金榜题名，都传来令人振奋的佳音……

因为县一中的高考升学率一度达到过95%以上。听了关校长的一席话，我一度兴奋异常，我还下意识地想到了我们班上的尖子生王龙飞，连学习那么好的王龙飞都没考上，而我却考上了，真是不容易啊，真是幸运啊！记得那天我只会兴奋，不会思考，只会憧憬，不会回顾，更没有时间去想王龙飞的处境和感受。

可没想到后来县教育局出台了一个土政策，明确规定外语和政治加起来不足160分的减去10分，倒霉的我两科加起来正好不足160分，这样我总分被减去10分之后就比录取线差了一分。所以，第二次被通知去学校拿录取通知书的学生中就没有我了。我就这样阴差阳错地被出局了。我至今仍一直认为那是县教育局某个当权者的阴谋，他可能为了一个情人的孩子能考上，谋害了我这个与他没有任何关系的孩子。（当然，这只是我自己想的。因为当时无法解释为什么。）

对我来说，这无异于晴天霹雳！为什么呀？为什么呀！我一度觉得老天太不公平了。考试之前并没说哪科加哪科不够多少减去多少分啊！再说，我是立志要考大学中文系的呀……我的抗议无效。我的声音再大也没有用，因为我不过是个中学生而已。对于县教育局来说，我的嘴实在是太小了。我想也许我父亲的嘴能大一些，可他没敢对县教育局说出半个"不"字。而是一遍遍恶狠狠地大骂我：完犊子……

其实，我考不考上我们县的重点高中对我自己来说真的无所谓。我并不觉得考上了就如何好，我当时真没啥太大的理想，也不爱学习，要能永远不上学在家领着一群孩子当司令玩才好呢。只是老天爷呀，你可让我咋过我望子成龙的我的父亲这一关啊。

县一中在平安县所有的居民心目中都是神圣无比的。真的就如关校长讲的那样，考上了县一中，就相当于一只脚已经踏入了大学门坎。我们县本来没有什么风景，县一中上学和放学的学生俨然我们县最美丽的一道风景。人们议论着，这里有谁谁家的儿子或女儿，谁谁家的儿子或女儿肯定能考上某某所名牌大学……那是更美丽的景外之景。

那群佼佼者中没有我不要紧。要紧的是没有我父亲的儿子！

一向好强的父亲就像被所有人捉到了短处，于是，公共场合抬不起头的父亲回到家里就会对我表达出充分十足的愤怒。"给我回读！"

老爸怎么打的我我已经吓忘了，我不知道疼痛，只知道耻辱，觉得那是我一生中最见不得人的事。

因为我都会了，回读一年相对轻松。只是白白浪费了我一年的青春。

老天真的跟我过不去啊，第二次中考，一向名列前茅的我又只差了一分。这不由不让我迷信人们的说法，难怪人们常说考场、赛场、战场出怪事，怎么就怪到我头上了？没想到会是我的最强项数学出了问题。真的坏在我的天才数学上了！就是前面我提到过的鸡兔同笼问题，结果是对的，没有规定的步骤，判卷老师以为我抄的。15分的题给了0分。

这一次，我父亲为了他的儿子，终于厚着脸皮求了他的校长同学。

少年时代的黑色记忆还有很多：比如：《高考当天中午的耳光》……上午考完语文，父亲中午就帮我估分，发现我顶多能得65分后，父亲脸都气青了，怒骂：语文65分能考个蛋大学，说着就给了我一记耳光……我中午饭没吃，下午继续参加高考……最后语文打了61分，竟是全年级第二高分。只是一向出色的数学没考好，谢天谢地呀，我总算考上了大学呀……

我还有几次无足轻重的死亡经历，比如：洗野澡被开除少先队……少年时代的电击……第一次游向大海……亲兄弟手拉手滑向嫩江口的深渊等……

有时，黑色记忆也是小说创作不可多得的黑金。但它们是可遇而不可求的，因为正常情况下，没有人会主动去冒险，或者说主动去找罪受的。

"孩子王"情结

小时候，我是我家那一片儿有名的小孩头头儿。很多同龄的孩子都"司令、司令"地叫我。邻居大力最不好管理，是个典型的好战分子，那也只能死心踏地地做我的副官。因为我除了有人缘、有威信，还有一手小绝活——除了弹弓做得好，我还会做烟火枪。出自我手的烟火枪不仅好使，而且好看。身边的兄弟们几乎人手一把烟火枪，差不多都是我亲手武装起来的。

我拥有两只十二节车链子的烟火枪。我会制造，手工费是一节车链子。

光听响不能满足我们的要求了。后来，烟火枪发展成了火药枪。

　　那时大人们骑的自行车基本上都没有车闸，都让孩子们偷着卸下来做火药枪了。

　　一天，帮我干活的小伙伴拿走了我的火药枪。光天化日之下，司令的两把大枪丢了？这可是惊天大案啊！

　　垫院子时，就放在自家的窗台上了，没有外人来呀？怎么会丢呢？一起干活儿的小伙伴们便掘地三尺地找。包括那个贼也在假模假式地找。

　　实在没办法了，只好采用排除法。最后大家都怀疑是满脸通红的大平干的，严刑拷打，大平却坚决不承认。（在那个以阶级斗争为纲的年代，孩子们无形中也在模仿成年人，斗争也是十分残酷的。）

　　大力用手术刀割破了大平的后背，那已经是孩子能够承受的极限了，可大平还是不承认自己偷了火药枪。

　　大力有一天又在公共厕所里发现了反标，跑来向我汇报。说发现了阶级斗争新动向。写我是小孩头头。毫无疑问，这就是阶级斗争新动向啊！大力还是怀疑是大平干的……

　　有一天，我们自制的火药也湿透了，是谁给浇上水或是给尿上尿了呢？又是一个阶级斗争新动向，就又有人怀疑是大平干的……

　　那时我们还小，只有发现问题的能力，还远远不具备解决问题的能力。直到后来上初二了，学到化学了，我才知道，火药湿透那一定是露水惹的祸。

　　也是后来才知道，厕所里的反标是大力自己写上去的，是为了镇压一直不服气的大平。那是我考上大学伙伴们为我送行那天晚上，我们头一次喝酒，酒后的大力自己揭开了多年的谜底。

　　但没人提到火药枪的事，只有丢枪事件至今仍然还是我童年时代的不解之谜。

　　就像我当初写《司令的枪》时，我想结尾处会有一些东西，当时还没有太想好，只是想了一个结局：二十多年后，我又有机会回家乡探亲。已是成年的儿时伙伴们再次围坐在一个酒桌上，望着一脸络腮胡子的建筑工人大平，借着酒劲儿，我真想问问大平儿时火药枪的事儿，但几次话到嘴边，我又生生地把那话茬咽了回去……但后来并没有在这里结束，才又有了回程列车上的顿悟。

短篇小说的魅力之一就在于它叙事的多种可能性和主题的诗意灵动性。当然，这个结尾只是我目前看来的一种可能性，小说创作过程还是个发酵过程，创作者有时说了就不算了，有时创作者是要跟着笔下人物的命运走的。上述这种结局是否最合适，还得等写到那里时才能最后定夺。

"小说月报"情结

在《青年文学》上发表了中篇小说《都市鸽群》之后，我一直梦想着自己的作品何时能在《小说月报》上露面。由于这个儿时就有的梦想，我的生活中还真多了个《小说月报》情结：

1994年，自认为写得很好的中篇《家族之疫》迟迟发表不出来，我就想：是不是写得太长了，不好发呀，再写个短一点的吧？于是就写了同类题材的短篇小说《狼群早已溃散》，小说写完以后，我很兴奋，给同事看，都说好；给媳妇看，也说好；给父亲看，同样说好……

正当我想用这个短篇争取在省内的《作家》杂志上发表头题，然后能够引起《小说月报》注意，从而可能梦想成真的时候，《芒种》杂志的约稿意外到来了……

约稿信是《芒种》杂志的副主编王龙章先生写来的，也不知他是从哪得到的我的有限信息，信中说我是"吉林省知名作家"，你想我这么虚荣的人哪受得了别人这么重视，当即决定把短篇小说《狼群早已溃散》给《芒种》杂志。再说主编亲自约的稿子肯定会重视的，发头题的可能性也肯定要大些，只是觉得《芒种》杂志不如《作家》名气大……

不久《芒种》的王龙章主编来信了，说稿子已经通过了终审，两个月后就能发表出来了。

　　我在写回信时，一直想问主编我的小说是否可以上头题，但我还是没好意思问。（那时不像现在有手机，可以直接就问了。）等啊等，终于等来了样书，打开一看，傻了！竟然会是六题！我脑袋嗡的一下子。又完了！后来发现这期《芒种》杂志是创刊200期大庆，都是大家和名家的稿子，把我排在第六题已是给足了面子，心情才越来越好了些，我那时发表的作品并不多，怎么发表作品了会不高兴呢，怪呀？我劝自己高兴。

　　晚上回到家时，我已经变得高兴了。美滋滋地把样刊拿给媳妇看，竟被她扔到了地上。我知道她对这篇小说的期望值跟我一样大，就哄她说赶上了刊物大庆，上的都是大家和名家，能给咱们登上就不错了，应该高兴才是……好久，媳妇才缓过劲儿来，后来竟然也爱不释手地翻起了那期《芒种》，那可真是一本充满墨香而又无比亲切的文学杂志啊！

　　一个月后，我意外地收到了一封来自百花文艺出版社的信笺，当时不知道这个出版社会与《小说月报》有关系。当我看到信的内容时简直不敢相信自己的眼睛，一个文学青年的梦想终于实现了，信很简单，就是问我是否同意《小说月报》选发我的短篇小说《狼群早已溃散》。这还用问吗？我怎么会不同意呢？

　　这件事的发生起码让我明白了两个问题：一个是《小说月报》编辑的认真态度，一本市级杂志上发表的第六题他们也认真审读；另一个就是，只要把作品写好了，投给哪家杂志都一样。

　　就这样，1994年9月，我的短篇小说《狼群早已溃散》首次被《小说月报》选载了，也算圆了我儿时的梦想……

　　现在看来，小时候的这些"情结"竟成了我日后文学创作的有力支撑点了。我的很多小说最初好像都是因为这些"情结"而产生的。除了前面提到的作品，还有《平安县的长跑冠军》、《制造威信》、《站长老谁》、《女孩》、《公鸡大红》、《羊在吃草》、《月亮作证》、《小鸟在歌唱》等。

　　总之，我认为能体验到更多的新鲜生活固然重要，如果没有条件，细心品位自己身边的往事也是一种体验生活，也同样能找到创作素材和创作灵感。

　　我身边总是有人把文学与生活的关系看得很神秘。其实，我认为文学就在生活之中，或者也可以说文学一直就在我们身边。

作　者

2017 年 10 月 5 日于长春

附：

王怀宇主要作品发表和获奖情况

《漂过都市》（长篇小说）

　　中国文学出版社 外语教学与研究出版社（1999）

　　《小说选刊》长篇增刊1999.1部分选载

　　《小说选刊》长篇增刊1999.4 评论

　　《小说选刊》长篇增刊2000.1评论

　　《吉林日报》1999.9.5评论

　　《长春晚报》、《城市晚报》全文连载

　　《文艺报》等全国三十余家报刊发表评论文章

　　吉林省文联、长春市文联联合召开作品研讨会

　　荣获首届吉林省文学创作奖

《马背英王》（长篇小说）

　　吉林摄影出版社（1994）

《一切并不如约》（长篇小说）

　　《作家》杂志长篇专号（2012.6）

《心藏黑白》（长篇小说）

　　时代文艺出版社（2016.1）

《家族之疫》（小说集）

　　吉林人民出版社（2004）

《都市鸽群》（小说集）

　　作家出版社（2006）

获第二届长春文学奖铜奖（2011）

获第三届吉林文学奖（2011）

《我们到底能做些什么》（小说集）

时代文艺出版社（2013）

《生活艺术》（小说集）

时代文艺出版社（2013）

获第十一届省政府长白山文艺奖（2014）

获第四届长春文学奖金奖（2015）

《谁都想好》（小说集）

敦煌文艺出版社（2014）

《冬天不会再有坏消息》（小说集）

长春出版社（2015）

《家族之疫》（中篇小说）

《青年文学》1995.10

《中国文学》中文版1996.1选载

《中国文学》法文版1996.4选载

《中国文学》英文版1996.4选载

《小说月报》1996.3评论

入选《中国文学新佳作集成》（1997）

入选《吉林省五十年文艺作品选》（1999）

获第六届省政府长白山文艺奖（1998）

获首届吉林文学奖（2001）

《都市鸽群》（中篇小说）

《青年文学》1993.5

《青年文学》1993.10和11期分别有评论

《奔求》（中篇小说）

《青年文学》1997.5

《小说选刊》1997.7评介

《亲人》（中篇小说）

《时代文学》2000.6

《生活艺术》（中篇小说）

《作家》1998.6

《都市恐慌》（中篇小说）

《天津文学》1996.12

《火印》（中篇小说）

《长城》1996.1

《地球之父》（中篇小说）

《参花》1992.9

《青春错觉》（中篇小说）

《小说月刊》1997.6

《同归于尽》（中篇小说）

《小说月刊》1998.5

《为了拯救的毁灭》（中篇小说）

《传奇故事》2001.1

《通缉者》（中篇小说）

《传奇故事》2000.10

《英雄家族的没落》（中篇小说）

《章回小说》1999.2

《好像谋杀》（中篇小说）

《章回小说》2000.4

《生活无序》（中篇小说）

《青年文学》2002.7

《无处奔波》（中篇小说）

《春风》2002.8

《城市猎人》（中篇小说）

　　《时代文学》2002.5

《血色家族》（中篇小说）

　　《钟山》2004.5

《我们到底能做些什么》（中篇小说）

　　《山花》2009.9

　　《中篇小说月报》2009.11选载

　　获第十届吉林省政府长白山文艺奖（2011）

　　获首届长春市政府君子兰文艺奖（2014）

《青春期纪事》（中篇小说）

　　《山花》2010.7

《平安县的命案》（中篇小说）

　　《时代文学》2010.11

《群众艺术》（中篇小说）

　　《滇池》2012.06

　　《小说选刊》2012.07选载

　　获第九届《滇池》文学奖（2013）

　　获第二十三届全国梁斌小说奖（2014）

　　获第四届吉林文学奖一等奖（2015）

《谁都想好》（中篇小说）

　　《阳光》2013.12

《公鸡大红》（中篇小说）

　　《作家》2014.11

　　时代文艺出版社《2014年吉林文学作品年选》

《爱情事故》（中篇小说）

　　时代文艺出版社《2014年吉林文学作品年选》

《杨树》（中篇小说）

　　　　《飞天》2015.4

《众生》（中篇小说）

　　　　《飞天》2016.9

《天上有个白月亮》（中篇小说）

　　　　《北京文学》

《来自阿勒泰的军礼》（中篇小说）

　　　　《北京文学》

《羊在吃草》（中篇小说）

　　　　《红岩》

《叫唤雀儿没肉吃》（中篇小说）

　　　　《作家》

《北方往事》（短篇小说）

　　　　《十月》2004.5

《红色背景》（短篇小说）

　　　　《延河》2004.5

《惯犯李大民》（短篇小说）

　　　　《滇池》2004.5

《女孩》（短篇小说）

　　　　《作家》1998.6

　　　　《小说月报》1998.8选载

　　　　《小说选刊》1998.8选载

　　　　获首届吉林省文学创作奖

《站长老谁》（短篇小说）

　　　　《时代文学》1999.5

　　　　《小说月报》1999.11转载

　　　　获首届吉林省文学创作奖

《阳光的友谊》（短篇小说）

　　《时代文学》2002.3

　　《小说月报》2002.7转载

《狼群早已溃散》（短篇小说）

　　《芒种》1994.6

　　《小说月报》1994.9转载

《平安县的长跑冠军》（短篇小说）

　　《作家》2002.7

　　《小说月报》2002.8转载

　　获第八届省政府长白山文艺奖（2004）

《制造威信》（短篇小说）

　　《春风》2003.5

　　《小说月报》2003.6转载

　　入选《2003年中国短篇小说精选》

　　入选《2003年中国短篇小说经典》

《公园里发生了什么》（短篇小说）

　　《作家》2003.11

　　《小说月报》2004.1转载

　　入选《2004年小说月报年度精品集》

《手牵手，什么也别说》（短篇小说）

　　《当代小说》2002.5

　　《短篇小说选刊版》2002.6

《森林的女人》（短篇小说）

　　《小说报》1989.5

　　入选《中国当代微型小说精萃》

《老树昏鸦》（短篇小说）

　　《作家》1990.6

《城市无少女》（短篇小说）

《作家》1993.9

《泰来镇的李杜》（短篇小说）

《作家》1996.12

《冬天不会再有坏消息》（短篇小说）

《青年文学》1992.12

《捕捉爱情》（短篇小说）

《青年文学》2000.12

《短篇小说选刊版》2001.3

《棋子飞扬》（短篇小说）

《北方文学》1994.9

《白荒荒的嫩江水》（短篇小说）

《佛山文艺》1996.6

《父亲的家乡在北方》（短篇小说）

《文学世界》1999.1

《靠山屯的女人》（短篇小说）

《春风》1989.9

《科尔沁遗民》（短篇小说）

《春风》1992.5

《魂系科尔沁》（短篇小说）

《春风》1990.10

《名人大舟》（短篇小说）

《春风》1994.11

《北大滩人》（短篇小说）

《春风》1996.1

《红色背景》（短篇小说）

《春风》1996.12

《二叔的水稻》（短篇小说）

　　《春风》1997.6

《惯犯大傻》（短篇小说）

　　《芒种》1995.5

《无奈年华》（短篇小说）

　　《参花》1990.10

《亲兄弟》（短篇小说）

　　《创作》2001.1

《老师永远是老师》（短篇小说）

　　《长春日报》2002.5.23

《两只小鸡》（短篇小说）

　　《创作》2001.1

《破嗜》（短篇小说）

　　《章回小说》2001.8

　　《短篇小说选刊版》2001.9

《好事》（短篇小说）

　　《章回小说》2001.8

　　《短篇小说选刊版》2001.9

《忧伤的棋子》（短篇小说）

　　《青岛文学》2001.4

《北方北方》（短篇小说）

　　《青岛文学》2003.1

《爱情故事》（短篇小说）

　　《鹿鸣》2008.5

《文化站长》（短篇小说）

　　《滇池》2012.6

《血色往事》（短篇小说）

　　《时代文学》2005.6

《小鸟在歌唱》（短篇小说）

　　《作家》2016.4

　　《小说选刊》2016.6选载

　　《长白山》2017.5 朝文版

　　入选《2016中国小说排行榜》

《司令的枪》（短篇小说）

　　《作家》2016.4

　　《长江文艺（好小说）》2016.8选载

《怒放的石头》（短篇小说）

　　《红岩》2017.4

《爱喝小酒的老周》（短篇小说）

　　《山西文学》2017.9

《与小说结伴而行》（散文）

　　《作家》1998.6

《生活中的无奈与忧伤》（散文）

　　《北京文学》2009.11

《新农村建设中的文化忧思》（散文）

　　《文艺报》2006.8

《与书房有关的记忆》（散文）

　　《中国文化报》2008.8

　　《新华文摘》2008.19

《飘飞的红蜻蜓》（散文）

　　《华章》2000.3

《老师》（散文）

　　《中国文化报》2009.3

《苹果的味道》（散文）

《中国文化报》2009.6

《生命中的快乐与忧伤》（散文）

《滇池》2012.6

《长春，一座雄性的城市》（散文）

《参花》2011.11

《鲁院十年，难忘的记忆》（散文）

《吉林日报》2013.10

《我们身边的文学》（散文）

《长春日报》2014.11.6

《文学就在我们身边》（散文）

《文谈》2016.6

《作家的黑金》（散文）

《新文化报》2015.11.27

《我们对文学应心存敬畏》（散文）

《文坛风景线》2016.1

《一个没有困惑的人是不会认真思考的》（散文）

《城市晚报》2016.1

《与小说创作有关的情结》（散文）

《吉林文评》2015

《邂逅情结》（散文）

《中国作家》2017.5